Zum Buch

Sloane geht es gut. Fast ein Jahr lang ist sie jetzt trocken. Sie hat einen Job, eine stabile Beziehung, und jeden Samstag verbringt sie den Nachmittag mit ihrer Tochter, die sie am Tiefpunkt ihres Lebens bei ihrer Schwester als Pflegekind zurücklassen musste. Doch Sloane möchte mehr. Sie möchte Verantwortung übernehmen, eine richtige Mutter sein. Normal sein. Sie kennt den einzigen Weg dorthin: Sie kann das Vertrauen nur dann zurückzugewinnen, wenn sie jeden Tag aufs Neue beweist, die Sucht überwunden zu haben und jetzt eine andere Sloane zu sein. Dafür kämpft sie mit allem, was sie hat.

»Susan Mallery kann zwischenmenschliche Beziehungen so gut darstellen wie kaum eine andere Autorin. Dieser Roman fesselt von Anfang an und hält einen während der gesamten Reise mit dieser Familie fest. Es kommt nicht darauf an, was sie sagt, sondern wie sie es sagt. Das ist der Susan-Mallery-Effekt, laut und deutlich.« *Fresh Fiction*

Zur Autorin

Die SPIEGEL-Bestsellerautorin Susan Mallery unterhält ein Millionenpublikum mit ihren herzerwärmenden Frauenromanen, die in 28 Sprachen übersetzt sind. Sie ist dafür bekannt, dass sie ihre Figuren in emotional herausfordernde, lebensnahe Situationen geraten lässt und ihre Leser mit überraschenden Wendungen zum Lachen bringt. Mit ihrem Ehemann, zwei Katzen und einem kleinen Pudel lebt sie in Washington.

Lieferbare Titel

California Beach – Am Strand der Träume
Ozeanträume
Herbstfreundinnen
Die Brombeerschwestern

Blackberry Island
Inselpfade zum Glück

SUSAN MALLERY

MILL CREEK

Die Träume meiner Schwester

ROMAN

Aus dem amerikanischen Englisch
von Sophie Schweitzer

HarperCollins

Die Originalausgabe erschien 2023 unter dem Titel
The Sister Effect bei HQN Books, Toronto.

1. Auflage 2024
© 2023 by Susan Mallery, Inc.
Deutsche Erstausgabe
© 2024 by HarperCollins Taschenbuch in der
Verlagsgruppe HarperCollins Deutschland GmbH, Hamburg
Published by arrangement with
HARLEQUIN ENTERPRISES II B.V./SARL
Umschlaggestaltung von FAVORITBÜRO, München
Umschlagabbildung von Juliann, ZaZa Studio, cpaulfell / Shutterstock
Gesetzt aus der Stempel Garamond
von GGP Media GmbH, Pößneck
Druck und Bindung von GGP Media GmbH, Pößneck
Printed in Germany
ISBN 978-3-365-00595-8
www.harpercollins.de

Für Sarah ... wegen Ellis

1. Kapitel

Finley McGowan liebte ihre Nichte Aubrey über alles, doch sie musste der Wahrheit ins Auge blicken – Aubrey war nicht gerade mit einem ausgeprägten Talent für Stepptanz auf die Welt gekommen. Während die anderen Achtjährigen sich perfekt im Rhythmus bewegten, hinkte Aubrey stets einen halben Takt hinterher. Es klang jedes Mal wie ein hartes, stakkatoartiges Echo des Songs »Counting Stars« von OneRepublic, der aus der Musikanlage des Tanzstudios dröhnte.

Finley bemerkte, dass ein paar der Mütter zu ihr herüberblickten, so als lauerten sie darauf, wie sie auf Aubreys Performance reagierte. Doch sie lächelte nur und nickte den Takt mit, erfüllt von grimmigem Stolz angesichts von Aubreys Enthusiasmus und ihrer Freude am Tanzen.

Wäre Stepptanz der größte Lebenstraum ihrer Nichte, würde ihr mangelndes Rhythmusgefühl ihr womöglich einen Strich durch die Rechnung machen, aber Aubrey war noch ein Kind und probierte gerne neue Dinge aus. Sie mochte im Tanzen, Bogenschießen oder Schwimmen nicht gerade glänzen – dafür war sie ein liebes Mädchen mit einem großen Herzen und einer positiven Lebenseinstellung. Und das waren in Finleys Augen genügend Vorzüge. Sie würde das holperige Echo ihrer Tanzschritte ertragen, bis ihre Nichte zum nächsten Hobby überging.

Die Musik endete, und die Erwachsenen, die sich zur monatlichen Tanzvorführung versammelt hatten, klatschten. Aubrey kam auf sie zugerannt, die Arme in Erwartung einer dicken Umarmung ausgestreckt. Finley fing sie auf und zog sie an sich.

»Das hast du toll gemacht«, sagte sie und strich ihr das Haar glatt. »Und du warst gar nicht nervös.«

»Stimmt, ich habe keine Angst mehr. Der Song hat mir richtig gut gefallen, und es hat Spaß gemacht, die Schrittabfolge zu lernen. Danke, dass du mir beim Üben geholfen hast.«

»Jederzeit gerne.«

Als Aubrey den Wunsch geäußert hatte, Stepptanz zu lernen, hatte Finley im Internet nach einer Bauanleitung für eine kleine Stepptanzfläche gesucht. Sie hatten sie in der Garage aufgestellt und Bluetooth-Lautsprecher angeschlossen. Jeden Nachmittag vor dem Abendessen hatte Finley »Counting Stars« laufen lassen und die Schritte laut mitgezählt, sodass Aubrey sich die Abfolge einprägen konnte.

Nächste Woche würden die Tanzschülerinnen eine neue Choreografie und einen neuen Song vorgestellt bekommen, und die ganze Prozedur würde von Neuem beginnen. Angesichts der Tatsache, dass sie es sich in den nächsten fünf Wochen drei- bis vierhundertmal würde anhören müssen, hoffte Finley inständig, dass das neue Lied nicht zu nervig sein würde.

Gemeinsam gingen sie zur Umkleide, wo Aubrey sich ein Sweatshirt über den Gymnastikanzug zog und ihre Steppschuhe gegen Regenstiefel austauschte. April im Pazifischen Nordwesten bedeutete, dass der Himmel grau und feucht war und die Luft kühl. Finley vergewisserte sich, dass ihre Nichte ihren Schulrucksack nicht vergaß, dann winkte sie der Tanzlehrerin zum Abschied zu und geleitete Aubrey zu ihrem Subaru.

Aubrey ließ sich auf der Beifahrerseite auf dem Rücksitz nieder, und Finley legte ihren Rucksack neben sie, sodass er leicht für sie erreichbar war. Obwohl die Fahrt nach Hause nicht lang war, würde ihrer Nichte währenddessen unweigerlich irgendetwas einfallen, das sie ihr ganz dringend sofort zeigen musste, und sie würde wild im Rucksack danach kramen. Finley wollte nicht noch einmal erleben, dass Aubrey ihren Sitzgurt löste und im Kofferraum herumkletterte, um einen fehlerlosen Rechtschreibtest hervorzukramen. Bei hundert Kilometern pro Stunde mit einer Achtjährigen als potenziellem Projektil über den Freeway zu rasen, hatte sie um zwanzig Jahre altern lassen.

»Wir haben die Aufgabe für unser Geschichtsprojekt bekommen«, verkündete Aubrey, als Finley den Wagen startete. »Wir sollen in Teamarbeit ein Diorama von einem Ureinwohnerstamm hier aus der Gegend basteln. In meiner Gruppe sind vier Kinder.« Sie legte eine dramatische Pause ein. »Zoe ist auch dabei!«

»Zoe mit den roten oder Zoe mit den schwarzen Haaren?«

Aubrey lachte. »Zoe mit den schwarzen Haaren. Wär's Zoe mit den roten Haaren, wäre mein ganzes Leben versaut.«

»Wegen eines Dioramas? Bedeutet in deinem Alter ein versautes Leben nicht eher, dass es keine Eiscreme mehr gibt oder deine Lieblingsjacke einen Riss hat?«

»Dioramen sind wichtig.« Aubrey dachte kurz nach. »Und schwer zu buchstabieren. Morgen suchen wir uns einen Stamm aus, recherchieren über ihn und entscheiden uns dann, wie wir das Diorama gestalten. Ich möchte gerne Totempfähle basteln. Die verschiedenen Tiere erzählen alle eine Geschichte, und ich glaube, das wäre nett. Oliver hätte gerne einen Bären, der ein Dorf angreift, aber Zoe ist Vegetarierin und will kein Blut sehen.« Aubrey kräuselte angewidert die Nase. »Ich esse Fleisch, Blut will ich aber trotzdem nicht sehen. Harry findet die Totemidee auch gut, aber Zoe weiß nicht so genau.«

»Da ist ja einiges los bei euch«, sagte Finley, die sich nicht sicher war, ob sie bei dem Diorama-Drama noch mitkam.

»Ich weiß. Könnten wir auf dem Weg nach Hause am Gugelhupfladen anhalten? Für Grandma? Sie war in letzter Zeit so traurig.« Aubrey lehnte sich so weit vor, wie ihr Sitzgurt es erlaubte. »Allerdings versteh ich das nicht. Ich dachte, am Broadway zu spielen, wäre etwas Gutes.«

»Das ist es auch.«

»Dann war Grandma doch eine gute Lehrerin für ihre Schülerin. Wieso ist sie nicht zufrieden?«

Finley überlegte, wie sie die emotionale Komplexität ihrer Mutter auf ein paar leicht verständliche Begriffe herunterbrechen konnte. Auf keinen Fall würde sie erwähnen, dass ihre Mutter früher gerne selbst am Broadway gespielt hätte, stattdessen aber als mittellose Mutter von zwei Mädchen endete. Das Höchste, was Molly in ihrer Theaterkarriere erreicht hatte, waren ein paar kleine Rollen in Wandertheatergruppen. Ihre Mutterschaft und der Zwang, praktisch zu denken, hatte ihren Traum immer mehr in die Ferne rücken lassen, bis er nur noch eine blasse Erinnerung war. Heute unterrichtete sie Theater am örtlichen Community College und gab Schauspiel-Intensivkurse bei sich im Souterrain. Letzteres war der Grund für ihre aktuelle Depression.

»Ihre Schülerin war Grandma nicht dankbar genug für alles, was sie für sie getan hat. Als sie die große Rolle bekam, hat sie sie weder angerufen noch ihr geschrieben, um sich für die Mühe zu bedanken, die Grandma in sie gesteckt hat.«

Molly hatte nicht nur eine Unterkunft für ihre Schülerin in New York gefunden, sie hatte auch ihre Kontakte spielen lassen, um ihr überhaupt erst einen Vorsprechtermin zu besorgen.

Sie, Finley, mochte den Drang, vor einem Publikum zu stehen und so zu tun, als wäre man jemand anders, nicht nachvollziehen können, aber wenn das nun mal jemandes Wunsch war, dann war es das Mindeste, sich nett zu verhalten, wenn eine andere Person einem eine derartige Chance verschaffte.

Finley warf einen Blick in den Rückspiegel und sah, wie Aubrey vor Entrüstung die Augen aufriss.

»Man soll doch immer Danke sagen.«

»Das stimmt.«

»Arme Grandma. Wir müssen ihr unbedingt einen Gugelhupf kaufen. Den kleinen mit den Zuckerstreuseln, den sie so mag.«

Finley unterdrückte ein Grinsen. »Und vielleicht auch noch einen Schoko-Gugelhupf für uns beide zum Teilen?«

»Oh, das wäre supertoll! Aber wir können auch einfach nur einen für Grandma kaufen, wenn du das besser findest.«

Finley war sich sicher, dass Aubrey ihren letzten Satz beinahe ernst meinte. Zumindest für den Moment. Sollte sie das Ganze jedoch durchziehen und keinen zweiten Kuchen kaufen, wäre ihre Nichte am Boden zerstört. Sie würde sich um Tapferkeit bemühen, wäre aber sehr traurig.

Nothing Bundt Cakes lag nicht gerade auf ihrem Heimweg, aber es war auch kein Riesenumweg. Finley fuhr über den Bothell-Everett-Highway, bis sie den Central Market, gegenüber der Bibliothek, erreichte. Dort bog sie links ab und parkte vor der Bäckerei. Zusammen mit Aubrey ging sie hinein.

Ihre Nichte lief zur Auslage. »Guck mal, sie haben die mit Zuckerkonfetti, die Grandma mag. Die sind so hübsch.«

Die Verkäuferin lächelte. »Kann ich Ihnen helfen?«

»Wir hätten gerne zwei kleine Gugelhupfe«, sagte Finley. »Einen mit Zuckerkonfetti und einen mit Schokolade bitte.«

Aubrey warf ihr einen dankbaren Blick zu, dann tippte sie an die Glasscheibe. »Können wir auch einen mit Vanille nehmen? Samstagnachmittag bin ich bei Mom. Ich könnte ihr einen mitbringen.«

Beim unangenehmen Gedanken an Aubreys bevorstehenden Besuchstag biss Finley unwillkürlich die Zähne zusammen. Sie versuchte jedoch, sich bewusst zu entspannen, und sagte: »Es ist erst Mittwoch. Ich weiß nicht, ob der Kuchen so lange frisch bleibt.«

»Bewahren Sie ihn einfach im Kühlschrank auf«, riet die Verkäuferin ihr. »Dort hält er sich bis zu fünf Tage.«

Aubrey sprang vor Freude auf und ab und klatschte begeistert in die Hände. »Das reicht doch.« Sie zählte die Tage durch. »Donnerstag, Freitag, Samstag. Das sind ja nur drei Tage. Mom wird den kleinen Gugelhupf so lecker finden.« Sie faltete flehend die Hände. »Vanille ist doch ihre Lieblingssorte.«

Finley sagte sich, dass Aubrey ihre Mutter selbstverständlich wichtig war. Die meisten Kinder liebten ihre Eltern, egal wie unverantwortlich diese sich verhalten mochten. Das war ein biologisches Phänomen. Und Sloane kam in letzter Zeit besser klar. Vielleicht würde sie diesmal tatsächlich trocken und auf freiem Fuß bleiben. Doch obwohl Finley sich das wünschte, glaubte sie nicht wirklich daran.

Sie nickte der Verkäuferin zu. »Wir nehmen alle drei.«

Aubrey kam auf sie zugelaufen und schlang ihr die Arme um die Hüften. »Danke, Finley. Für den Kuchen und dafür, dass du bei meiner Aufführung warst und mir beim Üben geholfen hast.«

»Ich kann wohl nicht anders, als dich über alles zu lieben, Süße. Ich gebe mir alle Mühe, dagegenzuhalten, aber du bist einfach zu bezaubernd.«

Aubrey sah lachend zu ihr auf. Finley ignorierte, wie sehr ihre Nichte Sloane ähnelte – sie hatten die gleichen großen blauen Augen und vollen Lippen, die gleichen langen gelockten Haare. Aubrey war ein hübsches Mädchen und würde sich ganz wie ihre Mutter eines Tages in eine atemberaubend schöne Frau verwandeln, nach dem Vorbild ihrer Großmutter Molly. Sie selbst sah dagegen ganz gewöhnlich aus – eine farblose Seemöwe in einem Schwarm exotischer Papageien.

Wahrscheinlich besser so, sagte sie sich, als sie die Kuchen bezahlte. Ihrer Erfahrung nach ließen sich schöne Frauen durch die Aufmerksamkeit, die ihnen zuteilwurde, leicht vom Wesentlichen ablenken. Kaum etwas zählte für sie so sehr wie Bewunderung. Wichtige Beziehungen wurden vernachlässigt und fielen dem Glanz der schönen Frau zum Opfer. Sie hingegen konnte sich voll und ganz auf die wirklich wichtigen Dinge konzentrieren – darauf, ihre Nichte großzuziehen und dafür zu sorgen, dass niemand sie in Gefahr brachte. Noch nicht mal deren eigene Mutter.

»Was ist das?« Jericho Ford starrte ratlos auf das Bild, das ihm vom Tablet-Bildschirm entgegensprang. Die sich umeinanderwindenden Metallrohre sollten anscheinend irgendetwas darstellen – er hatte jedoch keine Ahnung, was.

»Der Künstler beschreibt die Kreation als die materielle Manifestation seiner Vorstellung von Glück«, kam Antonio ihm zu Hilfe.

»Sieht für mich eher aus wie ein Warzenschwein.«

»Es ist ein Kunstwerk.«

»Dann eben ein teures Warzenschwein.«

»Aber es ist im Angebot.«

»Und wenn es mit einem ›Bitte mitnehmen‹-Schild am Straßenrand liegen würde – es ist hässlich, und deshalb sage ich Nein.« Jericho sah seinen Freund an. »Wieso zeigst du mir das überhaupt?«

»Du hast gesagt, du brauchst ein paar neue Einrichtungsgegenstände für dein Wohnzimmer.«

»Ich meinte ein Sofa und eventuell einen größeren Fernseher.«

»Du könntest es auf den Couchtisch stellen.«

»Da stelle ich mein Bier und mein Popcorn ab.« Jericho deutete auf den Tablet-Bildschirm. »Wenn es dir so sehr gefällt, kauf du es doch.«

Antonio zog pikiert eine Augenbraue hoch. »Auf keinen Fall. Mein Haus ist derzeit durchgängig im Fünfzigerjahre-Stil eingerichtet.«

»Und das Warzenschwein ist nicht Fünfzigerjahre genug?«

»Nein.« Antonio knallte die Tablet-Abdeckung zu und steckte es in seinen Rucksack, dann holte er zwei graue Metrofliesen hervor und legte sie auf Jerichos Schreibtisch. »Ich möchte in Haus elf gerne eine Veränderung beim Küchenfliesenspiegel vornehmen.«

Antonio deutete auf die rechte Fliese. »Die hier war unsere ursprüngliche Wahl. Mir gefallen der Glanz und die Struktur, aber ich finde sie jetzt irgendwie zu blau.« Er tippte auf die linke Fliese. »Diese hier hat mehr Grünanteile und passt besser zu den dunkleren Schränken der Kücheninsel.«

Jericho liebte seine Arbeit. Er baute Häuser in Seattle und Umgebung, hochwertige Gebäude mit edler Ausstattung und intelligentem Design. Die Materialien für ihre Neubauten bezog seine Firma, wann immer möglich, von Händlern vor Ort, sie hatte einen hervorragenden Ruf und häufig eine Warteliste. Castwell Park – ein gut zwei Hektar großes Stück Land, das er in Kirkland, Washington, gekauft hatte – war in zwanzig überdimensionierte Baugrundstücke unterteilt worden, und seine Firma Ford Construction war nun dabei, Luxushäuser darauf zu errichten.

Er genoss den gesamten Bauprozess – von der Erschließung des Grundstücks bis zur Übergabe der Schlüssel an die neuen Besitzer. Zwar würde er seine Tage lieber mit körperlicher Arbeit verbringen, doch er war der Bauleiter und Firmeninhaber, und sämtliche Entscheidungen gingen über seinen Tisch. Inklusive Änderungen bei Fliesenspiegeln, wie sein bester Freund und der Innenarchitekt sie gerade vorschlug.

»Diese zwei Fliesen haben exakt dieselbe Farbe«, sagte Jericho mit tonloser Stimme.

Antonio verzog das Gesicht. »Haben sie nicht. Diese hier ...«

»... hat mehr Blauanteile. Das sagtest du bereits.«

Jericho nahm die Fliesen und verließ den großen Baucontainer, den er gegenüber dem Eingang von Castwell Park auf der anderen Straßenseite hatte aufstellen lassen.

Er hatte eine Vereinbarung mit den Besitzern des leeren Grundstücks getroffen und das Areal für die gesamte Bauzeit angemietet. Wenn seine Leute das zwanzigste Haus fertiggestellt hätten, würde er noch ein weiteres für die Grundstückseigentümer bauen. Eigentlich hatte er es sich zur Regel gemacht, keine Einzelprojekte anzunehmen. Doch dies war der Preis für den perfekten Standort seines Containers gewesen, daher machte er diesmal eine Ausnahme.

Als sie draußen standen, drehte und wendete er die zwei Fliesen im Tageslicht und versuchte, einen Farbunterschied zu erkennen. Okay, klar, die eine war ein bisschen blauer, doch er bezweifelte, dass dies mehr als fünf Prozent aller Menschen überhaupt bemerkten. Antonios Gestaltungsideen hatten allerdings großen Anteil am Erfolg des Unternehmens. Er hatte ein Gespür dafür, einen heißen Trend aufzugreifen und ihn in etwas Zeitloses zu verwandeln.

»Schick mir den Änderungsauftrag, dann setze ich mein Okay darunter«, sagte er und gab die Fliesen zurück.

»Ich wusste, dass du einverstanden sein würdest. Diese hier werden den entscheidenden Unterschied machen.«

»Aber keine Änderungen mehr an Haus elf und zwölf«, ermahnte er Antonio und ging ihm voraus zurück in den Container. »Deren Gestaltung ist festgelegt, und wir haben schon alle Materialien bestellt.«

»Ich weiß. Das hier ist die allerletzte.« Antonio lächelte. »Übrigens habe ich schon bei der Lieferantin nachgefragt, und sie hat gesagt, dass wir sie problemlos austauschen können.« Er ließ sich auf dem Stuhl vor Jerichos Schreibtisch nieder. »Dennis und ich haben gestern Abend über dich gesprochen.«

»Das kann nichts Gutes für mich bedeuten.«

Antonio tat den Kommentar mit einem Handwedeln ab. »Zu unserer nächsten Party laden wir eine Frau ein.«

Jericho wusste genau, was sein Freund meinte, beschloss jedoch, sich dumm zu stellen. »Zu euren Partys kommen doch immer Frauen.«

»Ich meine eine Frau für dich.«

»Vergiss es.«

Antonio beugte sich zu ihm vor. »Komm schon, es wird langsam Zeit. Es sind jetzt schon fast sieben Monate, seit Lauren und du euch getrennt habt. Ich weiß, du bist immer noch sauer auf deinen Bruder, aber das sollte dich nicht daran hindern, über deine Ex-Frau hinwegzukommen. Die beiden haben dich betrogen, sie sind furchtbare Menschen, und wir hassen sie, aber du musst dein Leben weiterleben.«

Antonio war schon immer gut darin, komplexe Vorgänge kurz und knapp darzulegen, dachte Jericho, der dessen Fähigkeit bewunderte, den Schock, den die Affäre seiner Frau mit seinem jüngeren Bruder und die darauffolgende Scheidung bei ihm ausgelöst hatte, in einem einzigen Satz zusammenzufassen.

»Ich lebe doch mein Leben weiter«, sagte Jericho.

»Du triffst dich nicht mit Frauen. Noch schlimmer – du gabelst noch nicht mal welche in Bars auf, um mit ihnen zu schlafen.«

Jericho grinste. »Wann habe ich das jemals getan?«

»Du bist ein Heteromann. Ist das nicht üblich bei euch?«

»Ich hasse es, wenn du mir Klischees zuschreibst, nur weil ich hetero bin.«

Antonio grinste. »Du Ärmster.« Dann wurde er ernst. »Hör auf zu schmollen und lebe dein Leben.«

»Hey, ich schmolle nie.«

»Na schön, nenn es, wie du willst. Lauren ist eine miese Kuh, und mir fehlen echt die Worte, um auszudrücken, was für eine Arschlochaktion das von Gil war. Aber du bist geschieden und behauptest, dass du über sie hinweg bist. Dann gönn uns doch einen kleinen Beweis.« Seine Mundwinkel senkten sich. »Ich mache mir wirklich Sorgen um dich.«

»Danke, aber mir geht's gut.«

Meistens jedenfalls. Er hatte seinen Bruder seit einem halben Jahr nicht gesehen, was zu einer ungewohnten Gestaltung der Feiertage geführt hatte. Seine Familie war klein – sie bestand nur aus seiner Mom, ihm und seinem Bruder, plus Antonio als adoptiertem Mitglied. Gils Affäre mit Lauren hatte seine Familie und ihre kleine Welt fast so sehr erschüttert wie der Tod seines Vaters vor acht Jahren. Seine Mutter hatte sich auf seine Seite gestellt – anfangs zumindest. In letzter Zeit sprach sie allerdings immer wieder von Versöhnung. Da Gil und Lauren nach wie vor zusammen waren, war er jedoch nicht bereit, sich darauf einzulassen.

»Dennis ist aber ein wirklich guter Kuppler«, murmelte Antonio.

»Habe ich nicht gerade Nein gesagt? Doch, ich bin mir ziemlich sicher, dass ich Nein gesagt habe. Ich kann mir meine Frauen selbst suchen.«

»Ja, aber du tust es nicht.«

»Wer schmollt jetzt hier?«

Die ersten fünf Töne von »La Cucaracha« erklangen draußen und verkündeten die Ankunft des Imbisswagens.

Antonios Miene hellte sich auf. »Mittagspause. Du zahlst.«

»Irgendwie zahle ich immer.«

»Du bist ja auch der reiche Bauunternehmer von uns. Ich bin ein Künstler, der sich abmüht. Das ist also nur gerecht.«

»Du führst ein erfolgreiches Innenarchitekturbüro. Und als wäre das nicht schon genug, ist dein Ehemann auch noch Partner in einer schicken, teuren Anwaltskanzlei. Du hast reich geheiratet, mein Lieber.«

Antonio lachte. »War das nicht schlau von mir?«

Jericho folgte ihm aus dem Container. »Du hättest ihn allerdings auch geheiratet, wenn er vollkommen blank und obdachlos gewesen wäre. Du liebst ihn über alles.«

»Ja, das tu ich. Und für dich müssen wir auch jemanden zum Lieben finden. Aber keine Rothaarige mehr. Die letzte war ein totales Desaster.«

»Ich glaube nicht, dass das Scheitern unserer Ehe etwas mit ihrer Haarfarbe zu tun hatte.«

»Womöglich nicht. Aber willst du das Risiko eingehen?«

Nach dem Abendessen half Aubrey Finley dabei, die Küche aufzuräumen. In Wahrheit verbrachte die Achtjährige mehr Zeit damit, zu reden, als damit, Dinge wegzuräumen, doch das ging in Ordnung für Finley – sie genoss einfach die Gesellschaft der Kleinen. Außerdem sollte Aubrey wissen, dass sie interessiert an ihrem Tag, an ihrer Schule und an ihren Freunden war, dass jedes Detail zählte.

Die ersten fünf Jahre im Leben ihrer Nichte waren äußerst turbulent verlaufen. Und solange sie Aubreys Pflegemutter war, würde sie dafür sorgen, dass das kleine Mädchen sich allzeit sicher und geliebt fühlte.

»Harry hat erzählt, dass er mit seiner Familie dieses Jahr nach Disneyland fährt«, verkündete Aubrey voller Ehrfurcht. »Für eine ganze Woche!«

»Hat Harry nicht einen ganzen Haufen Brüder?«

»Ja, vier Stück. Er ist der zweitjüngste. Aber, Finley, Disneyland! Warst du schon mal da?«

»Nein, noch nie«, gab sie zu und versuchte zu ignorieren, wohin Aubrey dieses Gespräch unweigerlich lenken würde. »Fliegen sie nach Los Angeles, oder fahren sie mit dem Auto?«

Aubrey trug einen Teller vom Küchentisch zur Theke. »Ich weiß es nicht. Ist es weit bis dahin?«

»Über tausendsechshundert Kilometer.«

Aubreys blaue Augen weiteten sich. »Die Fahrt würde ja ewig dauern.«

»Ungefähr zwei Tage.« Womöglich sogar mehr mit fünf Kindern, die alle zu unterschiedlichen Zeiten auf die Toilette mussten. Nicht, dass das beim Fliegen wesentlich unkomplizierter wäre, aber da würde die Reise wenigstens nicht so lange dauern.

»Wir sollten auch hinfahren«, erklärte Aubrey. »Wir hätten bestimmt ganz viel Spaß.«

Finley fuhr fort, die Spülmaschine zu beladen. »Das hätten wir bestimmt, aber das ist eine ganz schön lange Reise.« Außerdem eine teure, und sie glaubte nicht, sie sich leisten zu können.

»Wir könnten doch alle zusammen hin – du, ich, Grandma und Mommy.«

Mit Sloane auf Reisen gehen? Das würde ganz sicher nicht passieren.

»Hast du deine Leseaufgaben fertig?«, fragte sie in der Hoffnung, ihre Nichte vom Thema abzulenken.

»Ja, hab ich. Und meine Matheaufgaben habe ich auch gemacht. Morgen kriegen wir unsere neue Rechtschreibliste. Ich bin schon gespannt, welche Wörter diesmal draufstehen.«

»Ich weiß nicht, aber ich finde, die werden in letzter Zeit immer schwieriger.«

Aubrey vollführte eine Drehung. »Das ist mir auch aufgefallen! Letzte Woche hatten wir *Indizien* und *Schlussfolgerung*. Die waren echt schwer.«

»Aber du hast sie gelernt.« Finley lächelte. »Ich bin stolz auf dich, meine Kleine.«

Aubrey kam zu ihr und schlang ihr die Arme um die Hüften. Finley wischte sich die nassen Hände an der Jeans ab, dann drückte sie das Mädchen an sich.

»Ich hab dich lieb, Finley.«

»Ich dich auch. Du bist mein Lieblingsmädchen.«

Ebenso schnell wie die gefühlsgeladene Umarmung begonnen hatte, war sie auch schon wieder vorbei. Aubrey tänzelte von ihr weg und trällerte dabei den Song »Physical«, denn sie und ihre Grandma hatten beide ein Faible für die Achtziger.

Sobald die Spülmaschine lief und die Küchentheke abgewischt war, lief Aubrey nach oben, um ihr Ausmalheft für den Abend auszusuchen. Mit dem Heft und den Malstiften in der Hand ließ sie sich vor dem großen Couchtisch auf dem Boden nieder. Dann besprachen sie die Fernsehoptionen und einigten sich schließlich auf eine Stunde Wiederholungen von »Drei Mädchen und drei Jungen«, wonach Aubrey bis zum Schlafengehen lesen würde.

Finley überlegte, sich zu ihr zu setzen, doch es gab Wäsche zu waschen und das Badezimmer, das sie sich mit Aubrey teilte, musste auch mal wieder geschrubbt werden – eigentlich eine Aufgabe für den Samstag, doch in den vergangenen zwei Wochen hatte sie samstags Überstunden gemacht.

Sie war gerade halb die Treppe hochgegangen, als sie ihre Mom nach ihr rufen hörte.

»Finley, ich muss mit dir reden.«

Eine unverfängliche Bitte, sagte sie sich, dennoch spannten sich ihre Schultern an.

Sie folgte ihrer Mutter in das Gästezimmer, beziehungsweise Homeoffice, im hinteren Teil des Hauses. Wäschekörbe voller Sommerkleidung standen darin neben Kisten mit Weihnachtsdeko. Finley setzte sich auf das Doppelbett, während ihre Mom sich auf dem Bürostuhl niederließ.

Obwohl Molly McGowan in ein paar Monaten ihren fünfundfünfzigsten Geburtstag feiern würde, ging sie immer noch gut als Mittvierzigerin durch – wobei die Zeit und Enttäuschung ihre einst wunderschönen Gesichtszüge so weit verwischt hatten, dass sie nun nur noch auf gewöhnliche Art attraktiv war. In Finleys Augen bestand der Vorzug ihres eigenen eher durchschnittlichen Äußeren darin, keiner verblassenden Schönheit hinterhertrauern zu müssen. Sie konnte nicht noch mehr Probleme gebrauchen.

Ihre Mutter presste die Lippen zusammen, dann stieß sie sämtliche Luft aus. Finleys Schultern spannten sich daraufhin noch mehr an, und als ihr Magen vor lauter Unbehagen zu zwicken begann, bereute sie die zweite Portion Enchiladas, die sie sich beim Abendessen gegönnt hatte. Was auch immer Sloane diesmal getan hatte, sie war diejenige, die sich damit würde auseinandersetzen müssen. So ist es jedes Mal, dachte sie grimmig.

»Ich habe von deinem Großvater gehört.«

Finley registrierte die Worte ihrer Mom, hatte jedoch Schwierigkeiten, deren Bedeutung zu erfassen. Sie hatte nur einen Großvater, den Vater ihrer Mutter. Er hatte eine zentrale Rolle in ihrem und Sloanes Leben gespielt, bis er Molly auf das Sorgerecht für ihre Kinder verklagt hatte.

Mit dreizehn und fünfzehn waren sie und ihre Schwester alt genug gewesen, um gefragt zu werden, wo sie leben wollten. Sollten sie sich gegen ihre Mutter entscheiden, so würden sie sie nie wiedersehen, hatte Molly ihnen gedroht – eine erschreckende Aussicht. Jedoch hatte niemand voraussehen können, dass ihr Großvater sich, im wörtlichen wie im übertragenen Sinne, von ihnen abwenden und vollständig aus ihrem Leben verschwinden würde, als sie angaben, bei ihrer Mutter bleiben zu wollen.

»Das verstehe ich nicht«, sagte Finley. »Er hat dich angerufen? Zwanzig Jahre lang meldet er sich kein einziges Mal, und jetzt ruft er plötzlich an?«

Ihre Mutter nickte. »Er ist älter geworden, und es geht ihm nicht gut. Anscheinend ist er schon seit einer Weile krank und hat zuletzt in verschiedenen Pflegeheimen gelebt.«

Molly saß vollkommen reglos da, abgesehen von ihren Fingern, die nervös den Ring an ihrem rechten Zeigefinger hin und her drehten. Ein sicheres Anzeichen dafür, dass sie etwas zu sagen hatte, das Finley nicht hören wollte.

»Liegt er im Sterben?«, fragte sie. »Musst du zu ihm?« Sie hielt inne. »Wo wohnt er überhaupt?«

»In Phoenix. Er ist nach Arizona gezogen. Nach der Sache damals ... Du weißt schon.«

»Nach der Sache damals? Mom, er hat versucht, dir deine Kinder wegzunehmen! Er hat uns alle vor Gericht gezerrt, und als er seinen Willen nicht bekommen hat, hat er uns einfach sitzen lassen. Dabei hatte er behauptet, komme, was wolle, er sei immer für uns da, und dann war er plötzlich verschwunden. Einfach weg.«

Molly drehte den Ring an ihrem Finger schneller. »Das ist alles lange her.« Sie wandte einen Moment lang den Blick ab, dann sah sie Finley an. »Er wird bei uns einziehen. Ich habe deinen Großvater eingeladen, bei uns zu wohnen.«

»Du hast was?«

Finley bemerkte, dass sie unwillkürlich aufgesprungen war, ohne sich an die Bewegung erinnern zu können. Sie starrte ihre Mutter an, hob verzweifelt die Arme in die Luft und ließ sie wieder fallen.

»Er kommt hierher? In dieses Haus?« Als ihr einfiel, dass Aubrey im Raum nebenan war, senkte sie die Stimme. »Du hast gesagt, wir werden ihm nie verzeihen können, was er uns angetan hat. Du hast gesagt, dass wir ihn für immer hassen werden. Er hat uns verlassen, Mom. Uns alle.«

»Das hat er, da hast du recht. Aber das ist lange her, und die Dinge ändern sich.«

Finley sank zurück aufs Bett. »Wir haben nie wieder von ihm gehört. Er hat sich nicht ein Mal gemeldet.«

»Aber jetzt hat er das, er hat mich angerufen. Er ist alt und allein, und er ist mein Vater.«

Was äußerst empathisch ist, dachte Finley, und vermutlich unter moralischen Gesichtspunkten genau die richtige Haltung. Doch sie konnte ihm nicht so leicht verzeihen. Als ihr Großvater den Fall damals verloren und sich so derart wütend und zugleich kaltherzig gezeigt hatte, war sie diejenige gewesen, die zu ihm gelaufen war, die seine Hand genommen und ihn angefleht hatte, doch bitte zu verstehen, weshalb sie ihre Mutter hatte wählen müssen. Sie war diejenige gewesen, die ihm gesagt hatte, dass sie ihn lieb hatte. Die ihn gebeten hatte, ihnen nicht böse zu sein. Doch statt die Angelegenheit aus der Perspektive seiner dreizehnjährigen Enkelin zu betrachten, hatte er ihre Hand abgeschüttelt und war gegangen.

Finley erinnerte sich daran, wie sie auf dem harten Steinboden des Gerichtsgebäudes zusammengebrochen war und geschluchzt hatte, als hätte er ihr das Herz gebrochen. Denn genau das hatte er.

Wochenlang hatte sie darauf gewartet, von ihm zu hören. Sie hatte ihn angerufen, doch sein Telefon war nicht mehr angeschlossen gewesen. Sämtliche Briefe, die sie ihm schrieb, waren zurückgekommen. Ein halbes Jahr nach jenem schrecklichen Tag hatte ihre Mutter schließlich verkündet, dass Lester den Bundesstaat verlassen habe, ohne sie darüber zu informieren.

»Er zieht nächste Woche ein«, sagte ihre Mom nun und holte sie damit in die Gegenwart zurück. »Das hier wird sein Zimmer, und deshalb muss es ausgeräumt werden.«

Ihre Mutter sprach noch weiter, doch Finley hörte nichts mehr. Nächste Woche schon? Wie konnte das alles so schnell gehen?

Sie wollte Nein sagen, kundtun, dass sie strikt dagegen war. Doch dies war nicht ihr Haus, und daher war es auch nicht ihre Entscheidung.

»Mir ist klar, dass du aufgewühlt bist«, sagte ihre Mutter. »Aber ich muss das tun. Für meine Zukunft.«

»Verstehe ich nicht.«

Molly wandte den Blick ab. »Er wird uns wieder in sein Testament aufnehmen, wenn er hier wohnen darf. Es ist kein Vermögen, aber es würde mir ein wenig finanzielle Sicherheit bieten. Ich werde ja auch nicht jünger.«

Finley zwang sich, sitzen zu bleiben und den Mund zu halten. Laut loszuschreien würde es nicht besser machen. Vom Kopf her verstand sie, dass dieses Haus alles war, was ihre Mom hatte. Am College verdiente sie nicht viel, und ihre Schüler zahlten fast nichts für den Schauspielunterricht bei ihr.

Aber Lester hier einziehen lassen? Es musste doch eine andere Möglichkeit geben.

»Tu es für mich«, sagte ihre Mutter und sah sie eindringlich an. »Ich habe für dich und deine Schwester alles aufgegeben. Bitte mach jetzt auch einmal etwas für mich.«

»Du könntest auch einfach fragen«, erwiderte Finley, die plötzlich einen bitteren Geschmack auf der Zunge spürte. »Statt mir gleich Schuldgefühle zu machen.«

»Mit dir kann man nicht immer vernünftig reden. Außerdem funktioniert die Methode mit den Schuldgefühlen verdammt gut bei dir.«

Finley ignorierte die Bemerkung. »Aber was ist mit Aubrey? Ich will nicht, dass er ihr wehtut.«

»Dad wird toll mit ihr sein. Denk dran, wie sehr er dich und Sloane geliebt hat.«

»Bis er von einem Tag auf den anderen damit aufgehört hat.«

Ihre Mutter erhob sich. »Dein Leben wäre sehr viel einfacher, wenn du lernen könntest zu verzeihen.«

»Ich kann sehr gut verzeihen. Ich erwarte allerdings von den Menschen, dass sie es sich ein wenig verdienen.«

Molly setzte zu einer Erwiderung an, doch dann schüttelte sie den Kopf. »Hilfst du mir, das Zimmer leer zu räumen?«

Finley erhob sich und blickte sich um. »Möchtest du den Schreibtisch drin lassen?«

»Nein, der nimmt zu viel Platz weg. Im Keller steht noch eine Kommode. Lass uns lieber die hier reinstellen und den Schreibtisch nach unten bringen.«

»Ich kümmere mich darum. Auch um die Kisten.«

Ihre Mutter legte ihr eine Hand auf den Arm. »Ich brauche das, Finley. Nicht nur wegen des Geldes, sondern auch, weil er mein Vater ist und ich ihn vermisse.«

»Ich vermisse ihn auch, aber wir waren nicht diejenigen, die ihn verlassen haben. Das geht auf seine Kappe.«

»Es ist zwanzig Jahre her. Versuch, die Vergangenheit hinter dir zu lassen.«

2. Kapitel

»Sloane, du warst so ruhig bisher. Gibt es etwas, das du uns erzählen möchtest?«

Sloane McGowan warf der Mittvierzigerin, die sie erwartungsvoll ansah, einen Blick zu. »Vergib mir, Vater, denn ich habe gesündigt«, sagte sie mit ausdruckslosem Gesicht. Sie hielt inne. »Oh nein, Moment – falsches Meeting.«

Die zehn Personen, die in dem kleinen Raum der Begegnungsstätte in einem lockeren Kreis zusammensaßen, lachten alle auf. Na ja, nicht ganz alle, dachte Sloane, als sie Minnies wenig belustigten Blick auffing.

»Ist das ein Nein?«, fragte Minnie.

Irgendjemand muss hier mal dringend flachgelegt werden, dachte Sloane, oder einen Einlauf verpasst bekommen. Sie wandte die Aufmerksamkeit den anderen Teilnehmern zu und lächelte breit. »Hallo, zusammen. Ich bin Sloane.«

»Hallo, Sloane«, erwiderten die anderen pflichtgemäß.

»Ich bin genesende Alkoholikerin.« Sie rechnete lautlos nach. »Und noch siebenundvierzig Tage, dann bin ich seit einem Jahr trocken.«

Einige Leute klatschten.

»Dieses Jahr ist mir sehr wichtig«, fügte sie hinzu. »Irgendetwas an diesem Zeitraum wirkt bedeutsam. Und ich meine, hey, wenn ich ein Jahr zusammenhabe, bekomme ich eine neue Münze.«

Sie erntete noch mehr Gelächter. Außer von Minnie natürlich. Vielleicht schmerzten ihre Füße von den unglaublich hässlichen Gesundheitsschuhen, die sie trug.

»Ich habe das Gefühl, sobald ich das Jahr voll habe, habe ich etwas Großes erreicht. Ich muss einfach beweisen, dass ich so lange nüchtern bleiben kann – gar nicht so sehr den anderen, sondern eher mir selbst.«

Beinahe hätte sie hinzugefügt, ein Jahr lang nüchtern zu sein, würde ihr das Gefühl geben, normal zu sein. Doch sie wusste es besser, als der Gruppe gegenüber dieses spezielle Wort in den Mund zu nehmen. »Normal« wurde nicht als gesundes Ziel betrachtet – hauptsächlich, da es schwer greifbar und praktisch unerreichbar war. Mal im Ernst, kannte irgendjemand eine gute Definition von »normal«? Sie jedenfalls nicht. Aber ein Jahr lang trocken bleiben – das war eine Leistung, die sogar Minnie gutheißen konnte.

Sloane verlor schnell das Interesse an diesen deprimierenden Gedanken und ebenso daran, sich mitzuteilen, daher setzte sie ihrer Rede den abschließenden Stempel auf, der Minnie dazu bewegen würde, zur nächsten Person überzugehen.

»Einen Tag nach dem anderen, stimmt's?«

Wie aufs Stichwort dankte Minnie ihr für ihren Beitrag und suchte sich ein anderes Opfer.

Als die Stunde beinahe um war, standen alle auf und nahmen sich an der Hand, um das Vaterunser aufzusagen. Sloanes Lieblingsteil war der, in dem es um die Vergebung von Schuld ging, eine Lektion, die ihre Schwester noch zu lernen hatte. Als das Gebet endete, nahm sie ihre Tasche und ging zur Tür – fand aber plötzlich Minnie zwischen sich und dem Weg in die Freiheit vor.

»Sloane, hast du mal einen Moment?«

»Klar. Was ist los?«

Minnie, die ungefähr einen Meter fünfundsechzig groß sein mochte und eine grässliche Stretch-Hose und darüber ein unvorteilhaft lockeres Sweatshirt trug, wartete, bis sie allein im Raum waren. Sloane kämpfte gegen den Drang an, einen Witz zu reißen – Humor war in jeder angespannten Lage oft die beste Verteidigung. Doch sie wusste, dass Minnie jeglicher Sinn für alles fehlte, was nur annähernd lustig war.

Soweit Sloane wusste, leitete Minnie dieses Meeting gefühlt bereits seit der Gründung der Anonymen Alkoholiker. Vielleicht auch schon länger. Gleicher Ort, gleiche Zeit, gleiche Minnie. Sie befolgte die Regeln, hielt das Gespräch auf Spur und war nicht sonderlich berührt von den Tragödien derjenigen, die dem Dämon Alkohol verfallen waren. Irgendwann musste sie selbst mal eine Säuferin gewesen sein, doch Sloane konnte es sich beim besten Willen nicht vorstellen.

»Wie geht es dir?«, fragte Minnie, ihr Blick war so eindringlich, dass Sloane innerlich ganz zappelig wurde.

»Mir geht's super.«

Minnie schwieg erwartungsvoll.

Sloane unterdrückte ein Stöhnen. »Ich tue, was ich tun soll. Ich bin sechs Tage die Woche hier. Nur samstags nicht«, fügte sie hinzu. Obwohl sie sich nicht in der Pflicht sah, Minnie irgendetwas über ihr Privatleben zu erzählen, hörte sie sich hinzufügen: »Da hole ich nach der Arbeit meine Tochter ab.« Auf keinen Fall würde sie von ihrer wenigen Zeit mit Aubrey wegen eines Meetings etwas abknapsen.

»Ich habe es dir schon einmal gesagt«, sagte Minnie. »Du brauchst einen Sponsor.«

»Das hast du mir nicht nur einmal gesagt, das hast du mir schon dreihundertmal gesagt.« Sloane schenkte ihr ein gewinnendes Lächeln – das Lächeln, das ihr schon so manchen Strafzettel erspart und Eintritt in exklusive Clubs verschafft hatte. »Minnie, mir geht's richtig gut, ernsthaft. Bald bin ich ein Jahr lang trocken. Ich arbeite mich durch die Schritte, gehe zu den Meetings, hänge mit Leuten ab, die das Problem verstehen und mir helfen wollen. Ich kümmere mich um mein Kind, gehe einer regelmäßigen Arbeit nach. Wirklich, es ist lieb von dir, dass du dir Sorgen machst, aber mir geht's gut.«

»Du exerzierst das alles nur pro forma durch.«

»Ich dachte, wir sollen nicht über andere urteilen.«

Minnie ignorierte den Einwurf. »Du bist eine Schlaubergerin, was durchaus unterhaltsam sein kann. Aber du bist nur bis zu dem Punkt witzig, an dem andere Leute sich unwohl fühlen, weil sie das Bedürfnis nach einem ernsthaften Austausch haben. Und du gibst bei den Meetings den Ton an.«

»Was soll das denn heißen?«

»Dass du sehr lebhaft und einnehmend bist.«

Obwohl sie Minnies Worte als schmeichelnd empfand, fühlte Sloane sich zugleich niedergemacht. Sie spürte plötzlich eine Enge im Brustkorb. »Willst du mir sagen, dass ich mir besser eine andere Gruppe suchen sollte?« Durfte Minnie das? Sie einfach so rausschmeißen? Gab es keine Regeln, was das betraf?

Minnie seufzte. »Nein, natürlich nicht. Ich sage, dass du einen Sponsor brauchst und deine Nüchternheit ernst nehmen musst. Du hattest recht vorhin, als du sagtest, dass ein Jahr ein großer Erfolg ist.«

Sloane wartete auf den Rest des Satzes, doch Minnie schien fertig geredet zu haben.

»Na schön«, sagte sie. »Dann danke für die aufmunternden Worte.«

Genervt stolzierte sie durch die Tür nach draußen und zu ihrem Wagen. Blöde Kuh, dachte sie, als sie die Fahrertür aufriss. Sie setzte sich hinter das Steuer und atmete ein paarmal tief durch.

Vielleicht war es tatsächlich an der Zeit für sie, sich eine andere Gruppe zu suchen. Oder gar nicht mehr hinzugehen – schließlich ging es ihr großartig. Es hatte eine Weile gedauert, doch langsam bekam sie ihr Leben wieder in den Griff. Sie klopfte sich innerlich selbst auf die Schulter. Und wenn Minnie das nicht sehen konnte, war sie vielleicht das größere Problem.

»Jetzt könnte ich wirklich einen Cocktail gebrauchen.«

Diese Worte stiegen unerwartet in ihr auf, kamen jedoch aus tiefstem Herzen. In der halben Sekunde, ehe ihr deren Bedeutung klar wurde, suchte ihr Gehirn fieberhaft nach der besten Bar, in der sie um ein Uhr mittags einen Old Fashioned oder einen Manhattan bekommen ...

»Verdammt!«

Sie riss sich gedanklich von dem Bild los. Was sollte das? Sie trank doch nicht mehr! Sie war trocken und befand sich mitten im Genesungsprozess. Keine Cocktails, keine Bars, keinen Alkohol jeglicher Art.

Als sie ihre Schlüssel aus der Tasche nahm, bemerkte sie zu ihrer Überraschung, dass ihre Hände zitterten. Sie holte noch ein paarmal tief Luft, ehe sie den Schlüssel in das Zündschloss steckte und ihn drehte. Während sie rückwärts aus der Parklücke herausfuhr, dachte sie an die Erledigungen, die vor ihr lagen. Sie musste Lebensmittel einkaufen, und dann wollte sie beim Bastelladen haltmachen, um für Aubreys Besuch am Samstag ein paar Glasperlen zu besorgen. Nur erschien ihr das alles plötzlich äußerst stressig.

»Blöde Minnie«, murmelte sie. Die sicherste Entscheidung – das wusste sie – bestünde darin, einfach nach Hause zu fahren und es auszusitzen. In ein oder zwei Stunden würde sie sich besser fühlen. Und wenn nicht, na ja, dann würde sie mit einer Freundin reden oder sich ein anderes Meeting suchen. Ihr blieben siebenundvierzig Tage, bis sie das Jahr voll hatte, und das würde sie sich auf keinen Fall versauen.

Auf dem Weg zum Abendessen mit seiner Mutter legte Jericho einen Zwischenstopp beim Blumenladen ein. Zum einen, weil er sie wirklich liebte, und zum anderen, weil er sich schuldig fühlte, da er eigentlich gar nicht mit ihr essen wollte. Normalerweise war er gerne mit ihr zusammen, doch in letzter Zeit weniger. Nachdem sie sich sechs Monate lang auf seine Seite statt auf Gils geschlagen hatte, redete seine Mom jetzt nur noch davon, dass die Familie »wiedervereint« werden müsse. Sie wollte, dass er über die Affäre seines Bruders mit seiner Frau hinwegkam und sich mit ihm versöhnte. Eine Vorstellung, gegen die sich alles in ihm sträubte.

Er war bereit zuzugeben – wenn auch nur sich selbst gegenüber –, dass er Gil vermisste. Vor dem Betrug mit Lauren hatten sie sich sehr nahegestanden. Sie verkehrten zwar in unterschiedlichen Freundeskreisen, hatten jedoch stets darauf geachtet, Anteil am Leben des anderen zu nehmen. Er vermisste die kurzen gemeinsamen Abendessen unter der Woche und die Sonntage, an denen sie zu zweit wandern gingen oder zusammen Sportsendungen schauten. Seltsam, dass er über den Verlust von Lauren sehr viel schneller hinweggekommen war als darüber, seinen Bruder nicht mehr zu sehen.

Im Nachhinein erkannte er durchaus, dass er und Lauren womöglich nicht wirklich zusammengepasst hatten. Doch das war keine Entschuldigung für das, was sie und Gil getan hatten.

Er hatte sie nicht in flagranti erwischt, es hatte kein großes Drama gegeben. Eines Sonntags war Gil zu ihnen nach Hause gekommen, um – wie er dachte – ein *Seahawks*-Spiel mit ihm und Lauren anzusehen. Stattdessen hatte Lauren verkündet, dass sie ihm etwas zu sagen hätten.

Gil und Lauren saßen nebeneinander auf dem Sofa. Er erinnerte sich daran, dass ihn das überrascht hatte, ebenso wie die Art, wie sein Bruder Lauren ansah. Dann beichtete seine Frau ihm tränenreich die Affäre und behauptete, dass sie ineinander verliebt seien. Was danach kam, wusste er nicht mehr genau. Außer dass Gil irgendwann Laurens Hand in seine nahm. An den Teil erinnerte er sich glasklar.

Alte Kamellen, sagte er sich, als er nun vor dem Haus seiner Mutter parkte. Das einstöckige Gebäude stand auf einem knapp zweitausend Quadratmeter großen Grundstück. Das Dach war neu gedeckt und der Garten schön gestaltet. Es war das Haus, in dem Gil und er aufgewachsen waren.

Erinnerungen stiegen in ihm auf – hauptsächlich glückliche, in die sich ein paar bittersüße Noten mischten. All die Feiertagsessen, die Familienabende, das Gelächter, die Tränen. Auch die Trauerfeier für seinen Vater hatten sie hier abgehalten. Das Haus war übergequollen von Leuten, die ihn geliebt hatten. Er erinnerte sich noch daran, wie erschüttert seine Mutter nach dem Unfall gewesen war. Sie hatte immer wieder davon gesprochen, dass sie miteinander hatten alt werden wollen, von den Reisen, die sie noch zusammen unternehmen wollten. All diese Zukunftsträume waren von einem Moment zum nächsten zerplatzt.

Er hatte den Schock verdauen müssen, seinen Vater zu verlieren und zugleich plötzlich ganz alleine für Ford Construction verantwortlich zu sein. Er hatte immer gewusst, dass er das Unternehmen einmal übernehmen würde, aber erst in ein paar Jahrzehnten.

Er nahm den Blumenstrauß und ging zum Haus. Nachdem er angeklopft hatte, öffnete er die Tür und rief: »Hallo, Mom, ich bin's.«

»Im Wohnzimmer.«

Er durchquerte den altmodischen formellen Salon, den niemand benutzte, ging am Esszimmer vorbei in die Küche und trat in das dahinterliegende Wohnzimmer. Sobald er seine Mom erblickte, erstarb sein Lächeln. Sie war nicht allein – Gil und Lauren waren ebenfalls da. Sie saßen nebeneinander und wirkten beide angespannt, so als fühlten sie sich äußerst unwohl.

Er legte die Blumen auf dem Sideboard ab und sah seine Mutter an.

»Du hast mich ausgetrickst.«

Sie erhob sich. »Jericho, es wird langsam Zeit. Ich weiß, dass nicht recht war, was sie getan haben, aber das ist jetzt Monate her. Sie sind immer noch zusammen und lieben sich. Wir sind doch eine Familie – wir müssen aufeinander zugehen.«

Sie war kaum über einen Meter sechzig groß und doch stand sie vor ihm, als würde sie ihn weit überragen – auf die Art, in der Mütter ihre erwachsenen Söhne mit nur einem Blick zum Schweigen bringen konnten.

Er blieb stehen, wo er war, sah alle drei an und ermahnte sich, keinerlei Reaktion zu zeigen – wenigstens nicht äußerlich. Später würde er sich die Zeit nehmen, die aufgewühlten Gefühle in seinem Bauch zu ergründen.

»Mein Bruder hatte Sex mit meiner Frau. In unserem Haus. Wie soll ich da bitte auf ihn zugehen?«

Das musste er seiner Mom lassen, während Lauren zusammenzuckte und Gil angestrengt auf seine Füße starrte, sah sie ihn weiter vollkommen unbeirrt an.

»Es war nicht recht von ihnen«, wiederholte sie ruhig. »Es war absolut falsch, und es tut ihnen leid. Ich weiß, dass das viel verlangt ist, aber ich bitte dich trotzdem darum. Jericho, ich wünsche mir meine Familie zurück. Du und dein Bruder standet euch immer so nah. Ich vermisse das. Ich vermisse, dass wir alle zusammen sind. Und es seid nicht nur ihr beide – Antonio sehe ich in letzter Zeit auch kaum noch. Natürlich hält er zu dir, aber er fehlt mir. Ich vermisse einfach meine Jungs.«

»Und was geben sie dafür auf?«

Sie runzelte die Stirn. »Wie meinst du das?«

»Du bittest mich, ihnen die Affäre zu vergeben, zu verzeihen, dass sie mich hinter meinem Rücken betrogen haben. Was müssen sie dafür im Namen der Familie tun?«

»So funktioniert das nicht.«

»Das sollte es aber.«

Sie tat einen Schritt auf ihn zu. »Sie lieben sich. Hat das denn gar nichts zu bedeuten?«

»Sie lieben sich nicht.« Er beäugte die beiden. »Sie fühlen sich schuldig wegen dem, was sie getan haben. Würden sie sagen, dass es nur eine Affäre war, wären sie die Bösen. Aber wenn sie so tun, als wäre es eine große Liebesgeschichte, dann wird von uns allen erwartet, es zu verstehen und zu vergeben.« Er lachte höhnisch auf. »Ich bin mir nicht sicher, ob sie überhaupt fähig sind, zu lieben.«

Laurens Kopf schnellte hoch. »Jericho, sag das nicht. Du weißt, als wir geheiratet haben, habe ich dich ...«

Er unterbrach sie mit einem Kopfschütteln. »Davon würde ich an deiner Stelle jetzt lieber nicht anfangen«, sagte er leise. »Das macht es nicht besser für dich.«

Gil stand auf und rieb sich die Handflächen an der Jeans ab, dann straffte er die Schultern und sah ihn an.

»Wir lieben uns wirklich, auch wenn du es nicht glaubst. Es war falsch von uns, dich zu hintergehen, aber das ändert nichts daran, wie wir zueinander stehen. Ich habe Lauren gefragt, ob sie mich heiraten will, und sie hat Ja gesagt.«

Jericho spürte, dass ihn alle ansahen und auf seine Reaktion lauerten. Er wartete selbst neugierig darauf, denn das hatte er ganz sicher nicht kommen sehen.

Verlobt? Lauren und sein Bruder?

Er blickte zwischen Gil und der Person, die mal seine Ehefrau gewesen war, hin und her. Der Gedanke an das, was Gil getan hatte, schmerzte ihn bis ins Mark. Sie waren Brüder, und so etwas tat man nicht. Niemals. Doch wenn er Lauren ansah, musste er zugeben, dass er … nichts fühlte. Womöglich ein leichtes Bedauern darüber, sie ausgewählt, mal geglaubt zu haben, sie sei die Richtige für ihn. Doch sie und ihre Beziehung vermisste er nicht.

»Du musst doch sehen, weshalb es wichtig für uns ist, ihnen zu verzeihen«, sagte seine Mutter. »Jericho, bitte.«

»Wenn ihr heiratet, wird das, was ihr getan habt, nicht richtiger.« Er sah seinen Bruder an. »Du bist einfach ein Arschloch.«

Gil hielt seinem Blick stand, ohne auszuweichen. »Ich wünsche mir, dass du mein Trauzeuge bist.«

Die Dreistigkeit dieser Aussage brachte ihn beinahe zum Lachen.

»Das kannst du vergessen.«

Seine Mutter tat einen weiteren Schritt auf ihn zu. »Es wird eine Hochzeit geben. Hat das für dich gar keine Bedeutung?«

»Doch, klar – dass sie alles tun würden, damit sie sich besser fühlen.« Er ging zu ihr hinüber und küsste sie auf die Wange.

»Ich hab dich lieb, Mom, aber das mache ich nicht mit. Tut mir leid.«

Mit diesen Worten wandte er sich um und verließ das Haus.

Sloane spülte die weißen Bohnen ab, dann schüttelte sie das Sieb. Sie hatte bereits Tomaten, Gurken und Frühlingszwiebeln geschnitten und die Vinaigrette angerührt. Und – oh Wunder! – sie hatte sogar eine annehmbare Avocado im Lebensmittelgeschäft gefunden. Ellis stand am Herd und bewachte die Hühnerschenkel, die in der Pfanne brutzelten.

»Sie ist einfach so eine schleimige Kuh«, sagte sie.

Ellis sah sie an, ein leichtes Lächeln verzog seinen Mund. »Du weißt, dass ich dich nicht hören kann, wenn die Abzugshaube an ist.«

»Wie auch immer«, formte sie mit den Lippen, ehe sie die Bohnen in die Schüssel warf.

Er lachte leise und wandte seine Aufmerksamkeit wieder dem Fleisch zu.

Sloane gab das Blattgemüse in die Schüssel und würfelte die Avocado, dann vermischte sie alles mit der Vinaigrette. Auf dem Weg zu Ellis' Haus hatte sie an der kleinen Bäckerei neben dem Highway 99 haltgemacht und ein knuspriges Baguette gekauft. Jetzt schnitt sie es in Scheiben und trug alles zum runden Tisch neben dem Fenster, das den Blick auf seinen Garten freigab. Er kam mit dem fertigen Hühnerfleisch dazu.

Sie hatte bereits eine Karaffe mit Eistee vorbereitet, aus der Fertigmischung, die sie beide gerne mochten. Nachdem sie sich gesetzt hatten, nahm Ellis ihre Hand und senkte kurz den Kopf.

Während er einen Dank für das Mahl aussprach, ließ sie den Blick über sein dichtes braunes Haar und seine Schultern schweifen. Ellis war groß, dazu drahtig und stark. Er war Schweißer von Beruf, arbeitete hart, lebte clean und zog das Programm der Anonymen Alkoholiker mit sehr viel mehr Würde durch als sie.

Er hob den Kopf und suchte ihren Blick. Seine Augen waren braun, und meist blitzte der Schalk aus ihnen. Es war nicht so, als würde Ellis das Leben für einen Witz halten – er schien jedoch stets offen für die Möglichkeiten zu sein, die es bot. Er war schon seit fast zehn Jahren trocken. Sosehr sie es auch versuchte, sie konnte ihn sich nicht betrunken vorstellen, trotz all der Geschichten aus seiner Vergangenheit, die er ihr erzählt hatte.

»Du hast etwas von schludrigen Kühen gesagt«, bemerkte er.

Sie lächelte. »Von schleimigen Kühen. Das heißt, eigentlich nur von einer.«

»Minnie«, erriet er und legte ihr einen Hühnerschenkel auf den Teller.

»Sie ist so nervig und scheinheilig.«

»Sie macht sich eben Sorgen um dich.«

»Sie macht sich eben Sorgen um dich«, wiederholte Sloane in spöttischem Ton. »Minnie trägt nur potthässliche Kleider.«

»Du urteilst über sie.«

»Ja, und darin bin ich gut.«

Sie lud sich Salat auf den Teller, dann schnitt sie eine dünne Scheibe von der köstlichen irischen Butter ab, die Ellis stets im Haus hatte. Er war ein Mann, der das Einfache liebte, doch irische Butter musste sein.

Sie hatten sich bei einem Meeting kennengelernt. Sloane hatte verschiedene Standorte und Zeiten ausprobiert, um die beste Gruppe für sich und ihren Terminkalender zu finden. Sie war erst seit zwei Wochen aus der Entzugsklinik raus gewesen und hatte an ihren »Neunzig Meetings in neunzig Tagen« gearbeitet. Er war ihr sofort aufgefallen – vor allem wegen der Art, wie er sie angesehen hatte. Nach dem Meeting war sie auf ihn zugegangen und hatte das Gespräch mit einem unverblümten »Du bist eindeutig an mir interessiert« eröffnet.

Er hatte gelacht. »Wie könnte ich das nicht sein?« Dann erstarb sein Lächeln. »Aber es ist noch zu früh für dich.«

Ihr war klar gewesen, dass er recht hatte. Sie war noch voller Angst und fühlte sich nicht wohl in ihrer Nüchternheit. Die zwei Jahre, drei Monate und achtzehn Tage im Gefängnis nicht mitgezählt, hatte sie es nie länger als ein paar Stunden ausgehalten, ohne zu trinken. Drei Monate später hatte er nach einem Meeting draußen vor der Begegnungsstätte auf sie gewartet. Sie hatte keine Ahnung, woher er wusste, dass sie ausgerechnet an diesem Meeting teilnahm, und hatte ihn auch nie danach gefragt. Sie waren einen Kaffee trinken gegangen, der nahtlos in ein Abendessen überging – und seitdem waren sie zusammen.

»Du hast mich nie gefragt, ob ich bei dir einziehen will«, sagte sie, als sie eine Baguettescheibe mit Butter bestrich.

»Nein.«

Sie zerkaute das Brot und schluckte es herunter. »Gibt es einen Grund dafür?«

»Du bist noch nicht so weit. Krieg du erst mal dein Jahr voll, und dann schauen wir, was passiert.«

»Jetzt klingst du schon wie Minnie«, beschwerte sie sich, auch wenn sie wusste, dass er gut daran tat, vorsichtig zu sein. Trockene Alkoholikerin zu sein, war eine verzwickte Angelegenheit. Meistens fühlte sie sich stark und sicher, doch ab und zu überkam sie der seltsame, unerklärliche Drang, etwas zu trinken – wie vor ein paar Tagen, als sie darüber nachgedacht hatte, sich einen Cocktail zu besorgen. Das hatte ihr eine Heidenangst eingejagt.

»Minnie ist ein guter Mensch.«

»Argh. Jetzt stell dich nicht auf ihre Seite.« Sie legte die Gabel ab. »Ich würde sie ja verstehen, wenn ich nicht alles machen würde, was ich machen soll. Aber das tu ich. Ich gehe an sechs Tagen in der Woche zu Meetings. Ich lebe mit zwei Frauen zusammen, die ebenfalls trockene Alkoholikerinnen sind. Und du bist das perfekte Vorbild für mich, das ist also eine Beziehung mit positivem Einfluss. Was will sie denn noch?«

»Dass du deinen Genesungsprozess ernst nimmst.«

»Das tu ich doch.«

Er zog die Augenbrauen hoch.

»Das tu ich wirklich«, wiederholte sie. »Ich kann doch nichts dafür, dass ich ein fröhlicher Mensch bin.«

»Du bist eine Alleinunterhalterin.«

Sloane wünschte sich, das wäre so. Es hatte eine Zeit gegeben, in der sie …

Sie schob diese Erinnerungen beiseite. Ja, sie hatte Talent gehabt und Chancen geboten bekommen, und sie hatte all das weggeworfen, weil sie eine Trinkerin war. Darüber nachzudenken, war zu deprimierend.

»Du magst es doch, wenn ich dich unterhalte«, murmelte sie in anzüglichem Ton.

Seine dunklen Augen leuchteten auf. »Ja, das tu ich. Du bist meine größte Schwäche.«

»Mal abgesehen vom Alkohol.«

»An manchen Tagen habt ihr zumindest Gleichstand.«

Sie pikste mit der Gabel ein paar Salatblätter auf. »Aber jetzt genug über Minnie geredet. Wie war dein Tag?«

Sie unterhielten sich die gesamte Mahlzeit über. Nachdem sie den Tisch abgeräumt und die Küche gesäubert hatten, ließen sie sich im Wohnzimmer nieder. Er schaltete den Sportkanal ein, und sie nahm sich ein Tablett und holte ihre Bastelkiste hervor. Sie wollte ein weiteres Perlenarmband für Aubrey herstellen. Das war so ein Spiel zwischen ihnen – jede von ihnen fädelte der anderen unter der Woche ein neues auf.

Sie wählte vier Schnüre in verschiedenen Blautönen, dann suchte sie mehrere Perlen aus, darunter ein Herz und einen Stern. Nachdem sie die einzelnen Stränge in der passenden Länge zugeschnitten hatte, klebte sie sie am Tablett fest und begann, sie zu einem Makrameemuster zu flechten.

Ellis stellte den Fernseher auf lautlos. »Hast du schon mit Finley darüber gesprochen, dass du mehr Zeit mit Aubrey verbringen möchtest?«

»Noch nicht.« Sie fädelte eine weiße Perle auf das Armband. »Aber das werde ich noch.«

Ellis schwieg.

Sie flocht weiter die Schnüre umeinander und fügte dem Armband so einen guten Zentimeter hinzu. Ihr war klar, dass er so lange warten würde, bis sie ihre Gedanken zu Ende gedacht hatte, egal wie lange es dauerte.

Schließlich sah sie ihn an. »Ich hasse es, mich mit meiner Schwester auseinandersetzen zu müssen. Selbst wenn sie nichts sagt, weiß ich genau, was sie denkt.«

»Hier geht es aber um Aubrey.«

»Ich weiß. Und ich wünsche mir sehr, öfter mit ihr zusammen zu sein.«

Finleys Pflegschaft sah Flexibilität vor, was den Kontakt zwischen Elternteil und Kind betraf. Sloane musste nur einen entsprechenden Antrag stellen, und wenn er sich in einem vernünftigen Rahmen bewegte, musste Finley ihm normalerweise zustimmen. Sie zweifelte nicht daran, dass ihre Schwester letzten Endes Ja sagen würde. Das Problem war, was sie sich vorher alles würde anhören müssen.

Momentan sah sie ihre Tochter nur am Samstagnachmittag. Das wollte Sloane gerne dahingehend ändern, dass Aubrey bei ihr übernachten durfte. Sie könnte sie dann auf dem Weg zu ihrer Sonntagmorgenschicht zu Finley zurückbringen. Falls das gut liefe, würde sie sich zusätzlich ein gemeinsames Abendessen unter der Woche ausbitten.

Das Bedürfnis, Aubrey mehr zu sehen, größeren Anteil an ihrem Leben zu nehmen, war wie ein ständiger Schmerz. Doch neben der Sehnsucht war da auch Angst, und die war manchmal so viel größer. Die Angst, es zu vermasseln, ihrer Tochter Schaden zuzufügen, ihr das Leben schwerer zu machen. Schuldgefühle waren ihr ständiger Begleiter.

»Weißt du, was wirklich ätzend daran ist, Alkoholikerin zu sein?«

»Der Mundgeruch am nächsten Morgen?«

Sie lachte über die unerwartete Antwort, dann legte sie das Armband ab und lehnte sich in ihrem Sessel zurück. »Dass es eine nicht enden wollende Entschuldigungstour ist. Dass es keine glücklichen Erinnerungen gibt, in denen ich schwelgen kann. Egal, an welchen Moment in meiner Vergangenheit ich denke, er ist immer mit irgendetwas Schrecklichem verbunden, das ich getan habe. Ich würde mich gerne an nur eine einzige Sache erinnern und denken: Hey, da habe ich mal nicht gekotzt oder irgendwas kaputt gemacht oder jemandem wehgetan, den ich liebe. Yeah, gut gemacht!«

»Du kannst vor deiner Vergangenheit nicht weglaufen.«

»Ja, das kann ich akzeptieren. Aber was mich wütend macht, ist, dass ich keine Möglichkeit habe, es wiedergutzumachen. Egal, wie vorbildlich ich mich heute benehme, es bleibt für immer dabei, dass ich es verkackt habe. Das ist doch nicht fair.«

»Heute hast du's nicht verkackt.«

»Na ja, mir bleiben noch ein paar Stunden. Besser, du stellst mich nicht auf die Probe.«

3. Kapitel

Der Stapel mit Unterlagen, die sie für ihren Kredit durchackern musste, war ungefähr fünf Zentimeter dick. Eines Tages, dachte Finley, während sie Seite um Seite unterzeichnete und datierte, eines Tages werde ich mir ein Haus kaufen und es auf einen Schlag abbezahlen können. Zumindest in ihrer Fantasie. Doch wie die Dinge jetzt standen, war sie dankbar, überhaupt eines Kredits für würdig befunden zu werden.

Es hatte sie drei Jahre harte Arbeit gekostet, ihre Kreditkartenschulden sowie die Schulden bei ihrem ehemaligen Chef abzuarbeiten, während sie gleichzeitig auf die Anzahlung für das Haus sparte, das sie kaufen wollte. Drei Jahre, in denen sie bei ihrer Mom gewohnt und jeden Penny gespart hatte, den sie konnte.

»Das war's dann«, sagte die Treuhänderin lächelnd. »Ich schicke Ihnen noch eine digitale Kopie zu. Die Bank wird die Finanzierung am Montag bestätigen, und am Dienstag sollte der Kauf dann abgeschlossen sein.«

Finley hielt ihre gekreuzten Finger in die Luft. »So lautet jedenfalls der Plan.«

Zwanzig Minuten später steuerte sie ihren Subaru in Richtung Norden nach Mill Creek. Es war kurz nach zwei. An den meisten Wochentagen wäre sie um diese Zeit bei der Arbeit gewesen, doch sie hatte sich freigenommen, um die Verträge für ihr neues Haus zu unterzeichnen.

So viel ungewohnte Freiheit, dachte sie lachend, als sie in Kellys Einfahrt bog.

Das Haus ihrer Freundin war ein für Seattle typischer zweistöckiger Bau auf einem abschüssigen Grundstück, hinter dessen Eingangstür eine halbe Treppe nach oben und eine halbe nach unten führte. Im Garten wuchsen immergrüne Pflanzen, ein Thema, das sich in der Grünanlage dahinter fortsetzte. Die Fassade war in einem blassen Blau gestrichen, verziert mit einer weißen Bordüre, das tiefdunkle Blau der Eingangstür bildete einen schönen Kontrast dazu.

Finley klopfte an, was die zwei Hunde aufschreckte. Das Gebell wurde begleitet vom lauten Kreischen des fünfjährigen Reilly, der wissen wollte, wer an der Tür war. Sekunden später ließ Kelly sie herein.

»Willst du mein Leben gegen deins tauschen?«, fragte ihre Freundin lachend. »Ich weiß, das habe ich schon öfter gefragt, aber diesmal meine ich es ernst.«

Finley umarmte Kelly, ehe sie Reilly hochhob und ihn umherwirbelte. »Danke, aber ich fühle mich nicht wohl bei dem Gedanken, mit Ryan zu schlafen. Er ist ein gut aussehender Typ und alles, aber irgendwie widert mich der Gedanke total an.«

»Das sollte er auch«, sagte Kelly, schob die Hunde beiseite und stieg die halbe Treppe zum Hauptwohnbereich hoch.

Das geräumige Wohnzimmer ging in eine große, helle Wohnküche über, links daneben lag das Esszimmer. Hinter der Küche gelangte man in einen Wintergarten, an den sich eine Holzterrasse anschloss, die sich über die gesamte Länge des Hauses erstreckte. Vom Flur gingen zur anderen Seite hin drei Schlafzimmer ab, darunter auch das Elternschlafzimmer. Im unteren Stockwerk gab es noch einen Familienraum, drei zusätzliche Zimmer sowie ein Bad. Wenn die Kinder älter wären, würden sie sich dort ein wenig ausbreiten können, doch momentan waren alle im oberen Stockwerk zusammengepfercht.

Kelly führte sie in die Küche, und Finley setzte sich und nahm Reilly auf den Schoß.

»Wie war's im Kindergarten?«, fragte sie.

»Wir haben Schlangen gezählt!« Er wand sich aus ihren Armen, sprang von ihrem Schoß und lief hinaus, nur um Sekunden später mit mehreren kleinen Plastikschlangen zurückzukehren.

»Die sind ja schön«, sagte Finley und bewunderte die Farbenpracht. »Wie viele Schlangen sind das?«

»Eins, zwei, drei, vier, fünf.« Reilly grinste sie an, sein etwas zu langes rotes Haar hing ihm beinahe in die Augen. »Fünf Schlangen!«

Kelly, die ihren Rotschopf all ihren drei Kindern weitervererbt hatte, lachte. »Irgendwer hat eine Kiste voller Schlangen für die Kinder vorbeigebracht. Das war ein Riesenhit, und sie durften alle ein paar mit nach Hause nehmen.«

Finley warf einen Blick in das Wohnzimmer, das voller Spielzeug war und in dem sich einer der Hunde einen Haufen Stofftiere als Bett auserkoren hatte. »Weil ihr noch nicht genug Spielzeug zu Hause habt?«

»So ist es.«

Reilly trug seine Schlangen ins Wohnzimmer, wo er sich neben den Hund fallen ließ und einen Behälter voller Legosteine öffnete.

Kelly sah sie an. »Hast du unterschrieben?«

»Ja. Am Dienstag soll der Kauf endgültig über die Bühne gehen. Ich hoffe, es klappt alles.«

»Das wird es schon.« Ihre Freundin drückte ihr die Hand. »Ich freue mich so für dich. Du hast dir dein Immobilien-Comeback hart erarbeitet. Wie lange hat das jetzt gedauert? Zwei Jahre?«

»Drei.«

»Ernsthaft? So lange?«

»Das war ein Haufen Geld, den ich zurückzahlen musste.«

Vor drei Jahren war Finley gezwungen gewesen, das Haus abzustoßen, das sie eigentlich renovieren und dann weiterverkaufen wollte. Zu dem Zeitpunkt hatte sie es schon geschafft, die Küche zu erneuern, aber die Bäder sahen noch katastrophal aus, daher hatte sie nicht so viel für das Objekt bekommen, wie sie gehofft hatte. Dennoch brachte der Verkauf ihr einen guten Grundstock für die Tilgung ihres Schuldenbergs ein.

»Der Grundriss des neuen Hauses sieht wirklich gut aus«, sagte Kelly. »Überlegst du, es für dich und Aubrey zu behalten?«

»Ich bin zwar schwer versucht, aber nein. Ich möchte es auf Vordermann bringen, einen guten Profit damit machen und dann das Geld in ein größeres Haus investieren.«

»Wünschst du dir denn gar kein eigenes Zuhause?«

»Aubrey und ich haben kein Problem damit, bei meiner Mom zu wohnen.« Bisher jedenfalls.

»Was ist los?«, wollte Kelly wissen. »Was hat dieser Gesichtsausdruck zu bedeuten?«

Finley atmete tief durch. »Mein Großvater wird bald bei uns wohnen.«

Ihre Freundin erbleichte. »Du hast doch gar keinen Groß…« Kelly starrte sie entsetzt an. »Nein! Doch nicht der Vater deiner Mutter?! Wie heißt er noch mal?«

»Lester.«

»Doch nicht Lester? Der hat euch doch alle im Stich gelassen, euch so viel Schlimmes …« Sie warf einen Blick in Reillys Richtung und senkte die Stimme. »Er hat doch … Du weißt schon. Er hat sich ganz furchtbar verhalten, gegen euch prozessiert, und ist dann einfach abgetaucht. Was für ein mieser Arsch! Und der zieht jetzt bei euch ein?«

»Genau der«, sagte Finley mit einer Leichtigkeit in der Stimme, die sie nicht empfand. Sie erklärte Kelly, dass er gebrechlich war, man ihn aus mehreren Altenheimen rausgeschmissen hatte und dass ihre Mutter sich finanzielle Sicherheit wünsche.

»Sie lässt ihn des Geldes wegen bei euch einziehen?« Kelly schrie die Frage beinahe. »Willst du mich verarschen?« Sie senkte die Stimme: »Okay, Geldsorgen kann ich gut nachvollziehen. Hier wird es gen Monatsende auch immer eng, aber trotzdem. Was ist mit dir und deinen Gefühlen? Du zahlst Miete und hast deiner Mutter beide Bäder im oberen Stockwerk kostenlos saniert. Das sollte doch auch zählen.«

Finley lächelte ihre Freundin an. »Ich weiß es sehr zu schätzen, dass du mich so loyal verteidigst.«

»Ich bin ernsthaft wütend auf deine Mom. Bist du sicher, dass du nicht in das Haus einziehen kannst, das du gerade gekauft hast?«

Finley dachte an die heruntergekommenen Bäder und die nicht funktionierenden Geräte. »Würde es nur um mich gehen, wäre das eine Option, aber ich muss an Aubrey denken. Ihr geht es besser dort, wo sie ist. Nicht nur weil da der Heizkessel funktioniert, sondern auch wegen des stabilen sozialen Umfelds. Außerdem hilft mir meine Mom sehr mit ihr.«

»Bla, bla, bla. Ich hasse sie trotzdem, sie war euch nie eine gute Mutter. All die Jahre, die sie weg war, um ihrem Traum hinterherzujagen ... Genau damit haben doch die Probleme mit deinem Großvater angefangen. Damit, dass sie dich und Sloane bei ihm abgeladen hat und monatelang unterwegs war. Sie hatte Kinder. Und deine Kinder sollten immer deine oberste Priorität sein.«

»Damals erschien es normal, was sie getan hat«, gab Finley zu. »Uns zumindest. Sie hat ständig von ihren Träumen gesprochen, und wir wollten, dass sie sie wahr macht.« Ihre Mom hatte alles immer so vernünftig klingen lassen. Dass sie Sloane und sie selbstverständlich zurücklassen musste, um sich der Wandertheatertruppe anzuschließen. Außerdem hatten sie gerne bei ihrem Großvater gelebt. Er war gut zu ihnen gewesen – bis zu dem Prozess.

»Familien sind eine komplizierte Angelegenheit«, sagte sie seufzend.

»Deine mehr als meine.«

»Das sollte dich ziemlich glücklich machen oder zumindest deine Selbstzufriedenheit steigern.«

Kelly lachte. »Selbstzufriedenheit ist kein Gefühl, das ich in Bezug auf meine beste Freundin haben möchte. Brauchst du Hilfe dabei, alles für Lesters Ankunft vorzubereiten?«

»Ich hatte gehofft, mir deinen Ehemann am Samstag für eine Stunde ausleihen zu dürfen. Ich bräuchte ein paar starke Arme, um einen großen Schreibtisch aus dem Gästezimmer zu tragen und ihn durch eine Kommode zu ersetzen.«

»Ich schreibe dir am Samstag früh, dann können wir eine Zeit abmachen.« Kelly lächelte. »Vielleicht solltest du dir langsam mal deinen eigenen starken Mann suchen.«

»Nein danke. Mein Leben scheint von einer Katastrophe in die nächste zu schlittern. Ich kann nicht noch mehr Dramen gebrauchen.«

»Dann such dir einen Mann ohne Drama.«

»Den gibt es nicht. Außerdem bin ich eine Frau, die das Kind ihrer Schwester großzieht, die bei ihrer Mutter und bald auch noch ihrem Großvater wohnt und jeden Penny, den sie besitzt, in ein Haus gesteckt hat, das einer Ruine gleicht.«

»Und das du in etwas Wunderschönes verwandeln wirst.«

»Das kann dauern. Nein, ich bin wirklich kein guter Fang.«

»Da irrst du dich aber gewaltig.«

Finley wusste Kellys Loyalität zu schätzen, auch wenn ihre Freundin unrecht hatte.

»Fin!«

Sie drehte sich um und sah, wie Reilly mit mehreren seiner Spielzeuge auf den Boden klopfte.

»Komm mit mir spielen!«

Kelly legte ihr eine Hand auf den Arm, damit sie sitzen blieb, dann wandte sie sich ihrem Sohn zu.

»Reilly, denk dran, dass man nicht irgendwelche Befehle schreit, sondern höflich fragt.«

Reilly zog eine Schnute. »Ich will aber mit Finley spielen.«

»Das haben wir schon verstanden. Wie fragst du sie dann, ob sie mit dir spielen möchte?«

Sein Blick ging zwischen ihnen beiden hin und her. Finley musste auf den Tisch schauen, um nicht zu lächeln.

»Finley, kannst du bitte mit mir spielen?«

»Ja, das kann ich«, sagte sie, ging ins Wohnzimmer und ließ sich neben ihm auf dem Boden nieder. »Ist das eine Feuerwache?«

»Ja. Guck mal, ich hab Lego-Feuerwehrleute und einen Löschwagen.«

»Ich finde so große Autos toll.«

»Ich auch.«

Finley sah zu Kelly hinauf. »Ich komm hier klar. Geh ruhig ein paar Minuten meditieren oder falte Handtücher oder mach irgendwas anderes, zu dem du noch nicht gekommen bist.«

»Ich würde so gerne mal richtig lange duschen«, gab ihre Freundin zu. »Ohne ständig unterbrochen zu werden.«

»Dann ist das jetzt dein Moment.«

Kelly warf einen Blick auf die Küchenuhr. »Die Kinder kommen in etwa zwanzig Minuten. Karen ist heute dran, sie von der Schule abzuholen.«

»Ich warte hier auf sie.«

Ihre Freundin schenkte ihr ein dankbares Lächeln und eilte den Flur hinunter. Finley wandte ihre Aufmerksamkeit Reilly und den Feuerwehrleuten zu, entschlossen, die Zeit mit dem Fünfjährigen zu genießen. Er war ein lustiges Kind, noch dazu intelligent und süß, und sämtliche Wünsche, die er vorbrachte, waren normalerweise leicht zu erfüllen. Wenn ihr Leben doch auch so unkompliziert wäre wie Reilly.

Sie unterhielten sich und lachten und spielten, bis die Haustür aufsprang und Aubrey zusammen mit Kellys zwei älteren Kindern hereingeprescht kam.

Karen, eine nicht berufstätige Mutter aus der Nachbarschaft, erblickte sie und winkte. »Hallo, Finley.«

»Kelly hat sich ein paar Minuten freigenommen, um zu duschen«, erklärte Finley. »Irgendwelche Nachrichten, die ich an sie weitergeben kann?«

Karen schüttelte den Kopf. »Sie scheinen alle einen guten Tag gehabt zu haben.«

Die Kinder kamen zu ihr gerannt. Was als Gruppenumarmung begann, verwandelte sich schnell in eine Art Ringkampf, in dem sie zu Boden gedrückt wurde und die vier Kinder sich auf ihr stapelten. Es gab jede Menge Gelächter und Umarmungen und Gekitzel, bis eine vertraute Stimme sagte: »Was ist denn das für ein Durcheinander in meinem Wohnzimmer?«

Kellys zwei ältere Kinder rappelten sich vom Boden auf, um ihre Mom zu begrüßen. Reilly kehrte zu seinen Legosteinen zurück, und Aubrey setzte sich auf ihren Schoß.

»Wie war dein Tag?«, fragte Finley.

Aubrey lächelte sie an. »Gut. Die Buchstabierwörter sind so schwer, ich will heute lieber früh mit den Hausaufgaben anfangen. Außerdem muss ich die Tiere für mein Totem aussuchen. Die verschiedenen Tiere haben alle unterschiedliche Bedeutungen.«

»Gibt es ein Tier, das für hübsche, lustige, schlaue Mädchen mit einem großen Herzen steht?«

Aubrey umarmte sie überschwänglich und drückte sie fest an sich. Als sie sie wieder losließ, fragte sie: »Hast du die Verträge für das Haus unterschrieben?«

»Ja, hab ich.«

»War es viel?«

Finley grinste. »Unglaublich viel Papierkram. Es hat ewig gedauert.«

»Stand da auch mein Name drauf?«

»Leider nein, aber ich habe die ganze Zeit an dich gedacht.«

»Du wirst das Haus bestimmt so schön machen. Ich kann's kaum abwarten, zu sehen, was du alles damit anstellst!«

»Ich freu mich auch drauf, endlich anzufangen. Am Dienstag soll ich die Schlüssel bekommen.«

Aubrey klatschte begeistert in die Hände. Sie standen auf, um sich auf den Heimweg zu machen, und Finley umarmte Kelly. »Danke fürs Zuhören.«

»Das ist eine meiner Superkräfte, ich bin eine tolle Zuhörerin. Und nächstes Mal werde ich dich auch besser beraten.«

Finley lachte. »Ich dachte, Zuhören sei deine Superkraft, nicht Reden.«

»Ich bin eben Multitaskerin.«

Aubrey hielt ihre Hand, als sie zum Auto gingen. Finleys Liebe zu dem Mädchen erfüllte ihr Herz so sehr, dass sie kaum Luft bekam. Ich würde alles für Aubrey tun, dachte sie. Sie würde sich für sie ins Feuer stürzen, sich zwischen sie und jede Gefahr stellen. Sie hatte ihre Nichte immer schon wahnsinnig gerngehabt, doch die letzten drei Jahre, in denen sie für sie gesorgt hatte, hatten ihre Gefühle für sie so sehr anwachsen lassen, dass sich ihr Körper zu klein anfühlte, um all ihre Liebe und Sorge um sie zu umfassen.

Ob Molly ihnen gegenüber wohl ähnlich empfunden hatte, fragte sie sich, als sie die hintere Tür des Subarus öffnete. Und falls ja, wie hatte sie ihre Töchter immer wieder alleinlassen können, nur um ihrem Traum nachzujagen, ein großer Star zu werden? Finley machte sich nicht allzu viele Gedanken um sich selbst – sie hatte sich trotz der Umstände ganz gut entwickelt. Aber was war mit Sloane? Wäre deren Leben anders verlaufen, wenn ihre Mutter bei ihnen geblieben wäre?

So viele Fragen ohne Antwort, dachte sie, während sie sicherstellte, dass Aubrey fest angeschnallt und ihr Rucksack in Reichweite war.

»Wenn ich mein Matheblatt fertig habe und buchstabieren geübt habe, können wir dann Tanzparty spielen?«, fragte Aubrey, als Finley den Wagen anließ.

»Du weißt, dass ich nicht besonders gut in dem Spiel bin.«

Aubrey grinste sie im Rückspiegel an. »Ich weiß. Deshalb gefällt es mir ja so!«

Finley ließ ihr Team in Haus Nummer sechs starten. Der Rohbau war fertig, was bedeutete, dass als Nächstes die Rohrleitungen und die Elektrik anstanden. Das große zweistöckige Haus verfügte über viereinhalb Bäder, jeweils eine zusätzliche Spüle in der Garage und in der Waschküche, zudem gab es ein separates Gemüsespülbecken in der Küche sowie eine Zirkulationspumpe, damit die Besitzer sofort heißes Wasser hatten, welchen Wasserhahn im Haus sie auch aufdrehten. Ach, wenn ich nur mehr Geld hätte, dachte sie.

»Arbeite schön ordentlich«, sagte sie zu Zach, dem neuesten Teammitglied. »Stell dir einfach vor, deine Mom würde vorbeikommen, denn wer weiß – vielleicht habe ich sie ja tatsächlich angerufen und sie darum gebeten.«

Zach, ein Zwanzigjähriger, der erst seit drei Monaten aus der Berufsschule raus war, wurde blass. »Du hast meine Mom angerufen?«

Finley unterdrückte einen Seufzer. Zach arbeitete hart und wollte viel lernen, doch leider war er nicht die hellste Kerze am Weihnachtsbaum.

»Ich mach nur Witze«, sagte sie freundlich. »Mach einfach alles sauber, bevor du gehst. Und sorg dafür, dass der Kleber sichtbar ist – er ist nicht ohne Grund blau. Wir möchten sehen, dass alle Rohre gut abgedichtet sind. Keine Lecks in einem meiner Häuser!«

»Jawohl, Ma'am.«

»Wir machen das schon, Chefin«, versicherte ihr Burt.

»Ich weiß.«

Burt arbeitete bereits seit zwanzig Jahren im Unternehmen. Der einzige Grund, weshalb er kein eigenes Team leitete, war, dass er nicht für andere verantwortlich sein wollte. Es gefiel ihm, morgens die Stechuhr zu bedienen, seine Arbeit zu erledigen und am Ende des Tages einfach nach Hause zu fahren. Seine einzige Verantwortung bestand darin, seinen Job gut zu machen, und das tat Burt.

Finley ließ ihn weiterarbeiten und ging rüber zu Haus zwei, in dem sie die Armaturen einbauen wollte. Die Bäder im oberen Stockwerk und die Waschküche waren schon fertig. Heute würde sie den Rest des Hauses bestücken. Der Innenarchitekt hatte Wasserhähne aus gebürstetem Nickel ausgewählt, die zu ihren Lieblingen zählten. Der frei stehende Badewannenfüllhahn war so ziemlich die schönste Armatur, die sie jemals gesehen hatte, und kostete dementsprechend.

Eines Tages, dachte sie, während sie Kartons aus ihrem Van holte und sie im Wohnzimmer stapelte, eines Tages würde sie sich alles kaufen, was sie sich für ihr eigenes Haus wünschte, statt nur mit dem zu arbeiten, was sie im Ausverkauf, umsonst oder durch ein Tauschgeschäft bekommen konnte. Nur heute war es noch nicht so weit.

Sie verglich ihre Armaturenliste mit den Kartonaufdrucken und holte diejenigen hervor, die sie für die Küche benötigen würde, dann öffnete sie ihren Werkzeugkasten. Nachdem sie ihren Bluetooth-Lautsprecher auf der mit Papier abgedeckten Küchentheke abgestellt hatte, verband sie ihn mit ihrem Handy und durchsuchte ihre Playlists, bis sie eine mit einem lauten, gleichmäßigen Beat fand. Sie war in Stimmung für ein wenig Rock, der ihr den Kopf frei fegte. Mithilfe des Schlagzeugs, der Gitarren und ihrer Arbeit hoffte sie, nicht mehr darüber nachdenken zu müssen, wie genervt sie vom Einzug ihres Großvaters war.

Als sie die Armatur für die Gemüsespüle – eine kleinere Version der wunderschönen, für das Hauptspülbecken vorgesehenen auspackte, sagte sie sich, dass Lester nicht ihr Problem war. Doch sie wusste, dass sie sich damit selbst belog. Ihre Mom würde zu sehr mit dem Unterrichten und mit ihren Kursen beschäftigt sein. Außerdem war Molly gut darin, allem aus dem Weg zu gehen, was Unbehagen in ihr auslöste.

Noch schwerer wog die Tatsache, dass sie für Aubreys Sicherheit zu sorgen hatte. Bis sie den alten Mann auf Herz und Nieren geprüft hatte und sichergehen konnte, dass er Aubreys bereits angeschlagenes Herz nicht brechen würde, musste sie wachsam sein.

Sie betätigte den Einschaltknopf des Bluetooth-Lautsprechers und drehte die Lautstärke so weit auf, dass es so gerade eben noch nicht in den Ohren wehtat, dann ging sie auf die Knie und rutschte unter das Spülbecken, um mit dem Einbau zu beginnen.

Eine Stunde später war sie zum Hauptspülbecken übergegangen. Sie hing gerade halb im Unterschrank und schraubte die Überwurfmuttern fest, als die Musik plötzlich zwischen »Dancing in the ...« und »... dark« verstummte. Finley kroch aus dem Schrank hervor, nicht sicher, was da schiefgelaufen war. Sie hatte den Lautsprecher doch über Nacht geladen. Als sie zur Kücheninsel hinüberblickte, sah sie, dass es nicht am Akku lag. Stattdessen stand ein großer, dunkelhaariger Mann neben ihrem offenen Werkzeugkasten und schaute sie erwartungsvoll an.

Oha, der große Boss. Nicht ihr direkter Chef – die Firma, für die sie arbeitete, war ein Subunternehmen. Jericho Ford war der Bauleiter und Besitzer von Ford Construction, also der verantwortliche Bauunternehmer und somit auch Bauherr.

Finley rappelte sich auf und stieß sich dabei beinahe den Kopf an der Kante des offenen Küchenschranks.

»Hallo«, sagte sie und warf einen Blick in Richtung Lautsprecher. »War das zu laut?«

Jericho war ungefähr so alt wie sie, vielleicht ein paar Jahre älter. Er überragte sie mit ihren knappen ein Meter achtzig um einige Zentimeter. Genau wie sie trug er Jeans und Arbeitsschuhe mit Stahlkappe, jedoch hatte er ein Flanellhemd an, wohingegen sie sich heute für ein dickes langärmeliges Shirt im Waffelmuster entschieden hatte.

»Ich habe die Musik erst gehört, als ich ins Haus kam«, sagte er. Seine dunklen Augen verrieten nichts über seine Gedanken. »Springsteen-Fan?«

»Es ging mir heute eher um einen ordentlichen Bass als um einen bestimmten Künstler.« Sie hielt inne, nicht sicher, weshalb er hier war und was sie sagen sollte. »Ich bin Finley McGowan«, fügte sie hinzu. »Wir wurden einander vorgestellt, als ich mit der Arbeit hier angefangen habe – also nur für den Fall, dass du dich nicht erinnerst.«

»Jericho Ford.«

Sie schüttelte ihm lächelnd die Hand. »Hier weiß so ziemlich jeder, wer du bist.«

»Mag sein, aber die Leute schleimen mich viel zu wenig voll, das nervt.«

Der unerwartete Scherz brachte sie zum Lachen. »Bist du auf Komplimente und Verbeugungen aus oder nur auf geschmackvolle Geschenke?«

»Steht mir das nicht alles zu?«

»Vielleicht solltest du ein entsprechendes Memo an alle rausschicken.«

»Ah, das probiere ich mal aus.«

Er trat an die Gemüsespüle und stellte den Wasserhahn an. Es floss Wasser heraus. Er rüttelte daran, wie um zu überprüfen, ob er fest angebracht war, dann ging er in die Hocke und warf einen Blick in den Schrank. Finley musste an sich halten, um nicht damit herauszuplatzen, dass sie gut in ihrem Job war und für wen er sich eigentlich hielt, dass er ihr derart auf die Finger schaute. Nur hatten sie ja gerade klargestellt, wer er war, und da dies sein Haus war und ihre Firma für ihn arbeitete, würde sie schön den Mund halten.

»Ich habe gehört, oben gibt es eine Wahnsinnsbadewannenarmatur«, sagte er, richtete sich wieder auf und sah sie an. »Diese Beschreibung stammt von meinem Innenarchitekten, nicht von mir.«

Finley grinste und lehnte sich gegen die Küchentheke. »Oh ja, sie ist eine Schönheit. Über zweitausend Dollar für eine einzelne Armatur, plus Installation... Aber dafür ist sie elegant, komfortabel zu handhaben und einfach nur hübsch. Dein Innenarchitekt hat hier tolle Arbeit geleistet. Ich habe in allen Häusern gearbeitet, die hier gerade im Bau sind, und es gibt zwar Unterschiede in deren Gestaltung, aber das Ganze folgt definitiv einer durchdachten Grundidee.«

»Ich werde dein Lob weitergeben. Antonio wird hocherfreut sein.«

»Ich kann's kaum abwarten zu sehen, was er mit dem großen Haus ganz hinten anstellt. Das wird eine echte Schönheit.«

»Ja, das wird es.« Jericho deutete nickend in Richtung Lautsprecher. »Ist der immer so laut?«

Sie war sich nicht sicher, ob das als Kritik gemeint war oder ob es ihn einfach nur interessierte. »Nur wenn ich allein bin und Ablenkung brauche. Ich werde ihn leiser stellen.«

»Nicht nötig.« Er lächelte wieder. »Ich habe ein gut isoliertes Haus gebaut. Wie gesagt, ich konnte die Musik erst hören, als ich reinkam. Wovon brauchst du Ablenkung?«

Die Frage kam so unerwartet, dass sie mit der Antwort herausplatzte, ehe sie sich zurückhalten konnte. »Mein Großvater zieht bei uns ein.«

»Und ist das was Schlechtes?«

»Womöglich.«

Jerichos entspannte Körpersprache deutete an, dass er alle Zeit der Welt hatte.

»Ich habe ihn seit fast zwanzig Jahren nicht gesehen. Damals hat er meine Mom auf das Sorgerecht für mich und meine Schwester verklagt, und weil wir alt genug waren, wollte der Richter, dass wir uns zwischen den beiden entscheiden. Wir haben unseren Großvater sehr geliebt, aber sie war nun mal unsere Mom. Und außerdem hat sie damit gedroht, dass wir sie nie wiedersehen würden, falls wir ihn wählen.«

Er sah sie die ganze Zeit über unbeirrt an. »Klingt so, als hätte keiner der beiden euch fair behandelt.«

»Das stimmt. Aber wir waren damals noch Kinder und haben das nicht verstanden. Moms Drohung hat uns Angst gemacht, also sagten wir, dass wir bei ihr leben wollen. Unser Großvater war fuchsteufelswild und verschwand aus unserem Leben. Scheinbar für immer. Er zog in einen anderen Staat, und wir hörten nie wieder von ihm. Bis er sich jetzt plötzlich meldete. Er ist wohl alt und krank und zieht nun bei uns ein.«

Sie hielt inne und fragte sich, weshalb sie all das einem Mann erzählte, den sie gar nicht kannte. »Aus Gründen, die ich jetzt nicht vertiefen will, ziehe ich meine Nichte groß und lebe auch bei meiner Mom.« Sie bemühte sich, nicht vor Scham zusammenzuzucken, und hoffte, dass ihr Leben weniger erbärmlich klang, als es ihr gerade schien.

Er nickte bedächtig. »Du machst dir nicht nur Sorgen um dich selbst, sondern auch um deine Nichte. Was, wenn er ihr dasselbe antut, was er dir angetan hat? Du willst sie schützen.«

»Dein Wahrnehmungsvermögen ist mir beinahe unheimlich. Du bist ein Mann – eigentlich solltest du irgendeinen Kommentar grunzen und mir ansonsten viel Glück wünschen.«

»Ich grunze normalerweise nicht, aber okay.« Er lehnte sich an die Küchentheke. »Ich kann dafür sorgen, dass du deine Probleme innerhalb von zwei Sekunden vergisst.«

»Das bezweifle ich.«

Er lächelte schief. »Wette angenommen. Mein Bruder und meine Frau hatten eine Affäre.«

Finley spürte, wie ihr die Kinnlade herunterklappte. »Ernsthaft?«

»Ernsthaft. Und ich hatte nicht die leiseste Ahnung. Es gab allerdings keinen fernsehreifen Moment, in dem ich unerwartet früh nach Hause gekommen wäre und sie nackt im Bett überrascht hätte. Stattdessen haben sie sich mit mir zusammengesetzt, es gestanden und dann verkündet, dass sie sich lieben.«

»Das ist ja richtig beschissen. Wer tut so was? Und warum muss man überhaupt eine Affäre anfangen? Wenn man so unglücklich ist, dann soll man sich doch einfach trennen, wie jeder normale Mensch. Und dann auch noch mit deinem Bruder? Das ist doppelt widerlich.« Sie biss sich auf die Zunge. »Tut mir leid. Ich bin ein bisschen zu sehr ins Schimpfen geraten.«

»Schimpf nur.« Er zog fragend eine Augenbraue hoch. »Kommt dir dein Leben jetzt ein bisschen weniger schlimm vor?«

»Ich betreue meine Nichte, weil meine Schwester Alkoholikerin ist und im Knast saß. Außerdem lebe ich bei meiner Mutter, weil meine Schwester im Grunde mein Leben zerstört und mich dazu gezwungen hat, alles zu verkaufen, was ich besaß, um den Schaden zu decken. Ich krieche gerade erst wieder aus einem tiefen finanziellen Loch hervor.«

Jericho schüttelte den Kopf. »Amateurin. Nach der Affäre haben Lauren und ich uns scheiden lassen.«

»Gut.«

»Danke. Sie und Gil sind immer noch zusammen. Vor Kurzem haben sie mir im Haus meiner Mutter aufgelauert, um mir zu sagen, dass sie heiraten wollen.«

Finley stöhnte. »War ja klar. Was für ein Albtraum.«

»Und Gil möchte, dass ich sein Trauzeuge bin.«

»Was? Auf keinen Fall!« Finley schlug mit der flachen Hand auf die Küchentheke. »Was hat der denn für ein Problem? So was macht man doch nicht. Man schläft nicht mit der Frau seines Bruders und heiratet sie dann. Und wenn man schon so ahnungslos ist, sollte man zumindest so viel Anstand haben, sich unauffällig davonzuschleichen wie die Schlange, als die man sich erwiesen hat, und es still und leise tun. Trauzeuge? Er will, dass du sein Trauzeuge bist? Hast du ihm eine reingehauen?«

»Das habe ich schon seit meinem zwölften Lebensjahr nicht mehr.«

»Du hättest ihm definitiv eine reinhauen sollen.«

Jericho lachte leise. »Er ist nicht so der körperlich fitte Typ – es wäre kein fairer Kampf.«

»Du sagst das, als wäre das etwas Schlechtes.«

»Ich versuche, mich nicht in diese Niederungen zu begeben.«

»Klar. Von oben ist es leichter, Steine auf ihn zu werfen.«

»Das ist eine interessante Sichtweise.«

Sie seufzte. »Ich hab nur eine große Klappe. Eigentlich glaube ich nicht an Gewalt.«

»Nur an laute Musik.«

»Ja, die hilft. Danke, dass du mir von deinem verrückten Leben erzählt hast. Es tut mir zwar leid, dass du das alles erlebt hast, aber das relativiert so einiges in meinem.«

»Hab ich ja gesagt.« Er ging in Richtung Treppe und bedeutete ihr, ihm zu folgen. »Zeig mir mal den schicken Badewannenfüllhahn und erklär mir, wieso einer, der nur ein Viertel des Preises gekostet hätte, nicht genauso gut funktionieren würde.«

»Der hätte funktioniert, aber nicht so gut ausgesehen. Denk dran, ich treffe hier nicht die Entscheidungen, ich halte mich nur an die Pläne. Auch wenn ich darauf hinweisen muss, dass die Armatur, die dein Innenarchitekt ausgesucht hat, ein Kunstwerk ist.«

»Apropos Kunst – ich habe einen heißen Tipp, wo du günstig ein dekoratives Warzenschwein aus Draht bekommen kannst.«

»Weshalb sollte ich ein dekoratives Warzenschwein haben wollen?«

»Genau die Frage stelle ich mir auch schon die ganze Zeit.«

4. Kapitel

Finley arbeitete auch am Samstagvormittag, so wie schon in den vergangenen sechs Wochen – sie wollte Überstunden ansammeln, damit sie sich ein paar Nachmittage freinehmen konnte, wenn der Kauf des neuen Hauses abgeschlossen war. Ein paar Stunden hintereinander für die Abrissarbeiten und die Neugestaltung zur Verfügung zu haben, würde sie gleich zu Anfang ein gutes Stück mit der Sanierung vorankommen lassen.

Einer der Vorteile ihres Jobs war, dass sie um fünf Uhr morgens auf der Baustelle auftauchen konnte, ohne irgendjemanden zu stören. Sie arbeitete an den Rohrleitungen in Haus sechs und schickte ihrem Chef dann eine E-Mail, um ihm mitzuteilen, dass das Haus bereit für seine Inspektion war. Nachdem sie sich vergewissert hatte, dass sie die Tür gut abgeschlossen hatte, fuhr sie nach Hause und bog um kurz nach zwölf Uhr in die Einfahrt ein.

Ihre Mom hatte ihr geschrieben, um ihr zu sagen, dass sie und Aubrey im *Panda Express* essen und ihr von dort etwas mitbringen würden. Ihr knurrte schon der Magen beim Gedanken an Chow Mein und Orangenhuhn. Auf dem Weg in den ersten Stock nahm sie immer zwei Stufen auf einmal und ging schnell duschen.

Danach zog sie sich an, föhnte ihr Haar, bis es fast trocken war, und band es zu einem Pferdeschwanz zusammen. Irgendwann sollte sie sich wohl mal die Spitzen schneiden lassen. Sie versuchte, mindestens einmal im Jahr zum Friseur zu gehen, um ein paar Zentimeter loszuwerden. Ansonsten betrieb sie keinen großen Aufwand, was ihr Äußeres betraf.

Zurück im Erdgeschoss, dem Hauptwohnbereich, ging sie als Erstes ins Gästezimmer. Sie und ihre Mom hatten alle Kisten herausgeräumt, und am Donnerstag war sie länger aufgeblieben, um dem Raum einen frischen Anstrich zu verpassen. Ryan, Kellys Ehemann, würde nachmittags vorbeikommen, um ihr zu helfen, den Schreibtisch in den Keller zu tragen und ihn durch die alte Kommode zu ersetzen. Danach würde sie das zum Zimmer gehörende Bad mit Handtüchern bestücken, das Bett machen und so tun, als zöge hier nicht der Großvater ein, den sie seit fast zwanzig Jahren nicht mehr gesehen hatte. Sie hatte sich schon genug geärgert und wollte keine weitere emotionale Energie auf ihn verschwenden.

»Hallo, ist irgendwer zu Hause?«

Die vertraute Stimme kam aus dem Eingangsbereich des Hauses. Finley versteifte sich instinktiv, zwang sich dann jedoch, sich zu entspannen, ehe sie das Wohnzimmer betrat, in dem ihre Schwester nun stand.

»Hallo«, sagte Finley und versuchte, sich ihren Widerwillen nicht anhören zu lassen. »Mom und Aubrey müssten jeden Moment zurück sein. Sie sind zum Mittagessen im *Panda Express*.«

»Das klingt nett.« Ihre Schwester machte eine Pause. »Wie läuft's?«

»Gut.«

Finley überlegte zu erwähnen, dass sie am Dienstag die Schlüssel zu ihrem Haus bekommen würde, rief sich dann jedoch in Erinnerung, dass ihre Schwester am besten so wenig wie möglich über ihr Leben wusste.

»Und bei dir?«

Sloane schenkte ihr ein träges, betont lockeres Lächeln. »Jeder einzelne Tag meines Lebens ist die reinste Freude.«

Finley überlegte, wie lange es her war, dass sie in der Lage gewesen waren, ein normales Gespräch zu führen – wie zwei Schwestern, die sich einfach miteinander unterhielten. Definitiv Jahre. Womöglich auch Jahrzehnte. Irgendwann einmal waren sie beste Freundinnen gewesen, trotz des Altersunterschieds von zwei Jahren. Sloane hatte auf sie aufgepasst, und sie hatte ihrer Schwester stets den Rücken freigehalten.

Sloane war die schöne, talentierte Schwester gewesen, mit ihren blonden Locken und ihren großen blauen Augen. Sie war die Art von Person, die alle kennenlernen, der alle nahe sein wollten. Bereits mit zwölf Jahren hatte sie einen Raum voller Leute in ihren Bann ziehen können. Ihr, Finley, hatte es nichts ausgemacht, im Hintergrund zu bleiben. Im Zentrum der Aufmerksamkeit zu stehen, war nie ihr Ding gewesen, doch für Sloane war es wie eine Droge.

Nein, korrigierte Finley sich. Es war wie ein Drink.

Zu der Zeit hatte sich alles für sie geändert. Sloane entdeckte die Freuden des Alkohols in der Mittelstufe für sich. Ein Schluck hier und ein Shot da wuchs sich in der Highschool zu ernsthafterer Sauferei aus. Wie sehr sie auch versucht hatte, ihrer Schwester nahe zu bleiben, Sloane war ihr immer mehr entglitten – verlockt von einer Sucht, die keine von ihnen verstanden hatte. Mit dem Reiz des Alkohols konnte sie nicht mithalten, und wenn Sloane betrunken war, schien sie vollkommen zu vergessen, dass sie beide sich eigentlich nahestanden.

Als Sloane nach der Highschool nach New York zog, waren sie kaum mehr als flüchtige Bekannte. Was Finley anging, war Sloane schon Jahre vor ihrem physischen Wegzug aus ihrem Leben verschwunden.

»Aubrey möchte heute die Tiere für ihr Totem auswählen«, sagte sie und schob die Hände in die Gesäßtaschen ihrer Jeans. »Jedes Tier hat seine eigene Bedeutung, es wird also keine leichte Entscheidung für sie.«

»Wir können uns so viel Zeit dafür nehmen, wie sie will«, sagte Sloane. »Ich bringe sie um fünf zurück.«

»Okay.«

Finley zögerte, nicht sicher, was sie noch sagen sollte, und zugleich unfähig, sich auf würdevolle Weise zurückzuziehen.

Sloane, die lässig in Jeans und ein Sweatshirt gekleidet war, aber dennoch vollkommen adrett und elegant aussah, lächelte. »Ist schon okay. Du musst nicht bleiben und Small Talk mit mir halten. Ich verspreche, mich zu benehmen und nicht das Familiensilber zu klauen, während ich warte.«

»Wenn du in der Nähe bist, schließen wir immer alle Wertsachen ein.« Finley bereute ihre Worte sofort. »Tut mir leid. Das hätte ich nicht sagen sollen.«

Sloane wirkte eher amüsiert als verärgert. »Arme Finley. Da gelingt es dir mal, einen tollen Spruch zu bringen, und dann fühlst du dich gleich wieder schuldig deswegen. Das muss echt hart sein.« Sie wurde ernst. »Ich verstehe schon. Du bist immer noch sauer auf mich.«

Sloanes scherzhaftes Abtun ihrer Aussage ließ Finley einen Schritt nach vorne treten. »Sauer? Ja, das bin ich. Weil du mein Leben ruiniert hast.«

Sloane seufzte. »Das ist ja wohl ein bisschen dramatisch.«

»Du hast meinen Arbeitstransporter mit Armaturen im Wert von Hunderttausenden von Dollars gestohlen. Dann hast du sie zu Schleuderpreisen verscherbelt und den Transporter zu Schrott gefahren. Und da du meine Schwester bist, wusste mein Chef nicht, ob du alleine gehandelt hast oder ob ich auch mit drinhänge.«

»Das weiß ich alles. Du hast es mir schon mehrfach erläutert.«

»Wirklich? Es scheint nämlich, als würdest du dich an nichts davon erinnern.« Sie machte einen weiteren Schritt auf ihre Schwester zu und spürte, wie die alte Wut in ihr hochstieg. »Die Versicherung wollte nicht zahlen, daher musste ich selbst dafür geradestehen. Ich musste mein Haus verkaufen, mein Sparbuch leer räumen und meine Kreditkarten maximal ausreizen. Ich verlor meinen Job. Und all das übrigens, während ich dein Kind hier hatte, das du mir übergeben hattest, weil du nicht damit klarkamst, Mutter zu sein.«

Finley wandte sich von ihrer Schwester ab, dann wirbelte sie wieder zu ihr herum. »Jetzt bist du aus dem Knast raus und angeblich trocken und tust, was auch immer es ist, was ihr bei euren Meetings tut, und deshalb soll jetzt plötzlich alles okay sein. Wow, Sloane, du bist trocken. Herzlichen Glückwunsch! Die Vergangenheit ist mit einem Schlag vergessen.«

Die Züge ihrer Schwester verhärteten sich. »Ich habe dich nie gebeten, das alles zu vergessen. Das wäre auch vollkommen sinnlos – du wirst es nie vergessen.«

»Du hast recht, das werde ich nicht. Und zwar nicht nur, weil du dich nie dazu herabgelassen hast, die Verantwortung dafür zu übernehmen, sondern weil ich mein Leben nicht mehr zurückbekomme. Meine Kreditwürdigkeit ist immer noch nicht völlig wiederhergestellt. Ich lebe immer noch hier, weil ich mir keine eigene Wohnung leisten kann.« Jedenfalls nicht, wenn sie wieder ins Haussanierungsgeschäft einsteigen wollte, aber das würde sie nicht mit Sloane diskutieren.

»Ich habe nichts falsch gemacht«, fuhr Finley mit lauter Stimme fort. »Ich habe mich nur um meinen eigenen Kram gekümmert, als du diesen Kübel mit Scheiße über mir ausgekippt hast. Das geht allein auf deine Kappe.«

Sloane wandte den Blick ab. »Es tut mir leid.«

»Deine Entschuldigung hilft mir nicht wirklich weiter. Übrigens zieht zu allem Überfluss unser Großvater morgen hier ein. Ob ich sauer bin? Ja, das bin ich. Daher hast du recht – Small Talk ist keine gute Idee.«

Sie funkelten einander an. Finley konnte sehen, wie ihre Schwester gegen den Drang ankämpfte, etwas zu erwidern. Sie war sich sicher, dass dies einer der Schritte der Anonymen Alkoholiker war – die Person, der man etwas angetan hat, ausdrücken zu lassen, was sie empfand. Aber still und leise zuzugeben, dass sie unrecht hatte, war nie Sloanes Art gewesen.

In diesem Moment schwang die Haustür auf, und Aubrey kam hereingerannt, gefolgt von Molly.

»Mommy! Du bist da! Ich hab schon dein Auto gesehen und wusste, dass du hier bist.«

Aubrey warf sich ihrer Mutter in die Arme. Sloane fing sie auf und zog sie an sich.

»Ich habe dich so sehr vermisst«, flüsterte Sloane und schmiegte ihre Wange an die ihrer Tochter.

»Ich hab dich auch vermisst«, sagte Aubrey und umklammerte sie mit ihren dünnen Armen. »So sehr. Ich hatte einen Auftritt, und dann haben wir dir Kuchen gekauft.«

Sloane drehte sich um und warf ihr einen bösen Blick zu. »Sie hatte einen Auftritt, und du hast mir nichts gesagt?«

Finley ignorierte die aufflackernden Schuldgefühle. »Es war nur ein Übungsauftritt, keine große Sache.«

Molly trat zwischen sie beide und lächelte breit. »Sloane, du siehst wundervoll aus. Hat Finley dir erzählt, dass euer Großvater morgen bei uns einzieht? Wir sind schon alle ganz aufgeregt.« Sie stellte die Tüte von *Panda Express* auf den Beistelltisch.

Der verzweifelte Versuch ihrer Mutter, alles geradezubiegen, ließ Finleys Ärger verfliegen. Ihre Konflikte mit Sloane waren allein ihr Problem, und sie wollte nicht, dass sie das Leben anderer überschatteten.

»Ich hätte den Auftritt erwähnen sollen«, sagte sie und wich dabei dem Blick ihrer Schwester aus. »Hab's einfach vergessen. Ich schicke dir gleich die Veranstaltungsliste, die wir für den Rest des Schuljahrs bekommen haben.«

Sloane setzte ihre Tochter wieder auf dem Boden ab. »Danke.«

Aus ihrer Stimme sprach Groll, doch Finley bezweifelte, dass sie selbst wohlwollender geklungen hatte.

Aubrey, die die Spannungen nicht bemerkte, rannte zur Treppe. »Ihr sollt alle hier warten. Ich bin gleich zurück.«

Das Geräusch ihrer eiligen Schritte wurde leiser, als sie das obere Stockwerk erreichte.

Molly nahm die Tüte mit dem Essen. »Ich stelle dir das mal in die Küche, Finley. Hab einen schönen Nachmittag, Sloane. Ah, Moment, ich bring dir noch den Kuchen.«

Sie verschwand in den Flur. Sekunden später kam Aubrey

wieder heruntergerannt, in jeder Hand ein Perlenarmband. Sie reichte ihr eins und eins Sloane.

»Das sind Schwesternarmbänder«, erklärte sie und strahlte vor Stolz. »Sie sind genau gleich, sogar die kleinen Herzen. Und ich habe die glänzende Schnur genommen, deshalb glitzern sie, aber sie färben nicht ab.«

Das brach Finley fast ein wenig das Herz. »Danke, Aubrey. Du bist so ein liebes Mädchen.«

Aubrey umarmte sie kurz, ehe sie ihr das Armband überstreifte. Dann ging sie zu ihrer Mom und tat mit ihr das Gleiche. Sloane wich ihrem Blick aus.

In diesem Moment kehrte Molly mit dem Gugelhupf zurück, der in einer kleinen Tüte steckte.

»Den teilen wir uns später«, sagte Sloane zu ihrer Tochter. Aubrey grinste.

Sloane nahm Aubreys Hand. »Na schön, dann lass uns mal gehen. Wir haben viel vor heute.«

Sie verließen das Haus. Finley stand da und fühlte sich plötzlich unwohl in ihrem eigenen Zuhause.

»Wir sind um fünf zurück«, wiederholte Sloane und schob Aubrey nach draußen.

»Bis später, Finley«, rief Aubrey.

»Bis später, Krümel.«

Die Tür fiel mit etwas mehr Vehemenz ins Schloss als nötig.

Finley ging in die Küche und öffnete die Essenstüte. Trotz des köstlichen Dufts, der daraus aufstieg, hatte sie keinen Hunger mehr. Sie stellte die Behälter in den Kühlschrank und sank auf einen der Küchenstühle.

Wie konnte es sein, dass sie nur eine Sekunde mit ihrer Schwester verbrachte und sie sofort miteinander stritten? Das Schlimmste war, dass eigentlich Sloane die Böse war, aber am Ende des Tages war sie diejenige, die sich beschissen fühlte. Jedes einzelne Mal.

Sich mit seinem Bruder zu treffen, war das Letzte, was Jericho sich an einem ansonsten angenehmen Samstagnachmittag wünschte, doch er wusste, was ihm drohte, falls er ablehnte. Oh nein, nicht seitens Gil – Jericho interessierte es nicht, was sein Bruder von dem hielt, was er tat oder nicht tat. Nein, das Problem war seine Mutter. Sie war wild entschlossen, Himmel und Hölle in Bewegung zu setzen, um die Brüder wieder zu vereinen, und wenn sie einmal beschlossen hatte, dass sie etwas wollte, war sie wie eine Maschine, die nicht zu stoppen war. Da war es einfacher für ihn, vierzig Minuten auf einen Kaffee mit Gil zu verschwenden, und es dann hinter sich gebracht zu haben.

Auf die Minute pünktlich betrat er das *Starbucks*-Café in seinem Viertel und stellte sich an der Theke an. Nachdem er einen großen Filterkaffee bestellt hatte, ließ er den Blick über die mehrheitlich vollen Tische gleiten. Er entdeckte Gil sofort, musste im selben Moment jedoch seine Irritation darüber herunterschlucken, dass Lauren neben ihm saß. Schon wieder in die Falle gelockt worden, dachte er grimmig. Er nahm sein Getränk entgegen und ging zu ihnen.

Während er sich ihnen näherte, betrachtete er seine Ex und versuchte, seine Gefühle für sie zu bestimmen. Es hatte eine Zeit gegeben, da war er verliebt in sie gewesen, hatte sie geheiratet und Kinder mit ihr gewollt. Da hatte er mit ihr alt werden wollen.

Lauren ist schon verdammt hübsch, dachte er, als er neben dem Tisch der beiden stehen blieb. Rotes Haar, grüne Augen, perfekte Haut. Als sie sich kennenlernten, hatte er geglaubt, sie sei eine Nummer zu groß für ihn, er hatte sie aber trotzdem gefragt, ob sie mit ihm ausgehen wollte. Damals konnte er es kaum fassen, als sie Ja sagte. Dieses Gefühl, der glücklichste Mann auf der Welt zu sein, hatte sich durch ihre gesamte Beziehung gezogen, bis zum Schluss.

Gil erhob sich und deutete steif auf den leeren Stuhl ihnen gegenüber. Jericho zog ihn ein Stück zurück, ehe er sich setzte. Ein wenig Distanz war sicher keine schlechte Idee.

»Na, ihr Turteltäubchen?«, sagte er. In seinem Ton lag eine ordentliche Portion Sarkasmus.

Lauren wandte den Blick ab, wohingegen Gil sich zu ihm herüberbeugte. »Es ist wichtig für uns, dass das mit uns beiden in Ordnung für dich ist, Jericho. Für uns und für Mom.«

Er nippte an seinem Kaffee, ehe er antwortete. »Wolltest du mich nicht vielleicht erst mal fragen, wie es mir geht? Wir könnten auch über das Wetter reden. Es regnet nicht mehr so stark wie vorhin.«

Gil ignorierte ihn. »Was auch immer du glaubst, wir lieben uns, und wir werden heiraten.«

»Danke für die Mitteilung.«

Er sprach ohne großen Ärger, hauptsächlich, da er feststellte, dass er tatsächlich nicht besonders viel empfand. Ja, Ekel vor den beiden, Irritation darüber, dass er hier sein musste. Aber auf persönlicher Ebene empfand er nichts für seine Ex. Was seinen Bruder betraf, nun ja – es war schwer, über die Enttäuschung hinwegzukommen.

Lauren legte ihre Hand auf die von Gil und sah ihn an. »Es tut uns leid«, sagte sie leise. »Das solltest du wissen.«

Er nippte weiter an seinem Kaffee.

»Jericho, bitte«, fügte sie hinzu. »Wir möchten es wiedergutmachen.«

»Bitte?«, wiederholte er. »Auf einmal fragst du mich? Mir scheint, ihr habt viel Zeit damit verbracht, mir Dinge mitzuteilen. Mir zu sagen, dass ihre eine Affäre hattet. Dass ihr verliebt seid. Dass ihr heiraten wollt. Ihr habt längst all die großen Entscheidungen getroffen, warum seid ihr jetzt plötzlich interessiert daran, es wiedergutzumachen? Darüber habt ihr definitiv nicht nachgedacht, als ihr miteinander geschlafen habt.«

Sie senkte den Blick.

»Ihr zwei habt entschieden, meine Ehe zu zerstören, ohne euch Gedanken um irgendetwas zu machen, das wiedergutzumachen wäre. Als ihr feststelltet, dass ihr Gefühle füreinander entwickelt hattet, hättest du dich trennen können. Du hättest es mir schon damals sagen können.« Er sah seine Ex-Frau an. »Du hättest mich um die Scheidung bitten können. Stattdessen hast du mich hintergangen, in dem Wissen, dass das, was ihr tatet, falsch war. Aber jetzt seid ihr verliebt, und alles soll vergeben und vergessen sein? Das wird nicht passieren. Wenn ihr heiraten wollt, geht mit Gott, aber erwartet nicht von mir, daran teilzuhaben.«

Jericho war ein bisschen stolz auf sich, weil er das alles so schlüssig vortrug. Noch beeindruckender war jedoch, wie wenig er den beiden gegenüber empfand. Die Zeit hatte Wunder gewirkt. Er liebte Lauren nicht mehr, er mochte sie sogar kaum mehr. Aber egal – er hatte das alles hinter sich gelassen.

Dasselbe mit Gil zu tun, war komplizierter, doch er arbeitete daran.

Sein Bruder und Lauren tauschten einen Blick aus, der geheime Botschaften zu enthalten schien. Dasselbe beobachtete er ständig bei Antonio und Dennis und fragte sich, ob er und Lauren jemals diese Art nonverbaler Verbindung zueinander gehabt hatten. Damals, als sie noch verheiratet gewesen waren, hätte er vermutlich gesagt, dass ja, aber jetzt war er sich da nicht mehr so sicher.

Lauren wandte sich wieder ihm zu. »Wir wünschen uns deinen Segen.«

Er lachte leise. »Ist das euer Ernst? Nein. Ihr seid erwachsen, heiratet, wenn ihr wollt. Aber von mir wird es keinen Segen geben und auch nichts anderes.«

Gil umklammerte seine Tasse. »Aber wir sind doch Brüder.«

»Hm, das hättest du dir vielleicht überlegen können, ehe du meine Frau gevögelt hast.«

Gil zuckte zusammen. »Wir sind eine Familie. Ich will, dass du mein Trauzeuge bist.«

»Nein.«

Erneut tauschten sie diesen Blick aus.

Lauren holte tief Luft. »Jericho, ich weiß, dass du Zeit brauchst, um dich an die Vorstellung zu gewöhnen, aber ...«

Er unterbrach sie mit einem eiligen Kopfschütteln. »Tu nicht so, als würdest du mich kennen. Du kennst mich nicht. Wir sind nicht mehr zusammen.«

»Na ja, ich dachte, während wir die Hochzeit planen, könntest du vielleicht helfen, den Junggesellenabschied zu organisieren.«

Jericho starrte sie an. Er war sich sicher, nicht richtig verstanden zu haben. »Junggesellenabschied?«

Sie presste die Lippen zusammen. »Ja. Gil wünscht sich einen, aber manchmal läuft so was aus dem Ruder. Und da du immer so verlässlich und ehrenwert bist, dachte ich, wenn du ihn planst, muss ich mir keine Sorgen machen, dass irgendwas Schlimmes passieren könnte.«

Eins muss man ihr lassen, dachte er, sie ist an Dreistigkeit nicht zu übertreffen.

»Du meinst so etwas wie, dass er Sex mit einer anderen Frau haben könnte?«

»So würde ich es nicht direkt ausdrücken«, murmelte sie. »Aber ja.«

»Das würde ich nie tun«, protestierte Gil.

Lauren bedeutete ihm zu schweigen, und er starrte die beiden ungläubig an.

Das kann einfach alles nicht wahr sein, dachte er. Irgendjemand hier drehte gerade völlig durch, und er war sich ziemlich sicher, dass er es nicht war.

»Ich kann deine Sorge verstehen«, sagte er, ehe er seinen restlichen Kaffee runterkippte. »Wie geht noch mal der alte Spruch? ›Wer mit dir betrogen hat, wird auch dich betrügen‹? Mir scheint, ihr seid beide der Typ dafür.« Er erhob sich.

»Nein«, sagte er mit Nachdruck. »Nein, ich werde nicht zu eurer Hochzeit kommen, und nein, ich werde nicht dein Trauzeuge sein, und auf gar keinen Fall werde ich deinen verfluchten Junggesellenabschied planen.«

Mit diesen Worten ging er. Als er an seinem Pick-up-Truck ankam, warf er einen Blick zurück zum Café. Bis vor Kurzem hatte er in sämtlichen Situationen seinen Mann gestanden, doch in der vergangenen Woche war er schon zweimal geflüchtet. Darauf war er nicht gerade stolz, aber er war sich nicht sicher, ob er eine Wahl gehabt hatte.

Jetzt war nur noch die Frage, wie lange es dauern würde, bis er von seiner Mutter hörte. Auf dieses Gespräch freute er sich jetzt schon.

»Ich finde, du solltest einen Lachs dabeihaben«, sagte Sloane, als sie das Haar ihrer Tochter bürstete.

»Aber das ist ein Fisch.« Aubrey klang zweifelnd. »Ich will richtige Tiere auf meinem Totem.«

»Was sagt das Buch über Lachse?«

Aubrey blätterte eine Seite vor. »Stolz, selbstsicher, weise und inspirierend.«

»Das sind doch alles sehr gute Dinge.« Es waren Persönlichkeitsmerkmale, die sie ihrer Tochter gerne zuteilwerden lassen würde, wenn so etwas ginge. Sloane litt jedoch nicht an Größenfantasien, was ihre erzieherischen Fähigkeiten betraf.

»Mag sein, aber ich hätte lieber ein hübsches Tier auf meinem Totem.«

»Du kannst bis zu vier Stück auswählen.« Sloane legte die Bürste weg und nahm einen Kamm. Sie teilte Aubreys dickes, glänzendes Haar in zwei Teile und steckte den einen Teil hoch. Dann kämmte sie den anderen, teilte ihn nochmals in drei Strähnen und fing an zu flechten.

»Die Kwakiutl lebten in Kanada«, erklärte Aubrey ihr. »Die Kanadier sind unsere Freunde. Und die Kwakiutl lebten dort auf Vancouver Island und auf dem Festland.« Sie drehte sich um und sah Sloane an. »Warst du schon mal in Kanada?«

»Ja, war ich. Es ist sehr schön dort. Wir könnten mal die Fähre nach Victoria nehmen, wenn du willst.«

Aubreys Augen weiteten sich. »Wirklich? Diesen Sommer? Können wir da hin?«

Sloane wurde klar, dass sie voreiliger gesprochen hatte, als die Vernunft ihr gebot. »Vielleicht noch nicht ganz so bald. Ich brauche erst einen Pass.« Ihrer war schon lange abgelaufen. »Hast du einen?«

»Ich weiß es nicht. Was ist das?«

»Ein Pass ist ein Dokument, in dem steht, dass du amerikanische Staatsbürgerin bist und in andere Länder reisen darfst.«

»Das klingt wichtig.«

»Ist es auch. Ich schaue mal im Internet nach, wie man an neue Pässe für dich und mich kommt.«

»Du solltest Finley fragen«, sagte ihre Tochter. »Sie weiß so was.«

Du solltest Finley fragen, wiederholte Sloane lautlos in spöttischem Singsang, aber ganz tief in ihrem Inneren. Ihre ambivalenten Gefühle ihrer Schwester gegenüber waren ihre eigene Angelegenheit – es gab keinen Grund, Aubrey in diesen verwirrenden Konflikt hineinzuziehen.

Ihre Schwester war zur Stelle gewesen, als sie sie brauchte, und zog ihre Tochter für sie groß, wie Finley vorhin selbst deutlich gemacht hatte.

»Welches Tier soll ich noch auf mein Totem nehmen?«

»Vielleicht einen Kolibri oder einen Fuchs?«

Aubrey überflog die Beschreibungen. »Wenn ich ein Fuchs wäre, könnte ich mich unsichtbar machen. Das wäre lustig.«

Sloane hatte den ersten Zopf fertig und begann mit dem zweiten. »Ja, das wäre lustig. Und Finley ist eine Gans.«

»Die meisten Wörter in der Beschreibung kenne ich, aber was heißt ›rigide‹ und was ›bedacht‹?«

»Jemand, der ›bedacht‹ ist, ist vorsichtig und denkt über die Konsequenzen seiner Taten nach. ›Rigide‹ heißt, dass man sich an die Regeln hält.«

Rigide Menschen hatten außerdem einen Stock im Arsch, doch es gab keinen Grund, das vor ihrer Tochter anzusprechen.

»Es tut mir leid, dass ich deinen Auftritt verpasst habe«, sagte sie und spürte noch immer den Ärger darüber, nicht informiert worden zu sein. »Zum nächsten komme ich, versprochen.«

Aubrey drehte sich zu ihr um und lächelte sie an. »Das wäre toll.«

Ihre Tochter war so ein süßes, liebevolles Mädchen. Sloane war klar, dass nichts von Aubreys Güte auf sie zurückzuführen war. Während der ersten fünf Jahre im Leben ihres Kindes war sie emotional und physisch abwesend gewesen. Okay, und betrunken. Wäre Calvin nicht eingesprungen und hätte Aubrey allein großgezogen – Sloane wusste nicht, was dann passiert wäre. Doch er war zum Glück da gewesen und hatte seine Verantwortung als Vater sehr ernst genommen. Aber dann war er gestorben, und sie war alleine mit einer Fünfjährigen zurückgeblieben, ohne die geringste Ahnung, was mit ihr zu tun war.

Sie und Calvin hatten zusammengelebt – Aubrey war ihr also nicht fremd –, aber Sloane war selten zu Hause gewesen, und wenn, dann meistens in betrunkenem Zustand. Sie hatte ein paar schöne Erinnerungen von Spaziergängen im Park und gemeinsamem Plätzchenbacken, doch sie wusste nicht, ob die real waren oder Bilder aus einem Fernsehfilm, den sie mal gesehen hatte.

Vier Monate nachdem sie Calvin verloren hatte, war sie an ihrem Tiefpunkt angelangt – zumindest was ihre Tochter betraf. Daraufhin hatte sie Aubreys Sachen zusammengepackt, sie zu Finley gebracht und ihrer Schwester verkündet, dass sie es nicht schaffte. Sie konnte nicht Aubreys Mutter sein.

An Details dieses Gesprächs erinnerte sie sich kaum noch. Irgendein Mann war dabei, da Finley zu dem Zeitpunkt verlobt gewesen war. Sloane ging zum zweiten Zopf über und versuchte, sich zu erinnern, was mit dem Typen passiert war und wie er geheißen hatte, doch sie hatte nicht die leiseste Ahnung. Diese Phase ihres Lebens war in ihrer Erinnerung völlig verschwommen. Sie hatte Aubrey bei ihrer Schwester abgeliefert und versucht, ihre Schuldgefühle wegzutrinken – nur hatte dafür aller

Alkohol der Welt nicht gereicht. Also stahl sie den Arbeitstransporter ihrer Schwester. Der Rest war schmachvolle Geschichte.

»Du könntest mit mir zusammen Stepptanz üben«, sagte Aubrey. »Ich kann dir die Schritte beibringen.«

Sloane band die Enden der Zöpfe ihrer Tochter mit Schleifen zusammen. »Ich weiß, dass du das könntest, aber das würde viel Zeit in Anspruch nehmen, und unsere Nachmittage vergehen sowieso schon so schnell.«

Ihre Tochter drehte sich zu ihr um. Sloane nahm Aubreys kleine Hände in ihre und wappnete sich für das, was nun kommen würde.

»Vielleicht könnten wir uns ja öfter sehen«, sagte Aubrey in hoffnungsvollem Ton. »Dann könntest du auch die Choreografie lernen.«

Es fühlte sich an, als würden sich Messerspitzen in Sloanes Herz bohren. Die zwölf Schritte, die Schuldgefühle, die Bewährungsstrafe sind nichts im Vergleich zu diesem Schmerz, dachte sie grimmig. Das war der wahre Preis ihrer Sucht, Momente wie dieser.

»Das fände ich auch sehr schön«, sagte sie vorsichtig. »Du weißt, wie lieb ich dich habe, oder?«

Aubrey nickte.

»Mir geht's auch schon viel besser«, fuhr sie fort. »Und ich habe einen Plan. Aber vorerst müssen wir alles so lassen, wie es ist.«

»Aber du bist doch nicht mehr krank, so wie früher.«

Krank. So hatten sie und Aubrey über ihre versoffenen Zeiten gesprochen, über ihre Aussetzer und die Momente, in denen sie auf Knien die Überreste dessen ausgekotzt hatte, was sie bis zum Morgengrauen getrunken hatte. *Mommy ist morgens immer übel.*

Sie drückte die Hand ihrer Tochter. »Ich liebe dich so sehr, und ich möchte jede Sekunde mit dir verbringen. Ich hoffe, du weißt das.«

Ein weiteres Nicken.

»Aber jetzt gerade funktioniert alles gut, so, wie es ist. Es ist besser, wenn wir erst mal dabei bleiben.«

Aubrey wirkte sichtlich enttäuscht. »Okay.« Sie hielt inne. »Ich wünschte, du könntest mit mir bei Finley und Grandma wohnen. Dann wären wir alle zusammen.«

Mit ihrer Schwester zusammenleben? Sloane hoffte, dass ihr Widerwille nicht deutlich erkennbar war.

»Jetzt gerade muss ich allein sein. Um ein paar Dinge noch besser zu lernen. Aber ich denke die ganze Zeit an dich.«

Aubrey warf sich in ihre Arme. »Ich denke auch an dich.«

»Ich werde mal rausfinden, wie wir an Pässe kommen.«

»Ja, dann können wir nach Kanada fahren. Zu unseren Nachbarn im Norden.«

Sloane lachte und drückte Aubrey fest an sich.

Sie spielten verschiedene Brettspiele, bis es vier war, dann fuhren sie in die Bibliothek, wo sie sich beide ein paar Bücher aussuchten. Sloane lieh sie über ihre Bibliothekskarte aus, dann steuerte sie ihren Wagen zurück in das Viertel, in dem sie aufgewachsen war.

Je näher sie dem Haus kamen, desto mehr erinnerte sie sich an die wütenden Worte ihrer Schwester am Mittag. Dass sie Finleys Leben ruiniert habe. Sie hätte sich gerne eingeredet, dass ihre Schwester das Ganze überdramatisierte, doch die traurige Wahrheit war, dass sie recht hatte. Sie hatte all diese Dinge getan. Sie konnte sich nicht mehr daran erinnern, aber es gab Filmmaterial von Überwachungskameras, und als sie festgenommen wurde, stand sie neben dem leeren, zu Schrott gefahrenen Transporter.

Es war nicht das erste Mal gewesen, dass sie im Gefängnis gelandet war, aber das längste. Sie hatte dortbleiben müssen, während man ihren Fall untersuchte. Auf Kaution freizukommen, war keine Option gewesen – Calvin war nicht mehr da, und von Finley konnte sie ganz sicher nicht erwarten, dass sie ihr half. Selbst wenn sie es gewollt hätte – ihre Schwester hatte weder Geld noch irgendwelche Sicherheiten gehabt, dafür hatte sie, Sloane, gesorgt. Finley war, wie sie gesagt hatte, gezwungen gewesen, bei ihrer Mutter einzuziehen.

Wäre es nur um sie selbst gegangen, hätte sie vermutlich in ihrem Auto geschlafen, bis sie sich wieder eine Wohnung leisten konnte. Doch Finley hatte sich einverstanden erklärt, Aubrey in ihre Obhut zu übernehmen, sie trug also die Verantwortung für sie. Und Finley tat immer das Richtige, egal welchen Preis sie dafür zahlen musste.

Sloane hatte währenddessen im Gefängnis gesessen und darauf gewartet, den Deal zu akzeptieren, der ihr angeboten werden würde. Der Staat war an einem Gerichtsprozess nicht interessiert gewesen – das Geld war sie nicht wert.

Sie war auf die härteste Art ausgenüchtert worden, die man sich vorstellen konnte. Zitternd und würgend, unfähig zu schlafen oder sonst wie zur Ruhe zu kommen, hatte sie drei grauenhafte Tage in ihrer Zelle verbracht. Dann hatte sie den Deal angenommen, den man ihr anbot. Ihre einzige Forderung bestand darin, ihre Strafe in der Nähe absitzen zu dürfen, damit ihre Mom alle paar Wochen mit Aubrey zu Besuch kommen konnte.

Die ganze Zeit über hatte Finley sich um Aubrey gekümmert – sie hatte sie großgezogen, sie geliebt und nie auch nur ein schlechtes Wort über ihre Mutter verloren.

Sloane bog in die Einfahrt ein. Das vertraute Gebräu aus Reue, Feindseligkeit und Schuldgefühlen drehte ihr den Magen um. Die Nächte, in denen sie nicht schlafen konnte und immer wieder in Gedanken durchspielte, was sie verloren hatte, waren nicht mal das Schlimmste – das Schlimmste war das hier. Sich von ihrer Tochter zu verabschieden, weil sie zu verkorkst war, um ihr eine richtige Mutter zu sein.

Die Haustür ging auf, und Finley trat auf die Veranda. Aubrey löste ihren Sitzgurt und sprang aus dem Wagen.

»Ich hab neue Bücher, und guck mal, meine Haare! Mommy hat sie geflochten.«

Finley nahm sie in die Arme und schwang sie durch die Luft. »Du siehst so hübsch aus. Und wie toll, dass du neue Bücher hast. Die können wir heute Abend zusammen lesen.«

»Au ja!«

Aubrey befreite sich aus Finleys Armen, kam zu ihr zurückgerannt und schmiegte sich an sie. »Ich hatte ganz viel Spaß, Mommy. Ich hab dich so lieb!«

»Ich hab dich noch mehr und noch mehr und noch viel mehr lieb.«

Sie lächelten einander an. Sloane gab sich Mühe, sich ihr gebrochenes Herz nicht anmerken zu lassen. Sie reichte Aubrey die Bücher und die Notizen, die sie zu den Totemtieren gemacht hatten, gab ihr noch einen letzten Kuss und blieb dann neben ihrem Auto stehen, während Finley mit ihr hineinging. Aubrey winkte ihr, bis die Tür ins Schloss fiel.

Erst als sie allein war, wurde ihr klar, dass sie und Finley kein einziges Wort miteinander gewechselt hatten. Das ist ja nichts Neues, dachte sie, als sie in ihren Wagen stieg und den Motor anließ. Was hatten sie – nach allem, was passiert war – einander noch zu sagen?

5. Kapitel

Finley konnte sich mit Barbies Sonnenbrille anfreunden, ebenso mit den niedlichen Stiefeletten mit den kleinen Flügeln daran, sogar mit dem Einhornschweinchen. Mit der Frisur hatte sie jedoch ihre Schwierigkeiten. Sie war wunderhübsch, aber ihr war nicht klar, wie man die hinbekam, und wenn Aubrey sie bitten würde, sie so zu frisieren, wären sie beide vom Resultat enttäuscht.

Ihre Nichte hielt ein rosa Kleid hoch. »Das hier?«

»Darin würde Barbie großartig aussehen.«

»Aber mit den Stiefeln, oder?«

»Ja, die runden das Outfit perfekt ab.«

Aubrey lächelte sie an und zog der Puppe das Kleid über. Finley saß mit ihr auf dem Wohnzimmerboden und spürte beinahe körperlich, wie die Zeit verging. Ihre Mom war bereits auf dem Rückweg vom Flughafen – entweder sie gab sich jetzt einen Ruck und sprach das Thema an, oder Aubrey wäre auf die Begegnung mit Lester vollkommen unvorbereitet.

»Wir sollten mal über deinen Urgroßvater sprechen«, sagte Finley vorsichtig, während sie Barbies flauschige pinke Jacke faltete. »Er wird bald hier sein.«

Aubrey sah sie an. »Ja, er wird bei uns wohnen. Grandma hat es mir erzählt.« Sie senkte die Stimme. »Er ist sehr alt.«

»Das stimmt.« Zwanzig Jahre älter als bei Finleys letzter Begegnung mit ihm.

»Wieso wusste ich vorher nichts von ihm? Du hast nie über ihn gesprochen.«

»Es gibt viele Dinge, über die ich nicht spreche.«

Aubrey warf ihr einen erstaunlich wissenden Blick zu. »Aber er gehört doch zur Familie.«

Ach ja, da war ja noch dieses Detail. »Ich habe ihn lange nicht mehr gesehen.«

»Aber er ist dein Großvater.« Aubrey runzelte die Stirn. »Warte mal, stimmt das?«

»Ja, genau – er ist der Vater meiner Mutter. Mein Großvater und dein Urgroßvater.«

Aubrey sank auf den Teppich und starrte an die Decke. »Kanntest du ihn, als du so alt warst wie ich?«

»Ja. Wenn deine Grandma zum Arbeiten wegfuhr, blieben deine Mom und ich immer bei ihm.«

Aubrey setzte sich abrupt auf. »War Grandma am Broadway?«, fragte sie in ehrfurchtsvollem Ton.

»Nicht direkt. Sie hat sich Wandertheatergruppen angeschlossen und ist durchs Land gereist, um in deren Stücken aufzutreten.«

»Mommy war am Broadway.«

Ja, ungefähr fünf Minuten lang, ehe sie auch das vergeigte, indem sie immer wieder betrunken bei den Proben auftauchte. »Ich weiß. Das war sehr aufregend.«

»War Grandma ein Star?«

Eine Frage, die Finley nicht zu beantworten wusste, ohne gemein zu klingen. »Sie wollte gerne einer sein.«

»Grandma redet davon, dass ich auch ein Star werden kann, aber ich glaube, ich will lieber ganz normal sein.«

Finley zog das Mädchen auf ihren Schoß und umarmte es. »Du bist zu besonders, um normal zu sein.«

»Du weißt, was ich meine.«

»Ja, ich weiß. Dann also normal.«

Aubrey schmiegte sich an sie, die Puppe noch immer in der Hand. »Hattest du Angst davor, bei ihm zu wohnen?«

»Anfangs ja. Wir kannten ihn zwar, aber bei jemandem zu leben, ist noch mal was anderes.«

»So wie ich, als ich hierhergekommen bin, um bei euch zu leben?«

Finley dachte an diese Zeit zurück – daran, wie ihrer aller Leben auf den Kopf gestellt worden war, als Sloane mit der fünfjährigen Aubrey auftauchte und um Hilfe bat. Sie hatten immer mal wieder ein wenig Zeit mit ihr verbracht – an Geburtstagen, Weihnachten und bei anderen gelegentlichen Familienzusammenkünften –, doch Sloane war nicht gut darin gewesen, den Kontakt zu halten, und Calvin hatte kein Interesse gehabt, die Beziehung zur Familie seiner Freundin zu pflegen. Finley machte ihm da keinen Vorwurf. Er hatte eine Tochter großzuziehen und seiner Arbeit nachzugehen, und er musste sich außerdem um Sloane kümmern, daneben blieb nicht mehr viel Zeit.

»Ein bisschen war es so«, sagte Finley. »Ich weiß, dass du damals Angst hattest.«

»Eine Weile, aber du hast gemacht, dass es mir besser geht.«

Finley hatte sich von Kelly ein Kinderbett ausgeliehen und während des ganzen ersten Monats in Aubreys Zimmer geschlafen. In den ersten Nächten hatte ihre Nichte es noch gebraucht, dass alle Lichter eingeschaltet blieben, doch nach und nach gewöhnte sie sich daran, nur mit einem Nachtlicht auszukommen. Die Albträume loszuwerden, hatte länger gedauert, und die Tränen über den Verlust ihres Vaters waren erst ein halbes Jahr später langsam versiegt. Zwar vermisste sie auch Sloane, doch Calvin war derjenige, um den sie trauerte.

Sie war mit dem Schmerz der Fünfjährigen überfordert gewesen, und Molly hatte auch nicht besser gewusst, wie sie damit umgehen sollte. Finley sprach mit einer Kinderpsychologin, las ein paar Bücher, holte sich Rat bei Kelly und tat ihr Bestes, ein sicheres, beständiges Umfeld für die Kleine zu schaffen.

Nach und nach fanden sie heraus, wie sie eine Familie sein konnten. Sie war Aubreys Hauptbetreuerin, und Molly sprang ab und zu ein. Ihre Mom war auch diejenige gewesen, die alle vier Wochen in die Vollzugsanstalt gefahren war, damit Aubrey ihre Mutter sehen konnte. Sie selbst hatte es vorgezogen, ihre Schwester nicht zu besuchen.

»Ich hatte damals deine Mom«, erklärte Finley. »Wir haben uns ein Zimmer geteilt, da war es leichter, keine Angst zu haben.«

»Und dann ging es euch irgendwann besser, oder? So wie es bei mir besser wurde?«

»Genau. Und dann kam deine Grandma zurück, und wir wohnten wieder bei ihr.« Zumindest bis die nächste Gelegenheit für Molly winkte, dann zog sie wieder los und ließ ihre Kinder bei ihrem Vater.

»Als wir bei Grandpa wohnten, ließ er eine Frau kommen, die für uns kochte und sauber machte.« Finley gelang ein schwaches Lächeln. »Auf dem Gebiet hatte er nicht viel drauf.«

»Dann sollte er es mal lernen.«

»Das finde ich auch. Wir können mit ihm darüber reden, wenn er hier ist.«

»Aber vielleicht ist er jetzt zu alt.«

Finley lachte. »Das werden wir sehen. Aber er hat sich auf andere Art um uns gekümmert. Wir haben viel mit ihm unternommen.«

»So wie du mit mir?«

»Ja.«

»Das ist schön. Hast du deine Mom vermisst, wenn sie weg war? Ich vermisse Mommy manchmal.«

»Ich weiß, dass du das tust.« Finley gab ihr einen Kuss auf den Scheitel. »Wir haben unsere Mom auch vermisst, aber Grandma hat immer gesagt, dass sie uns wieder zu sich holen würde, und das hat sie auch immer getan.«

Dennoch hatte ihre Mutter ihr gefehlt. Vor allem in der Mittelstufe, als Sloane das Theater und zugleich das Trinken für sich entdeckte und sich immer mehr von ihr entfernte. Lester hatte ihr erklärt, dass Menschen sich änderten, wenn sie älter wurden, dass jeder seine eigenen Interessen entdeckte. Was theoretisch durchaus Sinn ergab. Allerdings war es ihr gelungen, Freunde zu haben, sich für andere Dinge zu interessieren und trotzdem für Sloane da zu sein. Warum war das andersherum nicht auch möglich?

»Wieso ist euer Grandpa weggegangen?«, fragte Aubrey.

Weil er ein egoistisches Arschloch war, das zwei verängstigte Kinder sitzen ließ, obwohl er versprochen hatte, sie immer zu lieben, egal was passierte. Nur konnte sie das nicht aussprechen.

»Wir haben uns mit ihm gestritten, und dann ist er weggezogen.«

Aubrey wandte sich zu ihr um. »Dann muss er aber richtig, richtig wütend gewesen sein.«

»Ja, das war er. Aber jetzt ist alles besser.« Sie gab sich Mühe, nicht die Zähne zusammenzupressen, und fügte hinzu: »Wir sind eine Familie, daher vergeben wir den anderen.«

Aubrey strahlte sie an und rutschte von ihrem Schoß. »Und hast du …« Sie hielt inne. »Oh, ist das das Auto?«

Finley hörte ein vertrautes Motorengeräusch in der Einfahrt. »Grandma ist zurück.«

»Sie sind da!« Aubrey rannte zur Tür, dann wandte sie sich um. Plötzlich wirkte sie schüchtern. »Meinst du, er wird mich mögen?«

»Ich glaube, dass er dich sogar sehr mögen wird.« Finley erhob sich. »Aber bleib ruhig erst mal ganz nah bei mir, wenn du willst.«

Aubrey nickte. Finley ging nach draußen, um mit dem Gepäck zu helfen. Ihre Nichte wich ihr nicht von der Seite. Molly stieg aus ihrem kleinen SUV, ihre Miene undurchdringlich. Sie eilte um das Auto herum zum Beifahrersitz und half ihrem Vater beim Aussteigen.

Finley hatte keine Ahnung, was sie zu erwarten hatte. Seit sie die Sehnsucht nach ihm und das Gefühl, verlassen worden zu sein, überwunden hatte, dachte sie kaum jemals an ihren Großvater. Damals, als sie noch bei ihm lebten, war er groß und stark gewesen und hatte als Service Manager in einem Autohaus gearbeitet. Die Person, die nun vorsichtig auf das nasse Pflaster der Einfahrt trat, war jedoch ein völlig anderer Mensch.

Mollys Vater war jetzt irgendwie kleiner – er hielt sich gebeugt und hatte weißes Haar. Seine Haut wies einen ungesunden Schimmer auf, und seine Hände lagen zitternd auf dem Stock, den er benutzte, um sich etwas Halt zu geben.

Finley unterdrückte überrascht ein Aufjapsen. Wäre sie ihm auf der Straße begegnet, hätte sie ihn niemals erkannt. Ja, es waren zwanzig Jahre vergangen, seit sie sich das letzte Mal gesehen hatten, er war also jetzt Mitte siebzig, aber dennoch – einen so ... gebrechlichen Mann hatte sie nicht erwartet.

»Dad, Finley ist hier«, sagte ihre Mutter sanft.

Der alte Mann hob den Kopf. Seine Augen hatten noch dasselbe Tiefblau wie damals. Eine Sekunde lang wirkten sie trüb, so als wäre er sich nicht sicher, wer sie war, doch dann schenkte er ihr ein zögerliches Lächeln.

»Hallo, Finley.«

Eine Welle von Gefühlen überrollte sie. Schock angesichts seiner Erscheinung, Bedauern über die verlorenen Jahre, vage Sehnsucht, da er irgendwann einmal ein Zufluchtsort für sie gewesen war. Doch diese Empfindungen wurden rasch von Wut und Feindseligkeit überlagert. Er mochte ihr Großvater sein, doch er hatte sie verlassen, als sie ihn so dringend gebraucht hatte wie noch nie. Man konnte ihm nicht trauen, und mehr als Mitleid und Verachtung hatte sie nicht für ihn übrig. Sie straffte die Schultern und hob den Kopf.

»Hallo, Lester.«

Ihr Tonfall war kühl, und die Entscheidung, ihn mit Vornamen anzureden, war eine bewusste. Ihn Lester zu nennen, statt Großvater, sorgte für emotionale Distanz zwischen ihnen. Es mochte nur ein albernes Spiel sein, aber sie wusste, dass sie alle Asse im Ärmel brauchte, die sie kriegen konnte.

Aubrey drückte sich noch dichter an sie. Finley streichelte den Arm ihrer Nichte und ließ ihre Stimme sanfter klingen:

»Das ist Aubrey, Sloanes Tochter.« Sie zögerte. »Deine Urenkelin.«

Lester lächelte das Mädchen an. »Ich freue mich sehr, dich kennenzulernen. Ich sehe viel von deiner Mutter in dir.«

Aubrey lächelte. »Das sagen alle.«

»Dann haben wohl alle recht.«

Aubrey warf ihr einen Blick zu. »Wie soll ich ihn nennen?«, fragte sie in lautem Flüsterton.

Lester räusperte sich. »Urgroßvater klingt ziemlich sperrig. Wie wäre es einfach nur mit Grandpa?«

Aubrey nickte. »Ja, das würde gehen.«

Er machte einen Schritt auf sie zu und stolperte dabei offenbar leicht. Jedenfalls geriet er ins Wanken, so als versuchte er mit Mühe, das Gleichgewicht zu halten.

»Wir müssen ihn reinbringen«, sagte Molly entschieden. Ihr scharfer Blick bedeutete Finley, dass sie sich später unterhalten würden. »Dad, schaffst du es die paar Verandastufen hoch?«

»Ich glaube schon«, sagte er mit schwacher Stimme, während sie sich dem Haus zuwandten.

Finley machte sich daran, die drei großen Koffer hineinzubringen. Sie stellte sie nebeneinander im Flur auf, nicht sicher, was sie weiter mit ihnen tun sollte.

Molly half ihrem Vater, sich auf dem Sofa niederzulassen, dann brachte sie ihm ein Glas Wasser.

»Ich werde für ihn auspacken«, sagte sie und beäugte Finley. »Er ist total erschöpft vom Flug.«

Finley spürte einen Hauch von Mitleid. Was auch immer sie für diesen Mann empfand, wie auch immer ihre gemeinsame Vergangenheit aussah, es ging ihm ganz offensichtlich nicht gut.

»Ich lege die Koffer aufs Bett«, erklärte sie ihrer Mom. »Dann musst du sie nicht tragen.«

Molly warf ihr dankbar ein halbes Lächeln zu. »Danke.«

»Du bist erwachsen geworden«, sagte Lester.

»Es sind zwanzig Jahre vergangen. Da ändert sich einiges.«

Sie ließ ihren Tonfall und die Aussage bewusst neutral klingen. Dabei hätte sie ihm eigentlich an den Kopf werfen wollen, dass sie natürlich inzwischen erwachsen geworden war und er dies, wenn er sich die Mühe gemacht hätte, dazubleiben, selbst miterlebt hätte. Doch das wäre der Situation nicht zuträglich. Diese Veränderung würde für sie alle nicht leicht werden.

»Mom, vielleicht gehe ich am besten mit Aubrey ins Kino«, bot sie an. »Dann kannst du deinem Vater alles in Ruhe einrichten. Ich schreibe dir, wenn wir fertig sind, und dann kannst du uns sagen, was wir zum Abendessen mitbringen sollen.«

»Das ist eine gute Idee«, befand Molly. »Gibt es irgendwas, was du besonders gerne isst, Dad? Wir können fast alles besorgen.«

Lesters Hand begann zu zittern, als er sein Glas abstellte. »Ach, ich esse in letzter Zeit nicht viel. Was auch immer ihr mögt, ist vollkommen in Ordnung für mich. Ich will euch keine Mühe machen.«

Finley widerstand dem Drang, mit den Augen zu rollen. Wenn er ihnen keine Mühe hätte machen wollen, wäre er gar nicht erst hier aufgetaucht.

In dem kurzen Moment, ehe sie den Blick abwandte, sah er sie an. Ihr war klar, dass er ihre Gedanken las. Das hatte er immer schon gekonnt – sie anzusehen und sofort zu wissen, was sich in ihrem Kopf abspielte.

»Ich bin euch sehr dankbar dafür, dass ihr mich aufnehmt«, sagte er. Es klang aufrichtig.

»Du bist Moms Vater. Was hätten wir sonst tun sollen?«

»Und mein Uropa«, fügte Aubrey hinzu und setzte dem Moment des stummen Einvernehmens ein Ende.

Finley ging in Richtung Flur. »Erst die Koffer, dann Kino«, rief sie über die Schulter. »Überleg dir schon mal, welchen Film du sehen möchtest.«

Am Dienstagmorgen wachte Finley auf, ehe ihr Wecker klingelte. Sie rollte sich auf den Rücken und lächelte die Decke an. Ihr

Kredit sollte heute am frühen Morgen ausgezahlt werden, und alle notwendigen Dokumente würden an das Grundbuchamt gehen. Sobald das passiert war, gehörte das Haus ihr. Nun ja, ihr und der Bank, aber dennoch!

Sie zog sich schnell an, nahm ihre Stiefel und ihre Tasche und ging leise nach unten. Nach einem kurzen Frühstück würde sie zur Baustelle fahren und ihren Arbeitstag beginnen. Sie hatte jedoch mit ihrem Chef vereinbart, dass sie früher Feierabend machen durfte, um zu ihrem neuen Haus zu fahren und vielleicht sogar irgendeinen symbolischen Akt vollziehen zu können – zum Beispiel ein paar Schranktüren abmontieren oder ein Stück Teppich herausreißen. Irgendetwas, das deutlich machte, dass sie das Haus in Besitz genommen hatte und bald mit der umfassenden Sanierung beginnen würde. Sie hatte bereits einige Skizzen angefertigt, doch bevor sie nicht ein wenig Zeit im Haus verbracht hatte, konnte sie nicht entscheiden, was sie genau verändern wollte.

Ihre gute Laune hielt an, bis sie in die Küche trat. Die Lichter waren bereits an, und der Duft von frisch gebrühtem Kaffee erfüllte den Raum, was unter normalen Umständen erfreulich gewesen wäre. Das Problem war, dass am Tisch neben dem Fenster Lester saß.

Genau wie bei seiner Ankunft erschreckte sein Aussehen sie. Er wirkte alt und gebrechlich – seine Schultern waren nach vorne gekrümmt, sein ganzer Körper war gebeugt. Seine Haut war beinahe so grauweiß wie seine Haare, und seine Hände waren von Altersflecken übersät. Am Tisch lehnte sein Stock.

Theoretisch war dieser Mann ihr Großvater, und doch war er ihr völlig unbekannt. Sie war davon ausgegangen, dass Menschen in ihren Siebzigern immer noch aktiv und vital waren, doch Lester sah nicht aus, als würde er weit über das Ende des Monats hinaus leben.

»Morgen«, sagte er, als sie ihre Stiefel auf den Boden fallen ließ und ihre Tasche auf der Küchentheke abstellte.

Sein Gesichtsausdruck war zurückhaltend neutral, zweifellos wegen ihrer wenig überschwänglichen Begrüßung am Sonntag und der Tatsache, dass sie ihm am gestrigen Montag aus dem Weg gegangen war. Er war auf der Hut – was ihr vermutlich ein schlechtes Gewissen hätte machen sollen, es aber nicht tat.

Sie ignorierte seinen Gruß und goss sich Kaffee ein, dann öffnete sie den Kühlschrank, um das Frühstück herauszunehmen, das sie am Abend vorher zubereitet hatte. Sie stellte die abgedeckte Schüssel auf den Tisch – so weit von ihrem Großvater weg wie nur irgend möglich –, dann holte sie sich einen Löffel und eine Tüte mit Walnusskernen.

Die Mischung aus Haferflocken, Joghurt, Erdnussbutterpulver und gefrorenen Blaubeeren war nicht besonders hübsch anzusehen, jedoch eine schnell zubereitete und gesunde Mahlzeit. Sie streute ein paar Walnüsse darüber, dann nahm sie Platz und schob ihren Löffel hinein.

»Spielst du eigentlich Poker?«, fragte Lester.

Finley hielt den Blick auf ihr Essen gerichtet. »Wieso fragst du?«

»Du bist nicht gut darin, deine Gedanken zu verbergen. Jetzt gerade zum Beispiel wünschst du dir, ich würde einfach verschwinden. Tut mir leid, Kleines, aber das wird nicht passieren. Ich bin ein alter Mann, der seine Familie braucht. Du wirst mich nicht los.«

Unwillkürlich hob sie den Blick und sah ihn an. Aus seinen Augen sprach eine Mischung aus Entschlossenheit, Resignation und Hoffnung.

»Charmant bist du nicht gerade«, sagte sie mit tonloser Stimme. »Aber du hast recht. Ich wünschte, du würdest verschwinden. Du tauchst nach all der Zeit hier auf und glaubst, wenn du nur sagst, es tut dir leid, wird alles gut. Tja, das wird es aber nicht. Du hast mich gelehrt, dir nicht zu vertrauen, und diese Lektion werde ich nie vergessen.«

»Das ist nur gerecht«, sagte er mit sanfter Stimme. »Du bist früh auf heute.«

»Ich habe eine Arbeit, der ich nachgehen muss.«

»Trotzdem ist es noch früh.« Er lehnte sich auf seinem Stuhl zurück. »Es ist nett, wieder im Pazifischen Nordwesten zu sein. Ich habe den Regen vermisst.«

Small Talk? War das sein Ernst? Sie nahm noch ein paar Happen von ihrem Frühstück.

»Das hast du wohl dir selbst zuzuschreiben«, sagte sie eine Minute später. »Schließlich bist du derjenige, der weggegangen ist.«

»Das stimmt allerdings.«

Sein ruhiger Tonfall nervte sie. »Du hast gesagt, dass du uns liebst. Du hast gesagt, dass wir uns auf dich verlassen können. Aber das war alles eine Lüge, du hast uns im Stich gelassen.« Ihre Stimme wurde lauter, und sie zwang sich, tief durchzuatmen. »Du hast uns gezwungen, uns zwischen dir und Mom zu entscheiden, und dann hast du uns dafür bestraft.«

Er nickte langsam. »Das habe ich, und es war falsch von mir. Es tut mir leid, Finley. Mehr als du dir vorstellen kannst.«

Sie schob ihre Schüssel von sich weg. »Ich bin die ganzen Entschuldigungen so leid. Ihr sprecht sie einfach aus und dürft euch besser fühlen, aber ich muss immer noch mit all dem Mist klarkommen, der passiert ist. Was kann deine Entschuldigung daran ändern? Du hast gesagt, dass wir eine Familie sind, und dann bist du einfach verschwunden.«

Sie hätte noch mehr zu sagen gehabt, doch in diesem Moment klingelte ihr Handy. Sie zog es aus der Hosentasche und sah, dass der Anruf von Kelly kam. Da die Uhr kurz vor sechs anzeigte, bezweifelte sie, dass ihre Freundin gute Nachrichten für sie hatte.

»Was ist los?«, fragte sie anstelle einer Begrüßung.

»Nichts Schlimmes«, sagte Kelly eilig. »Reilly und Ethan sind nur beide krank. Es ist irgendeine Magen-Darm-Geschichte. Ich erspare dir die Details, aber ich glaube, du solltest Aubrey heute besser woanders unterbringen, für den Fall, dass es ein Virus und keine Lebensmittelvergiftung ist.« Sie hielt inne. »Es tut mir leid. Ich weiß, dass heute ein wichtiger Tag für dich ist.«

»Bist du sicher, dass es den beiden gut geht?«

»Sie haben vor zwei Stunden aufgehört, sich zu erbrechen. Jetzt warten wir ab, ob sie auch noch Durchfall bekommen.«

Finley erschauderte. »Und wie geht's dir?«

»Ich habe bald keine sauberen Laken mehr, aber ansonsten geht's mir gut.« Kelly seufzte. »Heute ist dein ›Juchhu, ich hab ein neues Haus‹-Tag, und ich verderbe ihn dir.«

Finley lächelte. »Das tust du nicht. Ich schau mal, ob meine Mom Aubrey nach der Schule nehmen kann. Wenn nicht, hole ich sie selbst ab. Konzentrier du dich auf deine Familie.«

»Es tut mir wirklich leid.«

»Das muss es nicht. Es ist alles gut. Schmeiß noch eine Ladung Wäsche in die Maschine.«

»Das mach ich. Hab dich lieb.«

»Ich dich auch.« Sie legte auf und nahm ihre Kaffeetasse in die Hand. Wie sie Kelly gesagt hatte, würde sie zunächst ihre Mom nach deren Plänen fragen. Und falls nichts anderes klappte – sie hatte ohnehin vor, früher Feierabend zu machen, daher konnte sie Aubrey problemlos selbst abholen, wenn Molly es nicht schaffte. Das Haus würde ihr nicht weglaufen.

»Ich kann mich um Aubrey kümmern«, sagte Lester.

Sie warf dem alten Mann einen Blick zu. »Auf keinen Fall.«

»Ich kann gut mit Kindern. Das weißt du doch noch. Außerdem möchte ich sie gerne besser kennenlernen.«

»Damit du ihr das Herz brechen kannst, so wie mir damals? Ich denke nicht.« Ihre harschen Worte lösten sofort Schuldgefühle in ihr aus, die ignorierte sie jedoch. »Und was die praktische Seite betrifft – du bist alt und schwach. Außerdem hast du kein Auto, du wärst also bei einem Notfall keine große Hilfe.«

»Ich könnte dich anrufen und einen Krankenwagen bestellen.«

»Vielleicht ein andermal.«

»Du vertraust mir wirklich überhaupt nicht.«

Finley stand auf und trug ihre Schüssel und die Tasse zum Spülbecken. Nachdem sie die Reste in den Abfluss gekippt hatte, spülte sie sie kurz mit Wasser aus und stellte sie in die Spülmaschine. Dann nahm sie ihr Mittagessen aus dem Kühlschrank, schnappte sich ihre Tasche und ihre Stiefel und ging in den Flur. In letzter Sekunde gewannen ihre Schuldgefühle die Oberhand. Sie blieb stehen.

»Lass es mich wissen, wenn du irgendetwas brauchst, um dich hier leichter einzuleben.«

»Das werde ich. Hab einen schönen Tag, Finley.«

Sie nickte und eilte ins Wohnzimmer. Sie hatte sich gerade die Stiefel fertig zugebunden, als sie ihre Mom die Treppe herunterkommen hörte. Finley richtete sich auf.

»Mom, wie sieht dein Tag heute aus?«, fragte sie und erzählte ihr dann die Neuigkeiten von Kelly und ihren Kindern.

»Meine letzte Unterrichtsstunde endet um eins«, erwiderte Molly. »Ich hole Aubrey von der Schule ab. Geh du mal ein bisschen Zeit in deinem neuen Haus verbringen.«

»Danke, das weiß ich sehr zu schätzen.« Sie warf einen Blick in Richtung Küche. »Lester ist schon auf. Er hat Kaffee gemacht.«

Ihre Mutter lächelte. »Ihr habt also gemeinsam gefrühstückt, das ist so schön. Ich bin froh, dass du ihm eine Chance gibst. Er ist ein alter Mann und braucht seine Familie.«

Finley dachte an die frühmorgendliche Begegnung mit ihrem Großvater zurück. »Ihm eine Chance geben« war keine adäquate Beschreibung dessen, was zwischen ihnen abgelaufen war.

»Es scheint ihm nicht gut zu gehen«, erwiderte sie, als eine Art Kompromiss.

»Ich weiß. Ich werde mit ihm darüber reden, dass er sich hier einen Arzt suchen sollte.« Molly klang besorgt. Sie schüttelte den Kopf. »Aber vergiss das jetzt erst mal. Genieß es heute, dein Haus in Besitz zu nehmen. Ich kümmere mich um Aubrey.«

»Danke. Ich bin um spätestens um acht zu Hause«, sagte sie. »Aber du brauchst mir nichts vom Abendessen aufzubewahren, ich esse unterwegs was.«

Ihre Mutter tätschelte ihr den Arm. »Ich bin stolz auf dich, Finley. Nach allem, was passiert ist, hast du es hinbekommen, dich um Aubrey zu kümmern und gleichzeitig finanziell wieder auf die Beine zu kommen. Ich weiß, dass der Kauf dieses Hauses eine große Sache für dich ist. Und du hast es dir wirklich verdient.«

»Danke, Mom.«

Die Lobesworte ihrer Mutter hätten sie erfreuen sollen, doch stattdessen fühlte sie sich klein und unwürdig – hauptsächlich wegen Lester. Hey, noch eine Sache, an der er schuld war. Finley stopfte ihre Handtasche und ihr Mittagessen in ihren Rucksack und schlüpfte in eine Jacke, ehe sie in den kalten, dunklen, verregneten Morgen hinaustrat.

Während sie darauf wartete, dass ihr Auto warm wurde, befahl sie sich, Lester zu vergessen. Sie tat gut daran, ihm nicht zu trauen. Alter und Krankheit waren keine Entschuldigung für das, was er getan hatte. Was seinen Wunsch betraf, Aubrey kennenzulernen – nun ja, das war wohl ohnehin unvermeidlich. Ihre Aufgabe würde es sein, dafür zu sorgen, dass ihre Nichte sich stets sicher und geborgen fühlte.

Das ist emotionaler Ballast, um den ich mich ein andermal kümmern werde, sagte sie sich. Heute würde sie über ihre Arbeit und die Tatsache nachdenken, dass sie in nur wenigen Stunden wieder Hausbesitzerin sein würde. Nach drei langen, harten Jahren der Sparsamkeit war sie endlich wieder auf Kurs. Das war ein gutes Zeichen, und das war alles, was zählte.

6. Kapitel

Jericho starrte die Frau an, die vor ihm stand. Mit ihrem teuren Ledermantel und den unpraktischen hochhackigen Stiefeln gehörte sie eindeutig nicht auf eine Baustelle. Klar, wenn man es genau nahm, stand sie in diesem Moment in seinem Container. Aber trotzdem.

»Kann ich Ihnen helfen?«, fragte er, nicht sicher, ob sie eine potenzielle Käuferin oder eine Innenarchitektin war, die hoffte, ein spontanes Bewerbungsgespräch landen zu können.

Die Frau grinste. »Ich bin auf der Suche nach Finley McGowan. Ich weiß, dass sie heute hier arbeitet, wollte aber nicht einfach in irgendwelche Häuser rennen. Ich bin ihre Immobilienmaklerin.«

Plötzlich ergaben die schicken Klamotten einen Sinn. »Vorhin habe ich ihren Transporter gesehen. Ich bringe Sie zum richtigen Haus.«

Auf dem Weg nach draußen schnappte er sich eine Jacke und deutete auf Haus fünf. »Dort müsste sie drin sein.«

Gemeinsam gingen sie den kiesbedeckten, staubigen Weg hinauf, der einmal die Einfahrt werden würde. Er war beeindruckt, als die Frau Schritt mit ihm hielt, trotz der albernen Stiefel. Sie erinnerten ihn an die Art von Schuhen, die Lauren gerne trug. Er konnte das nie verstehen – weshalb hatten nicht alle Leute praktische und bequeme Kleidung an?

Sie betraten das Haus durch den Garageneingang. Zwar war die Fassade bereits verkleidet und mit Fenstern versehen, doch das Innere bestand aus kaum mehr als ein paar Räumen im Rohbau. Sobald sie drin waren, preschte die Frau vor und rief Finleys Namen. Sekunden später kam sie die Holztreppe heruntergerannt.

»Es ist doch noch zu früh«, sagte sie und lief auf die Maklerin zu. »Oder ist es schon so weit?«

»Deins muss das erste Objekt gewesen sein, das sie heute ins Grundbuch eingetragen haben.« Die Maklerin hielt einen Schlüssel in die Höhe. »Herzlichen Glückwunsch! Du bist Hausbesitzerin.«

Die Frau und Finley umarmten sich jauchzend, dann hüpften sie ein paarmal gemeinsam auf und ab. Jericho versuchte sich vorzustellen, wie er dasselbe mit einem seiner Freunde tat, und musste ein leises Lachen unterdrücken, als er an deren Reaktionen dachte. Antonio wäre voll dabei, aber Gil würde …

Nein, sagte er sich und wich innerlich einen Schritt zurück. Sein Bruder und er waren keine Freunde, nicht mehr.

Er wollte sich gerade entschuldigen und gehen, als Finleys Maklerin sich von ihr löste.

»Ich muss los, ich hab eine Besichtigung. Aber vorher musste ich einfach vorbeikommen und dir den Schlüssel überreichen. Du bist meine Heldin.«

Finley, die in praktische Jeans, Sweatshirt und Arbeitsstiefel gekleidet war, schüttelte den Kopf. »Ich bin keine Heldin. An den meisten Tagen schaffe ich es so gerade eben, den Kopf über Wasser zu halten.«

»Ich weiß. Genau deshalb bist du so beeindruckend.« Die Maklerin ging in Richtung Garage. »Ruf mich an, wenn du die Küche eingebaut hast. Das will ich sehen.«

»Versprochen.«

Finley schloss die Finger fest um den Schlüssel und atmete tief durch. Erst da schien sie ihn zu bemerken.

»Hallo«, sagte sie mit einem breiten Grinsen. »Mein Haus gehört jetzt offiziell mir.«

»Das habe ich bereits vermutet. Herzlichen Glückwunsch.«

»Danke. Ich freue mich sehr.«

»Aus dem Haus deiner Mutter auszuziehen?«

Finley runzelte die Stirn. Dabei entstanden Falten, und ihre Augenbrauen zogen sich zusammen wie bei einem normalen Menschen und anders als bei seiner Ex, die vorsichtshalber bereits an ihrem dreißigsten Geburtstag angefangen hatte, sich Botox spritzen zu lassen. Die eingeschränkte Ausdrucksfähigkeit ihres Gesichts hatte es ihm schwer gemacht zu erraten, was sie dachte.

»Ich saniere es und verkaufe es dann wieder«, erklärte Finley ihm. »Es ist in einem ziemlich runtergekommenen Zustand, aber das Dach ist neu, und es liegt in einer guten Gegend. Ich werde es komplett neu gestalten und den Gewinn nutzen, um mir etwas anderes zu kaufen.«

»Du willst also Immobilienmagnatin werden«, zog er sie auf. »Das wusste ich gar nicht.«

Sie lachte. »Schön wär's, aber ich denke eher nicht. Ich habe schon früher Häuser saniert.« Ihr Lächeln erstarb. »Ich war gerade mit meinem vierten beschäftigt, als meine Schwester meinen Arbeitstransporter voller Armaturen stahl, sie verkaufte und den Wagen zu Schrott fuhr.«

Jericho ignorierte die emotionalen Auswirkungen, die dies auf sie gehabt haben musste, und überschlug das Ganze im Kopf. »Das war aber teuer. Allein die Armaturen waren wahrscheinlich fast hunderttausend Dollar wert.«

»Ja, das waren sie. Und dazu kam noch der Transporter.«

Er dachte an das, was sie ihm das letzte Mal erzählt hatte. Dass ihre Schwester ihr Leben zerstört hatte und sie gerade erst dabei war, wieder aus dem finanziellen Loch hervorzukriechen.

»Und die Versicherung hat den Schaden nicht übernommen«, sagte er langsam, während er eins und eins zusammenzählte. »Weil sie mit dir verwandt ist.« Er sah sie an. »Und dein Arbeitgeber wusste nicht, ob du mit drinsteckst oder nicht.«

Finley verzog den Mund. »Das war wirklich nicht die beste Woche meines Lebens. Aber sie haben mich zumindest selbst kündigen lassen, statt mich rauszuschmeißen. Ich verkaufte mein Haus, plünderte mein Sparkonto und reizte den Spielraum meiner Kreditkarten voll aus, um den Schaden zu begleichen. Dann zogen Aubrey und ich bei meiner Mom ein, und ich fing noch mal ganz von vorne an.«

Sie öffnete die Hand und zeigte ihm den Hausschlüssel. »Darauf habe ich lange gewartet.«

»Du hast es dir verdient.«

»Heute ist ein guter Tag.« Sie sah ihn an. »Bist du mit irgendwelchen Alkoholikern bekannt?«

»Nein.«

»Da hast du Glück. Das ist eine Welt für sich. Ich verstehe ja, dass das Bedürfnis zu trinken ihr Leben beherrscht – es ist schließlich eine Krankheit, mit der sie es zu tun haben. Aber warum muss sie auch mein Leben beherrschen? Ich bin nicht krank. Ich kann trinken, ohne dabei das Leben eines anderen Menschen zu zerstören. Aber Alkoholiker können ihrer Sucht nicht entkommen. Und was meine Schwester angeht, fühlt es sich so an, als seien die Konsequenzen, die ich zu tragen habe, immer größer als die, die sie trägt.«

Sie presste die Lippen zusammen. »Okay, sie wurde geschnappt, bekannte sich schuldig und ging für ein paar Jahre ins Gefängnis, aber das war's. Alles andere musste ich machen. Ich verlor meine Arbeit, mein Haus, meine Ersparnisse. Alles, was ich getan habe, war, mein eigenes Ding zu machen, und sie hat mich zerstört.«

Er beobachtete sie, beeindruckt von ihrer Ehrlichkeit und dem festen Willen, weiterzumachen. Was hatte ihre Maklerin über sie gesagt? Dass Finley eine Heldin war? Jericho konnte dem nur zustimmen.

»Du bist nicht zerstört«, bemerkte er. »Was dir passiert ist, war schrecklich, und du hast jedes Recht, wütend zu sein, aber es hat dich nicht zerstört.«

»Du meinst, du definierst mich als Person, die getrennt von ihrem Job, ihrem Haus und dem ganzen Rest zu sehen ist?«

»Ja.«

»Auf rationaler Ebene weiß ich, dass du recht hast, aber mein Bauch sagt ...«

»Du hasst deine Schwester immer noch dafür.«

Sie hob den Kopf und reckte trotzig das Kinn. »Ich hasse meine Schwester nicht.«

»Du hast recht – du kannst sie nicht hassen, aber du möchtest es gerne.«

Seine Worte hingen für ein paar Sekunden in der Luft, und schließlich sackte Finley leicht in sich zusammen. »Ich sollte dich wohl fragen, wie du dahintergekommen bist, aber ich kenne die Antwort bereits. Du möchtest Gil hassen, kannst es aber nicht.«

»Ja, ich wünschte, ich könnte es. Stattdessen bin ich der Idiot, der ihn – wenn auch selten – vermisst.«

»Weil er dein Bruder ist. Du hast keine Wahl.« Sie seufzte. »Familie ist das Schlimmste.«

»Und gleichzeitig das Beste. Wer hat behauptet, dass Gott keinen Humor hat?«

Sie sahen einander an. Jericho gefiel es, dass sie seine Ambivalenz nachvollziehen konnte, und er vermutete, dass sie ähnlich empfand.

»Es gab damals auch einen Mann«, sagte sie.

Er fluchte leise. »Bitte sag mir nicht, dass sie mit deinem Freund geschlafen hat.«

»Oh nein, das würde Sloane niemals tun. Sie ist unglaublich schön, und die meisten Typen würden töten, um mit ihr schlafen zu dürfen, aber diese Art von Frau war sie nie. Was ich meinte, ist, dass ich verlobt war, als Sloane meinen Arbeitstransporter klaute. Ich war so verletzt und außer mir, dass ich zur Polizei sagte, wenn sie sie festnähme, würde ich gegen sie aussagen. Noel konnte nicht glauben, dass ich so etwas tun würde. Immer wieder sagte er, dass sie doch meine Schwester sei.«

Sie schüttelte den Kopf. »Ich hatte nicht vergessen, wer sie war. Aber ich hatte einfach genug – ich hätte wirklich gegen sie ausgesagt. Und zwar mit Vergnügen.«

»Der Name deines Verlobten war Noel?«

Sie zog die Augenbrauen hoch. »Ja, *Jericho*, das war er.«

»Hey, meiner ist Tradition in unserer Familie. Seiner ist einfach nur seltsam.«

Sie grinste. »Du urteilst ganz schön schnell über Leute. Das gefällt mir.«

»Was ist also mit Noel passiert?«

Ihr Lächeln erstarb. »Es stellte sich raus, dass er schon seit einer Weile unglücklich war und ich es nicht wusste. Meine Haltung Sloane gegenüber war sozusagen der Tropfen, der das Fass zum Überlaufen brachte, und er machte Schluss.«

»Okay, das war wirklich eine beschissene Woche.«

»Das kannst du laut sagen.«

»Vermisst du ihn?«

»Nein. Er war mir gegenüber nicht loyal. Und dann noch dieser Name …«

Jericho warf einen Blick auf seine Uhr. Es war gerade mal elf. »Hast du Lust auf ein frühes Mittagessen und mir dein neues Haus zu zeigen?«

Ihre braunen Augen weiteten sich leicht. »Weshalb willst du mein Haus sehen?«

»Ich bin Bauunternehmer. Das ist irgendwie so mein Ding.«

»Nein, du bist Immobilienmagnat, du wirst nicht beeindruckt sein.«

Sein Blick ruhte auf ihrem Gesicht. »Finley, das bin ich jetzt schon. Komm, lass uns dein neues Baby ansehen. Ich fahre auch.«

»Das war ja klar«, sagte sie lachend.

Sie schnappte sich ihre Jacke. Während er das Haus abschloss, tat sie das Gleiche mit ihrem Arbeitstransporter, dann trafen sie sich auf dem Bürgersteig. Als sie in Richtung Baucontainer gingen, deutete sie auf den silbernen Ford-Pick-up-Truck, der daneben geparkt war.

»Deiner?«, fragte sie.

»Jawohl.«

»Eine wahre Schönheit. Ich beneide dich. Ich hatte früher auch einen wundervollen kleinen Truck. Nicht so einen schönen wie du, aber ich habe ihn trotzdem geliebt. Ich musste ihn verkaufen.«

»Wegen deiner Schwester?«

»Ja, aber nicht, weil sie den Transporter geklaut hat. Sloane hat eine Tochter.«

»Die, die du aufziehst.«

»Genau die. Ich hatte sie ein paar Monate vor der Sache mit dem Transporter bei mir aufgenommen. Sie war damals fünf, und kleine Kinder müssen auf dem Rücksitz mitfahren.«

»Den dein Truck nicht hatte.«

»Genau. Daher habe ich mein Baby gegen einen sicheren und vernünftigen Subaru eingetauscht.«

Er ging um den Wagen herum zur Beifahrerseite und hielt ihr die Tür auf. »Eine gute Wahl.«

Sie stieg in den Truck. »Das sage ich mir auch.«

Er setzte sich hinter das Lenkrad und startete den Motor.

Sie ließ die Finger über das Armaturenbrett gleiten. »Das ist so schön«, murmelte sie bewundernd, dann seufzte sie. »Irgendwann wieder ...«

»Wohin soll's gehen?«

»In Richtung Osten. Ins Rose-Hill-Viertel von Kirkland.«

»Nett. Eine beliebte Wohngegend, was günstig für den Wiederverkauf ist. Lebst du dort auch mit deiner Mom?«

»Nein, wir wohnen in Mill Creek.«

Er fuhr den Juanita Drive in Richtung Freeway hinunter.

»Warum hat deine Schwester ihre Tochter aufgegeben?«, fragte er. »Falls das keine zu persönliche Frage ist.«

Finley grinste ihn an. »Meinst du das ernst? Nachdem wir über die Affäre deines Bruders und die Alkohol- und Klausucht meiner Schwester gesprochen haben, machst du dir plötzlich Sorgen, zu persönlich zu werden?«

»Meine Mutter hat mich zur Höflichkeit erzogen.«

»Da hat sie ganze Arbeit geleistet.« Finley lehnte sich in ihrem Sitz zurück. »Aubrey war hauptsächlich von ihrem Vater großgezogen worden. Er und Sloane waren nicht verheiratet, aber sie lebten immer wieder zusammen, nachdem Aubrey geboren wurde. Als Calvin starb, bekam Sloane das alleinige Sorgerecht und konnte damit nicht umgehen. Eines Tages stand sie bei mir vor der Tür – betrunken, voller Trotz und flehend. Es war eine interessante Kombination.«

»Sie hat dich angefleht, Aubrey zu nehmen?«

»Ja. Ich glaube, ich hatte immer im Hinterkopf, dass es dazu kommen könnte. Ich bestand darauf, das Ganze juristisch zu regeln. Ich wollte nicht, dass sie sie bei mir ließ und sie einfach wieder wegholte, wie es ihr passte. Das ist zu schwierig für ein Kind.«

Etwas, das sie wohl aus Erfahrung kennt, dachte er und erinnerte sich daran, was sie ihm über ihren Großvater erzählt hatte. Finley hatte es in vielen Bereichen ihres Lebens nicht leicht gehabt, aber verdammt, sie war wirklich stark.

»Hast du sie adoptiert?«

»Nein, sie ist mein Pflegekind. Das ist rechtlich genauso bindend, aber flexibler. Jetzt, da sie aus dem Gefängnis raus ist, hat Sloane ein regelmäßiges Umgangsrecht mit ihrer Tochter, aber verantwortlich bin ich für Aubrey.«

»Deine Stimme wird ganz weich, wenn du ihren Namen sagst.«

Sie warf ihm einen Blick zu. »Ja, sie hält mein Herz ganz fest in ihren kleinen Händen. Ich kann mir nicht helfen.«

»Das ist doch etwas Gutes.«

»Bis Sloane wieder etwas Schreckliches tut.«

Er hätte am liebsten gefragt, wie sie sich da so sicher sein konnte. Vielleicht würde ihre Schwester ja diesmal alles richtig machen. Doch er sprach es nicht aus, hauptsächlich da ihm klar war, dass sein Wissen über Alkoholiker aus Film und Fernsehen stammte. Zweifelsohne verstand er gar nichts davon.

Vermutlich war das so ähnlich, wie wenn man davon hörte, dass eine Frau ihren Mann betrog, man es aber noch nie selbst erlebt hatte. Es gab keine Worte, um den Schock und den Schmerz, das Gefühl des Verrats zu beschreiben. Und in seinem Fall war das Ganze mal zwei zu nehmen.

»Du wirst schon für Aubreys Sicherheit sorgen«, sagte er mit Leichtigkeit in der Stimme.

Finley entspannte sich. »Ja, das werde ich. Außerdem ist meine Mom wirklich gut mit ihr, was eine große Hilfe ist, denn als Aubrey zu mir kam, hatte ich überhaupt keine Ahnung, wie man für ein Kind sorgt.« Sie deutete auf die nächste Ampel. »Hier nach rechts.«

Er setzte den Blinker.

»Kelly, meine beste Freundin, ist das genaue Gegenteil von mir«, sagte sie. »Sie hat einen Typen geheiratet, den sie auf der Highschool kennengelernt hat, und drei Kinder in die Welt gesetzt. Ihre Tochter ist Aubreys beste Freundin. Kelly ist eine echte Hausfrau und Mutter, die bäckt, gärtnert und strickt. Das könnte ich mir für mich niemals vorstellen.«

»Wahrscheinlich denkt sie genauso über dich.«

Finley lachte. »Das stimmt. Sie ist die handwerklich unbegabteste Person, die ich kenne. Aber sie hat Ahnung von Kindern und weiß, wie man als Familie lebt, und als Sloane mich bat, Aubrey zu nehmen, hat Kelly mir alles erklärt. Sie beantwortete jede meiner Fragen und gab mir gute Ratschläge. Aubrey war ziemlich durch den Wind, als sie einzog. Sie hatte gerade ihren Vater verloren, ihre Mutter war eine Trinkerin, und plötzlich lebte sie bei einer Tante, die sie sonst nur alle zwei Monate sah. Das war ganz schön viel für sie.«

»Für euch beide.«

»Ja, aber sie ist diejenige, die zählt.«

Er wollte sie darauf hinweisen, dass sie beide wertvolle Menschen waren, doch er verstand, was sie meinte. Wenn sie müsste, würde Finley sich sofort für ihre Nichte opfern. So war sie einfach gestrickt.

Sie leitete ihn von der Hauptstraße weg in ein ruhigeres, älteres Viertel. Bäume säumten beidseitig die Fahrbahn. Die Grundstücke waren größer, und die Häuser lagen weiter von der Straße zurückgesetzt. Bei den meisten handelte es sich um einstöckige Gebäude, doch es gab auch ein paar mit zwei Etagen und einige Umbauten.

Als sie der Straße ein Stück gefolgt waren, deutete sie auf ein Haus zu ihrer Rechten. Es war einstöckig mit neuem Dach und einem völlig zugewucherten Vorgarten. Doch die Fenster hatten eine gute Größe, und am Ende der Einfahrt stand eine geräumige, vom Haus getrennte Garage, in der zwei Autos Platz fanden.

Er bog dort ein und stellte den Motor ab. Finley starrte das Haus an.

»Ich kann nicht glauben, dass ich das geschafft habe«, gab sie zu. »Es war ein langer Weg bis hierhin.«

»Wirst du es sofort wieder verkaufen oder erst mal selbst eine Weile einziehen, um noch etwas davon zu haben, wenn es fertig ist?«

Sie lächelte. »Ich bin versucht, einzuziehen, aber das wäre zu verwirrend für Aubrey und nicht fair meiner Mom gegenüber. Wir bleiben, wo wir sind. Ich werde dieses hier verkaufen und den Erlös in ein größeres Haus stecken.«

»Und was ist dein übergeordnetes Ziel?«

Sie sah ihn an. »Wie meinst du das?«

»Ich meine, möchtest du dir ein finanzielles Polster schaffen oder das perfekte Haus für dich und Aubrey finden? Ist das Ganze nur ein Hobby oder steckt ein Plan dahinter?« Die Frage schien sie zu überraschen.

»Über das langfristige Ziel habe ich nicht so viel nachgedacht. Ich wünsche mir ein wenig finanzielle Sicherheit, Geld auf dem Sparkonto und irgendwann ein eigenes Haus.«

»Nachvollziehbar«, sagte er. »Du bist schon seit einer ganzen Weile im Überlebensmodus. Lass uns reingehen und es uns anschauen.«

Sie ging ihm voraus und zog den einzelnen Schlüssel aus ihrer Jeanstasche. Die Haustür war alt und die Farbe darauf verblichen, doch das Schloss ließ sich leicht öffnen. Sie traten in ein großes Wohnzimmer. Der Teppich war fleckig, und es roch muffig.

»Noch die Originalfenster«, sagte er, ging zu dem hinüber, das ihm am nächsten war, und betrachtete prüfend den Rahmen. »Mit Einfachverglasung. Sind die überall so?«

»Leider ja.«

Sie würde also alle Fenster austauschen müssen. Das konnte teuer werden. Der Kamin war groß – und holzbefeuert, wie er feststellte. Der mit Flusssteinen verkleidete Abzug reichte bis zur Decke. Er rieb mit der Hand über die raue Oberfläche.

»Das alles rauszureißen, wird teuer. Aber du kannst ihn verspachteln, um die Unebenheiten auszugleichen, und ihn dann anstreichen. Weiß oder cremefarben vielleicht. Dann ist er ein Blickfang und kein Schandfleck mehr.«

Sie starrte ihn an. »Woher weißt du so was?«

Er grinste. »Mein bester Freund ist Innenarchitekt. Manches von dem, was er sagt, bleibt hängen.«

Sie durchschritten das Wohnzimmer. Es hatte eine angenehme Größe. Aber die Lampen waren alt und hässlich, und die Fenster mussten erneuert werden, ebenso wie der fleckige Teppichboden.

»Wer verlegt Teppich in einem Esszimmer?«, fragte er.

»Weiß ich auch nicht. Ich werde überall Holzlaminat verlegen, außer in den Schlafzimmern.«

Eine vernünftige Entscheidung, dachte er. Echtes Parkett wäre teuer, und er vermutete, dass sie kein hohes Budget hatte.

Sie gingen in die Küche. Die Einbauschränke waren aus Holz und von annehmbarer Qualität, doch die Türen wirkten ziemlich altmodisch. Die Möbel waren zudem in einer seltsamen U-Form angeordnet, die nicht so offen und großzügig war, wie die meisten Käufer es heute erwarteten. Das Familienwohnzimmer war riesig und verfügte über einen weiteren Kamin.

»Willst du das hier öffnen?«, fragte er und ließ den Blick über die Küche schweifen. »Wenn du die Seitenfront herausnimmst, die in Richtung Wohnraum geht, und stattdessen eine große Mseheninsel reinstellst, würdest du nicht viel Fläche verlieren, das Ganze würde aber besser fließen.«

Er betrachtete die Einbauten. »Lass das Spülbecken, wo es ist, aber stell den Kühlschrank nach links statt nach rechts. Der Herd steht gut da. Aber zieh die Schränke hoch bis zur Decke, um mehr Stauraum zu schaffen.« Er hielt inne und lächelte verlegen. »Das ist natürlich nur meine bescheidene Meinung.«

Sie sah ihn an. »Du weißt wohl, wovon du redest.«

»Hey, hast du etwa vergessen, womit ich mein Geld verdiene?«

»Na ja, du gibst Anweisungen.« Ihr Ton war neckend, ihr Lächeln jedoch liebenswürdig.

»Ich habe früher durchaus selbst Hand angelegt. Als ich bei meinem Dad anfing, habe ich mit seinen Vorarbeitern zusammengearbeitet, um Erfahrung zu sammeln. In Elektrotechnik bin ich schlecht, aber so ziemlich alles andere kann ich.« Er hielt inne. »Außer Dachdecken. Ich habe keine Ahnung, wie die Typen da oben so locker rumklettern können.«

Sie lachte. »Da bin ich ganz bei dir. Wann hast du deinen Vater verloren?«

»Vor fast acht Jahren. Er starb bei einem Autounfall.«

»Das tut mir leid.«

»Danke, mir auch. Eigentlich hätte ich das Unternehmen erst zwanzig oder dreißig Jahre später übernehmen sollen.« Er sah sich in der Küche um. »Willst du die Schränke behalten? Die sind von guter Qualität.«

»Die tausche ich bei einem Küchenbauer ein, den ich kenne. Er wird sie aufarbeiten und verkaufen und mir dafür einen schönen Rabatt auf neue Schränke für die Küche und die Bäder geben. Ich war noch gar nicht darauf gekommen, die Schränke bis zur Decke hochzuziehen, aber du hast recht. Das wird dem Raum einen klaren Look geben und mehr Stauraum schaffen.«

»Wie viel Arbeit willst du selbst übernehmen?«

»So viel ich kann«, sagte sie. »Genau wie du bin ich allerdings auch nicht gut, was alles Elektrische betrifft, das regle ich über Tauschhandel. Ich mache Sanitärarbeiten für eine Firma, und die verlegen mir dafür die Stromleitungen.«

»Gute Idee.«

»Danke. Für die Trockenbauwände zahle ich aber, denn die gut hinzukriegen, ist nicht so leicht. Nicht das Aufstellen, sondern das Verspachteln. Ich kann die Schränke einbauen und die Sanitärarbeiten übernehmen.«

»Lass es mich wissen, wenn du die Schränke einbaust und den Boden verlegst«, sagte er. »Ich helfe dir.«

Sie beäugte ihn misstrauisch. »Weshalb solltest du das tun?«

»Weil ich es kann. Ich finde es nett, einer Freundin unter die Arme zu greifen. Und manchmal will ich mehr tun, als nur Befehle zu erteilen.«

Eigentlich hatte er nicht vorgehabt, seine Hilfe anzubieten, doch da er es jetzt getan hatte, würde er es auch durchziehen. Außerdem täte ihm ein wenig körperliche Arbeit zur Abwechslung gut.

»Das ist nett von dir«, sagte sie. »Vielleicht komme ich darauf zurück.«

»Das solltest du.«

Sie besichtigten den Rest des Hauses. Finley erzählte ihm von ihren weiteren Plänen. Dann diskutierten sie kurz darüber, ob für das kleine Bad hinter dem Elternschlafzimmer Fliesen- oder Vinylboden besser geeignet wäre.

»Vinyl ist billiger«, insistierte sie.

»In einem so kleinen Bad werden Fliesen preislich keinen großen Unterschied machen«, sagte er. »Aber bei den Käufern werden sie Eindruck schinden. Such dir eine Fliese, die du dann auch in der Dusche und an den Wänden verlegen kannst. Das lässt den Raum optisch größer und hochwertiger wirken.«

»Ich muss mich mal mit deinem Innenarchitektenfreund treffen«, murmelte sie. »Er hat offenbar großen Einfluss auf dich.«

Jericho grinste. »Und er wäre hocherfreut, das zu hören.«

Als sie bei der Besichtigung des Gartens angelangt waren, hatte der Regen wieder eingesetzt. Sie rannten zum Wagen und sprangen hinein.

»Du hast ein gutes Haus gekauft«, sagte er. »Freust du dich?«
»Sehr.«

Während sie zurück zur Baustelle fuhren, sprachen sie über die Fenster, die ersetzt werden mussten, und darüber, wie dankbar sie für das neue Dach war.

»Im Vorgarten werde ich jede Menge Gestrüpp rausreißen müssen«, sagte sie. »Ich weiß noch nicht mal genau, was da eigentlich alles wuchert.«

»Aber die Bäume sehen gesund aus. Das ist ein Plus.«

»Ich weiß. Wir lieben unsere Bäume.« Sie warf ihm einen Blick zu. »Wie läuft es mit deinem Bruder und der Frau?«

Er lachte leise. »Lauren. Meine Ex-Frau heißt Lauren.«

»Ist es nicht besser, sie ›die Frau‹ zu nennen?«

»Womöglich.« Er atmete tief durch. »Wir haben uns letzten Samstag auf einen Kaffee getroffen. Ich dachte, es wäre nur Gil, aber sie war auch da.«

Finley zuckte zusammen. »Um über die Hochzeit zu reden?«
»Sie wollen meinen Segen.«

Aus ihrer Kehle drang ein abschätziger Laut. »Das hätten sie wohl gern. Auf keinen Fall wirst du ihnen deinen Segen geben! Haben sie das etwa bedacht, als sie miteinander zugange waren? Ich bezweifle es. Also sollen sie sich doch ins Knie ficken.« Sie hielt inne. »Das Wortspiel war nicht beabsichtigt.«

»So ungefähr habe ich ihnen das auch gesagt. Gil will aber immer noch, dass ich sein Trauzeuge bin.«

»Na klar doch.«

»Lauren hat mich gebeten, Gils Junggesellenabschied zu organisieren. Sie will nicht, dass die Sache aus dem Ruder läuft.«

»Wie bitte?« Finley kreischte fast. »Ich meine, wie bitte?«, sagte sie leiser. »Das hat sie nicht gesagt! Hat sie das wirklich gesagt?«

Er musste zugeben, dass ihre Entrüstung ihm gefiel. »Ja, das hat sie.«

»Sie hat Angst, dass er ein paar Tage vor ihrer Hochzeit mit irgendeiner Schlampe schläft? Wenn sie das wirklich fürchtet, wieso heiratet sie ihn dann? Der Junggesellenabschied wird nicht die einzige Gelegenheit für ihn sein, sie zu betrügen. Dafür hat er noch den ganzen Rest ihres gemeinsamen Lebens. Das ist doch Irrsinn. Was machen diese Leute nur?«

»Mich foltern. Ich bezweifle, dass das ihre Absicht ist, aber trotzdem ist es so.«

Sie starrte ihn an. »Du hast doch Nein gesagt? Du musst Nein gesagt haben.«

»Ja, hab ich.«

Sie stöhnte. »Aber da höre ich doch noch irgendwas raus. Was ist es?«

»Gil wird mit meiner Mom darüber reden, und dann wird sie mit mir reden.«

Finley lehnte sich auf ihrem Sitz zurück. »Und da du deine Mom liebst, fällt es dir schwer, ihr etwas abzuschlagen. Schreit sie gerne mal rum?«

»Nein. Sie sagt mir nur gerne, wie enttäuscht sie ist.«

Sie zuckte zusammen. »Das ist ja noch viel schlimmer.«

»Ja, das ist es.«

»Familien. Was hat Gott sich nur dabei gedacht?«

7. Kapitel

Sloane packte das Frühstück aus, das sie aus dem Restaurant *Das Gelbe vom Ei* mitgebracht hatte. Der Isolierbeutel hatte dafür gesorgt, dass alles heiß blieb – was gut war, denn keins der Gerichte darin wollte man bei Raumtemperatur essen.

Ihr Großvater hatte bereits den Tisch für sie beide gedeckt. Als sie den Frühstücksburger – Rösti, Bacon und ein Spiegelei aufeinandergestapelt in einem Hamburgerbrötchen – auf seinen Teller legte, schenkte er ihr Kaffee ein. Sie stellte das Zimt-Yum-Yum in die Mitte des Tischs und tat sich selbst das schlichte Rührei auf.

Als sie beide saßen, deutete er auf das Yum-Yum.

»Was ist das?«

»Eine Mischung aus Armer Ritter und Brotpudding. Wenn du das isst, wirst du dich fühlen, als wärst du gestorben und im Himmel gelandet.«

Ihr Großvater lächelte sie an. »Ich bin mir nicht sicher, ob ich nach meinem Tod dort landen werde.«

Sie stach mit der Gabel in ihr Rührei. »Ich glaube nicht wirklich an die Hölle.«

»Und was ist mit einer höheren Macht, der du dich unterwirfst?«

»Darin, mich zu unterwerfen, bin ich auch nicht gut.« Sie nahm einen Bissen von ihrer Eierspeise. »Meine höhere Macht ist nicht rachsüchtig. Und mal im Ernst, was soll denn die Hölle für einen Sinn haben? Eine ewig währende Bestrafung? Zu welchem Zweck? Welche Art von Gott gibt dir nicht die Chance, aus deinen Fehlern zu lernen und es besser zu machen?«

Ihr Großvater lächelte sie erneut an und nahm seinen Frühstücksburger in die Hand. »Das war reine Blasphemie. Jetzt kommst du ganz sicher in die Hölle.«

Sie lächelte zurück. »Wenn ich in die Hölle komme, dann für viel mehr als das.«

Ein paar Minuten lang aßen sie in einträchtiger Schweigsamkeit. Sloane erlaubte sich ein paar Gabeln des Yum-Yums, mehr nicht. Als ihr Großvater sein Frühstück beinahe aufgegessen hatte, beugte sie sich zu ihm rüber.

»Du begehst übrigens einen großen Fehler mit dem Spiel, das du hier spielst. Irgendwann kommt die Wahrheit ans Licht – das tut sie immer.«

Ihr Großvater schüttelte den Kopf. »Es ist der einzige Weg. Molly wird es mir verzeihen. Ich bin schließlich ihr Vater.«

»Ich denke, wir wissen beide, dass Mom nicht das Problem ist. Wenn du glaubst, dass Finley jetzt schon angepisst ist, dann warte mal ab, was passiert, wenn sie rausfindet, dass du ihr die ganze Zeit was vorgemacht hast. Darüber wird sie nicht hinwegkommen. Glaub mir, Finley hat mit Vergebung nicht viel am Hut.«

Sie hörte selbst die Bitterkeit in ihrer Stimme, vermutete jedoch, dass sie ihren Großvater nicht überraschte. Er kannte ihre Geschichte, wusste, was sie getan und womit sie zu kämpfen hatte.

»Ich brauche Finleys Akzeptanz«, sagte er. »Und es ist schwerer, einen alten, hinfälligen Mann zu hassen als einen vitalen.«

»Aber es ist leicht, einen zu hassen, der nur so tut, als wäre er gebeugt und gebrochen.« Sie streckte die Hand über den Tisch und streichelte ihm die Wange. Als sie die Hand zurückzog, waren ihre Finger grau. »Und übertreib nicht so mit der Schminke.«

»Ich werde mit jedem Tag weniger grau«, erwiderte er. »In ein paar Tagen höre ich ganz auf, sie zu benutzen.«

»Du bist ein Narr.«

Er zwinkerte ihr zu. »Das liegt daran, dass ich so alt bin.« Er tätschelte ihr die Hand. »Ich krieg das schon hin, Sloane. Mit jedem Tag wird es mir offiziell ein bisschen besser gehen. In drei Monaten werde ich meinen Stock kaum noch brauchen. Und wenn Finley mich fragt – was sie tun wird –, werde ich sagen, dass ich endlich die Übungen mache, die mir der Physiotherapeut seit Jahren aufdrängen will. Es wird wie ein Wunder erscheinen.«

»Du spielst mit den Gefühlen der Leute.«

Er wurde ernst. »Dies hier ist meine Familie, und ich muss bei ihr sein.«

»Dann sag das doch so.«

Er schüttelte den Kopf. »Mein Plan ist besser.«

»Dein Plan wird dich auf die Straße befördern.«

»Das würde Molly mir nie antun.«

Vermutlich nicht, dachte Sloane. Aber mit Finley war das eine andere Sache.

Er nahm seine Kaffeetasse in die Hand. »Danke, dass du mein Geheimnis bewahrst.«

Sie zog eine Grimasse. »Du weißt, dass ich das eigentlich nicht will.«

»Ja, aber du schuldest mir was. Und außerdem bist du ein netter Mensch.«

Sie schnaubte abfällig. »Grandpa, nett hat man mich zuletzt in der dritten Klasse genannt.«

»Du bist jedenfalls nicht niederträchtig.«

»Nein. Aber ich bin eine Säuferin, und wenn ich trinke, denke ich nur an mich selbst.«

Seine Züge wurden weicher. »Sprich nicht so über meine Enkelin. Du bist trocken. Und du machst das alles großartig.«

»An manchen Tagen ja«, gab sie zu. »Andere sind sehr schwer. Du hast mich die letzten zwanzig Jahre lang nicht erlebt, daher bist du kein gebranntes Kind, was meine Sucht betrifft. Wärst du dageblieben, würdest du mir sicher nicht so leicht verzeihen.«

Er stellte seine Tasse ab. »Es war nicht richtig von mir, wegzugehen. Ich würde alles dafür geben, die Zeit zurückdrehen zu können und alles anders zu machen. Ich war verletzt, wütend und stolz. Das ist eine üble Kombination. Und sie hat mich die drei Frauen gekostet, die ich auf dieser Welt am meisten liebe.«

Sie streckte eine Hand über den Tisch aus, und er drückte sie. Sloane erinnerte sich daran, wie sehr sein damaliges Verhalten sie erschüttert hatte. Die einzige Konstante in ihrem Leben, abgesehen von Finley, hatte sie einfach ohne Vorwarnung allein zurückgelassen. Ihre Mom war gekommen und gegangen wie ihre Launen und Schauspielaufträge, doch auf ihren Großvater hatte sie sich stets verlassen können. Bis auch er sich aus dem Staub gemacht hatte. Nur war er, im Gegensatz zu ihrer Mutter, nicht wieder zurückgekommen.

In den Monaten, nachdem er aus ihrem Leben verschwunden war, hatte sie aufgehört, nur zum Spaß zu trinken, und begonnen, den Alkohol zu nutzen, um den Schmerz zu betäuben. Sie gab ihm nicht die Schuld daran – wie sie sich kannte, war es unvermeidbar gewesen, dass sie irgendwann diesen Weg einschlagen würde. Sie war eben aus irgendeiner genetischen Veranlagung heraus eine Alkoholikerin. Hätte der Verlust ihres Großvaters sie nicht getriggert, wäre es etwas anderes gewesen. Es war nur eine Frage der Zeit.

»Du hast deine Lektion gelernt«, sagte sie und nahm ihren Kaffee. »Und als du meinen Brief bekamst, hast du mir gleich zurückgeschrieben.«

»Ich konnte nicht fassen, dass du im Gefängnis warst.«

»Damit waren wir schon zwei.«

Während sie eingesperrt war, hatte sie jede Menge Zeit gehabt, über ihr Leben nachzudenken. Irgendwann hatte sie aus einer Laune heraus im Internet nach ihm gesucht und ihn in Phoenix gefunden. Sie hatte ihm geschrieben und zu ihrer Überraschung hatte er geantwortet.

Während ihre Mutter sie mit Aubrey regelmäßig besuchte, vermied Finley jede Begegnung. Sloane konnte sich durchaus vorstellen, weshalb ihre Schwester sich so verhielt, fand aber dennoch, dass das keine Art war. Die Briefe ihres Großvaters hatten ihr sehr dabei geholfen, die Zeit im Gefängnis zu überleben. Seine offensichtlich von Herzen kommende Entschuldigung für sein Handeln und seine ehrliche Sorge um sie hatten sie tief berührt. Sie korrespondierten regelmäßig, und als sie vor einem guten Jahr entlassen wurde, war sie mit ihm in Kontakt geblieben.

Nein, es war sogar mehr als das. Er war derjenige gewesen, den sie anrief, als sie drei Wochen nach ihrer Entlassung auf eine Sauftour gegangen war, die in einem totalen Filmriss und hundert Kilometer von Seattle entfernt geendet hatte, wo sie, ohne die geringste Ahnung, wie sie dorthin gekommen war, wieder zu sich kam.

Lester war sofort hergeflogen und hatte eine Entzugsklinik für sie gefunden, in der man ihr geholfen hatte, endlich zu begreifen, dass ihr Verhalten sie umbringen und vorher jeden einzelnen Teil ihres Lebens zerstören würde, der ihr etwas bedeutete. In der ersten Woche nach ihrer Entlassung, als sie zittrig, schwach und voller Panik gewesen war, rückfällig zu werden, war er erneut gekommen.

Doch sie hatte nicht wieder angefangen zu trinken. Stück für Stück hatte sie ihr Leben neu zusammengebaut. Bei *Das Gelbe vom Ei* kellnerte sie jetzt seit elf Monaten, sie hatte eine schöne Wohnung und eine Beziehung zu ihrer Tochter.

»Was denkst du gerade?«, fragte ihr Großvater. »Du siehst so gefühlsgeladen aus.«

»Ich musste nur daran denken, wie sehr ich Aubrey liebe.«

»Das ist eine wichtige Motivation für dich. Hast du mit Finley darüber gesprochen, dass du dir mehr Zeit mir ihr wünschst?«

»Ich arbeite noch daran.«

»Feigling.«

»Ich hab keine Angst«, erwiderte sie, berichtigte sich aber sogleich. »Jedenfalls nicht so, wie du denkst. Ich will nicht, dass sie recht behält, was mich betrifft. Ich weiß, was sie denkt – ich sehe es in ihrem Blick. Sie ist überzeugt, dass ich jede Sekunde jeden Tages kurz davor bin, wieder alles zu verkacken.«

»Und bist du das nicht?«

Sloane rollte mit den Augen. »Doch. Aber ich will nicht, dass sie das denkt.« Sie legte die Arme auf den Tisch und ließ den Kopf darauf sinken. »Sie verurteilt mich ständig. Ich schwöre dir, praktisch jedes Mal, wenn wir im selben Raum sind, schäumt sie vor Wut.«

»Ich habe keinen Schaum bemerkt.«

»Du kennst die Anzeichen nicht.« Sie seufzte. »Das ist so unfair. Ja, sie hat alles Recht der Welt, böse auf mich zu sein, aber manchmal bin ich auch sauer. Ich meine, wann kann ich endlich mal damit aufhören, mich ständig zu entschuldigen? Egal, was ich tue oder sage oder wie ich mich verhalte, ich kann die Vergangenheit nicht ändern. Die bleibt für immer an mir kleben.« Sie sah ihn an. »Falls es eine Hölle gibt, dann erlebe ich sie gerade.«

»Ein Teil deiner Genesung besteht darin, Demut in deiner Nüchternheit zu finden.«

»Oh Gott! Ich hätte dir nie ein Exemplar dieses Buches schenken sollen.«

»Ich habe es von vorne bis hinten durchgelesen.«

»Klar hast du das«, murmelte sie und dachte daran, dass sie zu einigen Teilen des »Blauen Buchs«, das von den Anonymen Alkoholikern herausgegeben wurde, noch nicht vorgestoßen war.

»Wenn man trinkt, ist viel Arroganz im Spiel«, sagte er im Plauderton. »Man glaubt, das eigene Bedürfnis zu trinken, sei wichtiger als alles andere auf der Welt. Aber mit dieser Haltung verletzt man unweigerlich andere.«

»Heute Morgen bist du besonders nervtötend«, sagte sie, jedoch ohne allzu viel Nachdruck. Er hatte nicht nur recht, sondern sie wusste auch, dass er aus Liebe und Akzeptanz heraus sprach.

»Vielleicht kann ich bei Finley ein gutes Wort für dich einlegen, sie ein bisschen weichklopfen.«

Sloane starrte ihn entsetzt an. »Nein danke. Wenn sie rausfindet, was du getan hast, wirst du noch größeren Ärger mit ihr haben als ich. Ich krieg das schon alleine hin.«

»Hab ein wenig Vertrauen.«

»Sagt der Mann, der überzeugt ist, dass er in die Hölle kommt.«

Die Klänge von Bruno Mars' »Uptown Funk« erfüllten die Garage. Aubrey tanzte konzentriert ihre neue Choreografie nach, die sie ihr ansagte, kam jedoch an einigen Stellen ins Straucheln. Finley sah zwischen der Liste mit Schritten in ihrer Hand und Aubreys Bild im großen Spiegel, den sie eigens an der Wand angebracht hatte, hin und her.

»Gut«, sagte sie. »Jetzt ein Stomp, dann drei Crawls nach rechts und vier zurück nach links.«

Aubrey nickte. Finley startete den Song neu und zählte: »Fünf, sechs, sieben, acht.«

Aubrey begann mit dem Heeldrop, wie die Choreografie es vorgab. Sie folgte ihr ganz richtig, bis zu dem Teil mit dem Stomp und den Crawls, bei denen sie aus dem Takt geriet.

»Es kann nicht sein, dass es drei Schritte zur Seite und dann vier zurück sind«, sagte ihre Nichte und sah sie an. »Es müssen gleich viele sein.«

Finley stoppte die Musik. »Es sind auch gleich viele. Du hast den Stomp vergessen. Der zählt auch als Schritt. Also vier Schritte zur Seite und dann vier zurück.«

Aubrey verzog ihr normalerweise so fröhliches Gesicht vor lauter Frust. »Ich krieg das nicht hin, das ist zu schwer. Ich will nicht mehr weitermachen. Ich hasse Stepptanz.«

»Dieser Teil ist schwierig, ich weiß. Und die Choreografie ist insgesamt schwerer und länger als die davor. Aber du machst das toll.«

Aubrey stampfte mit dem Fuß auf. »Du hörst mir nicht zu! Ich will das nicht. Ich will aufhören mit dem Kurs. Du hast gesagt, ich muss nicht weitermachen, wenn ich nicht will, und ich will nicht!«

Die letzten drei Wörter schrie sie. Finley befahl sich, ruhig zu bleiben, da zu schimpfen die Situation nur eskalieren lassen würde. Die meiste Zeit über war Aubrey ein sehr umgängliches Kind, das sein Leben liebte, doch ab und zu hatte sie Ausraster, die leicht in unkontrollierbares, die Achtjährige überforderndes Gefühlschaos münden konnten.

»Natürlich kannst du jederzeit aufhören mit dem Stepptanz«, sagte Finley ruhig. »Dann werden wir dich für den Sommerkurs nicht einschreiben. Ich weiß, dass es gerade nicht leicht ist, aber manchmal sind Dinge nun mal schwer. Und wenn uns das passiert, müssen wir lernen, mit unseren Gefühlen umzugehen, und rausfinden, wie wir da am besten durchkommen. Manchmal heißt das, dass man das Problem in kleinere Abschnitte einteilen muss. Genau wie wir es mit der Choreografie tun.«

Aubrey starrte sie wutentbrannt an. Die Situation drohte ins Desaster zu kippen, doch Finley wusste, dass sie jetzt nicht nachgeben durfte. Sie wollte Aubrey nicht auf die Idee bringen, dass sie ihren Willen bekam, nur weil sie tobte.

In diesem Moment hörte man die Tür aufgehen, die von der Garage ins Haus führte, das lenkte sie beide ab. Als Finley sich umdrehte, sah sie Lester eintreten. Wie üblich erschrak sie bei seinem Anblick. Er sah etwas weniger krank aus als zuvor, doch er ging noch immer gebeugt und wirkte gebrechlich. Eigentlich schlurfte er mehr, als dass er ging.

Er war jetzt seit beinahe einer Woche bei ihnen, doch sie gab sich Mühe, ihm aus dem Weg zu gehen. Seit ihrem frühmorgendlichen gemeinsamen Kaffeetrinken am Dienstag war sie nicht mehr allein mit ihm gewesen. Und nun befand sie sich in der ungewohnten Situation, dankbar für die Unterbrechung durch ihn zu sein.

Er lächelte sie beide an. »Irgendwer hat mir geflüstert, dass meine Lieblingsurenkelin gerade eine neue Stepptanzchoreografie lernt. Da dachte ich, ich könnte vielleicht mal ein bisschen zuschauen.«

Finley ging zum anderen Ende der Garage und holte einen alten Klappstuhl hervor. Sie stellte ihn zwei Meter vor der Stepptanzfläche auf und trat einige Schritte zurück.

»Aubrey hat an ein paar Stellen etwas Probleme.«

»Das ist zu schwer«, sagte ihre Nichte und stampfte erneut mit dem Fuß auf. »Ich will nicht mehr weitermachen, aber Finley sagt, ich muss.«

Lester ließ sich auf dem Stuhl nieder, wobei sein Gesicht sich vor Schmerz verzog. Er legte seinen Stock auf dem Betonboden ab, dann sah er Aubrey an.

»Hat Finley dir erzählt, dass es ihr mal ganz genauso ging?«

Sie starrten ihn beide erstaunt an. Lange vergessene Erinnerungen stiegen in Finley auf.

»Hast du auch mal Stepptanz gelernt?«, fragte Aubrey.

»Ja. Aber nicht lange. Ich hatte überhaupt kein Rhythmusgefühl und konnte mir die Choreografien schwer merken.« Sie erinnerte sich daran, dass sie es trotzdem unbedingt hatte ausprobieren wollen.

Damals war sie ein oder zwei Jahre älter als Aubrey gewesen. Sloane hatte alle möglichen Tanzkurse absolviert, doch ihre Schwester war tausendmal begabter als sie gewesen. Finley hatte ihr nacheifern wollen und daher mitgemacht, nur um festzustellen, dass sie so gar nicht mitkam.

»Das Show-Talent in der Familie haben deine Mom und deine Großmutter«, sagte sie.

Aubrey starrte sie an. »Das hast du mir nie erzählt.«

»Ich hatte es so ziemlich vergessen, aber jetzt, da Lester es erwähnt – es stimmt, ich hatte genau dieselben Probleme wie du.«

»Und hast du aufgegeben?«

Finley sah unwillkürlich zu ihrem Großvater. Er lächelte sie an.

»Ich habe sie dazu gebracht, den Kurs zu Ende zu bringen«, sagte er. »Danach hat sie dann aufgehört.«

»Hast du Videos davon?«, fragte Aubrey. »Ich will Finley tanzen sehen!«

»Nein, es gibt keine Videos.« Gott sei Dank. Das wäre garantiert ein Albtraum. Die Welt musste sie nicht auf einer Bühne herumstolpern sehen, unfähig, mit den anderen Mädchen mitzuhalten.

»Ellis hat Videos von Mommy, in denen sie schauspielert. Die habe ich gesehen.« Aubrey sah plötzlich sehnsüchtig aus. »Sie ist so schön auf der Bühne.«

»Wer ist Ellis?«, fragte Finley, ehe sie sich zurückhalten konnte.

»Mommys Freund.«

Seit wann das denn? Sloane hatte einen Mann in ihrem Leben?

Finley ermahnte sich, ihre Nichte nicht weiter auszufragen. Wenn sie etwas über ihre Schwester wissen wollte, sollte sie direkt zur Quelle gehen. Natürlich hatte Sloane einen Freund. Sie war ledig und wunderschön. Ihre Schwester hatte nie Probleme gehabt, sich einen Mann zu angeln.

»Die Videos von Sloane würde ich gerne sehen«, sagte Lester. »Vielleicht könntest du Ellis fragen, ob wir uns mal ein paar davon ausleihen dürfen. Dann könnten wir sie uns zusammen anschauen.«

Aubrey strahlte ihn an. »Au ja, das wäre toll.«

Finley sagte sich, dass der alte Mann nur versuchte, eine Beziehung zu seiner Urenkelin herzustellen, und sie ihm das nicht übel nehmen sollte. Bis er sie und Sloane verlassen hatte, war er ein netter Typ gewesen, der sich gut um sie gekümmert hatte. Und solange er Aubrey nicht wehtat, sollte sie ihm eine Chance geben und nicht gleich vom Schlimmsten ausgehen.

Nur hatte die Erfahrung sie gelehrt, misstrauisch zu sein, und Lester hatte bereits bewiesen, dass er fähig war, kleinen Mädchen das Herz herauszureißen. Obwohl ihr Kopf ihr sagte, dass er seine Lektion gelernt hatte und sie ihn gewähren lassen sollte, mahnte ihr Bauch sie, vorsichtig zu sein.

Aubrey wandte sich Finley zu. »Tut mir leid, dass ich dich vorhin angeschrien habe. Ich bin jetzt bereit, weiterzuüben.«

Als Finley mit ausgebreiteten Armen in die Hocke ging, kam Aubrey zu ihr und schmiegte sich an sie. Ohne dass sie es beabsichtigt hätte, traf ihr Blick über die Schulter ihrer Nichte hinweg den von Lester, und sie erlaubte sich eine Sekunde lang zu vergessen, was er getan hatte, und einfach nur glücklich zu sein, dass ihr Großvater in ihrem Leben wieder eine Rolle spielte. Trotz allem, was passiert war, bestand durchaus die Chance, dass sie nie richtig aufgehört hatte, ihn zu lieben. Auch wenn sie sich das immerzu einredete.

Finley trat auf die große Veranda des Hauses ihrer Mutter. Sie hatte nach Sloanes Wagen Ausschau gehalten, damit sie miteinander reden konnten, ehe ihre Schwester Aubrey zu ihrem regulären Nachmittagsbesuch abholte. Die Temperatur war auf angenehme siebzehn Grad angestiegen, obwohl es noch immer regnete.

Sloane stieg aus ihrem Auto, blieb kurz stehen und beäugte sie, ehe sie mit entschlossenem Schritt auf das Haus zukam. Finley bemerkte die gestrafften Schultern und den leichten Trotz, der im Blick ihrer Schwester lag. Sloane wappnete sich anscheinend für den Kampf, so als würden sie beide dieser Tage nichts anderes tun, als gegeneinander zu kämpfen.

Obwohl Finley sich einzureden versuchte, dass das nicht stimmte, wusste sie doch, dass es so war. Zwischen ihnen wurde nichts richtig besprochen, stattdessen wurden Dekrete erlassen und dem Ärger darüber Luft gemacht. Sie waren keine Freundinnen, sie waren kaum noch Mitglieder derselben Familie – ihre einst so enge Verbindung war durch die allgemeinen Umstände, Sloanes Sucht und die daraus resultierende Ermüdung gekappt worden. Lief der Kampf womöglich schon so lange, dass alle anderen Formen der Kommunikation ihnen abhandengekommen waren?

»Ja?«, fragte Sloane und blieb auf der Veranda stehen.

»Lester ist hier.«

Sloane legte den Kopf schief. »Ich weiß. Du hast mir schon erzählt, dass er einzieht, und Mom hat mich deswegen angerufen.«

»Ich wollte dich nur daran erinnern. Er wird dir Hallo sagen wollen, ehe du Aubrey mitnimmst. Und er wird wollen, dass du ihm verzeihst.«

Unterschiedliche Gefühle spiegelten sich in den Augen ihrer Schwester wider. Finley war sich nicht sicher, was Sloane dachte, spürte jedoch, dass sie weniger Ärger empfand als sie selbst.

»Du bist immer noch sauer auf ihn«, stellte Sloane fest.

»Wie könnte ich das nicht sein? Nach allem, was er getan hat. Es ist nicht richtig, dass er einfach hier auftauchen kann und wir so tun sollen, als wäre alles in Ordnung. Nichts ist in Ordnung. Er hat uns wehgetan. Er hat uns im Stich gelassen.«

»Du wirst ihn also für immer hassen?«

»Er hat versprochen, uns für immer zu lieben. Es wäre also nur gerecht.«

Sloane schien ihre Worte genau abzuwägen, ehe sie sprach. »Ich bin gerade im Vergebungsmodus. Hat was mit meinem Genesungsprozess zu tun. Ja, es war falsch von ihm, sich so zu verhalten, und wir haben alle darunter gelitten. Aber sein Fehler kann nicht ungeschehen gemacht werden, und die ganze Zeit sauer zu sein, ist anstrengend. Ich muss meine Energie darauf verwenden, nüchtern zu bleiben.«

Finley wusste, dass Sloanes Sichtweise vernünftig war, doch das hieß nicht, dass sie ihr gefallen musste. »Du bist also nicht wütend auf ihn?«

»Nein.«

»Und du vertraust ihm, was Aubrey betrifft?«

Als sie den Namen ihrer Tochter hörte, entspannte sich Sloanes Körper augenblicklich, und ihr Mund verzog sich zu einem Lächeln. »Er würde ihr niemals wehtun. Er war immer gut zu uns – er war da für uns, hat uns mit der Schule geholfen. Weißt du noch, der ganze Süßkram, den er uns immer gekauft hat, wenn wir ins Kino gegangen sind? So viel Zucker.«

»Aber er hat uns verlassen.«

Sloanes Blick wurde wieder stechend. »Ja, das hat er. Das war echt beschissen von ihm, und es hat uns einen ordentlichen Knacks verpasst. Aber seitdem ist viel Zeit vergangen, wir sind jetzt älter und müssen die Vergangenheit hinter uns lassen. Keiner von uns ist perfekt, Finley. Selbst du nicht.«

»Was soll das denn heißen?«

»Es ist scheinheilig und kleinlich von dir, uns ständig vorzuwerfen, was wir dir alles angetan haben. Das sind doch alte Kamellen.«

Finley funkelte sie böse an. »Ich habe nur versucht, dich wegen Lester vorzuwarnen. Warum musst du das Ganze wieder umdrehen? Wir haben doch überhaupt nicht über mich gesprochen.«

»Tut mir leid, wenn ich dir den Moment verdorben habe, aber das überrascht dich sicher nicht. Ich mache ja immer alles kaputt. Welch Freude, dass du mal wieder recht behalten kannst.«

Finley war mehr vom Angriff ihrer Schwester überrascht als vom Inhalt ihrer Worte. »Du versuchst, mich zur Bösen zu machen. Ich verstehe das nicht.«

»Du verstehst es nie.« Sloane ging auf die Haustür zu, blieb dann aber noch einmal stehen. »Ich wünsche mir mehr Zeit mit Aubrey. Ich möchte, dass sie samstags bei mir übernachtet. Ich hole sie ab wie immer und bringe sie dann am Sonntagmorgen vor der Arbeit zurück. Und ab diesem Sommer möchte ich sie zusätzlich ein paar Nachmittage in der Woche haben.«

Nein. Finley dachte das Wort, sprach es jedoch nicht aus, auch wenn es ihr bereits in die Kehle stieg. Sie presste die Lippen zusammen, da ihr bewusst war, dass sie angesichts des Wunsches ihrer Schwester nicht überreagieren durfte.

Durch ihre Rolle als Pflegemutter mochte sie die Verantwortung für Aubrey übernommen haben, doch es war als ein flexibles Arrangement gedacht, das davon ausging, dass Sloane immer noch ihre Mutter war, was ihr das Recht einräumte, jederzeit um eine Änderung zu bitten. Es ging nicht darum, Sloane zu bestrafen, indem man ihr Aubrey wegnahm, sondern darum, Aubreys Sicherheit zu gewährleisten und ihr dennoch eine Beziehung zu ihrer Mutter zu ermöglichen.

Zu ihrer Überraschung lachte Sloane plötzlich auf.

»Was ist?«, wollte Finley wissen.

»Wenn du nur dein Gesicht sehen könntest. Du würdest gerne Nein sagen, kannst es aber nicht, weil ich immer noch ihre Mom bin und du sie nicht adoptiert hast, sondern ihre Pflegemutter bist.«

»Wer ist Ellis?«

Sloane starrte sie verblüfft an. »Ich kann deinen Gedankensprüngen nicht ganz folgen, aber bitte, gerne – er ist der Mann, mit dem ich schon seit einer Weile zusammen bin. Was hat er mit all dem zu tun?«

»Aubrey kennt ihn, sie spricht von ihm. Wer ist er, irgendein Säufer? Ist sie sicher bei ihm? Lässt du sie allein mit ihm?«

»Stopp«, sagte ihre Schwester sanft. »Hör auf zu reden, ehe du etwas sagst, für das du dich anschließend entschuldigen musst. Das bist du nicht gewohnt und daher bist du überhaupt nicht gut darin.«

Sloane tat einen Schritt auf sie zu. »Ellis ist ein guter Mann, und er trinkt nicht. Er ist seit über zehn Jahren trocken, und ich lasse Aubrey zwar nicht mit ihm allein, würde es aber sofort ohne Weiteres tun. Ich würde ihm mein Leben anvertrauen und, was noch viel wichtiger ist, ich würde ihm ihres anvertrauen. Und deins auch, wo wir schon dabei sind.«

Finley ermahnte sich, nicht weiter nachzubohren. Sie hatte keine Kontrolle darüber, mit wem Sloane befreundet war oder mit wem sie schlief, und es war ihr auch egal. Ihre einzige Sorge galt Aubreys Sicherheit und deren Glück.

Das ist auch Sloanes Sorge, flüsterte ihr eine kleine Stimme zu, doch sie ignorierte sie.

»Ich vertraue dir nicht«, sagte sie tonlos.

Sloane lachte. »Du sagst das, als wäre das was Neues. Du hast mir nie vertraut. Jedenfalls seit Jahren nicht.«

»Das hat seinen Grund.«

»Das *hatte* seinen Grund. Aber jetzt liegen die Dinge anders.«

»Das weiß ich nicht. Du sagst, dass es dir gut geht, aber woher soll ich wissen, dass du dich nicht jeden Abend betrinkst? Woher soll ich wissen, dass du nicht einfach abhaust und keiner weiß, wo du bist, bis ich einen Anruf von der Polizei bekomme, die mir mitteilt, dass du tot im Straßengraben liegst? Und woher soll ich wissen, dass du nicht wieder in mein Leben einfällst und alles zerstörst, wofür ich hart gearbeitet habe?«

Sloane ließ plötzlich die Schultern hängen und stieß sämtliche Luft aus.

»Stimmt, das kannst du nicht wissen«, sagte sie freimütig. »Es gibt keine Garantien. Aber es gibt ein paar Dinge, die du weißt. Ich bin seit fast einem Jahr trocken. Ich gehe zu den Meetings und arbeite das Programm der Anonymen Alkoholiker durch. Ich arbeite seit elf Monaten im selben Café. Dort war ich noch nie zu spät, und ich habe mich noch nie krankgemeldet. Du kannst gerne mit meinem Chef sprechen, der wird es dir bestätigen. Ich zahle dir jeden Monat Unterhalt für Aubrey, und ich spare, um dir zurückzuzahlen, was ich dir gestohlen habe. Ob du mir vertraust oder nicht, ist deine Sache, aber angesichts meines Verhaltens während des letzten Jahres, bin nicht ich die Böse, wenn du mir nicht traust.«

Finley hatte Schwierigkeiten, das, was sie da hörte, mit ihren Gefühlen in Einklang zu bringen. Theoretisch hatte ihre Schwester recht, doch sie wusste aus Erfahrung, dass die Katastrophe gleich hinter der nächsten Ecke lauerte.

»Es ist schwer für mich«, gab sie zu. »Ich habe damals alles verloren.«

»Habe ich das denn nicht?«, fragte Sloane.

»Aber du bist diejenige, die das alles verursacht hat. Warum sollte es mich interessieren, was du verloren hast, wenn du mir so viel genommen hast? Das ist es, was ich nicht verstehe. Zu sagen, dass es dir leidtut, mindert meinen Schaden nicht. Wäre es nur einmal passiert, dann okay. Aber es ist nicht nur einmal passiert. Du hast mein Leben zerstört. Ich habe einfach nur mein Ding gemacht, und nur deinetwegen habe ich buchstäblich alles verloren, obwohl ich rein gar nichts falsch gemacht habe.«

Finley trat einen Schritt auf ihre Schwester zu. »Ich schlag dir einen Deal vor. Ich werde dir vergeben, dir vertrauen und die Vergangenheit nie wieder erwähnen, wenn du es wiedergutmachen kannst. Mach wieder einen ganzen Menschen aus mir, und wir fangen noch mal ganz von vorne an.«

Sloane wandte sich ab. »Du weißt, dass ich das nicht kann.«

»Dann sind wir quitt, denn ich werde dir niemals vertrauen.«

Sloane ging in Richtung Haustür. Kurz bevor sie den Türknauf drehte, hielt sie inne.

»Ich werde Aubrey definitiv mehr sehen. Ich gebe dir ein paar Wochen, um dich an den Gedanken zu gewöhnen, aber dann will ich, dass es so passiert.«

Finley wusste, dass sie ihr das nicht verweigern konnte. »In Ordnung«, sagte sie. »Sag mir Bescheid, wenn du mit den Übernachtungen anfangen willst.«

»Das werde ich.« Sloane ging ohne ein weiteres Wort ins Haus.

Finley blieb auf der Veranda stehen und ermahnte sich, ruhig weiterzuatmen. Sie hatte das Gespräch mit den besten Absichten begonnen, hatte ihre Schwester vor Lester warnen wollen, doch irgendwie war das voll danebengegangen, und jetzt fühlte sie ... viel zu viel.

Der leichte Ärger, der stets hochkam, wenn sie mit ihrer Schwester sprach, begann Blasen zu werfen. Ihre Wut, ihre Angst, ihr Frust – all diese Gefühle nagten an ihrer Selbstbeherrschung. Am liebsten hätte sie losgeschrien, doch das war nicht ihre Art.

Noch lieber wäre sie Sloane nach drinnen gefolgt und hätte ihr gesagt, dass sie auf keinen Fall zulassen würde, dass Aubrey mehr Zeit mit ihr verbrachte.

Stattdessen zwang sie sich, sich zu entspannen und das alles loszulassen. Schließlich ging es um Sloanes Tochter, und Zeit mit ihrer Mom zu verbringen, war gut für ihre Nichte. Was den Rest betraf, so würde sie jetzt nicht darüber nachdenken. Wozu auch? Am Ende hatte doch immer Sloane das letzte Wort.

8. Kapitel

»Reiß sie ab«, sagte Jericho.

»Die ganze?«

Er klopfte mit der flachen Hand an die schiefe Trockenbauwand. »Die ganze. Die hätte man so niemals aufstellen sollen, und das weißt du auch.«

Es war nicht nur die Tatsache, dass seine Arbeiter es versemmelt hatten, die ihn auf die Palme brachte – sie würden dadurch zudem ein paar Tage Bauzeit verlieren.

»Das war wirklich eine saudumme Aktion«, fügte er hinzu. »Habt ihr geglaubt, ich würde das nicht bemerken?«

Barry, ein Subunternehmer, mit dem er seit über zehn Jahren zusammenarbeitete, schüttelte bedauernd den Kopf. »Du hast recht. Wir haben einen neuen Arbeiter und, na ja ... dumm gelaufen. Wir bringen das wieder in Ordnung.«

Jericho wollte noch mehr sagen, begriff jedoch, dass die Nachricht angekommen war. Der Chef zu sein, bedeutete manchmal auch, im richtigen Moment zu gehen. Er durchquerte das Haus und verließ es durch die offene Garage.

Draußen ließ leichter Nieselregen den Himmel grau erscheinen. Die einzigen Farbflecke waren die Sträucher und die Bäume, die die Landschaftsgärtner gerade vor Haus zwei pflanzten.

Auf dem Weg zurück zu seinem Baucontainer entdeckte er Finleys Transporter. Er hatte sie seit über einer Woche nicht gesehen – seit sie sich gemeinsam das Haus angeschaut hatten, das sie gekauft hatte. Er sollte sie wohl mal suchen und ihr sagen, dass er sein Angebot ernst gemeint hatte – er lieh ihr gerne seine

Arbeitskraft, wenn sie sie wollte. Nach dem Frust mit den Trockenbauern würde er liebend gerne ein paar Stunden damit verbringen, Badezimmerfliesen abzuschlagen.

Er lachte immer noch leise beim Gedanken daran, ein Bad zu zertrümmern, als er ein vertrautes Auto neben seinem Truck geparkt sah. Abrupt blieb er stehen und fragte sich, weshalb Gil wohl vorbeikam. Was auch immer der Grund war, es konnte nichts Gutes sein.

Kurz überlegte er, ob sein Bruder wohl gekommen war, um ihm zu verkünden, dass er und Lauren sich getrennt hatten. Doch ebenso schnell, wie der Gedanke Form angenommen hatte, schob er ihn beiseite. Er wünschte sich das nicht für Gil – eine Trennung der beiden würde für ihn nichts in Ordnung bringen, und er war auch nicht darauf aus, seinem Bruder wehzutun. Er wünschte sich nur, alles wäre wieder so wie vor Gils Affäre mit Lauren, doch das würde es nie mehr sein.

Stattdessen wappnete er sich für das Drama, das unweigerlich über ihn hereinbrechen würde, und betrat den Container. Gil stand vor dem Bebauungsplan, der die Platzierung jedes einzelnen Hauses anzeigte, und wandte sich um. Sein Gesichtsausdruck spiegelte eine seltsame Kombination aus Freude, Angst und Sorge wider.

Ehe Jericho ihm ausweichen konnte, kam Gil auf ihn zugeeilt und umarmte ihn. Dann ließ er ihn ebenso schnell wieder los und zog sich ans andere Ende des Containers zurück. Dort angekommen, schob er die Hände in die Gesäßtaschen, zog sie wieder heraus, grinste und schüttelte den Kopf.

»Okay, ich werde es einfach sagen.«

Jericho hatte ein ganz schlechtes Gefühl in Bezug auf das, was nun kommen würde.

»Lauren ist schwanger! Wir haben es gerade erfahren.«

Sein Bruder redete weiter, doch Jericho vernahm seine Worte nicht – er war zu sehr damit beschäftigt, nach diesem Schlag in die Magengrube wieder Luft zu bekommen.

Lauren war schwanger? Nach all der Zeit, in der sie es aufgeschoben hatte, mit ihm ein Kind zu bekommen, erwartete sie jetzt eins mit Gil? Er hatte noch im Ohr, wie sie ihm immer wieder beteuerte, dass sie sich Kinder wünsche, nur noch nicht jetzt. *Können wir bitte noch ein paar Monate warten?*

Es hatte tausend gute Gründe dafür gegeben, es zu verschieben – erst wollte sie das College abschließen, dann das Jurastudium und dann war es darum gegangen, erst mal ihre Karriere voranzutreiben. Als er ihr eröffnete, dass er nicht länger mit der Familiengründung warten wolle, gestand sie ihm schließlich die Affäre.

Die unterschiedlichsten Gefühle brodelten in ihm. Es gelang ihm nicht, sie gleich zu benennen. Bedauern war relativ leicht zu erkennen, ebenso Wut. Mit Gil war sie also bereit, ein Baby zu bekommen, aber mit ihm nicht? Auf diesen Gedanken folgte sofort die Gewissheit, dass ihre Ehe ohnehin irgendwann auseinandergegangen und ein Kind nur eine weitere Komplikation gewesen wäre. Er wünschte sie sich weder zurück in sein Leben, noch wollte er, dass sie ein Baby von ihm bekam.

Ihm wurde bewusst, dass Gil noch immer redete, und er tat sein Bestes, um zuzuhören.

»Ich habe natürlich auch Angst. Was weiß ich schon über das Vatersein? Allerdings hatten wir einen tollen Dad, stimmt's? Er war der Beste. Ich wäre gerne so wie er.«

Jerichos erster Impuls bestand darin, zu erwidern, dass er sich das abschminken könne. Ihr Vater war ein ehrenhafter Mann gewesen – eine Geisteshaltung, die Gil bisher einzunehmen vermieden hatte. Doch da es keinen Sinn hatte, auf offensichtliche Tatsachen hinzuweisen, hielt er den Mund.

Gil trat einen Schritt näher. »Wir ziehen die Hochzeit vor. Erst haben wir überlegt zu warten, bis das Baby da ist, aber Lauren ist gerade in der achten Woche, deshalb heiraten wir jetzt schnell, ehe man es zu sehr sieht.« Gil sah ihn erwartungsvoll an. »Ich wünsche mir immer noch, dass du mein Trauzeuge bist.«

»Und dass ich dir den Junggesellenabschied ausrichte«, ergänzte Jericho trocken.

»Ja, das auch.« Gil grinste ihn an. »Ist das also ein Ja? Ich meine, ich weiß, dass du sauer warst, aber jetzt kommt ein Baby, und das bringt doch alles wieder ins Lot, oder?«

»Nein.«

Jericho ging zur Containertür und hielt sie auf. Er vermutete, dass dies einer jener Momente war, in denen Taten mehr sagten als Worte.

Sein Bruder zögerte. »Ich dachte, du würdest dich für mich freuen.«

»Darüber, dass du meine Frau geschwängert hast? Erstaunlicherweise nicht. Nein, ich freue mich nicht für dich.«

»Aber wir lieben uns. Das musst du doch sehen.«

Jericho atmete tief durch. Na schön, wenn Gil dieses Gespräch unbedingt führen wollte, dann würden sie es führen.

»Ihr liebt euch nicht – ihr habt euch nie geliebt. Du willst jetzt nur behaupten, dass sie die Richtige für dich ist, weil das deine Schuldgefühle verringert und die ganze Geschichte so besser klingt. Aber die Wahrheit ist, dass du dir einfach genommen hast, was du wolltest, ohne Rücksicht auf mich oder meine Ehe. Laurens Betrug ist ihre Sache, aber du bist mein Bruder. Wir sind eine Familie. Vom Moment deiner Geburt an stand ich immer hinter dir. Egal, was in deinem Leben passierte, ich war immer für dich da. Als du das College abgeschlossen hast, habe ich am lautesten von allen geklatscht. Wir standen uns nah. Wir haben miteinander abgehangen, wir waren zusammen unterwegs. Wir waren nicht nur Brüder, wir waren Freunde. Und dann hast du meine Frau gefickt.«

Jericho machte einen Schritt auf Gil zu, befahl sich dann jedoch, zu bleiben, wo er war. Wenn er ihm zu nah käme, bestand die Gefahr, dass das Ganze in körperliche Gewalt mündete, und auch wenn es sich für den Moment gut anfühlen würde, Gil zusammenzuschlagen, hätte es doch weitreichende Konsequenzen, und er wusste, dass er es bereuen würde.

»Wie viele Leute leben in der Region Seattle? Drei oder vier Millionen? Lass uns die Berechnung einfach gestalten und sagen, dass nur ein paar Hunderttausend davon alleinstehende Frauen im passenden Alter für dich sind. Bei jeder von denen hättest du es versuchen können. Aber du hast dich entschieden, Sex mit meiner Frau zu haben. Ich bin dein Bruder, Gil. Dein einziger Bruder. Wenn Mom nicht mehr ist, werde ich dein einziges Familienmitglied sein. Aber darüber hast du nicht nachgedacht. Du hast nur an deinen Schwanz gedacht und daran, was du wolltest. Daher nein. Dass du und Lauren ein Baby bekommt, bringt nichts an dieser Situation ins Lot. Und jetzt verpiss dich aus meinem Container.«

Er hatte erwartet, dass Gil protestieren würde, doch stattdessen nahm der seine Jacke und ging hinaus. Jericho schloss die Tür hinter ihm und wartete, bis er Gils Auto davonfahren hörte. Ein paar Sekunden später zog er sein Handy aus der Hemdtasche und schrieb an seine Mutter.

Seit wann weißt du es?

Die Antwort folgte beinahe augenblicklich.

Seit ein paar Tagen. Gil wollte es dir selbst sagen.

Jericho war weder überrascht noch enttäuscht. Er kannte seine Mutter und wusste, dass die Familie ihr Leitstern war. Das Versprechen auf ein Enkelkind würde sie nur dazu bringen, noch mehr Druck zu machen.

Eine weitere Nachricht bestätigte seine Vermutung.

Ist das nicht wundervoll? Ein Baby! Ich freue mich so, und ich weiß, dass du dich auch freust. Es ist an der Zeit, dass wir wieder eine Familie werden, Jericho. Du musst die Vergangenheit hinter dir lassen und dich mit deinem Bruder versöhnen. Nicht

> nur für mich und dich selbst, sondern auch für die zukünftigen Generationen unserer Familie. Ich liebe euch beide, und ich brauche dein Eingeständnis, dass du deinen Bruder auch liebst und dass du ihm verzeihst.

Es ist schwer, jemandem zu verzeihen, der sich nie entschuldigt oder um Verzeihung gebeten hat, tippte er, löschte die Mitteilung jedoch gleich wieder. Seine Mutter würde Gil sagen, dass er sich entschuldigen sollte, und sein Bruder würde es auch tun. Doch dessen Taten und Worte wären dementsprechend bedeutungslos.

> **Du verlangst viel von mir, Mom.**

> **Ich weiß. Jericho, bitte. Tu es für mich und deinen Vater.**

Das ist ein Schlag unter die Gürtellinie, dachte er voller Bitterkeit. Sie kannte seine wunden Punkte.

> **Ich brauche mehr Zeit.**

> **Natürlich. Ich hab dich lieb.**

Er antwortete nicht, sondern stopfte sein Handy in die Hosentasche und trat in den kühlen Morgen hinaus. Mit den Augen suchte er das Baugelände ab und sah, dass Finleys Transporter noch immer an der Straße geparkt war. Erst da wurde ihm klar, dass sie sich in Haus eins befand, das demnächst zum Verkauf angeboten werden sollte.

Das Haus unter die Leute zu bringen, war kein Problem – seine Firma führte eine Warteliste mit potenziellen Käufern. In ein paar Tagen würden E-Mails an all diejenigen rausgehen, die sich für den Grundriss dieses Hauses interessiert hatten. Wenn keiner von ihnen es kaufte, würden sie es online inserieren – auch wenn er damit nicht rechnete. Es würde ganz sicher an einen Interessenten von der Liste verkauft werden.

Er ging zu Haus eins hinüber und betrat es durch die Haustür.

»Finley?«, rief er.

»In der Gästetoilette.«

Er ging in die Richtung, aus der ihre Stimme gekommen war, und fand sie auf dem Boden liegend vor, damit beschäftigt, eine neue Armatur einzubauen.

»Wusste ich davon, dass du an diesem Haus arbeitest?«, fragte er.

Sie rutschte aus dem Unterschrank hervor und sah ihn an. »Ich kann dir nicht in den Kopf gucken, daher kann ich diese Frage nicht beantworten.«

Trotz all der Dramen in seinem Privatleben musste er lachen. »Der Punkt geht an dich. Wieso bist du hier?«

»Die Armaturen mit Sensoren, die wir eingebaut haben, wurden alle zurückgerufen. Es wurde noch nicht publik gemacht, aber unser Lieferant hat uns schon mal vorgewarnt. Mein Chef hat mit eurem Einkäufer gesprochen, und wir haben uns auf einen akzeptablen Ersatz geeinigt. Der Vorschlag wurde eurem Innenarchitekten vorgelegt, und der hat ihn abgesegnet.«

»*Moen* hat euch hängen lassen?«

Sie grinste. »In diesem Haus waren keine *Moen*-Armaturen verbaut. Die neuen sind von *American Standard* und sehr elegant. Die Käufer werden begeistert sein.« Sie wedelte mit der Hand in Richtung der Kartons, die im Flur standen. »Ich ersetze alle Sensor-Armaturen durch die neuen.«

Jericho erinnerte sich, eine E-Mail zum Thema Armaturen überflogen zu haben, kurz bevor er die schiefe Trockenbauwand entdeckt hatte. Wo er jetzt so darüber nachdachte, schien der Morgen ziemlich schnell den Bach runterzugehen.

»Ich bin froh, dass wir das Problem beseitigt haben, bevor das Haus verkauft wurde«, sagte er.

»Ich auch. Dies war das einzige mit Armaturen dieser Marke, daher sollten wir uns um die anderen keine Sorgen machen müssen.« Sie rappelte sich vom Boden auf. »Alles okay bei dir?«

»Wieso?«

»Ich weiß nicht.« Sie musterte ihn. »Irgendwas ist doch.«

Er hielt sich gerne für unergründlich, womit er jedoch anscheinend vollkommen falschlag. »Gil war vorhin hier.«

Finley rollte mit den Augen. »Braucht er etwa Hilfe beim Smoking-Aussuchen?«

»Lauren ist schwanger. Sie ziehen die Hochzeit vor. Und Gil will immer noch, dass ich sein Trauzeuge werde und den Junggesellenabschied plane.«

Eine Eigenschaft, die er an Finley besonders mochte, war die Tatsache, dass man ihr ihre Gefühle vom Gesicht ablesen konnte. Auf Ungläubigkeit folgte Empörung, dann schwenkte sie kurz zurück zu Ungläubigkeit, ehe das Ganze schließlich in Wut mündete.

»Was für ein Idiot. Was für ein kriecherischer Volltrottel! Sie ist schwanger? Haben diese Leute etwa noch nichts von Verhütung gehört? Lass mich raten – das Baby soll jetzt alles ändern. Plötzlich baden sie im goldenen Glanz der nächsten Generation, und alles muss vergeben werden.«

Sie schien plötzlich zu merken, dass sie sich womöglich zu sehr hatte mitreißen lassen, räusperte sich und murmelte: »Nicht, dass mich das irgendetwas anginge.«

Er grinste. »Mir gefällt deine Leidenschaft.«

»Das ist einfach alles so geschmacklos.«

»Da stimme ich dir zu.« Sein Lächeln erstarb. »Du hast recht mit allem, was du sagst. Gil erwartet, dass ich ihm verzeihe, was mich nicht im Geringsten juckt. Aber auch meine Mom drängt mich, die Vergangenheit hinter mir zu lassen – oder wie auch immer sie es ausgedrückt hat.«

Er bemerkte die Bitterkeit in seiner Stimme, wusste jedoch nicht, was er dagegen tun sollte. Schließlich fühlte er sich nun mal so, wie er sich fühlte. Sie war schwanger! Lauren bekam ein Baby von Gil.

»Wolltest du Kinder mit ihr?«, fragte Finley mit sanfter Stimme.

»Klar. Ich bin der traditionelle Typ – Frau, Kinder, Hund, Garten. Normale Dinge eben. Aber Lauren hat es immer wieder aufgeschoben.« Er lehnte sich mit dem Rücken an die Wand. »Als wir uns kennenlernten, kämpfte sie sich gerade ohne finanzielle Unterstützung durchs College. Sie hatte zwei Jobs parallel und ging abends studieren. Ich war beeindruckt.«

Finley presste die Lippen zusammen. »Sie hat also hart gearbeitet. Na ja, das tun viele Leute.«

Trotz allem musste er grinsen. »Du musst keine Angst haben, dass sie dir plötzlich sympathisch werden könnte. Die Geschichte hat kein Happy End.«

Sie sah ihn an, dann seufzte sie. »Lass mich raten. Ihr habt geheiratet, und du hast ihr das College finanziert. Und sie hat aufgehört zu arbeiten, um schneller fertig zu werden.«

»Bingo.«

Ein Lächeln zuckte in ihren Mundwinkeln. »Bingo? Echt jetzt?«

»Das sagt man doch so.«

»Na ja, ich weiß ja nicht. Jedenfalls – so war das also? Sag mir, dass sie wenigstens gute Noten hatte.«

»Die hatte sie, und deshalb bekam sie auch die Zulassung zum Jurastudium.«

»Das Jurastudium hast du der miesen Kuh auch noch bezahlt?«, kreischte sie beinahe, dann räusperte sie sich und sagte etwas leiser: »Sag mir bitte, dass du das nicht hast.«

»Du weißt, dass ich das habe.«

»Und jetzt ist sie Anwältin?«

»Ja. Für Familienrecht.«

»Na klar, mehr Ironie ging wohl nicht. Ich hasse sie für dich mit.«

»Hass ist nicht nötig.«

»Trotzdem, das ist echt beschissen. Haben denn diese Leute noch nie was von Ver...« Sie hielt abwehrend eine Hand hoch. »Vergiss es. Ich wiederhole mich, und die Antwort darauf kennen wir bereits. Und jetzt mischt sich auch noch deine Mom in deine persönlichen Angelegenheiten ein. Das tut mir leid.«

»Mir auch.«

»Ich weiß nicht, ob dir das hilft, aber wenn ich zwischen dir und Gil wählen müsste, würde ich definitiv dich heiraten. Und nicht den Idioten, der mit der Frau seines Bruders schläft.«

»Das hat Lauren anders gesehen.«

»Dann ist sie einfach nur dumm, und du solltest dankbar sein, dass sie nicht mehr Teil deines Lebens ist.« Finley stöhnte auf. »Nur ist sie das eben doch noch irgendwie, und das ist genau das Problem, oder?«

Er sah sie nur an.

Sie schüttelte den Kopf. »Jetzt wirst du wieder ein ›Bingo‹ raushauen, und unter den gegebenen Umständen werde ich dir das durchgehen lassen müssen.«

»Eine Frau mit Anstand. Das gefällt mir.«

»Auf jede Lauren in dieser Welt kommen mindestens zehn Frauen, die sich anständig verhalten.«

Er hoffte, dass sie damit recht hatte. »Ich werde versuchen, das nicht zu vergessen.«

Sloane zupfte das Unkraut sorgfältig mitsamt den Wurzeln heraus. Unkraut jäten war der Teil der Gartenarbeit, den sie am wenigsten mochte, doch sie wollte nicht, dass die aggressiven kleinen Biester in drei Wochen wieder da waren.

Hinter ihr auf dem Gras hatte sich bereits ein eindrucksvoller Haufen davon angesammelt. Sobald sie und Ellis mit dem Jäten fertig wären, würden sie Rindenmulch auf den Beeten verteilen. Der würde nicht nur das Unkraut in Schach halten, sondern dem

Boden auch helfen, Feuchtigkeit zu speichern und die Pflanzen vor der Sommerhitze zu schützen. Letztere schien jedoch noch in weiter Ferne zu liegen.

Obwohl es schon Ende April war und heute einer der seltenen sonnigen Tage, war die Temperatur nicht höher als dreizehn Grad. Frühling im Pazifischen Nordwesten eben, dachte sie lächelnd.

Sie arbeitete sich weiter durch das Beet und attackierte entschlossen jedes Unkraut. Ellis kümmerte sich derweil um die andere Seite des Gartens. In einigen Wochen würden sie einjährige Blumen besorgen, um ein bisschen Farbe reinzubringen. Ja, es war nervig, sie erst einzupflanzen und später wieder auszugraben, doch die Zeit dazwischen war es wert.

Als sie am Ende des Beets angelangt war, stand sie auf, reckte sich und begann, das Unkraut einzusammeln und es in den Mülleimer für Gartenabfälle zu werfen. Ellis gesellte sich zu ihr und bereitete dem Chaos ein schnelles Ende.

»Du bist ein guter Mann«, sagte sie zu ihm. »Du lässt mich Blumen in deinem Garten pflanzen.«

Er lächelte und strich ihr über die Wange. »Es gefällt mir, dass du Lust dazu hast. Geht's dir gut?«

»Ja, wieso?«

»Du bist so still, seit du von dem Meeting zurück bist.«

Sie hatte nicht erwartet, dass er es bemerken würde – was dumm von ihr war, denn Ellis entging nichts.

»Da war so ein Typ«, sagte sie und sammelte ihr Gartenwerkzeug ein. »Er war schon ein paarmal da, aber er kommt nicht regelmäßig. Diesmal war er total durch den Wind. Er hatte wohl einen Rückfall, und es war anscheinend ziemlich schlimm. Er ist im Krankenhaus gelandet.«

Sie sah Ellis kurz an und senkte dann den Blick auf die Gartengeräte, die sie in der Hand hielt. »Er darf nicht mehr trinken.« Sie hob den Blick. »Nie wieder. Alkohol ist für ihn zum absoluten Gift geworden, und wenn er trinkt, stirbt er.«

Ellis nahm ihr die Geräte ab, warf sie auf den Boden und nahm ihre Hände in seine. »Und wie hast du dich dabei gefühlt?«

»Ich weiß es nicht. Der Gedanke, derart krank zu sein, ist beängstigend, aber es muss auch irgendwie befreiend sein. Er darf definitiv nie wieder trinken. Das ist anders als das, womit wir anderen ständig ringen. Bei ihm gibt es kein ›Ich werde heute nicht trinken‹ oder ›Ich will heute trinken‹. Seine Frage lautet ›Will ich heute sterben?‹.«

»Du meinst, das wird das Ganze für ihn einfacher machen?«

»Es ist jedenfalls sehr viel motivierender. Die Konsequenzen würden für ihn augenblicklich eintreten, und es gäbe keinen Weg zurück.«

»Das trifft momentan auch auf dich zu.«

Sie schüttelte den Kopf. »So ist es für mich nicht. Nicht wirklich. Ich möchte nicht so krank sein wie er, aber ich würde mir wünschen, dass die Entscheidung einfacher wäre.«

Er zog eine Augenbraue hoch. »Du sagst doch immer, es ist einfach für dich.«

Sie befreite ihre Hände aus seinen. »Manchmal lüge ich eben.«

»Du?« Er tat so, als wäre er schockiert, was sie zum Lächeln brachte.

»Ich meine es ernst«, sagte sie. »Nicht zu trinken, ist das Schwerste, was ich jemals getan habe. Manchmal ist es kein großes Ding, aber an anderen Tagen habe ich echt zu kämpfen. Ich bin es leid, mit den Dämonen zu ringen, und wenn ich dessen müde werde, denke ich: Ach komm, nur einen Drink. Weil ich weiß, wie ich mich nach einem Drink fühlen würde.«

Er sah sie unbeirrt an, sagte jedoch nichts.

Sie atmete scharf aus. »Danke, dass du es nicht gesagt hast.«

»Dass das Problem nicht der eine Drink ist? Weil du nicht einfach nur ein Glas trinken kannst?«

»Genau das. Was du übrigens gerade eben doch gesagt hast.«

»Ich habe nur nachgefragt, um sicherzugehen, es richtig verstanden zu haben. Das ist ein Unterschied.«

»Kein großer.« Ihre Stimme wurde sanfter, und sie nahm wieder seine Hände. »Ich bin es leid, schlecht zu sein.«

»Du bist nicht schlecht. Du tust nur schlechte Dinge, wenn du trinkst. Das ist ein Unterschied.«

»Kein großer.« Sie ließ den Blick an ihm vorbei in den hinteren Teil des Gartens schweifen. »Ich will so sein wie alle anderen.«

»Normal gibt es nicht, Sloane. Das ist ein Hirngespinst, an das wir alle glauben wollen.«

Sie nickte, da sie nicht tiefer in das Thema einsteigen wollte, und doch wusste sie, dass er unrecht hatte. Normalität existierte für beinahe jeden und jede – nur für sie lag sie so gerade eben außer Reichweite.

»Komm«, sagte er, beugte sich vor und küsste sie sanft. »Lass uns reingehen. Ich will dir etwas zeigen, das dich glücklich machen wird.«

Sie beäugte ihn misstrauisch. »Redest du von Sex? Denn wenn dieses Gespräch dich angetörnt hat, bist du echt ein kranker Typ.«

Er grinste. »Ich rede nicht von Sex.«

Sie sammelten die Geräte ein und brachten sie in die Garage. Nachdem sie sie abgespült hatten, hängten sie sie an ihre Haken und gingen ins Haus.

»Warte hier am Tisch«, sagte er und verschwand in sein Arbeitszimmer.

Sie setzte sich in die Küche, und Sekunden später kehrte er mit seinem Laptop zurück.

»Ist es ein Porno?«, fragte sie. »Denn das ist nicht mein Ding.«

Er grinste. »Warum erwartest du immer das Schlimmste von mir? Das ist kein Porno. Das bist du.«

Sie unterdrückte ein Stöhnen. »Nicht noch mehr von diesen Videos von mir in irgendeinem Schultheaterstück, ich flehe dich an. Die habe ich alle schon gesehen.«

Und sie hasste sie alle. Was sie Ellis jedoch nie erzählt hatte. Ja, sie zeigten, dass sie ein Riesentalent hatte – das sie durch ihre

Sauferei in den Wind geschossen hatte. Doch sie waren auch der Beweis dafür, wie vielversprechend die Zukunft damals für sie ausgesehen hatte. Nicht nur in Bezug auf eine tolle Schauspielkarriere, sondern auch auf das Leben selbst. Sie war schön, begabt und intelligent gewesen und hätte alles erreichen können, überallhin gehen können. Stattdessen war sie eine Trinkerin geworden und hatte das Leben aller Menschen um sie herum zerstört.

Er klickte auf einen Link in einer E-Mail, die er sich selbst geschickt hatte. Ein YouTube-Video startete, und Sloane hielt den Atem an.

Das da war nicht sie zu Highschool-Zeiten, sondern sie in der Mittelstufe, mit vielleicht zwölf oder dreizehn Jahren. Das Video war teilweise verwackelt und unscharf, doch sie erkannte sich und verstand einen Großteil des Dialogs.

»Sieh mal, wie gut du warst, sogar damals schon«, sagte er und legte einen Arm um sie. »Du warst ein ganz besonderes Kind.«

Zu ihrer Überraschung traten ihr Tränen in die Augen und fielen herab, ehe sie sie wegblinzeln konnte.

»Was ist?«, fragte er. »Wieso bist du traurig? Hätte ich dir das nicht zeigen sollen?«

Statt zu antworten, schüttelte sie den Kopf und sah sich selbst weiter auf der Bühne zu. Obwohl sie untrainiert und noch so jung war, hatte sie Präsenz. Ihre Stimme, ihr Körper vermittelten eindrücklich jedes Gefühl.

Traurigkeit übermannte sie endgültig, immer mehr Tränen liefen ihr über die Wangen. Nach ein paar weiteren Sekunden schloss sie den Laptop. »Ich kann nicht«, flüsterte sie.

Ellis setzte sich so auf seinen Stuhl, dass er sie direkt ansehen konnte. Er legte ihr die Hände auf die Schultern. »Was habe ich falsch gemacht?«

»Das hat gar nichts mit dir zu tun. Es ist nichts.«

»Sloane, verschließ dich nicht vor mir.«

Sie blickte in seine sorgenerfüllten Augen. »Das war das erste Stück, in dem ich gespielt habe, eine Sommerproduktion. Man kann sehen, dass viele der anderen Kinder älter und erfahrener waren, aber ich bekam die Hauptrolle, und das kam nicht gut an. Ich hatte Angst, war total verschüchtert und konnte mich überhaupt nicht mehr beruhigen.«

Sie wischte sich die Augen. »Einer der Typen von der Highschool nahm mich beiseite. Er hatte ein bisschen Wodka dabei, denn so einer war er eben, und bot mir davon an. Er sagte, nach ein paar Schlucken würde ich mich besser fühlen. Der Alkohol würde meinen Magen beruhigen und mich vergessen lassen, dass ich Angst hatte.«

Ellis fluchte.

Trotz allem gelang es ihr zu lächeln. »Er war kein schlechter Junge, er wusste es einfach nicht besser. Also trank ich ein wenig, und es half. So hat alles angefangen. Nur ein Schluck oder zwei, damit ich es durch das Stück schaffte. Das Partymachen kam erst später.«

Er zog sie an sich. »Es tut mir leid, dass ich dich daran erinnert habe. Ich dachte, es würde dich freuen, das Video zu sehen.«

»Ist schon okay. Das konntest du ja nicht wissen.«

Langsam entspannte sie sich in seinen Armen und ließ zu, dass die Wärme seines Körpers und das regelmäßige Pochen seines Herzens ihren Schmerz linderten. Während so einige Sekunden vergingen, dachte sie wieder an den Mann vom Meeting der Anonymen Alkoholiker. Ja, er lief Gefahr, zu sterben, wenn er trank. Aber war das nicht ein kleiner Preis dafür, dass er nicht jede Sekunde jeden Tages gegen den Drang, zu trinken, ankämpfen musste? War das nicht fast so wie normal zu sein?

1. Kapitel

Als Finley von der Arbeit nach Hause kam, spielten Aubrey und Lester miteinander Schach. Ihre Mutter hatte ihr geschrieben, dass sie mit Freunden essen gehe und ihr Vater sich gerne bereit erklärt habe, bei Aubrey zu bleiben. Eine Aussage, die sie verärgert hatte, doch sie hatte nichts dagegen tun können, denn sie hatte bis zum Feierabend auf einer Baustelle festgehangen.

Nun sah sie ihre Nichte und ihren Großvater mit gemischten Gefühlen an und wünschte sich, sie könnte gegen ihr gemütliches Beisammensein Einspruch einlegen. Doch sie wusste, dass sie dann durchgeknallter wirken würde, als ihr lieb war.

Aubrey sprang auf und rannte mit ausgebreiteten Armen auf sie zu. »Juchhu, du bist zu Hause! Wir haben schon auf dich gewartet.« Sie grinste sie an. »Vor allem, weil ich eine große Überraschung für dich habe.«

Finley umarmte sie fest und grüßte dann widerwillig ihren Großvater. »Danke, dass du dich um sie gekümmert hast«, sagte sie und versuchte, beim Sprechen nicht zu sehr die Zähne zusammenzubeißen.

Lester lehnte sich auf seinem Stuhl zurück. »Gern geschehen. Du wirst dich freuen zu hören, dass wir es geschafft haben, uns während der gesamten anderthalb Stunden, die sie zu Hause war, weder ein Tattoo stechen zu lassen noch einen Schnapsladen zu überfallen.«

Finley zwang sich zu einem gekünstelten Lächeln. »Gut zu wissen.«

Lester besaß doch tatsächlich die Dreistigkeit, ihr zuzuzwinkern.

»Du willst mir böse sein, findest aber keinen guten Grund. Das ist in Ordnung, dir wird schon noch einer einfallen.«

»Ich bin dir nicht böse«, sagte sie automatisch, nur um festzustellen, dass das nicht stimmte. »Böse« war allerdings nicht das treffende Wort – sie war vielmehr besorgt und genervt. Das waren Gefühlslagen anderer Art.

»Stell deine Sachen ab«, befahl Aubrey. »Und dann musst du gucken kommen!«

Finley stellte ihren Rucksack auf einen Küchenstuhl, holte ihre Tupperdosen vom Mittagessen raus und spülte sie ab, dann tat sie dasselbe mit ihrem Thermosbecher und ihrer Wasserflasche. Nachdem das erledigt war, hängte sie den Rucksack an die Treppe und schob ihr Handy in ihre Jeanstasche. Dann sah sie ihre Nichte an.

»Okay, ich bin bereit. Was gibt's?«

Aubrey packte sie an der Hand. »Komm gucken!«

Finley ließ sich von ihr in Richtung Garage ziehen. Lester folgte ihnen langsamer, wobei er sich schwer auf seinen Stock stützte. Als sie in der Garage angekommen waren, schlüpfte Aubrey eilig in ihre Steppschuhe und startete die Musik. Die ersten Töne von Bruno Mars' »Uptown Funk« erfüllten den Raum.

»Ich kann jetzt das ganze Stück!«, rief Aubrey und machte sich daran, ihre Behauptung unter Beweis zu stellen.

Sie führte die gesamte Choreografie perfekt vor und fügte am Ende sogar noch eine Pirouette hinzu. Dann drehte sie sich um und sah sie erwartungsvoll an.

»Überraschung! Grandpa und ich haben jeden Tag daran gearbeitet – es war unser Geheimnis. Und guck mal, wie gut ich jetzt bin! Ich kann die gesamte Schrittabfolge. Ich bin sogar besser als Ophelia. Und du weißt, dass sie eigentlich die Beste ist.«

Finley hatte schon vor langer Zeit gelernt, Überraschungen gegenüber misstrauisch zu sein, und das hier war eine ziemlich große.

»Du bist der Wahnsinn«, sagte sie und entschied sich damit für die einfachste Reaktion. »Das hast du toll gemacht, ich bin so stolz auf dich.«

Aubrey strahlte, und Lester beobachtete sie amüsiert.

»Ich will noch mal«, verkündete ihre Nichte und startete die Musik von Neuem.

Sobald sie mit ihrer zweiten Runde fertig war, zog Aubrey ihre Steppschuhe aus und rannte ins Haus. Finley wartete, bis ihr Großvater sich langsam erhob, und ging dann in Richtung Tür.

»Bestimmt würdest du mir gerade am liebsten den Kopf abreißen«, sagte er. »Nur zu.«

Sie wartete, bis er aus der Garage getreten war, und schloss hinter ihnen ab. »Du hast ihr mit der Choreografie geholfen. Das war sehr nett von dir, danke.«

Er beäugte sie. »Das ist doch nicht, was du gerade wirklich denkst. Gib's zu, Finley, du traust mir nicht.«

»Weshalb sollte ich auch?«, schnauzte sie ihn unvermittelt an. »Du hast uns verlassen. Einfach so, Ende, aus. Ohne Diskussion, ohne Vorwarnung.«

Lester nickte langsam. »Du hast recht, mit allem, was du sagst. Und das war falsch von mir, unglaublich falsch, und es tut mir leid.«

Frust stieg in ihr auf. »Es tut dir leid? Was spielt das jetzt noch für eine Rolle? Du hast dich nie gemeldet, nicht ein einziges Mal. Wenn du die ganze Zeit wusstest, was du falsch gemacht hast, weshalb hast du dann keinen Kontakt mit uns aufgenommen? Es hätte tausend Wege gegeben, mit uns zu kommunizieren.«

»Tausend? Mir fallen nur etwa zehn ein.«

Die scherzhafte Bemerkung kam so unerwartet, dass sie nicht anders konnte als zu lachen. Doch sie war schnell wieder ernüchtert.

»Du hättest uns anrufen oder uns schreiben oder einfach vorbeikommen können«, erklärte sie ihm. »Du hättest irgendetwas tun können. Ein Jahr lang habe ich darauf gewartet. Ich habe ständig nach Nachrichten auf dem Anrufbeantworter geschaut, bin jeden Tag raus zum Briefkasten gerannt. Ich habe ununterbrochen auf dich gewartet.«

Seine Gesichtszüge verspannten sich, als kämpfte er gegen seine Gefühle an. »Es tut mir leid.«

»Das genügt nicht.«

Sie ging ins Haus, er folgte ihr langsamer. Aubrey hatte sich ihr Buch geholt und lag zusammengerollt auf dem Sofa. Finley lief weiter in die Küche, um das Abendessen vorzubereiten.

»Kann ich helfen?«, fragte Lester.

»Du bist zu schwach.«

»Irgendwas werde ich schon machen können.«

»Ich komme klar.«

Sie hatte erwartet, dass er daraufhin die Küche verlassen würde, doch stattdessen ließ er sich am Tisch nieder. Finley ignorierte ihn. Sie stellte den Ofen an und suchte die nötigen Zutaten für Maisbrot zusammen. Sobald das im Ofen wäre, würde sie Putenchili und den Salat zubereiten.

Lester sah ihr ein paar Minuten schweigend bei der Arbeit zu, dann streckte er ihr sein Handgelenk hin. »Aubrey hat mir ein Armband gemacht. Mit unser aller Initialen.«

Finley wog das Maismehl ab und antwortete nicht.

»Sie ist wirklich ein süßes Mädchen«, fuhr er fort. »So intelligent und fröhlich. Es muss hart für dich gewesen sein, sie bei dir aufzunehmen, aber du hast tolle Arbeit an ihr geleistet.«

Sie schwieg weiter, während sie alle Zutaten zusammenmischte und dann den Teig in die gefettete Form gab.

»Nichts von alldem hattest du so geplant«, sagte er. »Und jetzt sitzt du in der Falle.«

Sie schloss die Ofentür und wandte sich ihm zu. »Ich sitz nicht in der Falle«, sagte sie ruhig. »Und ich wusste schon von dem Moment an, in dem Aubrey auf die Welt kam, dass womöglich ich sie irgendwann großziehen würde. Sie ist meine Nichte, und ich liebe sie. Ich würde alles tun, um für ihre Sicherheit zu sorgen.«

Er sah sie unbeirrt an. »Du brauchst mir nicht zu drohen, ich würde ihr niemals wehtun.«

»Deine bisherige Bilanz spricht allerdings dagegen.« Sie verschränkte die Arme vor der Brust. »Wieso hast du dich damals noch nicht mal bemüht, in Kontakt mit uns zu bleiben? Ich weiß, dass du verletzt und wütend warst, aber wir waren doch deine Familie?«

»Wie du selbst gesagt hast – ich war verletzt. Und stolz«, fügte er freimütig hinzu. »Stolz ist ein tödliches Laster. Und ich war so wütend, dass ich glaubte, wegziehen zu müssen, was ich ebenso sehr bereue. Als ich weit weg von euch war, war es noch leichter, mich selbst zu bemitleiden. Und dann verging immer mehr Zeit, und ich wusste nicht, was ich tun sollte.«

Er warf ihr einen bedeutungsvollen Blick zu. »Es kann einem leicht passieren, Bitterkeit und Wut zum Lebensinhalt zu machen.«

»Redest du etwa von mir? Ich bin nicht wütend und verbittert. Ob ich sauer bin? Ja! Aber dazu habe ich auch allen Grund – du hast mich verraten. Und Sloane hat so ziemlich mein ganzes Leben kaputt gemacht.«

»Du siehst aber gar nicht kaputt aus.«

»Ich bin vierunddreißig Jahre alt und lebe bei meiner Mutter. Wie würdest du das bitte schön nennen?«

»Familie.«

Sie schnaubte abfällig und nahm rote Paprika und das Putenhackfleisch aus dem Kühlschrank. Dann holte sie eine Dose Bohnen sowie Gewürze aus der Vorratskammer und stellte alles auf die Küchentheke.

»Du findest also, ich sollte Sloane vergeben«, sagte sie. »Die Großmütigere sein. Aber ich hätte da eine Frage. Wieso bin immer ich diejenige, die den anderen vergeben soll? Egal, was passiert, immer heißt es: Ach, verzeih doch deiner Schwester, verzeih doch deinem Großvater.« Sie wandte sich um und sah ihn an. »Du stehst an erster Stelle. Sloane steht an erster Stelle. Irgendwer anders steht immer an erster Stelle. Du verurteilst mich, dabei hast du keine Ahnung, was ich durchgemacht habe. Ich bin es leid, ständig diejenige zu sein, die nachgibt, die sich fügt.«

»Der Schwache kann nicht verzeihen. Verzeihen ist eine Eigenschaft des Starken.«

Sie starrte ihn an. »Wovon redest du da?«

»Ich zitiere nur Mahatma Gandhi. Du musst verzeihen, weil du die Starke bist.«

Ihre Wut wich Ungläubigkeit. »Was für ein Riesenquatsch, Lester. Du hattest Zeit, Mahatma Gandhi zu lesen, konntest dich aber nicht ein einziges Mal dazu herablassen, deine Tochter und deine Enkelinnen anzurufen?«

»Es war eine sehr verwirrende Zeit.«

Er sprach den Satz so voller Resignation aus, dass sie wusste, er sagte die Wahrheit. Für einen kurzen Moment konnte sie nachvollziehen, wie schwer verkraftbar es für ihn gewesen sein musste, dass sie und Sloane ihm ihre Mom vorgezogen hatten. Auch wenn er wohl damit hatte rechnen müssen – es hatte ihm bestimmt sehr wehgetan.

Gefühle wie Mitleid und Verständnis widerstrebten ihr, sie halfen einem nie weiter. Und doch konnte sie sie in diesem Fall nicht ignorieren.

»Ich weiß nicht, ob es richtig von mir war, es zu versuchen«, gestand er ein. »Das Sorgerecht für dich und Sloane zu bekommen, meine ich. Molly wurde immer unberechenbarer, sie nahm jede Rolle an, die sie ergattern konnte, in der Hoffnung, doch noch irgendwie ein Star zu werden.« Er verzog den Mund. »Ich glaube, wir wissen beide, wie aussichtslos das war.«

»Ja, das war es.« Finley zog einen Stuhl zurück und setzte sich.

»Ich hatte Angst, dass es zu belastend für euch werden würde, ständig zwischen uns hin- und hergereicht zu werden. Immer wenn ihr euch gerade bei mir eingelebt hattet, kam sie wieder angerauscht.« Er seufzte. »Ich wusste, dass Sloane trank, und ich habe versucht, mit Molly darüber zu reden. Sie sagte, das sei nur so ein Teenagerding und würde sich auswachsen. Aber ich machte mir Sorgen.«

Dieser Teil der Geschichte war Finley unbekannt. »Ich dachte immer, ich sei die Einzige gewesen, die von ihrer Trinkerei wusste. Es kam mir so vor, als hätte sie es wirklich gut versteckt.«

»Eure Großmutter war auch Alkoholikerin. Ich kannte die Anzeichen.«

»Grandma hat getrunken?« Finley hatte ihre Großmutter nie kennengelernt – sie war gestorben, als Molly noch ein Teenager war. »Sie ist bei einem Autounfall umgekommen, oder?«

Lesters Gesichtszüge spannten sich an, Tränen der Resignation stiegen ihm in die Augen. »Bei einem Unfall mit nur einem Auto – es hat sich um einen Baum gewickelt, und sie ist sofort gestorben. Sie war betrunken. Wieso ich das so genau weiß? Weil sie zu dem Zeitpunkt anfing zu trinken, sobald sie morgens aufwachte.«

Finley hatte von alldem nichts geahnt. »Hast du ihr Hilfe besorgt?«

Er nickte. »Sie war immer wieder in der Entzugsklinik.« Der Anflug eines schiefen Lächelns zuckte in seinen Mundwinkeln. »Damals nannten wir es allerdings nicht so. Offiziell fuhr sie in Rehakliniken und an Orte, an denen sie sich ausruhen konnte. Manchmal blieb sie danach ein paar Monate lang trocken, aber meistens waren es nur wenige Wochen.«

Er sah sie an. »Ich will nicht so tun, als würde ich diese Krankheit durchschauen, aber ich weiß, dass sie real ist. Sie ist eine Riesenbelastung für die Erkrankten, die durchaus den Willen haben, das Richtige zu tun, es jedoch oft nicht können. Und du bist stark, Finley. Das ist Segen und Fluch zugleich, aber da sage ich dir nichts Neues. Du musst als Erste verzeihen, weil die andere Seite manchmal nicht weiß, wie das geht.«

Sie verstand, was er da sagte, war sich jedoch nicht sicher, was das in Bezug auf ihr Leben bedeutete. »Ich werde darüber nachdenken.« Sie stand auf, um das Chili zu kochen.

Von der Küchentheke aus warf sie ihm jedoch einen weiteren Blick zu. »Du hast versprochen, uns immer zu lieben«, sagte sie und hörte selbst den Schmerz, der in ihrer Stimme lag.

»Ich habe nie aufgehört, euch zu lieben.«

»Dann hast du aber eine schwache Art, das zu zeigen.«

»Da hast du recht. Ich arbeite daran. Und ich hoffe, du hast etwas Geduld mit mir.«

Ausnahmsweise mal verspürte sie nicht das Bedürfnis, ihn anzuschnauzen. »Geduld ist nicht gerade meine größte Stärke. Aber ich schau mal, was ich tun kann.«

Finley reihte sich in die Autoschlange der Eltern ein und versuchte sich daran zu erinnern, warum heute nur ein halber Schultag war. Doch eigentlich spielte das keine Rolle – sie freute sich, ihre Nichte abzuholen und sie den Nachmittag über bei sich zu haben. Normalerweise hätte Kelly ihre Betreuung übernommen, aber deren Kinder hatten alle drei einen Termin beim Kinderzahnarzt. Molly unterrichtete und Lester hatte kein Auto.

Während sie wartete, versuchte sie, ihrer überraschend veränderten Haltung in Bezug auf Lester nicht zu viel Bedeutung beizumessen. Sie hatte ihm nicht wirklich verziehen, trotzdem spürte sie ein gewisses ... Erweichen in ihrer Beziehung zu ihm. Sie gab sich Mühe, offen zu sein und zu respektieren, dass es ihm leidtat. Vergangenes wiedergutzumachen war unmöglich, aber vielleicht fand sie heraus, wie sie so etwas wie Freunde werden konnten.

Wenn sie Lester akzeptierte, würde das ihre Mom glücklich machen, und das war ihr wichtig. Ihre Mutter war schließlich für sie da gewesen, nachdem Sloane ihr ganzes Leben zugrunde gerichtet hatte und sie einen Unterschlupf brauchte. Im Gegenzug zahlte Finley Miete und hatte außerdem beide Bäder im ersten Stock renoviert. Zudem sagte ihre Mom, dass sie ihre Gesellschaft genoss und Aubrey gerne um sich hatte.

»Familie«, murmelte Finley. Dann entdeckte sie Aubrey, die auf ihr Auto zugerannt kam. Sie stieg aus und breitete die Arme aus, Aubrey sprang hinein.

»Juchhu, du bist da!«

Finley küsste sie, nahm ihr den Rucksack ab und öffnete die hintere Tür. »Wann war ich jemals nicht da?«

»Noch nie! Du vergisst mich nie. Genau wie Mommy.«

Als Finley sie von Sloane sprechen hörte, fühlte es sich an, als plumpse ein schwerer Stein tief in ihre Magengrube. Irgendwann würde sie sich mit dem Wunsch ihrer Schwester, mehr Zeit mit Aubrey zu verbringen, auseinandersetzen müssen. Okay, »auseinandersetzen« traf es vielleicht nicht ganz – sie würde nicht darum herumkommen, dem Ganzen zuzustimmen. Sloane hatte bewiesen, dass sie eine verlässliche, liebevolle und zudem nüchterne Mutter war. Und die Betreuungsvereinbarung war von vornherein flexibel angelegt worden – es gab keinen Grund, ihr den Wunsch zu verwehren.

Aber darüber werde ich heute nicht nachdenken, sagte sie sich, während sie sorgsam Aubreys Tür schloss und um den Wagen herum zur Fahrerseite ging.

»Halbe Schultage sind seltsam«, sagte Aubrey, als Finley den Motor anließ. »Es musste alles so schnell gehen. Und wir haben gar nichts gelesen!« Sie klang empört.

Finley unterdrückte ein Lächeln. »Manchmal ist es gut, wenn auch mal was anders läuft als sonst.«

»Kann sein. Wusstest du, dass Oliver und Zoe sich immer noch wegen des Dioramas streiten? Aber Harry und ich machen einfach nur unsere Arbeit. Meine Totems sind fast fertig, und Mrs. Eichelberger hat gesagt, dass ich das richtig gut mache.«

»Du steckst da ja auch viel Zeit und viele Gedanken rein. Es freut mich, dass sie das erkennt.«

»Mich auch. Ich will gerne, dass sie zufrieden ist. Aber manchmal ist es schwer, mit anderen zusammenzuarbeiten. Oliver hat Zoe zum Weinen gebracht und dafür Ärger gekriegt, aber ich glaube nicht, dass er gemein sein oder sie rumkommandieren wollte. Er dachte einfach nur, er hätte recht.«

»Ja, manchmal können Leute schwer lockerlassen, wenn sie glauben, sie haben recht«, sagte Finley und fragte sich im selben Moment, ob ihre Schwester genau das von ihr dachte.

»Streitest du dich bei der Arbeit mit anderen?«

»Normalerweise nicht. Mein Chef gibt mir einfach eine Aufgabe, und ich erledige sie. Er sagt mir auch nicht, wie ich sie zu tun habe, da er von mir erwartet, dass ich das schon selbst weiß. Ich versuche dafür, mich verantwortungsvoll zu verhalten und jeden Tag so gut zu arbeiten, wie ich kann. Dadurch habe ich mir sein Vertrauen verdient.«

Sie warf einen Blick in den Rückspiegel und sah, wie Aubrey vor Überraschung die Augen aufriss. »Und was ist mit den anderen Leuten, mit denen du zusammenarbeitest? Streitest du dich mit denen auch nicht?«

»Ich versuche, mich bei der Arbeit mit niemandem zu streiten. Und wenn ich ein Team unter mir habe, sage ich den Leuten, was sie tun sollen. Aber ich höre auch zu, wenn sie eigene Vorschläge haben. Denn manchmal haben sie eine andere Meinung als ich, und das kann gut sein für das Team und die Arbeit.«

»Bist du ihre Chefin?«

»In gewisser Weise, ja.«

»Wow, du bist so wichtig!«

Finley lachte. »Sehr viel weniger wichtig, als du denkst.«

Sie fuhr in südlicher Richtung auf den Freeway nach Kirkland. Es dauerte nicht lange, bis sie ihre Ausfahrt erreichten.

»Ich habe dein neues 3D-Ausmalheft eingepackt«, sagte Finley. »Außerdem das Buch, das du gerade liest. Und sogar das nächste aus der Reihe, falls du mit dem einen heute durchkommst. Zum Mittagessen gibt's Sandwiches.«

»Oder wir fahren zu McDonald's«, schlug Aubrey vor.

»Nicht heute.«

»Aber die haben die besten Pommes!«

»Das stimmt. Aber dafür haben wir Sandwiches und Obst und vielleicht auch ein paar Kekse.«

Aubrey seufzte schwer, fragte jedoch nicht noch einmal nach. Finley ignorierte den Anflug von schlechtem Gewissen. Ein paarmal im Monat gönnte sie ihrer Nichte ein wenig Fastfood, aber ansonsten vermied sie es. Nicht nur weil Aubreys Lieblingsgerichte nicht gerade die gesündesten auf der Speisekarte waren, sondern auch weil das auf Dauer ganz schön teuer wurde. Essen von zu Hause mitzubringen, war da günstiger – Finley war Königin darin, zum Mittagessen Reste zu verzehren, denn wer den Pfennig nicht ehrt ...

»Ich muss bis halb vier arbeiten«, sagte sie. »Bis dahin musst du dich selbst beschäftigen.«

»Das schaff ich schon«, sagte Aubrey entschlossen. »Ich male und lese. Außerdem freue ich mich total, dein neues Haus zu sehen.«

Finley lachte. »Ich wünschte, das Haus wäre meins, aber das ist es leider nicht.«

»Ist es groß?«

»Es ist das größte Haus, das du jemals gesehen hast.«

Sie fuhren auf das Baustellengelände und parkten vor dem Haus, in dem sie beschäftigt sein würde. Während der Fahrt von Mill Creek hierher hatte wieder Regen eingesetzt.

Sie reichte Aubrey ihren Rucksack. Dann nahm sie die Stofftasche mit ihrem Mittagessen, dem Ausmalheft und den Büchern, packte sich noch zwei Decken unter den Arm und ging voraus ins Haus.

Nachdem sie ihre Sachen in der Küche abgestellt hatte, führte sie ihre Nichte kurz durch das gut vierhundert Quadratmeter große Haus. Aubrey bestaunte mit offenem Mund die sich über zwei Stockwerke erstreckende Eingangshalle sowie die geräumige Küche. In der ersten Etage rannte sie begeistert durch den riesigen Mehrzweckraum.

»Hier will ich spielen!«, rief sie.

»Ganz schön groß, was?«

»Genau wie du gesagt hast! Das ist das gigantischste Haus, das ich jemals gesehen habe.«

Sie gingen wieder nach unten. Finley breitete die Decken auf dem Echtholzparkett aus, damit sie ihr Mittagessen einnehmen konnten, ohne eine Sauerei zu hinterlassen. Sie hatten gerade fertig gegessen, als Jericho hereinkam.

»Finley?«, fragte er überrascht. »Ich habe dein Auto gesehen und wollte mal nachschauen.«

Sie erhob sich vom Boden, seltsam erfreut, ihn zu sehen. Bis auf ein gelegentliches Winken oder Nicken von Weitem war sie ihm nicht mehr begegnet, seit er ihr vor beinahe zwei Wochen von Laurens Schwangerschaft erzählt hatte.

»Ich baue hier heute die Armaturen ein«, sagte sie. »Ich habe heute Morgen schon alles Nötige hergebracht und wollte gleich im oberen Stockwerk anfangen.« Sie zog Aubrey an sich. »Das ist meine Nichte. Aubrey, das ist Jericho Ford. Jericho, das ist Aubrey.«

»Schön, dich kennenzulernen, Aubrey«, sagte er und lächelte freundlich. »Was hältst du von diesem Haus?«

»Es ist schön und richtig groß. Ich will auch so eins.«

Er lachte leise. »Freut mich, dass es dir gefällt.«

»Jerichos Firma baut alle Häuser in dieser Straße«, erklärte Finley ihr. »Er hat meine Firma beauftragt, die Sanitärarbeiten auszuführen. Deshalb bin ich manchmal hier.«

Finley wandte sich an Jericho: »Heute ist nur ein halber Schultag, daher habe ich Aubrey ausnahmsweise mitgebracht, damit sie den Nachmittag hier mit mir verbringen kann. Sie hat ein Buch zum Lesen dabei und eins zum Ausmalen. Sie wird mich nicht bei der Arbeit stören.«

Er sah sie unbeirrt an. »Da mache ich mir keine Sorgen.« Dann überlegte er kurz. »Ich habe einen Tisch im Container. Dort zu sitzen ist vielleicht bequemer für sie als hier auf dem Boden. Und wärmer. Ich habe heute Nachmittag sowieso nur Papierkram zu erledigen, daher kann sie gerne mit zu mir kommen. Also, wenn euch das beiden recht ist.«

»Das kann ich nicht von dir verlangen«, sagte Finley eilig.

»Das tust du ja auch nicht. Fühl dich da ganz frei, es ist nur ein Angebot. Was auch immer am besten für euch funktioniert.«

Sie zögerte. Der Container wäre ein geschützter Raum, und wenn sie nicht alle paar Minuten nach Aubrey sehen müsste, könnte sie sich besser auf die Arbeit konzentrieren. Doch sie war sich nicht sicher, ob sie ihre Nichte wirklich auf Jericho loslassen konnte, während er eigentlich arbeiten wollte. Aubrey redete manchmal ganz schön viel.

»Mögen wir ihn?«, fragte Aubrey in lautem Flüsterton.

»Ja.«

»Dann würde ich total gerne den Container sehen, wenn das okay für dich ist.«

»Es ist ein schöner Container«, sagte Jericho.

»Wohnst du darin?«

Er lachte. »Nein, ich arbeite darin. Ich habe dort einen Schreibtisch, einen Computer und einen kleinen Kühlschrank. Es ist sehr gemütlich.«

Sie packten die Sachen der Kleinen zusammen, gingen ein Stück die Straße hinauf und dann zum Baucontainer hinüber, der auf dem leeren Grundstück gegenüber stand. Aubrey folgte Jericho hinein und bestaunte alles mit großen Augen.

»Es ist schön hier!«, sagte sie, lief geradewegs zum runden Tisch, der im hinteren Teil stand, und setzte sich auf einen der Stühle – nur um sofort wieder aufzuspringen und den großen Plan zu betrachten, der dahinter an der Wand hing. »Was ist das?«

»Hier kann man sehen, wo die Häuser mal stehen werden.« Er stellte sich zu ihr und deutete mit dem Finger auf einen Grundriss. »Das ist das Haus, in dem du gerade eben warst. Da ist der Vorgarten und das der Garten hinter dem Haus.«

»Aber da war doch gar kein Garten, nur Erde und Dreck.«

»Der Landschaftsbau kommt erst ganz zum Schluss dran.« Er warf Finley einen Blick zu. »Darf sie eine Limonade haben?«

Aubrey wirbelte herum und sah sie flehend an. »Darf ich? Bitte!«

Finley ignorierte sie. »Jericho, ich glaube, das ist keine so gute Idee. Es ist sehr nett von dir, mir das anzubieten, aber sie wird dir ein Ohr abkauen. Du wirst überhaupt nicht zum Arbeiten kommen.«

»Ich komm schon klar. Und ein bisschen nette Gesellschaft kann ich heute Nachmittag gut gebrauchen. Aubrey, hast du Lust, bei mir im Container zu bleiben?«

Sie nickte energisch. »Ich bin auch ganz brav, Finley. Erst male ich ein bisschen und dann lese ich mein Buch. Ich werde ganz leise sein.«

Finley wusste, dass das eher unwahrscheinlich war. »Na schön. Du darfst eine Limonade haben, aber nur eine.« Sie fischte einen Zettel aus ihrem Rucksack und schrieb Jericho ihre Handynummer auf. »Wenn es dir doch zu viel wird, schreib mir einfach, dann komme ich sie holen.« Sie drückte Aubrey einen Kuss auf den Scheitel. »Benimm dich. Und das heißt auch, dass du Jericho seine Arbeit machen lässt, hörst du?«

Aubrey hielt sich mit Daumen und Zeigefinger die Lippen zu. »Ich gebe kein Wort von mir«, nuschelte sie.

Sloanes Füße schmerzten fast so sehr wie ihr Rücken. Eine der anderen Kellnerinnen war wegen eines Familiennotfalls abberufen worden, daher machte sie Überstunden, bis das Lokal schloss. Ihr Tag hatte schon um fünf Uhr dreißig begonnen. Jetzt war es zwanzig vor zwei, und sie zählte die Minuten, bis *Das Gelbe vom Ei* um zwei Uhr schloss.

Sie blieb an Tisch sechzehn stehen. »Kann ich Ihnen noch etwas bringen?«, fragte sie, bemüht, sich ihre Erschöpfung nicht anmerken zu lassen.

Der Gast, der vermutlich vier oder fünf Jahre älter als sie war, lächelte. »Langsam gehen dir die Kunden aus, Sloane. Warum machst du nicht mal Pause und plauderst ein paar Minuten mit mir?«

Obwohl der Gedanke, sich zu setzen, äußerst verlockend war, hatte sie keinerlei Interesse daran, mit ihm zu reden. Sie trat bewusst einen Schritt zurück.

»Wenn Sie nichts mehr wünschen, bringe ich Ihnen gerne die Rechnung.«

»Ach komm, sei doch nicht so. Ich bin ein netter Typ.«

Sie lächelte angestrengt. »Das sind Sie ganz bestimmt, aber ich habe einen Freund.«

»Ich habe dich doch auch nur gefragt, ob du dich zu mir setzt und ein bisschen mit mir redest.«

»Ich bringe Ihnen die Rechnung.«

Auf dem Weg zur Kasse räumte sie zwei weitere Tische ab und steckte die Trinkgelder ein, die unter die Teller geklemmt worden waren. Die Leute, die zum Mittagessen herkamen, waren ein wenig großzügiger als ihre Frühstücksstammgäste. Dennoch war ihr die Schicht lieber, die schon vor der Dämmerung begann. Sie zog es vor, früh anzufangen und früh aufzuhören. An normalen Tagen war sie um halb zwölf wieder draußen und saß um zwölf bereits in einem Meeting.

Nun würde sie sich wohl nach einem anderen Meeting umsehen müssen, da sie ihr gewohntes verpasst hatte. Aber vielleicht könnte sie es auch ein einziges Mal ausfallen lassen. Sie sehnte sich danach, nach Hause zu fahren, auf ihr Bett zu fallen und liegen zu bleiben, bis ihre Füße endlich aufhörten zu pochen.

Sie kehrte mit der Rechnung zu Tisch sechzehn zurück. Als sie sie dem Gast hinlegte, sagte der Typ: »Das Restaurant schließt doch in ein paar Minuten. Und ich kenne da eine tolle Bar, wo wir zusammen was trinken könnten. Wäre es nicht nett, irgendwo gemütlich zu sitzen und sich bei einem Drink besser kennenzulernen?«

Ihr fielen ungefähr eine Million Retourkutschen ein – einige freundlich, andere bissig, aber alle darauf ausgerichtet, ihn zum Schweigen zu bringen. Doch statt ihm eine davon aufzutischen, ertappte sie sich dabei, wie sie sich in träumerischen Gedanken an ein alkoholisches Getränk verlor. Irgendwas Leckeres auf Eis, dachte sie. Vielleicht ein Gin Tonic. Oder eine Margarita. Ja, das war es, was sie wollte! Richtig guten Tequila, dazu Limettensaft und Cointreau, in einem Glas mit Salzrand.

Ihr lief das Wasser im Mund zusammen, als sie sich die Kombination der verschiedenen Geschmäcker vorstellte – die Süße des Cointreaus, die angenehm mit dem Salz kontrastierte, dazu der alkoholische Biss des Tequilas.

Ihre körperliche Reaktion auf die Vorstellung war ebenso intensiv wie überraschend. Die Sehnsucht wurde jedoch sofort von Schuldgefühlen und Angst abgelöst. Sie schnappte nach Luft und geriet leicht ins Wanken – plötzlich hatte sie das seltsame Gefühl, dass sie jeden Moment in Ohnmacht fiel.

Oh Gott, wie konnte sie sich nur wünschen zu trinken? So ein Mensch war sie doch nicht mehr. Sie trank nicht! Sie war absolut trocken, ging zu ihren Meetings und brachte sich niemals in Situationen, die sie in Versuchung führten. Nur noch ein paar Tage, dann hatte sie ihr Jahr voll. Was war da gerade passiert?

»Sloane? Geht's dir gut?«

Sie schob sämtliche Gedanken an die Margarita beiseite und lächelte dem Gast zu. »Alles gut, Entschuldigung. Ich habe mir nur ein bisschen den Magen verdorben. Sie können auf dem Weg nach draußen vorne an der Kasse zahlen.«

Der Blick seiner dunklen Augen bohrte sich in ihre. »Du warst versucht«, sagte er leise. »Ich hab's doch gesehen. Komm schon, sag Ja.«

Während er sprach, streckte er die Hand nach ihr aus und packte sie am Handgelenk. Sein Griff tat ihr zwar nicht weh, war aber stark genug, um ihr klarzumachen, dass sie sich nicht ohne Kampf daraus befreien könnte.

Dennoch war sie eher genervt als verängstigt. Normalerweise vermied sie solche Situationen, aber die Sache mit dem Cocktail hatte sie aus der Bahn geworfen.

»Ich kann's dir wirklich nett machen«, sagte der Typ.
»Kannst du es auch mir nett machen?«
Die Frage kam von hinter ihr. Als sie sich umdrehte, sah sie ihren Chef auf sich zukommen. Bryce war ein kräftiger Mann – mindestens einen Meter neunzig groß und muskulös.
»Lassen Sie sie los«, befahl er dem Gast. »Bezahlen Sie Ihre Rechnung und verlassen Sie dann sofort das Restaurant.«
»Ich wollte ihr nichts Böses.« Der Typ erhob sich und warf einen Zwanziger auf den Tisch. »Das ist ja wohl völlig überreagiert. Sie war freundlich zu mir, und ich war freundlich zu ihr.«
»Raus«, wiederholte Bryce. »Und hören Sie gefälligst auf, Frauen so grob zu behandeln.«
Der Typ zeigte Bryce den Stinkefinger und stapfte wütend aus dem Restaurant. Bryce wandte sich ihr zu.
»Alles okay?«
»Mir geht's gut«, erwiderte Sloane automatisch. »Ich bin wohl nur müde. Normalerweise lasse ich diese Art von Situation nicht so aus dem Ruder laufen.«
Ihr Chef sah sie verständnislos an. »Entschuldige dich doch nicht für diesen Idioten. Du hast gar nichts falsch gemacht, das geht auf seine Kappe. Ich will nur wissen, ob es dir gut geht.«
»Ja, alles in Ordnung. Danke, dass du mich gerettet hast.«
»Immer wieder gerne.«
Er kehrte in die Küche zurück.
Sloane begann, den Tisch abzuräumen. Die zwanzig Dollar deckten den Preis des Burgers, den der Mann bestellt hatte, mehr als ab und beinhalteten somit noch ein nettes Trinkgeld für sie. Sie bongte die Rechnung ein, legte den Zwanziger in die Kasse und zählte das Wechselgeld ab. Als sie den Restbetrag einsteckte, bemerkte sie, dass ihre Hände zitterten. Nicht wegen des Typen – das wäre zu einfach. Nein, sie zitterte wegen der Macht der Versuchung, wegen des unbändigen Verlangens nach Alkohol, das sie so einschnürte, sie so erdrückte, dass sie kaum noch Luft bekam.

10. Kapitel

»Die sind so schön«, sagte Aubrey ehrfurchtsvoll. »Mir gefallen die Farben total gut.« Sie zog ein Blatt von ganz unten aus dem Stapel mit Entwürfen. »Dieses Blau hat mehr Grau drin. Das ist hübscher als das bräunliche Grau.«

»Was ist mit der Eingangstür?«, fragte Jericho, der sich Mühe geben musste, nicht amüsiert zu lächeln.

»Die rote mag ich am liebsten«, gab sie zu. »Aber die würde in dem blaugrauen Haus nicht so gut aussehen.« Sie sah ihn an. »Puh, das ist echt schwer.«

»Finde ich auch. Deshalb habe ich auch einen Designer, der sich um all das kümmert. Er zeigt mir die Farben, und dann überlegen wir zusammen, was gut passt und was nicht.«

Aubrey verschob die drei Entwürfe, die er auf den Tisch gelegt hatte, damit sie sie betrachten konnte. »Da gibt's ganz schön viel zu entscheiden, oder? Nicht nur welche Farben, sondern auch welche Türen und noch andere Sachen.«

»Da hast du recht. Vom Stil des Hauses hängt ab, was für ein Garagentor wir nehmen. Und die Stelle auf dem Grundstück, an der das Haus gebaut wird, bestimmt, ob ich die Garage vorne ans Haus baue oder an die Seite. Und dann gibt es auch noch den Weg, der zur Eingangstür führt. Soll der gerade sein oder geschwungen?«

Sie spitzte nachdenklich die Lippen. »Finley sagt, wenn man ein großes Projekt hat, muss man es in kleinere Abschnitte einteilen. Viele Kinder in meiner Klasse möchten das nicht – die machen einfach nur den Teil, der Spaß macht, und dann wissen sie nicht, was sie als Nächstes tun sollen. Aber Finley sagt mir immer, dass ich mir ein bisschen Zeit zum Planen nehmen soll, um zu entscheiden, was ich will, und um darüber nachzudenken, was schiefgehen könnte. So wie wenn ich Mathehausaufgaben aufhabe und eine neue Buchstabierliste. Da muss ich auch jeden Tag eine bestimmte Menge Wörter lernen, damit ich am Testtag alle kann. Wir fangen immer mit den schwersten Wörtern an, weil ich jeden Tag noch mal wiederhole, was ich am Tag davor gelernt habe. Wenn dann der Buchstabiertest ist, kann ich die schweren Wörter am besten.«

Sie ist einfach bezaubernd, dachte Jericho, als er zuhörte, wie sie nun von ihren Vorbereitungen auf einen Mathetest erzählte. Intelligent und gleichzeitig so niedlich. Zudem war sie äußerst höflich und aufmerksam. Obwohl offensichtlich war, dass sie ihre Limonadendose am liebsten allein austrinken wollte, hatte sie freundlich gefragt, ob er etwas abhaben wollte.

Er zeigte ihr den Prospekt, den sie den potenziellen Hausbesitzern überreichten. »Manchmal verkaufe ich ein Haus schon, ehe es gebaut ist. In dem Fall dürfen die neuen Besitzer mitbestimmen, wie das Haus genau aussehen soll. Sie dürfen sich auch die Farben für die Fassade aussuchen.«

Sie stellte ihre Dose ab und sah ihn an. »Aber was ist, wenn sie nicht wissen, welche Farbe gut passt?«

»Wir ziehen da schon Grenzen. Ein lilafarbenes Haus bekommen sie zum Beispiel von uns nicht.«

Grübchen bildeten sich auf ihren runden Wangen. »Ich hätte total gerne ein lilafarbenes Haus.«

»Ich weiß aber nicht, ob deine Nachbarn sich darüber freuen würden.«

»Wieso nicht? Lila ist doch eine schöne Farbe. Mommy sagt, man sollte ganz viele Dinge tun, die einen glücklich machen.«

»Aber was, wenn etwas, das dich glücklich macht, jemand anderen unglücklich macht?«

Aubreys Lächeln erstarb. »Das wäre nicht gut, das würde ich

nicht wollen.« Sie zog die Augenbrauen zusammen. »Du meinst also, manche Leute wollen nicht neben einem lilafarbenen Haus wohnen? Aber warum denn bloß?«

»Einige sind da strenger als andere, und nicht jeder mag Lila.«

»Aber die Huskies sind doch auch lila.«

Er vermutete, dass sie die Footballmannschaft der University of Washington meinte, deren Vereinsfarben Lila und Gold waren.

»Hättest du gerne ein lila Haus?«, fragte sie.

»Eventuell eine lilafarbene Tür.«

»Oh ja, das wäre total schön! Du könntest deinen Designerfreund bitten, eine lila Tür in eins von euren Häusern hier einzubauen.«

Jericho konnte sich nicht vorstellen, wie Antonio darauf reagieren würde. »Ich werde es mal ansprechen.«

»Danke.« Sie sah ihn an. »Bist du der Chef hier?«

»Ja.«

»Also müssen alle machen, was du sagst?«

»Meistens. Ich versuche aber, mir auch die Vorschläge der anderen Leute anzuhören, weil sie eine andere Perspektive haben als ich.« Er hielt inne. »Weißt du, was Perspektive heißt?«

Sie warf ihm einen schiefen Blick zu. »Ich bin schon acht, Jericho. Ich weiß viele Sachen.«

»Da bin ich mir sicher. Also, ich treffe hier zwar die endgültigen Entscheidungen und bin letzten Endes für alles verantwortlich, was hier passiert, aber trotzdem ist es mir wichtig, was meine Angestellten denken.«

»Finley hat genau dasselbe gesagt. Sie ist auch eine Chefin, aber nicht so eine wie du. Sie arbeitet noch für jemand anders. Du hast keinen Chef, oder?«

»Nein. Das hier ist ein Familienunternehmen. Mein Großvater hat es gegründet, mein Dad hat erst für ihn gearbeitet und es dann schließlich übernommen. Und jetzt führe ich es.«

Sie musterte ihn. »Ist dein Dad gestorben?«

»Ja.«

Sie nickte langsam. »Meiner auch. Vor drei Jahren. Ihn hatte ich am allerliebsten, und ich hab ihn total vermisst, aber jetzt kann ich mich nicht mehr so gut an ihn erinnern. Jedes Jahr zu seinem Geburtstag holt Finley die Fotos und DVDs raus, die wir von ihm und mir haben. Mommy redet auch manchmal von ihm, aber wenn ich sie nach ihm frage, wird sie traurig.«

Bis zu dieser Wendung des Gesprächs hatte Jericho sich wacker geschlagen. Konversationen über den verstorbenen Vater eines Kindes lagen jedoch außerhalb seiner begrenzten Fähigkeiten auf diesem Gebiet. Er mochte Kinder, er wünschte sich sogar ein paar eigene, aber es war nicht so, als hätte er bisher besonders viel Zeit mit kleinen Menschen verbracht.

Er schielte auf den Zettel mit Finleys Nummer, den sie ihm dagelassen hatte. War dies womöglich ein geeigneter Moment, um ihr zu schreiben?

»Meine Mom ist Alkoholikerin«, erklärte Aubrey ihm weiter, nahm ihre Limonadendose in die Hand und trank einen Schluck. »Deshalb hat sich vor allem mein Daddy um mich gekümmert. Als er tot war, hat sie es auch versucht, aber sie war damals nicht trocken, und deshalb hat sie mich dann zu Finley gebracht, wo ich jetzt lebe.«

»Da hast du aber ganz schön viel erlebt.« Er war verblüfft, dass sie es offenbar geschafft hatte, all diese Erlebnisse zu verarbeiten, und sie nun so klar darstellen konnte. Das ist wohl Finleys Werk, vermutete er, und seine Achtung für sie nahm noch zu.

»Alkoholikerin zu sein, ist, wie wenn man krank ist, aber nicht so ganz. Ich verstehe nicht alles genau, aber manchmal trinkt man dann zu viel, und das ist richtig schlimm.« Sie hielt inne. »Bei normalen Leuten ist das anders. Grandma trinkt manchmal auch ein Glas Wein oder einen Cocktail.« Sie legte erneut eine Denkpause ein. »Ich weiß nicht genau, was das für Getränke sind, aber manche sehen richtig hübsch aus. Finley trinkt gerne mal Wein oder Bier, und das ist kein Problem für sie. Aber Mommy kann das nicht.«

»Ist das schwer für dich?«

»Ein bisschen weiß ich noch, dass ihr dann total übel war und so. Manchmal ging sie weg, und wir wussten nicht, wo sie war. Und ein paarmal ist sie dann gar nicht richtig wach geworden. Das hat mir Angst gemacht.«

»Das glaube ich. Hat dein Dad dir bei alldem geholfen?«

»Ja. Nur als er tot war nicht mehr, da waren nur noch Mommy und ich da.« Sie trank den letzten Rest der Limonade. »Aber das war nicht so lange. Dann hat sie Riesenärger gekriegt und kam ins Gefängnis.«

Plötzlich zog sie die Mundwinkel herab. »Du darfst das niemandem sagen, aber als Grandma mich mitgenommen hat, um sie dort zu besuchen, da hab ich Angst bekommen. So richtig Angst.«

Plötzlich wirkte sie so klein und allein. Instinktiv hätte er sie am liebsten in den Arm genommen, doch er hielt sich zurück. So gut kannte er Aubrey nicht, und es war nicht an ihm, ihr diese Art von Trost zu schenken. Also blieb ihm nur, nach den richtigen Worten zu suchen – die er jedoch nicht wirklich fand.

»Es tut mir leid, dass du Angst hattest. Aber jetzt bist du in Sicherheit.«

»Ja, das bin ich. Und Mommy ist wieder zu Hause, und es geht ihr richtig gut. Ich sehe sie jeden Samstagnachmittag. Irgendwann besorgen wir uns Pässe, und dann fahren wir mit der Fähre nach Victoria! Ich war noch nie auf einer Fähre. Aber ich hab schon welche gesehen. Es fahren welche über den Puget Sound.«

»Das wird bestimmt eine lustige Reise.«

»Vielleicht kannst du ja mitkommen. Du und Finley und Grandma und Grandpa.«

Er unterdrückte ein Lachen. »Das sind aber ganz schön viele Leute.«

»Es ist ja auch eine große Fähre.«

Er lachte. »Danke, dass du mich mitnehmen willst. Sag mir Bescheid, wenn du deinen Pass hast.«

»Hast du denn einen?«

»Ja. Der ist zu Hause.«

Er hatte ihn zuletzt benutzt, als er und Lauren Urlaub in Mexiko gemacht hatten und später zum Skifahren nach Whistler gefahren waren, ins kanadische British Columbia.

Sie wandte die Aufmerksamkeit wieder den Entwürfen auf dem Tisch zu, zog einen weiteren von unten aus dem Stapel heraus und legte ihn obenauf.

»Das ist das Elternbadezimmer«, sagte er. »Doppelwaschbecken, frei stehende Badewanne, große Dusche und eine separate Toilette.«

»Die Fliesen gefallen mir. Hast du sie ausgesucht?«

»Nein, das ist Antonios Job.«

»Arbeitest du eigentlich überhaupt mal?"

Er lachte. »Ich sorge dafür, dass hier alles rund läuft.«

»Ist das die Aufgabe von einem Chef?«

»Ja, schon. Wenn mit einem Haus etwas schiefläuft, ist das dann auch meine Schuld.«

»Aber die Arbeit hat doch jemand anders gemacht.«

»Ja, aber da ich der Chef bin, trage ich die Verantwortung. Ich sorge dann dafür, dass die Person, die es vermasselt hat, es wieder in Ordnung bringt, aber ich bin derjenige, der sich von den Käufern anschreien lassen muss.«

»Das ist aber nicht so nett.«

»Ich baue qualitativ hochwertige Häuser, daher kommt das zum Glück nicht häufig vor.«

»Jericho, du baust überhaupt keine Häuser. Du hast Leute, die Häuser für dich bauen!«

»Da hast du wohl recht.«

Nach zwei Stunden kehrte Finley zum Container zurück, um nach Aubrey zu sehen. Sollte sie bisher die ganze Zeit gelesen haben, würde sie sich nach einer Pause sehnen. Dann könnten sie eine kurze Runde über die Baustelle drehen, ehe die Kleine es sich für die letzte Stunde, die Finley noch arbeiten musste, wieder im Container bequem machen würde.

Das aufgeregte Geschnatter, das sie hörte, als sie die Treppe hochstieg, deutete jedoch darauf hin, dass Lesen nicht auf der Tagesordnung gestanden hatte.

Als sie die Tür öffnete, erblickte sie Aubrey und Jericho, die gerade Fliesenmuster begutachteten.

»Diese hier!« Aubrey schlug mit den flachen Händen auf das Muster zu ihrer Rechten. »Die ist nicht so glatt, und die Farbe ist hübsch. Die andere ist mir zu langweilig.«

»Du hast recht. Das ist auch die, die Antonio ausgesucht hat.«

»Hey, du solltest doch eigentlich lesen«, sagte Finley.

Sie drehten sich beide gleichzeitig um. Aubrey kam zu ihr gerannt und nahm ihre Hand. »Wir haben ganz viel Spaß zusammen. Jericho erklärt mir gerade, wie man Häuser baut. Er ist der Oberboss, aber wenn irgendwas schiefgeht, muss er sich drum kümmern. Und er hat einen Pass. Ich will auch einen Pass! Er war auch schon mal in Disneyland. Und er wünscht sich einen Hund, genau wie ich.«

Das war viel zu viel Information auf einmal.

Jericho erhob sich und lächelte sie an. »Du hattest recht – sie redet gern.«

Finley zuckte zusammen. »Tut mir leid. Ich nehme sie wieder mit zum Haus.«

»Nicht nötig. Ich freue mich über ihre Gesellschaft. Und Aubrey hat ein gutes Auge für Gestaltung. Ich glaube, sobald sie alt genug ist, stellt Antonio sie mit Kusshand ein.«

Finley lachte. »Da wird er aber noch ein wenig warten müssen.« Sie sah Aubrey an. »Was hast du da von einem Hund gesagt?« Ein gefährliches Thema.

»Mommy und ich haben mal darüber geredet, aber genau haben wir es noch nicht besprochen.«

Ebenso wenig hatte Sloane die Angelegenheit ihr gegenüber erwähnt. Sie spürte, wie Unmut in ihr hochkochte. Aber das ist jetzt nicht der Moment, sagte sie sich. Sie würde Sloane damit konfrontieren, wenn sie sie das nächste Mal sah.

»Jericho hätte gerne einen großen Hund«, fügte Aubrey hinzu.

»Das stimmt«, sagte er leichthin. »Wenn, dann möchte ich einen richtigen Gefährten.«

»Du könntest aber auch gut so einen schicken kleinen Hund mit dir rumtragen«, sagte Finley neckend. »Mit einem Hunderucksack als Accessoire, dann kann er sogar mit dir wandern gehen.«

Er warf ihr einen gequälten Blick zu. »Vergiss es.«

»Vielleicht einen Chihuahua?«

»Ich dachte da mehr an einen Labradormix.«

»Einem Labradormix kannst du aber kein Rüschenkleidchen anziehen.«

»Ich werde überhaupt keinem Hund ein Rüschenkleidchen anziehen, egal, was für einem.«

Aubreys Blick ging interessiert zwischen ihnen hin und her, während sie sprachen. »Ich hatte gar nicht dran gedacht, dass man einen Hund auch anziehen kann«, sagte sie langsam. »Vielleicht wäre ein kleiner doch besser.«

»Kleiner Hund, kleine Haufen«, bemerkte er.

Aubrey kicherte amüsiert. »Jericho redet von Hundekacke, Finley. So einer ist er.«

Sie entspannte sich langsam, da sie sah, wie wohl die beiden sich miteinander fühlten. Vielleicht machte es Jericho wirklich nichts aus, seinen Arbeitsnachmittag in den Wind zu schießen.

»Es freut mich, dass ihr zwei Spaß miteinander hattet.«

»Ja, das hatten wir«, sagte Aubrey. »Oh, und ich habe Jericho von dem Straßenfest erzählt, zu dem wir nächsten Monat gehen.« Sie senkte ein wenig die Stimme. »Können wir ihn fragen, ob er mitkommen will? Er hat gesagt, dass er Churros auch gerne mag!«

»Ich glaube, wir haben schon mehr als genug von seiner Zeit in Anspruch genommen.«

»Aber es macht ihm doch nichts aus.«

»Es macht mir wirklich nichts aus«, sagte er. »Geh ruhig zurück an die Arbeit. Aubrey kann bei mir bleiben, bis du für heute fertig bist.« Er zwinkerte ihr zu. »Ich verspreche auch, ihr keinen Hund zu kaufen.«

»Nein, kein Hund«, sagte Finley streng. »Ich kann gerade nicht noch was Neues gebrauchen, um das ich mich kümmern muss.« Sie wandte sich an ihre Nichte. »Aber du musst Jericho jetzt in Ruhe lassen, hörst du? Du wirst hier ganz ruhig sitzen und lesen.«

Aubrey seufzte. »Ja, Finley.« Sie ging zu ihrem Stuhl und öffnete ihren Rucksack.

Nachdem sie ihr Buch hervorgeholt hatte, ging Finley zur Tür. »Ich brauche noch eine Stunde, dann können wir nach Hause fahren. Wenn du mich brauchst, weißt du, wo du mich findest.«

Ihre Nichte zog irritiert die Augenbrauen hoch. »Ich bin doch bei Jericho. Mir geht's gut.«

»Ich weiß. Ich meine nur – du weißt, wo ich bin.« Sie deutete auf das Buch. »Und jetzt lies.«

Aubrey öffnete brav das Buch, doch bereits als Finley draußen die Treppe hinunterstieg, hörte sie sie fragen: »Hast du eigentlich Geschwister?«

Sloane parkte ihren Wagen um kurz vor eins vor dem Haus ihrer Mutter. Wie immer war sie kaum aus dem Auto gestiegen, als die Haustür sich öffnete und Finley auf die Veranda trat.

»Du machst mich echt fertig«, sagte Sloane, als sie sich ihrer Schwester näherte. »Wie machst du das bloß? Lauerst du ab zehn vor hinter dem Wohnzimmerfenster und hältst heimlich nach meinem Auto Ausschau?«

»Nein, aber ich lausche danach.«

»Du kannst es einfach nicht lassen, mich zu kontrollieren, oder?«

»Überrascht dich das?«

Die Worte ihrer Schwester klangen nicht besonders aggressiv, und doch trafen sie sie mitten ins Herz. Sloane wusste, dass sie zu denjenigen gehörte, die noch Glück gehabt hatten. Sie hatte eine Familie, die ihre Tochter aufnehmen konnte, als sie mit ihr überfordert gewesen war. Finley war damals eingesprungen, ohne zu zögern, und zog Aubrey seitdem wie ihr eigenes Kind auf, während sie von einem Desaster ins nächste geschlittert war. Und was auch immer Finley von ihr oder ihrem Verhalten hielt, sie offenbarte ihre Gefühle niemals gegenüber Aubrey. Ihre Tochter glaubte, dass sie beide sich blendend verstanden. Eine glatte Lüge – jedoch eine, die sie aus den richtigen Gründen aufrechterhielten.

»Wieso hast du Aubrey gesagt, dass sie vielleicht einen Hund haben darf?«, fragte Finley. »Würde er dann bei dir leben? Sie redet nämlich davon, dass es ihr Hund wäre und er immer bei ihr wäre. Das wird für mich aber nicht funktionieren. Ich will nicht noch mehr Verantwortung, und sie kann auf keinen Fall einen Hund eigenständig versorgen. Hast du nicht schon selbst genug um die Ohren, als dass du dir noch einen Hund aufladen wolltest?«

»Ich hab keine Ahnung, weshalb du so rumzeterst«, erwiderte Sloane. »Es ist nie die Rede davon gewesen, einen Hund anzuschaffen.«

»Aubrey sagt aber, dass ihr darüber gesprochen habt.«

»Aubrey ist acht, und ihr Berufswunsch lautet Prinzessin. Ob wir mal über einen Hund gesprochen haben? Ja. Ein einziges Mal, vor Wochen. Und da habe ich ihr gesagt, dass das keine gute Idee ist. Aber wenn du mir weiter von deinem scheinheiligen hohen Ross aus erzählen willst, was ich alles kann und was nicht, versichere ich dir, dass ich irgendwann mit einem dieser spitznasigen kleinen Terrier hier auftauche, deren größte Freude darin besteht, dein Sofa zu zerfetzen.«

Sloane beobachtete die Emotionen, die wie Wolken über das Gesicht ihrer Schwester zogen. Finleys Gedanken waren so leicht zu erraten. Zunächst war da Überraschung angesichts ihres Gegenangriffs. Dann ein Moment der Belustigung, weil sie durchaus witzig sein konnte, gefolgt von Unmut, da Finley ungern Sympathiepunkte an ihre eigene Schwester vergab. Den Abschluss bildete die Erkenntnis, dass sie die Situation vermutlich falsch interpretiert hatte, woraus womöglich sogar Schuldgefühle erwuchsen – doch die Anzeichen dafür waren zu schnell wieder verschwunden, als dass sie sicher sein konnte.

»Das heißt also, das ist ein Nein von dir zum Hund?«, sagte Finley ruhig.

»Ja, das ist ein klares Nein zum Hund.«

»Gut. Du hast recht, sie ist erst acht und sieht die Dinge etwas anders. Ich, ähm, hätte wohl keine voreiligen Schlüsse ziehen sollen, ohne erst mit dir zu reden.«

Sloane griff in ihren Stoffbeutel, zog ihr Handy hervor und wedelte damit vor Finleys Nase herum. »Wir müssen noch nicht mal miteinander reden. Du kannst mir einfach schreiben, und ich werde antworten. Das ist eine ganz neue Art der Kommunikation. Solltest du mal ausprobieren.«

»Sehr witzig.«

»Ich weiß.« Sie steckte ihr Handy wieder weg und nahm einen Plastikbehälter aus dem Beutel. »Ich habe euch Krabbensalat mitgebracht.«

Finleys verwirrter Blick war beinahe skurril.

»Verstehe ich nicht.«

»K-R-A-B-B-E-N-S-A-L-A-T. Was ist daran so schwer zu verstehen?« Sie seufzte. »Unser Lieferant hat Bryce' Bestellung durcheinandergebracht und dreimal so viel Krabbenfleisch geliefert, wie er geordert hatte, also hat er den Überschuss uns Angestellten zum Einkaufspreis angeboten. Ich habe ein ganzes Pfund genommen. Gestern Abend gab es für mich und Ellis schon Krabbenfrikadellen, und den Rest habe ich verwendet, um für dich, Mom und Lester Salat zu machen. Er ist wirklich gut.«

Finley nahm das Gefäß entgegen. »Das ist sehr nett von dir. Danke.«

»Gern geschehen.« Sloane zögerte, ehe sie hinzufügte: »Ich habe bald mein Jahr voll.«

»Was für ein Jahr?«

War das jetzt ihr Ernst? Wie viele Schwestern hatte Finley, dass sie so schnell den Überblick verlor? »Dann bin ich ein Jahr trocken.«

»Okay. Herzlichen Glückwunsch.«

»Das ist eine große Sache für mich«, erklärte Sloane, da sie offenbar mehr Informationen hinzufügen musste, damit Finley sie nicht weiter verständnislos anstarrte. »Ein ganzes Jahr, in dem ich keinen einzigen Tropfen Alkohol getrunken habe, in dem ich meine Arbeitsstelle gehalten und Aubrey regelmäßig gesehen habe. Das ist ein Meilenstein für mich.«

»Wie ich schon sagte – herzlichen Glückwunsch. Es freut mich, dass du schon so lange trocken bist. Aber das bedeutet nicht, dass du geheilt bist, oder? Ich meine, du könntest schon morgen wieder anfangen zu trinken.«

Finleys Reaktion sollte sie eigentlich nicht überraschen. Ihre Schwester hatte das Team Sloane schon vor Jahrzehnten verlassen – die mangelnde Unterstützung sollte sie nicht mehr schmerzen.

»Ja, ich könnte jederzeit wieder mit dem Arsch einreißen, was ich mir mühsam aufgebaut habe«, sagte sie voller Bitterkeit. »Das hätte den erfreulichen Vorteil für dich, dass du wieder mal recht behalten hättest, was mich betrifft. Ich weiß doch, wie viel Freude du daran hast.«

Finley zuckte sichtlich zusammen. »So meinte ich das nicht. Ich weiß nie, wie ich mit dir darüber reden soll, was du durchmachst. Dabei habe ich großen Respekt davor, dass du da so viel Mühe reinsteckst und es dir inzwischen so gut geht, aber ...«

»Aber du kannst mir nicht vertrauen, und du wirst es auch nie.«

»Das habe ich nicht gesagt.«

Sloane fühlte sich plötzlich sehr müde. Am liebsten hätte sie den Krabbensalat zurückgenommen. »Das musst du auch nicht.

Aber eins muss ich dir lassen – du weißt, wie man jemandem den Wind aus den Segeln nimmt. Ist Aubrey fertig?«

Finley zögerte, ehe sie nickte. »Ich gehe sie holen.«

»Danke.«

Jericho blickte sich in dem klassisch-modern eingerichteten Wohnzimmer um. Ein niedriges maßangefertigtes Sofa und ein paar Sessel luden zu Gesprächen ein. Die Beistelltische waren alle aus Holz – hauptsächlich Walnuss – und wiesen die scharfen Kanten und klaren Linien der Sechzigerjahre auf. Die Farbpalette aus Blau-, Grau- und Grüntönen wurde durch orangefarbene Zierkissen und bunte Kunstwerke akzentuiert. Das abstrakte Gemälde über dem Kamin hätte eigentlich schrill wirken müssen, bildete jedoch die perfekte Ergänzung zu dem überraschend gemütlichen Raum.

»Ich muss irgendwas in meinem Haus machen«, murmelte er und registrierte überrascht, dass er das gerade nicht nur gedacht, sondern ausgesprochen hatte.

Antonio stürzte sich sofort auf den Köder, den er ihm hinwarf. »Meinst du das ernst? Denn das ist wirklich überfällig. Dein Wohnzimmer ist so traurig, dass ich mich nach einem Aufenthalt darin dopen muss. Über das Sofa will ich gar nicht erst reden.«

»Mein Sofa ist total in Ordnung. Es ist ein bisschen alt, aber es funktioniert.«

Antonio stöhnte. »Deine Mutter hatte schon beim Trödelhändler angerufen, um es abholen zu lassen, doch dann wolltest du es plötzlich. Das arme Teil ist mindestens zwanzig Jahre alt, und es hatte ein schweres Leben. Mal ganz davon abgesehen, dass es einfach hässlich ist.«

Die letzten Worte kamen in einer Art Singsang aus seinem Mund.

»Hey, dieses Sofa hat meine Mutter gekauft!«

»Ja, das hat sie, und du weißt, dass ich Janine liebe und sie ebenfalls als meine Mutter betrachte. Aber was Polstermöbel angeht, hat sie einen grauenhaften Geschmack. Wir erinnern uns wohl alle noch an das Debakel mit den neu bezogenen Esstischstühlen in unserem letzten Schuljahr.«

Jericho erschauderte. »Das war allerdings ein furchterregendes Karomuster.«

»Ja, das war es. Und außerdem hat der Stoff furchtbar geklebt. Unmöglich, in die richtige Position zu rutschen. Man musste sich beim Hinsetzen genau auf die richtige Stelle plumpsen lassen.«

Jericho lachte leise. »Ja. Aber du bist ja zum Glück mit ihr einkaufen gegangen und hast ihr geholfen, einen anderen Stoff auszusuchen. Und dann haben wir an einem Samstag alle Stühle noch mal neu bezogen.«

Damals hatte Antonio bereits bei ihnen gelebt. Er war im Sommer vor ihrem letzten Schuljahr eingezogen und geblieben, bis er fast zwei Jahre später sein Design-Studium abgeschlossen hatte. Danach hatte er sich eine Wohnung mit ihm geteilt, bis Antonio finanziell auf eigenen Beinen stand.

Fünf Jahre später liehen seine Eltern Antonio das nötige Geld, um seine eigene Innenarchitekturfirma zu gründen, deren erster Kunde Ford Construction gewesen war.

Er beäugte seinen Freund. »Na schön«, sagte er langsam. »Wir fangen mit dem Wohnzimmer an, aber nur damit.«

»Du wirst deine Entscheidung nicht bereuen. Ich habe großartige Ideen.«

»Ideen wofür?«, fragte Dennis, der – ein Tablett mit einem Krug Dirty Martinis balancierend – gerade in den Raum kam.

»Jericho lässt mich sein Wohnzimmer neu gestalten.«

»Aber das Sofa behältst du, oder? Das ist doch ein Klassiker.«

Jericho grinste. »Über das Sofa mache ich mir weniger Sorgen als über die Tatsache, dass dein Mann mir eine furchtbare Warzenschweinskulptur aufschwatzen könnte.«

»Das würde ich nie tun.«

»Du hast es doch schon versucht.«

Um Antonios Augen bildeten sich Lachfalten. »Hm, stimmt wohl.«

Dennis goss ihnen den zweiten Martini des Abends ein.

»Gibt es zum Abendessen Wein?«, fragte Jericho.

»Abendessen?« Antonio griff nach seinem Drink. »Ich habe das Bett im Gästezimmer schon frisch bezogen, und in der Dusche steht ein lecker riechendes Duschgel. Es hat eine sehr männliche Duftnote.«

»Asphalt?«, fragte Dennis und setzte sich neben Antonio.

»Frisch geschnittenes Holz mit einem Hauch Anis.«

Jericho nahm sein Glas in die Hand. »Du meinst Lakritz. Du hast mir ein Duschgel gekauft, das nach Süßigkeiten riecht?«

»Es riecht nicht nach Süßigkeiten. Probier es aus, es wird dir gefallen.«

»Jetzt klingst du wie seine Mutter«, neckte Dennis ihn.

»Es gibt Schlimmeres.«

Jericho gefiel das liebevolle Geplänkel der beiden. Antonio und Dennis waren das stabilste Paar, das er kannte – in gewisser Weise erinnerten sie ihn an seine Eltern. Sie waren unterschiedlich in ihren Fähigkeiten, aber echte Partner.

Als er von Laurens und Gils Affäre erfahren hatte, hatte sein erster Anruf Antonio gegolten, der sofort gekommen war, um ihm emotionale Unterstützung anzubieten. Dennis war dazugestoßen, sobald er von der Arbeit wegkonnte. Er hatte in aller Stille mit Lauren verhandelt, dass sie eine Woche hatte, um sich eine Unterkunft zu suchen, und all ihre gemeinsamen Besitztümer in einem kurzen Video dokumentiert.

Jericho war bei seinen Freunden geblieben, bis Lauren ausgezogen war. Antonio und Dennis hatten ihm zugehört, wenn er reden wollte, und es respektiert, wenn er es gerade nicht wollte. Sie hatten zugelassen, dass er sich an den meisten Abenden betrank und ihn nie dafür verurteilt. Dennis hatte ihm erklärt, wie eine Scheidung ablief, da er selbst bereits eine hinter sich hatte, und ihm eine hervorragende Anwältin empfohlen.

Weniger als einen Monat später hatten er und Lauren sich auf die Rahmenbedingungen geeinigt. Er hatte ihr ihren Anteil des Hauses abgekauft, und den Rest der Besitztümer hatten sie aufgeteilt. Antonio wollte ihn dazu überreden, von ihr die Rückzahlung der Studienkosten zu verlangen, die er für sie übernommen hatte, doch er wollte nicht rachsüchtig sein. Eigentlich hatte er nur wissen wollen, weshalb sie mit Gil geschlafen hatte – eine Frage, die sie sich jedoch zu beantworten weigerte.

»Also ...«, begann Antonio mit übertriebener Lockerheit – ein sicheres Anzeichen dafür, dass er ein Thema anschneiden würde, über das er, Jericho, nicht reden wollte. »Bist du bereit, über Laurens Schwangerschaft zu sprechen?«

Dennis tätschelte seinem Mann das Knie. »Du nennst sie nicht mehr ›diese dumme Schlampe‹. Ich bin so stolz auf dich.«

»Ich nenne sie immer noch so. Nur nicht vor Jericho. Ich will nicht, dass er glaubt, er müsste sie verteidigen.«

»Sehr rücksichtsvoll von dir.«

Jericho machte sich gar nicht erst die Mühe, die beiden darauf aufmerksam zu machen, dass er direkt neben ihnen saß.

»Dazu gibt es nicht viel zu sagen.« Er zuckte mit den Schultern. »Als wir zusammen waren, wollte sie kein Baby, aber mit Gil bekommt sie jetzt eins. Schön finde ich das nicht, aber so ist es nun mal.«

Antonio und Dennis tauschten einen Blick aus.

»So einfach ist das nicht«, sagte Antonio. »Ich vermute, das Baby war für sie beide eine Überraschung. Sie waren doch gerade dabei, eine große, schicke Hochzeit zu planen. Da wird niemand freiwillig schwanger. Sie wollte nicht bewusst ein Baby mit Gil – es ist einfach passiert.«

Er wusste Antonios Versuch, ihm ein besseres Gefühl zu geben, zu schätzen. »Ich will nicht wieder mit ihr zusammen sein. Und ich will ganz sicher keine Kinder mehr mit ihr. Aber ja, manchmal ist das alles verdammt hart. Und meine Mutter macht es nicht einfacher.«

»Ja, deine Mutter kann sehr hartnäckig sein«, sagte Antonio seufzend. »Sie will eben ihre Jungs wieder vereinen.«

»Du und ich sind doch schon eng miteinander. Wieso reicht ihr das nicht?«

»Weil sie – aus Gründen, die keiner von uns nachvollziehen kann – Gil immer noch liebt.«

Dennis tätschelte Antonio die Hand. »Jericho liebt ihn auch noch.«

»Ja, aber darüber reden wir nicht.« Antonio wedelte mit seinem halb leeren Glas durch die Luft. »Deine Mutter will, dass du das alles vergisst und deinem Bruder verzeihst.«

Jericho dachte, dass er an der Vergebung eventuell arbeiten könnte, doch er bezweifelte, dass er das alles jemals vergessen würde. »Und dass ich einen Junggesellenabschied plane.«

»Darüber sollten wir sprechen«, sagte Antonio. »Ich werde die Party veranstalten.« Er legte eine dramatische Pause ein. »Ihr dürft jetzt gerne applaudieren.«

Jericho lachte leise. »Das brauchst du nicht. Ich weiß dein Angebot zu schätzen, aber ...«

Antonio unterbrach ihn mit einem Handwedeln. »Ich habe gründlich darüber nachgedacht, und ich habe einen Plan.«

»Ach ja? Warum weiß ich jetzt schon, dass du gleich irgendwas Verrücktes sagen wirst?«

»Du bist so voller Vorurteile.« Er räusperte sich. »Wir feiern auf einer Bowlingbahn.«

Dennis schüttelte den Kopf. »Das ist nicht witzig.«

»Was ist falsch an Bowling? Da hat man was zu tun, dazu gibt es schlechte Pommes und Bier. Ist doch perfekt.«

»Damit würde sich Mom auf keinen Fall zufriedengeben«, erklärte Jericho. »Ihr wäre klar, dass du Gil nur beleidigen willst.«

»Eine intelligente Frau zu lieben, ist nicht leicht. Ich habe aber noch mehr Ideen.«

»Auf keinen Fall eine Sportbar«, sagte Dennis neckend. »Du warst ja selbst noch nie in einer.«

»Doch, war ich!« Antonio runzelte die Stirn. »Einmal, glaube ich. Aus Versehen, am Flughafen.« Er rutschte auf seine Sesselkante. »Na schön, lasst uns ernsthaft reden. Ich habe wirklich einen Plan.«

Jericho bedeutete ihm, fortzufahren.

»In Bellevue gibt es eine Zigarrenbar. Sehr schick, sehr angesagt. Dort haben sie auch Separees und Party-Angebote. Ich habe sie alle durchgesehen und finde, das Passendste wäre die Whiskeyprobe. Dazu gibt es exklusive Häppchen. Eine Dartscheibe haben sie auch – was ich allerdings nicht verstehe, denn wenn man trinkt, sollte man vielleicht lieber nicht mit spitzen Gegenständen um sich schmeißen. Aber egal. Wir legen die Sause auf den Donnerstag, neun Tage vor der Hochzeit. Ich habe nachgeschaut, an dem Abend spielen zum Glück auch die Mariners. Wir werden uns also braunen Alkohol, Zigarren und Baseball zu Gemüte führen und danach ab ins Bett.«

Da hat Antonio wirklich gut recherchiert, dachte Jericho.

»Woher weißt du eigentlich, wann die Hochzeit ist?«, fragte er. Denn er selbst hatte keine Ahnung. Vermutlich hatte er seinem Bruder nicht die Gelegenheit gegeben, das Datum zu erwähnen, da er ihn so schnell aus dem Baucontainer geworfen hatte.

»Ich rede fast täglich mit unserer Mutter«, sagte Antonio in gespielt affektiertem Ton. »Sie erzählt mir alles.«

»Das will ich gar nicht so genau wissen.«

»Weshalb überrascht mich das nicht?« Antonio griff nach seinem Glas. »Jedenfalls, die Party wird nicht billig – die werden dich bei den Getränken ordentlich abzocken. Aber es ist eine nette Angelegenheit, und Janine wird zufrieden sein. Wie Gil es findet, interessiert mich eher weniger.«

»Na schön, so machen wir's.«

»Ich bin froh, dass du das sagst. Denn ich habe den Raum bereits reserviert und eine Anzahlung geleistet. Die stelle ich natürlich dir in Rechnung, denn ich werde keinen einzigen Cent für Gils Junggesellenabschied ausgeben.« Er hielt inne. »Das klang jetzt nicht sehr empathisch, oder?«

»Schon gut, ich weiß, wie du es meinst. Danke, dass du das für mich tust.«

»Na klar. Wir sind doch eine Familie.« Antonio trank seinen Martini aus. »Normalerweise würde ich jetzt Dekofarben, Spiele und Geschenktütchen mit dir besprechen wollen, aber ich würde sagen, in diesem Fall begnügen wir uns mit dem Inhalt des Partyangebots. Es sei denn, du findest, wir sollten unbedingt Geschenktütchen verteilen. Ich könnte da was Nettes zusammenstellen, mit ein bisschen Hautpflege und einem Autowachs-Set.«

Jericho lachte. »Nein, keine Geschenktütchen.«

»Es ist aber wirklich ein ganz tolles Autowachs-Set.«

Dennis nahm Antonios Hand. »Lass gut sein. Du hast ihm sehr geholfen. Genieß das schöne Gefühl.«

»Fühlt sich wirklich gut an.« Antonio sah ihn an. »Es sind nur sechs Wochen deines Lebens«, sagte er. »Dann sind sie verheiratet, und du wirst ihn nicht mehr sehen – außer an den Feiertagen, und da stehen Dennis und ich dir bei.«

Genau wie in den vergangenen sechs Monaten, dachte Jericho.

»Du hast recht«, sagte er. »Ich werde die Hochzeit schon überstehen, und dann lasse ich das alles hinter mir.«

11. Kapitel

Am Sonntagmorgen gab Finley sich Mühe auszuschlafen, doch wie immer ploppten ihre Augen auf, zehn Minuten ehe ihr Wecker an einem Wochentag geklingelt hätte. Sie rollte sich auf den Rücken und starrte an die Decke – durch ihren Kopf wirbelten jede Menge Ideen für ihr neues Haus.

Den gestrigen Samstagnachmittag hatte sie damit zugebracht, die unteren Küchenschränke abzumontieren. Sie hatte beschlossen, Jerichos Idee aufzugreifen und die oberen Schränke durch welche zu ersetzen, die bis zur Decke reichten. Die zusätzlichen Kosten waren für sie nicht leicht wegzustecken, doch sie wusste, dass es die richtige Entscheidung war. Das würde die Küche hochwertiger wirken lassen und als wichtiges Verkaufsargument dienen.

Sie hatte auch einige Zeit damit verbracht, über das kleine Elternbadezimmer nachzudenken. Sein Vorschlag, es zu entkernen und den Vinylboden durch Fliesen zu ersetzen, gefiel ihr. Auch das würde mehr Geld kosten, wäre es aber sicher wert. Sie fragte sich, ob sie wohl seinen Innenarchitekten dazu überreden könnte, ein paar Designratschläge gegen irgendwelche Rohrverlegearbeiten einzutauschen, die er gut gebrauchen konnte.

Die Zweideutigkeit des Rohrverlegens ließ sie lächeln. Ich hab einfach zu viel mit Männern zusammengearbeitet, dachte sie und setzte sich auf.

Als sie aus dem Bett stieg und sich reckte, bemerkte sie den Muskelkater in ihrem Oberkörper. Die Schränke waren schwer gewesen, und auch wenn sie körperliche Arbeit gewohnt war, hievte sie normalerweise keine massiven Holzküchenschränke.

Sie ging ins Bad. Da sie bereits am Abend zuvor geduscht hatte, brauchte sie sich jetzt nur das Gesicht zu waschen und die Zähne zu putzen, ehe sie sich anzog. Während sie die vertrauten Handgriffe ausführte, dachte sie an ihr Gespräch mit Sloane am Tag zuvor. Sie hatte abends ein wenig im Netz nachgelesen, und dieses »Seit einem Jahr nüchtern«-Ding war tatsächlich eine große Sache. Was nachvollziehbar war – derartige Meilensteine hatten eine Bedeutung.

Sie fragte sich, ob sie es wohl ihrer Mom gegenüber erwähnen sollte, damit sie vielleicht gemeinsam … Nun ja, sie war sich nicht sicher, was sie genau organisieren wollte. Jedenfalls keine Party – das erschien ihr kontraproduktiv. Aber vielleicht ein Abendessen. Dazu könnten sie auch Ellis einladen und ihn so endlich einmal kennenlernen.

Sie setzte die Angelegenheit auf ihre mentale To-do-Liste, gleich neben die Frage, wie sie mit Sloanes Wunsch umgehen sollte, mehr Zeit mit Aubrey zu verbringen. Was hatte sie noch gleich gesagt? Samstagnachmittag bis Sonntagfrüh, wenn sie ihre Schicht antrat? Vermutlich wäre es angebracht, wenn sie es Aubrey gegenüber ansprechen würde, um sogar schneller auf den Wunsch zu reagieren, als Sloane es verlangt hatte, und einmal die gute Schwester zu sein. Denn in letzter Zeit schien es so, als würde sie sich immer nur über Sloane beschweren oder sich über sie ärgern.

Sie bürstete ihr Haar und flocht es zu einem Zopf. Gerade wollte sie ihr Zimmer verlassen und zur Treppe gehen, als ihre Mom an die Tür klopfte.

»Morgen«, sagte Finley, nachdem sie ihr geöffnet hatte. »Du bist aber früh auf.«

»Ich weiß, es ist deprimierend.« Ihre Mom lächelte. »Aber da ich nun mal schon wach bin, habe ich eine Idee. Lasst uns doch auswärts frühstücken. Alle vier.«

Finley frühstückte gerne im Restaurant. Dort konnte sie

endlich alles essen, wofür ihr sonst die Zeit fehlte, um es zuzubereiten. Sogar der Gedanke, Lester im Schlepptau zu haben, erschien ihr weniger abschreckend als noch vor einer Woche.

»Das klingt nett. Ich gehe Aubrey Bescheid sagen.« Sie lächelte. »Sie ist bestimmt schon wach und liest.«

Molly grinste. »Vermutlich. Ich sorge dafür, dass Dad mitkommt.«

Wie erwartet saß Aubrey im Bett, in der Hand ein geöffnetes Buch. Als sie Finley erblickte, legte sie es beiseite.

»Morgen«, sagte sie lächelnd. »Ich glaube, heute scheint die Sonne.«

»Das ist reines Wunschdenken.« Finley setzte sich zu ihr aufs Bett und zog sie in einer festen Umarmung an sich. »Hast du gut geschlafen?«

»Ich schlafe immer gut.« Aubrey kuschelte sich an sie. »Planen wir heute Nachmittag den Garten?«

»Ich denke ja. Wie wäre es mit Erbsen?«

»Ich liebe frische Erbsen.« Aubrey kräuselte die Nase. »Wieso schmecken die so gut, und die gefrorenen sind so eklig?«

»Ich weiß es nicht, aber du hast recht. Die schmecken ganz anders. Grandma hat vorgeschlagen, dass wir alle zusammen frühstücken gehen.«

Sie hatte ihr noch mehr zu sagen, doch Aubrey war bereits aus dem Bett gesprungen und rannte zu ihrer Kommode.

»Ich kann in fünf Minuten fertig sein. Darf ich Pancakes bestellen? Bitte, bitte, bitte! Und Speck dazu?«

Finley setzte sich auf und lachte. »Du benimmst dich, als würden wir dich sonst immer hungern lassen. Es gibt doch jeden Tag Frühstück.«

»Aber nur Porridge und so. Ich will Pancakes!«

»Und Speck.«

»Ja!«

Sie hielt Wort und war in weniger als fünf Minuten angezogen. Als sie nach unten kamen, stand Lester schon bereit.

»Ich habe gehört, wir gehen aus«, sagte er. »Ich freu mich schon.«

Finley nahm ihre Tasche. »Wohin willst du gehen, Mom? Ins *Shari's* oder ins ...«

»Zu *Das Gelbe vom Ei*«, unterbrach ihre Mutter sie.

Finley erstarrte. »Ich weiß nicht, ob das so eine gute Idee ist.«

Lester sah zwischen ihnen hin und her, doch ehe er dazu kam, etwas zu sagen, begann Aubrey begeistert auf und ab zu springen.

»Ja, das ist Mommys Restaurant! Wir überraschen sie, das wird sie so sehr freuen.«

Finley war sich da weniger sicher. Aus Gründen, die sie nicht erklären konnte, fühlte sie sich nicht wohl bei dem Gedanken, in Sloanes Arbeitsumfeld einzudringen – mehr um ihrer Schwester als um ihrer selbst willen.

»Ich komme nur auf ein Omelett mit«, sagte Lester, der sie weiter beobachtete.

»Klar«, sagte sie, während sie sich fragte, ob sie Sloane wohl eine Nachricht schicken sollte, um sie vorzuwarnen – nur um festzustellen, dass sie keine Ahnung hatte, was sie sagen sollte. Vielleicht lag sie ja auch falsch, vielleicht würde es ihrer Schwester nichts ausmachen, dass plötzlich ihre ganze Familie bei der Arbeit auftauchte.

Sie stiegen alle in ihr Auto. Finley ließ den Motor an, dann hielt sie inne.

»Ich habe keine Ahnung, wo das Restaurant überhaupt ist«, gab sie zu.

»Ich weiß, wo«, sagte ihre Mutter. »Es ist in Redmond. Fahr erst mal in die Richtung, ich sag dir dann den Weg an.«

Am frühen Sonntagmorgen gab es kaum Verkehr. Und so bogen sie bereits fünfundzwanzig Minuten später auf den überraschend vollen Parkplatz ab. Aubrey tänzelte zur Restauranttür, dann drehte sie sich um und wartete darauf, dass die anderen hinterherkamen. Als sie eintraten, schenkte Molly der Angestellten am Eingang ein Lächeln.

»Wir sind zu viert. Könnten wir bitte einen von Sloanes Tischen bekommen? Wir sind ihre Familie.«

Die Tischeinweiserin, eine Jugendliche mit lila Strähne im pechschwarzen Haar, sah verdutzt aus. »Sloane hat Familie?« Ihr Blick fiel auf Aubrey. »Okay, ähm, klar. Ich sehe mal nach, ob sie einen freien Tisch hat.«

Finley blickte sich um. *Das Gelbe vom Ei* war ein helles, freundlich eingerichtetes Restaurant. Es verfügte über eine große Fensterfront und jede Menge Sitzplätze, ein paar davon an einer altmodischen Bar. In der Luft lag eine köstliche Duftkombination von Wurst, Speck, Waffeln, Ahornsirup und Kaffee.

Die meisten Tische waren von Familien oder Paaren besetzt. Aus den Lautsprechern tönten Oldies, und aus der automatischen Orangenpresse floss frischer Saft in eine Karaffe.

Sie entdeckte Sloane, noch ehe ihre Schwester sie alle sah. Sie lief gerade mit einer Kaffeekanne zielgerichtet von einem Tisch zum nächsten. Ihre Uniform – schwarze Hose, weißes Hemd und rot karierte Schürze – hätte eigentlich unelegant wirken müssen, sah jedoch auf eine gewisse Retro-Art hübsch aus, zumindest an Sloane.

Sekunden später drehte ihre Schwester sich um und begegnete ihrem Blick. Augenblicklich erstarb ihr fröhliches Lächeln und wich einem argwöhnischen Gesichtsausdruck. Als Sloane den Rest der Familie erblickte, spannte sich ihr gesamter Körper sichtlich an. Finleys mulmiges Gefühl im Bauch verstärkte sich.

Wir hätten woandershin gehen sollen, dachte sie, wohlwissend, dass es jetzt zu spät war. Sie konnten nun nicht mehr gehen, ohne die Situation für Sloane noch schwieriger zu machen – auch wenn ihr nicht klar war, was sie das eigentlich kümmerte. Sie und ihre Schwester standen sich schließlich nicht gerade nahe. Dennoch, nichts von alldem fühlte sich richtig an.

»Hier entlang«, sagte Sloanes Kollegin und führte sie winkend zu einem freien Tisch für vier Personen. Dann verteilte sie Speisekarten und ging.

Finley wartete voller Unbehagen, bis ihre Schwester mit einem Tablett erschien. Sie brachte Wassergläser für alle, eine Kanne Kaffee und eine Tasse mit heißer Schokolade, die sie vor Aubrey hinstellte.

»Das ist ja eine Überraschung«, sagte Sloane mit einer Fröhlichkeit, die sich in ihren blauen Augen nicht widerspiegelte. Sie lächelte ihre Tochter an. »Hey, du.«

»Mommy!«

Aubrey rannte um den Tisch herum und umarmte sie fest. Sloane streichelte ihr den Kopf, ehe sie sie wieder zu ihrem Platz führte.

Molly lachte. »Ich bin heute Morgen aufgewacht und habe mir gedacht, wie schön es wäre, wenn wir alle einen Teil des Tages zusammen verbringen würden. Kannst du dir ein paar Minuten freinehmen und dich zu uns setzen, Sloane?«

»Sie hat zu tun, Mom«, sagte Finley eilig. »Sieh dich doch mal um. Ihre Tische sind alle besetzt.«

Sloane wirkte überrascht, nickte dann jedoch. »Finley hat recht. Sonntagmorgens ist hier die Hölle los.« Sie goss Kaffee in drei Tassen. »Die Zimtschnecken sind sehr zu empfehlen, ebenso wie das Zimt-Yum-Yum. Das ist eine Mischung aus Armer Ritter und Brotpudding. Die Omeletts sind auch köstlich. Schaut doch mal in die Karte, dann komme ich gleich wieder.«

Sie flüchtete. Finley sah ihr nach, nicht sicher, weshalb sie sich eigentlich so unwohl fühlte. Irgendwie spürte sie Sloanes Sorge und Scham, auch wenn ihr nicht klar war, weshalb ihre Schwester so empfinden sollte – und wieso sie selbst plötzlich glaubte, übersinnliche Kräfte zu haben. Was wusste sie denn schon? Vielleicht war Sloane ja insgeheim hocherfreut, dass ihre Familie vorbeigekommen war.

Finley vergewisserte sich, dass Aubreys heiße Schokolade nicht zu heiß für sie war. Dann besprach sie mit ihrer Nichte die Pancakes-Auswahl, und Aubrey entschied sich für Blaubeer-Pancakes mit einer Extraportion Speck. Molly und Lester hatten beide Lust auf eine Eierspeise – sie wählte das Denver- und er das Southwestern-Omelett. Finley überflog eilig die Karte und entschied sich für ein klassisches amerikanisches Frühstück.

»Es ist richtig nett hier«, bemerkte ihre Mutter, während sie den Blick durch den Raum schweifen ließ. »Sie bieten hier tatsächlich nur Frühstück an und schließen schon um zwei Uhr nachmittags. Ich wusste gar nicht, dass man das kann als Restaurant.«

»Ja, das ist ein interessantes Geschäftsmodell«, sagte Lester. »Unter der Woche sind sie bestimmt von Stammgästen abhängig. Wahrscheinlich kommen auch viele zum Mittagessen her, aber da muss man schon Lust auf Frühstücksgerichte haben und rechtzeitig aufessen. Trotzdem, das Restaurant scheint zu brummen.«

»Ich höre kein Brummen«, sagte Aubrey stirnrunzelnd. »Was brummt denn hier?«

Ihr Urgroßvater lächelte sie an. »Das ist so ein altmodischer Ausdruck. Er bedeutet, dass hier viel los ist und alle so fleißig sind, dass es brummt wie in einem Bienenstock.«

Aubrey hob einen Zeigefinger, begann zu summen und wedelte damit durch die Luft. »Verstehe ich nicht.«

»Ist schon okay«, beruhigte Finley sie. »Dir werden nicht viele Leute begegnen, die dieses Wort so benutzen.«

»Da wäre ich mir nicht so sicher. Es könnte durchaus ein Comeback erleben«, neckte Lester sie. »Lasst uns mitsummen. Und am Ende gibt's Honig für alle.«

Aubrey lachte. »Du bist so lustig, Grandpa.«

Die offenkundige Zuneigung, die er seiner Urenkelin entgegenbrachte, löste ein wenig von Finleys Anspannung. Und doch kam sie nicht umhin, Sloane zu beobachten, wie sie im Restaurant umhereilte. Als ihre Schwester zurückkehrte, um ihre Bestellung aufzunehmen, sah Finley sie an.

»Das war nicht meine Idee«, sagte sie leise.

»Wieso sagst du so was?« Ihre Mutter funkelte sie wütend an. »Finley, du kannst einem wirklich im Nullkommanix die Laune verderben.« Sie wandte sich Sloane zu. »Ich weiß, dass du dich freust, uns dazuhaben, und wir finden es wundervoll, dich mal bei der Arbeit zu erleben. Das ist ein ganz besonderer Vormittag.«

»Stimmt«, sagte Sloane und zog ihr Tablet hervor. »Habt ihr entschieden, was ihr essen wollt?«

Finley rutschte unruhig auf ihrem Stuhl hin und her. Plötzlich war sie sich nicht mehr sicher, ob Sloane ein Problem mit der Situation hatte. Womöglich lag sie auch falsch. Vielleicht freute Sloane sich darüber, dass ihre Familie sie bei der Arbeit begaffte.

Als ihre Schwester sich neben sie stellte, um ihre Bestellung aufzunehmen, legte Sloane ihr jedoch kurz die Hand auf die Schulter und formte mit den Lippen ein lautloses Danke.

Sloanes Wohnung in Bothell lag an einer ruhigen Straße mit vielen älteren Häusern. Drum herum wurde überall neu gebaut, doch dieses kleine Viertel war davon unberührt geblieben. Das große, geräumige Haus gehörte einer Stiftung, und sie zahlte ihre Miete an eine GmbH. Der Mietvertrag galt jeweils für ein Jahr, konnte aber jederzeit gekündigt werden. Die anderen zwei Wohnungen wurden von alleinerziehenden Frauen bewohnt. Jede von ihnen hatte irgendeine Art von Sucht überwunden.

Sloane bewohnte die gesamte obere Etage, was bedeutete, dass sie täglich zwei Treppen erklimmen musste, doch das war es ihr wert. Sie durfte außerdem das Wohnzimmer und die Küche im Erdgeschoss mitbenutzen, sowie die gut ausgestattete Waschküche im Keller.

Sie hatte den Nachmittag sorgfältig geplant, damit ihre kleine Feierlichkeit passend für sie ablief. Ohne Freunde und definitiv ohne irgendein Familienmitglied. Noch nicht mal Ellis war eingeladen. Sie hatte ihm gesagt, dass sie allein sein wollte, um über ihre Vergangenheit nachzudenken und ihre Zukunft zu planen – was sogar größtenteils stimmte.

Sie ging die Treppe hoch und schloss ihre Wohnungstür auf. Der ausgebaute Dachboden war geräumig und verfügte über genügend Platz für ein großes offenes Schlafzimmer sowie ein eigenes Bad. In einem Alkoven stand ein Bett für Aubrey. Im hinteren Teil des Raums, in dem das Dach schräg abfiel, war eine kleine Sitzecke eingerichtet, und an die gegenüberliegende Wand hatte sie einen schmalen Schreibtisch gestellt. Eine weitere kleine Nische neben dem Bad bot gerade genug Platz für einen Kühlschrank und eine Mikrowelle.

Nach Vertragsunterzeichnung hatte sie den Raum in einem beruhigenden Salbeigrün gestrichen, von dem sich eine weiße Zierleiste dekorativ abhob. Auf dem gut erhaltenen Echtholzboden lagen ein paar alte Teppiche, die sie bei einer Haushaltsauflösung erstanden hatte. Der elektrische Heiz- und Kühlkörper, der an der Wand angebracht war, hielt ihre Wohnung das ganze Jahr über in einer angenehmen Temperatur.

Das ist mein geliebter Rückzugsort, dachte sie, als sie ihre Handtasche auf den Tisch neben der Eingangstür und die Tüte mit Eis in das Waschbecken im Bad stellte. Ellis hatte ihr beim Einzug geholfen, dennoch trafen sie sich ausschließlich in seinem Haus. Nur Aubrey kam regelmäßig zu Besuch, und genau so wünschte sie es sich. Soweit sie wusste, hatte ihre Mutter keine Ahnung, wo sie wohnte – es würde hier also keine Überraschungsbesuche geben wie den vom vergangenen Sonntag.

Sloane verzog das Gesicht, als sie an den Schreck im Restaurant zurückdachte, den der Anblick ihrer gesamten, sie erwartungsvoll anschauenden Familie ihr versetzt hatte. Selbstverständlich hatte sie sich gefreut, Aubrey zu sehen, und Finley hatte sich so sichtlich unwohl gefühlt, dass es beinahe schon komisch war. Was ihre Mutter und ihren Großvater betraf, so waren sie einfach ihre Familie, und sie hatte nicht mehr tun können, als in diesem Moment irgendwie mit ihnen klarzukommen.

Ihre Schwester hatte sich offenbar ernsthaft Gedanken um sie gemacht – was merkwürdig war, aber auch nett. Finleys Sorge hatte bei ihr die Sehnsucht nach irgendeiner Art von engerer Beziehung zu ihr geweckt. Angesichts der Tatsache, wie voller

Vorurteile ihre Schwester sein konnte, war das zwar äußerst unwahrscheinlich, aber hey, man durfte ja wohl träumen.

Sloane holte das Tagebuch hervor, das sie genau vor einem Jahr begonnen hatte. Es war ziemlich abgenutzt, und einige Seiten waren herausgerissen. Sie legte es auf den kleinen Schreibtisch, dann holte sie den Schuhkarton mit alten Fotos hervor – den bildlichen Beweisen ihrer Vergangenheit.

Während der darauffolgenden Stunde las sie in ihrem Tagebuch und betrachtete die Fotos. Sie durchlebte noch einmal den Schmerz, den sie während der ersten Wochen nach dem Entzug empfunden hatte, als ihr Bedürfnis zu trinken so übermächtig gewesen war, dass es sich anfühlte, als wäre es ein lebendiges Wesen. Sie erinnerte sich noch daran, wie fragil sie nach der Entgiftung gewesen war – es war, als müsste sie erst wieder lernen, sie selbst zu sein.

Im Tagebuch fand sie Notizen über ihre ersten Meetings und dazu, wie überzeugt sie gewesen war, dass Minnie sie hasste – ein Gefühl, das sie niemals vollständig abgeschüttelt hatte, obwohl sie bereits seit einem Jahr zu den von ihr geleiteten Meetings ging.

Sloane holte die Münze aus ihrer Jeanstasche und legte sie auf den Schreibtisch. Sie war gestaltet wie jede andere, die sie erhalten hatte. *Dir selbst sei treu.* Das stand am Rand, in der Mitte prangte ein Dreieck, um das herum die Worte *Einigkeit, Dienst, Genesung* gruppiert waren. Auf der Rückseite stand das Gelassenheitsgebet.

Aber diese hier ist anders, dachte sie und rieb sie zwischen Daumen und Zeigefinger. Auf dieser stand nicht *24 Stunden* oder eine Anzahl von Monaten. Darauf stand nur eine einzige Zahl: 1. Ein Jahr.

Ein ganzes Jahr ohne Alkohol. Ein Jahr, in dem sie sich durch die Schritte gearbeitet hatte, in dem sie zu Meetings erschienen war, in dem sie Minnies Humorlosigkeit ertragen hatte. Ein Jahr mit leichten Tagen und schweren Tagen, in dem sie das verdammte Buch gelesen und sich selbst gut zugeredet hatte, in dem sie versucht hatte, an eine höhere Macht zu glauben, deren wahre Existenz sie jedoch bezweifelte.

Ein Jahr ist eine lange Zeit, dachte sie, als sie die Münze wieder auf den Tisch legte. Motten lebten circa zwei Wochen. Libellen lebten etwa zwei Monate lang. Sie war also so lange nüchtern, wie sechs Libellen hintereinander lebten.

Sie erhob sich und ging zu dem kleinen Regal hinüber, das sie als Geschirrschrank nutzte. Darin stand die Flasche Wodka, die sie vor drei Tagen gekauft hatte. Sie stellte sie auf die Mikrowelle, nahm sich ein Glas und ging ins Bad, um es mit Eis zu füllen. Dann trug sie es zusammen mit dem Wodka zum Schreibtisch und setzte sich.

Ein Jahr, dachte sie. Ein langes, verdammtes Jahr. Wenn es ein neues Normal für sie gab, dann war es das. Sie war noch da, und vielleicht, ja, ganz vielleicht, war sie genesen.

Sie öffnete die Flasche und goss zwei Fingerbreit in das Glas. Dann schraubte sie den Deckel zu und lehnte sich auf ihrem Stuhl zurück.

Das Eis sah schön aus. Es klang auch gut – aufgrund der Raumtemperatur des Wodkas knisterte es leicht. Sie nahm das Glas hoch und roch am Inhalt. Der Wodka war beinahe geruchlos, genau wie sie es in Erinnerung hatte. Sie hatte einen *Ketel One* gekauft, da sie den am liebsten mochte, und heute erschien es ihr wichtig, alles richtig zu machen. Sie schloss die Augen und verlangsamte die Atmung, dann nahm sie vorsichtig einen Schluck.

Die beinahe vollständige Geschmacklosigkeit war perfekt. Sie spürte das leichte Stechen des Alkohols auf der Zunge, dann das Brennen im Hals. Gott, ist das lange her, dachte sie, während ein Gefühl des Friedens und der Entspannung sie durchströmte. Endlich, dachte sie.

Sie nahm einen weiteren Schluck und lächelte, sämtliche Teile ihres Körpers schienen einen Seufzer der Erleichterung auszustoßen. Zufriedenheit erfüllte sie. Ja, dachte sie, so ist es richtig, genau so. Kein Drama, kein unkontrollierbarer Drang nach mehr. Sie fühlte sich gut. Sie konnte sich einen Drink genehmigen, und dann einfach mit ihrem Leben weitermachen.

Sie nippte weiter am Wodka, bis das Glas leer war. Als sie aufstand, fühlte sie sich leicht benommen, was sie zum Lachen brachte. Anscheinend vertrug sie gar nichts mehr. Ein weiterer Beweis dafür, dass es ihr wieder gut ging.

Im Bad schüttelte sie das restliche Eis aus der Tüte, damit es im Waschbecken schmolz, dann schraubte sie die Wodkaflasche auf und goss den Inhalt in den Abfluss. Sie warf die leere Tüte in den Müll, die Flasche in den Recyclingeimer und legte sich in ihr Bett. Heute würde sie sich nur noch einen Film auf *Netflix* ansehen, dann vielleicht etwas essen und schlafen gehen. Ganz normale Aktivitäten an einem ganz normalen Tag.

Sie hatte eine romantische Komödie ausgesucht, die sie schon einmal gesehen hatte. Die war witzig und charmant – genau die Ablenkung, die sie brauchte, falls sie doch noch in Schwierigkeiten geriet. Was aber nicht der Fall war. Sie startete den Film und holte sich ein paar zusätzliche Kissen, um sie sich hinter den Kopf zu stopfen. Der Vorspann lief an. Sie fühlte sich immer noch leicht angeheitert, doch langsam ließ das Gefühl nach. Schließlich hatte sie nicht zu viel getrunken. Nur einen Wodka – um sich zu beweisen, dass sie das konnte. Es ging ihr gut.

Zwanzig Minuten später setzte sie sich abrupt auf. Sie war von plötzlicher Unruhe befallen – ein beinahe beängstigendes Gefühl kroch durch ihren Körper und ergriff Besitz von ihm. Sie fand keine bequeme Position. Oder nein, das war es nicht, sie konnte sich generell nicht entspannen. Das Zimmer, das ihr so lange so geräumig vorgekommen war, war plötzlich zu klein für sie und all ihre Gefühle.

Sie stand auf und ging rastlos auf und ab.

»Mir geht's gut«, sagte sie laut und durchschritt die gesamte Länge des Raums, dann machte sie kehrt und marschierte den Weg zurück, den sie gekommen war.

»Alles in Ordnung, ich kann das. Einfach tief durchatmen.«

Sie warf einen Blick in Richtung Recycling-Eimer und fragte sich, weshalb sie den restlichen Wodka weggeschüttet hatte. Wer trank denn nur ein einziges Glas? Das ergab doch keinen Sinn. Sie hatte den Rest der Flasche einfach verschwendet.

Nein! Sie blieb mitten im Raum stehen und bedeckte ihr Gesicht mit den Händen.

»Ich bin stärker als dieser Drang. Normale Leute verhalten sich auch nicht so. Es wird alles gut.«

Doch plötzlich setzte sie sich wie ferngesteuert in Bewegung. Sie schlüpfte in ihre Schuhe, schnappte sich ihre Tasche und war schon aus der Tür. Sie blieb kaum stehen, um abzuschließen. Dann lief sie die Treppen hinunter und zu ihrem Auto. Von hier war es nur eine kurze Fahrt zum Supermarkt. Dort angekommen, schnappte sie sich einen der kleinen Einkaufswagen und eilte hinein.

Drei Minuten verbrachte sie damit, wahllos Lebensmittel und sonstige Produkte auszuwählen. Ein Fertigsandwich. Eine Brownie-Backmischung. Ein Stück Seife. Nachdem sie sechs oder sieben Artikel im Wagen hatte, ging sie wie beiläufig zum Schnapsregal hinüber und nahm sich eine weitere Flasche *Ketel One* heraus. Als sie zurück zu ihrem Auto kam, zitterte sie.

Sie fuhr in Richtung ihrer Wohnung, bog jedoch vorher auf den Parkplatz eines kleinen Stadtparks ab. Es war ein kühler, regnerischer Mittwochnachmittag, nur ein paar Autos standen da. Sie fuhr bis ans hinterste Ende des Platzes, wo sie ungestört war. Dann schaltete sie den Motor ab, holte die Flasche aus der Einkaufstüte und öffnete sie.

Sie kippte beinahe ein Viertel des Inhalts in einem Zug runter, ehe sie innehielt, um Luft zu holen. Der Alkohol brannte bis in ihren Magen hinunter, Wärme durchströmte sie. Wärme und das Gefühl, dass alles genau richtig war – was sie in dieser Form lange nicht mehr verspürt hatte. Zum ersten Mal seit einem Jahr konnte sie wieder tief durchatmen. Jetzt würde alles gut werden. Jetzt würde sie endlich wieder sie selbst sein.

Sie trank weiter und spürte, wie der Alkohol langsam Besitz von ihr ergriff. So werde ich nicht nach Hause fahren können, dachte sie verschwommen, dann kicherte sie. Wenigstens war sie schon so nah an ihrer Wohnung, dass sie auch zu Fuß gehen konnte. Obwohl, die vielen Treppen würden ein Problem sein. Vielleicht könnte sie ja ihre Feenflügel einsetzen und einfach durchs Fenster hineinfliegen. Aubrey würde es sicher gefallen, wenn sie fliegen könnte – sie könnten zusammen fliegen. An irgendeinen schönen Ort, wo alle sie in Ruhe ließen und sie trinken konnte, so viel sie wollte. Ja, das würde sie glücklich machen.

Sie beobachtete die Regentropfen auf der Windschutzscheibe und dachte über das Fliegen nach, über Aubrey und die Tatsache, dass nichts in ihrem Leben so war, wie sie es sich vorgestellt hatte. So war das nicht geplant, dachte sie und musste plötzlich gegen Tränen ankämpfen. Eigentlich hätte sie ein großer Star am Broadway sein sollen. Sie war brillant – das sagten alle. Ja, sie war ...

Plötzlich drehte sich ihr der Magen um. Sloane blieb kaum Zeit, aus dem Auto zu taumeln, da erbrach sie bereits ihren gesamten Mageninhalt, der aus jeder Menge Wodka und nicht viel mehr bestand. Und sobald sie einmal angefangen hatte, sich zu übergeben, konnte sie so schnell nicht mehr aufhören. Sie sank mit den Knien ins Gras, wobei sie immer wieder würgte und zwischendurch verzweifelt nach Luft schnappte. Die Flasche rutschte ihr aus den Händen und fiel auf den feuchten Boden, wo der Rest des Alkohols ins Gras floss.

Das Würgen hielt ein paar Minuten an, ihre Muskeln verkrampften sich vor Schmerz. Dann hörte es endlich auf, und sie bekam wieder Luft. Sie stöhnte auf und ließ sich auf die Seite fallen, halb auf ihr warmes Erbrochenes, halb ins kalte, feuchte Gras. Der Regen prasselte erbarmungslos auf ihr Gesicht und durchweichte ihre Kleidung.

So lag sie da, bis sie vor Kälte zitterte, und noch immer konnte sie sich nicht bewegen. Ein Gefühl der Hoffnungslosigkeit nahm Besitz von ihr, als ihr klar wurde, was sie gerade getan hatte.

Ich war mir so sicher, dachte sie. Tränen stiegen ihr in die Augen. Sie war so überzeugt davon gewesen, dass sie geheilt war, dass sie wieder so war wie alle anderen. Sie hatte doch ein ganzes Jahr nicht getrunken! Warum machte das keinen Unterschied? Warum ging es ihr nicht besser? Warum hatte sie das getan?

Weil du Alkoholikerin bist und genau das passiert, wenn du trinkst.

Sie hatte keine Ahnung, wo die Worte herkamen, doch sie hasste den Absender, wer auch immer es war.

»Ich bin keine Säuferin. Das bin ich nicht.«

Sie hatte die zwei Sätze herausschreien wollen, doch es drang nur ein raues Krächzen aus ihrer Kehle.

»Das bin ich nicht, das bin ich nicht ...«

Sie setzte sich langsam auf. Die Welt drehte sich leicht, ehe alles an seinen Platz rückte. Sie zitterte und fühlte sich völlig benommen, vermutlich war sie dehydriert. Doch irgendwie musste sie nach Hause kommen.

Als sie endlich stehen konnte, nahm sie die leere Flasche, trug sie zum nächsten Mülleimer und ließ sie hineinfallen. Inzwischen war sie bis auf die Knochen durchgefroren und triefte vor Regennässe. Ungeachtet dessen, was das Wasser mit ihren Autositzen anrichten würde, setzte sie sich hinein und schaffte es, sich selbst nach Hause zu fahren. Sie torkelte die Treppe hinauf zu ihrer Wohnung. Ihre Hände zitterten so sehr, dass sie drei Anläufe brauchte, um das Schloss aufzubekommen.

Als sie endlich drin war, ging sie geradewegs ins Badezimmer und stellte das heiße Wasser in der Dusche an. Sie schüttelte ihre Schuhe von den Füßen, dann trat sie vollständig angezogen unter den warmen Strahl.

Nachdem sie sicher war, dass alles Erbrochene aus ihrer Kleidung gewaschen war, zerrte sie sie herunter und blieb unter der Dusche stehen, bis ihr wieder warm war. Dann trocknete sie sich ab und schlüpfte in eine Jogginghose und ein T-Shirt.

Sie musste auch noch die Autositze schrubben und sich um die nassen Klamotten in der Dusche kümmern. Das hat Zeit bis später, dachte sie, als sie ins Bett kroch. Sie rollte sich ganz klein zusammen, zog die Knie fest an die Brust und ignorierte das Zittern, die Tränen und das überwältigende Gefühl, versagt zu haben.

Alles, was sie zu tun hatte, in der nächsten Stunde und in der danach und in allen weiteren Stunden, war, nicht zu trinken, bis ein Tag vorüber war. Und dann würde sie noch mal ganz von vorne anfangen.

12. Kapitel

Die Tür des Baucontainers ging auf. In dem kurzen Moment, ehe er erkannte, wer es war, ertappte Jericho sich dabei, auf ein wenig Gesellschaft von Aubrey zu hoffen. Er hatte sie vor ein paar Minuten kurz mit Finley gesehen. Doch statt der entzückenden Achtjährigen und ihrer Tante war es Lauren, die ihm den Schreck seines Lebens einjagte, indem sie ihn unangekündigt aufsuchte.

Sie wirkte völlig fehl am Platz. Nicht nur wegen ihres maßgeschneiderten schwarzen Kostüms und der Stöckelschuhe, auch ihr Gesichtsausdruck spiegelte das wider. Baustellen waren nicht ihr Element, selbst als sie noch verheiratet gewesen waren und sie sich etwas lockerer gekleidet hatte. Sie hatte immer Angst vor den Maschinen gehabt und gefürchtet, dass jederzeit der Boden unter ihr einbrechen könnte. Als würde er Häuser bauen, in denen so etwas passierte.

»Hallo, Jericho.«

Er erhob sich, denn so war er nun mal erzogen worden. »Lauren. Das ist ja eine Überraschung.«

»Ich habe gedacht, dass wir mal miteinander reden sollten.«

»Ah ja? Und wieso?«

Die Frage platzte aus ihm heraus, ehe er sich zurückhalten konnte. Doch gleich darauf fragte er sich, weshalb er diese offensichtliche Frage eigentlich nicht stellen sollte.

Sie ignorierte sie jedoch und trat an den Konferenztisch. Nachdem sie daran Platz genommen hatte, bedeutete sie ihm mit einem Blick, sich ihr gegenüberzusetzen. Widerwillig folgte er der Aufforderung. Die Alternative wäre, den Baucontainer zu verlassen. Obwohl der Gedanke reizvoll war, wusste er, dass er sich entweder jetzt mit ihr auseinandersetzen musste oder später. Die Sache – worum auch immer es ging – hinter sich zu bringen, erschien ihm als die bessere Option.

Sie legte die Hände auf den Tisch. Deren Haut war blass und zart, die Nägel lang und lackiert. Als sie noch zusammen gewesen waren, hatte er den Kontrast zwischen seinen Händen und ihren immer gemocht – seine waren groß und rau dagegen. Jetzt war das Einzige, was er bei ihrem Anblick dachte, wie offensichtlich es war, dass sie den ganzen Tag über nie irgendeine Art von körperlicher Arbeit leistete. Wenn Lauren ins Schwitzen geriet, dann mit Absicht – in einem Fitnessstudio.

»Ich weiß, dass du mir böse bist«, sagte sie abrupt und sah ihn an. »Und du hast jedes Recht dazu.«

Er wusste nicht genau, worauf sie sich bezog, und ging gedanklich kurz ihre aktuelle Situation durch. »Meinst du euren Betrug oder das Baby?«

Sie errötete. »Beides, denke ich. Was mit Gil und mir passiert ist, na ja ... ich weiß, dass das nicht leicht für dich war.«

»Du warst schon immer gut im Untertreiben.« Er lehnte sich auf seinem Stuhl zurück. »Ich bin dir nicht böse. Das bin ich schon lange nicht mehr. Ich bin traurig über die Art und Weise, wie du unsere Ehe einfach so weggeschmissen hast. Du hast weder mich respektiert noch das, was wir zusammen aufgebaut haben. Und ich bin enttäuscht von meinem Bruder und seinem Verhalten. Aber was dich als Person betrifft, da bin ich dir nicht böse. Für dich fühle ich inzwischen nicht mehr viel.«

Sie senkte kurz den Blick auf den Tisch, dann sah sie ihn wieder an. »Das ist eine klare Ansage. Es tut mir leid, was wir getan haben. Du hast recht, ich habe unserer Beziehung keinen Respekt gezollt, und das bereue ich. Ich hätte die Dinge anders handhaben sollen.«

»Ja, das hättest du. Aber das liegt alles in der Vergangenheit, das können wir hinter uns lassen. Weshalb bist du hier, Lauren?«

Sie rang nervös die Hände, dann löste sie sie voneinander und glättete ihren Rock.

»Wie gesagt, wir müssen reden. Gil vermisst dich. Er will seinen Bruder zurück, und er möchte, dass du bei der Hochzeit sein Treuzeuge bist.«

»Wieso denkt eigentlich niemand mal darüber nach, was ich will?«

Er stellte die Frage, ohne eine Antwort zu erwarten. Sosehr er sie auch zum Teufel schicken wollte – er wusste, dass es sinnlos war. Ihre Mutter war bereits im Begriff, ihre Kampagne zu starten. Sie hatte ihn gefragt, ob er ihr bei der Frühjahrsanpflanzung helfen konnte. Das war jedoch nur ein lahmer Vorwand, um ihn allein bei sich zu haben und ihn wegen der Hochzeit bearbeiten zu können. Und er würde sich ins Unvermeidliche fügen, da er sie liebte und ihr nicht wehtun wollte, aber das bedeutete nicht, dass er es den anderen Beteiligten leicht machen musste.

»Warum ist das, was du und Gil wollt, eigentlich wichtiger als alles andere?«, fuhr er fort. »Ihr verkündet einfach, dass ihr euch liebt, und das soll alles geradebiegen? Wo bleibt das Treffen, bei dem ich euch sage, was ihr zu tun habt, und ihr zu allem Ja und Amen sagen müsst? Wieso darfst du unsere Ehe zerstören und mir dann auch noch sagen, was ich jetzt zu tun habe?«

Sie wandte den Blick ab und blinzelte ein paarmal nervös. »Es tut mir leid.«

»Das spielt nicht wirklich mehr eine Rolle – wir sind fertig miteinander. Aber was ich nicht verstehe, ist, warum du dich auf diese Art verabschiedet hast. Egal, was du dir selbst einredest, du wirst immer wissen, dass das falsch von dir war. Du wirst immer die Frau sein, die mit dem Bruder ihres Mannes geschlafen hat. Das muss eine ziemliche Last sein. Und wofür das Ganze?«

Sie starrte ihn verständnislos an. »Ich verstehe nicht. Ich liebe Gil.«

Er unterdrückte ein Schnauben. »Lauren, wir kennen uns schon eine Weile. Du kannst ruhig die Wahrheit sagen.«

Ihre Augen weiteten sich. »Du glaubst, ich liebe ihn gar nicht?«

»Nicht wirklich. Du behauptest das, weil es eure Geschichte besser klingen lässt, aber ihr zwei und verliebt?« Er hielt inne und dachte daran, wie freudig erregt Gil gewesen war, als er ihm verkündete, dass er Vater werden würde und wie sehr er Lauren liebte. Womöglich hegte sein Bruder tatsächlich wahre Gefühle für sie. Aber Lauren? Inzwischen hatte er Zweifel, dass sie zu Gefühlen in dieser Größenordnung überhaupt in der Lage war.

»Dann liegst du falsch«, sagte sie energisch. »Ich liebe ihn wirklich. Und zwar sehr. Wir bekommen ein Baby zusammen.«

»Um schwanger zu werden, braucht es keine Liebe, da genügt eine Ejakulation.«

»Jetzt werd nicht geschmacklos.«

»Ich benenne nur offensichtliche Tatsachen.« Und womöglich hatte er auch irgendwas sagen wollen, das sie ärgern würde – was nicht sehr reif von ihm, aber dennoch äußerst befriedigend war.

»Wenn wir Kinder gehabt hätten, wäre es für uns mehr als das gewesen.«

Er starrte sie ungläubig an. »Du findest das den richtigen Moment, zu diskutieren, ob wir Kinder hätten bekommen sollen oder nicht? Du wolltest doch nicht. Ich habe immer wieder davon geredet, und du hast es jedes Mal aufgeschoben.«

»Ich war eben noch nicht so weit.«

»Vielleicht warst du auch einfach nicht an unserer Beziehung interessiert.«

»Das ist nicht wahr. Ich habe dich geliebt.«

»Bis du damit aufgehört hast.«

Kinder mit ihr? Klar hatte er welche gewollt. Doch nach allem, was er jetzt wusste, war er dankbar, dass sie sich dem stets widersetzt hatte.

»Es ist besser, dass wir keine bekommen haben«, sagte er. »Das hat die Scheidung vereinfacht.«

Sie blickte ihm in die Augen. »Aber wenn wir Kinder gehabt hätten, hätte ich dich vielleicht nicht betrogen.«

Auf keinen Fall würde er sich auf dieses gefährliche Terrain begeben. »Zu spät«, sagte er.

Auf der Treppe waren Schritte zu hören. Die Tür ging auf, und Finley und Aubrey kamen herein.

»Jericho!«

Aubrey kam auf ihn zugelaufen und schlang ihre dünnen Arme um seinen Hals. Er erwiderte die Umarmung.

»Ich durfte das fertige Haus sehen. Es ist so schön! Warst du schon drin? Ich liebe die Farben und die Fliesen in der Küche! Und Finley sagt, dass der Herd atemberaubend ist. Ich weiß nicht genau, was das bedeutet, aber es ist was Gutes, oder?«

Ihr fröhliches Geschnatter war genau das, was er brauchte, damit seine innere Welt wieder ins Lot kam. Er sah über Aubreys Schulter in Laurens erschrockenes Gesicht und verspürte eine gewisse Befriedigung. War das kleinlich von ihm? Vermutlich, aber damit konnte er leben.

»Aubrey«, sagte Finley, die in der Tür stehen geblieben war und zwischen ihm und Lauren hin- und herblickte. »Jericho ist beschäftigt.«

»Wie, was?« Aubrey drehte sich um und entdeckte erst in diesem Moment seine Ex. Sie lächelte breit. »Hallo. Ich bin Aubrey.«

Er zog sie auf seinen Schoß. »Ist schon okay, Lauren und ich waren fertig. Finley, das ist Lauren, meine Ex-Frau. Lauren, das ist Finley. Sie ist eine der Subunternehmerinnen, die mit mir zusammenarbeiten. Und diese Schönheit hier ist Aubrey, ihre Nichte.«

Lauren schenkte ihnen ein angespanntes Lächeln. »Schön, euch kennenzulernen.« Sie erhob sich, nickte ihm zu und ging zur Tür.

Kurz entstand ein seltsamer Tanz, als Lauren versuchte, an Finley vorbeizukommen, und Finley sich bemühte, ihr aus dem

Weg zu gehen. Schließlich drängte sich Lauren an ihr vorbei und stöckelte die Treppe runter.

»Tut mir leid«, sagte Finley, sobald sich die Tür hinter ihr geschlossen hatte. »Draußen stand ein Auto. Ich hätte mir denken können, dass du Besuch hast.«

»Sie war kein Besuch, das ist schon in Ordnung. Wir waren sowieso fertig.«

In ihrem Blick lag eine Frage, doch sie sprach sie nicht aus. Vermutlich da Aubrey mit im Raum war.

»Lauren ist hübsch«, bemerkte Aubrey. »Ich mag rote Haare.« Sie glitt von seinem Schoß und sah ihn an. »Aber du hast noch gar nicht gesagt, ob du mit uns zum Straßenfest kommst. Bitte sag, dass du mitkommst!«

Finley stöhnte. »Wir haben doch darüber geredet und uns darauf geeinigt, dass wir Jericho keinen Druck machen.« Sie sah ihn an. »Sag bitte Nein. Das ist doch Unsinn – du hast jede Menge zu tun, und es ist nur ein albernes Straßenfest.«

»Danke für die charmante Einladung«, neckte er sie.

Aubrey stemmte die Hände in die Hüften. »Aber er wird dort ganz viel Spaß haben!« Sie wirbelte zu ihm herum. »Da kann man sich das Gesicht schminken lassen, und es gibt Buden und Spiele, und wir holen uns immer, immer, immer leckere Churros. Bitte sag Ja, Jericho, bitte, bitte!«

Ein paar Stunden mit den beiden zu verbringen, war – mal ganz ehrlich – die beste Idee, die er seit Wochen gehabt hatte. Er sah zu Finley. »Ist es okay für dich, wenn ich mitkomme?«

»Klar, wenn du dir da sicher bist. Es ist wirklich nur ein kleines Straßenfest.«

»Wir werden uns schon amüsieren.«

Sie lächelte. »Dann bist du herzlich willkommen.«

»Juchhu!« Aubrey sprang begeistert auf und ab und drehte eine Pirouette. »Ich kann's kaum abwarten! Ich werde Grandpa bitten, mit mir auszurechnen, wie viele Minuten es noch sind bis zum Fest!«

»Da wird sich dein Grandpa freuen. Das werden nämlich ganz schön viele Minuten sein. Kommst du mit so großen Zahlen klar?«

Aubrey grinste. »Ich bin supertoll! Ich komme mit allem klar.«

Finley war mit der Installation des Abflusses in der Waschküche bereits fertig. Sie war gebeten worden, ihn im Haus mit der schiefen Trockenbauwand an anderer Stelle entlangzuführen. Anscheinend hatte Antonio ein paar Änderungen verlangt – was völlig in Ordnung für sie war. Arbeit war Arbeit. Die Elektriker hatten schon die Steckdose für den Trockner neu verlegt. Nun blieb ihr nur noch, den Kalt- und Warmwasserzulauf für die Waschmaschine zu installieren, dann war zumindest dieser Änderungsauftrag für sie erledigt. Es gab noch einen zweiten für das kleinere Bad.

Ihr Handy vibrierte und kündigte eine Nachricht an. Sie zog es aus der Tasche und warf einen Blick auf den Bildschirm.

> Ich kann Aubrey morgen nicht sehen, mir ist was dazwischengekommen. Tut mir leid, dass das so kurzfristig kommt. Nächste Woche komme ich auf jeden Fall. Könntest du ihr bitte sagen, dass sie mich später mal anrufen soll, damit ich selbst mit ihr reden kann?

Finley starrte verwirrt auf die Nachricht. Was hatte bei Sloane wohl dazwischenkommen können, das wichtiger war als Aubrey? Seit sie vor einem Jahr aus der Entzugsklinik entlassen worden war, hatte Sloane keinen einzigen Samstag mit ihrer Tochter verpasst. Warum jetzt plötzlich?

Trank sie etwa wieder? Finley schob den Gedanken seufzend beiseite. Sie musste endlich damit aufhören, stets das Schlimmste anzunehmen, was andere Menschen betraf. Natürlich trank Sloane nicht – sie war seit einem Jahr trocken. Es musste etwas anderes sein.

Ich sage ihr Bescheid. Sie kann dich nach dem Mittagessen anrufen. Ist das eine gute Zeit für dich?

Ja, danke.

Kein Problem. Finley zögerte, dann tippte sie: Alles okay bei dir?
Es folgte eine kurze Pause, ehe die Antwort auf ihrem Bildschirm erschien.

Ging mir nie besser. Bis dann.

Finley zuckte mit den Schultern, dann stopfte sie ihr Handy zurück in die Hosentasche. Aubrey würde enttäuscht sein, ihre Mom nicht zu sehen, und sie hatte geplant, den Samstagnachmittag in ihrem neuen Haus zu verbringen. Nun würde sie Molly fragen müssen, ob sie auf Aubrey aufpassen konnte. Oder vielleicht sogar Lester.

Aubrey würde es gefallen, den Nachmittag mit ihrem Urgroßvater zu verbringen, und Finley war ihm gegenüber inzwischen freundlicher gestimmt. Sie würde ihn heute Abend fragen. Wenn er bereit wäre, Aubrey am Nachmittag zu übernehmen, gewänne sie ein paar Stunden in ihrem neuen Haus. Vielleicht könnte sie zum Dank Pizza zum Abendessen mitbringen.

Sie konzentrierte sich wieder auf ihre Arbeit, stellte die Waschküche dem neuen Plan gemäß fertig und ging sich dann das kleine Bad ansehen, in dem das Einzelwaschbecken durch ein doppeltes ersetzt werden sollte. Dann warf sie einen Blick auf ihr Handy, um nach der Zeit zu sehen.

»Das mache ich heute nicht mehr«, murmelte sie, als sie feststellte, dass sie schon eine Viertelstunde länger gearbeitet hatte, als ihre Schicht ging. Ihr Chef war kein Freund von Überstunden.

Sie sammelte ihr Werkzeug ein und brachte es zu ihrem Transporter. Als sie von der Baustelle fahren wollte, sah sie Jerichos

Truck neben dem Baucontainer stehen und parkte einem Impuls folgend daneben. Ehe sie die Containertür öffnete, klopfte sie einmal.

Jericho sah von seinem Computerbildschirm auf und lächelte sie an. »Hey«, sagte er.

»Hallo.« Sie trat ein. »Die Waschküche in Haus fünf ist fertig. Montagfrüh fange ich sofort mit dem kleinen Bad an.«

Er deutete auf den Stuhl neben seinem Schreibtisch. »Tut mir leid, dass du zusätzliche Arbeit damit hast. Das Haus ist praktisch schon verkauft, und die Käufer wollten den Austausch der Trockenwand nutzen, um noch ein paar Dinge zu ändern.«

»Ah, ich dachte, Antonio hätte es sich anders überlegt.«

»Nein, er würde so spät nie noch Änderungen am Bau einbringen. Normalerweise verkaufe ich die Häuser auch nicht, ehe sie fertig sind, aus genau diesem Grund – Änderungswünsche.« Er grinste. »Aber es sind Stammkunden, daher mache ich eine Ausnahme.«

»Ich gehe, wohin man mich schickt. Daher macht mir das nichts«, erwiderte sie. »Aber was anderes – ich wollte nur kurz vorbeikommen und dir sagen, dass du wirklich nicht mit Aubrey und mir zum Straßenfest kommen musst. Sie hat dich etwas unter Druck gesetzt.«

Seine Körperhaltung war vollkommen entspannt, sein Gesichtsausdruck freundlich. »Ich komme gerne mit. Es sei denn, es ist dir lieber, wenn ich nicht komme.«

»Wir freuen uns natürlich, wenn du mitkommst. Es ist nur ... Wahrscheinlich wirkst du nicht wie der Straßenfesttyp auf mich.«

»Dann trügt dein Eindruck.«

Sie dachte an ihre letzte Begegnung zurück. »Das war also deine Ex-Frau ...«

Er presste den Mund zu einer schmalen Linie zusammen. »Ja, das war Lauren.«

»Du hast nie erwähnt, dass sie so schön ist.«

Er runzelte leicht die Stirn. »Hätte ich das sollen?«

»Ich weiß es nicht. Es scheint mir nur irgendwie relevant zu sein.«

Lauren sieht umwerfend aus, dachte Finley. Sie war beinahe einschüchternd mit ihrem wunderschönen Gesicht, dem langen roten Haar und dem perfekten Körper. Von ihrer Kleidung ganz zu schweigen. Es kam ihr vor, als würde sie selbst einer anderen Spezies angehören – einer weniger attraktiven.

»Schönheit bedeutet Macht und kann durchaus als Waffe eingesetzt werden«, fügte sie hinzu.

»Da hast du recht. Aber was das angeht, interessiert sie mich nicht mehr. Sie ist meine Ex – wie sie aussieht, spielt keine Rolle.«

»Du bist also wirklich über sie hinweg.«

»Absolut. Ich finde sie leicht anstrengend und mehr eigentlich nicht.«

»Das macht sie bestimmt wahnsinnig – die meisten schönen Frauen wünschen sich Aufmerksamkeit. Sloane war auch mal so. In puncto Aussehen steht sie Lauren in nichts nach. Der Look ist ein anderer, aber trotzdem – wenn sie im Raum ist, kann man sie nicht ignorieren.«

Er hatte sie aufmerksam beobachtet, während sie sprach. »Hat dich das damals gestört?«

»Nein. Als wir jünger waren, waren wir sehr eng miteinander, da war es mir egal. Und als wir immer mehr auseinanderdrifteten, hatte das nichts damit zu tun, dass sie so viel hübscher war als ich. Das hatte andere Gründe. Einmal, als ich noch auf der Highschool war und sie schon nach New York gezogen, kam sie für eine Woche nach Hause. Mein damaliger Freund kam rein, warf einen Blick auf sie und verfiel ihr total. Er trennte sich auf der Stelle von mir und fragte Sloane, ob sie mit ihm ausgehen wollte.«

»Was für ein Vollidiot.«

Finley grinste. »Danke. Ich war natürlich schockiert. Sloane sah ihn an, als wäre er eine Nacktschnecke. Dann sagte sie ihm, er sei der letzte Depp, da ich der viel bessere Fang sei und sie außerdem niemals mit einem Typen zusammen sein könnte, der ihre Schwester disst.«

»Das ist die erste positive Sloane-Geschichte, die du mir erzählst.«

»Wirklich? Scheint so, als würden wir uns die guten Dinge nicht erzählen.« Sie hielt inne. »Sie war nie fies zu mir, als wir Kinder waren. Im Gegenteil. Selbst als sie mich allein zu Hause zurückließ, war sie nicht gemein dabei. All das Schlimme kam erst später.«

»Bei mir war es genauso«, sagte er. »Gil und ich standen uns sehr nah. Bis er Lauren gevögelt hat.«

»Ist es schwer für dich, sie zusammen zu sehen?«

Er dachte kurz über die Frage nach. »Inzwischen weniger. Ich wünsche mir Lauren nicht zurück, daher nehme ich es ihnen nicht übel, dass sie zusammen sind. Es geht mir mehr um das, was sie getan haben.«

»Sie waren absolut egoistisch und ungezügelt, was in dem Fall vermutlich dasselbe ist. Das wirklich Blöde ist nur, dass er Teil deiner Familie ist, du kannst ihnen also nicht entkommen.«

»So ist es.«

»Der Schwache kann nicht verzeihen. Verzeihen ist eine Eigenschaft des Starken.« Sie lächelte. »Das hat Lester zu mir gesagt. Ein Gandhi-Zitat.«

Jericho lachte leise. »Ich gebe zu, dass mir gegenüber noch nie jemand Ghandi zitiert hat.« Er wurde ernst. »Ich frage mich immer wieder, warum sie mich betrogen hat. War ihr langweilig? War sie einsam? War ich ihr nie gut genug?«

»Nein, das war es nicht«, sagte Finley, ohne nachzudenken. »Was sollte man an dir nicht mögen? Du bist erfolgreich, siehst gut aus, bist super mit Kindern. Außerdem bist du lustig, und man fühlt sich in deiner Gesellschaft immer wohl.«

Als sie verstummte und noch einmal im Kopf durchging, was sie gerade gesagt hatte, wurde ihr klar, dass Jericho das vermutlich auch anders verstehen konnte, als sie es gemeint hatte.

»Das ist nur so eine Beobachtung von mir. Ich wollte damit nichts andeuten oder, ähm, dich irgendwie anbaggern.«

Um seine Augen herum entstanden kleine Fältchen, als er sie anlächelte. »Ich weiß, wie du es gemeint hast. Aber so hat Lauren mich nicht gesehen.« Sein Lächeln erstarb. »Sie wollte, dass ich zur Abendschule gehe.«

»Warum das denn?«

»Um einen BWL-Abschluss zu machen.«

»Und warum das?«

»Ich glaube, es war ihr unangenehm, dass ich nie studiert habe.«

»Du führst ein mehrere Millionen Dollar schweres Unternehmen. Wieso solltest du da noch studieren?«

Er zuckte mit den Schultern. »Ich habe sie schon während unserer Ehe nicht immer verstanden. Daher werde ich mich jetzt ganz sicher nicht darum bemühen.«

»Ist sie vorbeigekommen, um über Gil zu sprechen?«

Er nickte.

»Ich frage mich, ob das der einzige Grund ist«, sinnierte Finley. »Vielleicht versucht sie auch herauszufinden, ob du noch an ihr interessiert bist.«

Er starrte sie entsetzt an. »Nein! Auf keinen Fall.«

»Na, wenn du dir da so sicher bist«, sagte sie neckend. Dann drehte sie sich abrupt um, da sie Schritte auf der Containertreppe hörte. Die Tür ging auf, und ein Mann, ungefähr in Jerichos Alter, kam herein.

Er war knapp einen Meter achtzig groß und von schmaler Statur, trug teuer aussehende Jeans und ein maßgeschneidertes Hemd unter einer Lederjacke. Er zog die Augenbrauen hoch und blickte erstaunt zwischen ihnen hin und her.

»Störe ich?«, fragte er leicht grinsend. »Bitte sag Ja.«

Jericho tat seinen Kommentar mit einem Handwedeln ab. »Antonio, das ist Finley. Sie ist für die Sanitärarbeiten auf der Baustelle zuständig. Finley, das ist unser Innenarchitekt und mein bester Freund, Antonio.«

Sie stand auf und streckte ihm die Hand hin. »Freut mich sehr, dich kennenzulernen. Die Häuser sind unfassbar schön. Du hast einen exzellenten Geschmack und ein unglaubliches Gespür für Stil. Ich empfinde starken Design-Neid.«

Antonios Lächeln strahlte echte Freude aus. »Ich mag dich jetzt schon total. Danke! Ja, die Häuser sind schön geworden.«

»Diese Badewannenarmatur von *Moen* ...«

Er presste sich die Hände auf die Brust. »Ist sie nicht atemberaubend?«

»Allerdings!«

Antonio zog einen Stuhl heran und setzte sich. »Also, worüber redet ihr gerade?«

Finley war sich nicht sicher, wie sie die Frage beantworten sollte. Vermutlich würde Jericho ungern zugeben wollen, dass sie über Lauren gesprochen hatten.

»Ich habe gerade die Änderungen an Haus fünf fertiggestellt.«

Antonio rollte mit den Augen. »Ach Gottchen. Die wollen die Waschküche anders haben? Ist das deren Ernst? Nur damit das Waschbecken auf der rechten Seite statt auf der linken hängt? Ich hatte es auf die linke gepackt, damit es näher an der Waschmaschine ist. Ist das nicht viel logischer? Und ja, theoretisch kann man auch zwei Waschbecken in das kleine Bad stopfen, aber die werden zu nah aneinanderhängen. Manchmal muss man für einen begehbaren Kleiderschrank eben Opfer bringen. Aber wer fragt schon mich, ich bin ja nur der Innenarchitekt.«

Finley unterdrückte ein Grinsen. »Ich stimme dir vollkommen zu. Zwischen den Waschbecken wird zu wenig Platz sein, und die Leute werden sich ständig gegenseitig anrempeln.«

»Genau. Das dritte Badezimmer hat einen langen Waschtisch. Sollen die Kinder sich doch da die Zähne putzen.« Er atmete scharf aus. »Ich gebe zu, ich bin ein bisschen enttäuscht, was die Änderungswünsche betrifft.«

»Die Leute zahlen das Haus in bar«, erinnerte Jericho ihn.

»Es geht aber nicht immer nur ums Geld.« Antonio vollführte eine wedelnde Handbewegung in Richtung Jericho: »Und mit so was muss ich arbeiten.« Er lächelte. »Aber ich will mich nicht zu sehr beschweren. Hat Jericho es dir erzählt? Ich darf endlich sein Haus neu einrichten.«

Sie schüttelte den Kopf. »Nein, das hat er bisher nicht erwähnt.« Sie wandte sich Jericho zu. »Wie viel vom Haus?« Antonio schien zwar einen exzellenten Geschmack zu haben, doch Jericho wirkte nicht wie jemand, der einen Innenarchitekten anheuerte – selbst wenn der sein bester Freund war.

»Er richtet nicht mein ganzes Haus neu ein«, widersprach Jericho und warf Antonio einen drohenden Blick zu. »Das wirst du nicht.«

»Schon gut. Ich helfe ihm, neue Möbel fürs Wohnzimmer zu kaufen. Aber wenn das getan ist, werden wir uns noch zu ein paar anderen Zimmern vorarbeiten. Dieses Haus ist zu leer, und das macht mich traurig.«

»Bist du gerade erst eingezogen?«, fragte Finley.

»Nein«, antwortete Antonio an Jerichos Stelle. »Aber seine Ex-Frau hat alles mitgenommen, als sie ausgezogen ist.«

»Die Möbel waren mir egal«, sagte Jericho. »Es war mir lieber, sie nimmt sie mit, als dass ich sie behalte. Ich richte lieber alles noch mal neu ein.«

»Ja, nur hast du das immer noch nicht.« Antonio beugte sich zu ihr vor. »Sie hat die gesamte Schlafzimmergarnitur mitgenommen.«

»Ich verstehe nicht.«

Jericho sah gequält aus. »Lauren hatte die Schlafzimmergarnitur selbst ausgesucht und liebte sie über alles. Daher hat sie sie mitgenommen, als sie ausgezogen ist.«

Lag es an ihr, oder klang das irgendwie seltsam? Und zudem anstößig? »Sie hat eine eigene Wohnung?«

»Ja.« Antonios Stimme nahm einen vertraulichen Ton an. »Aber uns ist ja wohl allen klar, dass sie es nicht nur bei ihm zu

Hause, sondern auch bei ihr treiben. Auf exakt dem Bett, das sie aus Jerichos Haus ...«

Er verstummte erschrocken, öffnete den Mund, schloss ihn wieder und sah Jericho an. »Sie weiß es doch, oder? Sag mir bitte, dass sie es weiß und ich nicht gerade was rausgehauen habe, das ich nicht hätte sagen sollen.«

Jericho tätschelte ihm beruhigend den Arm. »Keine Sorge, sie weiß Bescheid.«

»Gott sei Dank!« Antonio wandte sich wieder ihr zu. »Stell dir nur vor – alle drei hatten Sex im selben Bett. Was sind das bitte schön für Leute? Tiere?«

Darüber wollte Finley lieber nicht nachdenken. »Sie hat sich noch nicht mal eine neue Matratze gekauft?«

»Es war eine Maßanfertigung. Ich meine, vielleicht hat sie sie mittlerweile ersetzt, aber auf jeden Fall nicht sofort.«

»Hey, wir hatten nie einen flotten Dreier«, warf Jericho ein. »Sag das nicht so, als hätten wir alle zusammen was miteinander gehabt.«

»Das habe ich auch nicht gesagt.« Antonio machte eine Pause. »Hm, stimmt, womöglich klang es so, aber ich hab's nicht so gemeint.«

Finley beschäftigte viel mehr, dass Lauren die Matratze, die sie mit ihrem Ex geteilt hatte, in ihre neue Wohnung mitgenommen hatte. Na ja, nicht, dass Jericho sie hätte behalten wollen ...

»Das ist widerlich. Das mit dem Bett, meine ich, nicht der Dreier – der ja nicht stattgefunden hat.« Sie hielt inne. »Das wäre wirklich äußerst schräg gewesen. Aber es ist nicht passiert, und ich weiß gar nicht genau, weshalb wir überhaupt darüber reden.«

Jericho seufzte. »Antonio ist Weltmeister darin, ein Gespräch zu kapern. Willkommen in meiner Welt.«

Sie lächelte. »So eine schlechte Welt ist das gar nicht.«
»Das stimmt.«

Antonio beugte sich zu ihr herüber. »Wir hassen sie, oder? Ich darf das Wort mit S-C-H-L am Anfang nicht verwenden, denn ich will ihn nicht dazu zwingen, sie zu verteidigen. Aber wir hassen sie.«

»Absolut«, stimmte Finley ihm zu. »Seinen Bruder dürfen wir nicht hassen, aber sie hat unseren Hass definitiv verdient.«

Antonio strahlte. »Ich glaube, dich behalten wir.« Er lächelte sie an. »Wir werden ganz sicher dicke Freunde.«

Finley lachte. »Das fände ich sehr schön.«

13. Kapitel

Sloane schlängelte sich gekonnt um die Tische herum, in den Händen volle Teller. Sie stellte sie vor Gästen ab, bot mehr Kaffee an, ließ hier und da ein kleines Lächeln aufblitzen, dann sah sie nach ihren übrigen Gästen. Äußerlich wirkte sie glücklich, ruhte in sich und genoss den Tag, so als hätte sie keinerlei Grund, sich um irgendetwas Sorgen zu machen.

Alles nur ein Haufen Lügen, dachte sie bei einem Abstecher in die Küche, wo sie weitere Bestellungen abholte. Sie warf unauffällig einen Blick auf die große Wanduhr. Noch eine halbe Stunde. Dann konnte sie dem allen hier entfliehen und sich in ihr Zimmer zurückziehen. Dort würde sie auf dem Bett rumliegen und darüber sinnieren, weshalb sie ihr Leben in den Sand gesetzt hatte.

Normalerweise hätte sie sich so kurz vor Ende ihrer Schicht darauf gefreut, Aubrey zu sehen. Sie hätte Pläne geschmiedet und ihr womöglich ein kleines Geschenk gekauft. Sie hätte über Aubreys erste Übernachtung bei ihr nachgedacht und darüber, wie großartig das werden würde. Stattdessen hatte sie ihre Tochter versetzt, weil sie ihr momentan nicht gegenübertreten konnte. Nicht im Bewusstsein dessen, was sie getan hatte.

Einer ihrer Tische wurde frei und war schnell wieder besetzt. Sie strahlte die neuen Gäste an, während sie ihnen Kaffee eingoss, die Tagesgerichte aufzählte und diejenigen empfahl, die heute besonders gut waren. Sie steckte Trinkgelder ein, wischte Kleckereien auf und stempelte sich schließlich pünktlich aus.

Nachdem sie erleichtert die Schleife ihrer Schürze gelöst hatte, schloss sie ihren Spind auf und nahm ihre Handtasche heraus.

Sie warf sie sich über die Schulter, rief den anderen einen Abschiedsgruß zu und flüchtete.

Als sie endlich draußen war, blieb sie kurz stehen, um tief durchzuatmen. Wenigstens bei der Arbeit habe ich es nicht vermasselt, rief sie sich in Erinnerung. Das war schon mal etwas.

Am Donnerstagmorgen war sie auf die Minute pünktlich zu ihrer Schicht angetreten, ein wenig blass und leicht zitterig, aber nüchtern und entschlossen. Sie hatte sich mit *Gatorade* und Wasser rehydriert, gesund gegessen und jede Sekunde, die sie nicht arbeitete, in ihrem Zimmer verbracht. Wenn sie diesen Tag überstand, wäre sie seit drei Tagen trocken. Drei Tage. Die kleinstmögliche Errungenschaft. Zu erkennen, was sie getan hatte, dass sie noch mal ganz von vorne anfangen musste, war erniedrigend.

Sie ging zu ihrem Wagen, verlangsamte jedoch den Schritt, als sie Ellis an der Fahrertür lehnen sah. Er beobachtete sie, während sie näher ging, seine Miene war unergründlich. Zum Teil war sie überglücklich, ihn zu sehen – sie hatte ihn vermisst, hatte sie beide vermisst. Doch andererseits verspürte sie große Scham, als ihre Blicke sich trafen. Sie hatte sich drei Tage lang nicht bei ihm gemeldet. In der Welt, die sie miteinander teilten, bedeutete das nie etwas Gutes.

»Du bist einfach verschwunden«, sagte er, als sie in Hörweite war. »Ich habe dich angerufen und dir geschrieben – du hast nicht reagiert.«

»Und doch bin ich hier, in Fleisch und Blut.« Sie lächelte breit. »Du siehst gut aus.«

Er erwiderte ihr Lächeln nicht – stattdessen studierte er eingehend ihr Gesicht, als suchte er darin nach Antworten. Sie hoffte inständig, dass er keine finden würde.

Ellis kannte sie allerdings besser als sie sich selbst. Und vor allem wusste er, was es bedeutete, Alkoholiker zu sein.

»Wann?«

Er stellte die Frage leise und ruhig, ohne vorwurfsvoll zu klingen. Dennoch zuckte sie zusammen.

»Mittwoch.«

»An deinem Jahrestag also. Als du dachtest, du könntest gleich abheben und fliegen.«

Frustration stieg in ihr auf. »Ich habe nie gedacht, ich könnte fliegen. Ich habe nur geglaubt, ich könnte normal sein. Ich dachte, nach all der Zeit wäre das, was in mir zerbrochen ist, endlich geheilt. Ich dachte, dass es mir gut dabei gehen würde.«

Sein Blick war noch immer unbeirrt und schwer zu deuten. »Aber es ging dir nicht gut.«

Sie wandte sich von ihm ab. »Nein, es ging mir nicht gut. Ich war total am Ende. Aus einem Glas wurde eine Flasche, und dann habe ich das Ganze wieder ausgekotzt. Ein Jahr futsch. Einfach vergeudet.« Sie sah ihn an. »Ich war so dumm.«

»Jede lernt in ihrem eigenen Tempo. Warst du bei einem Meeting?«

Die Frage wollte sie nicht beantworten. Konnte er sie nicht einfach umarmen statt zu reden? Konnte er sie nicht festhalten und sie dann mit zu sich nehmen, damit sie miteinander Liebe machen und alles andere vergessen konnten?

Er bewegte sich jedoch kein Stück auf sie zu, sondern sah sie nur erwartungsvoll an.

»Nein«, sagte sie schließlich gegen ihren Willen. »Ich kann da nicht mehr hin, es ist zu erniedrigend. Minnie wird sich nur daran weiden.«

Zum ersten Mal, seit sie ihn an ihrem Auto erblickt hatte, wusste sie genau, was er dachte. Sie spürte seine Enttäuschung über die anderthalb Meter hinweg, die sie trennten.

»Geh zu einem Meeting«, sagte er und richtete sich auf. »Minnie wird dich nicht verurteilen. Sie ist da, um dir zu helfen, nicht um es dir noch schwerer zu machen. Das muss auch niemand für uns tun, das schaffen wir schon ganz allein. Geh zu einem Meeting.«

Mit diesen Worten stieg er in seinen Truck, fuhr davon und ließ sie allein auf dem Parkplatz zurück. Sie schloss ihren Wagen auf und kletterte hinter das Lenkrad. Dann hielt sie inne und fragte sich, ob sie nicht nur ein Jahr der Abstinenz, sondern auch ihn verloren hatte.

Als sie den Motor anließ, kam ihr der Gedanke, dass die wichtigere Frage wohl eher lautete, ob sie sich selbst verloren hatte. Doch in diesem Moment schien ihr der mögliche Verlust von Ellis so viel gravierender. Und der Umgang mit dieser Angst zugleich seltsamerweise leichter.

Die jährliche Frühlingspflanzaktion begann damit, dass seine Mutter entschied, welche Töpfe und Gefäße sie auf ihrer Terrasse behalten wollte und welche ersetzt werden mussten. Die ausrangierten mussten geleert, gewaschen und entweder weggeworfen oder gespendet werden, je nach Zustand. Sobald sie neue ausgewählt hatte, wurden sie aufgestellt, mit einer Schicht Steinen und dann mit Erde befüllt. Die Pflanzen kamen zuletzt dran, und Janine zog es vor, sie selbst einzusetzen. Doch bei allem anderen verließ sie sich auf die Hilfe ihrer Söhne.

An diesem speziellen Samstagnachmittag war nur Jericho bei ihr. Als sie ihn zu sich bat, hatte er Sorge gehabt, sie würde versuchen, ihn und Gil zu zwingen, gemeinsam an ihren Problemen zu arbeiten – was emotional ungefähr das Äquivalent dazu war, seinem Kind das Schwimmen beibringen zu wollen, indem man es in das tiefe Ende des Beckens warf. Glücklicherweise hatte er bei seiner Ankunft festgestellt, dass sie allein war.

»Ich habe beschlossen, dass es an der Zeit ist, alle Töpfe auszutauschen«, sagte sie. »Ich habe schon einen Großeinkauf gemacht. Gil war letztes Wochenende da, um mir zu helfen, die alten zu leeren und sie zur Spendenannahme zu bringen. Du brauchst also nur noch die neuen aufzustellen und sie mit ein wenig Kies und Erde zu füllen.«

»Na, hab ich ein Glück«, sagte er mit betonter Leichtigkeit. Es war schließlich nicht seine Schuld, dass seine Mutter die Aufgaben zwischen ihren Söhnen aufteilen musste, damit sie sich nicht über den Weg liefen. Das ging auf Gils Kappe. Doch die unerschrockenen Worte in seinem Kopf minderten seine Schuldgefühle nicht.

Er öffnete die Tür zum hintersten Stellplatz der für drei Autos konzipierten Garage und sah, dass seine Mutter bereits fleißig gewesen war. Ein paar Dutzend Töpfe füllten den Raum. Daneben lagen Kiessäcke und ein noch größerer Stapel mit Blumenerde.

»Weißt du schon, wo du die haben willst?«, fragte er, während er überlegte, dass er für die größeren Töpfe wohl die Sackkarre brauchen würde. Einige davon waren über einen Meter hoch und sahen nach glasierter Keramik aus.

»Ich habe da eine gewisse Vorstellung«, sagte seine Mutter grinsend. »Aber es kann sein, dass ich sie ein paarmal umstellen muss, damit am Ende alles passt.«

»Solange wir das machen, bevor sie befüllt sind, habe ich damit kein Problem.«

Er manövrierte den größten Topf vorsichtig auf die Sackkarre und schob ihn durch die offene Garagentür. Dann ging er die zwei Treppenstufen zur Terrasse rückwärts hoch, die Sackkarre halb ziehend, halb hebend, und wartete, während seine Mutter die Fläche musterte und ihre Entscheidung traf. Dabei betrachtete er sie eingehender.

Sie war Mitte fünfzig, hatte dunkles Haar und hübsche Augen. Falls sie schon ergraut war, verbarg sie es geschickt, denn ihr Haar hatte dieselbe Farbe wie immer. Sie trug ein bunt gemustertes Sweatshirt und dunkle Jeans. Ihre Lieblingsgartenclogs, die in einem hässlichen Grün leuchteten, schützten ihre Füße.

»Da drüben«, sagte sie und deutete auf die hinterste Ecke der Terrasse, doch dann hielt sie ihn auf halber Strecke auf. »Nein, lass uns erst die andere Seite versuchen.«

Während er ihre Anweisungen befolgte, dachte er darüber nach, dass eigentlich nicht er derjenige hätte sein sollen, der ihr dabei half. Normalerweise wäre sein Dad hier gewesen und hätte vor sich hin gegrummelt, dass sie sich endlich entscheiden solle, während er sich insgeheim darüber freute, dass ihr das gemeinsame Zuhause so wichtig war.

Sie waren ein glückliches Paar gewesen – einander treu ergeben. Natürlich hatte es auch gelegentliche Auseinandersetzungen gegeben, aber nie etwas Ernstes. Sie hatten die Gesellschaft des anderen genossen, ihre Söhne geliebt und Pläne für den Ruhestand geschmiedet. Doch diese Zukunft war ihnen von einem Autofahrer gestohlen worden, der Nachrichten in sein Handy getippt hatte, statt sich auf die Straße zu konzentrieren.

Er wusste, dass seine Mom nach dem Verlust vollkommen am Boden zerstört war. Ihre Trauer war still, aber zugleich so greifbar gewesen, dass es ihm Angst einjagte. Mit der Zeit und der Hilfe ihrer Freunde und eines Therapeuten war sie irgendwann wieder ins Leben zurückgekehrt, doch der Verlust hatte für immer eine Narbe hinterlassen.

»Kommst du klar?«, fragte er. »Hier im Haus, meine ich.«

Sie sah ihn an. »Ich sage dir doch immer Bescheid, wenn was repariert werden muss, Jericho.«

»Ich meinte mehr als nur, ob die Waschmaschine funktioniert, Mom. Es ist ein großes Haus. Überlegst du manchmal, umzuziehen?«

Sie deutete wieder auf die linke Seite der Terrasse. »Da will ich ihn haben. Jetzt bin ich mir sicher.«

Sie wartete, bis er den Topf platziert hatte, dann fügte sie hinzu: »Ich habe tatsächlich mal darüber nachgedacht, mich zu verkleinern. Letztes Jahr bin ich sogar zu ein paar Besichtigungen gegangen. Du hast recht, es ist ein großes Haus für eine alleinstehende Person. Aber jetzt, da Gil und Lauren ein Kind erwarten, denke ich noch mal neu darüber nach. Es wäre ein wundervolles Haus für Enkel.« In ihrer Stimme lag Sehnsucht.

»Du solltest vor allem an dich selbst denken«, sagte er. »Wir könnten nach einem schönen Bungalow Ausschau halten. Darin gäbe es immer noch genug Platz für die ganze Familie, aber du müsstest dich um weniger kümmern.« Er dachte an Finleys Haus – es wäre perfekt für seine Mom.

»Ich weiß nicht«, sagte sie und ging ihm voraus zurück zur Garage. »Dieser Ort birgt so viele Erinnerungen. Und da sind nicht nur Gil und Lauren. Antonio und Dennis überlegen, zu adoptieren, und eines Tages willst du vielleicht auch Kinder haben.«

»Halt mich aus dem Babygerede raus«, sagte er mit tonloser Stimme. Auf keinen Fall wollte er, dass seine Mom sich in sein Leben mischte.

Er hievte einen weiteren großen Topf auf die Karre und brachte ihn zur Terrasse. »Denk einfach mal darüber nach«, sagte er. »Das hier ist nicht das einzige Haus mit großem Garten.«

»Ich werde es in Erwägung ziehen.«

Er schüttelte resigniert den Kopf. »Ich kenne doch diesen Tonfall. Du sagst Ja, denkst aber Nein.«

Sie lachte. »Durchaus möglich. Und wenn wir schon dabei sind, uns gegenseitig zu sagen, was wir tun sollten – Jericho, du musst dich mit deinem Bruder auseinandersetzen.« Sie deutete auf die Stelle, an der der nächste Topf stehen sollte. »Wäre dein Vater hier, würde er wollen, dass du ihm verzeihst.«

»Du musst nicht gleich den Vorschlaghammer rausholen«, sagte er, um den Schmerz zu überspielen, den ihre Worte in ihm auslösten. »Wäre Dad hier, würde er Gil gehörig in den Arsch treten.«

Sie nickte langsam. »Das stimmt. Und dann würde er sagen, dass es an der Zeit ist, wieder eine Familie zu sein.«

»Gil hat sich falsch verhalten, Mom. Er hätte warten sollen, bis Lauren und ich uns trennen. Wir sind doch Brüder.«

»Ich weiß.«

»Und er hat sich nie bei mir entschuldigt.« Er hielt abwehrend die Hand hoch. »Aber erzähl ihm nicht, dass ich das gesagt habe.

Wenn er sich nur deshalb entschuldigen würde, hätte das nichts zu bedeuten. Er fühlt sich schlecht, weil er erwischt wurde und alle ihn dafür verurteilen, aber was er getan hat, tut ihm nicht leid.«

»Doch, das tut es bestimmt.«

»Schuldgefühle sind nicht gleichbedeutend mit Reue.«

»Die beiden erwarten ein Baby.«

Da ist er wieder, dieser Tonfall, dachte er grimmig. Der Tonfall, der seine Abwehr mühelos durchbrach und ihm das Gefühl gab, der mieseste Typ der Welt zu sein.

»Wir müssen hier die Großmütigen sein«, fügte sie hinzu.

Statt zu antworten, zog er sich in die Garage zurück und holte noch ein paar Töpfe. Als sie alle auf der Terrasse standen, ließ seine Mom ihn einige davon umstellen, ehe sie schließlich verkündete, dass ihr die Zusammenstellung so gefiel.

Er benutzte die Karre, um die Kieselsäcke herauszubringen, dann stapelte er die großen Tüten mit Erde daneben.

»Gibt es eigentlich eine Frau, mit der du dich triffst?«, fragte seine Mutter, als er den ersten Sack mit Steinchen aufriss und eine Schaufel voll herausnahm.

»Du meinst auf Dates?«

»Ja, Jericho. Gibt es eine Frau in deinem Leben?«

Er dachte sofort an Finley. Sie war eine Frau, und sie waren Freunde geworden – aber das war nicht die Art von Beziehung, an der seine Mutter interessiert war.

»Eine Frau in meinem Leben wird nichts an meiner Beziehung zu Gil ändern«, sagte er mit flacher Stimme.

»Nein, aber es würde dich vielleicht etwas glücklicher machen.« Sie legte ihm sanft eine Hand auf den Arm. »Ich liebe dich, Jericho, genau wie ich deine Brüder liebe.«

Er sah ihr starr in die Augen und wusste, dass er ihr nicht verweigern konnte, was sie sich am meisten wünschte - dass ihre Familie wieder vereint war.

»Ich versuche es«, sagte er.

»Er möchte, dass du sein Trauzeuge bist.«
»Ja, das hat er erwähnt.«
»Und wirst du Ja sagen?«
»Habe ich eine Wahl?«

Ihr Lächeln war liebevoll. »Nicht, wenn ich ein Wörtchen mitzureden haben.« Sie begann zu grinsen. »Wenigstens ist der Junggesellenabschied schon in guten Händen."

»Antonio hat dir von seiner Idee erzählt?«

Sie nickte. »Ja, und es ist eine gute Idee. Ich verstehe zwar den Reiz von Zigarren nicht, aber ich werde ja nicht dabei sein, daher ist das in Ordnung.« Sie sah ihn flehend an. »Jericho, ich brauche das. Sei sein Trauzeuge! Für mich.«

»Okay, du hast gewonnen.« Er küsste sie auf die Wange. »Mein Leben wäre sehr viel einfacher, wenn ich dich nicht so lieb hätte.«

»Ich weiß. Habe ich nicht ein Glück?«

Er lachte leise und bedeckte die Böden der letzten Töpfe mit Kieselsteinen. Er hatte gerade damit angefangen, sie mit Erde zu füllen, als Antonio auf die Terrasse geschlendert kam.

»Meine Liebe!«, sagte er und umarmte Janine. »Na, wie ist mein Timing?«

»Wie du siehst, arbeite ich immer noch hart«, sagte Jericho. »Du bist ein bisschen früh dran.«

Antonio sah sich um. »Ich könnte das auch übernehmen.« Er hielt inne. »Das werde ich natürlich nicht, aber ich könnte es.« Er nahm Janines Hand. »Ich habe dir die allerschönsten Pflanzen und Blumen gebracht. Mein Auto quillt über davon, Dennis kommt gleich mit dem Rest. Wir werden dir die bezauberndste aller Terrassen gestalten.«

Er sah sich um. »Und diesen Sommer werde ich dich endlich überzeugen, dir neue Gartenmöbel anzuschaffen. Deine sind langsam ein bisschen altersschwach.«

Seine Mutter hakte sich bei Antonio unter. »Hast du dein Tablet mitgebracht, um mir deinen Entwurf zu zeigen?«

»Jawohl, hab ich. Sollen wir reingehen, bis Jericho die schwere Arbeit erledigt hat? Danach können wir beide mit dem Anpflanzen beginnen.«

»Ich habe Kekse gebacken.«

»Du bist meine absolute Lieblingsmutter.«

»Schleimer«, sagte Jericho gutmütig lächelnd. »Iss nicht alle Kekse auf!«

»Keine Sorge, die verbrannten lasse ich dir.«

Jericho lachte noch immer, als die beiden bereits im Haus verschwunden waren.

»Entspann dich mal«, sagte Kelly grinsend. »Du benimmst dich immer so, als würdest du hier gefoltert.«

»Alles an dieser Prozedur ist seltsam«, sagte Finley. »Außerdem kann ich mir gut selbst die Zehennägel schneiden. Dafür brauche ich keine fünf Minuten. Wieso also dauert eine Pediküre eine Stunde?«

»Weil es ein Rundumerlebnis ist.« Kelly wackelte mit ihren frisch lackierten Zehen.

Sie hatte sich für ein dunkles Blau entschieden, wohingegen Finley auf Lack verzichtete. Welchen aufzutragen, bedeutete nur, dass man ihn in ein paar Wochen wieder entfernen musste. Und sie gehörte nicht zu diesen Frauen, die regelmäßig zur Pediküre gingen.

Kelly hingegen liebte es, zur Pediküre zu gehen, und so verbrachten sie wenigstens etwas Zeit zusammen. An den rar gesäten Samstagnachmittagen, die sie sich freischaufeln konnten, aßen sie zusammen zu Mittag und gönnten sich eine Wellnessbehandlung. Nachdem sie das letzte Wochenende ihre Mutter nicht gesehen hatte, war Aubrey heute wieder bei Sloane, und Kellys Kinder waren mit ihrem Dad bei einem Baseballspiel.

»Wenn wir hier fertig sind, gehe ich nach Hause und gönne mir ein Schläfchen«, verkündete Kelly von ihrem Liegesessel in dem geräumigen Salon des Luxus-Spas aus.

»Ich hingegen werde ein paar Stunden in meinem Haus verbringen und Fliesen im Bad abschlagen.«

»Du wildes Luder«, neckte Kelly sie.

»Ja, ich werde Spaß haben.«

»Klar wirst du das.« Sie lehnte sich auf ihrem Sessel zurück und schloss die Augen. »Hach, ist das schön. Wenn nicht gerade alle schlafen, ist es in meinem Haus nie so ruhig.«

»Ist das ein Problem?«

Kelly lächelte, ohne die Augen zu öffnen. »Nein. Ich liebe mein Leben mit allem Chaos darin. Ich meine, manchmal denke ich schon darüber nach, ob ich nicht auch einen Beruf haben sollte, aber wer würde sich dann um die Kinder kümmern?« Sie schlug die Augen auf. »Ich hätte noch ein viertes bekommen sollen.«

Finley fiel beinahe von ihrem Liegesessel. »Noch ein Baby? Sind drei nicht mehr als genug?«

»Ich weiß nicht, wahrscheinlich schon. Aber ich denke immer noch darüber nach. Ryan hätte kein Problem damit gehabt, noch mehr Kinder zu bekommen. Damals dachte ich, dass ich das nicht schaffe, aber jetzt frage ich mich, ob es nicht ein Fehler war, bei dreien aufzuhören.«

Finley schaffte es mit Mühe und Not, sich um Aubrey zu kümmern, und die war schon acht und wurde mit jedem Tag reifer. Aber vier Kinder? »Du bist eine sehr viel mutigere Frau als ich«, sagte sie. »Und wenn du ein viertes Kind haben willst, solltest du es bekommen. So ein großer Altersunterschied wäre das jetzt auch nicht.«

»Ich weiß nicht. Ich musste mich lange schon nicht mehr mit Windeln rumschlagen und vermisse es auch nicht wirklich. Wie ist es mit dir?«

»Ich musste mich noch nie mit Windeln rumschlagen.«

Kelly lächelte. »Du weißt, was ich meine. Komm schon, wünschst du dir nicht auch ein eigenes Kind?«

»Ehrlich gesagt, denke ich darüber nie nach.«

»Du vermisst doch nicht etwa noch Noel, oder?«

»Nein, an den verschwende ich keinen Gedanken mehr.« Dass er sie verlassen hatte, war damals sehr schmerzhaft gewesen, aber inzwischen war sie dankbar, dass sie nicht geheiratet hatten.

»Du hattest lange keinen Mann mehr, und Aubrey braucht dich nicht mehr so sehr wie noch am Anfang. Außerdem hast du deine Familie, die dir mit ihr hilft. Du solltest dich wieder mit Männern treffen.«

Finley lachte. »Du meinst, in meiner Freizeit?«

»Hättest du nicht gerne einen Mann in deinem Leben, der all die angenehmen Dinge tut, die ein Mann so tut?«

Finley musste zugeben, dass der Gedanke an Sex reizvoll war. Sie vermisste ihn, aber da es für sie keinen praktikablen Weg gab, jemanden zu finden, mit dem sie Sex haben konnte, hatte sie gelernt, ohne klarzukommen. Und was eine Beziehung betraf – sie glaubte nicht, dass das eine gute Idee war.

»Meine Erfolgsbilanz in Bezug auf Männer ist ziemlich mau.«

»Weil du noch nicht den richtigen getroffen hast. Was merkwürdig ist, wenn du mich fragst – du hast doch den ganzen Tag Männer um dich.«

»Ich werde ganz sicher nicht mit jemandem auf ein Date gehen, mit dem ich zusammenarbeite.«

»Und was ist mit den Männern, mit denen du nicht zusammenarbeitest?«

Da wäre Jericho, dachte sie. Er sah definitiv gut genug aus, und sie mochte ihn. Doch sie waren nur Freunde. Und ganz ehrlich, zurzeit brauchte sie gute Freunde dringender als Orgasmen. Ein deprimierender, aber realistischer Gedanke.

»Lass uns das Thema wechseln«, sagte sie mit betonter Lockerheit.

»Na schön. Wie läuft es mit Lester? Immer noch so gut?«

»Erstaunlicherweise ja. Er geht toll mit Aubrey um, und er hilft uns im Haus.« Sie hielt inne. »So gut er kann jedenfalls. Sein Humpeln und die Krücke erschweren das ziemlich. Aber es scheint ihm schon etwas besser zu gehen. Er ist weniger grau im Gesicht und hat mehr Ausdauer. Ich glaube, der Umzug hierher hat ihm gutgetan.«

»Es freut mich, dass du dich inzwischen wohler in seiner Gesellschaft fühlst. Und Sloane ist zu ihrem Aubrey-Besuch aufgetaucht?«

»Ja. Ich weiß nicht, was letzte Woche bei ihr los war, und sie hat auch nichts erzählt.« Finley nahm ihre Socken und zog sie an. »Aber ich komme mir vor wie ein schlechter Mensch. Meine erste Vermutung war nämlich, dass sie abgesagt hat, weil sie getrunken hatte.«

»Und wieso macht dich das zum schlechten Menschen?«

»Weil es gar keinen Grund zu dieser Annahme gibt. Ich denke nur immer sofort in die Richtung.«

»In welche Richtung solltest du denn sonst denken? Deine Schwester ist eine trockene Alkoholikerin, die alles darangesetzt hat, dein Leben zu zerstören. Du hast jedes Recht, misstrauisch zu sein.« Kelly schlüpfte in ihre Sandalen, wobei sie darauf achtete, den Nagellack nicht zu verschmieren.

»Ich weiß es zu schätzen, dass du immer auf meiner Seite stehst.«

»Hey, ich bin deine beste Freundin. Ich halte dir den Rücken frei und du mir.«

Nachdem Finley sich von Kelly verabschiedet hatte, fuhr sie zu ihrem Haus und verbrachte zwei äußerst befriedigende Stunden damit, Badfliesen zu zertrümmern. Auf dem Weg nach draußen blieb sie kurz stehen, um die neue Badewanne zu bewundern, die in der Woche zuvor geliefert worden war. Ein Kunde hatte sie zurückgegeben, und da der Hersteller sich geweigert hatte, sie umzutauschen, hatte sie sie ihrem Chef günstig abkaufen können. Außerdem hatte sie einen wunderschönen Waschtisch abgestaubt, der noch originalverpackt war. Er war Teil einer Reihe von Maßanfertigungen, aber die Kundin hatte entschieden, dass sie doch eine andere Größe haben wollte. Der Schreiner hatte ihn ihr zu einem Bruchteil des ursprünglichen Preises angeboten.

Ja, sie renovierte das Haus mithilfe von Einzelteilen, die sie sich überall zusammenklaubte, aber was sie kaufte, war von hoher Qualität, auch wenn nicht immer alles zusammenpasste. Außerdem leistete sie gute Arbeit. Wie großartig es wäre, richtig Geld zur Verfügung zu haben, dachte sie lächelnd, und Antonio als Innenarchitekten.

Sie tagträumte noch immer von einem unbegrenzten Budget und davon, Fliesen mit Antonio auszusuchen, als sie das Haus abschloss und nach Hause fuhr. Als sie dort ankam, sah sie Sloane aus der Einfahrt biegen. Sie winkten einander zu, doch keine von ihnen hielt an, um mit der anderen zu sprechen.

Finley hörte ihre Nichte im Wohnzimmer mit Lester reden, doch bald schon kam Aubrey zur Tür gerannt, um sie zu begrüßen.

»Du bist wieder da! Hattest du Spaß mit Kelly? Mommy und ich hatten einen Supertag.« Sie drehte eine Pirouette und breitete dabei die Arme aus. »Gefällt dir mein Sweatshirt? Das ist neu. Wir waren shoppen und haben uns die gleichen Pullis gekauft, und dann haben wir eine Party gefeiert. Alle aus ihrem Haus sind gekommen, und weil die Sonne schien, waren wir draußen, ich hab mit den anderen Kindern gespielt, es gab auch eine Bar, und wir hatten ganz viel Spaß!«

Finley rutschte der Magen in die Kniekehlen, dann schnürte sich ihr vor Wut die Kehle zu. Eine Bar? Eine gottverdammte Bar? Sloane hatte vor Aubrey getrunken?

Die Achtjährige hörte auf, sich zu drehen, und sah sie an. »Hast du Bauchschmerzen?«

»Was?« Finley zwang sich zu lächeln. »Nein. Mir geht's gut. Ich habe nur ziemlich schwer im Haus gearbeitet und mir einen Muskel gezerrt«, log sie. »Hast du dir zusammen mit deinem Großvater überlegt, was wir heute zu essen bestellen sollen?«

»Das habe ich ganz vergessen zu fragen«, sagte Aubrey und rannte zurück ins Wohnzimmer. »Grandpa, wir dürfen uns aussuchen, was wir zu essen bestellen. Was willst du haben? Wir könnten Brathuhn essen. Oder chinesisch oder Tacos?«

Finley befahl sich, tief durchzuatmen. Was auch immer ihre Schwester getan hatte, Aubrey ging es ganz offensichtlich gut. Zwischen dem heutigen Tag und dem nächsten Wochenende, an dem Sloane wiederkommen würde, um ihre Tochter zu sehen, lag eine ganze Woche. Sich jetzt aufzuregen, war sinnlos. Mit dem Bar-Problem sollte sie sich besser dann auseinandersetzen. Für den Moment würde sie die Sache einfach auf sich beruhen lassen – wie schwer konnte das schon sein?

14. Kapitel

Sloane saß beinahe zehn Minuten lang in ihrem Auto, dann befahl sie sich, sich zusammenzureißen und den Horror hinter sich zu bringen. Das erste Mal war immer das Schwerste – und ihr fielen noch tausend weitere solcher Klischees ein. Doch während sie ihre Handtasche nahm und entschlossen auf die Begegnungsstätte zuging, wurde ihr klar, dass das wahre Problem nicht ihre Nervosität war, sondern die Scham.

Und als sie nun den vertrauten Raum betrat und beinahe ein Dutzend Leute wiedererkannte, kam ihr der Gedanke, dass sie vielleicht besser woandershin hätte gehen sollen. Zumindest die ersten zwei Wochen lang könnte sie Meetings besuchen, bei denen sie niemand kannte und wo sie nicht erklären musste, was passiert war. Intuitiv war ihr aber klar, dass das die feige Lösung wäre – und hatte sie die ganze Sache nicht schon genug vergeigt?

Mehrere Leute grüßten sie. Sie nickte ihnen zu, dann ließ sie sich auf ihren Stuhl fallen und mied Minnies Blick. Auf die Minute pünktlich hieß Minnie sie alle willkommen und las die *Zwölf Schritte* laut vor. Die vertrauten Worte klangen tröstlich, und Sloane begann, sich zu entspannen.

Dieses spezielle Meeting war eins der »Schritte«-Meetings, bei denen jeder der zwölf Schritte durchgesprochen wurde. Heute war Schritt acht dran: *Wir machten eine Liste aller Personen, denen wir Schaden zugefügt hatten, und wurden willig, ihn bei allen wiedergutzumachen.*

Nicht gerade Sloans Lieblingsschritt. Der neunte war natürlich noch schlimmer, denn da ging es darum, es tatsächlich bei allen wiedergutzumachen. Oder, wie sie es ausdrückte, »die endlose Schuld-Parade« abzuhalten. Ihr war jedoch klar, dass sie momentan nicht in der Position war, darüber zu urteilen oder sich gar abfällig zu äußern. Nicht nach dem, was gerade passiert war.

Nein, korrigierte sie sich. Nichts war »passiert«. Sie hatte eine bewusste Entscheidung getroffen, und die Konsequenzen hatte allein sie zu tragen.

Minnie moderierte das Gespräch und machte ein paar Vorschläge, wie man eine Liste erstellen und sein Herz öffnen konnte, wie man sich in die Lage der anderen versetzte, Verantwortung übernahm und erkennen konnte, dass die eigenen Handlungen Konsequenzen hatten. Andere trugen zum Gespräch bei. Nach etwa zwanzig Minuten fragte Minnie, ob noch jemand irgendetwas teilen wollte.

Zwar sah sie sie dabei nicht an, trotzdem war Sloane sich sicher, dass es um sie ging. Angst überfiel sie, gepaart mit Scham, Schuldgefühlen und einem Dutzend weiterer unangenehmer Empfindungen, die keinen eigenen Namen verdienten. Ein paar Leute sprachen darüber, an welchem Punkt ihres Genesungsprozesses sie standen, dann räusperte Sloane sich.

»Ich hätte da noch was.«

Minnie sah sie an. »Schön, dich zu sehen, Sloane.«

»Danke.« Sie wartete auf einen erniedrigenden Seitenhieb, doch es kam keiner. In dem Moment wurde ihr klar, dass Minnie sich eigentlich immer nur freundlich und unterstützend gezeigt hatte. Welche negative Haltung sie auch bei ihr vermutet hatte – sie hatte sie Minnie eigenhändig angedichtet.

Sloane ließ den Blick über die Runde schweifen. »Hallo, ich bin Sloane. Und ich bin Alkoholikerin.«

Die anderen nickten und erwiderten ihren Gruß.

»Ich, ähm …« Sie senkte den Blick auf ihre Füße, dann sah sie Minnie an. »Mein letzter Drink ist zwölf Tage her.«

Im Raum war es weitgehend still. Die Leute, die sie länger

kannten, erfassten die Bedeutung dessen, was sie gerade gesagt hatte, und die meisten anderen wussten, dass sie selbst nur ein Glas von einem Rückfall entfernt waren. »Ausrutscher« war der anerkannte Begriff dafür.

»Ich hatte einen Ausrutscher.« Nur dass sie jetzt zum ersten Mal erkannte, dass es viel mehr war als das. Sie hatte keinen Ausrutscher gehabt – sie war aus einem Flugzeug gefallen und ohne Fallschirm auf die Erde geknallt.

Sloane versuchte zu lächeln, scheiterte jedoch kläglich. »Vor weniger als zwei Wochen habe ich meine Einjahresmünze bekommen«, fuhr sie fort und gab sich Mühe, das Zittern in ihrer Stimme zu unterdrücken.

»Du hast sie nicht bekommen«, unterbrach Minnie sie. »Du hast sie dir verdient.«

Sloane sah sie an. »Na, das hat mir ja richtig viel gebracht. An meinem Jahrestag habe ich mir mit voller Absicht eine Flasche Wodka gekauft und sie getrunken.« Tränen brannten ihr in den Augen, doch sie blinzelte sie weg. »Ich dachte, ich wäre etwas Besonderes, wisst ihr? Ich dachte: Klar, alle anderen sind ihr Leben lang Alkoholiker, aber ich nicht. Ich bin für immer geheilt.« Sie schluckte. »Aber das bin ich eindeutig nicht.«

Minnie sah sie unbeirrt an, sagte jedoch nichts.

»Ich habe mich betrunken, dann wurde mir schlecht und ich lag nur da und dachte, dass das alles nicht fair ist.« Tränen liefen ihr über die Wangen. »Ich will das nicht. Ich will keine Alkoholikerin sein. Ich will mich nicht damit auseinandersetzen müssen, dass ich wieder ganz von vorne anfangen muss. Schon wieder, immer wieder.«

Sie rieb sich das Gesicht. »Ich will einfach nur wie alle anderen sein.«

»Das wird nicht passieren«, sagte Minnie. »Denn du bist tatsächlich etwas Besonderes.«

Das brachte Sloane zum Lächeln. »Ich möchte aber auf eine andere Art besonders sein.«

»Tut mir leid. Das ist nun mal die Art, die du hast.« Minnies Züge wurden weich. »Du hast eine wichtige Lektion gelernt. Nämlich, dass die Regeln gelten, selbst für dich. Und du weißt, was du zu tun hast. Einen Tag nach dem anderen.«

Sloane nickte, denn alles Protestieren der Welt änderte nichts an der Realität.

Das Meeting wurde fortgesetzt. Als sie fertig waren, ging sie zurück zu ihrem Wagen. Sie hatte erst nicht herkommen wollen, doch jetzt war sie froh, dass sie es getan hatte. Morgen würde es einfacher sein und übermorgen noch einfacher.

Statt nach Hause fuhr sie zu Ellis. Er würde erst in ein paar Stunden von der Arbeit kommen, also ließ sie sich mit ihrem Schlüssel selbst ein und nutzte die Zeit, um das Bad und die Küche zu schrubben. Als er nach Hause kam, glänzte jede Oberfläche. Doch als sie sich zu ihm umdrehte, wurde ihr klar, dass die harte Arbeit keinen Unterschied für ihn machte.

»Hey«, sagte er und hängte seine Jacke über die Lehne eines Küchenstuhls. »Das ist ja eine Überraschung.«

Er sah aus wie immer – groß, breitschultrig und gefestigt in seiner Nüchternheit. Sie hatte keine Ahnung, was er dachte. Hatte er sie so sehr vermisst wie sie ihn? Hatte sie kaputt gemacht, was sie miteinander hatten, indem sie versagt hatte?

»Ich war bei einem Meeting«, sagte sie.

»Gut.«

»Bei meinem üblichen. Ich habe mich Minnie gestellt.« Sie atmete tief durch. »Sie war toll. Sie hat nichts Böses gesagt – sie war einfach nur da. Vielleicht lag ich doch falsch, was sie betrifft.«

Sein Blick war unbeirrt, er sagte jedoch nichts.

Unruhe überfiel sie. »»Neunzig Tage, neunzig Meetings‹«, sagte sie mit einer Leichtigkeit in der Stimme, die sie nicht empfand. »»Arbeite die Schritte.‹« Sie hielt inne. »Ich habe verstanden, was ich falsch gemacht habe. Ich sehe jetzt, wie überzeugt ich war, anders, nicht wirklich krank zu sein. Ich dachte, ich wäre etwas Besonderes.«

Sie verzog den Mund. »Aber das bin ich nicht. Es gibt keine einfache Antwort, keine Schnellreparatur. Nur mich und die Schritte, einen Tag nach dem anderen.«

All die Klischees auszusprechen, ließ sie beinahe würgen, doch zugleich wirkten die vertrauten Worte auf seltsame Weise stärkend.

»Ich habe heute nicht getrunken«, fügte sie hinzu. »Mehr als das kann ich nicht versprechen.«

Er betrachtete sie weiter. Sloane versuchte abzuwarten, bis er von selbst etwas sagte, doch dann brach es aus ihr heraus: »Was ist? Sag mir, was du denkst. Ist es vorbei mit uns? Habe ich dich verloren? Schämst du dich für mich? Widere ich dich an? Bitte sag irgendwas!«

Ellis verschränkte die Arme vor der Brust. »Ich bin traurig, Sloane. Traurig, dass du noch mal von vorne anfangen musst. Denn diesmal wird es schwerer. Weil du nicht mehr das Gefühl hast, unbesiegbar zu sein. Du weißt jetzt, dass du scheitern kannst, und das macht dir Angst. Du zweifelst, und Zweifel sind für dich gefährliche Gefilde. Sie können dich jederzeit ins Desaster führen.«

Sie trat einen Schritt zurück. »Du glaubst also nicht, dass ich das schaffen kann. Du glaubst nicht, dass ich nüchtern bleiben kann.« Sein mangelndes Vertrauen in sie schnitt ihr jegliche Luft ab.

»Das habe ich nicht gesagt. Ich meinte nur, dass es diesmal härter wird.«

Zum zweiten Mal an diesem Tag kämpfte sie gegen Tränen an. »Du glaubst nicht an mich. Du bist enttäuscht und denkst, dass ich schon zu kaputt bin.«

Er kam zu ihr und packte sie an den Oberarmen. »Hör auf«, sagte er leise. »Hör auf, uns beide mit dieser Art von Gedanken vom Wesentlichen abzulenken. Du willst dich nicht mit dem auseinandersetzen, was hier gerade passiert, daher kreierst du ein Ablenkungsmanöver, sodass wir über etwas streiten können, das leichter ist für dich.«

Seine Wahrnehmung ihrer Person, seine schonungslose Einschätzung dessen, was sie hier gerade tat, gab ihr ein Gefühl vollkommener Wehrlosigkeit und Entblößung. Sie hatte plötzlich das Bedürfnis, sich zu bedecken, dabei war sie gar nicht nackt. Am liebsten wäre sie weggerannt – nur wohin?

»Ich bin nicht wie du«, flüsterte sie, wobei ihre Augen sich mit Tränen füllten. »Ich bin nicht so stark wie du. Ich möchte, dass es mir besser geht, aber ich schäme mich so sehr für das, was ich getan habe. Ich habe einfach alles in die Tonne gekloppt – und wofür? Für einen Drink? Das ist dumm und erbärmlich, und ich hasse mich dafür.«

Er zog sie an sich und hielt sie so fest, dass sie kaum Luft bekam. Der Körperkontakt fühlte sich gut an, und sie schmiegte sich an ihn. Sie brauchte es, die Wärme seines Körpers zu spüren und das stete Schlagen seines Herzens zu hören.

»Ich liebe dich«, flüsterte er. »Ich wusste, was du tun würdest, aber ich wusste auch, dass ich dich nicht aufhalten kann. Und es hat mich beinahe umgebracht, als du mich geghostet hast.«

»Tut mir leid. Das hatte nichts mit dir zu tun, wirklich nicht.«

Er wich ein Stück zurück, nahm ihr Gesicht in beide Hände und wischte ihr die Tränen mit den Daumen ab. »Meinst du, das weiß ich nicht? Ich habe jedes deiner Gefühle mitgefühlt, Sloane. Ich war die ganze Zeit bei dir, habe deinen Schmerz gespürt, und es gab verdammt noch mal nichts, was ich tun konnte, um dir zu helfen. Der einzige Mensch, der dich retten kann, bist du selbst.«

Er küsste sie. »Ich liebe dich«, wiederholte er. »Aber ich weiß nicht, ob diese Beziehung gut für dich ist.«

»Wie bitte?« Sie stieß ihn von sich. »Das kannst du nicht machen. Erst total liebevoll sein und mir dann sagen, dass das mit uns nicht funktioniert.«

»Das habe ich so nicht gesagt.«

»Aber es kam dem verdammt nahe.«

»Ich bin eine Ablenkung für dich. Du musst dich darauf konzentrieren, nüchtern zu bleiben.«

Ihre Tränen kehrten zurück. »Trennst du dich gerade von mir?«

Er wirkte plötzlich kleinlaut. »Das sollte ich wohl. Für dich wäre es das Beste, dich um dich selbst zu kümmern, ohne dass ich dir dabei in die Quere komme.«

Er durfte sie nicht verlassen, das konnte einfach nicht sein. Er war doch ihr Fels in der Brandung – der Mann, den sie liebte.

»Ich brauche dich, Ellis. Ich liebe dich, und wir sind gut zusammen. Wenn wir verheiratet wären, würdest du dich dann auch von mir scheiden lassen, damit ich ...« Sie malte Anführungszeichen in die Luft. »... mich auf meine Nüchternheit konzentrieren kann?«

»Das wäre etwas anderes.«

»Inwiefern?«

Ausnahmsweise mal hatte sie ihn aus der Fassung gebracht. Er schüttelte den Kopf, dann lächelte er sie verlegen an. »Ich weiß es nicht.«

Erleichterung durchflutete sie. »Manchmal bist du ein richtiger Idiot. Unsere Beziehung ist keine Ablenkung. Das wäre sie vielleicht anfangs gewesen, als wir uns gerade kennengelernt hatten. Aber wir sind nicht frisch zusammen – wir haben schon eine gemeinsame Routine entwickelt. Außerdem hat unsere Beziehung eine Beständigkeit, die mir ein gutes Gefühl gibt.«

Sie boxte ihn auf den Arm. »Mach das nicht noch mal. Du hast mir richtig Angst eingejagt.«

»Ich habe nur versucht, mich edelmütig zu verhalten.«

»Ja, das kannst du bitte auch gleich sein lassen.«

Sie starrten sich ein paar weitere Sekunden lang an. Sein Gesicht spiegelte die verschiedensten Gefühle wider. Sorge. Entschlossenheit. Liebe. Und schließlich ... Verlangen.

Endlich, dachte sie, nahm seine Hand und zog ihn in Richtung Schlafzimmer. Das war mal eine Reaktion, mit der sie umgehen konnte.

Danach würde sie sich damit auseinandersetzen, dass Ellis sie gehen lassen würde, wenn er glaubte, das wäre zu ihrem

Besten. Danach würde sie darüber nachdenken, wie knapp sie daran vorbeigeschrammt war, ihn zu verlieren. Doch für den Moment waren sie genau da, wo sie sein sollten – und das war mehr als genug für heute.

Finley gab ihr Bestes, das zu tun, was sie sich selbst geschworen hatte, nämlich die Sache mit der Bar auf sich beruhen zu lassen. Doch je mehr sie versuchte, nicht darüber nachzudenken, desto mehr beschäftigte es sie. Bis sie es am Donnerstag schließlich nicht mehr aushielt und ihre Mittagspause so legte, dass sie pünktlich bei *Das Gelbe vom Ei* auftauchen konnte, wenn Sloane ihre Schicht beendete.

Wie erwartet trat ihre Schwester aus der Hintertür des Restaurants, fünf Minuten nachdem sie dort angekommen war.

Als Sloane sie erblickte, verlangsamte sie den Schritt. »Ich bezweifle, dass du hier bist, um mir gute Neuigkeiten zu überbringen«, sagte sie anstelle einer Begrüßung.

Finley hatte die Fahrt hierher damit verbracht, sich darauf einzuschwören, nicht überzureagieren. Sie musste ruhig und sachlich bleiben. Womöglich gab es eine logische Erklärung für das, was auf der Party los war. Aubrey war erst acht – sie konnte leicht mal was missverstehen.

Doch als sie den Mund öffnete, war jegliche Rationalität vergessen, und sie hörte sich selbst schreien: »Wie konntest du nur vor deiner Tochter trinken? Wer tut so etwas? Wird das jemals vorbei sein? Ich bin es so leid, mir um dich Sorgen zu machen und – was noch wichtiger ist – um Aubrey. Was zum Teufel ist nur los mit dir?«

Sloanes offensichtliche Verwirrung hätte sie beruhigen sollen, doch aus irgendeinem Grund machte sie sie nur noch wütender. Sie hatte das unbändige Bedürfnis, mit Gegenständen um sich zu werfen oder gar ihre Schwester zu schlagen.

Sloane sagte: »Ich würde niemals vor Aubrey trinken. Wovon redest du?«

»Von der Party. Da gab es eine Bar.«

Die Augen ihrer Schwester weiteten sich vor Erstaunen, dann fing sie an zu lachen. »Darum geht's also? Du bist hier, um mich wegen der Bar anzugehen?« Ihre Belustigung schwand, und sie sah plötzlich nur noch genervt aus. »Kaf-fee-bar«, sagte sie und betonte dabei jede Silbe. »Es gab dort Kaffee. Wir haben alle zusammengeschmissen und eine *Nespresso*-Maschine für das ganze Haus gekauft. Dazu gab es ein paar Probepackungen, und wir haben ein halbes Dutzend verschiedener Kaffees durchprobiert.«

Sloane schenkte ihr ein durchtriebenes Grinsen. »Allerdings haben wir die aus Schnapsgläsern getrunken, daher könntest du wohl doch sauer sein.«

Kaffee? Finley spürte, wie sämtliche Luft aus ihr wich und ihre Wut verpuffte. »Oh«, sagte sie leise. »Das hat Aubrey nicht gesagt.«

Sie redete sich ein, dass es einfach ein Missverständnis gewesen war und es keinerlei Grund gab, sich für ihre Annahme zu schämen.

»Ja genau – ›oh‹.« Ihre Schwester funkelte sie wütend an. »Du wirst mir niemals auch nur den geringsten Vertrauensvorschuss geben, stimmt's? Du wirst nie denken: Hey, da muss es noch eine bessere Erklärung geben.«

Es gab unzählige Möglichkeiten, darauf zu reagieren, und Finley ging ein gutes Dutzend davon gedanklich durch, ehe sie sich für die Wahrheit entschied.

»Nein«, sagte sie mit tonloser Stimme. »Das werde ich nicht. Du trinkst seit du … was, dreizehn bist? Du vergisst, dass ich die ganze Zeit dabei war. Ich bin diejenige, die als Erste begriffen hat, was du da tust. Ich bin diejenige, die dich jedes Mal kotzen gehört hat, wenn du zu viel Party gemacht hattest. Ich bin diejenige, die Mom darüber angelogen hat, wo du warst und was du getan hast. Deine Trinkerei ist der Grund dafür, dass ich mich um dein Kind kümmere. Deine Trinkerei hat mein Leben ruiniert.«

Sloane hielt ihrem Angriff mit unbeirrtem Blick und unergründlichem Gesichtsausdruck stand, was ihr unfassbar auf die Nerven ging. Finley tat einen Schritt auf sie zu.

»Du darfst eine Krankheit haben und dich behandeln lassen, und wir sollen alle sagen, dass das okay ist. Dass alles vergeben ist. Aber ich bin nicht interessiert daran, dir zu vergeben. Jetzt nicht und wahrscheinlich nie. Wo sind meine ›Das hast du gut gemacht‹-Münzen? Wo ist meine Belohnung dafür, dass ich jedes verdammte Mal die Scherben aufsammle, wenn du scheiterst? Warum darfst nur du geheilt werden? Was ist mit dem Rest von uns? Was ist mit mir? Ich habe meine Stelle verloren, meine Ersparnisse, meinen Verlobten, mein Haus. Ich habe immer noch mit den Konsequenzen zu tun. Vielleicht kannst du also verstehen, dass die Frage, ob du nüchtern bist oder nicht, mich nicht ganz so sehr interessiert.«

Finley machte einen weiteren Schritt auf sie zu und knuffte Sloane gegen den Arm. »Du bist eine Trinkerin, und du wirst immer eine Trinkerin sein. Was völlig in Ordnung wäre, wenn es nur um dich ginge. Aber es geht nicht nur um dich. Es geht auch um Aubrey. Ich weiß nicht, wo du mit ihr hingehst oder was du mit ihr machst. Ich lebe in der ständigen Angst, einen Telefonanruf zu bekommen und zu erfahren, dass du dein Auto um einen Baum gewickelt hast – was an sich schon schlimm genug wäre, aber was, wenn sie auch in diesem Auto säße? Das wäre unverzeihlich. Und sie zu verlieren, würde mich umbringen.«

Sloane trat um sie herum und entriegelte die Türen ihres Autos. »Steig ein.«

»Wie bitte?«

»Steig jetzt sofort in mein Auto!«

Sie schrie die Aufforderung beinahe. Finley setzte sich automatisch in Bewegung, ehe ihr klar wurde, was sie da tat. Sie ließ sich neben ihrer Schwester auf dem Beifahrersitz nieder. Vor lauter gemischten Gefühlen zitterte sie, leichte Übelkeit stieg in ihr auf. »Wohin fahren …«, begann sie.

»Sprich mich nicht an.«

Sie wollte schon protestieren, als sie bemerkte, wie heftig die Hände ihrer Schwester das Steuer umklammerten, als sie losfuhr. Deren Knöchel waren ganz weiß, als kämpfte auch sie mit ihren Gefühlen.

Wann hatten sie eigentlich aufgehört, eine Familie zu sein und waren zu Fremden geworden? Hatte es mit Sloanes erstem Drink angefangen? Oder hatte es sich erst nach und nach so entwickelt? Sie fand keine Antwort auf diese Frage, und darüber nachzudenken, deprimierte sie nur. Sie lehnte sich auf ihrem Sitz zurück und befahl sich, einfach weiterzuatmen.

Sloane verließ den Freeway in Bothell. Sie fuhr durch ein älteres Viertel mit alten Bäumen und schön gestalteter Landschaft, dann bog sie in die Einfahrt eines großen Hauses mit zwei Stockwerken und einem Dachgeschoss ein. Auf der geräumigen Veranda standen ein paar Kinderfahrräder und am Geländer hingen Blumentöpfe.

Sloane öffnete die Beifahrertür. »Steig aus.«

Finley folgte der Aufforderung, dann sah sie sich um.

»Schön hier.«

»Halt den Mund.«

Ihre Schwester blieb vor der Haustür stehen und tippte auf ihrem Telefon herum, um sie per Code zu öffnen, dann ging sie ihr voran hinein.

»Wohnzimmer«, erklärte sie kurz angebunden. »Küche, Gemeinschaftsraum. Das Erdgeschoss wird von allen gemeinsam genutzt. Im ersten Stock wohnen zwei Familien, und ich habe das Dachgeschoss.«

Das Wohnzimmer war offen gestaltet und einladend, Spielzeug und Bücher lagen herum. Die Möbel waren nicht mehr neu, sahen aber bequem aus. Auch die Küche brauchte mal eine Generalüberholung, aber es war alles ordentlich verstaut, und Küchentheke und Spülbecken waren sauber.

Sloane ging die Treppe hoch, Finley folgte ihr. Als sie den

Dachboden erreichten, schloss sie eine weitere Tür auf und bedeutete ihr, als Erste einzutreten.

Sie erblickte einen großen Raum mit einem Alkoven. Sloane hatte ihn in ein Schlafzimmer, ein Wohnzimmer und eine Küche unterteilt. Eine halb geöffnete Tür in der hinteren Wand führte zu einem Badezimmer. Der Alkoven war eindeutig für Aubrey hergerichtet worden – darin stand ein Doppelbett mit einer bunten Bettdecke, und an der Wand hingen mehrere Regalbretter, auf denen sich Stofftiere, Spielzeug und Bücher aneinanderreihten.

Aubrey hatte oft von den Besuchen bei ihrer Mutter erzählt, davon, dass sie dort den Regen hören und die ganze Nachbarschaft überblicken konnten. Finley sah das Mädchen hier vor sich, wie es glücklich mit seiner Mutter war – ein Gedanke, der sie hätte beruhigen sollen, ihr jedoch eine Heidenangst einjagte.

»Hier wohne ich«, sagte Sloane mit kontrollierter Stimme, so als versuchte sie, keinerlei Gefühle zu zeigen. »Ich lebe hier seit ungefähr sieben Monaten. Ich zahle pünktlich meine Miete. Ich habe seit fast einem Jahr denselben Job und keinen einzigen Arbeitstag verpasst. Meine Kunden und Kolleginnen mögen mich.«

»Und was hat das mit irgendwas zu tun?«

Sloanes Züge verkrampften sich vor Wut. »Ich bin es leid, auf einer ständigen Entschuldigungstour zu sein. Ja, ich habe mich furchtbar verhalten. Ja, ich habe dein Leben versaut.« Sie ging zu einer Kommode hinüber, nahm etwa zwei Dutzend Hundertdollarscheine heraus und wedelte damit in Finleys Richtung. »Die sind für dich. Ich spare schon eine Weile, um dir zurückzuzahlen, was ich dir für den Transporter und seinen Inhalt schulde. Ich schätze, es sind insgesamt ungefähr hundertelftausend Dollar. Aber du kannst es mir gerne sagen, wenn du denkst, dass es mehr ist.«

Ihre Schwester hielt ihr mit einer energischen Geste die Scheine hin. »Ich wollte es dir eigentlich in Fünftausend-Dollar-Raten geben, aber jetzt nimm das schon mal.«

Finleys Magen verkrampfte sich, und sie kämpfte gegen ihre Schuldgefühle an. Nichts von alldem war ihre Schuld, und dennoch kam es ihr vor, als wäre sie hier die Böse.

»Ich will dein Geld nicht.«

Sloane trat zu ihr und stopfte es ihr in das Außenfach ihrer Handtasche. »Nimm es. Es gehört dir.« Sie trat einen Schritt zurück und sog scharf Luft ein. »Ich bin nicht mehr die Person, die ich früher mal war. Ich weiß, dass ich Alkoholikerin bin, und Gott weiß, dass ich das nie wieder vergessen darf, aber ich mache Fortschritte.«

Sie zögerte. »Nicht immer ohne Umwege, aber ich arbeite das Programm durch. Neunzig Tage, neunzig Meetings.«

»Was bedeutet das?«

Sloane wandte den Blick ab. »Nichts. Das ist nur so ein Spruch bei den Anonymen Alkoholikern. Was ich sagen will, ist, dass ich die Schritte absolviere, ich halte mich von allem Ärger fern, ich verhalte mich verantwortungsbewusst. Im Gegenzug wäre es echt nett, wenn du mal aufhören könntest, immer das Schlimmste zu vermuten, was mich angeht. Lass es mich doch erst mal vermasseln, ehe du voreilige Schlüsse ziehst. Wenn nicht, schwöre ich dir, dass ich zur Richterin gehen und das volle Sorgerecht für Aubrey verlangen werde. Ich denke, wir wissen beide, dass sie es mir geben wird.«

Ihr wurde plötzlich eiskalt. »Das kannst du nicht machen. Du bist noch nicht so weit, dich rund um die Uhr um sie kümmern zu können.« Und sie war noch nicht so weit, Aubrey gehen zu lassen.

»Ich komme dem aber immer näher.«

Sloane wollte Aubrey ganz zu sich nehmen? Nein. Das konnte sie nicht zulassen. Was, wenn Sloane sich betrank und Aubrey etwas zustieß? Was, wenn sie Aubrey alleinließ oder sie in der Schule vergaß oder alle möglichen anderen schrecklichen Dinge tat, die dem Mädchen schadeten? Und was war damit, dass sie selbst Aubrey jeden Tag vermissen würde?

Die Angst verdrängte jedes andere Gefühl und schwoll immer mehr an, bis sie beinahe ein greifbares Wesen war, das sich in ihrer Seele einnistete.

»Du bist noch nicht so weit«, wiederholte sie mit unnatürlich schwacher Stimme.

Sloane ließ plötzlich die Schultern hängen. »Ich weiß. Aber ich möchte es gerne sein, eines Tages.«

»Was, wenn du wieder trinkst?«

Ihre Schwester sah sie an. »Ich weiß es nicht.«

»Das ist nicht die richtige Antwort«, schrie Finley. »Du musst sagen, dass du nie wieder trinken wirst. Dass das nie wieder passieren wird. Du willst, dass ich dir vertraue, und dann kannst du mir noch nicht mal versprechen, nie wieder zu trinken?«

»Ich glaube, wir wissen beide, dass das nur leere Versprechungen wären. Ich könnte schon morgen wieder trinken oder nächste Woche oder nächstes Jahr. Alles, was ich dir versichern kann, ist, dass ich heute nicht getrunken habe.«

Das reicht nicht, dachte Finley und kämpfte gegen ihre Entrüstung an. Sie wollte Zusicherungen und Gewissheit. Sie wollte wissen, wann ihre Schwester zuletzt etwas getrunken hatte und ob sie es wieder tun würde. Die Ungewissheit, die Warterei und die ständigen Sorgen waren einfach zu viel.

»Nicht zu trinken, ist das Schwerste, was ich jemals getan habe«, sagte Sloane. »Aber ich gebe nicht auf. Vielleicht wäre es möglich, dass du mich auch nicht aufgibst.«

Draußen hupte ein Auto. Sloane sah in die Richtung, aus der das Geräusch kam.

»Das ist dein Uber.«

Finley hatte keine Ahnung, wovon sie redete. »Ich habe kein Uber bestellt.«

»Ich aber. Es bringt dich zurück zu deinem Auto. Ich muss jetzt zu einem Meeting.«

Finley ging die Treppe hinunter und verließ das Haus. Sobald sie im Uber saß, lehnte sie sich zurück und schloss die Augen.

Sie wusste, was ihre Schwester gerade zu tun versucht hatte. Indem Sloane ihr ihr Leben präsentierte, hoffte sie, ihr Vertrauen in sie zu stärken und ihren Ärger womöglich zu reduzieren. Ignorierte sie ihre eigenen Gefühle für den Moment, gelang es Finley sogar, die Situation objektiv zu betrachten und zuzugeben, dass ihre Schwester wirklich gut klarkam. Sie lebte ein geregeltes Leben und machte Fortschritte, was ihre Nüchternheit betraf.

Sämtliche Objektivität verschwand allerdings, wenn sie an Aubrey dachte. Sie liebte ihre Nichte und würde alles tun, um sie in Sicherheit zu wissen. Sloanes Wunsch, das volle Sorgerecht zu erlangen, war daher mehr als beängstigend – regelrecht niederschmetternd. Aubrey brauchte die Stabilität, die sie bei ihr erfuhr. Sie musste in einer sicheren, normalen, fürsorglichen Umgebung aufwachsen. Momentan konnte Sloane ihr das zwar bieten, aber was war mit morgen oder nächster Woche oder nächstem Jahr? Was, wenn sie wieder anfinge zu trinken?

Das Risiko war zu groß, die Konsequenzen zu bedeutend. Finley wusste, dass Aubrey ihrer Verantwortung oblag und dass sie irgendwie herausfinden musste, wie sie das Mädchen schützen konnte, egal, welchen Preis sie alle dafür zahlten.

15. Kapitel

»Ich habe eine Liste«, sagte Aubrey in gewichtigem Ton. »Und sie ist lang.«

Finley schüttelte den Kopf. »Was, wenn Jericho auch Sachen hat, die er gerne machen will?«

»Dann machen wir die auch.« Aubrey warf ihm einen Blick zu und lächelte. »Wir können auch deine zuerst machen, wenn du willst.«

Jericho hatte sich keine Gedanken darüber gemacht, wie es auf dem Straßenfest sein würde, sondern war mehr daran interessiert gewesen, einfach hinzugehen. Alles, was Abwechslung in seine in letzter Zeit allzu vorhersehbare Routine brachte, war ihm mehr als recht.

»Ich will die Sachen machen, die du machen willst«, sagte er zu Aubrey.

Ihr Lächeln wurde noch breiter. »Juchhu! Dann wird das ein perfekter, glücklicher Tag!«

Der Morgen war bewölkt, doch der Wettermann hatte Auflockerungen ab dem Mittag versprochen, mit Temperaturen um die dreizehn Grad. Jericho hatte Aubrey und Finley um zehn Uhr abgeholt und war mit ihnen zum Zentrum von Kirkland gefahren, wo er einen Parkplatz nicht weit vom Straßenfest gefunden hatte – ein ziemliches Wunder.

»Holzschnitzereien«, sagte Aubrey, die die verschiedenen Angebote an ihren Fingern abzählte. »Haustieradoptionsstelle und Kätzchen-Knuddel-Ecke. Und dann die ganzen anderen Stände, weil ich Geschenke kaufen muss.«

Sie sah Finley an. »Grandma hat bald Geburtstag, und ich will auch was für Grandpa und Mommy kaufen. Ich hab Geld dabei.«

»Ach ja?«, sagte Finley grinsend. »Lädst du uns dann alle zum Mittagessen ein?«

»Das mache ich, wenn ich genug dabeihabe. Wie viel kostet ein Mittagessen?«

Jericho lächelte sie an. »Wie wäre es, wenn ich heute das Mittagessen übernehme?«

Aubrey strahlte ihn an. »Das wäre sehr nett. Danke.«

»Gerne.«

Finley sah ihn aus dem Augenwinkel an. »Auf keinen Fall lädst du uns beide zum Mittagessen ein.«

»Oh doch, das werde ich. Es ist schon alles arrangiert. Hast du uns nicht zugehört?«

Sie seufzte. »Bei so was bist du störrisch, was?«

»Wie bitte? Ich bin der Inbegriff von Kooperation.« Er streckte die Hand nach ihrem Rucksack aus. »Lass es mich dir beweisen, indem ich den hier für dich trage.«

»Den Rucksack kann ich schon noch selbst tragen.«

»Natürlich kannst du das, aber das bedeutet nicht, dass du es auch musst.«

Er dachte schon, sie würde sich weiter zur Wehr setzen, doch stattdessen reichte sie ihm den Rucksack.

»Danke.«

Als er den Träger auf seiner Schulter justierte, fiel sein Blick auf das Armband, das Aubrey für ihn gemacht hatte. Sie hatte darauf bestanden, dass er es trug. Es war aus dunkelblauen Bändern mit weißen Glasperlen geflochten, die seinen Namen darstellten. Er war nie der Armbandtyp gewesen, doch er wusste ihre Geste zu schätzen.

»Und zum Kinderschminken will ich auch«, fügte Aubrey hinzu. Sie trat zwischen sie und hielt ihnen die Hände hin.

Jericho zögerte eine Sekunde, ehe er ihre Hand ergriff. Ihre

Finger waren warm, aber so klein. Das Vertrauen, das sie in ihn setzte, erwärmte ihm das Herz.

Sie sah zu ihm auf. »Du willst dir wahrscheinlich nicht das Gesicht anmalen lassen, oder?«

»Eher nicht.«

»Weil du zu erwachsen bist. Daran solltest du arbeiten.«

Er lachte leise. »Das werde ich.«

Sie reihten sich in die Menschenmasse ein, die in Richtung Straßenfest zog. Da waren Familien mit Kinderwagen, Gruppen von Teenagern und Paare jeden Alters. Ein alter Mann schob einen winzigen, mit einem Sweatshirt bekleideten Pudel in einer Karre.

Finley atmete tief ein. »Mmh, ich rieche Burger.«

Aubrey schnüffelte. »Ich auch!«

»Ich dachte, wir essen Churros«, bemerkte Jericho.

»Das ist der Nachtisch«, erklärte Aubrey ihm. »Die kommen später dran.«

»So viele Regeln ...«

Er warf Finley einen amüsierten Blick zu, und sie lächelte ihn an.

»Aubrey mag es, wenn die Dinge auf eine ganz bestimmte Art ablaufen. Sie kann etwas herrisch werden, wenn wir nicht darauf achten.«

Aubrey nickte langsam. »Das stimmt. Ich versuche, nicht so zu sein. Aber du kannst es mir ruhig sagen, wenn ich aufhören soll, dir die ganze Zeit zu sagen, was du tun sollst. Ich weiß dann schon, dass du es nett meinst.«

»Okay, danke.«

Sie ist hinreißend, dachte er. Intelligent, witzig und so lieb. Es gefiel ihm, mit ihr und Finley den Tag zu verbringen. Viel zu lange hatte er sich nur auf die Arbeit konzentriert und sich damit beschäftigt, wie wütend und verletzt er war. Die Affäre seines Bruders mit seiner Frau hatte ihn in tausend Teile zerbrochen, und er fing gerade erst an, sie wieder zusammenzusetzen.

Mal rauszukommen wie heute, war etwas, das er öfter machen sollte.

Er versuchte, sich an das letzte Mal zu erinnern, als er und Lauren etwas zusammen unternommen hatten. Das war Monate vor dem Ende ihrer Ehe gewesen. Bereits lange bevor sie ihm gestanden hatte, dass sie mit Gil geschlafen hatte, hatten sie sich auseinanderentwickelt. Seltsam, dass er das gar nicht bemerkt hatte.

Sie erreichten die erste Reihe von Buden. Händler boten alles von Kleidung über Fotos bis hin zu Gewürzen zum Kauf an. Aubrey suchte nach dem richtigen Geschenk für ihre Großmutter und entschied sich schließlich für eine Bodylotion mit Honigextrakten. Sorgsam zählte sie ihr Geld ab und nahm das Rückgeld entgegen, dann reichte sie Finley die Flasche, damit sie sie in den Rucksack steckte.

Am Ende der Budenreihe stellte ein Künstler riesige Metallskulpturen aus. Darunter einen Adler, der auf einem Ast hockte, und einen beinahe einen Meter achtzig großen Drachen.

»Das ist mal eine Ansage«, sagte Finley und umrundete den Drachen.

»Er ist wunderschön.« Aubrey berührte leicht eine seiner Schuppen. »Ich liebe Drachen.«

Sie klapperten weiter die verschiedenen Stände ab und gelangten schließlich zur Ecke mit den Haustieren. Dort gab es mehrere Hunde, die auf neue Besitzer warteten, außerdem etwa ein Dutzend ausgewachsene Katzen und einen abgetrennten Bereich, in dem man mit Katzenbabys kuscheln konnte.

Aubrey ließ sie beide los und rannte hinüber, um die kleinen Katzen zu bestaunen.

»Die sind so süß. Schaut mal, was für unterschiedliche Farben sie haben.« Sie knetete aufgeregt ihre Hände. »Ich werde auch ganz vorsichtig sein«, versprach sie. »Die sind ja so klein und immer noch Babys.«

»Ich weiß, dass du behutsam mit ihnen sein wirst.«

Finley zog ein paar Scheine aus ihrer Jeanstasche und zahlte die Gebühr von zehn Dollar, woraufhin Aubrey in das Gehege gelassen wurde. Sie sank auf die Knie und begann, das Katzenbaby, das ihr am nächsten war, ganz sanft zu streicheln. Eine der ehrenamtlichen Mitarbeiterinnen reichte ihr ein Federspielzeug.

»Wenn sie hier fertig ist, will sie wahrscheinlich keinen Hund mehr«, bemerkte Jericho scherzhaft.

Finley lachte. »Abwarten. Aubrey ist ein ziemlich eingefleischter Hunde-Fan.«

»Habt ihr mal überlegt, euch ein Haustier anzuschaffen?«

»Das Thema kam durchaus auf, aber ich will mir gerade nicht noch mehr Verantwortung aufhalsen.«

Er nahm den Rucksack auf die andere Schulter. »Und wie geht es dir so?«

Die Frage schien sie zu erstaunen.

»Mir? Mir geht's gut. Viel zu tun gerade.«

Sie sieht auch gut aus, dachte er. Sie war locker gekleidet wie immer, Jeans und Sweatshirt, dazu Tennisschuhe und eine Jacke. Ihr Haar fiel lose auf ihre Schultern, statt zu einem Zopf geflochten zu sein, wie bei der Arbeit. Make-up trug sie auch keins. Er hätte gewettet, dass sie morgens innerhalb einer Viertelstunde ausgehfertig war, ganz anders als Lauren, die mindestens eine Stunde brauchte und dann meistens zu spät kam.

Finley verzog das Gesicht. »Ich hatte einen kleinen Zusammenstoß mit meiner Schwester vor ein paar Tagen. Nein, ›Zusammenstoß‹ ist das falsche Wort – ich weiß nicht genau, was es war. Aubrey hat mir irgendwas von einer Party mit einer Bar erzählt, auf der sie waren, und ich habe voreilige Schlüsse daraus gezogen.«

»Du dachtest, sie hätte getrunken? Denn was würde man sonst mit dem Wort ›Bar‹ assoziieren?«

Sie schenkte ihm ein reuevolles Lächeln. »Es war eine Kaffeebar. Sloane und ich sind aneinandergeraten, und sie hat davon geredet, dass sie Aubrey wieder ganz zu sich nehmen könnte.«

»Ich dachte, du wärst offiziell ihre Betreuerin.«

»Das bin ich auch, aber es ist anders, als wenn ich sie adoptiert hätte. Sloane ist rechtlich gesehen immer noch ihre Mutter, und unsere Vereinbarung wurde größtenteils auf freiwilliger Basis getroffen. Es wäre recht einfach für sie, sie zu revidieren und das volle Sorgerecht zurückzubekommen. Angesichts der Tatsache, dass sie zuverlässig ihrer Arbeit nachgeht und sich auch insgesamt verantwortungsvoll verhält, würde das Gericht ihrem Antrag vermutlich stattgeben.«

Das hatte er nicht gewusst. »Und jetzt hast du Angst.«

»Das ist ein mögliches Wort dafür.« Sie beobachtete Aubrey mit den Kätzchen. »Ich liebe sie. Und ich will dafür sorgen, dass sie glücklich ist, dass sie in einem sicheren Umfeld aufwachsen kann. Vom Kopf her kann ich Sloanes Standpunkt sogar irgendwie nachvollziehen. Aber jeder andere Teil von mir möchte laut herausschreien, dass sie sie nicht zurückbekommen darf. Nicht nur, weil ich mir Sorgen mache, sondern auch, weil ich sie zu sehr vermissen würde.«

Sie warf ihm einen Blick zu. »Was aus mir eine schreckliche Person macht, ich weiß. Ich bin schließlich nur Aubreys Tante. Sloane ist ihre Mutter. Überleg mal, wie sehr *sie* ihre Tochter vermissen muss.« Sie seufzte. »Und sie ist meine Schwester – ich sollte ihr vertrauen.«

»Warum? Sie hat dein Vertrauen zig Mal missbraucht. Du hast keine Veranlassung, ihr diesmal zu glauben. Ja, sie gibt sich inzwischen Mühe, aber was ist mit all den Malen davor? Zählen die etwa nicht mehr?«

Sie sah zu Aubrey, die gerade eine kleine orangefarbene Katze auf dem Arm hielt, die ihr die Schulter sanft mit den Pfoten bearbeitete.

»So sehe ich das auch, Sloane aber nicht. Sie will noch mal ganz von vorne anfangen.«

»Wieso sollen die anderen immer alles kriegen, was sie wollen, und wir sollen zu allem Ja und Amen sagen? So dürfte das doch nicht funktionieren. Wenn sie einem erst mal das Herz gebrochen haben, wird es nie wieder heil.«

»Redest du jetzt von Sloane oder von Gil?«

Er lächelte. »Na so was. Dir ist also aufgefallen, dass ich mitten im Gespräch die Person gewechselt habe, von der ich rede?«

»Durchaus.«

»Ja. Ich vermisse ihn – was wohl heißt, dass ich der letzte Idiot bin.«

Sie stupste ihn leicht mit der Schulter an. »Nein, das heißt, dass du ein guter Mensch bist. Aber du hast recht, was das gebrochene Herz betrifft. Es verheilt, wird aber nie wieder so, wie es vorher war.«

»Mir ist klar geworden, dass Lauren und ich schon aufgehört haben, Dinge miteinander zu unternehmen, lange bevor wir uns getrennt haben. Die Wahrheit lag genau vor meiner Nase, und ich habe sie nicht gesehen.«

»Du warst eben nicht auf eine Trennung aus. Außerdem geschehen diese Dinge langsam und unmerklich. Aber was ist mit dir und Gil? Standet ihr euch nahe, bis sie dir die Affäre gestanden haben?«

Er dachte über die Frage nach. »So ziemlich. Das Letzte, was wir zusammen unternommen haben, war, zu einem *Seahawks*-Spiel zu gehen. Wir hatten tolle Plätze und haben entspannt miteinander abgehangen. Es war ein guter Tag.«

Weniger als zwei Wochen später hatten Gil und Lauren all das zerstört.

»Hasst du die beiden immer noch?«

»Nein. Inzwischen bin ich mehr genervt von ihnen als alles andere.« Er atmete tief durch. »Ich will mich nicht mit ihnen auseinandersetzen müssen, aber sie werden nicht verschwinden.«

»Und jetzt kommt auch noch das Baby.«

»Genau.«

Sie musterte ihn. »Noch ist das Ganze abstrakt – die Sache mit dem Kind, meine ich. Du kannst innerlich auf Distanz zu ihm bleiben. Aber wenn es geboren ist und du deine Nichte oder deinen Neffen im Arm hältst, wird alles anders sein.«

Sie warf einen Blick in Aubreys Richtung, dann sah sie wieder ihn an. »Ich wusste, dass Sloane ein Kind hat. Mom und ich haben sie ein paarmal pro Jahr gesehen. Calvin hat uns immer zu Geburtstagen und anderen Gelegenheiten eingeladen – das hatte er gut im Blick. Aber sie war mehr theoretisch meine Nichte als eine Person, die mir nahestand.«

»Und dann ist plötzlich Sloane bei dir aufgetaucht und hat sie einfach bei dir gelassen?«

Finley nickte.

»Wie lief das genau ab? Habt ihr darüber diskutiert?«

»Nicht wirklich«, gab sie zu. »Ich bin mir sicher, dass sie zu dem Zeitpunkt betrunken war. Und sie hatte ganz offensichtlich Angst vor irgendetwas – sie war total blass und zitterte. Aubrey weinte die ganze Zeit. Calvin war ein paar Wochen vorher umgekommen, und damit kamen beide nicht gut klar. Aubrey hatte ihr einziges funktionierendes Elternteil verloren und Sloane den einzigen Fixpunkt in ihrem Leben.«

Finley drehte sich noch ein Stück weiter zu ihm. »Sie sagte, dass sie sich nicht um Aubrey kümmern könne. Dass sie tun würde, was immer ich wollte, damit sie sie bei mir lassen könne, denn wenn sie bei ihr bliebe, würde etwas Schlimmes passieren. Dann holte sie Aubreys Sachen aus dem Auto, stellte sie auf meine Veranda und fuhr weg.«

Er konnte sich nicht vorstellen, wie das gewesen sein musste. »Was hast du dann gemacht?«

»Panik bekommen.« Ihr Lächeln wirkte selbstironisch. »Klar, ich kannte Aubrey auf eine ›Ich bin deine Tante und wir sehen uns alle paar Monate mal‹-Art. Aber ich lebte damals in einem Haus, das ich kurz davor gekauft hatte, um es zu renovieren. Es war in einem furchtbaren Zustand, daher konnte sie dort nicht bleiben. Außerdem musste ich arbeiten, und sie war erst fünf. Also rief ich meine Mom an.«

»Das hätte ich auch gemacht.«

Finley lächelte. »Ja, Mütter können ganz nützlich sein. Ich packte noch ein paar Taschen für mich und fuhr mit Aubrey zu ihr. Dann versuchten wir drei gemeinsam herauszufinden, wie es weitergehen sollte. Meine Mom und ich hatten uns nie sehr nahegestanden – ich war nicht so talentiert wie Sloane. Aber ich muss sagen, dass sie in dem Moment hundertprozentig da war für mich und Aubrey. Wir hatten Glück – es war gerade Sommer, und meine Mom musste nicht am College unterrichten. Sie hatte nur ihre üblichen Schauspielkurse. Doch als wir gerade eine neue Routine entwickelt hatten, stahl Sloane meinen Arbeitstransporter. Den Rest kennst du.«

Sie hob entschuldigend die Hände. »Wieso erzähle ich dir das alles eigentlich? Wir sprachen eigentlich über das Baby, das unterwegs ist. Tut mir leid.«

»Du musst dich nicht entschuldigen. Ich verstehe, was du mir damit sagen wolltest. Bisher ist Gils Baby nicht real, aber eines Tages wird es das sein, und das wird alles ändern.«

Sie lächelte. »Wow, dann habe ich mich wohl besser ausgedrückt, als ich dachte.«

»Du hast das schon ganz richtig gemacht.«

Einer der ehrenamtlichen Katzenbetreuer tippte Aubrey auf die Schulter und sagte ihr, dass ihre Zeit um sei. Sie rappelte sich auf und rannte zum Ausgang. Dort nahmen sie sie in Empfang.

»Das war das Allertollste!«, sprudelte es aus ihr hervor. Sie sprang Finley in die Arme. »Die Kätzchen sind so süß, und die riechen gut und schnurren so schön. Das Schnurren ist das Allerbeste.« Sie senkte die Stimme ein wenig. »Aber Hunde mag ich immer noch am liebsten.«

»Gut zu wissen«, sagte Finley und legte ihr einen Arm um die Schultern.

»Wir könnten doch auch einen Hund haben ...«, setzte Aubrey an.

Finley unterbrach sie sofort. »Nein, das könnten wir nicht, und wir reden auch nicht darüber. Weißt du noch? Du hast versprochen, das Thema nicht immer wieder anzusprechen.«

Aubrey sah ihn an. »Stimmt, das war unvernünftig von mir. Finley hat viel um die Ohren, und es ist nicht fair, dass ich sie immer wieder unter Druck setze.«

»Das ist sehr weise von dir.«

Sie kräuselte die Nase. »Danke. Aber, Jericho, du könntest dir doch einen Hund anschaffen.«

Finley grinste. »Jetzt ist sie nicht mehr ganz so süß, oder?«

»Sie ist immer süß.« Er sah Aubrey an. »Ich weiß nicht genau, ob ich bereit bin für einen Hund.«

»Wieso nicht? Du bist doch erwachsen. Und du hast ein Haus mit einem Garten.« Sie hielt inne. »Hast du ein Haus mit einem Garten?«

»Ja.«

»Du könntest den Hund auch mit zur Arbeit nehmen, weil du bist ja der Chef.« Sie trat wieder zwischen sie beide und ließ sich von ihnen an die Hand nehmen. »Wenn ich mal groß bin, will ich auch der große Boss sein. Es ist so toll, alles bestimmen zu können.«

»Das stimmt«, erwiderte Jericho und zwinkerte Finley zu. »Ich werde mal darüber nachdenken, mir einen Hund anzuschaffen.«

»Du musst nicht ihretwegen darüber nachdenken«, sagte Finley.

»Tu ich auch nicht.« Im Grunde gefiel ihm die Vorstellung, Gesellschaft von einem Haustier zu haben. Ein Hund würde ihn dazu zwingen, rauszugehen und Dinge mit ihm zu unternehmen. Früher war er ständig wandern und zelten gegangen. Diese Gewohnheit wollte er wieder aufnehmen.

»Du müsstest ihn nur trainieren«, erklärte ihm Aubrey. »Damit er gute Manieren hat.«

»Ja, Manieren sind wichtig.«

Sie gingen zum Kinderschminken hinüber. Während sie in der Schlange warteten, blätterte Aubrey einen Hefter mit verschiedenen Motiven durch. Sie entschied sich für einen Marienkäfer, und Finley kaufte ihr das dazu passende Stirnband.

»Bist du sicher, dass du dir nicht auch ein süßes kleines Tiergesicht schminken lassen willst?«, fragte Finley ihn, als sie zur Seite traten, um auf Aubrey zu warten.

»Ja. Aber warum lässt du dich nicht schminken? Du würdest einen richtig niedlichen Schmetterling abgeben.«

»Nein, danke.«

Sein Handy vibrierte. Es zog es aus der Innentasche seiner Jacke, warf einen Blick auf die Nachricht und grinste.

»Antonio findet, dass wir beim Junggesellenabschied unbedingt Geschenktütchen verteilen sollten.«

Ihr klappte die Kinnlade runter. »Hat dich deine Mutter etwa über die Schuldgefühlschiene dazu gebracht, ihn doch auszurichten?«

»Ja, ich habe mich ihrem Bedürfnis unterworfen, was die Hochzeit betrifft. Ich werde pflichtschuldig der Trauzeuge meines Bruders sein und seinen Junggesellenabschied ausrichten.«

Sie zuckte mitleidig zusammen. »Das ist aber eine Menge Arbeit.«

»Das wäre es, wenn Antonio mir nicht den Arsch retten würde. Er organisiert das Ganze. Wir halten die Party in einer Zigarrenbar in Bellevue ab. Dort werden wir verschiedene Whiskeys durchprobieren, Zigarren rauchen und eventuell Darts spielen.« Er runzelte die Stirn. »Die Details sind mir erstaunlich unklar.«

»Das liegt daran, dass du einen Partyplaner hast. Und bitte sag Nein zu den Geschenktütchen. Das ist kein Männerding – die werden das nicht zu schätzen wissen.«

»Finley sagt Nein zu den Geschenktütchen«, sprach er mit, während er tippte.

Sie lachte. »Na klar, schieb ruhig alles auf mich.«

»Du bist das natürliche Bauernopfer.«

»Nimmst du jemanden mit zur Hochzeit?«

Jericho starrte sie verständnislos an.

»Ein Plus-Eins, ein Date«, fügte sie hinzu. »Ich glaube, das solltest du. Wenn du alleine gehst, wirst du, ich weiß nicht ... womöglich traurig wirken?«

Eine Frau zur Hochzeit mitbringen? Wenn er ehrlich war, war ihm dieser Gedanke überhaupt noch nicht gekommen.

»Mitleiderregend«, sagte er. »Du vermeidest gerade das Wort ›mitleiderregend‹.« Er fluchte leise. »An den Part habe ich gar nicht gedacht. Jeder, den unsere Familie kennt, wird bei der verdammten Hochzeit sein und zugucken, wie mein Bruder meine Ex-Frau heiratet. Meine schwangere Ex-Frau.«

Über diesem Tag steht jetzt schon dick »Desaster« geschrieben, dachte er. Und er war in alldem der Loser, der betrogen und dann verlassen worden war.

»Ich komme mit«, sagte Finley eilig. »Ich meine, es sei denn, du hast jemand anders, den oder die du mitnehmen willst.«

Er starrte sie ungläubig an. »Das würdest du tun? Wirklich? Das wäre großartig. Danke!« Finley war perfekt. Sie verstand sein Problem, stand hinter ihm, und er genoss ihre Gesellschaft. Außerdem würde sie großartig aussehen, für welches Kleidungsstück auch immer sie sich entschied.

»Das ist ein Riesengefallen«, fuhr er fort, »aber ich wäre dir total dankbar. Ernsthaft, da wäre ich dir was schuldig. Wir könnten einen Tauschhandel eingehen. Fünf Stunden Arbeit in deinem Haus für jede Stunde, die du bei der Trauung und der Feier verbringen musst.«

Sie grinste. »Oh ja, bitte. Die Hilfe könnte ich gut gebrauchen, und du prahlst immer wieder mit Fähigkeiten, die du erst noch unter Beweis stellen musst.«

Er streckte ihr die Hand hin. Sie nahm sie und schüttelte sie.

»Ich habe ein Date für die Hochzeit«, sagte er glücklich. »Das fühlt sich richtig gut an.«

»Kein Ding.«

»Für mich schon. Okay, wie wär's jetzt mit Mittagessen? Ich lad euch ein. Und danach Churros – die gehen auch auf mich.«

»Wow, ich sollte dir öfter einen Gefallen tun. Du bist sehr großzügig in deiner Dankbarkeit.«

»Dafür kannst du dich bei meiner Mom bedanken.«

»Das werde ich. Denn jetzt lerne ich sie ja sogar kennen.«

Das stimmte. Die Gäste auf der Hochzeit würden sicher vermuten, dass er und Finley zusammen waren. Nein, nicht nur die Leute. Seine Mutter würde das ebenfalls glauben.

Das war jedoch ein Problem, mit dem er sich später auseinandersetzen würde. Jetzt gerade hatte er zum ersten Mal seit Langem das Gefühl, dass die Dinge genau so liefen, wie er es wollte. Und er hatte vor, das mit einem schön fettigen Churro zu feiern.

16. Kapitel

Sloane saß mit untergeschlagenen Beinen auf dem Sofa des Gemeinschaftswohnzimmers im Erdgeschoss. Es war mitten am Nachmittag unter der Woche, und sie hatte den Raum für sich. Ihre Mutter saß ihr gegenüber und musterte sie aufmerksam.

»Das Mittagessen war köstlich«, sagte ihre Mom mit freundlicher Stimme. »Aber es gibt doch sicher einen Grund dafür, dass du mich hergebeten hast.«

»Wir hängen doch sonst auch ständig miteinander ab«, protestierte Sloane. Was stimmte – zumindest ein bisschen. Ihre Mom und sie kamen alle paar Wochen zusammen, um sich auszutauschen. Es war einfacher für sie, wenn sie nur zu zweit waren, als wenn sie sich mit Finley auseinandersetzen musste, die so schwierig und hart in ihren Urteilen sein konnte.

Vielleicht spricht da aber auch nur die Bitterkeit aus mir, gestand Sloane sich ein. Die einzigen echten Probleme im Leben ihrer Schwester hatte sie hervorgerufen. Sie mochte als die hübschere und talentiertere von ihnen zur Welt gekommen sein, doch Finley war diejenige, die nie etwas verbockt hatte.

Molly lächelte sie an. »Schätzchen, ich habe alle Zeit der Welt, aber du hast ein Leben, um das du dich kümmern musst. Was wolltest du mir sagen?«

»Ich hatte einen Ausrutscher.«

Bis sie die Worte ausgesprochen hatte, war sie sich nicht sicher gewesen, ob sie ihrer Mutter wirklich die Wahrheit gestehen würde. Leute, die einen Rückfall hatten, wurden so oft dafür verurteilt – vor allem von Menschen, die nie den Fluch einer Abhängigkeit erlebt hatten.

Ihre Mutter hatte allerdings nie zu diesen Menschen gehört. Sie nickte langsam, ehe sie sagte: »Vor ein paar Wochen? Als du deinen Tag mit Aubrey abgesagt hast?«

»Ich konnte ihr so einfach nicht gegenübertreten. Mir war immer noch übel, und ich habe mich so sehr vor mir selbst geekelt.« Sie zog die Knie an die Brust, als wollte sie sich von allen Seiten schützen. »Es war an meinem einjährigen Jahrestag. Ich war so dumm. Ich habe eine Flasche Wodka getrunken und sie sofort wieder ausgekotzt. Und dann musste ich der Tatsache ins Auge sehen, dass ich nicht geheilt bin. Ich werde nie geheilt sein, und jetzt muss ich wieder ganz von vorne anfangen.«

Ihre Mom erhob sich von ihrem Stuhl, setzte sich neben sie aufs Sofa und zog sie an sich.

»Ich hab dich sehr lieb«, sagte sie sanft und rieb ihr den Rücken. »Und zwar ganz egal, was passiert. Ja, das ist jetzt schwer, aber du schaffst das. Du bist wieder trocken. Du gehst zu deinen Meetings. Du weißt, was du zu tun hast.«

»Jetzt klingst du gerade wie Ellis.«

»Er ist ein guter Mann, der dich sehr gernhat.«

»Ich weiß.« Er war viel besser, als sie es verdiente. »Danke, dass du mich nicht verurteilst, Mom. Das bedeutet mir sehr viel.«

»Menschen zu verurteilen, bringt nichts. Das hilft niemandem.«

»Finley würde mich verurteilen. Auf der Stelle.«

Sloane dachte an den Besuch ihrer Schwester in ihrem Haus zurück. Nun ja, es war nicht wirklich ein Besuch gewesen, mehr eine Art kurze Entführung, doch sie hatte ihrer Schwester zeigen wollen, wie gut sie klarkam. Was angesichts der Tatsache, dass sie erst seit ein paar Tagen wieder trocken war, nicht einer gewissen Ironie entbehrte.

»Ich habe es Finley nicht erzählt, als ich sie gesehen habe«, gab sie zu. »Ich wollte nicht hören, was sie dazu zu sagen hätte.«

»Sie muss es auch nicht wissen.«

Sloane lächelte. »Bestätige mich nicht in diesem Verhalten, Mom. Das hilft nicht. Ich muss ehrlich zu allen sein, und zu Finley war ich es nicht. Aber das werde ich in Ordnung bringen.« Irgendwann jedenfalls. Wenn sie ein wenig stärker wäre und besser mit der Geringschätzung ihrer Schwester umgehen konnte.

Ihre Mom löste sich von ihr. »Ich werde ihr nichts sagen. Es ist nicht an mir, ihr das zu erzählen. Außerdem glaube ich, dass du zu hart zu dir selbst bist. Du hast einen Fehler gemacht, das passiert.«

»Bei normalen Leuten mag das so sein. Aber wenn Trinker Fehler machen, leiden andere Menschen darunter.«

Ihre Mutter wischte den Einwand mit einer Handbewegung beiseite. »Du kriegst das schon hin. Meide nur Aubrey nicht wieder.«

Sloane kam plötzlich der Gedanke, dass die selbstverständliche Akzeptanz, die ihre Mutter ihr in dieser und anderen Angelegenheiten entgegenbrachte, womöglich mehr auf Verdrängung als auf liebevoller Zuwendung beruhte. Molly sah, was sie sehen wollte – sie hatte schon immer die Fähigkeit besessen, jede Entscheidung zu rechtfertigen. Das hatte es ihr damals auch ermöglicht, jedes Mal, wenn sie ein Engagement bei einer fahrenden Theatertruppe bekam, zwei kleine Kinder zurückzulassen. Und jetzt erlaubte es ihr vermutlich, die unschöneren Aspekte an der Krankheit einer ihrer Töchter auszublenden.

»Finley ist eine bessere Mutter als ich.«

»Das ist doch albern. Du liebst dieses Mädchen, sie ist deine Tochter. Das ist ein Band, das niemals durchschnitten werden kann.«

Sloane stellte beide Füße auf den Boden. »Mom, wenn ich trinke, ist sie mir egal. Dann weiß ich noch nicht mal mehr, dass sie existiert.«

»Aber du trinkst nicht. Du bist zu streng mit dir selbst, mein Schatz. Genieß deine Erfolge und schmiede Pläne für die Zukunft.«

Nicht gerade die Prinzipien der Anonymen Alkoholiker, dachte Sloane grimmig.

»Als Calvin starb, waren Aubrey und ich beide völlig am Ende«, sagte sie langsam. »Er war derjenige, der sich um Aubrey kümmerte. Klar, ich war ihre Mom, aber ich ging in ihrem Leben ein und aus, wie es mir gerade passte. Meistens war ich betrunken, wenn ich sie sah, aber nicht so sehr, dass ich nicht funktionierte. Doch dann war er weg. Ich musste mich um alles selbst kümmern, und ich wusste, ich schaffe das nicht.«

Die Züge ihrer Mutter wurden weich. »Du hättest sie gleich zu uns bringen sollen.«

»Eigentlich wusste ich, wohin die Reise ging«, gab sie zu. »Aber ich wollte beweisen, dass ich für sie sorgen kann.« Sie schüttelte den Kopf. »Was soll das überhaupt heißen? Wem wollte ich das beweisen? Mir selbst? Finley?«

Sie wollte nicht an diese Zeit zurückdenken, wusste jedoch, dass sie ihrer Mutter begreiflich machen musste, dass sie zwar Aubreys Vollzeit-Mom sein wollte, aber nicht sicher war, dass sie es verdiente.

»Eines Abends trank ich noch mehr als sonst, ich war völlig weggetreten. Als ich aufwachte, war es mitten am Vormittag. Es dauerte vielleicht eine halbe Stunde, ehe ich mich an Aubrey erinnerte, und da erst merkte ich, dass sie nicht da war.«

Ihre Mutter runzelte die Stirn. »Was meinst du? War sie weggelaufen? Sie war doch erst fünf.«

»Nein, sie war nicht weggelaufen. Sie war eher wegspaziert. Wahrscheinlich hatte sie Hunger und Langeweile.« Sie schloss kurz die Augen. »Ich ging nach ihr suchen, rief ihren Namen. Mein Kater war so heftig, dass ich gar nicht mal so große Angst um sie hatte.«

Sie hätte gerne das Thema gewechselt, über das Wetter geredet oder über den neuen Animationsfilm, auf den Aubrey sich freute. Doch sie wusste, dass es wichtig war, die Wahrheit auszusprechen. Dass sie, indem sie ihre Geschichte erzählte, den Dämon der Erinnerung exorzierte – oder ihm zumindest weniger Macht verlieh.

»Sie war in der letzten Wohnung auf unserem Flur. Der Typ, der dort wohnte, hörte mich Aubreys Namen rufen.« Trotz ihres Pullovers und der relativen Wärme im Raum, erschauderte sie.

Er hatte einigermaßen normal ausgesehen – groß, dünn, beinahe gut aussehend, doch seine Augen hatten irgendetwas ausgestrahlt. Schonungslose Bösartigkeit, von der es ihr eiskalt über den Rücken gelaufen war.

»Gehört sie zu dir?«

In seiner Reibeisenstimme schwang etwas so Unheimliches mit, dass es ihr unter der Haut kribbelte. Sie nickte.

Er rief nach Aubrey, und sie trat aus seiner Wohnungstür, in der Hand ein Sandwich. Als ihre Tochter sie sah, lächelte sie.

»Das ist Daniel. Er ist mein neuer Freund.«

Die Art, mit der Daniel ihre Tochter im nächsten Moment an der Schulter berührte, hatte ihr mehr Angst eingejagt als jemals irgendetwas zuvor.

»Ich war nett zu ihr«, sagte er. »Diesmal. Aber das wird nicht wieder vorkommen.«

»Ich weiß nicht, was er für einer war«, sagte Sloane und kehrte langsam in die Gegenwart zurück. »Ein Serienkiller, ein Pädophiler. Aber es war wirklich schlimm, und er hatte Aubrey stundenlang bei sich.«

»Ihr geht's ja gut«, sagte ihre Mutter und musterte sie ängstlich. »Er hat ihr nichts getan, und du hast sie zu uns gebracht.«

Zu Finley, dachte sie, korrigierte ihre Mom jedoch nicht. Sie hatte noch am selben Morgen die Sachen ihrer Tochter gepackt und war zu Finleys neuem Haus gefahren, um dort auf sie zu warten. Sie hatte sich mit Wodka gestärkt und dann ihr Kind der einzigen Person übergeben, von der sie sicher wusste, dass sie für sie sorgen würde.

»Ich habe zugelassen, dass ein Monster sie mitnimmt«, wisperte Sloane. »Das ist der Mensch, der ich bin, Mom.«

»Aber dieser Mensch bist du nicht mehr«, sagte Molly entschieden. »Dir geht es so viel besser. Ich wünschte, du könntest dich so sehen, wie ich dich sehe.«

»Eine idealisierte Version der Realität ist nicht immer hilfreich.«

»Das ist besser, als dich ständig selbst fertigzumachen. Aubrey liebt dich und will dich in ihrem Leben haben. Du bist ihre Mutter, vergiss das nicht. Diese Information wird dir helfen.«

Sloane wusste, dass das manchmal der Fall war, aber in anderen Momenten zählte nichts so sehr wie ihr Bedürfnis nach einem Drink.

»Es wäre so viel leichter, wenn sie von mir eine Niere benötigen würde. Die könnte ich ihr problemlos geben.«

Ihre Mutter lachte leise. »Nicht mit deiner Krankengeschichte. Du würdest ganz sicher abgelehnt werden.«

Sloane lachte. »Da hast du wohl recht. Mir bleibt also nichts anderes übrig, als herauszufinden, wie ich ihre Mom sein kann.«

»Du bist schon ihre Mutter. Und das wirst du immer sein. Liebe sie und sei da für sie. Das ist alles, was sie wirklich braucht.«

»Das stimmt«, sagte Sloane. »Das ist es, was sie braucht.«

Witzig, dass ihrer Mom das so klar war, dass sie selbst aber nicht in der Lage gewesen war, genau das ihren Kindern zu geben. Oh ja, Molly hatte ihre Mädchen geliebt. Aber wenn das Licht der Scheinwerfer sie rief, war sie abgehauen, ohne zu zögern, und hatte sie beide bei ihrem Großvater gelassen. Eine wichtige Erinnerung daran, dass jeder Mensch seine Fehler hatte. Nun ja, jeder außer Finley.

Finley stand voller Ungeduld mit ihrem Wagen vor der roten Ampel und trommelte mit den Fingern auf das Lenkrad.

»Jetzt werd schon grün!«

Als die Ampel endlich die Farbe wechselte, trat sie aufs Gas und raste weiter zum Haus ihrer Mutter – in dem beunruhigenden Wissen, dass der einzige Damm, der zwischen ihr und der

Katastrophe lag, aus dem schäbigen Handtuch bestand, das sie aus den Tiefen ihres Arbeitstransporters hervorgezogen und unter sich gelegt hatte. Sie hatte es dreimal gefaltet, in der Hoffnung, dass dies genügen würde, um das Blut daran zu hindern, in den Stoffsitz zu sickern.

Das Schlimme war nicht, dass sie ihre Tage bekommen hatte – nein, der Schlamassel bestand darin, dass heute Dienstag war. Sie nahm die Pille und bekam ihre Tage an jedem vierten Dienstag ihres Zyklus, zwischen zehn Uhr morgens und zwölf Uhr mittags. Jeden. Einzelnen. Monat.

Sie bereitete sich darauf vor. Sie legte eine Slipeinlage ein und steckte sich Tampons in die Hosentasche, sodass es normalerweise kein Problem war. Doch aus irgendeinem Grund hatte sie vergessen, dass heute ebenjener Dienstag war, und wenn ihre Periode losging, dann ging sie so richtig los.

Sie bog um die Ecke und dann in die Einfahrt. Als sie aus dem Wagen stieg, spürte sie den verräterischen Erguss, der ihr signalisierte, dass das Toilettenpapier, mit dem sie ihre Unterhose ausgepolstert hatte, längst durchgeblutet war. *Mist.* Wenigstens das Handtuch war nicht vollkommen durchnässt.

Sie unternahm den würdelosen Versuch, mit zusammengepressten Oberschenkeln zur Tür zu rennen, schloss sie auf und hastete zur Treppe – nur um abrupt stehen zu bleiben, als sie ihren Großvater die Stufen heruntergehen sah, unter dem Arm einen Wäschekorb.

Nein, er geht nicht, dachte sie verwirrt und leicht desorientiert. Er schlenderte ganz entspannt. Verschwunden waren der Stock, das Hinken, die gebeugte Haltung. Lester bewegte sich mit der Leichtigkeit eines Mannes, der mindestens zehn Jahre jünger war. Oder auch zwanzig. Seine Gesichtsfarbe wirkte gesund, seine Schultern waren gestrafft. Als er das Erdgeschoss erreichte, entdeckte er sie. Der Ausdruck von Schuld und Verlegenheit, der augenblicklich auf seinem Gesicht erschien, bestätigte ihr, dass sie sich das alles nicht einbildete.

Etwas Warmes und Feuchtes rann allerdings eins ihrer Beine hinunter und erinnerte sie daran, dass sie gerade ein dringlicheres Problem hatte. Sie schob sich an ihm vorbei und rannte nach oben in das Bad, das sie sich mit Aubrey teilte.

Eine halbe Stunde später hatte sie geduscht und sich etwas Frisches angezogen. Ihre Jeans weichte im Waschbecken ein, um die würde sie sich später kümmern. Sie hatte sich mit allem Nötigen eingedeckt und war bereit, ihren Arbeitstag fortzusetzen. Außerdem hatte sie genügend Zeit gehabt, zu begreifen, was sie da gesehen hatte, auch wenn das nicht annähernd reichte, um die daraus entstehenden Gefühle zu verarbeiten.

Wut war wohl die angemessenste Reaktion, daher ließ sie zunächst mal die zu. Wütend zu sein, verlieh ihr Kraft. Was den Rest betraf, das Gefühl, getäuscht und zum Narren gehalten worden zu sein, die Erkenntnis, wieder mal jemandem vertraut zu haben, der sie angelogen hatte, ihr Herz jemandem geöffnet zu haben, nur damit derjenige rücksichtslos darauf herumtrampeln konnte – mit diesen Gefühlen umzugehen, war schwerer. Daher zog sie sorgsam ihre inneren Mauern hoch und verbannte sämtliche Gefühle hinter eine verriegelte Tür. Bis auf den Zorn. Den hielt sie stets griffbereit.

Lester erwartete sie bereits im Wohnzimmer. Als sie die Treppe herunterkam, erhob er sich. Auf rein intellektueller Ebene wusste sie es zu schätzen, dass er gar nicht erst versuchte, sie erneut zu täuschen, indem er plötzlich wieder gebeugt über dem Stock hing.

»Ich kann das erklären«, sagte er und bewegte sich auf sie zu.

Sie hielt abwehrend die Hand hoch. »Bleib, wo du bist, und versuch ja nicht, mir nahe zu kommen. Bilde dir nicht ein, dass wir eine Beziehung haben oder du mir in irgendeiner Weise wichtig bist.«

Er zuckte zusammen. Die Anzeichen waren subtil – ein leichtes Versteifen des Körpers, eine kleine Kopfbewegung –, doch sie waren eindeutig. Einen kurzen Moment lang fühlte sie sich unwohl, so als hätte sie jemanden verletzt, den sie gernhatte. Doch das habe ich nicht, rief sie sich ins Gedächtnis. Einen Lügner wie ihn konnte sie niemals gernhaben.

»Warst du überhaupt jemals krank?«, fragte sie mit tonloser Stimme. »Hast du jemals in einem Pflegeheim gelebt?«

Er ließ eine Sekunde lang den Kopf hängen, dann sah er sie an. »Nein. Mir geht's gut.«

»Was zum Teufel soll das dann alles?«, kreischte sie. »War das ein Spiel? Hast du es genossen, uns alle zum Narren zu halten? Welcher kranke Bastard tut so etwas?«

»Einer, der alles vermasselt hat und nicht wusste, wie er es wieder in Ordnung bringen kann. Ein Mann, der seine Familie vermisst.«

Sie wandte sich um und ging zum anderen Ende des Wohnzimmers. »Ach, ich bitte dich. Das ist so ein Schwachsinn. Du hast uns ausgetrickst. Uns alle. Du hast so getan, als wärst du kurz davor zu sterben, und dabei hast du dich die ganze Zeit heimlich über uns kaputtgelacht. Was hast du vor, Lester? Willst du dir Geld von meiner Mom erschwindeln? Sie hat selbst nicht viel, wenn das also dein großes Ziel ist, bist du umsonst so weit gereist.«

»Finley, nein.« Sein Blick war flehend. »Komm schon, du kennst mich. Du hast mich früher gekannt, und du kennst mich jetzt. Vor Jahren habe ich einen schrecklichen Fehler begangen und meinen Stolz zwischen uns kommen lassen. Es verging immer mehr Zeit, und ich wusste nicht, wie ich es wieder in Ordnung bringen kann. Ich wollte zurückkommen und noch mal ganz von vorne anfangen. Ich wollte mich entschuldigen.«

»Das haben wir doch alles schon durch. Du wusstest nicht ... bla, bla, bla. Nichts davon erklärt deine Lügen.«

»Ich dachte, wenn ich euch allen leidtue, akzeptiert ihr mich schneller wieder.«

Sie starrte ihn fassungslos an. »Was für ein Unsinn.«

»Es stimmt aber. Ich hatte Angst, dass ihr mich nicht zurückkommen lassen würdet, wenn ihr nicht alle glaubtet, dass ich krank bin. Ich dachte, dass ihr mir dann niemals verzeihen würdet.«

»Ich schätze, wir werden niemals wissen, was passiert wäre«, sagte sie voller Bitterkeit. »Ich hatte gerade angefangen, dir zu glauben. Was für eine Idiotin ich bin.«

Er verzog das Gesicht. »Sag das nicht. Ich brauche dich, Finley. Dich und Aubrey und deine Mom und Sloane. Ich brauche euch in meinem Leben, und ich möchte für euch da sein.«

»Damit du uns wieder bescheißen kannst?«

»Ich bin nicht wegen des Geldes hier, ich habe mein Leben lang gut verdient. Mein Haus in Phoenix habe ich mit hohem Gewinn verkauft, außerdem habe ich Geldanlagen und Ersparnisse, dazu kommt noch meine Rente. Ich bin nicht wegen eines Almosens hier. Ich bin hier, weil ich ein alter Mann bin, der seine Familie vermisst.«

Sie starrte ihn wütend an. »Das war's schon? Du trickst uns aus, du lügst uns an, und jetzt tut es dir leid, und alles ist wieder okay? Du klingst wie Sloane.«

Sie trat einen Schritt zurück, nicht sicher, was sie denken, was sie fühlen sollte. Es passierte einfach zu viel zu schnell. Jedes Mal, wenn sie Boden unter den Füßen spürte, wurde er wieder unter ihr weggespült. Ständig geriet sie ins Straucheln, versuchte sie, herauszufinden, was richtig und real war und wem sie vertrauen konnte.

Lester jedenfalls nicht, dachte sie grimmig. Nicht mehr.

»Ich war so kurz davor, dir zu verzeihen«, sagte sie und war überrascht von der schmerzvollen Trauer, die ihre Brust erfüllte. »Ich war so kurz davor, zu glauben, dass wir tatsächlich wieder eine Familie sein könnten.«

Seine Augen füllten sich mit Tränen. »Sag das nicht. Wir können immer noch eine Familie sein. Ich hab dich lieb, Finley.«

Jetzt war sie an der Reihe, zusammenzuzucken. Sie wandte

sich ab, für den Fall, dass ein zweiter Angriff folgen würde. Ihr Körper nahm den Schmerz auf und vergrub ihn tief in sich. Sie schnappte sich ihre Jacke und die Tasche und ging zur Tür.

»Wenn es nach mir ginge, würde ich deinen Lügenarsch auf der Stelle rauswerfen«, sagte sie und warf einen Blick zurück zu ihm. »Zu deinem Glück geht das nicht. Aber lass mich eins ganz klar sagen – wenn du Aubrey noch einmal wehtust, werde ich dich zerstören. Ich weiß nicht, wie, aber ich werde einen Weg finden und es zu meinem Lebensziel erklären.«

»Ich würde ihr niemals wehtun.«

»Das hast du bereits, alter Mann. Du hast sie angelogen und sie an eine Lüge glauben lassen. Du hast dich nicht verändert. Du bist immer noch das gleiche Arschloch wie damals, als du deine Enkelinnen im Stich gelassen hast.«

»Finley, bitte.«

Sie stürmte hinaus und knallte die Tür hinter sich zu. Es hätte noch mehr zu sagen gegeben, aber wozu? Lester hatte sich kein Stück geändert. Er war ein egoistischer, unbedeutender Mann, der die Menschen anlog, die er zu lieben vorgab. Sie verschwendete nur ihre Zeit mit ihm.

Nachdem sie sich vergewissert hatte, dass der Sitz ihres Transporters von ihrer Periode nicht in Mitleidenschaft gezogen war, stieg sie ein und fuhr los. Doch statt der Baustelle steuerte sie das Community College an und parkte auf dem Besucherparkplatz. Von dort war es ein kurzer Fußweg zum kleinen, beengten Büro ihrer Mutter.

Das Schild an der Tür verkündete, dass die Sprechstunde in einer Viertelstunde begann. Finley ließ sich im Flur auf dem Boden nieder, um auf sie zu warten. Zehn Minuten später erschien ihre Mutter.

»Hallo, Finley. Das ist ja eine Überraschung.«

Finley stand auf. »Ist das jetzt sarkastisch gemeint, Mom? Ich bin mir sicher, dass Lester dir schon geschrieben hat, was passiert ist.«

»Ja, das hat er.«

Ihre Mutter ließ sie in ihr Büro, dann schloss sie die Tür hinter ihnen. »Ich habe Termine mit Studierenden, lass es uns also kurz halten. Du bist wütend.«

»Ich denke, dazu habe ich jedes Recht.«

Zu ihrer Überraschung drehte ihre Mutter sich abrupt um und pikte sie in die Schulter.

»Warum? Warum darfst du wütend sein? Was geht dich das Ganze überhaupt an? Mein Vater ist also gesünder, als er vorgegeben hat. Mal nüchtern betrachtet, angesichts all der Probleme auf der Welt, wieso spielt das so eine große Rolle?«

»Er hat uns angelogen. Er hat vorgegeben, etwas zu sein, was er nicht ist, damit wir Mitleid mit ihm haben. Er benutzt uns.« Plötzlich kam ihr ein unangenehmer Gedanke. »Du wusstest es!«

»Natürlich wusste ich es.« Ihre Mutter tat die Anschuldigung mit einer Handbewegung ab. »Nicht bevor er hierherkam, aber innerhalb der ersten Woche. Als ausgebildete Schauspielerin habe ich die subtilen Unterschiede bemerkt. Die Farbe seiner Haut. Die Art, wie sein Rücken jeden Tag ein wenig anders gekrümmt war. Und er wusste ganz offensichtlich nicht, wie man einen Stock benutzt – jedenfalls nicht richtig. Ich habe ihn damit konfrontiert, und er hat mir alles erzählt.«

Finley blieb der Mund offen stehen. »Die ganze Zeit über hast du es gewusst und nichts gesagt?«

Ihre Mutter zog sich hinter ihren Schreibtisch zurück und setzte sich.

»Ich hab dich sehr lieb, Finley. Du bist eine starke Frau, und du machst das mit Aubrey großartig, aber ganz ehrlich, du machst mich fertig. Du erwartest Perfektion, aber die meisten von uns anderen sind dazu einfach nicht in der Lage.«

Die Ungerechtigkeit ihrer Worte traf sie wie eine Ohrfeige, doch Finley ignorierte sie. »Für dich ist es also okay, was er getan hat? Du lässt ihn einfach so dableiben?«

Ihre Mutter funkelte sie wütend an. »Aus deiner Warte ist es leicht ›einfach so‹ zu sagen. Du bist jung und hast noch dein ganzes Leben vor dir. Ich nicht.« Sie deutete mit einer Handbewegung auf den Raum. »Ich unterrichte hier in Teilzeit, was mir nicht viel Geld einbringt. Ich gebe Privatunterricht, und die Hälfte meiner Schülerinnen können es sich nicht leisten, mich zu bezahlen. Alles, was ich habe, ist das Haus und meine Sozialversicherung. Sofern du nicht planst, mir mein Alter zu finanzieren, muss ich einen Weg finden, für mich selbst zu sorgen.«

»Dann geht es also um Lesters Geld.«

»Zum Teil.« Ihre Mutter atmete scharf aus. »Außerdem ist er mein Vater. Ja, er hat Fehler gemacht, aber das haben die meisten von uns. Trotzdem liebe ich ihn, und ich möchte, dass er bei mir lebt. Ich möchte, dass er sich wohlfühlt und von Menschen umgeben ist, die ihn lieben.«

Finley begriff nicht ganz, was ihre Mutter da sagte. »Es ist okay für dich, dass er lügt?«

»Ich verstehe, warum er es getan hat. Und wie ich dich kenne, bin ich mir nicht sicher, ob er eine Wahl hatte.«

»Mich? Was habe ich damit zu tun? Er hat uns alle angelogen.«

»Sloane ist nicht in der Position, irgendwen zu verurteilen, und mich hätte er ziemlich leicht überzeugen können. Du bist die Starrköpfige. Tut mir leid, wenn ich das so offen sage, aber deine Erwartungen an andere Menschen sind unrealistisch. Du bist zu schnell darin, das Schlimmste anzunehmen, und zu langsam darin, zu verzeihen. Du hast deine Regeln, Finley, und in der Theorie ergeben die auch Sinn, aber in der echten Welt sind sie einfach nur kaltherzig.«

Molly erhob sich. »Mein Vater ist ein einsamer alter Mann. Es war falsch von ihm, zu lügen, aber er hat sich entschuldigt, und es gibt keinen Grund, darauf herumzureiten. Ich habe auch Regeln. Du bist meine Tochter, und du wirst immer willkommen in meinem Haus sein. Aber solange du und Aubrey bei mir lebt, wirst du ihn mit Höflichkeit und Respekt behandeln. Habe ich mich klar ausgedrückt?«

Finley hatte keine Ahnung, woher diese unerwartete Attacke kam und weshalb in alldem plötzlich wieder sie die Böse war. Sie wollte protestieren und sagen, dass sie nichts falsch gemacht hatte, dass sie nicht gelogen oder sich betrunken oder etwas gestohlen hatte. Sie versuchte einfach nur, ihr verdammtes Leben zu leben, und doch passierten diese Dinge ihr immer wieder.

Sie wusste aber, dass ihre Mutter das anders sah.

Ein Gefühl der Verletztheit machte sich in ihr breit. Am liebsten hätte sie Molly an den Kopf geknallt, dass sie dann eben Aubrey nehmen und ausziehen würde. Dass sie ihr die Kosten für das Haus alleine überlassen würde, ohne die Unterstützung durch ihre großzügige monatliche Mietüberweisung. Nur hatte sie keinen anderen Ort, an den sie gehen konnte. Das neue Haus war noch lange nicht fertig, und sich eine Zweizimmerwohnung zu mieten, klang deprimierend. Und was noch wichtiger war, Aubrey liebte ihre Familie, und sie, Finley, brauchte Hilfe bei der Betreuung ihrer Nichte.

Ihre Mutter seufzte. »Finley, bitte. Ich liebe dich, und ich möchte, dass du bleibst. Aber kannst du nicht einfach mal lockerlassen?«

»Klar, Mom«, log sie. »Ich muss das Ganze erst mal verarbeiten, aber ich krieg das schon hin.«

Ihre Mutter musterte sie einen Moment lang, dann nickte sie. »Gut. Ich habe jetzt Studierende zu betreuen, die schon im Flur Schlange stehen. Wir sehen uns heute Abend zu Hause. Was wirst du Aubrey sagen?«

Eine interessante Frage, dachte Finley. Sie zuckte mit den Schultern. »Nichts. Ihrem Urgroßvater geht es besser. Darüber sollten wir alle froh sein.«

Ihre Mutter lächelte. »Genau das habe ich auch gedacht.«

17. Kapitel

> Wir sollten mal zusammen was trinken gehen und miteinander reden.

Jericho starrte auf sein Handy. Was er darauf las, war in seiner Sprache verfasst, und die Bedeutung der Worte war ihm theoretisch klar. Doch wenn er ganz ehrlich war, ergaben sie keinen Sinn für ihn.

Zusammen was trinken gehen und reden? Er hatte den Impuls, nachzufragen, ob Lauren ihm das ernsthaft geschrieben hatte, nur hatte er den Beweis direkt vor Augen. Verdammt noch mal, die Frau hatte wirklich Nerven.

> Du kannst nichts trinken. Du bist schwanger. Und außerdem haben wir einander nichts zu sagen.

Sie antwortete beinahe augenblicklich.

> Wir haben die Hochzeit zu besprechen. Wen wirst du mitbringen?

Was interessierte sie das?

> Finley. Du hast sie letztens kennengelernt.

> Ah, ihr seid zusammen?

Er fluchte laut. Was war nur los mit seiner Ex? Nichts von alldem hatte sie zu interessieren. Sein erster instinktiver Impuls bestand darin, dies zu bejahen und zu behaupten, dass sie bis über beide Ohren ineinander verliebt waren und es ihm großartig mit ihr ging. Das Problem war nur, dass diese Aussage nur für den Moment befriedigend wäre, denn irgendwann käme die Wahrheit ans Licht. Finley war eine Freundin, die ihm einen Gefallen tat – nicht mehr. Und was noch schlimmer war, Lauren würde es womöglich seiner Mutter gegenüber erwähnen, und dann würde die Lüge zum Riesenproblem für ihn werden. Dabei versuchte er nur, sich Lauren vom Hals zu schaffen.

Daher schrieb er stattdessen:

Was willst du?

Ich vermisse es, mit dir zu reden.

Verdammt. Er pfefferte sein Handy auf den Schreibtisch und dachte darüber nach, dass er sich womöglich eine neue Nummer zulegen sollte. Schon als sie noch verheiratet waren, hatte er Lauren nicht immer verstanden, aber jetzt blickte er überhaupt nicht mehr durch. Die gute Nachricht war, dass sie nicht mehr sein Problem war.

In diesem Moment öffnete sich die Containertür, und Finley trat ein. Er musste nur einen Blick auf ihr Gesicht werfen, um zu wissen, dass etwas Schlimmes passiert war.

»Was ist los?«, fragte er und sprang auf. »Geht's dir gut?«

Sie seufzte und schüttelte den Kopf. »Störe ich dich?«

Er sah auf sein Handy. »Bei mir ist rein gar nichts los.«

Ihr gelang ein schwaches Lächeln, von dem er ziemlich sicher war, dass es nur vorgetäuscht war.

»Ehrlich gesagt, Jericho, habe ich dich noch nie arbeiten sehen. Sieht deine Position überhaupt irgendwelche Tätigkeiten vor?«

Er lachte leise. »An manchen Tagen ja.« Er ging zum Konferenztisch und klopfte auf die Lehne eines Stuhls. »Setz dich und erzähl mir, was los ist.«

Sie beäugte den Stuhl, doch statt sich zu setzen, durchschritt sie den Container in ganzer Länge. »Lester hat gelogen.«

Grandpa Lester? »In Bezug auf was?«

»In Bezug auf alles.« Sie hob die Hände in die Luft, dann ließ sie sie wieder fallen. »Okay, das ist ein bisschen extrem ausgedrückt, aber ...« Sie erreichte das Ende des Containers, drehte sich um und sah ihn an. »Er ist gar nicht krank.«

Womöglich betrifft mein Verständnisproblem nicht nur Lauren, sagte er sich. Vielleicht würde er Zeit seines Lebens nie irgendeine Frau verstehen.

»Hast du dir denn gewünscht, dass er krank ist?«, fragte er vorsichtig.

»Wie bitte? Nein. Aber er hat uns angelogen und behauptet, dass er krank ist. Dabei hat er gar keinen Buckel, keine graue Haut, keinen Stock. Er ist zwar tatsächlich alt, aber vollkommen gesund und fit.« Sie sah ihn an und zog eine Grimasse. »Er dachte, wenn wir glauben, er sei gebrechlich und schwach, würden wir ihm eher verzeihen und ihn wieder in den Schoß der Familie aufnehmen.«

»Auf irgendeine verkorkste Art ergibt das durchaus Sinn.« Irgendwie jedenfalls. »Wie hast du es herausgefunden?«

»Ich musste tagsüber unerwartet nach Hause fahren und ertappte ihn dabei, wie er mit einem Wäschekorb unter dem Arm die Treppe runterkam. Ohne zu humpeln, ohne Stock. Er sah fantastisch aus.«

In einer ersten instinktiven Reaktion hätte er sie beinahe an sich gezogen, was ihn verwirrte, denn Finley und er umarmten sich nicht. So eng befreundet waren sie nicht. Er trat vorsorglich einen kleinen Schritt zurück.

»Das muss ein Schock für dich gewesen sein.«

Sie zog eine Grimasse, als der Ärger sich in ihr Bahn zu brechen schien. »So kann man es auch beschreiben. Ich war sauwütend. Er hat zugegeben, dass er gelogen hat, hat mir erklärt, warum er das getan hat, und gesagt, dass er ein Teil der Familie sein möchte. Oh, und meine Mutter wusste es übrigens schon.«

»Die ganze Zeit über?«

»Nein, sie fand es erst raus, nachdem er bei uns angekommen war. Angeblich ist er kein sehr guter Schauspieler. Aber sie hat mir nichts davon gesagt.«

Sie ließ sich auf einen Stuhl fallen. »Ich bin gleich zu ihr gefahren, um mit ihr zu reden.« Sie hielt inne. »Das heißt, ich habe sie zur Rede gestellt, und sie hat so getan, als wäre es meine eigene Schuld, dass ich nichts davon gewusst habe. Sie wolle eben ihren Dad um sich haben, und ich müsse damit klarkommen.«

»Das klingt recht harsch.« Er setzte sich ihr gegenüber. »Tut mir leid.«

»Mir auch.« Sie sah ihn an. »Es fühlt sich so an, als würden mich ständig alle anlügen. Sie hat gesagt, dass ich andere zu hart verurteile. Ich glaube nicht, dass ich das tue, aber was, wenn sie recht hat? Was, wenn ich wirklich ein so furchtbarer Mensch bin?«

»Das bist du nicht. Du bist witzig und warmherzig. Sieh nur mal, wie du dich sofort um Aubrey gekümmert hast, als Sloane dich darum gebeten hat. Du hast keine Sekunde darüber nachgedacht. Du hast es einfach getan.«

»Das ist was anderes.«

»Ist es nicht.«

Sie stand auf und fing wieder an, auf und ab zu gehen. »Ich bin ein Wrack. Manchmal habe ich so viel Wut in mir, dass ich nicht weiß, wohin damit, und dann werde ich traurig und frage mich, wieso immer ich diejenige bin, die den Ärger kriegt, wo doch alle anderen die Lügner sind.«

Sie erreichte die hintere Wand und drehte sich zu ihm um. »Eigentlich weigere ich mich, schwach zu sein, aber manchmal will ich mich einfach nur in einer Ecke zusammenrollen und jemand anders für mich sorgen lassen.«

Ohne nachzudenken, ging er zu ihr und zog sie an sich. Erst als er die Wärme ihres Körpers spürte, kam ihm der Gedanke, dass er womöglich eine Grenze überschritten hatte. Doch statt ihn von sich zu stoßen oder ihn anzuschreien, ließ sie sich in seine Arme sinken.

»Vielleicht bin ich doch schwach«, flüsterte sie.

»Bist du nicht. Die Lügerei ist zum Kotzen. Sie lügen einen an, und dann erwarten sie, dass man ihnen verzeiht. Dabei haben sie nichts getan, um die Situation irgendwie zu verbessern. Plötzlich tut es ihnen leid, und dann, hey, soll alles wieder gut sein.«

Sie hob den Kopf und lächelte ihn an. »Sprechen wir noch von mir, oder sind wir gerade wieder ein bisschen in Gil-Gefilde abgerutscht?«

Sie waren sich körperlich noch nie so nahe gewesen. Plötzlich sah er, dass ihre Augen nicht einfach nur braun waren – nein, sie wiesen sämtliche Schattierungen von Braun auf, vermischt mit einem Hauch von Grün und ein paar goldenen Sprenkeln. Auf der Nase hatte sie Sommersprossen und auf der Wange einen kleinen Schmutzfleck.

In dem kurzen Moment, ehe er ihre Frage beantwortete, kam ihm plötzlich der Gedanke, dass es ihnen nach zwei gemeinsamen Stunden in seinem Bett sicher besser ginge. Es würde keins ihrer Probleme lösen, aber wäre es nicht nett, den ganzen Mist um sie herum einfach mal zu vergessen?

»Ja, womöglich haben wir einen kurzen Abstecher in Gil-Gefilde unternommen«, sagte er und gab sich Mühe, sich locker zu geben, als er sie losließ und einen Schritt zurücktrat. Verdammt – Sex mit Finley? Wo kam das denn jetzt her? Sie waren doch Freunde, er mochte sie. Also nicht, dass er nicht mit Frauen schlief, die er mochte, doch ihre Beziehung war anders. Sie waren nicht diese Art von Freunden.

Was noch wichtiger war, er wollte mit ihr befreundet bleiben. Und Sex vorzuschlagen, war eine todsichere Methode, die beste Freundschaft zu zerstören. Antonio würde sagen, dass er sich gerade wie ein typischer Mann aufführe, dass er das Ganze vergessen und sich einfach ganz normal benehmen solle.

»Kann ich eine Limonade haben?«, fragte sie.

Ihre Bitte stand in einem solchen Kontrast zu dem, was er gerade dachte, dass er anfing zu lachen. »Klar. Welche hättest du denn gerne?«

»Egal, Hauptsache, mit Zucker.«

Er holte zwei Dosen aus dem Kühlschrank und stellte sie auf den Tisch. Sie setzte sich, ploppte ihre auf und nahm einen großen Schluck.

»Lass uns über deine Probleme sprechen«, sagte sie mit fröhlicher Stimme. »Das wird mich ablenken. Gibt's was Neues?«

Statt zu antworten, holte er sein Handy von seinem Schreibtisch, scrollte zurück zum Anfang seines Nachrichtenaustauschs mit Lauren und reichte es ihr. Sie starrte auf den Bildschirm und sah dann ihn an.

»Sie will dich zurück!«

»Was? Nein, das kann nicht sein.« Er setzte sich. »Aber sie benimmt sich wirklich eigenartig.«

Finley wedelte mit dem Handy. »Ich mein's ernst. Sie führt ein Theaterstück für dich auf. *Wir sollten zusammen was trinken gehen und reden?* Das ist doch nicht normal. Geschiedene Leute sagen so etwas nicht zueinander. Vor allem nicht geschiedene Ex-Frauen, die in ein paar Wochen heiraten. Das ist übel, Jericho. Da musst du aufpassen.«

Er wollte nicht, dass sie es ausspracht. »Das hat nichts zu bedeuten.«

»Warum leugnest du das?«

»Weil es sicherer ist. Ich will, dass Lauren überhaupt nicht über mich nachdenkt. Sie hat sich entschieden, Gil zu heiraten. Selbst schuld.«

Finley legte den Kopf schief. »Das ist interessant. Warum sagst du das? Glaubst du, dass er ein schlechter Ehemann sein wird?«

Die Frage verursachte ihm Unwohlsein. »Nein. Die meiste Zeit ist er ziemlich in Ordnung.« Er hielt inne und dachte an die letzten kurzen Gespräche mit seinem Bruder zurück. »Ehrlich gesagt klingt er jedes Mal, wenn er von ihr redet, so, als wäre er total verrückt nach ihr. Ich nehme alles zurück – die Bemerkung war nur eine reflexartige Reaktion auf die ganze blöde Situation.«

Er trank einen Schluck. »Ich kann es kaum erwarten, dass die Hochzeit vorbei ist.«

»Und ich bin froh, dass ich bei dir sein werde.«

»Ich auch.«

Sie reichte ihm das Handy. »Gil war nur eine Liebschaft. Du warst der Mann, den sie heiraten wollte.«

»Bis sie mit meinem Bruder geschlafen hat.«

Finley wischte die Bemerkung mit einer Handbewegung beiseite. »Ja, das war idiotisch und falsch von ihr. Was ich meine, ist, dass ihr das vielleicht inzwischen klar geworden ist. Vielleicht hat sie das Gefühl, sie sitzt in der Falle, und sucht jetzt einen Ausweg, und zwar mit dir.«

»Nein. Selbst wenn sie das will, wird es nicht passieren. Zwischen uns ist es aus. Mehr als aus.« Er hatte genug Zeit gehabt, zu begreifen, dass ihre Ehe für sie beide ein Fehler gewesen war. Er hatte sie retten wollen, und sie hatte einen Retter gesucht. Doch wenn er zurückblickte, war er sich nicht sicher, ob sie sich je wirklich geliebt hatten.

»Sei einfach vorsichtig«, wiederholte Finley.

»Immer doch.«

Sie lächelte. »Versteh mich nicht falsch, aber ich bin wirklich froh, dass du auch Probleme hast. Das gibt mir ein besseres Gefühl in Bezug auf mein Leben.«

»Du hast ein gutes Leben. Es sind nur ein paar Teile, die nerven. Statt dich hier wieder an die Arbeit zu machen, solltest du zu deinem Haus fahren und irgendeine Wand einreißen. Danach wird es dir besser gehen.«

Sie lachte. »Das würde ich liebend gerne, aber ich habe noch einen anderen Chef. Dem würde dein Plan nicht gefallen.«

»Ach ja, stimmt.«

»Aber ich verbringe den ganzen Samstag im Haus. Aubrey wird mit meiner Mom abhängen, bis Sloane sie abholt, daher kann ich den ganzen Tag meinen Frust abarbeiten und werde das Badezimmer demolieren.«

»Kannst du dabei Hilfe gebrauchen?«

Sie musterte ihn belustigt. »Na ja, es ist wohl mal an der Zeit für dich, mir zu beweisen, wie hart du arbeiten kannst.«

Er grinste. »Dann mach dich auf Erstaunliches gefasst. Um wie viel Uhr?«

»Komm einfach, wann du willst. Ich werde ab neun dort sein. Und ich bringe was zum Mittagessen mit.«

»Dann bis dann.«

»Ich suche mir einen Sponsor«, sagte Sloane, während sie Yambohnen für ihren Salat klein hackte.

Ellis würzte den Fisch fertig und schob die Form in den Ofen. »Alles klar.«

Er sprach, ohne sie anzusehen, und räumte Salz und Pfeffer weg. Sie legte ihr Messer ab.

»Ich hatte mir etwas mehr an Reaktion erhofft«, sagte sie. »So was wie ein überraschtes Luftholen oder wenigstens ein Blinzeln. Du bist in letzter Zeit so stoisch.«

Eigentlich meinte sie, seit ihrem Ausrutscher, doch sie wusste, dass er sie auch so verstand.

Er sah sie an. »Ich bin froh, dass du dir einen Sponsor suchst.«

Sie wartete, doch mehr kam nicht von ihm. »Ich bin schon mit zwei möglichen Kandidaten zum Kaffeetrinken verabredet. Ich will sichergehen, dass die Chemie stimmt.«

»Du meinst, du willst sichergehen, dass du sie an der Nase herumführen kannst?«

Sie zuckte zusammen. »Das war jetzt harsch.«

»Du bist gut darin, die Leute das sehen zu lassen, was du willst. Das mag generell im Leben funktionieren, aber nicht, wenn es darum geht, trocken zu bleiben.«

Sie wusste, was er meinte, seine Vermutung tat dennoch weh. »Ich habe Minnie um die Kontakte gebeten. Ich denke, wir können ihr beide darin vertrauen, dass sie alle meine Schwächen im Blick hat.«

Sie warf die Yambohnenstücke in die Schüssel und wischte sich die Hände an einem Küchentuch ab. »Du hast ja eine Laune. Bist du irgendwie sauer auf mich?«

Er lehnte sich gegen die Küchentheke. »Ich bin nicht sauer.«

»Was ist es dann?«

Er sah ihr in die Augen. »Ich habe Sorge, dass ich nicht gut für dich bin.«

Sie wusste, dass es ihm nicht um die Frage ging, ob er »gut genug« für sie war. Das zu entkräften wäre einfach. »Nicht gut für sie« war sehr viel beängstigender. Es bedeutete, dass er Angst hatte, ihrer Genesung im Weg zu stehen, dass er glaubte, ohne ihn wäre sie womöglich besser dran.

»Hör auf«, sagte sie und ging zu ihm, schreckte jedoch davor zurück, ihn zu berühren. »Sag das nicht. Du liebst mich doch.«

»Ja. Mehr als ich jemals eine Frau geliebt habe.«

Seine Worte hätten sie beruhigen sollen, taten es jedoch nicht. Ellis war der stärkste Mensch, den sie kannte. Wenn er glaubte, dass sie ohne ihn besser dran war, würde er aus ihrer Welt verschwinden und nichts, was sie sagen könnte, würde ihn überzeugen, zurückzukommen.

»Ich liebe dich auch«, sagte sie. »Du bist gut für mich. Du bist stark und zuverlässig. Du zeigst mir, was möglich wäre, wenn ich mir nur nicht immer selbst im Weg stünde.«

Sein Blick suchte ihren. »Ich möchte dir so gerne glauben.«

Sie grinste. »Warum sollte ich dich anlügen? Hältst du mich etwa für eine Säuferin?«

Die Chancen, dass er über ihren Witz lachte, lagen schätzungsweise bei fünfzig-fünfzig. Alternativ würde er ihr erklären, dass das Ganze eine ernste Angelegenheit war, und darauf bestehen, über einen Haufen Gefühlsmist zu reden, der sie nur müde machen und dazu führen würde, dass sie sich schlecht in Bezug auf sich selbst fühlte.

Diese Gedanken waren allerdings nicht fair von ihr. Sie wusste, dass Ellis ständig überlegte, was er tun konnte, um ihr zu helfen, ohne sie jemals zu verurteilen oder ihr zu sagen, was sie tun sollte.

Er zog einen Mundwinkel nach oben. »Du versuchst, mich abzulenken.«

»Nur ein kleines bisschen.«

Er gab ihr einen leichten Kuss auf den Mund. »Hat funktioniert.«

»Gut.« Sie widmete sich weiter dem Salat. »Bist du bereit für die große Überraschung am Samstag?«

Sie hatte vor, Aubrey mit zu ihm nach Hause zu nehmen, um ihr die Pläne für das Puppenhaus zu zeigen, das Ellis für sie bauen wollte.

»Viel gibt es noch nicht zu sehen«, sagte er. »Aber ich würde gerne ihre Meinung zu ein paar Dingen hören.«

»Sie wird sich so freuen. Und du bist wirklich ein Guter, dass du das für sie machst.«

»Den schwereren Part hast du.«

Sloane plante, jedes der Zimmer einem unterschiedlichen Motto folgend zu dekorieren. Sie würde ihre Ideen mit Aubrey besprechen, nachdem ihre Tochter das Haus gesehen hatte. Bisher standen ein Wohnzimmer mit Tier-Deko und ein Feenschlafzimmer auf ihrer Liste. Außerdem dachte sie über ein von Willy Wonka – dem Protagonisten aus *Charlie und die Schokoladenfabrik* – inspiriertes Esszimmer nach.

»Ich habe viel online recherchiert. Es gibt ein paar ganz tolle YouTube-Tutorials dazu, wie man besondere Einrichtungen für Puppenhäuser herstellt«, erklärte sie. »Das wird ein großartiges Sommerprojekt für Aubrey und mich. Wir können zusammen Tapeten bemalen und Gardinen nähen.«

Vorausgesetzt, sie brachte den Mut auf, ihre Tochter tatsächlich an zwei Nachmittagen pro Woche zu nehmen, wie sie es Finley angekündigt hatte.

»Du brauchst keine Angst zu haben«, sagte Ellis, der wie immer ihre Gedanken las.

»Ich will es mir mit ihr nicht verderben.« Sie schüttelte die Flasche mit dem Dressing. »Und auch mit niemand anderem, aber vor allem nicht mit ihr.«

»Dann lass es.«

Sie warf ihm einen Blick zu. »Wir wissen beide, dass das nicht so einfach ist.«

»Es muss aber auch nicht so schwer sein. Finde einen Sinn in deinem Schmerz.«

Sie goss das Dressing über den Salat und mischte ihn durch. »Deine Klischeesprüche sind so nervig.«

Er lachte leise. »Das macht sie aber nicht weniger wahr.«

Finley gab sich Mühe, nicht nervös rumzuzappeln, während sie im eleganten Loungebereich der großen Anwaltskanzlei in Bellevue saß und wartete. Nichts in diesem Raum trug dazu bei, ihr Unwohlsein zu lindern – weder die maßgefertigten Sitzgelegenheiten noch die geschmackvollen Kunstwerke noch die leise Fahrstuhlmusik. Ein Teil ihres Unbehagens rührte daher, dass sie generell kein Büromensch war, ein anderer war auf ihre Beweggründe zurückzuführen, überhaupt einen Termin zu vereinbaren.

Ein gut gekleideter Mann Anfang zwanzig kam auf sie zu. »Ms. McGowan? Sarah hat jetzt Zeit für Sie.«

Finley erhob sich und folgte ihm. Dabei unterdrückte sie den Gedanken, dass sie sich Wechselkleidung hätte mitbringen sollen. Da der Termin für halb fünf vereinbart war, hatte sie direkt von der Arbeit herkommen müssen. Nicht dass sie viel büroadäquate Kleidung zu Hause gehabt hätte. Sie trug praktisch immer Jeans. Zwar besaß sie einige Kleider und ein paar elegantere schwarze Hosen, doch hatte sie selten Anlass, sie zu tragen.

Sie wurde in einen kleinen Konferenzraum geführt, mit einem schönen Blick auf den Lake Washington und die Innenstadt von Seattle. An einem klaren Tag musste der Sonnenuntergang von hier aus spektakulär sein, doch heute regnete es, wie immer.

»Finley.« Sarah, eine Familienrechtlerin in ihren Fünfzigern, lächelte, als sie hereinkam, und streckte ihr die Hand hin. »Es freut mich, Sie zu sehen. Aber ich war etwas überrascht, Ihren Namen in meinem Terminkalender zu entdecken. Ich hoffe, es ist alles in Ordnung mit Ihrer Schwester und Aubrey.«

»Es geht beiden gut.« Finley nahm am Tisch Platz.

Sarah setzte sich ihr gegenüber und legte ein Notizbuch und einen Stift vor sich. »Wie kann ich Ihnen helfen?«

»Ich habe ein paar Fragen zu Aubreys Betreuung.« Finley atmete tief durch. »Sloane redet davon, dass sie mehr Zeit mit Aubrey verbringen will. Sie möchte sie auch bei sich übernachten lassen und im Sommer zwei Nachmittage unter der Woche mit ihr verbringen.«

Sarah machte sich ein paar Notizen. »Wie kommt Sloane zurecht?«

»Gut. Sie, ähm, arbeitet und geht zu ihren Meetings.« Sie hielt inne, als ihr klar wurde, wie wenig sie im Grunde über den Alltag ihrer Schwester wusste. »Ich habe gesehen, wo sie lebt, es ist nett da. Sie bewohnt das Dachgeschoss eines großen Hauses in einer ruhigen Gegend. Es gibt Platz genug, damit Aubrey bei ihr schlafen kann.«

»Zahlt sie regelmäßig Unterhalt?«

»Jeden Monat.«

Sarah legte den Stift ab. »Wie Sie wissen, ist das Ziel der Pflege, dem Kind die bestmöglichen Lebensumstände zu bieten. Sie stellt keine Strafe dar und soll den Eltern auch keine Rechte nehmen. Falls Ihre Frage lautet, ob es in Ordnung wäre, Sloane ihre Tochter öfter sehen zu lassen, dann lautet die Antwort Ja.«

Keine große Überraschung, dachte Finley. »Könnte sie vor Gericht auch das volle Sorgerecht einfordern? Ich meine, ich weiß, dass sie das könnte, aber würde sie auch gewinnen?«

»Höchstwahrscheinlich. Unter den momentanen Umständen gibt es keinen Grund, Mutter und Kind voneinander fernzuhalten. Ist das ein Problem für Sie?«

Finley nickte. »Ich weiß, dass oberflächlich alles gut aussieht, aber ich mache mir Sorgen, was Sloanes Alkoholkonsum betrifft.«

»Hat sie denn in letzter Zeit getrunken?«

»Nicht dass ich wüsste, aber sie könnte jederzeit trinken.«

Sarahs bisher neutraler Gesichtsausdruck wurde weicher. »Ich habe keine persönliche Erfahrung mit Alkoholismus, aber ich habe die Auswirkungen dieser Sucht im Rahmen meiner Arbeit unzählige Male erlebt. Es ist für niemanden leicht, mit dieser Krankheit umzugehen, und in vielerlei Weise trifft es die nichtalkoholabhängigen Mitglieder der Familie am schwersten. Aber selbst wenn Sloane trinken würde, würde sie das bezüglich des Sorgerechts für Aubrey nicht für untauglich erklären.«

»Warum nicht?«

»Weil das Gericht von niemandem erwartet, perfekt zu sein. Es würde natürlich Fragen geben. War es eine einmalige Sache, oder wurde sie volltrunken in der Gosse gefunden? Bei Ersterem würde sie eine zweite Chance bekommen.«

»Dann wird es also nie klar geregelt werden.« Finley beugte sich ein Stück vor. »Jedes Mal, wenn sie Aubrey nimmt, mache ich mir Sorgen. Was, wenn das genau der Tag ist, an dem sie trinkt? Was, wenn etwas Schlimmes passiert? Ich weiß, dass das irrational ist, aber so sind meine Gedanken.«

»Es gibt keine Möglichkeit, Ihre Ängste auf juristischem Weg zu lindern«, erklärte Sarah. »Wenn Sloane das volle Sorgerecht beantragen würde, bin ich mir ziemlich sicher, dass sie es bekommen würde. Und wenn Sie versuchen würden, ihr Aubrey wegzunehmen, würde das Gericht dies angesichts Sloanes momentaner Lebensumstände nicht zulassen.«

Das alles überraschte sie nicht, doch Finley hatte sichergehen wollen, die juristische Lage voll zu erfassen.

»Mir gefällt nicht, was Sie mir da sagen, aber ich danke Ihnen, dass Sie sich die Zeit dafür genommen haben.«

Sarah lächelte und erhob sich. »Selbstverständlich, dafür bin ich ja da. Nach allem, was sie mir erzählt haben, kommt Sloane sehr gut zurecht. Vielleicht genügt Ihnen das als Beruhigung.«

Finley nickte und ging. Auf dem Weg zu ihrem Auto musste sie sich eingestehen, dass Sarah womöglich recht hatte. Vielleicht war es an der Zeit, ihre Ängste und ihre Wut loszulassen und sie alle ihr Leben weiterleben zu lassen. Vielleicht hatte Sloane, wenn auch nicht die endgültige Heilung, so doch irgendeinen Weg gefunden, ihre Krankheit unter Kontrolle zu halten. Vielleicht würde alles gut werden.

Während sie auf der langen Fahrt nach Hause im Berufsverkehr im Stau stand, wurde ihr jedoch klar, dass das alles nicht so einfach war. Womöglich war sie selbst genau so sehr das Problem wie ihre Schwester. Vielleicht hatte ihre Mutter recht, und sie urteilte zu hart über andere Menschen. Dennoch verging kein Tag, an dem sie sich nicht fragte, ob ihre Schwester wieder trank, und sie sich vorstellte, welche Hölle das für sie alle wäre.

Als sie sich endlich bis zu ihrer Ausfahrt durch den Verkehr gekämpft hatte, war sie vollkommen erschöpft, und die Schultern schmerzten ihr vor lauter Anspannung. Ihre Arbeitszeiten auf dem Bau lagen anders – normalerweise fing sie früh an und machte um halb vier Schluss. Das erlaubte es ihr, zurück zur Firma zu fahren, ihr eigenes Auto zu holen und sich lange vor dem schlimmsten Verkehr auf den Weg nach Hause zu machen. Außerdem konnte sie von dort die Nebenstraßen nehmen und so das Chaos auf dem Freeway umfahren.

Sie musste noch drei rote Ampeln aussitzen, ehe sie endlich auf den Mill Creek Parkway abbiegen konnte und voller Dankbarkeit feststellte, dass sie es nun fast geschafft hatte. Nur schwand die Anspannung nicht – im Gegenteil, es gesellte sich ein wachsendes Gefühl von Bedrohung dazu.

Sie hatte immer noch keinen Frieden mit ihrer Familie gefunden. Oberflächlich betrachtet, war alles in Ordnung, doch sie bekam mit, dass ihre Mutter sie mit resignierter Skepsis beobachtete. Lester war unnatürlich fröhlich, als glaubte er, wenn er so tat, als liebten sie sich alle, würde das schließlich auch dazu führen.

Es gefiel ihr nicht, dass sie sich in ihrem eigenen Zuhause nicht entspannen konnte, daher zog sie sich nach dem Abendessen in ihr Zimmer zurück und überließ das Erdgeschoss den anderen. Nur Aubrey war noch sie selbst und umgänglich, ohne sich der unterschwelligen Spannungen bewusst zu sein.

Finley wollte nicht, dass das so war. Sie hatte gerade angefangen, ihrem Großvater zu vertrauen, als ihr erneut alles um die Ohren geflogen war. Beinahe genauso erschreckend wie seine Lügen war die Bereitschaft ihrer Mutter, zu akzeptieren, was er getan hatte. Nein, es war keine Akzeptanz, es war regelrechtes Verständnis. Zumindest für Lester. Was ihre jüngste Tochter betraf, so zeigte sich Molly sehr viel weniger geduldig.

Finley musste zugeben, dass sie das schmerzlich traf. Sie sah sich selbst nicht als Person, die anderen gegenüber gemein war und sie verurteilte. Sie war nur ehrlich und erwartete dasselbe auch von anderen Menschen. Alle machten mal Fehler – sie selbst hatte in ihrem Leben schon unzählige Dinge vergeigt. Der Unterschied war, dass sie sich dessen bewusst war. Sie versuchte, aus ihren Fehlern zu lernen und sie nicht zu wiederholen. Und sie pfuschte dabei nicht im Leben anderer Leute herum.

Als sie in ihre Auffahrt einbog, musste sie abrupt bremsen. Normalerweise parkte sie neben dem Auto ihrer Mutter, doch da stand nun ein kleiner silberner Ford Escape. Dahinter war noch Platz für ihren Wagen, also stellte sie den Subaru dort ab und ging ins Haus, um herauszufinden, was es mit dem Escape auf sich hatte. Er war vielleicht drei oder vier Jahre alt und in gutem

Zustand. Die Reifen waren neu, und innen auf der Kofferraumablage lag ein vorläufiges Kennzeichen.

Womöglich hat Mom Besuch, dachte sie, obwohl sie wusste, dass das unwahrscheinlich war. Leute, die bei ihnen vorbeikamen, parkten normalerweise an der Straße.

Die Haustür ging auf, und Aubrey kam ihr entgegengetanzt. »Hast du es gesehen? Schön, oder? Mir gefällt die Farbe, und die Sitze sind richtig bequem. Grandpa hat es heute bekommen und mich damit von der Schule abgeholt. Wir sind ein Eis essen gegangen und dann haben wir an meinen Buchstabierwörtern gelernt.«

Aubrey umarmte sie. Finley hielt sie eine Sekunde länger fest als üblich, in dem Bedürfnis, sich zu vergewissern, dass ihre Nichte noch da war und ihr nicht mit jeder Sekunde mehr entglitt.

»Ja, das ist ein sehr schickes Auto«, sagte sie mit gespielter Leichtigkeit. »Ich freue mich, dass Grandpa sich jetzt selbstständig fortbewegen kann.«

Aubrey nahm ihre Hand und führte sie ins Haus. »Wir haben zur üblichen Zeit gegessen, weil Grandma gesagt hat, dass wir das sollen. Aber wir haben dir was aufbewahrt. Der Salat war heute richtig gut. Wir haben geröstete Kichererbsen reingetan.« Sie grinste Finley an. »Ich wusste noch nicht mal, was das ist, aber Grandpa und ich haben zusammen die Dose geöffnet, die Erbsen abgespült und sie in den Ofen getan. Dann sind sie in den Salat gekommen.«

Finley sagte sich, dass Lester einfach nur Zeit mit Aubrey verbrachte und nicht versuchte, ihr Leben zu kapern. Dass es sie selbst nur kleinmachte und ihrer Mutter recht gab, wenn sie ihn für liebenswürdige Gesten verurteilte.

»Ich kann es kaum abwarten, sie zu probieren«, sagte sie und trat ins Haus.

Das Wohnzimmer war leer. Finley war dankbar, in diesem Moment niemandem außer Aubrey gegenübertreten zu müssen.

Sie hatte ihrer Mutter gesagt, dass sie einen Termin hatte, aber nicht, was für einen. Auf keinen Fall würde Molly es gutheißen, dass sie mit einer Anwältin darüber sprach, ob Sloane das Sorgerecht für ihre Tochter zugesprochen bekommen könnte.

»Grandma ist unten«, erklärte Aubrey und ließ ihre Hand los. »Sie hat heute ihren Schauspielkurs. Und Grandpa und ich haben gelesen, bis ich dein Auto gehört habe. Du hast doch bestimmt Hunger.«

»Ja.« Sie lächelte ihre Nichte an. »Lies doch noch ein bisschen in deinem Buch, während ich esse. Danach können wir dann ein Spiel zusammen spielen.«

»Au ja, das wäre toll!«

Finley stellte ihre Tasche ab und ging in die Küche, dankbar, ein paar Minuten für sich zu haben, um sich zu entspannen. Die Schüler ihrer Mutter benutzten den äußeren Kellerzugang, daher würde sie ihnen nicht begegnen. Und mit ein bisschen Glück würde auch Lester sich zurückziehen und sie konnte ...

»Hallo, Finley.«

Der Klang der Stimme ihres Großvaters ließ sie gleich wieder die Schultern hochziehen. Statt ihn anzusehen, ging sie zum Kühlschrank und holte die Salatschüssel und den Teller mit Enchiladas heraus.

»Herzlichen Glückwunsch zum neuen Auto«, sagte sie und stellte ihr Abendessen auf die Küchentheke. »Du musst froh sein, wieder selbst fahren zu können, nachdem du so lange im Haus eingesperrt warst.« *Was nicht nötig gewesen wäre, wenn du uns nicht von Anfang an angelogen hättest.* Doch das sprach sie nicht aus. Wozu auch?

»Reifen machen Leute«, scherzte er. »Finley, sieh mich an.«

Äußerst langsam und widerwillig wandte sie sich um und blickte ihn an. Ihn so zu sehen, aufrecht stehend, die Schultern gestrafft und mit einer gesunden Gesichtsfarbe, schockierte sie noch immer. Sie hatte sich gerade an das Bild ihres gebrechlichen Großvaters gewöhnt, und nun war er plötzlich wieder ein gesunder, vitaler Mann. Ihr Gehirn konnte sich nicht so schnell umstellen.

»Es tut mir leid«, sagte er. »Ich hätte euch nicht anlügen sollen. Ich war einfach verzweifelt und wollte meine Familie zurück, und ich wusste, dass Molly weichherzig genug wäre, mich aufzunehmen, wenn sie glauben würde, dass ich krank bin. Im Nachhinein ist mir klar, dass ich eine ganze Reihe schlechter Entscheidungen getroffen habe. Aber es war nie meine Absicht, unser Verhältnis noch schwieriger zu machen.«

»Ich fing gerade an, dir zu vertrauen«, sagte sie, ehe sie sich zurückhalten konnte. »Ich fing gerade an, zu glauben, dass es schon in Ordnung ist, dich hier zu haben. Und dann musste ich feststellen, dass nichts von dem, was du uns erzählt hast, stimmte. Du hättest Mom einfach fragen können. Sie hätte auch so Ja gesagt.«

»Das weiß ich inzwischen auch, aber ich habe nicht nachgedacht. Ich hatte Angst und war verzweifelt, und damals erschien mir das Ganze als gute Idee. Vielleicht kannst du das irgendwie verstehen.«

Worauf er wohl in Wahrheit hinauswollte, war, dass sie ihm doch vielleicht verzeihen könnte. Nämlich die Tatsache, dass er seiner Familie den Rücken gekehrt hatte, als sie und Sloane gerade mal Teenager waren, dass er zwanzig Jahre lang verschwunden gewesen war und dass er sie, als er wieder auftauchte, erneut angelogen hatte.

»Klar, wieso auch nicht«, sagte sie in sarkastischem Ton. »Es ist halt einfach passiert, es tut dir leid, also lasst es uns vergessen.« Sie ging auf ihn zu und blieb erst stehen, als nur noch der Küchentisch sie trennte.

»Ich habe monatelang jede Nacht geweint, nachdem du uns verlassen hast«, sagte sie leise. »Ich habe nach der Schule am Fenster gesessen und auf dich gewartet. Sloane sagte, dass du nicht zurückkommen würdest, aber ich habe fest daran geglaubt. Weißt du, warum?«

Er ließ den Kopf hängen. »Finley, bitte.«

Sie ignorierte ihn. »Weil du gesagt hast, dass du immer für uns da sein würdest. Du hast gesagt, dass du uns liebst, dass wir für dich das Wichtigste auf der Welt seien und du niemals zulassen würdest, dass uns etwas passiert. Aber uns ist etwas passiert. Etwas wirklich Schlimmes ist uns passiert, und so ironisch das ist – das Schlimme warst du. Du hast uns gebrochen, Lester. Wir waren jung und verängstigt, wir haben dich geliebt, und du hast uns aus Stolz den Rücken gekehrt.«

Sie deutete fuchtelnd auf den Raum. »Du bist jetzt hier. Ich akzeptiere das. Mom stört nicht, was du damals und jetzt wieder getan hast, daher wirst du hierbleiben. Und vielleicht werde ich mit der Zeit herausfinden, wie ich all das hinter mir lassen kann. Ich vermute, es wird erst an dem Tag so weit sein, an dem ich sicher bin, dass Aubrey sich vor Leuten wie dir zu schützen weiß. Denn es ist mir scheißegal, was du mir antust, aber ich werde alles tun, um sie zu schützen.«

»Ich würde niemals ...«

Sie brachte ihn mit einem stechenden Blick zum Schweigen. »Ich denke, wir wissen beide, dass du mehr als fähig bist, Aubrey das Herz zu brechen. An dem Tag, an dem du aus Sloanes und meinem Leben verschwunden bist, hast du nur an dich und an deinen Schmerz gedacht. Wir waren Kinder, die in eine Situation hineingezogen wurden, die wir uns nicht gewünscht haben und die wir nicht kontrollieren konnten. Es geht nicht darum, dass du gelogen hast, Lester. Es geht darum, dass du dich selbst deiner Familie vorgezogen hast. Aber das war kein Nullsummenspiel – du musstest dich nicht entscheiden, entweder dich selbst zu retten oder uns. Du hättest Größe zeigen und weiter unser Großvater sein können. Aber das hast du nicht. Dein Schmerz hat dir mehr bedeutet als unser Schmerz. Du hast uns verlassen, obwohl du wusstest, dass uns das zerstören würde. Du hast uns einfach alleingelassen.«

Er wischte sich Tränen vom Gesicht. »Ich war so sehr im Unrecht, und es tut mir leid. Ich habe meine Lektion gelernt, das kannst du mir glauben.«

»Nicht was das Lügen betrifft.«

Er zuckte zurück, als träfen ihn ihre Worte wie Schläge. Sie starrten einander an, dann wandte er sich um und ging. Finley stand da und verlangsamte bewusst ihre Atmung. In ihrem Bauch rangen die verschiedensten Gefühle miteinander. Jedes einzelne davon verursachte ihr Unwohlsein. Sie wandte sich wieder der Küchentheke zu, betrachtete das Essen, das dort stand, und stöhnte verzweifelt auf. Auf keinen Fall würde sie heute noch etwas herunterbekommen.

Sie stopfte Teller und Schüssel zurück in den Kühlschrank, spritzte sich ein wenig Wasser ins Gesicht und zwang sich zu lächeln.

»Ich bin so weit, wir können jetzt ein Spiel spielen«, sagte sie, als sie ins Wohnzimmer trat und sich neben Aubrey setzte. »Auf welches hast du Lust?«

18. Kapitel

Finley kam um kurz vor neun an ihrem Haus an. Sie war entschlossen, den heutigen Tag zu genießen und keine Energie an negative Gedanken zu verschwenden. Letzte Nacht hatte sie einen Plan ersonnen. Sie wollte im kleinen Bad arbeiten, bis Jericho kam, und dann würde sie sich von ihm dabei helfen lassen, die Küchenoberschränke abzunehmen. Das war ein Zweimannjob, und seine Größe und seine Kraft kamen ihr sehr gelegen.

Auf dem Weg zum Haus war sie am Supermarkt vorbeigefahren und hatte sich in der Feinkostabteilung vier Sandwiches belegen lassen. Während die zubereitet wurden, hatte sie schnell noch eine kleine Auswahl an Chips und Keksen zusammengestellt, dazu Wasser und ein Sixpack Bier. Letztes Wochenende hatte sie für dreißig Dollar bei einem Garagenflohmarkt einen kleinen alten Kühlschrank erstanden. Er war an der einen Seite etwas verbeult, und der Griff des Tiefkühlfachs fehlte, doch er funktionierte perfekt. Sie hatte ihn in die hinterste Ecke der Küche gestellt.

Nun befüllte sie ihn mit Getränken und den Sandwiches. Die Chips und Kekse ließ sie in der Einkaufstüte neben ihrem Stoffbeutel auf dem Boden stehen. Sie öffnete die Haustür einen Spalt und ging zu dem kleinen Bad, das vom Flur abging. Jerichos Hilfe wollte sie nutzen, um den großen Spiegel abzunehmen. Den Rest des Abrisses bekam sie alleine hin.

Sie klebte Klebeband am Rand des Spiegels entlang und fügte dann Streifen von Ecke zu Ecke hinzu. Sie hatte eine Heißluftpistole, Stahldraht, ein langes Kittmesser und eine Brechstange dabei. Hoffentlich war der Kleber, der den Spiegel an der Wand hielt, alt und abgenutzt und würde keinen großen Widerstand mehr leisten.

»Finley?«

»Hey, du hast es geschafft.«

Sie eilte zur Haustür, hinter der Jericho schon seine Jacke abstreifte. Sein Anblick ließ sie lächeln. Zum einen, da ihr seine Gesellschaft stets angenehm war, zum anderen, weil es bei ihm nie Dramen gab und sie außerdem das Gefühl hatte, dass er sie mit seinen Abrissfähigkeiten verblüffen würde.

»Ich freue mich auf den Tag heute«, sagte er und deutete auf den großen Karton zu seinen Füßen. »Und ich habe dir was mitgebracht. Die steht schon seit ein paar Jahren in meiner Garage, ist also nicht mehr das neueste Modell, aber sie ist noch ungebraucht, und ich dachte, du hättest sie vielleicht gerne für deine Küche.«

Sie senkte den Blick auf den Karton und musste einen Aufschrei unterdrücken, als sie die Abbildung darauf sah.

»Das ist ja eine Armatur von *Kohler*!« Sie ließ sich auf die Knie fallen, um die technischen Details zu studieren. »Einhebelmischer, ausziehbarer Sprühkopf ...«

Finley starrte ihn begeistert an. »Die ist wunderschön und kostet im Laden ungefähr sechshundert Dollar. Die kannst du mir doch nicht einfach so geben.«

Er schenkte ihr ein entspanntes Lächeln. »Betrachte sie als Einweihungsgeschenk. Guck mal, wie verstaubt der Karton ist. Dass sie schon lange in meiner Garage steht, war kein Scherz. Ich bin Bauunternehmer. Über die Jahre haben sich Tonnen Zeugs bei mir angesammelt. Ich habe sie gesehen und gedacht, dass sie sich gut in deinem Haus machen würde.«

»Die würde sich überall gut machen.« Finley stand auf. Sie sah zwischen dem Karton und ihm hin und her. »Du bist viel zu großzügig. Alles, was ich dir zu bieten habe, sind Sandwiches und Chips.«

»Das ist doch mal ein Deal.«

Sie grinste. »Es sind nur zwei Sandwiches.«

»Und Chips.« Er deutete auf den Karton. »Das ist wirklich in Ordnung, Finley. Jetzt lass uns mit der Arbeit loslegen.«

Ihre unbändige Lust, genau diese Armatur in ihrem Haus einzubauen, ließ sie schließlich nicken. »Danke. Im Ernst, damit machst du mich richtig glücklich.«

»Dabei haben wir noch keine einzige Fliese abgeschlagen. Das kann ja nur noch besser werden.«

Sie lachte. »Ich habe ein paar andere Arbeiten für dich vorgesehen, wenn das in Ordnung ist. Ich muss es doch ausnutzen, einen starken Mann dazuhaben, der mir hilft. Jedenfalls dachte ich, wenn du Zeit hast, könnten wir die oberen Küchenschränke abhängen und dann den Spiegel im kleinen Bad.«

»Klar. Ich bin für alles zu haben, was getan werden muss.«

»Die neuen Küchenschränke wurden letzte Woche geliefert«, sagte sie und stellte eine Leiter vor den Schrank, der über dem Herd hing. »Ich habe auf deinen Rat gehört und sie bis unter die Decke geplant. Der Preis hat mich fertiggemacht, aber ich weiß, dass sie großartig aussehen werden.«

»Das werden sie, und die Käufer werden beeindruckt sein. Die meisten Häuser dieser Preisklasse bieten keine so hochwertigen Extras.«

Sie entfernten die Türen von den Schränken und stellten sie im Wohnzimmer ab, dann begannen sie die Korpusse abzuschrauben. Jericho hielt sie, während Finley die letzten Schrauben löste, dann hoben sie sie gemeinsam runter und trugen sie ins Wohnzimmer. In kürzerer Zeit, als sie erwartet hatte, waren die Oberschränke abgenommen, und was früher mal eine Küche gewesen war, war nun ein offener Raum.

Jericho ging zu der Wand hinüber, an die sie Skizzen der neuen Küche gehängt hatte. Sie wollte eine Insel hinzufügen und die Schränke bis unter die Decke hochziehen, aber ansonsten die alte Raumaufteilung beibehalten.

»Du wirst eine Menge Geld sparen, indem du die Wasser- und Stromleitungen lässt, wo sie sind«, sagte er, dann grinste er sie über die Schulter an. »Obwohl du bei der Klempnerin deines Vertrauens bestimmt einen Rabatt rausschlagen könntest.«

»Mal ganz abgesehen von ihrer exzellenten Arbeit«, witzelte sie zurück.

Er drehte sich um und deutete auf die andere Wand. »Die kommt raus, oder?«

»Ja. Das wird den ganzen vorderen Bereich des Hauses öffnen. Nur diese Säule hier hat tragende Funktion, daher muss sie bleiben.«

»Das ergibt einen schönen Grundriss.« Ihre Blicke trafen sich. »Hast du noch mal darüber nachgedacht, das Haus für dich zu behalten?«

»Ach, es gibt schon Tage, an denen ich davon träume, nicht mit meiner Mutter zusammenzuleben. Aber ich habe einen Plan, und an den halte ich mich.«

»Was würdest du anders machen, wenn es dein Wohnhaus wäre?« Er grinste. »Und Geld keine Rolle spielen würde?«

Sie ging zum Kühlschrank, nahm zwei Limonaden heraus und reichte ihm eine.

Es gefiel ihr, darüber zu fantasieren. »Zunächst mal würde ich Antonio engagieren, damit er mir bei der Gestaltung hilft.«

»Eine gute Wahl. Der Mann weiß, was er tut.«

»Allerdings. Dann würde ich die Schiebetüren zur hinteren Terrasse durch Flügeltüren ersetzen. Und den Essbereich durch einen Anbau um etwa einen Meter erweitern. Das würde die Dachbegrenzung nicht überschreiten, und ich könnte eine L-förmige Kücheninsel mit noch mehr Stauraum aufstellen.«

Sie öffnete ihre Getränkedose und nahm einen Schluck. »Außerdem könnte ich dann einen größeren Kühlschrank aufstellen und hätte noch Platz für eine einen Meter zwanzig breite Ofen-Herd-Kombination von *Wolf*.« Sie lächelte beim Gedanken daran. »Die mit Gasherd und zwei Backröhren.«

»Die kenne ich.«

»Die solltest du auch kennen, die steht nämlich in all deinen Häusern.« Sie wandte sich um und blickte in Richtung Wohnzimmer. »Ich würde durchgehend Holzparkett verlegen und hochwertigere Küchenschränke einbauen.« Sie grinste ihn an. »Deine Armatur würde ich allerdings trotzdem behalten. Ich liebe dieses Modell.«

»Ich fühle mich geehrt.«

Sie nahm ein paar Schlucke von ihrer Limonade. »Es macht Spaß, davon zu träumen, aber Geld ist ein Problem, und ich werde das Haus nicht behalten.«

»Schade. Es wäre perfekt für dich und Aubrey.«

»Und es würde mich von meiner Mutter und Lester wegbringen. Der Gedanke ist schon verlockend. Bist du bereit, den Spiegel abzunehmen?«

»Klar.«

Der alte Kleber war überraschend hartnäckig, doch mit Mühe und vielen Flüchen gelang es ihnen, den Spiegel in einem Stück herunterzubekommen. Gemeinsam trugen sie ihn zum Schuttcontainer, der in der Einfahrt stand, und legten ihn vorsichtig auf dem Müllhaufen ab. Er zerbrach erst, als sie ihn losließen.

»Wir sind ganz schön gut«, sagte sie, dann zog sie ihr Handy aus der Tasche und warf einen Blick auf den Bildschirm. »Ui, es ist fast schon eins. Warum hast du mir nicht gesagt, dass wir langsam mal Mittagspause machen sollten?«

»Nachdem wir schon mal dabei waren, den Spiegel abzunehmen, bot sich nicht wirklich eine Gelegenheit.«

Er hatte recht, aber dennoch. »Ich nutze dich total aus, tut mir leid. Komm, dafür kriegst du jetzt was zwischen die Zähne.«

Sie holten das Essen, ließen sich im vorderen Schlafzimmer auf dem Teppichboden nieder und lehnten sich mit dem Rücken an die Wand. Sie reichte ihm zwei große Sandwiches und behielt zwei für sich, dann teilte sie die Chips und die Wasserflaschen zwischen ihnen auf.

Ihr erstes Sandwich verschlangen sie schweigend. Finley griff gleich nach ihrem zweiten. »Ich überlege, für die Schlafzimmer Teppichrestposten zu nehmen«, sagte sie. »Das wäre billiger.«

»Kannst du Stücke in einer Größe bekommen, die für alle drei Schlafzimmer reicht?«

»Nein. Die Räume hätten wahrscheinlich unterschiedliche Teppichfarben.«

»Das sieht dann aber nicht schön einheitlich aus.«

»Ich weiß. Ich glaube, es wäre schon okay, wenn das Elternschlafzimmer eine andere Farbe hätte, aber die zwei kleineren sollten gleich sein.« Sie riss ihre Chipstüte auf. »Diese Art von Kompromiss musst du wohl nie machen.«

»Wir entscheiden uns für die Luxusvariante, weil unsere Kunden dafür zahlen.«

»Und dazu kommt Antonios Riesentalent. Wie lange seid ihr eigentlich schon befreundet?«

»Seit der Mittelstufe.« Er lächelte. »Genau gesagt, seit dem ersten Tag dort. Wir hatten ein paar Fächer gemeinsam und fingen irgendwann an, zusammen abzuhängen. Ich hatte einen großen Freundeskreis, aber wir beide waren immer am engsten von allen.«

»Kelly und ich waren auch so, ständig zusammen. Es ist schön, einen Freund oder eine Freundin zu haben, mit dem oder der man eine gemeinsame Geschichte hat. Das erspart einem jede Menge Erklärungen.«

»Das stimmt.«

»Wann hast du erfahren, dass er schwul ist?«

Jericho starrte sie sichtlich verwirrt an. »Du glaubst, Antonio ist schwul?«

Eine Sekunde lang dachte Finley, dass sie das Falscheste gesagt hatte, was sie hätte sagen können. Entsetzen erfasste sie. Über jemandes sexuelle Orientierung zu reden, konnte sehr vorbelastet sein, und sie wollte nicht wirken, als würde sie Antonio in irgendeiner Form verurteilen oder …

»Kleiner Scherz«, sagte Jericho eilig. »Tut mir leid, ich wollte dich nur ein bisschen auf den Arm nehmen.«

»Mann, du hast mir echt einen Schrecken eingejagt.« Sie presste sich eine Hand auf die Brust. »Ich dachte schon, ich hätte was Falsches gesagt.«

»Hast du nicht. Ich hatte damals erst keine Ahnung. Wir waren Freunde, und das war alles, was zählte. Er hatte zwar andere Interessen als ich, aber das hatten viele meiner Freunde. Einer stand total auf Skateboarden. Ein anderer war ständig auf der Suche nach dem perfekten Joint.«

Er grinste. »Wenn wir gewusst hätten, dass das zwanzig Jahre später in unserem Staat legal sein würde …«

»Da wäre er wohl hellauf begeistert gewesen.«

»Und hätte die Tage bis dahin gezählt.« Er öffnete seine Chipstüte. »Ich war damals in der zehnten Klasse und hatte meine erste Freundin. Sie war sehr süß.«

»Und hübsch?«, fragte Finley grinsend.

Jericho lachte leise. »Ja, und hübsch. Sie meinte, eine Sache, die sie an mir mochte, sei, dass ich nicht in der Steinzeit stecken geblieben war wie andere Jungs meines Alters. Ich hatte keine Ahnung, wovon sie redete, aber das Kompliment habe ich gerne angenommen.« Er warf ihr einen Blick zu. »Ich war ein bisschen hohl damals.«

»Sicher nicht mehr als wir alle in dem Alter.«

»Warst du etwa auch so eine Dumpfbacke?«

»Das absolute Gegenteil von tiefsinnig.«

Er grinste. »Das kann ich mir kaum vorstellen. Jedenfalls sagte sie, dass es ihr wirklich gefalle, wie wenig es mich störe, dass Antonio schwul sei. Dass ich mir meiner eigenen Identität sicher sei und sie das sehr sexy finde.«

Er kramte ein paar Chips aus der Tüte. »Du kannst mir glauben, dass der Part mit dem ›sexy‹ für mich eigentlich der wichtigste war, aber mich ließ nicht mehr los, was sie noch gesagt hatte. Antonio und schwul? Das war unmöglich. Das Ganze ist jetzt – wie viel? – zwanzig Jahre her. Damals beschimpften sich Typen noch gerne mit Wörtern, die tabu dafür sein sollten. Schwul? Das ging mir nicht in den Kopf.«

»Du hast also Panik bekommen?«

»Ich habe mit meiner Mom geredet. Wie sich herausstellte, wusste sie es schon. Sie hatte immer eine Schwäche für Antonio gehabt und erinnerte mich daran, dass es um sein Familienleben nicht gut bestellt war und wenn seine Eltern herausfänden, dass er schwul sei, etwas Schlimmes passieren würde. Sie sagte, ich müsse mir über meine Gefühle klar werden, und wenn ich nicht weiter sein Freund sein könne, müsse ich ihm das sagen, ehe mit seinen Eltern alles den Bach runterginge. Das hat mir dann erst mal so richtig Angst eingejagt.«

»Wie alt warst du da? Fünfzehn? Sechzehn? Das muss ja ganz schön heftig gewesen sein in dem Alter.«

»Mehr für ihn als für mich. Später redete auch mein Dad mit mir. Schwul zu sein, war etwas, das in seiner Generation nicht so wirklich vorkam. Ich meine, im Fernsehen und so schon, aber im wahren Leben? Jedenfalls nicht in seiner Welt. Doch er liebte Antonio und akzeptierte ihn, so wie er war. Das stand nie infrage.« Jerichos Stimme klang belegt. »Er sagte, dass Homosexualität nur ein Aspekt der Persönlichkeit eines Menschen sei und man sich diesen auch nicht aussuchen könne – Antonio habe nicht selbst entschieden, so sein zu wollen. Und da es außerdem kein ansteckender Hautausschlag sei, solle ich doch vielleicht am besten einfach mit ihm befreundet bleiben.«

Da sie Jericho inzwischen schon ein wenig kannte, sagte sie: »Was du dann auch gemacht hast.«

»Es war die einzig logische Konsequenz. Er war ja mein bester Freund. Es lief also genauso weiter wie vorher, bis zum Sommer vor unserem letzten Schuljahr. Ich habe nie genau erfahren, ob Antonio sich seinen Eltern gegenüber freiwillig geoutet hat oder ob sie irgendwie selbst dahinterkamen. Wie auch immer, die Sache wurde schnell hässlich. Sein älterer Bruder prügelte ihn windelweich, seine Eltern warfen ihn raus, und er zog bei uns ein.«

Finley starrte ihn entsetzt an. »Sein Bruder hat ihn verprügelt, und seinen Eltern war das egal?«

»Sie hatten eben feste Überzeugungen.«

»Was für furchtbare Leute. Ging es ihm dann bei euch besser?«

Seine Züge wurden weich. »Ja. Meine Mom umsorgte ihn liebevoll, und mein Dad meldete ihn zum Kampfsport an, damit er sich, falls nötig, verteidigen konnte. Er wohnte das ganze Designstudium über bei ihnen, danach haben er und ich uns für ein paar Jahre eine Wohnung geteilt. Ich habe Lauren ungefähr zur gleichen Zeit kennengelernt wie er Dennis.«

Er zuckte mit den Schultern. »Seine Ehe hat sich als beständiger erwiesen als meine. Darüber bin ich leicht verbittert.«

»Klingt aber, als hättest du großartige Eltern gehabt.«

»Ja, sie waren großartig.« Er aß seine Chips auf und wischte sich die Hände an einer Serviette ab. »Es war verdammt hart, als wir meinen Dad verloren. Von einer Sekunde auf die nächste war er nicht mehr da. Wir waren vollkommen am Ende. Meine Mom war plötzlich allein, und ich musste das Geschäft weiterführen. Dabei war ich eigentlich noch gar nicht so weit.«

Er zog einen Mundwinkel hoch. »Aber Antonio hat sich um uns gekümmert. Er plante die Beerdigung und den Leichenschmaus und wies jedem von uns Aufgaben zu, sodass wir alle etwas Greifbares zu tun hatten. Er wich kein einziges Mal von der Seite meiner Mutter. Zwei Wochen nachdem mein Dad gestorben war, als die Gefühllosigkeit langsam nachzulassen begann, organisierte er eine Pyjamaparty bei meiner Mom. Wir blieben die ganze Nacht wach und sahen uns Familienvideos und Fotos an. Wir betranken uns, lachten, weinten – und kotzten wahrscheinlich auch. Ich kann mich nicht mehr an alles erinnern, aber ich weiß, dass das der Moment war, in dem die Heilung begann.«

»Es tut mir leid. Das war ein riesiger Verlust.«

»Ja, das war es.«

»Falls das hilft – ich finde, du machst einen großartigen Job in der Firma.«

Er warf ihr einen Blick zu. »Danke. Meistens mache ich ihn auch sehr gerne.«

»Aber du vermisst immer noch deinen Dad.«

»Jeden einzelnen Tag. Und in letzter Zeit mehr denn je. Ich würde so gerne seine Meinung zu dieser Gil-Lauren-Situation hören.«

»Er wäre sicher sehr enttäuscht von Gil.«

»Ja. Aber dann hätte er mir gesagt, dass wir das irgendwie hinkriegen müssen. Dass wir eine Familie sind.«

Finley nahm sich einen Keks. »Als Nächstes sagst du mir bestimmt, dass ich Lester verzeihen muss.«

»Das brauche ich gar nicht zu sagen. Du weißt schon, was du zu tun hast.«

Er hatte recht, aber das bedeutete nicht, dass ihr das gefallen musste. »Warum bin immer ich diejenige, die nachgeben muss? Warum bin immer ich diejenige, die verzeiht? Warum sind es nie die anderen?«

»Erinnerst du dich an unser Gandhi-Zitat?«

»Lieber nicht.«

Er suchte ihren Blick. »Ja, es ist zum Kotzen. Und trotzdem musst du ihm verzeihen, so wie ich Gil verzeihen muss.«

»Wie wir schon mehrfach festgestellt haben – Familien sind das Schlimmste auf dieser Welt.«

»Manchmal ja«, stimmte er zu. »Aber manchmal sind sie auch das Allerbeste.«

»Hierhin«, befahl Antonio und deutete auf die lange Wand im Esszimmer. »Und bitte zentrieren.« Er warf Jericho einen Blick zu. »Ich habe ganz tolle Lampen für die Ecken. An die kurze Wand stellen wir einen Servierwagen für Getränke und dort kommt ein Spiegel hin.« Er seufzte. »Das nenne ich Perfektion.«

»Du bist der Boss.«

Sein Freund grinste. »Du kannst dir nicht vorstellen, wie sehr ich mir wünschte, das wäre so.«

Sobald die Männer von der Spedition das Büfett ausgepackt hatten, schickte Antonio sie los, damit sie die Barhocker für die Kücheninsel reinholten. Währenddessen inspizierte er jeden Millimeter des Büfetts, um sicherzugehen, dass es keine Dellen und Kratzer aufwies. Dasselbe machte er mit dem Küchentisch, der traurigerweise ohne Stühle geliefert worden war. Als alles an seinem Platz stand, gab er den Leuten ein Trinkgeld und entließ sie.

»Stühle scheinen mir eigentlich nicht ganz unwichtig zu sein.« Jericho stand in der Mitte der Küche.

»Hör auf. Ich hab natürlich welche bestellt, sie wurden nur irgendwie von ihrem Tisch getrennt. Aber wir werden sie finden, oder der Hersteller schickt uns neue. In der Zwischenzeit iss bitte an der Kücheninsel und nicht auf dem Sofa.«

»Ich esse immer auf dem Sofa. Es ist alt, und du hasst es. Was spielt das also für eine Rolle?«

Antonio warf ihm einen bösen Blick zu. »Es spielt eine, weil du heute in einer Woche ein neues Sofa bekommst, außerdem zwei Sessel und einen sehr großen Polsterhocker, der auch als Couchtisch dienen kann. Ich möchte nicht, dass du auf den neuen Möbeln isst, du wirst sie ruinieren. Ich habe dir schöne Sachen ausgesucht, bitte behandle sie mit Respekt.«

Jericho gab sich Mühe, nicht zu lächeln. Er genoss es, seinen Freund zu ärgern. »Ein Polsterhocker. Seit wann gefällt dir so was? Das ist doch deine Vorstellung von der Hölle.«

»Ich würde mir keinen ins Haus stellen, aber ich respektiere den Stil meiner Kunden. Nicht dass du Stil hättest, aber wir können ja mal so tun.«

»Ein Polsterhocker bettelt doch regelrecht darum, als Fernsehtablett benutzt zu werden. Ich werde ihm helfen, seine wahre Bestimmung als Möbelstück zu erfüllen.«

»Bring mich nicht dazu, dich zu würgen. So, du hast mir Essen und Alkohol versprochen, wenn ich dir helfe. Ich habe es extra so eingerichtet, dass du meine letzte Arbeitsstation bist, damit du dich nicht drücken kannst.«

»Kein Problem.« Jericho ging zum Kühlschrank. »Ich hab noch welche von diesen kleinen Bagel-Pizza-Happen, außerdem Schweineschwarte und ein Sixpack.«

Antonio starrte ihn wortlos an.

»Noch nicht mal ein Lächeln kriege ich?«

»Kennen wir uns?«

Jericho seufzte schwer. »Du hast gewonnen. Ich habe eine Platte mit feinen Wurstwaren von *DeLaurentis* bestellt, dazu Lachsdip, Baguette und Caesar Salad. Oh, und deinen geliebten *Painted-Moon*-Chardonnay.«

Antonio tätschelte ihm den Rücken. »Mein Glaube ist wiederhergestellt.«

Es dauerte nur ein paar Minuten, das Essen aufzutischen. Da es keine Küchenstühle gab, brachten sie alles ins Esszimmer, das – Antonio sei Dank – neben dem neu gelieferten Büfett nun auch über einen Tisch mit Stühlen verfügte.

Während sie sich am Essen bedienten, blickte Antonio sich im Raum um. »Du brauchst ein bisschen Kunst hier.«

»Aber bitte nicht das Warzenschwein.«

»Nein, das war ein Fehler. Aber ich habe ein paar interessante Wandskulpturen gesehen, aus Metall gefertigt. Klare Linien, viel Farbe. Ich fahre da mal vorbei und mache ein paar Fotos.«

»Ich bin noch nicht bereit für Kunst.«

»Du kannst nicht in jedem Raum weiße Wände haben. Das ist deprimierend.«

»Wie kann es sein, dass du Zeit hast, Fotos für mich machen zu gehen?«

Antonio verzog das Gesicht. »Dennis arbeitet ab Montag an einem neuen Fall. Das ist ein Riesending, und er wird unendlich viele Überstunden machen.«

»Nicht so leicht, einen erfolgreichen Mann zu lieben«, neckte Jericho ihn.

Sein Freund grinste. »Wie wahr, wie wahr. Aber ich werde es überleben. Oh, und apropos Dennis' Arbeit – wenn er damit durch ist, fahren wir nach Frankreich. Paris natürlich, wahrscheinlich eine Woche, aber dann geht's für zwei Wochen weiter aufs Land. Wir haben dort ein Haus gemietet, und du kommst mit.«

»Nach Frankreich?« Jericho hörte selbst, wie zweifelnd er klang. »Das ist nicht so mein Ding.«

»Paris kannst du auslassen. Da fährst du sowieso besser mal mit einer Frau hin. Aber das Haus auf dem Land, da musst du mit. Es hat mehr als genug Zimmer und eine großartige Aussicht. Wir werden die Gegend erkunden, Wein kosten …«, er schwenkte einen mit Ziegenkäse beladenen Cracker, »und köstlichen Käse essen. Du musst hier mal raus, und wir wollen dich gerne dabeihaben.«

»Nein«, sagte er entschieden. »Ich werde ganz sicher nicht das dritte Rad in eurem Romantikurlaub sein.«

»Das wärst du nicht. Aber wenn du dir da Sorgen machst, bring doch jemanden mit."

Jericho dachte sofort an Finley. Es würde Spaß machen, mehr Zeit mit ihr zu verbringen. Bisher hatte er ihre Gesellschaft immer sehr genossen und …

»Ha, das hab ich gesehen! Du hast an jemanden gedacht.« Antonio klatschte begeistert in die Hände. »Erzähl mir alles über sie. Wieso habe ich bisher noch nichts von ihr gehört? Hast du heimlich Dates und erzählst es mir nicht?«

»Ich habe keine Dates – ich denke noch nicht mal darüber nach.« Er nahm sich ein Stück Salami. »In meinem Beruf trifft man nicht gerade viele Frauen.«

»Das stimmt, und auf Dating-Apps würdest du furchtbar rüberkommen.« Er hielt inne. »Ist nicht böse gemeint.«

»Hab ich auch nicht so verstanden.«

»Ich werde Dennis fragen, ob er eine Singlefrau für dich kennt. Er ist sehr gut im Verkuppeln.«

»Nein.« Jericho schüttelte den Kopf. »Das kannst du gleich wieder vergessen. Keine Frauen von Dennis.«

»Wieso nicht? Er hat einen ausgezeichneten Geschmack.« Er lächelte wissend. »Schließlich hat er mich ausgesucht.«

»Ja, er ist ein Genie, aber nein, danke. Ich kann mir selbst eine Frau suchen.«

»Oder auch nicht.«

»Ich mag Finley.«

Die Aussage war überraschend – vermutlich auch für Antonio, aber hauptsächlich für ihn selbst. Finley? Klar, sie waren Freunde. Aber wann hatte er angefangen, sie mehr als auf freundschaftliche Art zu mögen?

Antonio grinste. »Ach ja? Das kann ich gut verstehen. Sie ist sehr bodenständig und liebt ihre Nichte, wir wissen also schon mal, dass sie ein Herz hat – im Gegensatz zu so einigen anderen Leuten, die ich dir aufzählen könnte. Und sie braucht auch nicht vierzehn Stunden, um sich fertig zu machen. Ich schwöre, das Schlimmste, was Lauren passieren konnte, war, dass sie zur ›Miss Apfelwiese‹ ernannt wurde, oder was auch immer das war. Dieser Titel hat sie in den Größenwahn getrieben.«

»Es war nicht ›Miss Apfelwiese‹«, widersprach Jericho, der seinem Freund generell zustimmte. »Es ist so entspannt mit Finley. Und nett. Und lustig.«

»Und sie hat einen tollen Körper.« Antonio griff nach einem weiteren Stück Brot. »Das sage ich ganz objektiv. Außerdem ist sie sehr fit, was du ja magst. Und, wo steht ihr? Hast du sie schon gefragt, ob sie mit dir ausgeht? Lass uns diese Beziehung ins Rollen bringen!«

Beziehung? Er hatte gerade erst festgestellt, dass er sie mochte. Was jedoch ihre Gefühle für ihn betraf ...

»Es gibt keine Beziehung.«

Er erzählte Antonio vom vergangenen Samstag. »Wir haben

den ganzen Tag damit verbracht, Schränke abzumontieren. Sie sieht mich einfach als jemanden, mit dem sie gut reden kann.« Er erinnerte sich daran, dass sie freundlich gewesen war, mehr aber nicht. »Ich bin in der Friendzone.«

»So schnell passiert das nicht«, widersprach Antonio ihm. »Außerdem traue ich deiner Einschätzung überhaupt nicht. Ich will nicht fies sein, aber du bist furchtbar mit Frauen – was jammerschade ist, nachdem du in der Highschool so beliebt warst. Ich hoffe, du hast deine Glanzzeit nicht schon hinter dir.«

Jericho unterdrückte ein Stöhnen. »Ich hatte meine Glanzzeit ganz sicher nicht in der Highschool.«

»Wollen wir's hoffen. Hast du sie schon gefragt, ob sie mit dir ausgeht?«

»Nein.«

Antonio verdrehte die Augen. »Danke für die Bestätigung. Frag sie, ob sie sich mit dir trifft, führ sie schön aus.«

»Du meinst zum Essen?«

»Genau. Oder zu einem Baseballspiel. Oder auf einen Drink.« Er nippte an seinem Wein, während er über weitere Optionen nachdachte. »Ah, ich hab's – lade sie zu Gils Hochzeit ein.«

»Das habe ich sowieso schon. Sie ist meine offizielle Begleitung.«

Sein Freund starrte ihn ungläubig an. »Wie bitte? Du meintest doch, du hast sie noch nicht gefragt, ob sie mit dir ausgeht.«

»Das habe ich auch nicht. Sie hat es von sich aus angeboten.«

Antonio sah ihn nachdenklich an. »Wirklich? Sie hat dir angeboten, mit dir zu einer Hochzeit zu gehen, und du redest von Friendzone? Du bist so ein Idiot, wenn es um Frauen geht. Ich bin der Einzige, der dich vor einem Desaster mit Finley bewahren kann – und jetzt lasst uns alle mal innehalten und darüber nachdenken, wie schräg das ist.«

»Sie wollte einfach nur nett sein. Und mich vor Lauren und meinem Bruder beschützen.«

»Ja klar. Und wenn Frauen beschützend werden, hat das was zu bedeuten. Das ist gut, damit können wir arbeiten! Also, führ sie aus, noch vor der Hochzeit. Aber geh's ganz locker an.«

»Ich bin mit Aubrey und ihr zu einem Straßenfest gegangen. Das war nett.«

Sein Freund seufzte schwer. »Du warst also schon auf einem Date mit ihr und wusstest es nur nicht?«

»Das war kein Date. In ihrem Leben ist gerade viel los, genau wie in meinem. Da hilft es, jemanden zum Reden zu haben.«

»Du bist einfach nur merkwürdig. Na schön, der Rest deiner Möbel wird nächste Woche geliefert. Lad sie ein, um sie ihr zu zeigen. Koch ihr was Schönes zum Abendessen. Rede darüber, was für Wunder ich in deinem Haus vollbracht habe. Und sag ihr, ich brauche ganz viel Lob. Das wird sie verstehen.«

»Ihr was zum Abendessen kochen? Ist das nicht eine Nummer zu groß?«

»Nein, das ist entspannt und nett. Und du kannst die Lage sondieren.«

Jericho war sich nicht sicher, aber da er keine bessere Idee hatte … »Ich werde drüber nachdenken.«

»Hör auf, nachzudenken. Tu es. Ruf sie an. Schreib ihr. Was auch immer dir am leichtesten fällt. Komm in Bewegung. Gil darf nicht der einzige Bruder in dieser Familie sein, der Babys bekommt.«

»Jetzt klingst du wie meine Mutter.«

Antonio strahlte ihn an. »So was Nettes hast du noch nie zu mir gesagt.«

19. Kapitel

Sloane wischte sich die feuchten Hände an der Jeans ab. Ihr Magen krampfte sich nervös zusammen – sie war dankbar, dass sie das Abendessen ausgelassen hatte. Obwohl sie schon lange gewusst hatte, dass dieser Moment irgendwann kommen würde, war sie sich nicht sicher, weshalb sie ausgerechnet jetzt entschieden hatte, die Hosen vor ihrer Schwester runterzulassen. Ihr war speiübel, doch sie war wild entschlossen.

Ihre Mom hatte Aubrey bereits zu den anderen Mädchen aus ihrem Tanzkurs hinter die Bühne gebracht, und Lester hielt ihnen Plätze frei. Sloane wollte die paar Minuten, ehe die Aufführung begann, nutzen, um es hinter sich zu bringen.

»Lass uns rausgehen«, sagte sie zu Finley. »Ich will mit dir über etwas reden.«

Sie hatte fast damit gerechnet, dass ihre Schwester sich weigern würde, doch Finley nickte nur und folgte ihr aus dem Tanzstudio. Die Tage wurden langsam länger, und so war es noch hell an diesem frühen Abend, obwohl es regnete. Sie stellten sich unter ein schützendes Vordach.

Sloane suchte nach einem passenden Gesprächseinstieg. »Mom hat mir das von Lester erzählt. Du warst bestimmt wütend.«

Finley zog eine Grimasse. »So kann man es auch beschreiben. Ich kann nicht fassen, dass er uns so angelogen hat.«

»Er hat nur versucht, sich wieder mit seiner Familie zu verbinden.«

»Dann hätte er vielleicht mal anrufen oder eine E-Mail schicken sollen, statt unter einem Vorwand in unser Leben einzudringen.«

»Das klingt jetzt aber sehr dramatisch.«

Finley funkelte sie an. »Er hat gelogen!«

»Ja. Und du bist immer das Opfer.«

»Ich bin nicht das Opfer. Ich bin die unschuldige Statistin, die von allen um sie herum ständig vor vollendete Tatsachen gestellt wird.«

»In anderen Worten, das Opfer.«

»Hast du mich nach draußen gebeten, um mich zu quälen?«

»Nein.« Sloane befahl sich, nicht vom Thema abzulenken und zum Punkt zu kommen. »Ich hatte einen Ausrutscher.«

Finleys verwirrter Blick war beinahe komisch. »Bei der Arbeit? Hast du dich verletzt? Du trägst keinen Gips, also hast du dir wohl zumindest nichts gebrochen.«

Ach ja. Finley war keine Trinkerin, auch keine trockene, sie kannte also das Vokabular nicht.

»Ich habe Wodka getrunken.« Jede Menge davon – aber wozu in die Details gehen?

Ihre Schwester trat einen Schritt zurück. »Du hast getrunken? Schnaps? Du hast deinen Nüchternheitsschwur gebrochen, oder wie auch immer du das nennst? Wie konntest du nur? Du hast doch schon ein Jahr durchgehalten. Ein ganzes Jahr! Wieso riskierst du das alles für einen Drink? Du warst gerade dabei, dein Leben wieder auf die Reihe zu kriegen, und jetzt hast du das alles zunichtegemacht? Wozu?«

Die Schimpftirade war schmerzhaft anzuhören und zugleich seltsam befreiend. Es war, als würde sie der schlimmsten Stimme in ihrem eigenen Kopf lauschen.

»Ich bin Alkoholikerin.«

»Ja. Und ist das nicht eine wunderbar bequeme Entschuldigung für alles?« Finley klang bitter. »Du hast gesagt, ich soll dir vertrauen, und das habe ich. Aber sieh nur, was passiert ist – du hast getrunken.«

»Dein Vertrauen oder dein Mangel an Vertrauen hat nichts damit zu tun, dass ich getrunken habe. Ich erzähle es dir, weil ich mich wieder im Genesungsprozess befinde, und wir Anonymen Alkoholiker das so machen. Wir gestehen unsere Fehler ein.«

»Das genügt nicht.« Finley trat wieder einen Schritt auf sie zu. »Du kannst einen Fehler nicht einfach nur zugeben. Es muss weitere Konsequenzen geben. War Aubrey bei dir? Weiß sie es?«

»Natürlich nicht. Hör auf, immer das Schlimmste anzunehmen.«

»Wieso? Das ist anscheinend genau das, was passiert.«

Sloane ermahnte sich, nicht auf die Mutmaßungen ihrer Schwester einzugehen. Sie war die Einzige, die diese Geschichte erzählen konnte – sonst niemand. »Es war die Woche, in der ich sie nicht abgeholt habe. Ich hatte an einem Tag etwas getrunken. Danach habe ich mir ein bisschen Zeit genommen, um den Kopf klarzukriegen, und dann mit meinem Leben weitergemacht.«

»Das Wochenende, an dem du sie nicht abgeholt hast? Das ist ungefähr einen Monat her, und du erzählst mir das erst jetzt?«

Sloane wartete schweigend. Sie wusste, dass Finley eins und eins zusammenzählen würde.

»Moment mal«, sagte ihre Schwester und verengte die Augen vor aufsteigender Wut. »Du hast mich kurz danach zu deinem Haus mitgenommen und mir dein Leben präsentiert. Du hast mich angeschrien, weil ich an dir gezweifelt habe. Du warst fies und selbstgerecht. Und die ganze Zeit über warst du erst seit ein paar Tagen wieder trocken?«

»Ja.«

Finley ballte die Hände zu Fäusten, wandte ihr Gesicht in Richtung Regen und schrie: »Sagt irgendjemand in dieser verdammten Familie eigentlich auch mal die Wahrheit?«

»Es tut mir leid.«

Ihre Schwester presste die Zähne zusammen. »Wieso glaubst du, es interessiert mich, ob es dir leidtut oder nicht? Wie kann ich dir je wieder vertrauen?«

»Da mach dir mal keine Sorgen«, sagte Sloane voller Bitterkeit. »Du wirst schon noch wieder Gelegenheit bekommen, selbstgerecht zu sein. Das ist doch dein Lebensinhalt.«

»Das ist so was von unfair.«

»Ist es das? Du schaffst es nie, mal die Perspektive einer anderen Person einzunehmen.«

»Was ist denn deine Perspektive darauf, dass du nach einem Jahr Nüchternheit wieder getrunken und mich darüber angelogen hast?«

Sloane war klar gewesen, dass das Gespräch nicht gut verlaufen würde, trotzdem fühlte sie sich durch die Reaktion ihrer Schwester vorverurteilt und verletzt. »Ich habe Lester übrigens gesagt, dass seine Idee idiotisch ist. Ich hab ihm gesagt, dass die Lüge ihn einholen wird, und das hat sie.«

Sie wollte noch mehr sagen, begriff jedoch Sekunden zu spät, dass sie einen ganz dummen Fehler gemacht hatte.

Finley starrte sie an. »Du hast es gewusst? Dir war klar, dass er nur so getan hat, als wäre er krank? Seit wann?«

Sloane wusste, wie idiotisch es war, sich zu wünschen, man könnte etwas bereits Gesagtes oder Getanes rückgängig machen. Das war der Spruch aller Säufer: »Wäre ich nur nicht in die Bar gegangen.« »Wäre ich nur nicht betrunken gefahren.« »Hätte ich nur nicht ...« – Hier bitte die Leerstelle beliebig mit tausend anderen Desastern füllen.

Nur war sie sich nicht sicher, wie genau ihr »Hätte ich nur ...« in diesem Fall lauten müsste. Hätte sie Finley doch nur gleich von Lester erzählt, sobald sie aus dem Gefängnis gekommen war? Oder: Hätte sie doch nur nie mit dem Trinken angefangen? Der erste Wunsch wäre in diesem Fall am logischsten, war aber am unrealistischsten. Und gar nicht erst zu trinken, nun ja – auf welchem Planeten wäre das eine Option?

»Ich habe Lester geschrieben, als ich im Gefängnis war.«

»Du hast ihm geschrieben? Wie hast du ihn überhaupt gefunden? Woher wusstest du, wohin er gezogen war?«

Sloane starrte ihre Schwester ungläubig an. »Vom Internet hast du schon mal was gehört, oder? Es ist nicht besonders schwer, Leute zu finden, die sich keine Mühe machen, sich zu verstecken. Ich habe seinen Namen zusammen mit seinem Geburtsdatum gegoogelt und ihn ungefähr zehn Sekunden später gefunden. Dann habe ich ihm geschrieben, und er hat zurückgeschrieben.«

Finley starrte sie mit offenem Mund an. »Du hast nie etwas gesagt.«

»Du und ich haben damals auch nicht wirklich miteinander geredet. Wenn ich mich recht erinnere, hast du mich kein einziges Mal besucht. Mom war es, die immer mit Aubrey kam.«

»Du hattest gerade erst meinen Lieferwagen gestohlen.«

»Aber ich war trotzdem noch deine Schwester, die ihre Strafe in einem staatlichen Gefängnis abgesessen hat. Du hättest schon ein wenig mehr Interesse zeigen können.«

»Und du hättest ein wenig mehr Reue zeigen können.«

Jetzt war es an Sloane, ihrem Ärger nachzugeben. »Ich habe mich Dutzende Male entschuldigt. Ich habe die Verantwortung für alles übernommen, was passiert ist, habe detailliert aufgelistet, inwiefern meine Handlungen dir geschadet haben, und habe angefangen, meine finanzielle Schuld zu begleichen. Was möchtest du noch von mir, das ich tue?«

Finley sah beiseite. »Irgendetwas.«

»Wenn du rausfindest, was dieses ›Irgendetwas‹ ist, lass es mich bitte wissen.«

Ihre Schwester atmete tief durch. »Ich wünsche mir, dass das alles nie passiert wäre.«

»Das ist leider keine Option.«

»Ich weiß, und ich finde es beschissen.«

»Ich auch.«

Finley schien plötzlich in sich zusammenzufallen wie ein Ballon.

»Was geschah, als ihr anfingt, euch zu schreiben?«

Sloane wappnete sich für die nächste Explosion. »Wir beschlossen, uns zu treffen. Er kam ein paarmal hochgeflogen, um mich zu besuchen.«

»Er war hier? In unserem Bundesstaat?«

Sloane nickte.

Finley wandte ihr kurz den Rücken zu, dann drehte sie sich wieder zu ihr um. »Dann war nichts von alldem eine Überraschung für dich.«

»Nein. Ich habe ihm gesagt, dass er im Unrecht ist. Ich habe ihm gesagt, dass er ehrlich sein soll, aber er fand, sein Weg sei der bessere.«

»Und es ist dir nie eingefallen, mir zu erzählen, was los war? Hast du nie gedacht, dass ich es würde wissen wollen, wenn mein Großvater mich an der Nase herumführt?«

»Meinst du nicht, das ist ein bisschen sehr dramatisch? Ja, er hat so getan, als wäre er krank, aber doch nicht, um sich das Familienvermögen unter den Nagel zu reißen. Er war ein einsamer alter Mann, der es mit seinen einzigen Verwandten total verschissen hatte und sie sich zurückwünschte. Außerdem war ich ihm was schuldig. Als ich entlassen wurde, ging ich auf eine heftige Sauftour, die mich beinahe umgebracht hätte. Lester war derjenige, der nach mir suchte und mich in die Entzugsklinik brachte. Und der auf mich wartete, als ich wieder rauskam. Danach wohnte ich mit ihm in irgendeiner Airbnb-Wohnung, die er gemietet hatte, bis ich einen Job und meine Wohnung fand. Dann fuhr er wieder nach Hause.«

»Und heckte seinen Plan aus.«

»Vermutlich. Wir telefonierten und schrieben uns E-Mails. Eines Tages sagte er, dass er herkommen wolle. Als er dann hier war und ich sah, was er abzog, erklärte ich ihm, dass er einen Fehler machte.«

Die Lichter blinkten und signalisierten, dass die Aufführung beginnen würde. Finley öffnete den Mund, nur um ihn wieder zu schließen.

»Mir fehlen buchstäblich die Worte«, sagte sie schließlich, ehe sie zurück ins Gebäude ging.

Sloane folgte ihr langsamer. Sie glaubte aus tiefstem Herzen, dass das Programm der Anonymen Alkoholiker ihre einzige Chance war, nüchtern zu bleiben, doch manchmal fragte sie sich, ob es den Preis, den sie dafür zahlte, wert war. Die Wahrheit zu sagen, ging praktisch nie gut. Zumindest wenn es darum ging, ihrer Schwester etwas zu gestehen.

Sie durchquerte den verdunkelten Zuschauersaal und glitt auf den Platz neben Lester. Ihr Großvater drückte kurz ihre Hand, so als wollte er sie seiner Unterstützung versichern. Sie wusste die Geste zu schätzen, doch ihr war klar, dass er nicht das Problem war. Der Graben zwischen ihr und Finley war es, der ihr schlaflose Nächte bereitete. Sie vermisste ihre Schwester, vermisste es, zu wissen, dass sie – wenn sie sich auch nicht sehr nahestanden – doch zumindest Freundinnen waren.

Bei den Anonymen Alkoholikern hatte sie unzählige Geschichten von Leuten gehört, die während ihres Genesungsprozesses versuchten, wieder mit einem Familienmitglied in Verbindung zu treten, nur um sich anhören zu müssen, dass die jeweilige Person kein Interesse daran hatte. Dass zu viel zu Bruch gegangen und ihre Beziehung für immer beschädigt sei. Sie hatte den Tränen beigewohnt, der Reue, dem Schmerz, dem Bedauern.

Zum ersten Mal zog sie die Möglichkeit in Betracht, dass sie eine von ihnen war – eine der zerrütteten Seelen, die genau das zerstört hatten, was sie sich am meisten wünschten. Dass ihr egoistisches, gedankenloses, volltrunkenes Verhalten sie ihre Beziehung zu Finley gekostet hatte.

Weiterhin sehen würde sie ihre Schwester natürlich. Aubrey war ihr Bindeglied. Doch sie wünschte sich, dass Finley sie einmal, nur einmal mit einem anderen als diesem skeptischen und verächtlichen Blick ansah. Aber nach allem, was sie getan hatte, konnte sie auf keine Zuneigung, keine Gnade hoffen. Auf keinen letzten Versuch.

Jericho betrat das Herrenmodengeschäft und kam sich vor wie der letzte Idiot. Er würde es wirklich tun – für seinen Bruder den Trauzeugen spielen, wenn Gil seine Ex-Frau heiratete. Lächerlich, sie sollten eine Dokusoap für *Netflix* drehen.

Er blieb gleich hinter dem Eingang stehen und suchte nach dem Schild, das ihm den Weg zur Smoking-Abteilung wies.

Ein Verkäufer kam auf ihn zu. »Kann ich Ihnen helfen?«

»Jericho Ford. Ich habe einen Termin zum Maßnehmen für einen Smoking. Für die Hochzeit meines Bruders.«

»Oh ja, die Ford-Hochzeit.« Der Mann mittleren Alters lächelte. »Sie sind eine Viertelstunde zu früh. Ich muss nur meinen aktuellen Kunden fertig bedienen, dann nehme ich Ihre Maße.«

Zu früh? Laut Laurens Mail war er genau pünktlich. Womöglich hinkte der Verkäufer nur seinem Zeitplan hinterher. Allerdings war dies nicht die Art von Geschäft, in dem er sich gern die Zeit vertrieb. Seine Garderobe war schlicht, Jeans und Hemden. Außerdem besaß er zwei Anzüge, ein Paar Abendschuhe und die obligatorische schwarze Hose für elegante Diners oder Kundeneinladungen – auch wenn er zu beiden nur selten ging.

Wo er jetzt so darüber nachdachte, war seine Garderobe ein bisschen wie sein Haus – minimalistisch, zweckdienlich und irgendwie traurig. Er würde wohl mal mit Antonio darüber reden müssen, sich mehr zu besorgen von … was auch immer es war, das er brauchte. Der gute Geschmack seines Freundes reichte weit über die Einrichtung schöner Häuser hinaus.

»Hallo, Jericho.«

Er wandte sich um und sah, wie Lauren das Geschäft betrat. Auf seine Überraschung folgte sofort Unbehagen. Aus irgendeinem Grund war es ihm unangenehm, seine Ex-Frau dabeizuhaben, während man die Maße für seinen Smoking nahm. Als sie noch verheiratet waren, war sie immer mit ihm einkaufen gegangen. Und vor ihrer Hochzeit hatte sie mit ihm zusammen in der Ankleidekabine gestanden, die verschiedenen Schnitte besprochen und Änderungen vorgeschlagen. Damals war ihm das normal vorgekommen. Aber dass sie heute hier auftauchte? Das war definitiv nicht normal.

»Lauren«, sagte er. Sie sah aus wie immer, professionell und gut gekleidet in ihrem maßgeschneiderten Anzug. Soweit er erkennen konnte, gab es keine äußeren Anzeichen für ihre Schwangerschaft. Allerdings hatte er keine Ahnung, ab welchem Zeitpunkt man sie einer Frau ansah, und er würde auch nicht fragen.

Sie beugte sich vor und gab ihm einen Kuss auf die Wange. Der Körperkontakt war unerwartet, und er trat unwillkürlich einen Schritt zurück.

»Ich wusste nicht, dass du hier sein würdest«, sagte er. »Ich dachte, ich würde mich mit Gil treffen.«

»Das wirst du auch. Ich dachte nur, ich komme einen Moment dazu.« Sie lächelte ihn an. »Wir haben einen ganz klassischen Smoking ausgewählt. Du wirst gut darin aussehen.«

Okay, jetzt war er endgültig verwirrt. Wieso benahm sie sich so, als ... Er hielt gedanklich inne und versuchte, ihr Verhalten oder zumindest seine Gefühle zu definieren, fand jedoch für keins von beidem die richtigen Worte. Er beschloss, sie mit Hochzeitsgerede abzulenken.

»Wie laufen die Planungen?«, fragte er. »Ihr habt ja ziemlich viel zu tun und nicht gerade viel Zeit dafür.«

Sie lächelte erneut. »Ich weiß. Es ist alles ganz schön verrückt und stressig. Aber Janine hilft uns sehr. Sie hat schon beim ersten Mal so toll geholfen, und jetzt bringt sie sich auch voll ein. Sie ist eine großartige Frau.«

»Ja, das ist sie«, bestätigte er vorsichtig und dachte daran zurück, dass Lauren seiner Mom nie sehr nahegestanden hatte – jedenfalls soweit er wusste. Aber womöglich hatte sich das jetzt geändert.

»Es ist von Vorteil, dass wir diesmal weniger Gäste haben – weil es ja schon meine zweite Hochzeit ist und wir es etwas eilig haben.« Sie sah ihm in die Augen. »Anders als damals bei uns. Das war mal eine Party ...«

Seine und Laurens Hochzeit? »Daran denke ich überhaupt nicht mehr«, gab er zu. Ebenso wenig wie an ihre verflossene Beziehung, aber wozu es aussprechen?

»Ich habe in letzter Zeit öfter daran gedacht.« Sie legte ihm eine Hand auf den Arm. »Ich habe mir die Bilder angesehen und mich daran erinnert, wie es war. Nicht nur die Hochzeit, sondern auch unsere Ehe.«

Langsam, ganz vorsichtig, wich er vor ihr zurück – er wollte außerhalb der Reichweite ihrer Berührungen gelangen. Diese Begegnung war absolut surreal und ging ihm entschieden gegen den Strich.

»Vielleicht hätten wir uns damals mehr Mühe geben sollen«, sagte sie.

»Vielleicht hättest du nicht mit meinem Bruder schlafen sollen«, gab er zurück. »Lauren, was ist los? Willst du mir irgendwas sagen? Ich verstehe einfach nicht, worauf du hinauswillst.« Das alles gefiel ihm gar nicht.

»Du heiratest in Kürze Gil«, fuhr er fort. »Ich hoffe, ihr werdet ein langes und glückliches Leben miteinander haben. Ich hoffe, das Kind in deinem Bauch ist nur das erste von zweien oder dreien, und es wird alles wunderbar für euch laufen. Das wünsche ich mir für euch beide.«

Nachdem er es ausgesprochen hatte, wurde ihm klar, dass es stimmte. Er wünschte sich all das tatsächlich für Gil und sie. Sicher, er hatte diesbezüglich noch einige unangenehme Gefühle zu verarbeiten, aber das hatte nichts damit zu tun, dass er sie vermisste oder sie zurückwollte. Ihre Ehe war lange vorbei, und er hatte sich weiterentwickelt.

In diesem Moment betrat Gil das Geschäft und entdeckte sie. »Ihr seid beide zu früh.«

»Kann sein, dass ich Jericho die falsche Zeit geschickt habe«, sagte Lauren, ging Gil entgegen und küsste ihn. »Da ihr ja jetzt beide da seid, gehe ich zurück zur Arbeit.« Sie winkte ihnen kurz zu und verließ den Laden.

Jericho sah ihr nach, nicht sicher, was hier gerade passiert war – und noch weniger interessiert daran, es herauszufinden. Als er sich seinem Bruder zuwandte, war er überrascht, Traurigkeit und Furcht in dessen Blick zu entdecken.

»Ist alles okay?«, fragte er, ehe er sich zurückhalten konnte.

Gil wandte sich ab. »Ich verliere sie gerade.«

Jericho hätte sich für diese Frage selbst in den Hintern treten können. »Ist das nicht ein bisschen dramatisch?«

Sein Bruder sah ihn an. »Sie zieht sich von mir zurück. Ich spüre es.« Er ließ die Schultern hängen. »Ich liebe sie so sehr, aber ich fürchte, dass sie sich das mit uns, das mit dem Baby vielleicht noch mal anders überlegt. Sie liebt mich nicht so, wie ich sie liebe.«

Diese ganze Situation ist so ermüdend, dachte Jericho grimmig.

»Eure Beziehung hat schon viel durchgemacht«, sagte er und fragte sich zugleich, weshalb zum Teufel immer wieder er den Vernünftigen spielen musste. »Ihr habt beide viel Druck erfahren. Und jetzt gerade ist alles einfach nur stressig. Sie hat Angst vor eurer Zukunft.«

Gil starrte ihn an. »Warum sollte sie Angst haben?«

»Sie bekommt ein Baby, das ist etwas ganz Neues für sie. Ihr seid zwar zusammen, aber das ist noch ziemlich frisch. Was ist, wenn du nicht bei ihr bleibst?«

»Ich würde sie niemals verlassen.«

»Ich sag ja auch nicht, dass das etwas Rationales ist. Ich meine nur, dass sie gerade mit vielem klarkommen muss und du für sie da sein solltest.«

Passierte das hier gerade wirklich? Gab er Gil tatsächlich Ratschläge in Bezug auf seine Ex-Frau? Es sah fast danach aus.

»Lauren sieht ziemlich schnell alles nur negativ. Sie nimmt ein kleines Problem und macht es viel größer, als es ist. Beug dem vor, indem du dafür sorgst, dass sie sich deiner Liebe sicher ist. Mach ihr klar, dass du dich freust, sie zu heiraten und ein Kind mit ihr zu bekommen.«

»Natürlich tu ich das. Sie ist meine Traumfrau. Ich werde sie immer lieben.«

»Das muss sie von dir hören.«

Der Verkäufer gesellte sich zu ihnen. »Ich wäre dann so weit. Wenn Sie mir bitte folgen wollen.«

Während er sie in den hinteren Teil des Geschäfts führte, konnte Jericho an nichts anderes denken, als dass sein Bruder ihm leidtat. Lauren machte alles kompliziert, selbst wenn eigentlich alles gut war. Er wollte sich lieber nicht vorstellen, wie sie in der aktuellen Situation sein mochte. Auch wenn das nicht wirklich eine Rolle für ihn spielte, schließlich war sie nicht mehr sein Problem. Und machte das diesen Tag nicht wundervoll?

Gefühlte Kilometer an PVC-Rohren zu schleppen, war genau die Ablenkung, die Finley gerade brauchte. Da ihre Jungs mit anderen Dingen beschäftigt waren, hatte sie die Anlieferung der Rohre für einen frisch fertiggestellten Rohbau übernommen. Es dauerte den Großteil des Nachmittags, alle hineinzubringen. Als sie endlich fertig war, taten ihr Schultern und Rücken weh. Doch sie hieß den Schmerz willkommen – ebenso wie die Gewissheit, endlich einmal müde genug zu sein, um nachts schlafen zu können.

In letzter Zeit schaltete sich sofort ihr Gehirn ein, sobald sie die Augen schloss, und sie starrte an die Decke und dachte über all das nach, was in ihrem Leben schieflief.

Ein positiver Effekt war, dass das letzte Gespräch mit ihrer Schwester ihre Wut auf Lester relativiert hatte. Sie konnte immer noch nicht fassen, dass Sloane sie darüber belehrt hatte, wie toll sie mit ihrem Job und ihrer Nüchternheit klarkam, nachdem sie nur Tage zuvor einen Rückfall erlitten hatte.

»Alle lügen mich ständig an«, murmelte sie, als sie das letzte Stück Rohr hineintrug und es in dem großzügigen, offen gestalteten Wohnzimmer ablegte, das sich über ganze zwei Stockwerke erstreckte. Sie trat in den Türrahmen des Raums, der einmal eine Toilette werden würde, hielt sich mit beiden Händen daran fest und drehte sich nach links und rechts, um ihren Rücken zu dehnen.

Ein »Ausrutscher« – so hatte Sloane das genannt. Ein Ausrutscher ... Das klang ziemlich unschuldig, war es aber nicht. Und machte die Tatsache, dass sie vor ein paar Wochen getrunken hatte, es wahrscheinlicher oder unwahrscheinlicher, dass sie in Zukunft wieder trinken würde? Würde es ihr jemals besser gehen? Und würde sie, Finley, sich jemals entspannen und aufhören können, sich Sorgen zu machen?

Heute – ebenso wie gestern und vorgestern und vorvorgestern – war keine Antwort auf ihre Fragen in Sicht. Hin und wieder dachte sie darüber nach, sich ein Al-Anon-Meeting zu suchen, um das alles besser zu verstehen. Doch allein der Gedanke daran ärgerte sie. Wieso sollte sie ihr Leben auf den Kopf stellen und zu irgend so einem blöden Meeting gehen, nur weil ihre Schwester trank? Sie war nicht diejenige, die ein Problem hatte, doch schon wieder würde sie den Preis dafür zahlen müssen.

Als sie ihre Position veränderte, um nun ihre Schultern zu dehnen, dachte sie darüber nach, wie leid sie es war, ständig wütend zu sein. Sie brauchte eine emotionale und physische Pause.

Als sie sich wieder bewegen konnte, ohne ununterbrochen zu stöhnen, schloss sie das Haus ab und machte sich auf den Weg zu ihrem Lieferwagen und dem Anhänger, den sie für den Transport der Rohre benutzt hatte. Ihr Blick ging automatisch zum Baucontainer am Ende der Straße. Jerichos vertrauter F-150 stand daneben geparkt. Unentschlossen verlangsamte sie ihre Schritte. Sie hatte Lust, ihn zu sehen. Er war stets so ruhig und verlässlich – seine reine Anwesenheit führte schon dazu, dass sie sich besser fühlte. Andererseits fürchtete sie, dass sie zu sehr über ihr Leben jammerte, und das stand niemandem gut zu Gesicht.

»Bist du für heute durch?«

Sie wandte sich um und lächelte, als sie ihn just in diesem Moment auf sich zukommen sah. »Bin gerade mit der Anlieferung der Rohre fertig geworden.«

»Das habe ich gesehen. Bei dem Haus sind wir dem Zeitplan voraus. Ich weiß es zu schätzen, dass ihr uns einschieben konntet.«

»Dank nicht mir, sondern meinem Chef. Ich gehe, wohin er mich schickt.« Sie hielt inne und gestand schließlich: »Aber diese hier ist eine meiner Lieblingsbaustellen.«

»Freut mich zu hören. Hast du Zeit für eine Limo? Meine Sekretärin war beim Supermarkt, der Kühlschrank ist frisch aufgefüllt. Du hast den Vortritt und darfst dir die Geschmacksrichtung aussuchen.«

»Du weißt, wie man einer Frau den Kopf verdreht.«

»Ich bin eben der personifizierte Charme.«

Sie lachten beide und gingen in Richtung Container. Er öffnete die Tür und bedeutete ihr, als Erste einzutreten. Drinnen wählte sie eine Dr-Pepper-Cola, öffnete die Dose und nahm einen Schluck. Jericho entschied sich für Coca-Cola, dann setzten sie sich an den kleinen Besprechungstisch.

»Wie läuft's?«, fragte er. »Hat Aubrey bei ihrer Aufführung geglänzt?«

»Sie hat das super gemacht. Jetzt ist es mit dem Tanzen erst mal vorbei bis zum Herbst. Sie überlegt hin und her, ob sie mit dem Stepptanz weitermachen möchte oder nicht. Dass Lester ihr geholfen hat, hat ihre Sicht darauf verändert.«

Er sah sie unverwandt an. »Fühlst du dich inzwischen weniger betrogen von ihm?«

»Ein bisschen. Wie es aussieht, kann ich mich nur mit einer großen Enthüllung auf einmal auseinandersetzen.« Sie erzählte ihm, was Sloane ihr vor ein paar Tagen gestanden hatte.

»Ich bin aus allen Wolken gefallen«, gab sie zu. »Lester und Sloane sind schon seit Jahren in Kontakt. Er war sogar hier in Seattle, als sie aus dem Gefängnis kam, und ich wusste von nichts. Alle haben sie ihre Geheimnisse.«

Sie legte die Hände auf den Tisch und sah ihn an. »Ich schwöre, ich bin eigentlich kein übermäßig dramatischer Mensch. Die meisten meiner Tage verlaufen ziemlich gewöhnlich, und ich lebe einfach mein Leben. Aber in den letzten Monaten kam ein Shitstorm nach dem anderen, und ich komme kaum noch zum Luftholen.«

Sie verzog den Mund. »Außerdem kommt es mir so vor, als würde ich ständig meine Gefühle bei dir abladen, womit ich unbedingt aufhören sollte.«

»Wieso denn? Wir sind Freunde. Du hörst dir doch auch ständig meine Probleme an.«

»Aber deine Probleme sind einfach.«

Er lächelte. »Das liegt daran, dass es meine sind und nicht deine. Das funktioniert in beide Richtungen.«

»Ich will einfach nur eine Pause von meinem Leben.«

»Wie wäre es dann mit einem Abendessen?« Er nahm seine Limonade in die Hand. »Ich bekomme neue Möbel geliefert.« Er warf einen Blick auf seine Uhr. »Wahrscheinlich genau in dieser Sekunde. Antonio hat mir gesagt, ich soll hierbleiben, bis alles da ist. Er will den Überraschungseffekt erleben, wenn ich nach Hause komme. Komm doch morgen Abend zu mir. Ich bestelle was zu essen, und wir gönnen uns beide eine Pause von unseren jeweiligen Shitstorms.«

Die unerwartete Einladung fühlte sich an wie eine Rettungsleine, die man ihr zuwarf. Zeit an einem Ort zu verbringen, der nicht das Haus ihrer Mom war und an dem sie sich nicht mit irgendwelchen Dramen beschäftigen musste, klang wundervoll.

»Welche Art von Essen?«, fragte sie grinsend.

Er lachte leise. »Du darfst aussuchen.«

»Dann chinesisch.«

»Ist gebongt.«

»Sobald ich zu Hause bin, frage ich Lester, ob er auf Aubrey aufpassen kann, dann schreibe ich dir.«

»Und ich schicke dir meine Adresse.«

Er hielt ihr seine Limonadendose hin, und sie stieß mit ihm an.

»Danke für die Einladung«, sagte sie voller Aufrichtigkeit. »Ich freue mich, die Wunder zu sehen, die Antonio bei dir vollbracht hat, und darauf, einen Abend mit netter Konversation statt mit den Verrücktheiten meiner Familie zu verbringen.«

»Es wird stinklangweilig werden«, versprach er ihr.

Sie lachte. »Ich kann es kaum erwarten.«

20. Kapitel

Jericho ertappte sich dabei, wie er unruhig auf und ab tigerte und alle fünfzehn Sekunden auf die Uhr sah. Er freute sich auf das Abendessen mit Finley, hatte allerdings nicht damit gerechnet, dass er so nervös sein würde.

Er versuchte sich zu sagen, dass er völlig übertrieben reagierte – es war doch nur ein Abend, den er mit einer Freundin verbrachte. Also keine große Sache, egal wie man »Freundin« definierte. Nur hatten Finley und er noch nie zusammen zu Abend gegessen. Oder sich gegenseitig zu Hause besucht. Oder sich in einer Situation wiedergefunden, die man womöglich als Date betrachten konnte.

»Nein«, murmelte er und gab sich Mühe, nicht schon wieder auf die Uhr zu sehen. »Das ist kein Date.«

Antonios Witzelei zum Trotz flirteten Finley und er nicht miteinander. Sie waren, wie gesagt, nur Freunde, und der Abend bot Finley einfach die Gelegenheit, Abstand zu dem Misthaufen zu bekommen, als den sie ihr Leben gerade empfand. Es war …

Es klingelte. Erleichterung durchströmte ihn und ließ ihn beinahe im Laufschritt zur Tür eilen. Er zog sie auf – und starrte Finley wortlos an.

Sie sah gut aus, richtig gut. Sie trug zwar wie immer Jeans, aber diese war dunkler und enger geschnitten als sonst. Dazu hatte sie einen blauen Pullover an und, statt Arbeitsstiefeln, flache Schuhe. Doch was hauptsächlich seine Aufmerksamkeit auf sich zog, war ihr langes dunkelblondes Haar.

Es war weder geflochten noch zu einem Pferdeschwanz zusammengebunden. Nein, sie trug es heute Abend offen, und das war verdammt sexy. Er hatte Finley zwar schon mit offenen Haaren gesehen, aber nicht mit diesen welligen Locken. Sie gefielen ihm sehr.

»Hallo«, gelang es ihm schließlich herauszubringen. »Du hast es gefunden.«

»Ja, das hab ich.«

Sie lächelte, und der Anblick ihres wunderschön geschwungenen Mundes traf ihn mitten in die Eingeweide.

Endlich fiel ihm ein, beiseitezutreten und sie hereinzubitten. Sie überschritt die Türschwelle und reichte ihm eine abgedeckte, quadratische Backform.

»Brownies«, erklärte sie lächelnd. »Aubrey und ich haben sie gestern Abend gebacken. Genauer gesagt, haben wir gleich zwei Ladungen gemacht, damit sie und Lester heute auch welche essen können.«

»Du bäckst also.«

Ihr leises Lachen weckte den Wunsch in ihm, sie in seine Arme zu ziehen und sie zu küssen, bis sie beide keine Luft mehr bekamen. Doch er befahl sich, einen großen Sprung zurück in die Realität zu machen und aufzuhören, sich zu verhalten – oder zu denken – wie ein dauergeiler Sechzehnjähriger.

»Na ja, Brownies stelle ich mithilfe einer Backmischung her«, korrigierte sie ihn. »Aber Kekse backe ich selbst.«

»Und dann bist du auch noch eine tolle Sanitärinstallateurin. Du bist einfach in allem begabt.«

»Ich wünschte, das wäre so.« Sie sah sich um und betrachtete die offene Eingangshalle, die sich über zwei Stockwerke erstreckte. »Schöne Beleuchtung.«

Er warf einen Blick auf den modernen Kronleuchter aus Glas und Metall. »Das ist Antonio. Du wirst feststellen, dass alle schickeren Einrichtungsgegenstände, die ich besitze, perfekt aufeinander abgestimmt sind.«

»Ich liebe Antonios Stil. Er ist ein wahres Talent.«

Er führte sie durch den Flur zu einer Tür. »Hier ist ein Arbeitszimmer.«

Sie betrachtete den leeren Raum. »Das ehemalige von Lauren?«

»Ja. Ich nutze eins der Zimmer oben.« Er brauchte nicht viel Platz und hatte daher keinen Grund gesehen, seinen Schreibtisch und den Computer runterzuräumen, nachdem sie ausgezogen war.

Als Nächstes bewunderte sie das Esszimmer, in dem sie stehen blieb, um über das Sideboard zu streichen.

»Das ist wunderschön«, sagte sie. »Modern und klassisch zugleich. Wie macht er das nur?«

»Ich habe keine Ahnung.«

»Antonio ist eben ein Künstler.«

Er lachte leise. »Als ich ihm erzählt habe, dass du zum Essen herkommst, hat er gesagt, ich soll mir genau merken, was du alles schön findest. Aber wenn du so weitermachst, werde ich mir Notizen machen müssen, um nichts zu vergessen.«

Er ging ihr voraus in Richtung Wohnzimmer. Finley folgte ihm, schlängelte sich dann jedoch flink an ihm vorbei und bog in die offene Wohnküche ab. Sie gab einen Laut von sich, der halb Stöhnen und halb Lachen war, dann lief sie zur riesigen Kücheninsel und legte die Arme auf die Arbeitsplatte aus Quarzstein, als wollte sie sie umarmen.

»Ich liebe diese Küche!«, sagte sie und schloss die Augen. »Ernsthaft, ich möchte sie heiraten und Babys mit ihr machen.«

»Du bist echt merkwürdig.«

»Ist mir egal.«

Sie löste sich von der Kücheninsel und ging zu den Schränken hinüber. »Die sind ja maßgefertigt«, sagte sie, öffnete eine Tür und betrachtete das glatt geschmirgelte Holz.

»So halb.«

»Umwerfend schön.«

Dann umarmte sie den *Sub-Zero*-Kühlschrank und blieb vor dem *Wolf*-Herd stehen.

»Der eins zwanzig breite mit Doppelbackröhre. Mein Traumherd.« Sie sah ihn an. »Ich wusste, dass er in den Häusern steht, die du baust, aber ich hatte keine Ahnung, dass du selbst auch einen hast.«

»Ich kriege Mengenrabatt.« Er stellte die Backform mit den Brownies auf dem Tisch ab.

Sie sah ihn an. »Du hast also dieses Haus gekauft und gleich die Küche entkernt.«

»Mehr oder weniger.«

Ihre großen braunen Augen weiteten sich. »Hast du auch das Badezimmer renoviert?«

Er lachte leise. »Ja, hab ich.«

»Ich will es unbedingt sehen! Vielleicht sollte ich vorher aber noch etwas die Vorfreude genießen. Falls ich jemals im Lotto gewinne, lasse ich mir auf jeden Fall von dir ein Haus bauen. Ich will genau die gleiche Küche. Und genau das gleiche Bad – was auch immer du damit gemacht hast.«

»Schau's dir doch erst mal an. Vielleicht ist es ja gar nicht so gut geworden.«

»Das kann nicht sein.«

Sie trat ins Wohnzimmer. »Ich liebe das Sofa und die Sessel! Und den Polsterhocker. Der Raum ist total gemütlich und einladend, aber trotzdem stylish. Der Mann ist wirklich unglaublich.«

»Er wird sich sehr freuen zu hören, dass er dich in Verzückung versetzt hat.«

Sie lachte. »Die Küche hat mich tatsächlich in Verzückung versetzt. Aber die ist ja auch von ihm entworfen, daher zählt das wohl genauso.«

»Was kann ich dir zu trinken anbieten?«, fragte er. »Bier? Oder Wein? Ich kann auch einen Cocktail mixen.«

Sie zog eine Augenbraue hoch. »Wirklich? Du kennst dich mit Cocktails aus?«

»Ein bisschen. Zumindest die einfachen kriege ich hin. Martinis, Mixgetränke ... Falls du daran Interesse hast – ich mache einen exzellenten Cosmopolitan.«

»Ich hab noch nie einen Cosmopolitan getrunken.«

»Dann wird es aber mal Zeit.«

Er nahm eine Limette aus der Obstschale, die auf der Kücheninsel stand, holte Wodka und Cointreau vom Barwagen und eine kleine Flasche Cranberrysaft aus dem Getränkekühlschrank unter der Theke.

»Ich habe schon auf dem Heimweg Essen besorgt«, sagte er. »Ich dachte, dann können wir es einfach aufwärmen, wenn wir Hunger bekommen.« Er schnitt die Limette einmal durch und presste den Saft in einen Martini-Shaker. »Ich wusste nicht genau, was du magst, also habe ich von allem etwas mitgebracht.«

Finley trat an den Kühlschrank und schaute hinein. »Du machst keine Scherze – das ist eine ziemliche Menge Essen.«

»Was wir nicht aufbekommen, esse ich morgen.«

»Reste sind sowieso das Beste«, sagte sie. »Ich vermisse das. Als ich noch allein gelebt hab, habe ich immer zu viel Essen bestellt und mich dann tagelang davon ernährt.«

»Für nur eine Person zu kochen, macht auch keinen Spaß.«

Finley beobachtete Jerichos geübte Handgriffe, mit denen er ihr den Cocktail mixte. »Das machst du nicht zum ersten Mal.«

»Stimmt. Meine Mom ist ein großer Cosmopolitan-Fan.«

Sie hatte damit gerechnet, sich in seinem Haus nervös oder unwohl zu fühlen, doch nichts davon war der Fall. Es gefiel ihr, Zeit mit ihm zu verbringen, egal unter welchen Umständen, und sie fühlte sich hier genauso wohl mit ihm wie auf der Baustelle oder auf dem Straßenfest.

Sie strich mit den Fingern über die Küchentheke aus Quarzstein. »Die ist wirklich schön.«

»Die Küche in deinem neuen Haus ist nicht so groß. Vielleicht kannst du dir so eine Arbeitsplatte leisten.«

»Ich glaube nicht, dass es in der Quarzsteinabteilung viele Restposten gibt«, sagte sie. »Da wird alles auf Maß zugeschnitten, und diese Typen machen keine Fehler.«

Sie setzte sich auf einen Barhocker an der Kücheninsel und sah zu, wie er Eis in den Shaker gab und die übrigen Zutaten abmaß. Bevor er das Getränk schüttelte, holte er ein Martiniglas aus dem Schrank und stellte es vor sie hin.

Sekunden später goss er ihr den hellrosafarbenen Cosmopolitan ein. Sie beäugte ihn zweifelnd.

»Das ist ja mal eine Farbe.«

»Du wirst ihn lieben«, sagte er, und seine Augen blitzten vergnügt. »Er ist etwas süß und trinkt sich ganz leicht weg.«

Sie wartete, bis er sich ein Bier geholt und sich zu ihr an die Kücheninsel gesellt hatte, dann nahm sie ihren ersten Schluck.

Er hatte recht – sie schmeckte einen Hauch von Süße, aber da war auch eine gewisse Säure, die vom Cranberry- und Limettensaft herrührte. Der Cointreau rundete das Ganze mit seinem zarten Orangengeschmack ab.

»Oh ja, der schmeckt großartig«, gab sie zu und kam sich dabei leicht albern vor. »Er ist nur so … rosa. Ich hätte nie gedacht, dass ich eine Cosmopolitan-Lady bin, aber es sieht ganz danach aus.«

Er stieß sanft mit seiner Flasche gegen ihr Glas. »An manchen Tagen sind wir alle ein bisschen eine Cosmopolitan-Lady.«

Sie musterte ihn. »Ich bin überrascht, dass du kein Problem hast, dich als Frau zu bezeichnen.«

Er zuckte mit den Schultern. »Das ist nur so ein Spruch. Aber du hast recht – es macht mir nichts aus. Ich fühle mich wohl in meiner Haut, daher können mir Wörter und Namen nichts anhaben.«

Weil er so stark ist, dachte sie, und selbstbewusst, wenn auch nicht auf eine dominante Art. Jericho musste niemandem etwas beweisen. Das gefiel ihr – er gefiel ihr.

»Das ist schön«, sagte sie und nahm noch einen Schluck.

»Danke, dass du mich hierher eingeladen hast. Ich brauchte mal einen Abend außer Haus.«

»Möchtest du über das reden, was gerade bei dir so los ist?«

»Eigentlich würde ich lieber über irgendetwas anderes reden.« Sie atmete tief durch und drehte sich zu ihm, sodass sie ihn direkt ansah. »Und doch bin ich so wütend auf meine Schwester. Wahrscheinlich sollte ich die Sache auf sich beruhen lassen – ihre Trinkerei ist ihre Sache. Aber was ist mit Aubrey? Sie ist noch ein kleines Mädchen. Sie hat es nicht verdient, eine Alkoholikerin zur Mutter zu haben.«

»Sie hat doch auch dich.«

»Ich weiß, aber ich bin eben nicht ihre Mom.«

Er drehte sich auch ein Stück weiter zu ihr hin und sah sie an. »Aber du bist für sie da, und das weiß sie. Du bist ihr Fels in der Brandung.«

»Ich fühle mich gerade überhaupt nicht wie ein Fels. Ich hab solche Angst um sie. Meine Mom kümmert sich großartig um sie, wenn sie da ist, aber sie ist mit ihrer eigenen Karriere beschäftigt. Und ich dachte, Lester könnte ein Verbündeter sein, aber jetzt weiß ich nicht mehr, ob ich ihm vertrauen kann.«

Sie sah Jericho an. »Warum ist niemand so, wie er oder sie eigentlich sein sollte?«

»Darauf habe ich keine Antwort.«

Er wirkte besorgt und strahlte zugleich so viel Güte aus. Wie stark er ist, dachte sie. Lauren war eine Idiotin, ihn zu verlassen. Männern wie Jericho begegnete frau nicht oft. Er war in jeder Beziehung ein wahrer Partner – stets da, stets hilfsbereit. Und dazu war er noch witzig und sexy. Gil hatte sie noch nicht kennengelernt, aber er konnte unmöglich toller sein als sein Bruder.

»Aubrey wird es gut gehen«, sagte er und holte sie damit zurück in die Unterhaltung, die sie gerade führten. »Dafür wirst du schon sorgen. Sie weiß nicht, dass Sloane getrunken hat, und sie braucht es auch nicht zu wissen.«

»Du hast recht. Ich werde sie so gut ich kann schützen. Ich wünschte nur, ich könnte Sloane dazu bringen, nie mehr zu trinken.«

»Das ist nicht deine Aufgabe. Du kannst andere Menschen nicht kontrollieren.«

»Ich weiß, aber ich sollte es können.«

Er lachte leise. Sie fing ebenfalls an zu lachen und erschrak über sich selbst, als sie plötzlich gegen Tränen ankämpfte. Sie waren wie aus dem Nichts gekommen, brannten ihr in den Augen und schnürten ihr die Kehle zu.

Was war denn das? Sie war doch sonst keine Heulsuse, eigentlich weinte sie nie. Vielleicht einmal im Jahr, um sicherzugehen, dass noch alles funktionierte. Aber doch nicht so.

Sie stand auf und wich ein paar Schritte zurück, blinzelte mehrmals und versuchte, wieder zu Atem zu kommen.

»Es tut mir leid.« Sie drehte sich weg. »Ich weiß nicht, was mit mir los ist. Das ist lächerlich, wir haben es doch gerade so nett, und eigentlich geht's mir gut. Ich hab keine Ahnung, warum ich auf einmal so emotional bin.«

Jericho erhob sich. »Du musst seit Monaten mit einer ganzen Reihe schwieriger Dinge klarkommen. Darunter bricht irgendwann jeder zusammen, Finley. Sei nicht so streng mit dir selbst. Du darfst ab und zu auch mal ein Mensch sein.«

Seine feste Stimme, seine solide Präsenz weckten plötzlich den Wunsch in ihr, sich ihm an den Hals zu werfen – was noch viel schlimmer war als die Heulerei. Was war nur los mit ihr?

Ehe sie es wahlweise herausfinden oder davonstürzen und sich in einer vermutlich luxuriös ausgestatteten Toilette verkriechen konnte, legte er die Arme um sie und zog sie an sich. Nachdem sie gerade noch ganz allein in ihrem Kampf gegen die Dämonen in ihrem Leben gewesen war, fand sie sich nun in starken Armen und an einen kräftigen Körper geschmiegt wieder.

Jericho strahlte wohlige Wärme aus, seine Umarmung fühlte sich sicher an. Sie ließ sich bereitwillig gegen ihn fallen, nur für ein paar Sekunden, und ließ zu, dass er ihr so viel Kraft übertrug, wie sie brauchte, um weiterzumachen. Sie schlang ihm die Arme um die Taille und legte die Wange an seine Schulter.

Er riecht so gut, dachte sie geistesabwesend. Nach Seife und irgendeiner Essenz seiner selbst. Sein Hemd war aus weicher Baumwolle, seine Muskeln darunter waren steinhart.

Wie er sie so hielt und sie sich an ihn schmiegte, fühlte sie sich sicher und beschützt. Und nach allem, was sie durchgemacht hatte, war es schwer, dem zu widerstehen.

»Ich hab's gleich«, sagte sie, als sie spürte, dass die Tränen langsam nachließen. »Gib mir nur noch eine Sekunde.«

»Nimm dir so viel Zeit, wie du willst.« Er lachte leise. »Ich kann mir unangenehmere Situationen vorstellen.«

»Kein Bedürfnis, wegzurennen?«

»Ich bin nicht so der Typ, der wegrennt.«

Die Erkenntnis traf sie wie ein Blitz. Das stimmt, dachte sie. Er war die Art von Mann, die dablieb.

Zum zweiten Mal innerhalb von zehn Minuten fragte sie sich, wie Lauren so saudumm sein konnte, Jericho zu verlassen. Welche Frau wünschte sich nicht einen Mann wie ihn in ihrem Leben? Oder in ihrem Bett?

Der letzte Gedanke schockierte sie. Er kam völlig aus dem Nichts, doch kaum hatte er sich geformt, schien er ihr Gehirn vollkommen einzunehmen. Ja klar, Jericho war sexy. Nur hatte sie darüber immer nur auf eine vage, abstrakte Art nachgedacht. Oder war da vielleicht doch mehr gewesen? Hatte sie schon vorher über ihn als sexuelles Wesen nachgedacht? Nein, er war ihr Freund. Jemand, mit dem sie sich gerne unterhielt, aber nicht im romantischen Sinne.

Sie trat einen Schritt zurück, und er ließ sie augenblicklich los. Sie sah ihn an, nicht sicher, was sie sagen oder tun konnte, um den Gedanken abzuschütteln, dass er ein verführerischer Mann war und sie schon seit einer gefühlten Ewigkeit keinen mehr gehabt hatte.

Er sah sie fragend an. »Geht's dir gut?«

Sie schüttelte den Kopf. Nein, es ging ihr nicht gut, überhaupt nicht gut. Ihre Haut war plötzlich hochsensibel, und ihr war eiskalt, seit er sie nicht mehr hielt. Und vor allem hatte sie das Bedürfnis, zu ihm zu gehen und ... und ...

»Finley?«

Unentschlossenheit plagte sie. Sie hatte keine Ahnung, was sie tun sollte. Ihm den Rest des Abends über etwas vorspielen? Ihm sagen, dass sie verwirrt war? Oder aktiv werden? Während sie die verschiedenen Optionen durchging, fiel ihr ein, dass sie noch nie sehr gut darin gewesen war, jemandem etwas vorzuspielen.

Also überwand sie die räumliche Distanz zwischen ihnen, stellte sich auf die Zehenspitzen und küsste ihn auf den Mund.

Eine Sekunde lang passierte rein gar nichts – keinerlei Reaktion von ihm, nichts. Doch dann schlang er die Arme um sie und suchte ihre Lippen mit seinen. Was als »Hey, ich küss dich einfach mal, weil ich nicht weiß, was ich sonst machen soll« begonnen hatte, entwickelte sich schnell zu einem tiefen, heißen und leidenschaftlichen Kuss, der ihr den Atem raubte und sie erschauern ließ.

Sie umklammerten einander, während der Kuss immer intensiver wurde. Hitze und Begehren explodierten in ihr. Sie ertappte sich dabei, wie sie überlegte, ob die Küchentheke die richtige Höhe hatte und ob er wohl irgendwo hier Kondome aufbewahrte, und fing bereits an, ihm die Hemdzipfel aus der Jeans zu ziehen.

Jericho packte sie an den Oberarmen und wich ein Stück zurück. Seine Augen wirkten vor Leidenschaft noch dunkler, sein Atem ging so schwer wie ihrer.

»Komm mit nach oben«, sagte er mit tiefer belegter Stimme. »Ins Schlafzimmer.«

Sie lächelte ihn an. »Nach dir.«

Finley rollte auf den Rücken und gab sich Mühe, nicht zu kichern. Sie fühlte sich gut. Mehr als gut. Sie war glücklich und befriedigt und absolut im Reinen mit sich. Jericho legte sich neben sie auf die Seite und stützte den Kopf mit einer Hand ab. Die andere legte er ihr auf den nackten Bauch.

Sie genoss es. Die Wärme seiner Haut, das Gewicht seiner Hand fühlte sich gut an. Und es gefiel ihr, nackt in seinem Bett zu liegen. In ein paar Minuten schon würde sie sich anziehen und mit ihrem Leben weitermachen müssen, aber für den Moment war dies das beste Paralleluniversum aller Zeiten.

Ihr Magen grummelte, und sie musste lachen.

Er grinste. »Wir sollten wohl mal was essen.«

Sie drückte ihn sanft nach hinten, bis er mit dem Rücken auf der Matratze lag, dann rückte sie näher an ihn heran und legte ihm den Kopf auf die Schulter.

»Nur noch fünf Minuten«, sagte sie. »Das ist so schön.«

»Finde ich auch.«

»Ich kann nicht fassen, dass wir Sex hatten.«

»Und gleich zweimal.«

Sie lächelte und schmiegte sich noch enger an ihn. Ja, zweimal, dachte sie vergnügt. Das erste Mal war eine Wolke aus Leidenschaft gewesen. Klamotten flogen durch die Luft, und sie fielen übereinander her, als wären sie kurz vor dem Verhungern. Das zweite Mal war besser. Da erkundeten sie einander Stück für Stück und fanden heraus, wie sie den anderen über die Maßen erregten und dazu brachten, sich voll und ganz hinzugeben.

»Wie fühlst du dich?«, fragte er.

»Gut. Nein, falsch – hervorragend!«

Er strich ihr übers Haar. »Keinerlei Reue?«

»Über Sex mit dir? Wohl kaum.«

Doch noch während sie es aussprach, spürte sie, wie Zweifel in ihr aufflackerten. Sex führte meist zu Komplikationen, und davon konnte sie nicht noch mehr in ihrem Leben gebrauchen. Sie hob den Kopf und sah ihn an.

»Wir sind doch noch Freunde, oder?«

Ein träges, sexy Lächeln umspielte seinen Mund. »Ja, das sind wir.«

»Bist du dir sicher?«

»Finley, wir sind Freunde. Das gerade war großartig. Und überraschend – was es fast noch besser macht. Aber mir ist klar, dass bei dir auch so schon zu viel los ist.«

Das ist genau, was ich hören wollte, dachte sie und versuchte, seinen Blick zu deuten, las darin jedoch nichts als Zuneigung und Befriedigung.

Ihr Magen grummelte erneut.

Jericho setzte sich auf und zog sie mit sich hoch. »Wir müssen dich füttern.«

»Tut mir leid, ich verderbe den schönen Moment.«

»Überhaupt nicht.«

Sie standen auf und begannen, sich anzuziehen. Sie gönnte sich noch ein paar Sekunden, um seinen nackten Körper zu bewundern, errötete jedoch, als er sie dabei ertappte.

»Ja, ich habe dich abgecheckt«, gab sie zu.

»Stets zu deiner Verfügung, was du auch begehrst.«

Als sie die Treppe heruntergingen, lachte sie noch immer.

Das chinesische Essen war schnell aufgewärmt. Während sie die Kücheninsel mit Tellern und Gabeln deckte, öffnete er eine Flasche Wein.

Sie setzten sich und verteilten Kung-Pao-Huhn und mongolisches Rindfleisch auf ihre Teller.

»Du brauchst einen richtigen Schreibtisch in deinem Arbeitszimmer«, sagte sie, nachdem sie ein paar Happen verschlungen hatte. »Gerade benutzt du eine Sperrholzplatte auf zwei Böcken. Das ist nicht gut.«

»Warum nicht? Es funktioniert wunderbar.«

»Du musst doch irgendwann mal einen Schreibtisch gehabt haben. Ich kann nicht glauben, dass Lauren ihren und deinen mitgenommen hat.«

»Ich habe ihr gesagt, dass sie alles haben kann, was sie will. Damals wollte ich nur noch, dass sie sich verzieht.«

»Trotzdem – beide Schreibtische? Das ist unverschämt. Antonio würde sich bestimmt freuen, dir ein Arbeitszimmer einzurichten.«

Er warf ihr einen belustigten Blick zu. »Er würde einen Freudentanz aufführen. Aber ich komm schon klar.«

»Irgendwann wirst du auch den Rest dieses Hauses einrichten müssen.«

»Und warum?«

»Weil du irgendwann sicher noch mal ganz neu anfangen willst. Die Frau deines Lebens finden, sie heiraten. Du weißt schon – die ganz normalen Dinge, die sich praktisch alle wünschen.«

»Dafür scheint keiner von uns beiden bereit zu sein.«

»Ich nicht. Aber du bist an diesem Punkt.«

Er reichte ihr die Frühlingsrollen. »Forderst du mich gerade auf, mich mit anderen Frauen zu treffen?«

Sie wand sich auf ihrem Hocker. »Na ja, heute Abend vielleicht nicht mehr.« Sie wollte sich nicht vorstellen, dass er mit einer anderen Frau zusammen war, aber irgendwann würde es passieren. Jericho war ein guter Fang. »Aber du musst dich auf dein Leben einlassen.«

»Du zuerst.«

Sie grinste ihn an. »Ja, ich weiß, ich bin nicht gerade ein Paradebeispiel für geistige Gesundheit.«

»Unsinn, an der Front hast du keine Probleme. Wir sind nur anscheinend beide eher schlecht darin, uns auf unser Leben einzulassen. Aus gutem Grund, aber dennoch.«

»Der Sex war aber sehr gut.«

Er lachte. »Ja, das war er.«

»Das hat doch auch was zu bedeuten.«

Er beugte sich zu ihr und küsste sie. »Absolut.«

Sie wandten sich wieder ihrem Essen zu. »Was gibt's Neues von Lauren und Gil?«

»Jetzt verdirbst du doch noch einen schönen Moment.«

Sie sah ihn an. »Ist was passiert?«

Nun war es an ihm, sich auf seinem Hocker zu winden. Er zögerte, dann sagte er: »Womöglich hattest du damals recht. Damit, dass Lauren sich wieder an mich ranmacht.«

»Ernsthaft? Was ist passiert?«

»Ich bin nur zum Maßnehmen für meinen Smoking gegangen, und dann war sie plötzlich da.« Er hielt entschuldigend die Hand hoch. »Ich dachte, ich würde Gil treffen. Aber sie ließ mich eine Viertelstunde vor dem eigentlichen Termin antreten und kam selbst auch so früh. Dann fing sie plötzlich an, davon zu reden, dass sie über unsere Hochzeit nachgedacht habe und was für ein tolles Fest das gewesen sei und dass wir uns vielleicht mehr Mühe miteinander hätten geben sollen oder so. Ich sagte ihr, dass sie doch Gil liebe und ich mich für sie beide freue. Dann kam mein Bruder, und sie ging.«

Finley gabelte ein paar Nudeln auf, während sie über das nachdachte, was er erzählte.

»Das ist ganz schön heftig.« Sie war nicht sicher, wie sie reagieren sollte. Ihr Bauchgefühl sagte ihr, dass Lauren mit ihrem Ex-Mann noch nicht fertig war. »Was willst du jetzt tun?«

Jericho zog eine Grimasse. »Ihr aus dem Weg gehen.«

Sie lachte. »Sie wird deine Schwägerin und die Mutter deiner ersten Nichte oder deines ersten Neffen sein. Du wirst ihr nicht aus dem Weg gehen können.«

»Dann werde ich es eben vermeiden, allein mit ihr zu sein. Sie macht mich wahnsinnig.«

»Das sollte sie auch. Nichts von alldem ist auch nur im Geringsten normal.« Sie lächelte ihn an. »War der Sex mit ihr gut?«

Er zog die Augenbrauen hoch. »Dir diese Frage zu beantworten, ist mir irgendwie unangenehm.«

Finley musste lachen. »Tut mir leid. Was ich sagen wollte, ist, dass der Sex mit dir gerade ganz schön großartig war. Wenn sie das regelmäßig bekommen hat, weshalb ist sie dann gegangen?«

Plötzlich wirkte er sehr zufrieden mit sich selbst. »Hm, das weiß ich allerdings auch nicht.«

»Wow, du bist so ein typischer Mann.«

»Stimmt.«

Sie grinste ihn an. »Und, wie sehr freust du dich jetzt darüber, dass ich mit dir zur Hochzeit gehe?«

»Die Worte, die meine Freude darüber zum Ausdruck bringen könnten, wurden noch nicht erfunden.«

Nachdem sie sich beide einen Nachschlag genehmigt und die Flasche Wein leer getrunken hatten, gingen sie ins Wohnzimmer und machten es sich auf der neuen Couch bequem. Jericho legte den Arm um sie und zog sie an sich.

»Dein Leben ist zumindest auf eine fast schon amüsante Art beschissen«, bemerkte sie.

Sie spürte die Vibration seines Lachens ebenso, wie sie es hörte.

»Und gibt dir das ein besseres Gefühl?«

»Ein bisschen.« Sie sah ihn an. »Aber es war nett gemeint.«

»So habe ich es auch verstanden.«

»Gut.« Sie schmiegte sich an ihn. Ihr gefiel es, seinen warmen Körper neben ihrem zu spüren, zu merken, wie gut sie zusammenpassten.

Sie nippte an ihrem Wein. »Es ist einfach so viel los. Jedes Mal, wenn eine Krise einigermaßen überstanden ist, schaut schon die nächste um die Ecke.«

»Die mit Lester ist doch fast überstanden«, befand er. »Er ist nun mal hier. Und ehe du rausbekamst, dass er dich bezüglich seiner Krankheiten belogen hat, fingst du an, ihn wieder zu mögen.«

»Das habe ich mir wohl eher eingeredet.«

Er gab ihr einen Kuss auf den Scheitel. »Du hast das geglaubt, was du gesehen hast. Das ist normal. Du bist hier nicht die Böse.«

»Ich weiß.« Finley dachte über seine Worte nach. »Ja, die Sache mit Lester kann ich wohl gut sein lassen. Er geht mit Aubrey genauso toll um, wie er es mit Sloane und mir getan hat.« Sie lächelte, als sie an die guten Zeiten mit ihm zurückdachte. »Ich weiß, ich rede immer davon, dass er die feste Größe in unserem Leben war, dass wir uns immer auf ihn verlassen konnten. Aber wir hatten auch richtig Spaß mit ihm. Einmal hat er uns aus der Schule genommen und ist mit uns zum Woodland-Park-Zoo gefahren. Dort gab es eine neugeborene Giraffe, die an dem Tag zum ersten Mal in der Öffentlichkeit gezeigt wurde. Er hatte darüber in der Zeitung gelesen und fand, dass wir uns das unbedingt ansehen sollten.«

»Sehr schön, also ein Problem weniger. In jedem Fall ist es entschärft. Außerdem ist er alt, im Notfall könntest du ihn locker umhauen.«

Sie lachte. »Ich würde niemals körperliche Gewalt gegen meinen Großvater ausüben.«

»Ich bin froh, dass du deine Prinzipien hast.«

»Aber das mit meiner Schwester ist eine andere Geschichte.«

»Auch ihr würdest du niemals etwas antun.«

»Stimmt, das würde ich nicht.«

Aber manchmal wollte sie ... Finley hielt gedanklich inne, nicht sicher, wie sie die Gefühle definieren sollte, die sie so aufwühlten. Ja, manchmal wollte sie Sloane schütteln, bis das Bedürfnis zu trinken vollständig aus ihr herausfiele. Nur war ihr natürlich klar, dass das so nicht funktionierte.

»Ich kann ihr einfach nicht vertrauen«, gestand sie leise ein. »Nichts, was ich sage oder tue, kann sie vom Trinken abhalten. Kein Handel, den ich ihr vorschlagen könnte. Ich weiß noch, dass ich früher die Latte extra niedrig gehängt habe, da ich dachte, wenn ich nur ein bisschen weniger erwarte, könnte sie mich nicht mehr enttäuschen. Aber so läuft das leider nicht.«

»Ihre Trinkerei hat nichts mit dir zu tun. Es geht dabei nur um sie. Und ob sie heute trinkt oder nicht, ist voll und ganz ihre Sache.«

Sie veränderte ihre Position auf dem Sofa, sodass sie mit gekreuzten Beinen darauf sitzen und ihn ansehen konnte. »Da hat wohl jemand ein bisschen nachgelesen.«

Er setzte sich ebenfalls so, dass er ihr gegenübersaß, und zog ein Bein hoch. »Ein wenig. Im Internet. Ich wollte nichts Dummes oder wenig Hilfreiches sagen, wenn wir über sie sprechen.«

Die Geste berührte sie tief in ihrem Herzen. Sie spürte eine Art glühenden Druck in der Brust, so als hätte er soeben ein Stück seiner beachtlichen Stärke mit ihr geteilt.

»Du bist so ein Guter.«

»Ich weiß, dass in deinem Leben gerade viel los ist – zu viel –, und dass sich alles ständig ändert. Ich bin kein Experte, du hast sehr viel mehr Erfahrung mit Alkoholismus als ich. Aber nach allem, was ich gelesen habe, wirst du Sloane niemals ›kontrollieren‹ können. Sie wird tun, was sie tun wird. Du bist nur für dich selbst verantwortlich und dafür, ihr Grenzen zu setzen.«

»Und für Aubrey.«

Er nickte. »Ja, das macht es komplizierter. Sie ist deine zweite Verantwortung. Du musst dafür sorgen, dass es ihr gut geht. Aber im Ernst, Finley, Sloane wirst du niemals reparieren können.«

»Ich weiß. Aber sie will, dass ich an sie glaube. Die Wahrheit ist, an manchen Tagen ist mein Glaube stark, und an manchen Tagen schaffe ich es kaum, an mich selbst zu glauben.«

Er nahm ihr das Weinglas ab und stellte es auf das Tablett, das er auf dem Polsterhocker abgestellt hatte. Dann beugte er sich zu ihr und küsste sie.

»Ich glaube an dich«, sagte er leise und drückte sie sanft nach hinten, bis sie mit dem Rücken auf dem Sofa lag. »Du bist stark, loyal, fürsorglich – und du riechst gut.«

Sie lachte. »Ich rieche gut?«

Er zog einen Mundwinkel nach oben. »Ich dachte, wenn ich dir sage, dass du schön bist, ist dir das vielleicht unangenehm.«

Schön? »Ich glaube, du verwechselst mich mit meiner Schwester.«

»Nein, tu ich nicht. Ich weiß genau, mit wem ich hier gerade zusammen bin.« Seine dunklen Augen suchten ihren Blick. »Möchtest du hierbleiben?«

Die Nacht über, meinte er wohl. Ihr erster Impuls war, laut herauszuschreien, dass sie das wollte. Sehr sogar. Aber es gab Organisatorisches zu bedenken.

»Ich müsste meiner Mom schreiben und ihr Bescheid sagen. Und ich sollte morgen früh zu Hause sein, ehe Aubrey aufwacht, was bedeutet, dass ich ungefähr um halb sechs von hier losmüsste.«

»Ich kann uns einen Wecker stellen.«

Eine Nacht in seinen Armen klingt wundervoll, dachte sie. Sich erneut in der Leidenschaft verlieren und neben diesem Mann zu schlafen, der ihr das Gefühl gab, sicher und behütet zu sein. Nur für die paar Stunden wäre es nett, sich mal nicht um alles selbst kümmern zu müssen. Zu wissen, dass es starke Schultern gab, die ihr halfen, dem Sturm zu trotzen.

»Wird es auch zu Sex kommen?«, fragte sie und gab sich Mühe, nicht zu schmunzeln.

»Hättest du denn gerne, dass es zu Sex kommt?«

»Ja. Sehr gerne sogar.«

»Da du mein Gast bist, halte ich es für angebracht, all deine Bedürfnisse zu erfüllen.«

Sie schlang ihm die Arme um den Nacken und zog ihn zu sich herunter, sodass sie ihn küssen konnte. »Du bist wirklich das beste Date, das ich je hatte.«

»Freut mich, dass du das so siehst.«

»Ja, das tu ich wirklich.«

21. Kapitel

Als Finley am Samstagmorgen in die Küche kam, stellte sie fest, dass Lester bereits auf war. Es roch nach frischem Kaffee, und aus dem Ofen drang der Duft von Zimt. Ihr Großvater saß am Küchentisch, auf der Nase seine Lesebrille, vor ihm lag die Zeitung ausgebreitet. Als er sie reinkommen hörte, sah er auf und lächelte.

»Guten Morgen«, sagte er in freundlichem Ton.

Sie blieb im Türrahmen stehen und dachte daran, dass sie vielleicht – aber auch nur ganz vielleicht – bereit war, Jerichos Rat zu folgen und die ganze »Lester-Sache« gut sein zu lassen.

»Du weißt, dass du die Zeitung auch digital bekommen kannst?«, bemerkte sie. »Dann kannst du sie auf deinem Handy oder Tablet lesen.«

»Ich mag echtes Papier, auch bei Büchern. Ich bin nicht so der digitale Typ.«

»Weil du alt bist.«

Er grinste. »Na ja, immerhin bin ich nicht starrköpfig und griesgrämig.«

»Hey, ich bin nicht griesgrämig.«

»Ein Sonnenschein bist du aber auch nicht gerade.«

»Manchmal schon.«

Sein erstaunter Gesichtsausdruck war wohl scherzhaft gemeint. Trotz ihrer Zusammenstöße in der letzten Zeit bemerkte Finley, dass sie sich ihm gegenüber entspannte.

»Na schön, vielleicht bin ich momentan eher so was wie ein leicht bewölkter Tag«, gab sie zu und goss sich Kaffee ein.

Ihr Großvater musterte sie. »Das ist nicht allein deine Schuld,

Finley. Wir haben alle zu viel auf dir abgeladen. Und ich entschuldige mich für meinen Anteil daran.«

Sie trug ihre volle Tasse zum Tisch und setzte sich ihm gegenüber. »Ich weiß, warum du gelogen hast. Ich finde es nicht richtig, aber ich verstehe, dass du wieder in die Familie aufgenommen werden wolltest und Angst hattest, dass wir Nein sagen würden. Aber das hätte Mom ganz sicher nicht. Hab also das nächste Mal ein wenig mehr Vertrauen in deine eigene Tochter.«

»Du hättest mich aber bestimmt zurückgewiesen.«

»Wahrscheinlich, anfangs zumindest. Aber ich hätte sicher irgendwann eingelenkt.«

Er schüttelte den Kopf. »Das glaube ich nicht. Du bist zu dickköpfig.«

»Ich frage mich, von wem ich das habe ... Wie auch immer, es ist jetzt alles in Ordnung zwischen uns.«

»Wirklich?«

»Ja.« Ihre Stimme war fest. »Ich meine es ernst. Weil es gut ist, dass du hier bist, und weil ich nicht mehr ständig alle bekämpfen kann.«

»Wer sagt denn eigentlich, dass alles immer ein Kampf sein muss?«

Eine interessante Frage, dachte sie.

Die Backofenuhr klingelte. Lester erhob sich, griff nach einem Paar Topflappen und holte ein Blech mit Zimtschnecken aus dem Ofen.

»Du kannst Sloane und ihre Handlungen nicht kontrollieren.«

Das war so ziemlich genau das, was auch Jericho ihr gesagt hatte. Es von ihm zu hören, war jedoch sehr viel weniger nervig, als wenn es aus Lesters Mund kam.

»Du hast recht, das kann ich nicht. Aber ich kann dafür sorgen, dass Aubrey für immer in Sicherheit ist.«

Lester seufzte schwer, dann kam er zurück zum Tisch. Er setzte sich und griff nach ihren Händen.

»Tu's nicht«, sagte er schlicht.

»Du weißt ja gar nicht, was ich vorhabe.« Sie wusste es selbst kaum. Der Plan begann sich zu formen, seit sie mit Jericho gesprochen hatte. Er hatte recht – sie musste Prioritäten setzen. Für Aubrey zu sorgen, war ihr wichtigstes Ziel, und sie wusste nur einen Weg, dies zu tun.

»Du kannst die beiden nicht voneinander fernhalten«, sagte Lester. »Das ist nicht recht.«

»Das werde ich auch nicht.« Sie befreite ihre Hände aus seinen. »Wir werden uns an den Sorgerechtsplan halten.«

»Du bestrafst Sloane dafür, dass sie krank ist.«

»Ich versuche, innerhalb des Rahmens zu arbeiten, den diese Krankheit uns aufzwingt«, blaffte Finley. »Du hast dich ja mit nichts von alldem auseinandersetzen müssen. Aus einer Entfernung von tausend Kilometern ist es leicht, sie zu unterstützen. Aber ich war da, als sie betrunken und völlig verwahrlost auftauchte und mich anflehte, ihr Kind zu nehmen. Sie konnte kaum einen zusammenhängenden Satz bilden. Sie ist Alkoholikerin. Kann sein, dass sie gestern nichts getrunken hat, aber was morgen sein wird, wissen wir nicht. Da könnte sie schon den nächsten Ausrutscher haben.«

Ihre Lippen kräuselten sich, als sie das Wort aussprach. Ausrutscher – was für ein alberner Ausdruck dafür, dass jemand so etwas Schlimmes wie einen Rückfall hatte.

»Sie könnte betrunken fahren. Sie könnte das Haus in Brand stecken. Sie könnte Aubrey umbringen.«

»Und du glaubst, wenn du das Sorgerecht für ihre Tochter bekommst, wird das etwas daran ändern?«

Es überraschte sie nicht, dass ihm klar war, wozu sie sich entschlossen hatte. Es war der einzige Weg, die Sicherheit ihrer Nichte zu gewährleisten. Ja, ihre Anwältin hatte ihr gesagt, dass sie wahrscheinlich nicht damit durchkommen würde, aber war das ein Grund, es nicht zu versuchen?

»Es wird Sloane nicht ändern, aber es wird mir mehr Kontrolle darüber geben, was in Aubreys Leben passiert.«

»Kein Richter, keine Richterin würde dem jemals zustimmen. Sloane ist ihre Mutter, und sie kommt gut klar.«

»Im Moment vielleicht«, sagte Finley. »Aber was ist in einer Stunde? In einem Tag? In einer Woche?«

»Du zerreißt diese Familie, wenn du das tust.«

»Meinst du nicht, das ist schon längst passiert?«

Ihr Großvater schüttelte langsam den Kopf. »Finley, in dir ist so viel Schmerz. Du kannst Leute nicht dazu zwingen, zu tun, was du willst. Du kannst sie nur lieben und sie dann in Freiheit ihren eigenen Weg gehen lassen.«

»Und Aubrey zum Kollateralschaden machen? Auf keinen Fall.«

»Sloane liebt sie.«

»Ja, wenn sie nüchtern ist. Aber wenn sie trinkt, kann sie sich wahrscheinlich noch nicht mal mehr daran erinnern, dass sie eine Tochter hat.«

Sie erwartete, dass er versuchen würde, ihre Schwester zu verteidigen, doch da war nur Stille. Nach ein paar Sekunden atmete er scharf aus.

»Du hast recht. Wenn Sloane trinkt, hat nichts anderes mehr Bedeutung. Aber sie arbeitet hart daran, nüchtern zu bleiben, und das sollte doch auch etwas wert sein.«

»Ich bin bereit, ihr alle Chancen dieser Welt zu geben, aber ich werde nicht zulassen, dass sie ihrer Tochter wehtut.«

»Das Leben ist kein Ponyhof.«

Finley wusste seinen Versuch zu schätzen, witzig zu sein, bekam jedoch kein Lächeln hin. »Vielleicht, aber für Aubrey möglichst schon. Jedenfalls solange ich für sie sorge.«

»Ich freue mich ja immer über Hilfe, aber wieso bist du hier?«, fragte Kelly und stellte einen weiteren Korb voll sauberer Wäsche auf den Esstisch. »Solltest du nicht in deinem neuen Haus sein und Fliesen legen oder Wände streichen?«

»Ich hänge eben gerne mit dir ab«, erwiderte Finley lächelnd. »Außerdem haben wir uns in den letzten Wochen nicht viel gesehen – ich wollte einfach ein bisschen Zeit mit dir verbringen.«

»Schön, ich freue mich, dass du vorbeigekommen bist«, sagte ihre Freundin. »Also, was gibt's Neues?«

»Nicht viel. Und bei dir?«

Kelly begann, eine lustige Geschichte über ihre Kinder und eine fälschlicherweise an sie ausgelieferte Pizza zu erzählen, die die Kleinen verschlungen hatten, ehe sie mitbekam, was passiert war.

»Dann musste ich natürlich die Nachbarn anrufen, ihnen das Missgeschick erklären und ihnen eine Ersatzpizza bestellen, dazu noch Limonade und einen Schokokuchen, um es wiedergutzumachen.« Sie seufzte. »Keins der Kinder wollte danach noch zu Abend essen. Und von den Peperoni hatte Reilly Blähungen, also haben sie sich die ganze Nacht über im Furzen übertroffen.« Ihre Freundin sah sie an. »Krieg niemals Kinder, ich mein's erst. Die haben einfach zu viele Körperfunktionen.«

»Und ich dachte, ihr wünscht euch ein viertes.«

Kelly lächelte. »Wir reden darüber.«

»Ernsthaft? Ihr wollt es versuchen?«

»Wir sind noch nicht in der Probierphase. Momentan besprechen wir noch die organisatorischen Details.« Kellys Züge wurden weich. »Aber eigentlich bin ich so weit.«

Finley gab sich Mühe, nicht zu erschaudern. Vier Kinder? Sie hatte schon mit Aubrey alle Hände voll zu tun. Ja, irgendwann würde sie womöglich ein eigenes wollen. Aber nur eins oder höchstens zwei. Auf keinen Fall vier.

»Viel Glück dabei«, sagte sie. »Da werdet ihr aber euren SUV gegen einen Kleinbus eintauschen müssen.«

»Ich weiß, dabei habe ich immer geschworen, dass ich niemals so ein Teil fahren würde. Aber jetzt beneide ich plötzlich Mütter, die einen haben. Die sind so praktisch.«

Finley presste sich eine Hand auf die Brust. »Meine Freundin wird Kleinbusfahrerin. Ich weiß nicht, ob ich das verkrafte.«

»Das wirst du schon. Warte nur, bis du siehst, wie viele Becherhalter er hat. Du wirst vor Neid erblassen.«

»Ich vermisse immer noch meinen Transporter.«

Kelly tat die Bemerkung mit einer Handbewegung ab. »Du kommst auch ohne gut klar. Außerdem ist dein jetziges Auto sicher.«

»Mein Transporter war auch sicher – er hatte nur keinen Rücksitz. Also, was gibt's sonst Neues?«

»Nichts. Was ist mit dir?«

Finley begann, kleine Sockenpaare zusammenzustecken. »Ich werde meine Anwältin bitten, das volle Sorgerecht für Aubrey zu beantragen.«

Kelly ließ das Handtuch fallen, das sie gerade faltete. »Finley, nein, das kannst du nicht machen.« Sie hielt inne. »Okay, natürlich kannst du das machen, aber du solltest es nicht.«

»Sie hat getrunken.«

»Ein Mal.«

»Und wie viele Male darf sie das tun, bis es nicht mehr okay ist? Sie hat getrunken, und dann hat sie mich dafür fertiggemacht, dass ich ihr nicht vertraue. Aubrey ist acht, sie kann sich nicht um sich selbst kümmern.«

»Aubrey ist glücklich so. Wieso willst du ihr das nehmen?« Kelly hob das Handtuch auf. »Ich weiß, dass die Trinkerei beängstigend ist und du keinerlei Kontrolle darüber hast, aber es ist gerade alles gut so, wie es ist.«

»Ich kann Sloane einfach nicht vertrauen.«

Kelly wandte den Blick ab. Finley kannte sie gut genug, um zu wissen, dass sie noch mehr dazu zu sagen hatte. »Okay, spuck's aus.«

Ihre beste Freundin sah sie an. »Du weißt selbst, dass es falsch ist. Du versuchst, Sloanes Trinkerei zu kontrollieren, und das wäre nur eine weitere Methode, das zu tun. Aber es ist eine unmögliche Aufgabe, und allein der Versuch wird deine Familie zerstören.«

»Das hat Lester auch gesagt.«

»Und er hat recht.« Kelly kam um den Tisch herum und umarmte sie. »Ich hab dich unendlich lieb, aber das zu tun, wäre nicht recht von dir. Noch schlimmer – du weißt selbst, dass es nicht recht wäre.«

Finley las Sorge in Kellys Blick, und Entschlossenheit. Aber keinerlei Verurteilung.

»Ich weiß nicht, was ich sonst machen soll«, gab sie zu. »Die ganze Zeit über habe ich solche Angst. Was, wenn sie sich betrinkt und Aubrey verletzt?«

»Was, wenn Aubrey einen Hühnerknochen verschluckt? Die Welt ist ein beängstigender Ort, und für unsere Kinder gilt das doppelt, aber wir können ihnen nicht ununterbrochen hinterherrennen unter dem Vorwand, sie vor jeder Gefahr schützen zu wollen. Sie müssen ihr Leben leben und ihre Mutter sehen dürfen.«

»Sloane wird wieder trinken.«

»Kann sein.« Kelly kehrte zu ihrer Tischseite zurück. »Und dann wirst du irgendwie damit umgehen. Ja, sie hatte einen Ausrutscher, und danach hat sie sich von Aubrey ferngehalten, bis sie wieder die Kurve gekriegt hat. Konzentrier dich darauf. Bitte geh nicht zu deiner Anwältin.«

»Das kann ich nicht versprechen.«

»Dann denk zumindest drüber nach.«

»Das werde ich.«

Auf Lesters Meinung mochte sie nicht besonders viel geben, aber Kellys hatte immer gezählt. Sie wusste, dass ihre Freundin sie gernhatte und, was noch wichtiger war, dass auch Aubrey ihr am Herzen lag. Eine Stimme in ihrem Kopf flüsterte, dass sie auf Kelly hören sollte, doch der Angst, die ihre Eingeweide fest umklammert hielt, war alle Vernunft egal.

»Lass uns von was anderem reden«, sagte sie. »Von etwas Nettem. Du suchst aus.«

Kelly lachte. »Ich bin Hausfrau und Mutter von drei Kindern. Bei mir ist die aufregendste Neuigkeit, dass für die nächsten drei

Minuten keine schmutzige Wäsche im Korb liegen wird. Was ist mit dir?«

»Ich hätte da ein bisschen schmutzige Wäsche.« Sie dachte an die schöne Nacht vor ein paar Tagen und grinste. »Ich habe mit Jericho geschlafen.«

Kellys überraschter Gesichtsausdruck war beinahe skurril.

»Du hast was? Oh Gott! Du hattest Sex mit Jericho, den ich noch nicht mal kennengelernt habe? Findest du das etwa fair? Na schön, erzähl mir alles. Was ist genau passiert? Wo ist es passiert? War es gut? Ist er supersexy?«

Finley lachte. »Ja, er ist sexy. Er hat mich zu sich zum Essen eingeladen, und dann ist die Sache aus dem Ruder gelaufen.« Und zwar auf die bestmögliche Art, dachte sie glücklich. »Er war wundervoll, ich habe mich gut mit ihm gefühlt, und wir sind immer noch Freunde.«

»Ja, klar, erzähl das jemandem, der nicht deine beste Freundin ist. Du hast nie Gelegenheitssex, tu also nicht so, als wär das keine große Sache.«

»Wir sind aber nicht zusammen«, sagte sie entschieden. »Wir sind Freunde, und wir hatten Sex.«

»Du warst zum Essen bei ihm eingeladen! Und du begleitest ihn zur Hochzeit seines Bruders, was noch eine ganz andere verquere Geschichte ist. Aber wir wollen nicht vom Thema ablenken.« Kelly lächelte. »Du magst ihn.«

»Natürlich. Wir sind Freunde.«

»Ihr seid mehr als das. Ihr trefft euch zu Dates. Du warst mit ihm auf dem Straßenfest.«

»Das hat Aubrey arrangiert.«

»Klar, und du hättest es ganz einfach abwenden können, aber du wolltest mit ihm hingehen. Gib's zu, Finley. Du bist mit einem gut aussehenden, sexy Mann zusammen.«

Finley starrte sie an. Nein, sie waren nicht zusammen, das wusste sie. Nur schien es plötzlich so, als wären sie es vielleicht doch.

»Wir haben nie darüber geredet«, sagte sie nachdenklich. »Ich glaube nicht, dass er glaubt, wir seien zusammen. Das mit dem Sex kam irgendwie spontan.«

Kelly seufzte. »Das ist der beste Sex von allen, wenn man sich einfach von der Leidenschaft mitreißen lässt. Genieß diese erste Phase, denn drei Kinder später ist es echt schwer, noch irgendetwas spontan zu tun.«

»Rede nicht davon, dass ich drei Kinder bekommen könnte.«

»Will Jericho keine Kinder?«

»Bestimmt keine drei.«

»Du hängst dich an der Zahl auf.« Kelly seufzte. »Ich freue mich so für dich. Jetzt muss ich den Typen aber wirklich mal kennenlernen. Vielleicht könnten wir uns einen Babysitter besorgen und auf ein Doppeldate mit euch gehen. Oder nein, wir könnten zu sechst gehen – mit seinem Freund und dessen Ehemann.«

Finley trat einen Schritt zurück. »Moment mal. Ich bin immer noch dabei, rauszufinden, ob wir überhaupt zusammen sind oder nicht. Ein Dreier-Pärchendate scheint mir da etwas zu viel des Guten.«

»Hm, vielleicht hast du recht. Okay, das legen wir erst mal auf Eis. Aber erzähl mal, war der Sex richtig großartig? Bestimmt war er das. Und ihr wart ganz allein und ungestört. Ihr musstet keine Türen abschließen oder Ähnliches. Ich bin so neidisch.«

»Du überzeugst mich gerade nicht wirklich von den Freuden der Mutterschaft.«

»Die Farben sind so schön«, sagte Aubrey, als sie vorsichtig ihren Pinsel in die Dose tunkte.

»Mir gefallen sie auch. Wenn sie trocken sind, überlegen wir, welches Muster das Dach haben soll. Und für die Zierleiste verwenden wir dieselben Farben.«

Sloane und Aubrey saßen an einem Klapptisch in Ellis' Garage und bemalten Dachschindeln für Aubreys Puppenhaus. Er hatte den Rohbau fertig und war gerade dabei, winzige Fenster einzubauen. Der Mann hat eine Engelsgeduld, dachte Sloane und warf ihm einen Blick zu. Und er war toll mit Aubrey.

Ellis hatte so eine beruhigende Ausstrahlung, die andere Menschen magisch anzog. Sie vermutete, dass er von Natur aus eher ein Einzelgänger war, aber gelernt hatte, dass zu viel allein zu sein, gefährlich war. Einsamkeit war ein Zustand, der schlechten Gewohnheiten Tür und Tor öffnete, daher blieb er lieber in der Welt, in der seine Routine ihn gesund hielt und festigte.

»Mommy, wann darf ich endlich mal bei dir übernachten?«

Die unerwartete Frage löste sofort Anspannung bei Sloane aus. Sie warf Ellis einen kurzen Blick zu, und er erwiderte ihn schweigend.

Sie atmete tief durch, dann lächelte sie ihre Tochter an. »Wir haben doch darüber geredet, dass wir im Sommer damit anfangen.«

»Aber es ist schon fast Juni«, sagte Aubrey. »Ich hab nur noch drei Wochen Schule. Lass uns mit Finley reden und beschließen, wann ich bei dir schlafen kann.« Sie strahlte. »Ich möchte gerne samstagabends bei dir bleiben. Dann können wir Brettspiele spielen und lesen. Und du hast gesagt, ich darf mit ganz viel Schaum in der Wanne baden.«

»Definitiv darfst du das. Mit Duftschaum.«

»Au ja, ich freu mich schon so darauf!«

Aubrey wandte sich wieder den Dachschindeln zu, sie dagegen kämpfte gegen ein Unbehagen an, das sie weder benennen noch erklären konnte. Sie hatte jedes Recht dazu, ihre Tochter einzuladen, bei ihr zu übernachten. Platz gab es mehr als genug, die Wohnung war sicher. Und abgesehen von dem einen Ausrutscher war sie trocken.

Sie hatte aus ihrem Fehler gelernt und arbeitete sich diesmal ernsthaft durch die Schritte. Sie hatte einen Sponsor. Er war nicht gerade ihr Lieblingsmensch, aber sie wusste, dass das wichtig war. Sie ging zu ihren Meetings, sie las im Blauen Buch, sie meditierte und hatte gerade einen neuen Yogakurs angefangen.

Wenn sie darüber nachdachte, weitere große Veränderungen vorzunehmen – wie zum Beispiel, sich eine eigene Wohnung zu suchen –, ermahnte sie sich, lieber in der Gegenwart zu leben. Wunschträume brachten nichts Gutes mit sich. Es gab das Tun und das Sein – alles andere waren gefährliche Pfade, die sie geradewegs zum Alkohol führen konnten.

»Ich werde mit Finley reden und mit ihr ein Datum festlegen«, sagte sie und fragte sich, wie ihre Schwester wohl auf die Neuigkeit reagieren würde. Juristisch gesehen konnte Finley sie nicht davon abhalten, mehr Zeit mit Aubrey zu verbringen. Was die emotionale Seite betraf – nun, es war weiß Gott nicht einfach, mit Finley umzugehen.

»Erinnerst du dich noch an meinen Dad?«, fragte Aubrey und legte den Pinsel ab.

»Natürlich.« Sloane lächelte ihre Tochter an. »Weshalb fragst du?«

»Ein Junge in meiner Klasse hat gesagt, dass seine Eltern sich scheiden lassen und sein Dad wegzieht. Er hat geweint, und sie mussten seine Mom anrufen, damit sie ihn abholt. Er hat gesagt, dass er seinen Dad nie wiedersehen wird.«

Aubreys Augen füllten sich mit Tränen. »Ich weiß, wie sich das anfühlt. Ich habe meinen Dad auch verloren und ihn nie wiedergesehen.«

Sloane legte ihren Pinsel auf der Zeitung ab und nahm Aubrey in den Arm. »Oh, meine Süße, du weißt, dass dein Daddy nicht weggehen wollte. Er hat dich mehr geliebt als irgendwer sonst. Er wurde von einem bösen Mann getötet, er konnte nichts dafür. Er hätte dich nie freiwillig verlassen.«

»Ich weiß. Er wollte nur jemandem helfen.« Aubrey sah zu ihr auf. »Aber ich kann mich nicht immer an ihn erinnern.«

»Das ist okay. Das liegt daran, dass du noch so klein warst. Aber er erinnert sich für euch beide. Er passt immer auf dich auf und sorgt dafür, dass dir nichts passiert. Er ist dein ganz persönlicher Engel im Himmel.«

Aubrey kuschelte sich an sie. »Du wirst doch nicht sterben, Mommy, oder?«

»Nein, das werde ich nicht. Ich bin bei dir. Genau wie Ellis und Finley und Grandma und Grandpa. Du hast eine gute Familie, und wir alle haben dich lieb und wollen uns um dich kümmern.«

Sie küsste ihre Tochter auf den Scheitel und wiegte sie vor und zurück. »Hast du mit Finley darüber gesprochen?«

»Nein. Wir reden nicht über meinen Daddy.«

Sloane fragte sich, woran das wohl lag. Ihre Schwester und sie mochten sich über alles streiten, aber Finleys Verantwortungsgefühl für ihre Tochter hatte sie nie in Zweifel gezogen.

»Du kannst ruhig mit ihr darüber reden«, sagte sie. »Sie hat Daddy nicht sehr gut gekannt, aber sie würde ganz sicher mit dir über ihn sprechen wollen, wenn du das willst.«

Aubrey rutschte von ihrem Schoß und wischte sich die Tränen ab. »Ich weiß, aber das ist nicht dasselbe. Sie hat nicht dieselben Erinnerungen.« Sie tippte sich an den Kopf. »Wie ich, hier drin. Als du und ich und Daddy zusammen waren.«

Erinnerungen? Sloane hatte von allem, was zwischen ihnen dreien passiert war, nicht mehr als eine vage Ahnung. Sie war während ihrer gesamten Beziehung mit Calvin betrunken gewesen, hatte mal mit ihm zusammengelebt und dann wieder nicht. Sie konnte sich kaum noch daran erinnern, wie er ausgesehen hatte.

Was sie mit Sicherheit wusste, war, dass er seine Tochter von der Sekunde an geliebt hatte, in der er sie zum ersten Mal im Arm hielt. Er war derjenige gewesen, der Aubrey aufgezogen hatte, der sich um sie gekümmert und sie umhergetragen hatte, wenn sie weinte, der mit ihr zum Kinderarzt gegangen war und getan hatte, was auch immer man noch mit einem Neugeborenen machte. Sie war nicht viel dabei gewesen – jedenfalls nicht so, dass sie sich daran erinnern konnte.

Sie malten weiter Schindeln an. Ein paar Minuten später fragte

Aubrey, ob sie ein Buch lesen gehen dürfe. Sloane sah ihr nach, als sie ins Haus ging, dann wandte sie sich zu Ellis um. »Sie redet nie von ihm.«

»Es ist bestimmt, wie sie gesagt hat – das Kind in der Schule hat das bei ihr ausgelöst. Ich bin froh, dass sie sich bei uns frei genug fühlt, es anzusprechen.« Er hielt inne. »Es war übrigens gut, wie du über Finley geredet hast.«

Sloane widerstand dem Drang, die Augen zu rollen. Sie wusste, dass die reflexartig negative Reaktion, wenn sie den Namen ihrer Schwester hörte, nicht gerade für sie sprach.

»Finley mag mich abgrundtief hassen, aber wir wissen beide, dass sie für mein Kind durchs Feuer gehen würde.«

»Wie ist er gestorben?«

»Calvin?« Sloane seufzte. »Eine richtig blöde Sache. Er fuhr gerade von der Arbeit nach Hause, als er eine schwangere Frau am Straßenrand sah. Sie hatte einen Platten, und er hielt an, um ihr zu helfen. Aber es war ein gefährlicher Stadtteil, und es gab eine Schießerei. Er wurde von einem Querschläger getötet.«

Sie hatte die Geschichte eher auswendig gelernt, als dass sie sich an sie erinnerte. In Wahrheit wusste sie noch nicht mal mehr, wie sie davon erfahren hatte und was danach passiert war. Aubrey war fast fünf gewesen. Sloane vermutete, dass sie sie aus dem Kindergarten abgeholt und nach Hause gebracht hatte. Sie erinnerte sich vage an ihre Bemühungen, ihrer Tochter zuliebe nüchtern zu bleiben. Doch es war eine unmögliche Aufgabe gewesen.

»Hast du ihn geliebt?«

Sie sah Ellis an. »Nein. An diesem Punkt meines Lebens war ich unfähig, irgendwen zu lieben.« Sie runzelte die Stirn. »Es wird dich womöglich erschrecken, aber du bist die einzige Person außerhalb meiner Familie, die ich jemals geliebt habe. Wow, ich bin emotional anscheinend total verkrüppelt.«

Er lachte leise. »Du bist schon ganz in Ordnung.«

»Für eine Säuferin?«

»Für jeden.«

»Ach, Ellis, du glaubst viel zu sehr an mich.«

»Ich sehe eben dein Potenzial.«

»Das solltest du besser nicht. Die Wahrscheinlichkeit, dass ich uns beide enttäusche, ist riesig, und das wissen wir beide.«

Sein Blick suchte ihren. »Du kannst es schaffen, Sloane. Wenn du glaubst, dass es das wert ist.«

»Ich weiß.« Das Problem war nur, dass sie sich da manchmal nicht sicher war.

22. Kapitel

»Deine Mutter treibt mich in den Wahnsinn.« Antonio schmiss sich auf Jerichos neues Sofa und strich mit der Hand über den Stoff. »Hach, ist das schön. Es ist bequem, und es sieht gut aus. Ich finde, ich bin ziemlich gut in dem, was ich tue.«

Jericho grinste seinen Freund an. »Na, wenn du es selbst sagst.«

»Weshalb sollte ich leugnen, was so offensichtlich ist? Ich bin ein hochtalentierter Innenarchitekt.« Er setzte sich auf und wedelte mit dem Handy durch die Luft. »Aber zurück zu deiner Mutter …«

»Wieso ist sie eigentlich unsere Mutter, wenn du gerade mit ihr zufrieden bist, und meine, wenn nicht?«

»Ist das nicht logisch?«

Jericho holte ihnen beiden ein Bier und setzte sich seinem Freund gegenüber. Antonio hatte ihm geschrieben und gefragt, ob sie zusammen zu Abend essen wollten. Dennis arbeitete heute bis spät an seinem neuen Projekt.

»Sie fragt immer wieder nach dem Junggesellenabschied«, fuhr Antonio fort. »Als hätte ich nicht schon an alles gedacht. Was soll das?«

»Sie ist eben nervös.«

Antonio runzelte die Stirn. »Wieso? Schließlich hast du nicht vor, Prostituierte anzuschleppen. Was ist also das Problem?«

»Sie hat Sorge, dass Gil und ich uns streiten werden.«

»Ach, ich bitte dich, das werdet ihr nicht. Dafür hast du viel zu viel Respekt vor ihr. Außerdem – worüber solltet ihr euch streiten? Ist Gil ein Riesenarschloch wegen dem, was er gemacht hat? Sicher. Ist er ein Idiot, weil er deine Ex-Frau heiratet und von dir erwartet, sein Trauzeuge zu sein? Selbstverständlich. Aber na und? Du hast mehr Größe als die beiden, und du wirst das Richtige tun. Aber wenn du mit deiner Vermutung recht hast, wieso schreibt sie dann nicht dir wegen der Party?«

»Weil du nicht dieselbe Vorgeschichte mit den beiden hast wie ich.«

»Lass es mich deutlich sagen – ich bin eindeutig Team Jericho. Würden Gil und Lauren vor meinen Augen in einem Fluss ertrinken, ich würde keinen Finger rühren, um ihnen zu helfen.« Antonio hielt inne. »Na schön, ich würde vielleicht den Notruf wählen und womöglich nach einem Ast suchen, den ich ihnen zuwerfen könnte. Aber das war's.«

»Du bist ein guter Mensch.«

»Ja, das bin ich. Wie war das Essen mit Finley?«

Der Themenwechsel traf Jericho unvorbereitet und ließ ihn unwillkürlich lächeln.

Antonio wurde sofort munter. »Oh, das ist aber vielversprechend. Erzähl's mir, erzähl's mir! Sie fand das Haus großartig, oder? Und war sie beeindruckt von meiner Möbelauswahl?«

»Sie will die Küche heiraten und Kinder mit ihr kriegen.«

Antonio fuchtelte begeistert mit der Bierflasche durch die Luft. »Sie ist so eine entzückende, intelligente junge Frau. Ich mag sie. Aber genug von mir. Wie war es für dich?«

»Gut.« Mehr als gut, dachte er, als er an die Nacht zurückdachte, die sie miteinander verbracht hatten. »Mal abgesehen davon, wie sehr sie dein Talent bewundert, ist es total schön, mit ihr zusammen zu sein. Uns gehen nie die Gesprächsthemen aus.«

»Findest du sie hübsch?«

»Klar. Und sexy.«

»Sehr gut. Und ist irgendwas besonders Lustiges passiert?«

Er hatte wohl zu lange gezögert – Jericho sah, wie seinem Freund die Gesichtszüge entgleisten.

»Nein! Jetzt sag mir nicht, dass du Sex mit ihr hattest. Doch nicht beim ersten Date!« Antonios entgeisterter Tonfall war beinahe komisch. »Jericho, das weißt du doch. Ich dachte, du würdest sie wirklich mögen. So was macht man nicht mit einer Frau, mit der man sich eine Beziehung wünscht. Das lenkt das Ganze gleich in eine bestimmte Richtung.«

Jericho hielt abwehrend seine freie Hand in die Luft. »Ich war's nicht. Sie hat damit angefangen.«

»Interessant, sie hat sich also an dich rangemacht. Ich weiß nicht, was das zu bedeuten hat, aber dafür zolle ich ihr Respekt. Wie seid ihr danach verblieben?«

»Wir bleiben Freunde.«

»Oh nein! Ihr sollt keine Freunde sein. Ich will, dass ihr ein Paar werdet. Hast du sie gefragt, ob sie noch mal mit dir ausgeht?«

»Nein. Wir daten nicht. Wie ich schon sagte, wir sind Freunde.«

Antonio stöhnte. »Das funktioniert so für mich nicht. Ich wünsche mir eine echte Beziehung.«

»Aber du bist doch schon verheiratet.«

»Haha. Du weißt, was ich meine. Ich will, dass du eine Beziehung mit ihr eingehst. Du brauchst eine Frau in deinem Leben, und sie ist großartig.«

»Das finde ich auch, aber ich bin mir nicht sicher, ob das ein guter Moment für sie ist. Sie hat gerade viel um die Ohren.«

»Wir haben alle viel um die Ohren. Hör auf zu zaudern. Schreib ihr jetzt sofort, und frag sie, ob sie noch mal mit dir ausgeht.«

»Zaudern? Hast du gerade wirklich ›zaudern‹ gesagt?«

»Ja, hab ich, denn es passt genau auf dein Verhalten.«

»Ich werde erst mal abwarten«, sagte Jericho. Er wünschte sich, dass es mit Finley weiterging, aber er wollte sie auch nicht unter Druck setzen.

»Wie lange?«, fragte Antonio mit gespielter Bitterkeit. »Es sind nur noch sechs Monate bis zum Winter. Du solltest dich ranhalten.«

»Ich will erst sicher sein, dass sie genauso interessiert an mir ist wie ich an ihr und es nicht nur ein One-Night-Stand war.«

»Oh Gott! Du wartest auf ein Zeichen.« Antonio ließ den Kopf hängen. »Bring mich besser gleich um.«

»Nicht wirklich auf ein Zeichen, aber ...«

»... auf ein Zeichen. Sprich's ruhig aus. Ich bin völlig am Ende. Mein allerbester Freund wird für immer einsam und allein bleiben.«

»Findest du das nicht ein wenig dramatisch?«

»Ich finde, das ist eine realistische Sicht auf dein erbärmliches Leben.« Er nahm sein Bier in die Hand. »Ich werde etwas sehr viel Stärkeres brauchen als das hier, um den Abend zu überstehen. Nur dass du schon mal Bescheid weißt.«

»Meinst du, ich könnte auch eine ganz kleine Pflanze für mein Puppenhaus bekommen?«, fragte Aubrey.

Finley sah von der Liste auf, die sie gerade erstellte. Sie hatten die letzten Sonntage damit verbracht, die Hochbeete für die Saatsaison in Schuss zu bringen, und nun war es an der Zeit, die Samen in die Erde zu geben.

»Klar«, sagte sie lächelnd und ignorierte den kleinen Eifersuchtsstich, der beschämend und einfach nur dumm war. Ja, Ellis und Sloane bauten Aubrey gerade das tollste Puppenhaus aller Zeiten – zumindest war das aus der Tatsache zu schließen, dass Aubrey von nichts anderem mehr redete, nachdem sie den Nachmittag mit ihrer Mutter verbracht hatte.

Finley rief sich in Erinnerung, dass sie mit niemandem im Wettstreit stand. Umso besser, wenn Aubrey viele schöne Projekte mit ihrer Familie hatte. Es war nur nicht leicht für ein langweiliges Aussaatbeet, mit einem maßgefertigten Puppenhaus zu konkurrieren!

»Ich bin mir nicht sicher, ob wir eine passende Miniaturpflanze finden«, sagte sie. »Die hier werden jedenfalls alle ziemlich groß.« Sie lächelte. »Du willst ja gerne Kürbisse pflanzen, und die können so groß werden wie das ganze Puppenhaus.«

Bei der Vorstellung musste Aubrey lachen. »Ich weiß. Ich will zwei Kürbisse, denen werde ich Namen geben und ihnen Gesichter aufmalen. Wir pflanzen aber auch Erbsen, oder?«

»Ja. Erbsen, Tomaten, Basilikum und Kürbisse.« Sie überlegte. »Vielleicht könnten wir dir ein paar Fettpflanzen besorgen. Die sind ein bisschen wie Kakteen und manchmal ganz klein, die könnten in dein Haus passen.«

Aubrey klatschte in die Hände, sprang auf und drehte sich einmal um sich selbst. »Das ist eine super Idee!«

In diesem Moment kam Molly in die Küche und lächelte sie beide an. »Ich habe eine Entscheidung getroffen.«

Finley beäugte sie misstrauisch. »Bezüglich was?«

»Wir feiern eine Party. Heute Abend.«

»Eine Party! Ich liebe Erwachsenenpartys.« Aubrey sprang auf und tanzte durch das Erdgeschoss. »Eine Party! Eine Party!« Ihre schrille Stimme hallte von den Wänden wider.

Molly zuckte zusammen. »Das ist ein bisschen mehr Aufregung, als ich erwartet hatte.«

Finley erhob sich, doch ehe sie Aubrey hinterherlaufen konnte, kam Lester aus seinem Zimmer und packte das Mädchen am Arm.

»Hey, hey«, sagte er fröhlich. »Mach mal ein bisschen langsamer und hör deiner Grandma zu.«

Aubrey grinste ihn an und tänzelte vor ihm auf der Stelle. Finley fragte sich, ob ihre Nichte ein bisschen zu viel Zucker zum Frühstück gehabt hatte.

»Wir werden ein schönes Abendessen für alle organisieren«, sagte Molly. »Ich, Dad, du, Aubrey, Sloane, Ellis und wer auch immer der Mann ist, mit dem du zusammen bist.«

»Ich bin mit niemandem zusammen«, sagte Finley automatisch, obwohl sie sofort an Jericho denken und sich Mühe geben musste, nicht zu lächeln.

»Soll ich dich an deine spätabendliche Nachricht von vor ein paar Tagen erinnern?«, fragte ihre Mutter und zog die Augenbrauen hoch. »Die, in der du mir mitgeteilt hast, dass du nicht nach Hause ...«

Finley schnitt ihr eilig das Wort ab: »Ich schau mal, ob er Zeit hat.«

»Hervorragend. Ich denke mir ein Menü aus und schreibe eine Einkaufsliste.«

Finley entschuldigte sich und lief nach oben. Alles an dem bevorstehenden Abendessen machte sie nervös – einen Abend mit Sloane zu verbringen, Jericho einzuladen ... Konnte sie, sollte sie? Sie hatten bisher nicht definiert, was zwischen ihnen passiert war, abgesehen von der Bekräftigung, dass sie noch Freunde waren. Zwar hatten sie sich geschrieben, aber seit jener Nacht hatten sie sich noch nicht wiedergesehen.

Sie hätte sich gerne mit ihm getroffen – und wenn es nur wäre, um miteinander abzuhängen –, wusste aber nicht, wie sie es sagen sollte. Schließlich war sie diejenige gewesen, die das »Wir sind nur Freunde«-Ding forciert hatte – eine Definition, die ihr nun gegen den Strich ging. Ihn hierher einzuladen, mitten in ein mögliches Familiendrama, das machte sie nervös. Aber zumindest würde sie ihn dann sehen. Und egal was passierte, sie wusste, dass er auf ihrer Seite wäre.

Bei uns steigt heute Abend eine spontane Familien-Dinnerparty: meine Mom, Lester, Aubrey, Sloane und ihr Freund. Hast du vielleicht Lust, dazuzukommen?

Sobald sie die Nachricht losgeschickt hatte, spürte sie Übelkeit in sich aufsteigen. Was dachte sie sich nur dabei, ihn einzuladen? Was würde er denken? Vielleicht war er ja froh über ihren Vorschlag gewesen, nur mit ihr befreundet zu sein. Denn womöglich wollte er sie nie wieder sehen und ...

Das klingt nach einem großen Spaß. Wann und wo?

Ihr Magen beruhigte sich augenblicklich, und ihre Stimmung hellte sich wieder auf. Sie schickte ihm alle nötigen Angaben, dann ging sie nach unten, um bei den Vorbereitungen zu helfen.

»Jericho kommt«, sagte sie, als sie in die Küche trat.

»Gut«, sagte ihre Mutter, ohne von der Liste aufzusehen, die sie gerade erstellte.

Aubrey sprang auf. »Jericho wird auch da sein?«, fragte sie mit viel zu lauter Stimme.

»Komm mal ein bisschen runter, Kleine«, sagte Finley. »Sonst bist du schon total verausgabt, ehe die Party überhaupt angefangen hat.«

»Ich kann nichts dafür. Ich bin einfach so aufgeregt!«

Finley deutete auf den Stuhl, und Aubrey setzte sich wieder. Molly fuhr fort, sich Notizen zu machen.

»Also, wie wär's mit Chips, Salsa, Guacamole, Hühnchen-Chimichangas mit der Sahnesoße, die wir alle so mögen, und grünem Salat?«

»Klingt gut. Wollen wir auch einen Nachtisch?«

Aubrey schoss erneut von ihrem Stuhl hoch. »Erdnussbutterkuchen«, kreischte sie. »Bitte! Können wir den machen?«

Molly seufzte. »Hat das Mädchen versehentlich Kaffee getrunken?«

»Keine Ahnung, aber ...« Sie sah ihre Nichte an. »Wenn du mir helfen willst, den Kuchen zu machen, wirst du dich benehmen müssen.«

»Das mach ich, das mach ich!« Aubrey vibrierte regelrecht auf ihrem Stuhl. »Ich verhalte mich vorbildlich, du wirst sehen.«

Finley half ihrer Mom, die Einkaufsliste zu erstellen. Sie teilten sie untereinander auf und entschieden, dass sie für das frische Gemüse zu *Whole Foods* fahren würde, während Molly und Aubrey im näher gelegenen Supermarkt den Rest besorgten. Danach wollten sie sich wieder hier treffen und anfangen zu kochen.

Finley kämpfte sich durch den überfüllten Laden. Auf dem

Weg nach Hause gestand sie sich leichte Vorfreude zu, wenn sie an Jericho dachte. Es würde nichts zwischen ihnen laufen, aber allein schon, ihm nahe zu sein, würde ihr ein gutes Gefühl geben. Und wenn sich eine günstige Gelegenheit ergab, würde sie vielleicht einen Kuss oder zwei einstreuen können.

Sie lächelte beim Gedanken daran. Doch als sie in die Straße ihrer Mom einbog und den Wagen ihrer Schwester in der Einfahrt und sie selbst danebenstehen sah, lösten sich alle fröhlichen Gedanken schlagartig in Luft auf.

Bestimmt ist sie früher gekommen, weil sie beim Kochen helfen will, sagte sie sich. Schließlich gab es viel zu tun. Die Chimichangas waren recht arbeitsintensiv, ebenso wie der Kuchen. Doch Finley wollte ihr gerade nicht gegenübertreten. Es war zu schwer, sich dauernd fragen zu müssen, ob Sloane trocken blieb. Die Sorge fühlte sich an, als würde sie ständig zusätzliche fünfzig Kilo mit sich rumschleppen, die sie in allem langsamer machten und sie erschöpften.

Sie parkte neben dem Auto ihrer Schwester und stieg aus. Sloane kam auf sie zu, um sie zu begrüßen.

»Mom hat mich gebeten, beim Kochen zu helfen«, sagte sie beim Näherkommen.

»Das hab ich mir gedacht.«

Ihre Schwester sah sie an. »Vielleicht können wir heute ja mal einen guten Tag zusammen haben.«

Trotz ihrer Verwandtschaft und ihres nicht unähnlichen Körperbaus hatte Finley sich immer wie die Schwarz-Weiß-Version ihrer schönen, bunten Schwester gesehen. Als wäre irgendeinem kosmischen Drucker, der die Menschen herstellte, gerade dann die Farbe ausgegangen, als sie erschaffen wurde. Sie waren beide groß, langbeinig und blond. Im Gegensatz zu ihr hatte Sloane jedoch blaue Augen, aber es war nicht nur das. Es war, als wären bei ihrer Schwester – zumindest äußerlich – alle Teile perfekt zusammengesetzt worden, wohingegen ihre Herstellung unter zu großer Eile erfolgt war.

Verrückter Gedanke, sagte sie sich, während sie schon darüber nachdachte, dass die Formulierung, vielleicht können wir heute mal einen guten Tag zusammen haben, emotional so aufgeladen war, dass sie sich wie eine riesige tickende Zeitbombe anfühlte. Ihre Schwester und sie hatten seit – ja, seit wann? – zehn Jahren oder noch länger keinen »guten Tag« mehr miteinander gehabt. Sie wusste schon gar nicht mehr, wie ein guter Tag mit ihr aussah.

»Das fände ich schön«, sagte sie.

Ihre Schwester lächelte sie an. Es war ein glückliches, strahlendes Lächeln, das Finley selten zu Gesicht bekam.

»Ellis kommt später. Ich dachte, ich erspare ihm den Großteil der Vorbereitungen. Du weißt ja, wie Mom dann immer wird.«

»Viel zu fröhlich und seltsam übergriffig zugleich?«

Sloane lachte. »Ja, genau.«

»Aubrey erzählt viel von Ellis. Ich freue mich darauf, ihn kennenzulernen.«

»Du wirst ihn mögen. Jeder mag ihn. Er ist der unvoreingenommenste Mensch, den ich kenne, und absolut verlässlich. Einfach ein Guter. Mom hat gesagt, dass du dich auch mit einem Mann triffst?«

Finley trat instinktiv einen Schritt zurück. »Ja, es gibt da jemanden. Jericho. Wir sind, äh, Freunde.«

Auch wenn da noch mehr sein mochte, wollte sie es lieber nicht definieren. Nicht weil sie Angst vor Beziehungen hatte, sondern weil sie fürchtete, zu verlieren, was sie bereits miteinander hatten. Momentan fühlte es sich so an, als wäre er der einzige Mensch, der sie gegen die Verrücktheit um sie herum abschirmte. Sie wollte ihn nicht abschrecken, indem sie sich merkwürdig verhielt oder zu anhänglich war.

Der Mund ihrer Schwester verzog sich zu einem amüsierten Lächeln. »Interessant. Du schläfst also mit einem Typen, mit dem du gar nicht zusammen bist. Wie gewagt und modern von dir.«

Finley stöhnte. »So ist das nicht. Wir sind wirklich Freunde, und ich mag ihn, aber ich habe gerade viel um die Ohren und er auch, daher sind wir erst mal nur … Du weißt schon.«

Nachdem sie es ausgesprochen hatte, wurde ihr klar, dass sie nicht wusste, ob ihre seltsame Freundschaft und das »Hey, wir haben doch nur einmal miteinander geschlafen«-Ding an dem ganzen Wahnsinn um sie herum lag oder er gar nicht mehr von ihr wollte.

Allerdings war die Frage, die sie sich eher stellen sollte: Was wollte sie? Gerade war es jedoch einfacher, sich über Jericho den Kopf zu zerbrechen.

»Er kommt später auch dazu«, sagte sie und ging auf das Haus zu. »Du wirst ihn mögen.«

»Ich kann es kaum abwarten, ihn kennenzulernen.«

Die Haustür flog auf, und Aubrey kam herausgestürzt. »Mommy, Mommy, Mommy!«, kreischte sie. Ihre Füße berührten kaum den Boden, als sie auf ihre Mutter zugerannt kam. »Wir feiern eine Party!«

Sloane drückte sie an sich und warf ihr über Aubreys Kopf einen Blick zu. »Was habt ihr der denn gegeben?«

»So ist sie schon den ganzen Morgen. Seit wir das mit dem Abendessen beschlossen haben.«

Sloane gab ihrer Tochter einen Kuss auf den Scheitel, dann umfasste sie ihren Kopf mit beiden Händen und zwang sie, zu ihr aufzusehen. »Hallo«, sagte sie ruhig.

Aubrey tänzelte auf der Stelle. »Du bist da!«

»Ja, ich bin da.« Sloane ließ sich auf die Knie fallen. »Sieh mich an und atme tief durch.«

»Warum?«

»Hol tief Luft.«

Aubrey gehorchte.

»Und jetzt atme aus.«

Sie stieß sämtliche Luft aus. »Grandma hat gesagt, wir können Erdnussbutterkuchen zum Nachtisch machen. Und wir waren in zwei Supermärkten und Finley in einem anderen. Und ich darf beim Kochen helfen. Es ist eine richtige Party.«

»Ich bin mir nicht sicher, ob Atemübungen da helfen werden.«

Sie wandten sich alle gleichzeitig um und sahen Lester in der Tür stehen. Er streckte die Hand aus. »Aubrey, komm, lass uns in die Garage gehen und ein bisschen Stepptanz üben. Danach schauen wir mal, ob du in der Küche helfen kannst.«

Aubrey zögerte, doch dann hüpfte sie begeistert auf und ab. »Können wir auch die Musik so richtig laut stellen?«

»Ich hole mir Ohrstöpsel.«

»Wir sollten sie öfter unter Leute bringen«, sagte Finley. »Das ist viel zu ungewohnt und aufregend für sie.«

»Wohingegen du nur von leiser Furcht erfüllt bist.«

Finley grinste. »Als hättest du keine Angst, dass Mom wieder die alten Fotoalben hervorholt und darüber redet, wie es war, als wir Kinder waren und sie ›auf der Bühne lebte‹.« Sie malte Anführungszeichen in die Luft.

Sloane ging auf das Haus zu. »Das macht mir überhaupt nichts aus. Ich war als Kind äußerst fotogen. Du hingegen warst höchstens niedlich.«

»Hey, ich war total entzückend!«

Sloane sah sie an. »Stimmt, das warst du. Und du bist es immer noch. Komm, lass uns anfangen zu kochen.«

Molly hatte sämtliche Lebensmittel ausgepackt, aber noch nichts weggeräumt. Finley stellte ihre Einkäufe dazu, und Sloane sortierte sie nach Rezepten.

»Wann willst du die Salsa machen, Mom?«, fragte Sloane.

»Was denkst du? So um drei? Dann kann sie gut durchziehen, ist aber immer noch frisch.« Sie sah sich in der Küche um. »Könnt ihr zwei euch darum kümmern, während ich Staub wische und sauge, und dann den Tisch decken?«

»Klar.« Finley ging zur Kreidetafel, die über dem Küchentisch hing, und begann, die Gerichte in der Menü-Reihenfolge aufzulisten. »Chips, die wir fertig gekauft haben, Salsa, Guacamole, Chimichangas, grüner Salat, Salat aus Mais und schwarzen Bohnen und Erdnussbutterkuchen.« Sie schrieb ein M neben die Salsa. »Die Guacamole machen wir kurz bevor alle kommen.«

»Die kann ich übernehmen«, sagte Sloane. »Bis dahin ist der Kuchen längst fertig.«

Finley schrieb ein S neben die Guacamole und den Erdnussbutterkuchen. »Okay, um den Rest kümmere ich mich.«

Sie trugen die Zutaten für die Guacamole und die Salsa zum Küchentisch, räumten die Theke leer und teilten die Arbeitsbereiche ein. Finley begann mit den Poblano-Pfefferschoten, die sie in einer gusseisernen Pfanne anbriet, dann ließ sie sie in einer Schüssel abkühlen und ihre Schale abschwitzen. Auf der anderen Seite der Küche rollte Sloane mit geübten Handgriffen den Kuchenteig aus.

»Wann bist du so gut im Teigausrollen geworden?«, fragte Finley, zupfte das Fleisch des Brathuhns ab und zerkleinerte es in einer Schüssel.

»Keine Ahnung. Mom hat es uns mal gezeigt, und dann bin ich wohl mit der Zeit und mehr Erfahrung immer besser darin geworden.«

Finley sah zu, wie Sloane den Teig um das Nudelholz rollte und ihn dann so auf der Backform drapierte, dass er genau an der richtigen Stelle landete.

»Hast du mal einen Kurs gemacht?«

Ihre Schwester sah sie an, ihr Gesicht verdüsterte sich. »Ich weiß es nicht mehr«, sagte sie leise. »Und das ist kein Witz, Finley. Bei der Hälfte der Dinge, die ich kann, habe ich keine Erinnerung daran, wie ich sie gelernt habe. Ich schätze, ich war zu betrunken. Aber das mit dem Kuchen ist irgendwie hängen geblieben.«

Nichts von dem, was Sloane ihr da erzählte, konnte Finley wirklich nachvollziehen. »Hast du denn zumindest das vage Gefühl, irgendwo gewesen zu sein, oder ist da überhaupt nichts? So als wäre das Können dir von Außerirdischen implantiert worden?«

»Du meinst mittels einer Analsonde?«, fragte Sloane mit einem schwachen Lächeln. »Ich wünschte, es gäbe Außerirdische. Dann könnte ich wieder anfangen zu trinken.« Sie drückte den Rand des Teigs in Form. »Manchmal weiß ich, dass ich irgendwo war und dort irgendwas gemacht habe. Und manchmal ist es, als wäre ich kurz davor, ein Stück Erinnerung zu greifen. Aber größtenteils ist da nur Leere. Was auch immer passiert ist, es ist vollkommen wegradiert.«

Ihre Stimme klang kummererfüllt, als sie sagte: »Unter anderem das macht den Genesungsprozess so schwer. Du weißt nie, wann dich jemand mit etwas Furchtbarem konfrontieren wird, das du getan hast. Und es gibt keine Möglichkeit, dich dagegen zu wappnen, weil du gar nicht weißt, dass es passiert ist. Du kannst deine Sichtweise nicht verteidigen, da du gar keine hast. Da ist nur das Wissen, dass du etwas getan und dadurch eine Person verletzt hast, die dir wichtig ist. Dann liegst du nachts wach und fragst dich, was da draußen wohl noch alles rumwabert – Erinnerungen, von denen andere Leute dir irgendwann erzählen werden. Welch beschämende Dinge hast du wohl noch getan? Was, wenn es Fotos oder Videos davon gibt? Und was, wenn das, was da noch irgendwo auf dich wartet, sogar noch schlimmer ist als das, was du schon weißt?«

Sloane zuckte mit einer Schulter. »Ich sage ›du‹, weil mir das ein wenig emotionale Distanz verschafft, aber du kannst stattdessen auch einfach ›ich‹ einsetzen.«

Finley versuchte sich vorzustellen, wie das war, es gelang ihr jedoch nicht. »Das tut mir leid.«

»Mir auch. Wie gesagt, Außerirdischen die Schuld in die Schuhe zu schieben, wäre sehr viel leichter.«

»Das verstehe ich. Aber ›Analsonde‹? War das wirklich nötig?«

Ihre Schwester grinste. »Ich weiß, das ist nur eine Theorie und eine seltsame noch dazu, wenn du mich fragst. Ich meine, die sind doch technisch so hoch entwickelt, dass sie mit Raumschiffen zu uns kommen können. Warum müssen sie dann alles andere durch unseren Hintern machen?«

Sie lachten noch immer, als Molly in die Küche kam.

»Ich muss noch mal zum Getränkeladen. Wir haben viel zu wenig Tequila.«

»Wofür denn?«, fragte Finley, ehe ihr die Antwort einfiel.

»Für Margaritas. Ich habe Bier gekauft, falls die Männer welches wollen, aber du und ich, wir brauchen definitiv Margaritas.«

»Ach nein, Mom. Wir haben doch Erdbeerlimonade. Und Sloane ist abstinent. Es ist nicht fair, Alkohol vor ihr zu trinken.«

»Schon okay«, sagte Sloane leichthin. »Heute ist ein guter Tag. Das ist total in Ordnung für mich.«

»Siehst du?« Ihre Mutter stemmte die Hände in die Hüften. »Mach uns das nicht kaputt, Finley. Wir dürfen auch mal ein bisschen Spaß haben, wenn wir wollen.«

»Ja, aber ...«

Sloane schüttelte den Kopf. »Es ist wirklich okay, Schwesterlein. Ich verspreche es dir.«

Molly war bereits auf dem Weg zur Haustür. »Ich kaufe den guten Tequila und mache auf dem Weg beim Gemüseladen halt, um noch ein paar mehr Limetten zu holen.«

Finley starrte ihr ermattet nach. »Wie viel muss man noch mal genau trinken, um alles vergessen zu können?«

Sloane grinste. »Sehr viel mehr, als du vertragen würdest. Und der Kater danach würde dir auch keinen Spaß machen.«

»Das habe ich befürchtet«, grummelte Finley. »Du meinst, ich muss die Party einfach über mich ergehen lassen?«

»Genau, immer schön einen Schritt nach dem anderen, Süße.«

23. Kapitel

Jericho bog in das ruhige Wohnviertel von Mill Creek ein. Finleys Einladung zum Abendessen hatte ihn zugleich überrascht und erfreut. Er war gespannt darauf, ihre Familie kennenzulernen – nachdem er schon so viel über alle gehört hatte, würde er den Namen jetzt endlich Gesichter zuordnen und die Dynamik persönlich miterleben können.

Außerdem würde er Zeit mit Finley verbringen. Antonio hätte ihm bestimmt geraten, die Situation auszunutzen – was er genauso sah, in der Theorie jedenfalls. Aber er war sich nicht sicher, was er noch tun konnte, außer einfach er selbst zu sein und Finley beizustehen.

Sie hatte ihn gebeten, ihr zu schreiben, wenn er sich auf den Weg machte, und als er in ihre Straße abbog, sah er sie bereits auf der Terrasse sitzen und auf ihn warten. Er spürte, wie sich beim Näherkommen erwartungsvolle Vorfreude in ihm ausbreitete – neben einigen anderen Empfindungen, die er heute besser ignorieren sollte. Schließlich war dies ein Familienfest, und er war entschlossen, sich nicht danebenzubenehmen. Einen Ständer als Mitbringsel würde niemand zu schätzen wissen.

Er parkte vor dem Haus und stieg aus. Finley sprang die Stufen herunter und kam zu ihm gelaufen. Instinktiv breitete er die Arme aus, und sie lief hinein, umschlang und drückte ihn so fest, als wollte sie ihn nie wieder loslassen.

Das Thermometer zeigte gerade mal zwölf Grad an, und zudem nieselte es. Doch wenn sie das nicht störte, würde er sie ganz sicher nicht als Erster loslassen.

Schließlich lehnte sie sich so weit zurück, dass sie ihm in die Augen sehen konnte. »Du hast es geschafft.«

»Ja.«

»Ich freue mich so, dass du da bist.«

»Ich glaube, das habe ich schon mitbekommen.« Er lächelte und hakte die Zeigefinger in ihre Gürtelschlaufen. »Brauchst du Ablenkung vom Familiendrama?«

»Ja. Obwohl wir uns bisher alle bestens benommen haben. Sloane und ich haben zusammen das Essen gemacht. Drei Stunden in derselben Küche, und wir reden noch miteinander.«

»Da bin ich aber froh.«

»Ich auch.« Sie zog die Nase kraus. »Familie. So was von kompliziert.«

»Ja, aber es ist die Mühe wert.«

Finley sah bezaubernd aus. Sie trug ein Sweatshirt der *Huskies*, des Footballteams der *University of Washington*, dazu ausgeblichene Jeans. Ihr Haar war zu ihrem gewohnten Zopf geflochten, und sie trug kein Make-up. Vermutlich hatte sie an diesem Morgen nicht mehr als vierzig Sekunden auf ihr Aussehen verwendet, und dennoch war alles, woran er denken konnte, dass er sie für den Rest des Tages glücklich anschauen durfte.

Er wich ein Stück zurück, um seine Hände an ihr Gesicht legen zu können, dann senkte er ganz langsam und vorsichtig seine Lippen auf ihre.

Er wusste, dass er damit ein Risiko einging. Schließlich hatten sie nur die eine Nacht miteinander verbracht, und es war auch nicht so, als wären sie richtig zusammen. Aber er konnte nicht anders.

Zu seinem Glück zog Finley sich nicht zurück. Sie reckte sich ihm entgegen und öffnete die Lippen, wobei sie den Kuss für ein paar Sekunden vertiefte. Als er sich wieder des Regens und ihrer Familie bewusst wurde, die nur wenige Meter entfernt auf sie wartete, zog er sich zurück.

»Besser?«, fragte er in neckendem Ton.

Sie lachte. »Viel besser. Du bist äußerst großzügig.«

»Ja, das bin ich. Eine Gabe Gottes. Und apropos Gaben …«

Er öffnete die Beifahrertür und holte einen Blumenstrauß heraus, den er ihr reichte. »Für deine Mom.«

»Sehr aufmerksam von dir. Sie wird ihn lieben.«

»Es ist immer wichtig, die Mütter auf seine Seite zu ziehen. Und das ist für das jüngste Mitglied der McGowan-Familie.«

Er hob vorsichtig ein Blumenarrangement in Form eines kleinen weißen Hundes aus dem Wagen.

Finley schüttelte belustigt den Kopf. »Da wird ein gewisses Persönchen aber durchdrehen, wenn es das sieht. Dabei haben wir sie gerade erst dazu gebracht, ein bisschen runterzukommen. Sie ist sehr aufgeregt angesichts der *Erwachsenenparty*.«

Sie führte ihn hinein. Das Haus war schon etwas älter, aber gut in Schuss und die Bauweise typisch für das Viertel. Es hatte zwei Stockwerke und vermutlich um die zweihundertdreißig Quadratmeter, den Keller nicht mitgezählt. Im Erdgeschoss neben Wohnzimmer und Küche ein Schlafzimmer mit Bad, vermutete er, und im ersten Stock drei weitere Zimmer. Die Möbel wirkten bequem, und der Duft von Erdnussbutter und Schokolade, der in der Luft lag, ließ ihm das Wasser im Mund zusammenlaufen.

Er hängte seinen Mantel an einen der Garderobenhaken neben der Eingangstür. Sekunden später kam Aubrey angerannt und kreischte auf, als sie ihn sah.

»Jericho!«

Sie lief auf ihn zu, und er fing sie auf und wirbelte sie durch die Luft.

»Hast du nicht gesagt, sie hat sich beruhigt?«, fragte er leise.

Finley neben ihm seufzte. »Da lag ich wohl falsch.«

»Du bist der Letzte«, sagte Aubrey, als er sie wieder absetzte. »Das Essen ist fast fertig, und Mommy hat Erdnussbutterkuchen gemacht, der wird köstlich. Komm mit und sag allen Hallo.«

Sie packte ihn an der Hand und zog an ihm. Er blieb jedoch stehen, wo er war.

»Warte mal, ich hab dir was mitgebracht.«

Er reichte ihr die kleine Vase mit dem Pudel aus Blumen. Aubrey starrte das Arrangement mit aufgerissenen Augen an.

»Das ist so schön!«, rief sie begeistert und strahlte ihn an. »Danke, danke, danke!« Sie rannte in die Küche. »Guck mal, was Jericho mir mitgebracht hat!«

»Du bist ihr Held«, sagte Finley lächelnd.

»Ich versuche nur, ihr zu vermitteln, dass sie etwas Besonderes ist«, sagte er leichthin. Falls es eine freie Stelle als Held zu besetzen gab, dann war er lieber Finleys.

Sie reichte ihm das Bouquet für ihre Mom und deutete auf den hinteren Teil des Hauses. Er trat in die Küche und erblickte eine Frau, die Finley ähnlich genug sah, um ihre Schwester zu sein, und eine ältere, die ganz offensichtlich ihre Mom war.

»Das ist Jericho. Jericho, das ist Molly, meine Mom. Das ist Grandpa Lester. Und das sind meine Schwester Sloane und ihr Freund Ellis.«

Er schüttelte allen die Hand und reichte Molly die Blumen. Sie machte einen Riesenwirbel um sie, tätschelte ihm dankend den Arm und verkündete dann, dass sie eine der »guten« Vasen für sie holen würde.

Sloane trat zu ihm. »Schleimer«, sagte sie neckend.

»Ich bin eben gut erzogen.«

Sie musterte ihn eine Sekunde lang, dann lächelte sie. »Das wird Finley zu schätzen wissen.«

»Das hoffe ich doch.«

Nachdem Molly die Blumen auf die Anrichte im Esszimmer gestellt hatte, kehrte sie in die Küche zurück. »Also, was wollt ihr trinken? Wir machen selbstverständlich Margaritas. Für Aubrey habe ich Erdbeerlimonade zubereitet. Und es gibt Bier, falls jemand will.«

Finley wandte sich ab, so als müsste sie sich Mühe geben, nichts dazu zu sagen. Lester schien sich auch unwohl zu fühlen, er rutschte nervös auf seinem Stuhl hin und her. Sloane warf

Ellis einen Blick zu, der sie anlächelte. Doch niemand sagte etwas.

Molly warf ihnen böse Blicke zu. »Entscheidet euch mal.«

»Ich habe Eistee mitgebracht«, sagte Sloane. »Den trinke ich. Und ich schenke Aubrey ihre Limonade ein.«

»Für mich gerne ein Wasser«, murmelte Finley.

Ihre Mutter stemmte die Hände in die Hüften. »Nein, du trinkst kein langweiliges Wasser. Das hier ist mein Haus, und wir trinken jetzt Margaritas. Darauf habe ich mich den ganzen Tag gefreut, und die werden wir verdammt noch mal jetzt auch genießen.« Sie wandte sich an ihn und senkte die Stimme. »Es sei denn, du hättest gerne ein Bier.«

»Ein Bier klingt gut«, erwiderte er, nicht sicher, wie er am einfachsten aus der Sache rauskam.

»Ich nehme auch eins«, sagte Lester eilig. »Ich hole sie uns.«

Molly entspannte sich ein wenig. »Na schön. Finley und ich trinken Margaritas. Dad, hol Ellis auch ein Bier.«

»Das geht nicht.« Lester sah sie an. »Molly, Ellis kann kein Bier trinken.«

»Was? Wieso denn nicht?« Sie sah in die Runde und dann wieder zu Ellis. »Ach ja. Tut mir leid, das hatte ich gerade nicht auf dem Schirm. Man vergisst so leicht, dass ihr abhängig seid.«

»Wem sagst du das«, sagte Ellis und zwinkerte ihr zu.

Molly lachte, und Sloane fiel mit ein. Aubrey sah verwirrt aus, doch Finley entspannte sich etwas.

»Ich mixe die Margaritas, Mom«, sagte Finley und trat an die Küchentheke.

Es dauerte ein paar Minuten, bis alle ihre Getränke hatten, dann gingen sie ins Wohnzimmer. Lester und Molly nahmen auf den Fernsehsesseln Platz, während Aubrey es sich auf einem Kissen auf dem Boden bequem machte und Ellis und Sloane das Zweiersofa in Beschlag nahmen.

Jericho setzte sich an den Rand der großen Couch, womit er Finley jede Menge Raum ließ, doch sie nahm direkt neben ihm

Platz. Er nahm das Bier in die andere Hand und legte einen Arm um sie. Sie schmiegte sich an ihn, streifte die Schuhe ab und zog die Beine hoch.

»Willkommen im Wahnsinn«, flüsterte sie und sah ihn an.

»So schlimm ist es gar nicht. Du solltest mal meine Mom hören, wenn sie in Fahrt kommt. Dann trichtert sie uns ohne Ende Schuldgefühle ein. Und Gil ist die letzte Heulsuse.«

Sie grinste. »Ist er nicht. Das sagst du nur so.«

»Er ist durchaus bekannt dafür, emotional zu werden.«

»Wohingegen du der Fels in der Brandung bist?«

»Meistens.«

Molly wandte sich an ihn: »Finley hat erzählt, du bist in der Baubranche tätig?«

Er nickte. »Momentan arbeite ich an einem Projekt in Kirkland.«

Finley stellte ihre Margarita auf dem Couchtisch ab. »Du bist viel zu bescheiden. Er leitet ein Bauimperium.«

»Das ist jetzt aber leicht übertrieben.« Er wandte sich an Ellis. »Und was machst du?«

»Ich bin Schweißer auf einer Werft«, sagte er.

»Und er baut mir ein Puppenhaus«, warf Aubrey ein. »Das wird immer größer.«

»Ja, wir bauen ständig an«, sagte Sloane grinsend. »Wir mussten den Grundriss schon zweimal erweitern, damit alles reinpasst, was Aubrey sich wünscht.«

»Es kommt auch ein Feenschlafzimmer rein«, erklärte Aubrey ihm.

»Das klingt toll. Bist du schon zu Stahlträgern übergegangen?«, fragte er.

Ellis lachte leise. »Das werde ich wahrscheinlich bald müssen.«

Als sie das Essen auf den Tisch stellten, blickte Finley dem Abend schon sehr viel entspannter entgegen. Aubrey hatte sich so weit beruhigt, dass sie wieder ihr normales, glückliches Selbst war, und Lester war eingeschritten, als Molly ausführlich über ihre Zeit »am Theater« zu sprechen begann. Ellis schien nett zu sein, und Sloane hatte sich an ihre Ankündigung gehalten, einen guten Tag mit ihr zu verbringen.

Was Jericho betraf, so war er einfach unerschütterlich. Seine Gesellschaft war angenehm, er zeigte sich an allen Anwesenden interessiert, scherzte mit Aubrey und war stets in der Nähe, wenn sie etwas brauchte.

Nachdem sie sich die Bäuche vollgeschlagen hatten, gingen sie zurück ins Wohnzimmer. Während sie und Ellis den Tisch abräumten, spielten Lester, Jericho, Sloane und Aubrey ein Brettspiel. Finley warf einen Blick zu ihnen hinüber und sah, dass Aubrey auf Jerichos Schoß geklettert war und ihm gerade das neueste Armband zeigte, das sie gemacht hatte. Erst jetzt bemerkte sie, dass er das Armband trug, das Aubrey ihm geschenkt hatte.

Details, dachte sie lächelnd. Der Mann ist gut in Details.

Sie kehrte mit dem restlichen Geschirr in die Küche zurück und sah Ellis an.

»Ich kann mich gerne hierum kümmern, wenn du ins *Spiel des Lebens* einsteigen willst«, sagte sie.

»Ach nein, ich helfe dir gerne.«

Etwas an der Art, wie er das sagte, ließ sie stutzen. Es kam ihr vor, als gäbe es noch einen weiteren Grund dafür, dass er blieb. Ihre gute Laune schwand augenblicklich, als ihr klar wurde, dass er vermutlich über Sloane sprechen wollte, und darüber, wie viel Mühe sie sich gab. Sicher wünschte er sich, dass sie ihrer Schwester noch eine Chance gab und ihr dahingehend vertraute, dass sie nie wieder einen Ausrutscher haben würde. Womöglich würde er auch erwähnen, was für eine gute Mutter Sloane war. Was stimmte – solange sie nüchtern war.

Ellis lehnte sich an die Küchentheke und lächelte sie an. »Sag mir Bescheid, wenn ich dran bin mit Reden.«

»Wie bitte? Ich hab doch gar nichts gesagt.«

»Das musstest du auch nicht. Ich konnte auch so sehen, dass du unser Gespräch gerade für dich allein führst.«

Sie verzog das Gesicht. »Ich muss dringend an meinem Pokerface arbeiten.«

»Ja, da ist jede Menge Luft nach oben.«

»Das höre ich öfter.« Sie schenkte ihm ein immerhin halbwegs ehrliches Lächeln. »Worüber würdest du denn gerne sprechen?«

Er sah sie aus seinen dunklen Augen unbeirrt an. »Nichts ist gerecht an dem, was du durchmachen musstest. Rein gar nichts. Sloane ist diejenige mit dem Alkoholproblem, und du bist diejenige, die für ihre Fehler bezahlen muss.«

Das hatte sie nicht erwartet.

»Ich habe schon viele Familien gesehen, die von einer Sucht zerrissen wurden«, fuhr er fort. »Manche finden einen Weg, die Einzelteile wieder zusammenzusetzen, andere nicht. Meiner Erfahrung nach liegt der Schlüssel darin, wie man mit dem umgeht, was passiert ist, und ob man die Ungewissheit aushält. Es gibt keine Garantie dafür, dass Sloane nicht wieder trinken wird. Du kannst sie nicht durch irgendeinen Handel dazu bringen, trocken zu bleiben. Du kannst sie nicht dazu zwingen, auf dich zu hören. Sie wird tun, was sie tun wird.«

»Das ist genau der Punkt, an dem ich Einspruch erhebe. Sie sagt, ich solle ihr vertrauen, ich solle an sie glauben. Aber woran genau? Sie hatte den letzten Ausrutscher vor gerade mal ein paar Wochen.« Finley rollte mit den Augen. »Was für ein dummer Begriff das dafür ist. Sie ist nicht ausgerutscht – sie hat ihre Nüchternheit über den Haufen geworfen und musste noch mal ganz von vorne anfangen. Und wozu das Ganze? Für einen Drink? Das ergibt doch keinen Sinn.«

»Du bist eben keine Alkoholikerin.«

»Nein, das bin ich nicht. Und obwohl ich weiß, dass es eine Krankheit ist, fühlt es sich manchmal einfach wie eine fette Ausrede an.«

»Ich kann mir vorstellen, dass du das so empfindest.«

Sie verschränkte die Arme vor der Brust. »Und willst du mir nicht sagen, dass ich falsch damit liege?«

»Das weißt du auch ohne mich.«

»Bist du immer so unglaublich vernünftig?«

Sein Lächeln kehrte zurück. »Ich gebe mir Mühe.«

»Das ist aber ein bisschen nervig.«

»Das höre ich öfter.« Er schüttelte den Kopf. »Ich werde es noch einmal sagen. Nichts daran ist gerecht. Ob Sloane trinkt oder nicht, hat nichts mit dir zu tun, aber es hat Auswirkungen auf dich. Durch die Dinge, die sie dir in der Vergangenheit angetan hat, und jetzt durch Aubrey. Du bist in einer unmöglichen Situation. Du trägst dein Herz vor dir her, und es wird ständig darauf herumgetrampelt.«

»Du machst mir nicht allzu viel Hoffnung.«

»Das ist auch nicht meine Aufgabe.« Seine Stimme wurde weich. »Du musst dich und Aubrey schützen.«

Es war, als wüsste er genau, worüber sie bezüglich des Sorgerechts nachdachte. Finley trat voller Unbehagen von einem Fuß auf den anderen. »Was bedeutet das?«

»Setze Grenzen und halte dich daran. Entscheide, was du bereit bist, zu akzeptieren, und was nicht. Und triff diese Entscheidungen an einem Tag, an dem du nicht von Gefühlen übermannt bist, sodass du einen klaren Kopf behältst. Sollte sich dann die Lage plötzlich anspannen, musst du keine Entscheidungen treffen – sie sind bereits getroffen. Du musst dich nur noch danach richten.«

»Bei dir klingt das so einfach.«

Er lächelte wieder. »Das ist es nicht. Doch zu wissen, wo du stehst, nimmt viel Druck raus. Wenn du weißt, wie du dich schützt, kannst du dich entspannen. Das Problem an deinem jetzigen Verhalten ist, dass du ununterbrochen in Alarmbereitschaft bist und dir Sorgen darum machst, wie du im Notfall reagieren sollst. Und es wäre wirklich zum Kotzen, wenn deshalb alle ein gutes Leben hätten, nur du nicht.«

So hatte sie darüber noch nie nachgedacht. »Ich verstehe, was du mir sagen willst. Ich weiß nur nicht, ob ich das kann.«

»Manchmal muss man eben einen Tag nach dem anderen angehen.«

Sie stöhnte auf. »Ich hasse diese Sprüche.«

»Das macht sie nicht weniger relevant.« Er wurde ernst. »Du musst für dich und Aubrey sorgen, aber du musst dich auch für eine Beziehung zu Sloane öffnen.«

»Wir haben eine Beziehung.« Irgendwie jedenfalls.

»Aber nicht die, die du gerne hättest.«

»Woher willst du das wissen?«

»Weil du sie liebst, das hast du immer schon. Wenn du das nicht tun würdest, wäre das alles nicht so schwer.«

Sloane schnitt vorsichtig den Styroporstempel aus, und Aubrey sah ihr dabei aufmerksam zu. Sie testete ihn, indem sie ihn auf das Stempelkissen drückte und ihn dann auf ein weißes Blatt presste. Ihre Tochter und sie betrachteten das Ergebnis.

»Das ist ein guter Stern«, sagte Aubrey, klang jedoch etwas zweifelnd.

»Er ist noch etwas nach links geneigt. Warte, ich schneide die eine Kante nach.«

Sie schnitt noch ein wenig mehr Styropor ab und benutzte das Stempelkissen für einen weiteren Test.

»Oh ja, der ist gut«, flüsterte Aubrey. »Der gefällt mir wirklich.«

»Mir auch.«

Sloane reichte den Stempel ihrer Tochter, die ihn zusammen mit dem einer geschwungenen Mondsichel ausprobierte, den sie bereits fertiggestellt hatte.

»Die sind so hübsch«, sagte Aubrey. »Das Zimmer wird superschön.«

»Ja, das wird es. Jetzt müssen wir nur noch entscheiden, welche Farben wir nehmen wollen.«

Die Arbeit am Puppenhaus lief weiter. Ellis hatte darauf bestanden, es nicht noch mehr zu erweitern, und zog jetzt Wände für die Zimmer ein, während sie und Aubrey sich Dekors für jedes einzelne davon ausdachten. Bisher hatten sie sich auf ein Feenzimmer geeinigt – welches es werden sollte, änderte sich ständig. Außerdem würde es ein Welpen- und Katzenbaby-Zimmer geben, ein Sonne-und-Mond-Zimmer und natürlich eins mit Einhörnern.

Ellis ging mit mehreren Holzstücken in der Hand an ihnen vorbei. Er blieb kurz stehen, um sich das Tapetenmuster anzusehen.

»Schön«, sagte er und legte Aubrey die Hand auf die Schulter. »Du hast ein gutes Auge.«

»Ich hab sogar zwei!«

Er grinste. »Stimmt, hast du.« Er deutete auf die Sonne und den Mond. »Die könntest du in Gold und Silber drucken. Gibt es nicht auch Glitzertinte?«

Sloane gab sich Mühe, bei dem G-Wort nicht zusammenzuzucken. Das würde eine mächtige Sauerei geben. Aubrey schmolz bei dem Gedanken jedoch dahin und vollführte einen kleinen Tanz im Sitzen.

»Au ja! Können wir das machen?«

»Klar, wenn du dir das wünschst. Wir schreiben es mit auf die Liste mit Deko-Ideen. Irgendwann wirst du dich dann mal entscheiden müssen.«

Aubrey ließ sich theatralisch auf den Garagenboden fallen. »Oh nein, nicht noch eine Entscheidung«, sagte sie und kreuzte die Beine zum Schneidersitz. »Ich suche gerne einen Film aus oder ein Buch, das ich als Nächstes lesen will, aber andere Sachen zu entscheiden, ist schwer.«

Ellis warf ihr einen fragenden Blick zu. Sloane schüttelte ratlos den Kopf. Sie hatte keine Ahnung, wovon ihre Tochter redete.

Sie sank auf den Boden und nahm Aubreys Hand in ihre. »Welche Entscheidungen fallen dir schwer, Süße?«

»Ich muss mich für ein Sommerlager entscheiden. Finley hat mich schon vor einer Weile angemeldet, aber das war nur, damit ich überhaupt einen Platz bekomme. Jetzt muss ich entscheiden, welche Aktivitäten ich mitmachen will. Auf jeden Fall Schwimmen. Letztes Jahr war ich eine gute Schwimmerin.«

»Schwimmen zu können, ist super. Und was noch?«

Aubrey kräuselte die Nase. »Grandma will, dass ich in die Theatergruppe gehe. Da lernen wir was über Stücke und so.«

Das sieht Mom ähnlich, dachte Sloane. Molly wollte immer alle zu Stars machen. »Führst du denn gerne etwas auf? Das ist ein bisschen so wie beim Tanzen.«

Aubrey setzte sich auf ihren Schoß. »Ich mag es, die Choreografie zu können, aber es gefällt mir nicht, sie zu lernen. Grandpa hat mir geholfen, und das hat Spaß gemacht. Aber auf der Bühne zu sein, mag ich nicht. Ich will nicht in der ersten Reihe stehen. Ich bin lieber weiter hinten.«

»Dann ist schauspielern vielleicht nichts für dich. Das ist okay, nicht jeder muss ein Star sein.«

»Warst du mal einer?«

Sloane lächelte traurig. »Manchmal, ein bisschen. In der Highschool hatte ich in allen Stücken die Hauptrolle.«

»Und dann warst du sogar am Broadway!«

Aubrey sprach mit einer Ehrerbietung, die mehr abgeguckt war, als dass sie aus eigener Erfahrung rührte. Für sie war der Broadway ein magischer Ort, über den ihre Großmutter nur mit gedämpfter Stimme sprach. Doch näher als den *Nussknacker* in Seattle zu sehen, war Aubrey den heiligen Broadwaybühnen nicht gekommen – und das war auch mehr ein Ballett als ein Theaterstück.

»Aber du bist nicht geblieben«, bemerkte ihre Tochter. »Hattest du Heimweh?«

»Ein bisschen.«

Sloane überlegte, wie sie die Wahrheit kindgerecht aufbereiten konnte. Sie war damals gleich nach der Highschool nach New

York City gezogen. Ihre Mutter war mit ihr hingeflogen und hatte ihr geholfen, eine Unterkunft zu finden – eine viel zu kleine Wohnung, die sie sich mit zwei anderen Hoffnungsvollen teilte.

Molly hatte ihre Beziehungen spielen lassen, um ihr mehrere Vorsprechtermine zu besorgen, und nach zwei Monaten hatte sie eine Rolle in einem Off-Broadway-Stück. Es lief nur drei Wochen, doch sie hatte recht gute Kritiken bekommen und danach eine kleine Rolle in einer düsteren Kriminalgeschichte ergattert.

Karrieremäßig war sie auf einem sehr guten Weg gewesen. Es waren die vielen Partys, die sie zur Strecke brachten.

»Ich war sehr weit weg von zu Hause«, erklärte sie Aubrey. »Und ich habe meine Freunde vermisst.«

»Hast du keine neuen gefunden?«

»Doch.« Zu viele, dachte sie grimmig. »Aber das war nicht dasselbe. Ich musste mich in einer neuen Stadt zurechtfinden und versuchen, dort klarzukommen.«

Sie spürte, dass Ellis zuhörte, doch er sagte nichts.

»Ich hatte vorher noch nie in einem erfolgreichen Stück mitgespielt«, fuhr sie fort. »Wir bekamen viel Aufmerksamkeit.«

Sie war jung und schön und ein aufsteigender Stern am Schauspielhimmel, es hatte täglich Partyeinladungen gegeben. Wenn sie das Theater um elf verließ, war sie um Mitternacht bereits betrunken und meist nicht vor Sonnenaufgang zu Hause. Irgendwann hatte sie es leichter gefunden, einfach die ganze Zeit über betrunken zu bleiben. Drei Monate nach der Premiere der Kriminalgeschichte wurde sie rausgeschmissen.

Es folgte ein weiteres Engagement, bei dem sie ebenfalls bald rausflog.

»Es gab Dinge, die ich an der Arbeit mochte«, sagte sie. »Die Figur kennenzulernen, die ich spielte, Kostüme geschneidert zu bekommen, so was. Aber es war nicht immer ein gesundes Umfeld.«

Sie beobachtete, wie es in Aubrey arbeitete und sie zu verstehen versuchte, was sie hörte.

»Wolltest du wieder nach Hause?«

»Manchmal ja.« Nachdem sie akzeptiert hatte, dass sie gescheitert war, hatte es keinen Grund mehr für sie gegeben, in New York zu bleiben. Es war sehr viel einfacher, Trinkerin an einem Ort zu sein, an dem sie sich auskannte. »Es gibt aber auch Dinge, die ich daran vermisse.«

»Zum Beispiel ein Star zu sein?«

Sloane strich ihrer Tochter über die Wange. »Ich war nie ein Star.«

»Aber du hättest einer werden können.«

»Kann sein. Aber deine Mom zu sein, ist mir viel wichtiger.«

Aubrey riss die Augen auf. »Wirklich?«

»Natürlich. Du bist das Beste, was mir je passiert ist.«

Aubrey warf sich in ihre Arme. Sloane drückte sie fest an sich und musste dabei daran denken, dass sie gar keine Beziehung zu ihrer Tochter hätte, wenn sie nicht inzwischen trocken wäre. Es wäre unmöglich. Nicht nur hätte Finley ihr das Sorgerecht entziehen lassen, sie selbst hätte ihr dabei auch nicht im Weg gestanden.

Sloane wusste, dass sie zu viel ausblendete, wenn sie trank. Dann wurde sie verantwortungslos und gefährlich für andere. Dann ging es nur darum, betrunken zu werden und es zu bleiben. Nichts anderes zählte in diesen Momenten – noch nicht mal ihr eigenes Kind. Eine grausame Wahrheit, aber eine, um die sie nicht herumkam.

»Vielleicht ist Theater nichts für dich«, sagte sie.

Aubrey seufzte. »Grandma will aber unbedingt, dass ich mitmache.«

»Ich kann mit ihr reden, wenn du willst.«

»Das wäre sehr nett.«

Sloane grinste. »Ich kümmere mich gleich heute Abend darum. Wo würdest du denn gerne stattdessen mitmachen?«

»Vielleicht beim Kunstkurs. Ellis sagt, dass ich ein gutes Auge habe.«

24. Kapitel

Jericho warf einen Blick auf die Wanduhr. In Anbetracht des Verkehrs und der Tatsache, dass er noch einen Parkplatz finden musste, sollte er wohl bald mal losfahren. Und das würde er auch. Jeden Moment. Er war praktisch auf dem Sprung.

Oder auch nicht.

Er unterdrückte ein Stöhnen und jubelte innerlich, als er Schritte auf der Treppe hörte und die Containertür aufging. Seine Dankbarkeit für die Unterbrechung verwandelte sich in wahre Freude, als er Finley erblickte.

»Du solltest doch schon längst auf dem Weg sein«, sagte sie. »Ich war überrascht, als ich deinen Truck gesehen habe.«

»Und du arbeitest lange heute«, erwiderte er, stand auf und ging zu ihr. »Führst du etwa irgendwelche geheimen Klempnerarbeiten in meinen Häusern durch?«

Sie lachte. »Nein, ich mache Überstunden, damit ich mir mal ein bisschen freinehmen und an meinem eigenen Haus arbeiten kann. Ich habe ihm in letzter Zeit nicht die Aufmerksamkeit geschenkt, die es verdient.«

Sie ließ sich von ihm in die Arme nehmen. Er genoss einen Moment lang, wie sie sich an ihn schmiegte, dann küsste er sie sanft.

»Lust auf einen Junggesellenabschied?«

Sie grinste. »Nein. Aber du musst los. Sonst kommst du zu spät.«

»Gil ist das doch egal.«

»Ist es nicht.« Sie trat einen Schritt zurück. »Jericho, ich mein's ernst. Ich weiß, du fürchtest dich vor dem Abend, aber in ein paar Stunden ist es vorbei. Konzentriere dich darauf. Und halte dich an Antonio. Er wird dich beschützen.«

Ihr strenger Ton ließ ihn leise lachen. »Testest du deine mütterliche Stimme an mir?«

»Das würde ich niemals tun. Aber komm schon, es ist der Junggesellenabschied deines Bruders.«

»Ein hervorragender Grund, nicht hinzugehen. Gil hat sich in letzter Zeit sehr seltsam benommen. Und wenn er jetzt beschließt, einen Streit anzufangen ...«

Er hielt inne – im Grunde hatte er keine Ahnung, was passieren würde, wenn Gil ihn angriffe. Nicht, dass Gil ein Schlägertyp war, aber noch vor acht Monaten hätte er auch behauptet, dass sein Bruder niemals mit seiner Frau schlafen würde, daher ...

»Er wird dir schon keine reinhauen«, sagte Finley. »Aber er wird sich betrinken, und dann ist alles möglich. Lass dich einfach nicht darauf ein, für eine Schlägerei braucht es zwei. Wenn du ruhig bleibst und nicht reagierst, wird ihm die Puste ausgehen.«

»Du bist gut darin, Ratschläge zu geben.«

Sie legte ihm die Hände auf die Brust. »Ich bin sehr viel besser darin, welche zu geben, als welche anzunehmen. Aber jetzt musst du los.«

»Ich würde aber viel lieber bei dir bleiben.«

»Wir können uns gerne danach treffen.«

»Wirklich?« Die Vorstellung gefiel ihm. »Möchtest du zu mir kommen?«

»Klar. Ruf mich an, wenn du auf dem Weg nach Hause bist, dann treffen wir uns dort.«

Er nahm sie an den Hüften und zog sie an sich. »Ich kann dir auch den Code für die Garage geben, dann kannst du kommen, wann du willst. Die Tür, die von der Garage ins Haus führt, ist nicht abgeschlossen.«

Sie lächelte. »Du bist viel zu vertrauensselig.«

»Dir vertraue ich gern.«

Sie wurde ernst. »Ich vertraue dir auch, Jericho. Wirklich.«

Bei diesen Worten wurde ihm ganz warm ums Herz. Doch leider hatte er keine Zeit, es zu genießen, denn sie schob ihn bereits zur Tür.

»Du musst gehen.«

»Und du bist ganz schön herrisch.«

Sie traten in den nebeligen Abend hinaus. Jericho schloss die Containertür ab, dann ging er zu seinem Pick-up-Truck. Finley machte sich auf den Weg zu ihrem Subaru.

»Wir haben den Raum nur bis zehn gemietet«, erklärte er ihr. »Gil wird danach wahrscheinlich mit seinen Freunden weiter Party machen, aber Antonio und ich wollen beide früh nach Hause.«

»Dann bin ich um halb zehn bei dir.« Sie lächelte. »Möchtest du, dass ich über Nacht bleibe?«

In ihm regte sich sogleich Verlangen. »Ja.«

»Dann mache ich das.«

Sie winkte ihm noch mal zu, stieg ins Auto und fuhr los. Er folgte ihr. Als sie am Freeway 405 ankamen, bog sie in Richtung Norden ab und er nach Süden. Schneller als ihm lieb war, kam er in Bellevue an und suchte nach einem Parkhaus.

»Du bist zu spät!«

Antonio stand bereits vor der Bar, aus seinem Blick sprach Ungeduld. Jericho grinste.

»Du hättest auch ohne mich reingehen können.«

»Ja, sicher. Ich bin nur hier, weil ich deine Mutter über alles liebe und irgendwer dir den Rücken freihalten muss.«

»Ich kann ganz gut auf mich aufpassen.«

Es klang nicht sehr überzeugend, das merkte er selbst. Er freute sich ebenso wenig wie Antonio auf den Junggesellenabschied, doch er würde ihn schon überstehen. Denn er wusste, dass der Abend mit seinem Freund an seiner Seite sehr viel besser verlaufen würde.

Sie gingen zusammen hinein. Antonio deutete auf die Separees im hinteren Teil. Jericho unterdrückte ein Stöhnen, als sie den getäfelten Raum betraten und praktisch gegen eine Wand aus Zigarrenrauch und männlichem Gelächter liefen. Trotz der guten Belüftung würden seine Kleider furchtbar stinken, wenn er nach Hause kam.

Am Ende des Raums befand sich eine kleine Bar, ansonsten war er mit Ledersesseln, einer Dartscheibe und Fernsehern ausgestattet, auf denen das Spiel der *Mariners* lief. Es waren bereits acht oder neun Männer da – allesamt Gils Freunde. Die meisten kannte Jericho mit Namen, doch ein paar waren ihm vollkommen unbekannt. Dann entdeckte er seinen Bruder, der gerade ein Getränk exte. Antonio neben ihm stieß einen Seufzer aus.

»Er ist jetzt schon betrunken.«

»Das kannst du doch nicht wissen.«

Antonio sah ihn an. »Er muss sich betrinken, um mit seinen Schuldgefühlen klarzukommen. Egal, was er dir sagt, Gil fühlt sich wie das letzte Arschloch wegen dem, was er getan hat. Außerdem hat er dich gezwungen, diesen Junggesellenabschied für ihn zu organisieren, obwohl er weiß, dass du gar nicht hier sein willst. Klar ist er schon betrunken. Wärst du das nicht?«

Ihm lag auf der Zunge, dass er gar nicht erst mit der Frau seines Bruders geschlafen hätte, doch ihm war klar, dass das nichts an der Situation ändern würde. Also setzte er ein falsches Lächeln auf und ging auf Gil zu.

»Hey«, sagte er und zog Gil in eine einarmige Umarmung. Dann schüttelte er den Freunden seines Bruders die Hand und stellte sich denjenigen vor, die er nicht kannte.

»Du bist zu spät«, sagte Gil vorwurfsvoll. »Ich dachte schon, du kommst nicht mehr.«

»Du bist mein Bruder. Natürlich komme ich.«

»Aber du hasst mich.«

Jericho unterdrückte ein Stöhnen. »Was trinkst du da? Ich habe gehört, sie haben hier eine gute Auswahl an schottischen und irischen Whiskeys.«

Gils Augen waren bereits gerötet, und nun nahm sein Gesicht dieselbe Farbe an. Er fuchtelte mit seinem leeren Glas durch die Luft. »Ich weiß, dass du mich hasst, gib's einfach zu. Und wahrscheinlich hab ich's auch verdient.«

Jericho warf Antonio einen Blick zu, der nur mitleidig mit den Schultern zuckte. Die Situation war ganz offensichtlich schlimmer, als er erwartet hatte.

Jericho nahm Gil das Glas aus der Hand und stellte es ab, dann packte er seinen Bruder an den Schultern.

»Sieh mich an«, sagte er mit strenger Stimme.

Gil gehorchte.

»Ich hasse dich nicht. Ich bin froh, dass du und Lauren einander gefunden habt. Du liebst sie, sie liebt dich, ihr bekommt ein Baby zusammen, und ihr werdet heiraten. Das darfst du feiern. Du bist ein glücklicher Mann.«

Jericho war davon ausgegangen, dass sein Bruder nun entweder in Partystimmung kommen oder anfangen würde, zu weinen. Auf den aufblitzenden Zorn in seinem Blick war er nicht eingestellt.

»Schläfst du mit ihr?«

Jericho ließ die Hände sinken und trat einen Schritt zurück. »Wie bitte? Ob ich mit ihr schlafe? Nein, verdammt noch mal. Lauren und ich, das ist lange vorbei. Und selbst wenn es das nicht wäre, sie ist jetzt mit dir zusammen. Was geht nur in deinem Eierkopf vor?«

Er spürte mehr, dass Antonio ihm nicht von der Seite wich, als dass er es sah.

»Gil, komm schon«, fuhr Jericho fort. »Du stehst gerade unter enormem Stress. Es ging alles so schnell, vor allem das mit Laurens Schwangerschaft. Entspann dich jetzt ein bisschen. Die Hochzeit ist Samstag in einer Woche. Danach wirst du dich besser fühlen.«

Gil funkelte ihn immer noch wütend an. »Gesetzt den Fall, dass es überhaupt mein Kind ist.«

»Spinnst du?«, verlangte nun Antonio zu wissen und trat zwischen sie. »Natürlich ist es dein Kind. Es gibt nur einen in dieser Familie, der mit der Frau seines Bruders schläft, und ich glaube, wir wissen beide, dass es nicht Jericho ist.«

Jericho wusste es zu schätzen, dass Antonio sich für ihn einsetzte, doch angesichts der seltsamen Stimmung seines Bruders wollte er nicht, dass sein Freund zwischen die Fronten geriet. Er packte Antonio am Arm und zog ihn von Gil weg.

»Du musst der Vernünftigere von uns beiden sein«, flüsterte er seinem Freund zu.

Antonio zögerte, dann nickte er.

Jericho wandte seine Aufmerksamkeit wieder Gil zu. »Hör zu, du heiratest Lauren. Und das ist etwas Gutes. Ich freue mich ehrlich für dich und über das Baby.«

Er hielt inne, als ihm klar wurde, dass das keine Lüge war. Er wollte nicht, dass sein Bruder allein war, und wenn er Lauren wirklich liebte, dann hoffte er, dass die beiden eine lange und erfolgreiche Ehe führten. Er selbst würde zwar nicht besonders viel Geld auf sie setzen, wäre aber dennoch hocherfreut, wenn er mit seinen Zweifeln falschläge. Und was das Baby betraf – es war nicht von ihm und ging ihn daher nichts an. Sobald sein Neffe oder seine Nichte geboren wäre, würde er Onkel sein, und sie würden alle ihr Leben weiterleben.

»Du kannst dich gar nicht freuen«, sagte sein Bruder voller Bitterkeit. »Ich hätte dir niemals verziehen, wenn es umgekehrt wäre.«

»Ich denke, wir wissen beide, dass ich der bessere Mensch von uns beiden bin.«

Der Kommentar war als Witz gemeint. Zu spät wurde ihm klar, dass sein Bruder ihn nicht verstehen würde. Gil stiegen Tränen in die Augen, was womöglich zu erwarten gewesen war, doch mit dem Schwinger, den Gil ihm nun zu verpassen versuchte, hatte er nicht gerechnet.

Jericho reagierte instinktiv, indem er seinen Bruder am Handgelenk packte und es festhielt.

»Provozier mich nicht«, sagte er ruhig. »Du bist betrunken, du bist kleiner als ich, und du warst noch nie gut im Kämpfen.«

»Das Herz der Frau, die ich liebe, steht auf dem Spiel«, schrie Gil.

Es wurde plötzlich still im Raum, als auch Gils Freunde begriffen, dass hier etwas im Gange war. Sie traten näher.

Na toll, dachte Jericho grimmig. Das war genau das, was er hatte vermeiden wollen.

»Du solltest mal an die frische Luft gehen«, sagte er und ließ ihn los. »Ein bisschen rumlaufen und dich abreagieren.«

»Du hast mir nicht zu sagen, was ich zu tun habe«, sagte Gil mit erhobener Stimme.

»Irgendwer muss es doch tun«, flüsterte Antonio.

Leider hörte Gil ihn, drehte sich zu ihm um und rief: »Halt's Maul!«

Was das Ende der Geschichte hätte sein sollen, doch Antonio rollte genervt mit den Augen, woraufhin Gil auf ihn zustürzte.

Jericho reagierte, ohne nachzudenken. Er schubste Antonio beiseite, fing Gils Faust mit der offenen Hand ab und drehte ihm den Arm um, sodass sein Bruder das Gleichgewicht verlor. Was okay gewesen wäre, wenn Gil nicht gerade in dem Moment ausgerutscht wäre, in dem Jericho in Erwartung eines weiteren Schlags die andere Hand hob. Und so landete seine Faust mitten im Gesicht seines Bruders. Das dumpf klatschende Geräusch hallte im stillen Raum wider, und Gil ging zu Boden. Eine ohnehin schon schwierige Situation war soeben noch um einiges schlimmer geworden.

Finley erreichte Jerichos Haus um kurz nach acht. Ihr war klar, dass sie früh dran war, doch zu Hause hatte sie sich einfach nicht davon abhalten können, nervös auf und ab zu laufen. Irgendwann hatte sie es aufgegeben, sich entspannen zu wollen – sie konnte die Schmetterlinge in ihrem Bauch nicht ignorieren.

Als Jericho sie zum Abendessen hierher eingeladen hatte, hatte es sie überrascht, dass sich das Ganze plötzlich in eine andere Richtung entwickelte. Dass sie daraufhin bei ihm übernachtete, war eine spontane Entscheidung gewesen. Doch heute Abend war sie mit genau dieser Absicht hier. Sie hatte einen Stoffbeutel mit allem dabei, was sie brauchte. Dass sie hier auf Jericho wartete, in dem Wissen, dass sie miteinander schlafen und die Nacht zusammen verbringen würden, katapultierte ihre Beziehung auf eine andere Ebene.

Was ihr durchaus gefiel – sie wusste nur nicht genau, wie sie es definieren sollte. Oder wie sie sich verhalten sollte. Oder wie sie wieder ruhig atmen konnte. Wenigstens hatte ihre Mutter sich vorbildlich verhalten und keinerlei Fragen gestellt, sondern einfach nur angeboten, Aubrey am nächsten Morgen zur Schule zu bringen.

Finley ging eine Weile in der Küche auf und ab, bewunderte die Schränke und gestaltete in Gedanken die Küche in ihrem neuen Haus so um, dass sie so wunderschön war wie diese. Gegen halb neun ging sie ins Wohnzimmer und schaltete den Fernseher ein. Die *Mariners* spielten gerade und – sie klopfte auf Holz – führten ihre großartige Saison fort. Sie widerstand dem Drang, alle fünfzehn Sekunden auf ihrem Handy nach der Uhrzeit zu sehen. Einmal pro Minute sollte reichen. Außerdem hatte Jericho gesagt, dass er erst gegen zehn zu Hause sein würde, daher sollte sie sich lieber auf das Spiel konzentrieren und ...

Das Geräusch der sich öffnenden Garagentür ließ sie aufspringen und in den Flur gehen. Sekunden später trat Jericho ein. Sie rannte freudig auf ihn zu, blieb jedoch abrupt stehen, als sie seinen Gesichtsausdruck bemerkte. Er wirkte alles andere als glücklich. Im Gegenteil, es sah so aus, als wäre bei Gils Junggesellenabschied irgendetwas gründlich schiefgelaufen.

Er streckte die Hand nach ihr aus und zog sie an sich. Sie schlang ihm die Arme um die Hüften und drückte ihn wortlos.

Wenn er so weit wäre, würde er ihr schon erzählen, was passiert war.

»Ich habe meinem Bruder ein blaues Auge verpasst.«

»Wie bitte?« Sie wich ein Stück zurück, sodass sie ihm ins Gesicht sehen konnte. »Nein, das ist unmöglich. Du würdest dich doch nie mit ihm schlagen.«

»Es war jedenfalls nicht meine Absicht.« Er rieb sich über das Gesicht. »Gil hatte eine Scheißlaune. Er war wütend und betrunken und traurig und was weiß ich noch alles. Und er hat mich beschuldigt, mit Lauren zu schlafen.«

Wenigstens haben wir beide verkorkste Familien, dachte sie. Sie wusste nicht genau, was sie sagen sollte. »Was du sicher abgestritten hast.«

»Klar, aber das war ihm egal. Er wollte mir einen Schwinger verpassen, was nicht so schlimm gewesen wäre. Aber dann ging er auf Antonio los. Ich hatte ihn beinahe unter Kontrolle, doch dann rutschte er aus, während ich mich gerade bereit machte, einen weiteren Schlag abzuwehren, und dabei habe ich ihn am Auge getroffen.«

»Und ist es schlimm?«

Jericho nickte langsam. »Als ich ging, war es immer noch dabei, anzuschwellen. Die Hochzeit ist in acht Tagen, bis dahin wird es auf keinen Fall wieder weg sein. Und selbst wenn – meine Mom bringt mich um.« Er verzog den Mund. »Antonio macht sich Vorwürfe, ich musste ihm gut zureden. Aber es war nicht seine Schuld, das hat Gil zu verantworten.«

Sie versuchte, das alles in sich aufzunehmen, hatte jedoch Schwierigkeiten, es zu begreifen. Jericho hatte Gil bei seinem Junggesellenabschied ein blaues Auge verpasst? Ja, es war ein Unfall gewesen, aber dennoch. Andererseits hatte Gil mit Jerichos Frau geschlafen, es schien also irgendwie angemessen.

Sie öffnete den Mund, um etwas zu sagen, ehe ihr klar wurde, dass ihr buchstäblich die Worte fehlten – jedenfalls fand sie keine, die hilfreich waren.

»Ich wünschte, ich wäre dabei gewesen«, sagte sie schließlich.

»Du hättest nichts tun können.«

»Nein, aber es war bestimmt eine tolle Show.« Sie schlug sich augenblicklich die Hand vor den Mund. »Tut mir leid. Das kam schnodderiger rüber, als ich es meinte.«

Seine Mundwinkel zuckten. »Es war vermutlich wirklich eine gute Show.«

Sie war erleichtert, dass er ihr nicht böse war, und entspannte sich wieder. »Wenigstens hast du den Kampf gewonnen.«

»Es war kein fairer, Gil ist kein Kämpfer. Wenn er früher Ärger hatte, habe immer ich das für ihn erledigt.«

Na klar, dachte sie und sah ihn an. »Du bist ein guter Mensch, Jericho Ford.«

Er zog eine Grimasse. »Ich habe meinem Bruder ein blaues Auge verpasst. Ich glaube, es gibt eine automatische Ausschlussklausel vom Gutmensch-Sein, wenn man so etwas tut.«

»Er hat es verdient, und ich finde es toll, dass du Antonio verteidigt hast.«

»Der ist auch kein guter Kämpfer.«

»Du bist mein Held. Und das weckt ganz warme Gefühle in mir.«

Er zog sie wieder an sich und streifte leicht mit dem Mund über ihre Lippen. »Ach ja?«

»Absolut. Willst du mich mit nach oben nehmen und mir noch mehr warme Gefühle verpassen?«

»Definitiv.«

»Hast du dir mal die Fotos angesehen?«

Jericho hielt das Handy vom Ohr weg. »Ja, Mom. Du hast sie mir heute Morgen geschickt.« Gleich doppelt, aber wozu ins Detail gehen?

»Du hast deinen Bruder geschlagen.«

»Es war ein Unfall.«

»Du hast ihm ein blaues Auge verpasst, das jetzt komplett zugeschwollen ist. Und er heiratet in acht Tagen. Bis dahin wird das auf keinen Fall verheilt sein. Gil wird Lauren mit einem blauen Auge heiraten, und das ist allein deine Schuld.«

Er hatte ihr bereits erklärt, was passiert war. Es noch einmal zu tun, erschien ihm nicht hilfreich.

»Es tut mir leid.«

»Ich bin nicht diejenige, bei der du dich entschuldigen solltest. Jericho, wie konntest du nur?«

»Mom, ich habe nichts gemacht. Ich hab's dir doch erklärt – Gil wollte Antonio schlagen, ich bin dazwischengegangen, um meinem Freund zu helfen, und Gil ist ausgerutscht.«

»In deine Faust?«

»Ja.«

»Ach komm, ich bitte dich. Ich weiß, du bist nicht glücklich über die Hochzeit, aber dass du das tun würdest, hätte ich nicht gedacht.«

Er ermahnte sich, einfach ruhig weiterzuatmen und notfalls bis zehn zu zählen. »Mom, ich sag's noch einmal. Ich habe Gil nicht absichtlich geschlagen. Er war betrunken und streitsüchtig, und ich habe ihn nur davon abgehalten, meinem besten Freund eine reinzuhauen. Was Gil und Lauren betrifft – ich freue mich für sie. Das mit Lauren und mir ist lange vorbei, und wenn die beiden finden, sie sind Seelenverwandte, dann ist das schön für sie. Ich wünsche ihnen eine lange und erfolgreiche Ehe.«

Seine Mutter blieb einen Moment lang still. »Meinst du das ernst?«

»Ja. Ich freue mich auch über das Baby. Das ist toll für die beiden.«

»Ich dachte, du wärst immer noch wütend.«

»Nein, bin ich nicht.« Er ließ seine Stimme sanfter klingen. »Du weißt, dass ich Gil niemals wehtun würde. Es ist einfach passiert, Mom. Ich wünschte, es wäre nicht so.«

»Er sieht furchtbar aus.«

»Ja, und ich schätze, einen Kater hat er noch dazu.«

»Einen Kater sieht aber niemand.«

Er lachte leise. »Es geht also nur darum, wie es aussieht?«

»Eigentlich nicht, aber hier geht's um seine Hochzeit. Ach, Jericho, er hat ein ganz schlimmes blaues Auge.«

»Ich weiß, Mom. Es tut mir wirklich leid.«

Sie seufzte. »Ich glaube dir. Ich wünschte nur, es wäre nicht passiert.«

»Eine Woche ist eine lange Zeit. Vielleicht ist bis dahin auch schon alles wieder gut.«

Jericho bezweifelte es, dennoch erschien es ihm richtig, das zu sagen. Er ging davon aus, dass der schlimmste Teil des Tages nun hinter ihm lag, doch da hatte er sich geirrt. Kaum eine Stunde später betrat Lauren seinen Baucontainer. Als er ihre steifen Schultern und ihren angespannten Gesichtsausdruck sah, war ihm klar, dass sie gekommen war, um ihm auch eine reinzuwürgen.

Sie hatte die Tür noch nicht wieder hinter sich geschlossen, als er bereits aufsprang.

»Nein«, sagte er tonlos. »Ich werde mir nicht anhören, wie du mich anschreist. Wenn irgendjemand schuld an Gils blauem Auge ist, dann du.«

Ihre grünen Augen weiteten sich. »Wie kann das meine Schuld sein? Du hast ihn geschlagen!«

»Aber du bist diejenige, die behauptet hat, wir würden miteinander schlafen. Verdammt, Lauren, was ist nur los mit dir? Wenn du dich von Gil trennen willst, dann mach das, aber zieh mich da nicht mit rein – welches kranke Spiel auch immer du spielst.«

In diesem Moment schien jegliche Kampfbereitschaft aus ihr zu weichen, und sie ließ sich auf einen der Stühle sinken.

»Ich habe nie behauptet, dass wir miteinander schlafen.«

»Irgendwas musst du aber gesagt haben.« Er blieb am anderen Ende des Containers stehen, um ihr bloß nicht zu nahe zu kommen. »Er ist sauer auf mich, und ich weiß nicht, warum.«

Sie rang die Hände. »Es war nicht einfach in letzter Zeit, mit der vorgezogenen Hochzeit und dem Baby und allem. Ich habe nur ...« Sie sah ihn an. »Ich habe viel an dich gedacht, und vielleicht habe ich einen Fehler gemacht.«

Er wusste nicht, ob sie darauf anspielte, dass sie mit Gil geschlafen hatte, dass sie schwanger geworden war oder was sonst. Es war ihm auch egal.

»Nein«, sagte er. »Vergiss es. Wir sind geschieden, du erwartest ein Kind von Gil, und ihr werdet heiraten. Es gibt kein ›uns‹ mehr, es gibt auch keine Reue, da ist rein gar nichts mehr. Es ist vorbei, und wir haben uns beide weiterentwickelt.«

»Ich vielleicht nicht.«

Sein Ärger und Frust hätten ihn fast dazu verleitet, mit der Faust gegen die Wand zu schlagen. »Das machst du immer so«, sagte er laut und sah sie zornig an. »Immer wenn du irgendwas Gutes in deinem Leben hast, machst du es absichtlich kaputt. Ich weiß nicht, warum, und es ist mir auch egal, aber vielleicht solltest du es endlich mal klarkriegen, ehe du Gil verlierst. Mein Bruder liebt dich. Er findet dich großartig, und er freut sich auf das Baby. Und ich glaube, du liebst ihn auch. Aber aus irgendeinem Grund hast du Angst und weißt nicht, wie du mit deinen Gefühlen umgehen sollst, also riskierst du, alles zu zerstören. Aber wenn das passiert, wirst du es bereuen.«

Ihre Augen glitzerten vor Tränen. »Ich weiß einfach nicht, was ich denken soll.«

»Ich kann dir nicht helfen. Geh und rede mit Gil. Sag ihm, dass du ihn liebst und dass, was auch immer du zu ihm gesagt hast, an den Schwangerschaftshormonen liegt.« Er ging zur Tür und öffnete sie. »Sag ihm, was auch immer du willst, aber halte mich da raus.«

»Aber, Jericho ...«

»Nein.« Er deutete nach draußen. »Wir sind fertig miteinander, es ist vorbei. Geh und sei mit Gil zusammen. Ich mein's ernst. Raus hier.«

Sie zögerte eine Sekunde, dann erhob sie sich langsam und ging an ihm vorbei.

»Es war falsch von mir, dich zu verlassen«, flüsterte sie.

Er presste die Zähne zusammen, erwiderte jedoch nichts. Sobald sie die Stufen hinuntergestiegen war, zog er die Tür zu und schloss sie von innen ab.

Noch acht Tage bis zur Hochzeit, sagte er sich. Er musste nur noch diese acht Tage überstehen, und dann würde alles gut sein. Hoffte er jedenfalls.

Sloane verließ das Meeting der Anonymen Alkoholiker, zu dem sie gegangen war, und machte sich auf den Weg zu Ellis. Er hatte sich den Tag freigenommen, um an Aubreys Puppenhaus zu arbeiten, und sie wollte ihm dabei helfen. Nachdem alle Anbauten fertiggestellt waren, hatte er beschlossen, nun das Dach entsprechend anzupassen. Die bunt angemalten Schindeln würden bleiben können, doch das darunterliegende Gerüst musste ersetzt werden.

Sie hielt unterwegs kurz an, um ihnen Sandwiches zu besorgen, und bog um kurz nach eins in Ellis' Einfahrt ein. Das Garagentor stand offen, und sie sah, dass er mit der Kreissäge arbeitete. Er war äußerst konzentriert auf das, was er tat. Es flogen viele Späne, doch seine Augen waren durch seine Arbeitsbrille geschützt.

Sie blieb einen Moment im Wagen sitzen und sah ihm bei der Arbeit zu. Er ist ein guter Mensch, dachte sie. So liebenswürdig und verlässlich. Was für ein Glück sie hatte, ihn gefunden zu haben. Und sie waren schon so lange zusammen, dass sie sicher wusste, was sie an ihm hatte.

Sie wartete, bis er die Säge ausgeschaltet hatte, dann stieg sie aus dem Auto und ging zu ihm. Er nahm die Brille ab und lächelte sie an.

»Hey, du Schöne.«

Sie lachte und küsste ihn. »Danke für all die Mühe, die du

in das Puppenhaus steckst«, sagte sie. »Aubrey wird begeistert sein.«

»Sie ist ein tolles Kind, und ich mach so was gerne.«

Er zeigte ihr, wie er ganz vorsichtig die Schindeln entfernt und sie so aufgereiht hatte, dass das Muster erhalten blieb.

»Ich habe auch ein Foto vom alten Dach gemacht«, erklärte er ihr. »Nur für den Fall, dass wir noch mehr Änderungen vornehmen müssen.«

»Bitte keine Änderungen mehr«, sagte sie grinsend. »Nicht eine einzige. Das hier ist das Puppenhaus, das sie bekommen wird. Es ist perfekt, so wie es ist.«

»Sag das nicht mir. Du bist diejenige, die all die Änderungen anordnet.«

»Damit bin ich durch, ich versprech's dir. Sobald das neue Dach fertig ist, arbeiten wir nur noch an der Einrichtung.« Sie hob die Hand zum Schwur, dann schwenkte sie die Sandwichtüte. »Ich gehe mal den Tisch decken.«

»Gib mir fünf Minuten. Ich muss nur noch ein paar letzte Teile schneiden.«

Sie nickte und ging ins Haus. Nachdem sie sich die Hände gewaschen hatte, holte sie Teller und Gläser und nahm die Karaffe mit Eistee aus dem Kühlschrank. Sie stellte sie gerade auf den Tisch, als ein gellender Schrei die Nachmittagsstille zerriss.

Nein, dachte sie, ihr Körper wurde eiskalt, und Panik erfasste sie. Es war etwas so viel Schlimmeres und Entsetzlicheres als ein Schrei.

Sie rannte zur Garage. Die Säge lief noch immer, doch Ellis stand nicht mehr daneben. Er lag auf dem Boden. Blut strömte aus einer riesigen Wunde an seinem Oberarm, sie konnte bis auf seinen Knochen sehen.

Ihre Schreie vermischten sich mit seinen. Sie eilte zu ihm, hatte jedoch keine Ahnung, was sie tun sollte. Da ist so viel Blut, dachte sie. Die Garage begann, sich um sie zu drehen. Viel zu viel Blut.

»Notruf«, keuchte er, ehe seine Augen nach hinten rollten und er bewusstlos wurde.

Sie fummelte sein Handy aus seiner Jeanstasche und gab hektisch die Nummer ein.

»Bitte helfen Sie mir«, sagte sie, sobald sie eine Stimme hörte. »Oh Gott, er stirbt ... Da ist so viel Blut.«

»Ma'am, sagen Sie mir bitte genau, was passiert ist.«

»Ellis blutet. Die Kreissäge. Ich weiß es nicht genau, ich war im Haus. Beeilen Sie sich, er stirbt.«

Vielleicht war er auch schon tot.

»Ich weiß nicht, was ich tun soll.«

»Sie müssen Druck auf die Wunde ausüben.«

»Ich kann nicht, sie ist zu groß.«

»Holen Sie ein Handtuch oder ein Laken. Irgendwas.«

Sloane rannte hinein, schnappte sich ein paar Handtücher aus dem Bad und eilte wieder zu ihm. Ellis war noch immer bewusstlos und wurde mit jeder Sekunde blasser. Sie tat ihr Bestes, die Wunde verschlossen zu halten, doch das Blut floss immer weiter. Es ergoss sich über ihre Hände, und ihre Jeans saugte sich voll. Sie zitterte und fühlte sich, als müsste sie sich gleich übergeben. In der Ferne hörte sie das Heulen einer Sirene.

Die nächsten paar Minuten erlebte sie wie im Nebel. Rettungssanitäter kamen und schoben sie aus dem Weg. Sie verließ die Garage und übergab sich in den Büschen. Dann sah sie zu, wie die Sanitäter daran arbeiteten, ihn zu stabilisieren. Jedenfalls vermutete sie, dass sie das taten. Jemand stellte die Säge aus, doch die Welt pulsierte weiterhin um sie herum, und sie fragte sich, ob sie unter Schock stand oder etwas in der Art. Das Einzige, was sie sicher wusste, war, dass wenn sie nur einen Drink bekommen würde, alles gut wäre.

Einer der Sanitäter löste sich aus der Gruppe und kam zu ihr.

»Sind Sie verletzt? Ist ein Teil des Blutes von Ihnen?«

»Was?« Sie starrte ihn an. »Nein. Ich war im Haus. Das ist nicht von mir.«

Er musterte sie. »Geht's Ihnen gut?«

»Würde es Ihnen jetzt gerade gut gehen?«, schrie sie.

»Hey, ist schon in Ordnung. Versuchen Sie, ganz ruhig zu atmen. Wir bringen ihn ins Krankenhaus. Sind Sie seine Frau?«

»Nein, seine Freundin.« Sie versuchte, sich zu konzentrieren. »Sein Portemonnaie ist in seiner Tasche, da sind sein Ausweis und seine Versicherungskarte drin. Er hat keine Familie.« Tränen quollen aus ihren Augen. »Er ist tot, oder?«

»Nein, aber wir müssen ihn schnell ins Krankenhaus bringen. Sind Sie sicher, dass Sie hier alleine klarkommen?«

Sie nickte. »Ich komme auch ins Krankenhaus.«

»Vielleicht sollten Sie jemanden anrufen.«

Sie nickte, dann sah sie zu, wie sie Ellis in den Krankenwagen trugen und mit heulenden Sirenen davonfuhren. Als sie sie nicht mehr hören konnte, sank sie auf die Knie, schlang die Arme um ihren Körper und begann, gleichmäßig vor und zurück zu schaukeln.

25. Kapitel

Finley musste sich bewusst zwingen, nicht zu lächeln. Nicht, dass sie etwas dagegen hatte, derart glücklich zu sein – wie könnte sie das auch?

Dieses glühende, lebendige Gefühl, dass es ihr gut ging und mit ihrer Welt alles in Ordnung war, war etwas, von dem sie wünschte, dass es anhielt. Ganz ehrlich, sie konnte sich schon gar nicht mehr erinnern, wann sie sich zuletzt so gefühlt hatte. Ihre Arbeitshaltung war allerdings sehr professionell, und sie war ein wenig besorgt, dass zu viel überbordende Freude ihren Kollegen Angst machen würde.

Sie hatte den Freitagmorgen in Meetings mit einem ihr bisher unbekannten Bauunternehmer verbracht, der ein ganzes neues Viertel in einem Randbezirk von Woodinville plante. Er hatte allen Bauleitern und Bauleiterinnen der Subunternehmen detailliert die Pläne vorgestellt und sie über seine Erwartungen in Bezug auf Arbeitsqualität und Arbeitsgeschwindigkeit in Kenntnis gesetzt.

Sie war erleichtert gewesen, zu hören, wie sehr es ihm am Herzen lag, seinen zukünftigen Kunden gute Qualität zu liefern. Es war ein großer Auftrag, sodass ihr Team regelmäßig zur Baustelle zurückkehren müsste, sobald die Sanitärarbeiten im nächsten fertiggestellten Haus anstanden. Der gesamte Bau würde fast drei Jahre benötigen.

Als das Meeting beendet war, fuhr sie nach Bothell, wo ihr Team an drei neuen Häusern arbeitete. Der Bauunternehmer hatte entschieden, sie gleichzeitig zu bauen, was bedeutete, dass ihr Team, sobald es dazugeholt wurde, dort für zwei Wochen am Stück beschäftigt wäre. Nach Castwell Park würde sie nicht zurückkehren, bis Jericho in einem neuen Haus die Rohre verlegen ließ oder bis eins davon so weit war, dass die Armaturen angebracht werden konnten.

Nicht, dass ihre Abwesenheit auf seiner Baustelle sie davon abhalten würde, einander zu sehen. Beim Frühstück am selben Morgen hatten sie bereits überlegt, am kommenden Sonntag gemeinsam etwas zu unternehmen. Wenn das Wetter gut wäre, könnten sie mit Aubrey in den Zoo gehen.

Sie hatten auch darüber gesprochen, dass sie Mitte der Woche noch einmal bei ihm übernachten könnte. Und sie hatte bereits mit ihrer Mom vereinbart, dass sie das Hochzeitswochenende mit ihm verbringen durfte. »Jericho von morgens bis abends« schien ihr ein hervorragender Plan zu sein.

Sie überprüfte die Arbeiten, die an diesem Morgen erledigt worden waren. Alles war ordentlich und planmäßig ausgeführt. Die nächste Stunde über maß und schnitt sie PVC-Rohre und half bei deren Installation. Um kurz vor zwei klingelte ihr Handy.

Sie warf einen Blick auf den Bildschirm und sah Sloanes Namen. In der Sekunde, die es dauerte, den Anruf entgegenzunehmen, fragte sie sich, ob ihre Schwester wohl darüber sprechen wollte, Aubrey am nächsten Wochenende bei sich übernachten zu lassen. Nach all der Zeit war es nur logisch, Mutter und Tochter mehr Zeit miteinander verbringen zu lassen, auch wenn ihr bei dem Gedanken daran noch immer unwohl war.

»Hey«, sagte sie. »Was ist los?«

»Finley!«

Sloanes Stimme war schrill und zugleich tränenerstickt. Finley spannte sich augenblicklich an.

»Sloane? Ist alles okay?«

»Oh Gott, oh Gott, ich kann nicht. Ich bin ... Da ist so viel Blut, und er wird sterben. Ich wusste nicht, was ich machen sollte.«

»Du redest wirr. Was ist passiert?«

»Ellis. Die Säge. Das ganze Blut. Sie bringen ihn gerade in den OP. Ich glaube, er könnte seinen Arm verlieren und ...«

Ihre Stimme brach, und sie fing an zu schluchzen. Sie sprach noch weiter, doch Finley verstand nicht, was sie sagte.

»Wo bist du?«

»Im Evergreen Hospital. Er wird sterben. Ich ... ich kann einfach nicht. Der Knochen ... Und das Blut, es war überall.«

Sorge und Furcht machten sich in ihr breit. Was auch immer passiert war, es war schlimm.

»Bist du in der Notaufnahme?«

»Ja.« Es folgten weitere verstümmelte Worte.

»Ich bin auf dem Weg. Warte auf mich. Sloane, warte auf mich.«

»Ich versuche es.«

Das Telefon verstummte.

Finley sagte ihrem Team, was passiert war, und rannte zu ihrem Wagen. Auf dem Weg dorthin telefonierte sie mit ihrem Chef und erklärte ihm, dass sie für den Rest des Tages unterwegs sein würde, dann rief sie Lester an, um ihm zu erzählen, was los war. Er versprach, Aubrey zur üblichen Zeit bei Kelly abzuholen. Ihr letzter Anruf galt Jericho. Er hob beim ersten Klingeln ab.

»Ich habe gerade an dich gedacht«, sagte er anstelle einer Begrüßung.

»Es ist irgendetwas mit Ellis passiert«, sagte sie eilig. »Sloane hat nur wirres Zeug geredet. Irgendwas mit einer Säge und Blut. Sie sind im Evergreen. Er kommt gerade in den OP, und sie glaubt, dass er seinen Arm verlieren könnte.«

»Bist du auf dem Weg zu ihr?«

»Ich bin fast da.«

»Ich brauche ungefähr zwanzig Minuten dorthin.«

Erleichterung machte sich in ihr breit. Sie brauchte seine verlässliche Stärke, fühlte sich jedoch verpflichtet, hinzuzufügen: »Du musst deinen Arbeitstag nicht unterbrechen. Ich wollte nur, dass du Bescheid weißt.«

»Wir sehen uns in zwanzig Minuten«, wiederholte er.

»Danke«, flüsterte sie. »Ich habe Angst. Nicht nur um Ellis, sondern auch um Sloane. Ich will nicht, dass ihr etwas Schlimmes passiert.«

Die Übersetzung lautete natürlich: Ich will nicht, dass sie trinkt. Doch das würde Jericho schon verstehen.

Finley parkte in der Tiefgarage des Krankenhauses, dann eilte sie hoch zum Eingang der Notaufnahme. Eine Sekunde lang überlegte sie, auf Jericho zu warten – es würde sich besser anfühlen, mit ihm zusammen reinzugehen. Ihr Bauch sagte ihr jedoch, dass jede Sekunde zählte. Sie lief hinein und erblickte sofort ihre Schwester.

Sloane war voll von Blut. Es war auf ihren Händen und Armen, auf ihrem Gesicht, der Vorderseite ihres T-Shirts und in ihrem Haar, es bedeckte ihre Jeans in verkrusteten Flecken von den Knien abwärts. Ihre Augen waren weit aufgerissen, und sie war leichenblass. Sobald sie Finley sah, eilte sie zu ihr.

»Er ist im OP«, sagte sie mit gepresster Stimme. »Er hat so viel Blut verloren. Sie tun, was sie können.«

Sie wiegte sich vor und zurück, während sie sprach. Ihre Atmung war ungleichmäßig, ihre Stimme ein unnatürlicher Singsang.

»Ich wusste nicht, was ich tun sollte«, fuhr sie fort. »Er hat geschrien. Diese Schreie werden mich für den Rest meines Lebens verfolgen. Ich wusste einfach nicht, was ich tun sollte. Ich hab den Notruf gewählt, aber da war so viel Blut.«

Sie sah Finley an. »Ich weiß, dass es nicht meine Schuld war. Ich war noch nicht mal in der Garage, als es passiert ist, aber es fühlt sich so an. Wäre ich nicht gewesen, hätte er nicht an Aubreys Puppenhaus gearbeitet.«

»Es ist nicht deine Schuld.« Finley trat näher zu ihrer Schwester. »Hast du einen Arzt gesprochen?«

»Nein, wieso? Mir geht's gut.« Sie wich einen Schritt zurück. »Er könnte sterben. Haben sie dir das gesagt? Er könnte sterben, und das wäre so falsch. Ellis arbeitet das Programm durch, jeden einzelnen Schritt davon. Und er ist so stark. Ich weiß gar nicht, was er in mir sieht. Ich bin schwach, und ich kann ... ich kann einfach nicht so sein wie er.«

Furcht ließ Finley innerlich zu Eis erstarren. »Du machst das großartig«, sagte sie eilig und versuchte, ihre Schwester zu umarmen, doch Sloane entschlüpfte ihr. Finley presste die Lippen zusammen. »Du stehst unter Schock. Wir sollten mit jemandem reden, der dir sagen kann, was du tun sollst.«

Ihre Schwester schenkte ihr ein gespenstisches Lächeln. »Mir geht's gut, mir ist nichts passiert. Aber es ist alles zu viel. Das musst du doch sehen. Es ist zu viel.«

In diesem Moment trat Jericho zu ihnen. Er legte Finley die Hand auf den Rücken – eine beruhigende Geste, die in ihr den Wunsch weckte, sich in seine Arme zu stürzen. Er nickte ihr zu, dann wandte er sich an Sloane.

»Geht's dir gut?«

»Ja. Ich meine, nein, aber das ist schon in Ordnung. Ellis wird sterben.«

»Er ist im OP«, sagte Finley eilig. »Er hat viel Blut verloren.«

Sloane wühlte in ihrer Tasche herum und holte eine Brieftasche, Schlüssel und ein Handy daraus hervor. »Das sind seine. Nimm sie. Es gibt Dinge zu tun, oder? Wir müssen irgendwen anrufen und irgendwas tun.« Ihr Blick schoss von einer Seite zur anderen. »Ich kann hier nicht bleiben.«

Finley ging zu ihr. »Sloane, nein. Du darfst nicht gehen.«

»Ich muss. Ich kann nicht bleiben. Ich kann nicht. Ich bleib hier nicht.«

»Tu's nicht«, flehte Finley. »Tu's nicht, woran auch immer du gerade denkst.«

Traurigkeit verzerrte das Gesicht ihrer Schwester, als sie Ellis' Brieftasche, sein Handy und die Schlüssel neben ihnen auf einen Stuhl legte. »Ich bin nicht wie du oder Ellis. Ich bin nicht stark. Ich versuche es, ich versuche es wirklich, aber ich schaff das nicht. Ich bin eine typische Zahl in der Statistik.«

Finleys Brustkorb zog sich zusammen. »Das bist du nicht. Du bist meine Schwester, und ich liebe dich. Bitte bleib. Wenn nicht für mich, dann für Aubrey.«

Sloanes Züge wurden weicher. »Ich hab sie so lieb.«

»Ich weiß. Bleib für sie.« Finley wusste, wenn Sloane ginge, würde etwas Schlimmes passieren.

»Du liebst sie auch«, sagte Sloane. »Das ist gut. Du liebst sie, und sie liebt dich, und es wird ihr gut gehen, weil du immer für sie sorgen wirst. Bitte tu das für mich, zieh mein Mädchen auf.« Tränen stiegen ihr in die Augen. »Sag ihr, dass es mir leidtut.«

Ehe Finley wusste, was geschah, hatte Sloane den Wartebereich verlassen und war draußen. Sie setzte an, ihr nachzulaufen, doch dann blieb sie stehen. Konnte sie ihre Schwester wirklich einholen? Und wenn ja, was dann?

»Ich weiß nicht, was ich tun soll«, gab sie zu.

Jericho zog sie an sich und hielt sie fest. »Du kannst sie nicht davon abhalten, zu trinken.«

Sie klammerte sich an ihn. »Doch, ich könnte sie in einen Schrank sperren. Das würde sie davon abhalten.«

»Das würde einer Entführung gleichkommen.«

»Was, wenn sie stirbt?«

Er küsste sie auf den Scheitel. »Es tut mir so leid, dass du dich damit auseinandersetzen musst.«

»Mir auch. Ich will nicht, dass sie trinkt.«

»Das liegt nicht in deiner Hand.«

Sie löste sich von ihm und sammelte Ellis' Brieftasche, seine Schlüssel und sein Handy ein. »Ich werde mit der Person am Empfang reden und sehen, ob wir neue Infos bekommen können. Und dann werde ich wohl hier warten, bis Ellis aus dem OP kommt.«

»Ich warte mit dir.«

»Das könnte Stunden dauern.«

Er sah sie unbeirrt an. »Ich warte mit dir.«

Finleys Mom kam zwei Stunden später ins Krankenhaus. Jericho bestand darauf, dass sie alle einen Kaffee trinken gingen – nicht, dass sie das Koffein brauchten, aber es war eine willkommene Ablenkung. Finley war still. Zweifelsohne machte sie sich um Sloane ebenso Sorgen wie um Ellis. Etwa eine Stunde später kam die Chirurgin zu ihnen.

»Er hat es geschafft«, sagte sie.

»Geht es ihm gut?«, fragte Finley ängstlich. »Können Sie uns mehr sagen?«

»Er hat gesagt, ich dürfe alle informieren, die hier seien, daher ja, kann ich. Er wird seinen Arm behalten. Es ist ein tiefer Schnitt, aber er ist relativ glatt. Allerdings hat er viel Blut verloren.« Sie lächelte schwach. »Nach der OP und der Transfusion wird er sich erst mal furchtbar fühlen, aber es gibt keinen Grund anzunehmen, dass er nicht nach ein wenig Physiotherapie seinen Arm wieder voll einsetzen kann.«

»Das sind gute Neuigkeiten«, sagte Jericho. »Wie lange wird er im Krankenhaus bleiben?«

»Ein paar Tage. Wir wollen ihn noch ein wenig überwachen, ehe wir ihn entlassen. Heute sollte er sich erst mal ausruhen, aber morgen früh können Sie ihn sehen.«

»Danach kommt er mit zu uns«, sagte Molly. »Bis er wieder auf den Beinen ist.«

Finley nickte. »Ich kann auf dem Sofa schlafen und Lester kann mein Zimmer nehmen. Dann kann Ellis das Schlafzimmer im Erdgeschoss haben.«

Jericho hätte gerne angeboten, dass sie bei ihm übernachten könnte, befand jedoch, dass sie das nicht vor ihrer Mutter diskutieren sollten. Stattdessen reichte er der Chirurgin seine Visitenkarte.

»Da steht meine Handynummer drauf«, sagte er. »Bitte registrieren Sie mich als Notfallkontakt.«

Sie nickte und ging. Finley atmete tief durch. »Ich zittere und weiß gar nicht, warum. Das sind doch gute Neuigkeiten.«

»Du musst gerade mit einigem fertigwerden«, sagte er. »Kannst du selbstständig nach Hause fahren?«

»Ja, es ist ja nicht so weit.« Sie sah Molly an. »Wie hältst du dich?«

»Ich komme klar. Ich werde Dad auf dem Weg nach Hause anrufen und ihm berichten. Wir müssen uns nur überlegen, wie wir Aubrey das mit Ellis erzählen.«

»Wir dürfen auf keinen Fall das Puppenhaus erwähnen«, sagte Finley schnell. »Wenn sie erfährt, dass er sich während der Arbeit daran verletzt hat, wird sie sich furchtbar fühlen.«

»Das denke ich auch.«

Jericho erhob sich. »Ich fahre zu Ellis nach Hause. Sloane hat vielleicht nicht daran gedacht, abzuschließen. Außerdem ist da sicher eine große Schweinerei in der Garage. Ich möchte sehen, was nötig ist, um dort sauber zu machen.« Außerdem wollte er sich das Puppenhaus ansehen und sichergehen, dass es nicht beschädigt war.

Finley erblasste. »Aber das sollte ich doch tun.«

»Nein, das solltest du nicht. Du solltest zu Aubrey fahren. Wir wissen nicht, ob sie morgen ihre Mom sehen kann oder nicht.«

»Wie?« Finley schloss die Augen. »Du hast recht, es ist Freitag, immer noch Freitag. Fühlt sich an wie der längste Tag aller Zeiten.« Sie sah ihre Mom an. »Wir sagen Aubrey, dass Sloane sich nicht gut fühlt. Ich will nicht behaupten, dass sie trinkt, wenn sie es vielleicht gar nicht tut.«

Er konnte verstehen, dass Finley sich an diese Hoffnung klammerte, hielt es jedoch für ausgeschlossen, dass Sloane zu diesem Zeitpunkt noch nicht betrunken war. Er nahm die Schlüssel und schrieb sich Ellis' Adresse auf, dann küsste er Finley kurz.

»Ich rufe dich später an«, sagte er.

Sie nahm seine Hand. »Danke für alles.«

Das Haus war leicht zu finden. Wie er vermutet hatte, stand das Garagentor offen, ebenso wie die Tür, die von dort ins Haus führte. Beim Näherkommen stellte er fest, dass der Unfallort noch schlimmer aussah, als er befürchtet hatte. Überall waren Blutlachen, die Wand war voller Spritzer, und am Sägeblatt hingen Fleischfetzen. Das Puppenhaus hingegen hatte nur auf einer Seite ein wenig Blut abbekommen.

Er scrollte durch seine Kontakte und rief den Putzdienst an, mit dem er zusammenarbeitete. Nachdem er erklärt hatte, was passiert war, sagte Tray, der Leiter, er könne am Mittag des folgenden Tages ein Team schicken, obwohl es ein Samstag war. Jericho verabredete sich mit ihm, um ihn reinzulassen. Während das Putzteam in der Garage arbeitete, würde er das Puppenhaus mit ins Haus nehmen und es dort säubern.

Sobald das arrangiert war, ging er durchs Haus, um sicherzugehen, dass alles abgeschlossen war. Dann verschloss er das Garagentor von innen und verließ das Haus durch die Eingangstür. Als er wieder in seinem Truck saß, warf er einen Blick auf die Uhr am Armaturenbrett. Es war beinahe acht, und er hatte noch eine weitere Station vor sich, ehe er nach Hause konnte.

Die Fahrt zur Wohnung seines Bruders ging schneller, als ihm lieb war. Dort angekommen, zögerte er nur eine Minute, ehe er an die Tür klopfte. Gil öffnete, und sie starrten einander an.

Die Bilder hatten den Schaden an Gils linkem Auge nicht realitätsgetreu wiedergegeben. Die Schwellung war noch schlimmer als zuvor und immer noch eher rot, sodass es Tage dauern würde, ehe sie lila und schließlich gelb und grün werden würde – vermutlich genau pünktlich zur Hochzeit.

Jericho fluchte leise. »Ich wollte dich nicht schlagen.«

»Ich weiß. Du dachtest, ich würde Antonio eine reinhauen.«

»Du warst auch gerade dabei, ihm eine reinzuhauen.«

Gil ging ins Wohnzimmer und zu der kleinen eingebauten Bar. Er öffnete einen Schrank, nahm zwei Whiskeygläser heraus und goss ihnen beiden eine ordentliche Ladung seines zwölf Jahre alten *Macallan* ein.

Jericho schloss die Wohnungstür und folgte seinem Bruder. Er nahm das Glas entgegen, rührte es jedoch nicht an.

»Es ist egal«, sagte sein Bruder, als sie sich setzten. »Das zählt alles nicht mehr. Ich werde sie verlieren.«

»Das wirst du nicht.«

Sein Bruder sah ihn an. »Sie liebt dich immer noch.«

Jericho ermahnte sich, nicht darauf einzugehen. Gil tat sich selbst leid. Es war besser, auf Angriffsmodus zu schalten, statt in die Defensive zu gehen.

»So ein Blödsinn«, sagte er laut. »Was ist bloß dein Problem? Du hast mir doch gesagt, dass Lauren die Richtige für dich ist. Dass du sie liebst und sie heiraten willst. Und jetzt gibst du gleich beim ersten Problemchen auf? Werd erwachsen!«

Sein Bruder wirkte erschrocken. »Sie ist wütend auf mich.«

»Natürlich ist sie wütend. Du hast dich wie ein Idiot benommen und noch dazu ein blaues Auge als Beweis dafür. Jetzt hat sie Angst. Aber ich bezweifle, dass dein Aussehen ihr gerade wichtig ist. Ich glaube, das viel größere Problem ist ihre Sorge, dir nicht vertrauen zu können. Sie ist schwanger – das ist ein sehr verletzlicher Zustand. Doch statt ihr zur Seite zu stehen und ihr zu sagen, dass du immer für sie da sein wirst, kriegst du einen Wutanfall und gehst in den Schmollmodus. Sie ist nicht wütend, Gil. Sie hat eine Scheißangst, dass du sie im Stich lässt.«

»Das würde ich niemals tun. Ich liebe sie.«

»Dann hast du aber eine seltsame Art, ihr das zu zeigen.« Er deutete auf den Whiskey. »Wem hilft es, wenn du hier rumsitzt und in Selbstmitleid ertrinkst? Hast du mal mit ihr gesprochen? Hast du ihr gesagt, wie sehr du sie liebst und dass sie dir vertrauen kann?«

»Sie will nicht mit mir reden.«

»Kannst du ihr das verdenken?«

»Nein, aber ...«

Jericho schnitt ihm mit einem Handwedeln das Wort ab. »Erfinde keine Ausreden. Wenn es dir mit deinen Gefühlen und eurer Zukunft ernst ist, dann beweg deinen Arsch zu ihr, und sag es ihr. Und gehe nicht wieder, ehe sie dich angehört hat.«

Gil sprang auf. »Du hast recht, ich muss zu ihr.«

Jericho erhob sich. Er war einigermaßen zufrieden mit sich selbst angesichts seiner Handhabung der Sache. Wenn Gil die Entschuldigung nicht vergeigte, würden sein Bruder und Lauren am Samstag in einer Woche heiraten. Er konnte es kaum abwarten.

»Komm mit mir.«

Sein Gute-Laune-Ballon platzte. »Wie bitte?«

»Komm mit. Wenn du dabei bist, muss sie mir eine Chance geben und mich anhören.«

Auf gar keinen Fall! Nur wusste Jericho, dass er das nicht sagen konnte. Er zögerte, während er seinen Fluchtimpuls gegen das zukünftige Glück seines Bruders abwog.

»Ich bleibe aber nicht lang«, grummelte er.

Vor Laurens Wohnkomplex angekommen, parkte er den Truck hinter Gils Wagen und folgte seinem Bruder zum Aufzug. Gil trat auf dem Weg nach oben nervös von einem Fuß auf den anderen, und Jericho wünschte sich, an jedem Ort der Welt zu sein, nur nicht hier.

Als sie vor der Wohnungstür angelangt waren, klopfte Gil energisch. Lauren öffnete und starrte sie beide an, ganz offensichtlich verwirrt. Ihre roten Augen verrieten, dass sie geweint hatte.

»Was macht ihr hier?«, fragte sie.

»Wir müssen reden.«

Als sie drinstanden und sich voller Unbehagen gegenseitig musterten, begann Jericho sich zu fragen, ob er womöglich falschgelegen hatte. Vielleicht konnte Gil das mit Lauren nicht geradebiegen. Vielleicht …

»Ich liebe dich«, platzte es schließlich aus Gil heraus. »Du bist mein Ein und Alles. Ich freue mich auf das Baby, und ich möchte, dass wir ein gutes Leben miteinander haben. Warum glaubst du mir das nicht? Aber Lauren, ich muss wissen, dass du mich auch liebst. Ich muss wissen, dass du es nicht bereust, Jericho verlassen zu haben.«

Lauren sah zu ihm und dann wieder zu Gil. »Wieso sagst du das?«

»Du hast dich in letzter Zeit seltsam verhalten, wenn du über ihn geredet hast.« Gil schluckte. »Bereust du es, dass wir heiraten wollen?«

Sie zögerte gerade lange genug, um Jericho ins Schwitzen zu bringen. Nein. *Nein, nein und nochmals nein.* Sie konnte doch nicht ernsthaft glauben, dass zwischen ihnen noch etwas war. Sie waren längst fertig miteinander, und er war froh, dass Gil und sie einander gefunden hatten. Leben und leben lassen.

Sie ließ den Blick zu ihm und wieder zurück zu Gil schweifen, dann warf sie sich seinem Bruder an die Brust.

»Es tut mir leid«, sagte sie und klammerte sich an ihn. »Ich war so verängstigt und verwirrt. Das mit dem Baby und dass wir deshalb die Hochzeit vorziehen mussten, das ist so ein großer Schritt. Ich hatte das Gefühl, du würdest dich gedrängt und irgendwie gefangen fühlen. Und ich habe mich gefragt, ob du das mit uns bereust. Und dann habe ich mich von dir zurückgezogen. Aber ich will dich nicht verlieren, Gil. Ich liebe dich.«

»Ich liebe dich auch.« Gil küsste sie.

Jericho schlich sich rückwärts aus der Wohnung und schloss leise die Tür hinter sich.

Um kurz nach elf bog Finley in den nächsten Parkplatz ein. Sie war müde und entmutigt, doch sie wusste, dass sie weiter versuchen musste, ihre Schwester zu finden. Sie war schon zu ihrem Haus gefahren, doch keine ihrer Mitbewohnerinnen hatte sie gesehen. Sloanes blutgetränkte Kleidung hatte in ihrem Zimmer auf dem Boden gelegen, und die Tür hatte offen gestanden, so als hätte sie es in Eile verlassen.

Finley schloss sorgfältig ihr Auto ab, dann betrat sie die Bar. Nachdem sie sich umgesehen und Sloane nicht entdeckt hatte, ging sie zum Barkeeper und hielt ihm ein Foto von ihr hin.

»Haben Sie sie gesehen?«

Er sah zwischen dem Foto und ihr hin und her. »Nö.«

»Sie ist meine Schwester.«

»Immer noch nicht gesehen.«

Finley nickte, dann ging sie. Als sie wieder an ihrem Auto ankam, spürte sie, wie ihr Handy in ihrer Jeanstasche vibrierte. Sie zog es heraus und warf einen Blick auf den Bildschirm.

Ich muss wissen, ob es dir gut geht. Bitte schreib mir zurück.

Jericho versuchte schon seit ein paar Stunden, sie zu erreichen. Bisher hatte sie all seine Nachrichten ignoriert, doch vielleicht war es an der Zeit, ihm zu antworten.

Sie stieg in ihren Wagen und verriegelte die Türen von innen, dann scrollte sie zu seiner Nummer und wählte.

»Geht's dir gut?«, fragte er, kaum dass er abgenommen hatte.

»Nein. Ich bin müde, ich habe Kopfschmerzen und ich kann meine Schwester nicht finden.« Sie schloss die Augen und lehnte sich in ihrem Sitz zurück.

»Sie könnte sonst wo sein.«

»Finley, sag mir nicht, dass du ganz alleine von Bar zu Bar fährst.«

»Okay.«

»Aber genau das tust du.«

»Ich muss sie suchen.«

»Sie wird es dich schon wissen lassen, wenn sie gefunden werden will.«

»Aber was, wenn sie zu betrunken ist, um anzurufen? Was, wenn sie mit dem Auto von der Straße abkommt und stirbt? Was, wenn ihr tausend andere schlimme Dinge passieren?«

»Du kannst weder sie noch ihre Krankheit kontrollieren. Das ist ihre Angelegenheit.«

Eine Träne rollte ihr über die Wange. Sie wischte sie ab und blinzelte noch weitere weg, um wieder klar zu sehen. »Das hat Ellis mir auch erklärt. Er hat gesagt, dass das Ganze niemals gerecht sein wird und es meine Aufgabe ist, Grenzen zu setzen.

Ich weiß, das klingt vernünftig, aber sie ist meine Schwester. Ich kann sie nicht einfach mit alldem alleinlassen.«

»Du kannst sie nicht retten. Das kann sie nur selbst.«

»Ich weiß, dass sie gerade trinkt.«

»Das kannst du nicht in Ordnung bringen.«

»Ich muss es aber versuchen.«

Es folgte eine lange Pause, dann sagte er: »Fahr nach Hause, gönn dir ein bisschen Schlaf. Wir fangen morgen Nachmittag mit dem Suchen an. Morgens sind noch nicht genügend Bars offen, als dass es sich lohnen würde, früher anzufangen. Außerdem wirst du den Vormittag mit Aubrey verbringen wollen.«

Alles stichhaltige Argumente, dachte sie. »Du musst mich nicht begleiten.«

»Ich möchte aber bei dir sein.«

Wieder stiegen ihr Tränen in die Augen. »Danke.« Vermutlich war es falsch von ihr, nicht zu protestieren, aber sie konnte sich ehrlich nicht vorstellen, es noch mal allein zu tun.

»Vielleicht ist das nicht der richtige Zeitpunkt, um darüber zu reden«, sagte er, »aber wenn du und deine Mom Ellis zu euch nach Hause holt, kannst du auch gerne bei mir einziehen.«

Zum ersten Mal seit Sloanes panischem Anruf spürte sie, dass sie sich entspannte. »Bist du dir sicher?«

»Ja, sehr sicher. Bleib bei mir, Finley, so lange du willst. Und jetzt versprich mir, dass du nach Hause fährst.«

»In Ordnung, ich fahre nach Hause. Du hast recht – ich muss ein bisschen schlafen.«

»Soll ich in einer halben Stunde deine Mom anrufen, um sicherzugehen?«

Ihr gelang ein Lächeln. »Nein, für heute bin ich wirklich fertig. Ich schreibe dir, wenn ich angekommen bin, damit du dir keine Sorgen machen musst.«

»Danke. Morgen um zwei fahre ich zu Ellis' Haus. Danach fahren wir ins Krankenhaus und besuchen ihn, und dann machen wir uns auf die Suche nach Sloane.«

26. Kapitel

Finley stellte ihren Wecker auf Viertel vor fünf. Sie wusste, dass Sloane normalerweise um halb sechs anfing zu arbeiten, und sie wollte bei *Das Gelbe vom Ei* sein, bevor die Belegschaft eintraf. Sie hätte auch angerufen, nur kannte sie weder die Nummer noch den Nachnamen des Chefs ihrer Schwester. Und die Internetsuche nach einem Typen namens Bryce hatte ihr nicht weitergeholfen. Sie war sich sogar ziemlich sicher, dass Google sie heimlich ausgelacht hatte.

Sie hatte schon am Abend zuvor geduscht, daher machte sie sich jetzt nicht die Mühe. Sie flocht ihre Haare zum Zopf, wusch sich das Gesicht und putzte sich die Zähne. Nachdem sie in eine Jeans und ein Sweatshirt geschlüpft war, verließ sie um fünf das Haus und war lange vor halb sechs auf dem Parkplatz des Restaurants.

Um fünf vor halb sah sie einen kräftigen Mann vorfahren und aussteigen. Er warf einen Blick in Richtung ihres Wagens und blieb stehen, als sie ebenfalls ausstieg und auf ihn zuging.

»Du musst Bryce sein«, sagte sie. »Ich bin Finley McGowan, Sloanes Schwester.«

»Ah ja, ich sehe da eine gewisse Ähnlichkeit.« Er ging weiter auf das Gebäude zu. »Ich vermute, du bist nicht hier, weil du dich nach einem Frühstück verzehrst.«

»Äh, nein.« Während der Fahrt hierher hatte sie sich zurechtgelegt, was sie ihm sagen würde. »Sloane ist krank und wird die nächsten Tage nicht kommen können. Es tut mir leid, dass ich nicht früher Bescheid gesagt habe, aber ich hatte keine Telefonnummer.«

Er schloss die Hintertür des Restaurants auf, dann drehte er sich zu ihr um. »Sloane hat meine Nummer.«

»Das denke ich mir.«

»Was war der Auslöser?«

Finley blinzelte verwirrt angesichts der Frage. »Wie bitte?«

»Sloane arbeitet seit über einem Jahr hier. Sie ist intelligent, verlässlich und nie auch nur eine Minute zu spät. Sie hat sich nie krankgemeldet – eine vorbildliche Angestellte. Aber sie ist auch Alkoholikerin.«

Finley spürte, wie ihre Augen sich vor Überraschung weiteten. Bryce lächelte.

»Sie hat es mir gleich gesagt, als ich sie eingestellt habe.« Er wirkte plötzlich bewegt. »Sie war so verdammt offen, das musste ich einfach anerkennen. Mit der Zeit habe ich immer größeren Respekt vor ihr bekommen. Ich werde sie nicht rausschmeißen. Jeder darf im Leben ein paar Male was so richtig verkacken. Das hier ist für sie eines davon. Sag ihr, dass sie gerne zurückkommen darf, wenn sie wieder kann.«

Finley hätte den Mann am liebsten umarmt. »Das ist sehr nett von dir. Danke.«

Er nickte. »Suchst du nach ihr?«

»Ja. Sie arbeitet sich schon so lange durch das Programm der Anonymen Alkoholiker. Ich weiß gar nicht, wo ich anfangen soll.«

»Du kannst sie nicht retten, das weißt du, oder? Sie muss ihre eigenen Schlüsse ziehen.«

»Das höre ich in letzter Zeit öfter.«

»Womöglich aus gutem Grund. Vielleicht solltest du darauf hören.«

Finley dankte ihm und ging zurück zu ihrem Wagen. Sie fuhr einen Umweg über die *Hillcrest*-Bäckerei in Bothell und kaufte Teilchen für alle, dann fuhr sie nach Hause. Als sie dort ankam, brannten die Lichter im Erdgeschoss. Sie fand ihre Mom und Lester in der Küche.

»Ist sie bei der Arbeit aufgetaucht?«, fragte Molly mit besorgter Stimme.

Finley schüttelte den Kopf und stellte die Bäckereischachtel auf dem Tisch ab. »Ich habe mit ihrem Chef gesprochen. Er gibt ihr die Zeit, die sie braucht, um wieder klarzukommen. Jetzt müssen wir sie nur noch finden, damit das auch wirklich passiert.«

Lester sah sie an, schwieg jedoch. Ihre Mutter nickte.

»Ich werde heute Vormittag Ellis besuchen«, sagte Molly. »Ich möchte fragen, wann sie ihn entlassen. Dad, bist du sicher, dass es für dich okay ist, oben zu schlafen?«

»Ich nehme besser das Sofa.« Lester lächelte Finley an. »Du brauchst deine Ruhe.«

Ach ja, da war ja noch was. »Ich werde bei Jericho übernachten«, sagte sie, nahm die Kaffeekanne und goss sich eine Tasse ein. »Bis Ellis wieder nach Hause kann.«

Sie wartete auf eine Reaktion, doch weder ihre Mutter noch ihr Großvater wirkte schockiert angesichts der Neuigkeit.

»Problem gelöst«, sagte Molly. »Sehr schön. Jetzt lasst uns über Aubrey reden.«

»Ich habe ihr gestern nichts erzählt.« Lester schüttelte den Kopf. »Ich wusste nicht, was ich ihr sagen sollte, oder wie. Sie geht immer noch davon aus, dass sie heute Nachmittag ihre Mom sehen wird.«

»Das hast du ganz richtig gemacht.« Finley klopfte ihm auf die Schulter. »Es gab keinen Grund, sie zu erschrecken, solange wir nicht sicher waren. Sloane hätte heute Morgen auch bei der Arbeit auftauchen und uns alle Lügen strafen können.« Eher unwahrscheinlich, aber die Hoffnung starb bekanntlich zuletzt.

»Ich kann sie heute Nachmittag nehmen«, sagte Molly. »Ich werde morgens alle meine Besorgungen machen und Ellis besuchen, dann komme ich nach Hause.«

»Ich werde auch zu Hause sein«, sagte Lester. »Wir sollten uns etwas vornehmen. Vielleicht mit ihr ins Kino gehen und dann zum Bastelladen, damit sie sich ein neues Projekt suchen kann.«

Das wäre eine schöne Ablenkung, dachte Finley. »Ich erzähle ihr das mit Sloane.«

Die anderen beiden sahen sie an, doch keiner schlug vor, ihr das abzunehmen. Mit Sloanes Trinkerei umzugehen, war eine Sache, doch sie einer Achtjährigen zu erklären, war eine Aufgabe, die niemand gern übernahm.

»Morgen gehen Jericho und ich mit ihr in den Zoo.«

Molly zog eine Grimasse. »Aber du musst doch an deinem Haus arbeiten«, sagte ihre Mutter. »Ach, Süße, das ist nicht fair. Kann ich dir irgendwie helfen? Ich kann Aubrey nehmen, und vielleicht kann dein Großvater dir ein bisschen bei der Renovierung zur Hand gehen.«

Die unerwartete Geste überraschte sie. »Mom, das ist wirklich nett, aber ist schon in Ordnung. Das Haus läuft mir nicht weg. Ich werde noch mehr als genug Zeit haben, daran zu arbeiten.«

»Wenn du dir da sicher bist.«

»Ja, bin ich. Aber danke.«

Um kurz vor acht ging sie in Aubreys Zimmer. Ihre Nichte war bereits wach und saß lesend im Bett. Sie lächelte, als Finley zu ihr ging und sich auf ihr Bett setzte.

»Guten Morgen«, sagte Finley, strich ihr das Haar aus dem Gesicht und küsste sie auf die Stirn. »Du bist ja über Nacht noch hübscher geworden.«

Aubrey kicherte. »Bin ich nicht. Aber ich hab gut geschlafen.«

»Da bin ich froh. Was liest du da?«

Sie sprachen ein wenig über das Buch. Es war die Geschichte eines zwölfjährigen Mädchens, dessen Vater für das Außenministerium arbeitete. Als er nach Den Haag versetzt wurde, fiel es ihr schwer, die neue Sprache zu lernen und Freunde zu finden.

»Ich hätte auch Angst, wenn ich in ein fremdes Land ziehen müsste«, sagte Aubrey. »Aber es würde mir auch Spaß machen – ich würde total gerne eine neue Sprache lernen. Bei uns geht das erst in der Mittelstufe. Ich kann's kaum abwarten!«

Finley nahm sich vor, herauszufinden, ob es in der Nähe eine Sprachschule für Kinder in Aubreys Alter gab. Es sollte kein zu intensiver Kurs sein, aber es könnte ihr Spaß machen.

»Wir wollten heute zusammen meine Sommerklamotten durchsehen«, fuhr ihre Nichte fort. »Es wird wärmer.«

»Das stimmt. Heute sollen es schon achtzehn Grad werden, und die Schule geht nur noch ... wie lange? Drei Wochen? Wir müssen schauen, aus welchen Kleidern du rausgewachsen bist.«

Aubrey grinste. »Vielleicht aus allen. Ich bin auf jeden Fall größer geworden. Und meine Füße auch. Meine Sandalen passen mir alle nicht mehr.«

»Dann müssen wir wohl mal shoppen gehen.« Eine Aufgabe, die normalerweise Molly übernahm – Gott sei Dank.

Sie nahm Aubreys Hand in ihre und atmete tief durch. »Wir müssen über deine Mom reden. Sie wird dich heute nicht abholen können.«

Aubrey setzte sich abrupt auf. »Warum? Was ist passiert?«

»Sie, ähm, ist krank und kann deshalb heute nicht kommen.«

Aubrey starrte kurz auf ihre Tagesdecke, dann sah sie Finley an. »Sie hat keine Erkältung, oder?«

Finleys Magen krampfte sich zusammen. »Nein.«

»Ist es, weil sie Alkoholikerin ist?«

Sie hatten schon mal darüber gesprochen, jedoch nicht im Detail, und Finley hatte keine Ahnung, wie viel Sloane ihrer Tochter erzählt hatte.

»Was bedeutet das Wort für dich?«, fragte sie, statt zu antworten.

Aubrey runzelte die Stirn, während sie darüber nachdachte. »Das bedeutet, dass manche Leute zu viel trinken. Sie werden nicht auf dieselbe Art betrunken wie andere Menschen. Ihr Körper ist anders. Das ist so, wie wenn man zu viel Kuchen isst. Nach einer Weile sagt dir dann dein Bauch, dass du aufhören sollst, weil wenn nicht, übergibst du dich. Das haben Alkoholiker nicht, also trinken sie immer weiter und können nicht aufhören, und dann geht es ihnen richtig, richtig schlecht, und sie verhalten sich verantwortungslos.«

Finley war beeindruckt. »Du weißt, wovon du redest.«

»Ellis hat es mir erklärt. Mommy hat es versucht, aber dann hat sie geweint, also hat er mir von der Krankheit erzählt. Er hat sie auch, aber ihm geht es schon länger besser. Für Mommy ist das alles immer noch neu.« Sie sah Finley traurig an. »Ich wünschte, sie würde nicht trinken.«

Finley zog sie an sich. »Ich auch. Aber wir können sie nicht dazu bringen, aufzuhören. Das muss sie selbst entscheiden.«

»Wird es ihr bald besser gehen?«

»Ich weiß es nicht, ich hoffe. Aber eins weiß ich ganz genau, nämlich dass sie dich sehr lieb hat.« Sie lehnte sich ein Stück zurück und sah Aubrey an. »Und dass sie trinkt, hat nichts mit dir zu tun. Es hat mit niemandem von uns etwas zu tun. Das macht sie ganz allein, und wir müssen aufpassen, dass wir uns nicht in ihr Drama mit reinziehen lassen.«

Ihr wurde klar, dass sie ebenso sehr zu sich selbst sprach wie zu Aubrey.

»Deine Mom liebt dich, aber das ist nicht genug. Wenn sie trinkt, bist du bei ihr nicht sicher. Sobald sie wieder nüchtern ist, kannst du sie sehen.«

Aubreys Unterlippe zitterte. »Wird das sehr lange dauern?«

»Ich weiß es nicht, Süße. Ich weiß es wirklich nicht.«

»Ich hab Schiss«, gab Finley zu, als Jericho seinen Truck auf einem extragroßen Platz im Parkhaus des Evergreen Hospitals abstellte.

»Magst du keine Krankenhäuser?«

»Na ja, ich kann mir schönere Orte vorstellen. Aber vor allem habe ich Angst davor, wie Ellis aussieht.«

»Du kannst hier warten«, sagte er, stellte den Motor ab und wandte sich ihr zu. »Ich werde reingehen und dir schreiben, wie schlimm es ist.«

»Du musst dich nicht um mich kümmern.«

»Wieso nicht? Irgendwer sollte es. Außerdem würdest du dich auch um mich kümmern.«

Eine interessante Vermutung, dachte sie und sah ihm in die Augen. Nur war es gar keine Vermutung, da er recht hatte.

Sie atmete tief durch. »Ich schaff das schon.«

»Fällst du gerne mal in Ohnmacht?«

»Nicht dass ich wüsste. Wieso?«

Er schenkte ihr ein träges, sexy Lächeln. »Ich bin nur neugierig. Denn falls die Gefahr besteht, stelle ich mich gleich so hin, dass ich dich auffangen kann.«

Natürlich wollte er sie nur necken, doch seine liebevollen, fürsorglichen Worte trafen sie mitten ins Herz. Jericho war und blieb ihr Fels in der Brandung.

»Ich weiß nicht, ob ich das alles ohne dich durchstehen würde«, gab sie zu.

»Und deinem weisen Rat ist es zu verdanken, dass mein Bruder meine Ex-Frau heiratet.« Er hielt inne. »Das sollte positiver klingen, als es jetzt rauskam.«

»Hey, schieb das mit Lauren und Gil nicht auf mich«, sagte sie lachend. »Ich hab die beiden nicht zusammengebracht.«

»Nein, aber du hast es geschafft, dass mir das alles nichts mehr ausmacht.«

Sie machten sich auf den Weg. Als sie aus der Tiefgarage traten, nahm er ihre Hand, und sie verschränkten die Finger ineinander.

»Ich habe seine Zimmernummer«, sagte Finley und zog ein Post-it aus ihrer Gesäßtasche. »Mom hat mir erklärt, wie man zu ihm kommt.«

Schneller als ihr lieb war, fanden sie das richtige Stockwerk und meldeten sich auf der Station an.

»Er ist hellwach«, sagte einer der Pfleger. »Gehen Sie ruhig rein.«

Finley wappnete sich für den Anblick von Blut und piependen Maschinen. Doch als sie Ellis' Zimmer betraten, saß er aufrecht im Bett, blass, aber ansonsten ganz normal aussehend, mit nur einer einzigen Infusion in seinem gesunden Arm und einem Verband um den anderen, der von der Schulter bis zum Ellbogen reichte.

»Wie geht's dir?«, fragte Finley. »Wir haben uns solche Sorgen gemacht.«

»Besser«, sagte er und wirkte beschämt. »Ihr hättet mich nicht besuchen kommen müssen.«

»Natürlich hätten wir das.«

Jericho und er schüttelten sich die Hand, dann nahmen sie auf den zwei Plastikstühlen neben seinem Bett Platz.

»Die Chirurgin hat gesagt, dass du wieder vollständig gesund werden wirst«, sagte Finley.

»Ja, das hat sie mir heute Morgen auch gesagt. Als sie hier mit drei anderen Ärzten und gefühlt der Hälfte aller Pflegekräfte stand.«

»Du bist eben ein gefragter Typ.« Finley sprach mit betonter Leichtigkeit und betrachtete die Furchen um seinen Mund und seine Augen. Sie vermutete, dass sie auf Schmerzen und Erschöpfung zurückzuführen waren. »Konntest du schlafen?«

»Nicht viel.« Er bewegte leicht den verletzten Arm und zuckte sofort zusammen. »Das tut immer noch höllisch weh.«

»Können sie dir nichts gegen den Schmerz geben?«

»Doch, können sie, aber ich will es nicht nehmen. Sie hatten mich schon am Tropf, ehe ich dagegen protestieren konnte. Die Nacht über habe ich ihn dringelassen, aber inzwischen bin ich von allen Schmerzmitteln auf Betäubungsmittelbasis runter. Sie geben mir jetzt Paracetamol.«

Aber warum? Finley presste die Lippen zusammen, um die Frage nicht zu stellen, auf die sie die Antwort schon kannte. Sie wusste nicht, wie Ellis' Weg in die Nüchternheit im Detail abgelaufen war, aber Sloane hatte angedeutet, dass es nicht leicht gewesen war. Das war über zehn Jahre her, doch er war noch immer vorsichtig.

Wie es wohl sein muss, ständig auf der Hut sein zu müssen, dachte sie. Nicht einfach ein Schmerzmittel einnehmen zu können, nachdem eine Säge deinen Arm zerfetzt hat. Sie konnte es sich nicht vorstellen – was vermutlich genau das war, was so viele Leute schon versucht hatten, ihr zu sagen.

»Wann entlassen sie dich?«, fragte Jericho.

»Morgen.« Ellis sah sie an. »Es ist wirklich total in Ordnung für mich, zurück in mein Haus zu gehen.«

»Netter Versuch, aber du kommst mit zu uns.« Sie holte einen Zettel aus der Handtasche und legte ihn auf den Tisch. »Das ist meine Handynummer. Ruf mich morgen früh an und sag mir, wann ich hier sein soll.«

»Deine Mom hat genau das Gleiche gesagt, als sie vorhin da war.«

»Dann weißt du ja, dass diskutieren keinen Sinn hat. Wir haben jede Menge Platz. Du wirst im Erdgeschoss schlafen, brauchst also keine Treppen zu gehen. Da gibt es auch gleich ein Bad.«

Nach dem Frühstück hatte sie Aubrey erklärt, dass Ellis einen Unfall gehabt hatte und ein paar Tage bei ihnen bleiben würde. Zusammen hatten sie eine Tasche für ihren Aufenthalt bei Jericho gepackt. Während Aubrey anschließend nach unten gegangen war, um ihrem Großvater zu helfen, seinen Umzug nach oben vorzubereiten, hatte Finley ihr Bett frisch bezogen und das Bad geputzt. Nachdem Lester umgezogen war, hatte sie das Gleiche im Erdgeschoss getan, damit für Ellis alles bereit war, wenn er entlassen wurde.

»Es wird nur für ein paar Tage sein«, sagte er und verzog das Gesicht vor Schmerz. »Verletzungen heilen bei mir ziemlich schnell.«

»Du kannst so lange bleiben, wie du willst. Ach ja, dein Handy und alles andere hat meine Mom dir wiedergegeben, oder?«

Er nickte. Jericho zog einen Schlüsselbund aus der Jeanstasche. »Das sind auch noch deine. Ich habe heute Mittag einen Putztrupp in die Garage geschickt. Es ist alles sauber.«

Ellis runzelte die Stirn. »Was meinst du?« Er hielt kurz inne, dann nickte er langsam. »Ab dem Moment, als die Klinge mich erwischt hat, erinnere ich mich an gar nichts mehr. Da muss überall Blut gewesen sein.« Er wandte sich Jericho zu. »Ist das Puppenhaus noch ganz?«

»Das hat fast nichts abbekommen. Ich habe alle Spritzer abwaschen können. An ein paar Stellen sind Flecken geblieben, da habe ich eine Grundierung benutzt, um das Holz zu versiegeln, und noch eine Schicht Farbe aufgetragen. Jetzt sieht man keinen Unterschied mehr. Auf dem Garagenboden sind noch ein paar Flecken, aber keine schlimmen. Das Gröbste haben sie mit einem Hochdruckreiniger entfernt bekommen.«

»Du hast was gut bei mir.«

Jericho wischte die Bemerkung mit einer Handbewegung beiseite. »Ich helfe gern. Ich arbeite mit einem Putzdienst zusammen, der hat sein Gefahrgut-Team reingeschickt.«

»Gefahrgut?«, fragte Finley. »Wieso das denn?«

Ellis grinste. »Blut wird als gefährliche Materie betrachtet.«

»Das ist ein ziemlich verstörender Gedanke. Und dabei kam ich gerade so gut klar.«

Sie lachten alle drei. Ellis wurde als Erster wieder ernst.

»Weißt du, wo sie ist?«

Finley schüttelte den Kopf. Sie brauchte nicht zu fragen, was er meinte. »Sie ist im Krankenhaus geblieben, bis wir herkamen, dann ist sie abgehauen. Sie war nicht zu Hause, und sie ist auch nicht bei der Arbeit aufgetaucht. Das ist nicht deine Schuld«, fügte sie hinzu.

Zu ihrer Überraschung nickte Ellis. »Ich weiß. Ihr Ausrutscher hat sie aus dem Konzept gebracht, und seitdem war sie ständig auf der Kippe. Es brauchte nicht viel, um sie umzuhauen. Wäre ich es nicht gewesen, wäre etwas anderes gekommen.«

»Du wusstest, dass sie einen Rückfall haben würde?«, fragte Finley und bemühte sich, nicht entrüstet zu klingen. »Du wusstest es und hast nichts dagegen getan?«

Ellis' Ausdruck und seine Körpersprache blieben unverändert entspannt. »Was hättest du denn gerne gehabt, das ich tue?«

»Irgendwas. Du hättest ...« Sie verstummte und suchte nach einem Beispiel.

»Du verstehst es immer noch nicht«, sagte er ruhig. »Du hast keine Kontrolle darüber, ob deine Schwester trinkt oder nicht. Du kannst ihr deine Unterstützung anbieten, du kannst dich um Aubrey kümmern, du kannst, wie wir besprochen haben, Grenzen setzen, aber du kannst sie nicht davon abhalten, zur Flasche zu greifen. Als Sloane ihr Jahr voll hatte, dachte sie, sie sei unbesiegbar. Vermutlich, weil sie nie wirklich akzeptiert hat, dass sie krank ist. Das ist nicht unüblich. Niemand möchte Alkoholiker sein. Niemand möchte für den Rest seines Lebens anders sein als die anderen. Aber ehe sie nicht versteht, wer und was sie ist, wird sie immer wieder scheitern. Und selbst wenn sie es akzeptiert hat, gibt es keine Garantie.«

Finley wischte sich Tränen aus dem Gesicht. »Wenn du jetzt noch was von ›einen Tag nach dem anderen‹ sagst, schwöre ich, dass ich dich auf deinen verletzten Arm haue.«

»Dann sage ich es nicht. Hast du nach ihr gesucht?«

»Ja, letzte Nacht.« Sie warf Jericho einen Blick zu. »Wir fahren heute Abend wieder rum.«

Ellis nahm einen Stift vom Nachttisch und schrieb ein paar Namen auf.

»Probiert es mal hier. Und in den Bars am Highway 99 zwischen Shoreline und Lynnwood. Wenn sie dort nicht ist, wartet, bis sie euch kontaktiert. Verbringt nicht mehr als zwei Nächte mit der Suche. Vielleicht ist sie längst in Las Vegas oder New York.«

Er griff nach seinem Handy und scrollte durch seine Kontakte. »Wenn ihr sie doch findet, bringt sie hierhin.« Er schrieb eine Adresse und eine Telefonnummer auf. »Ruft dort an, wenn ihr auf dem Weg seid. Bei Tag und Nacht. Ich werde heute alles Nötige dafür arrangieren.«

Finley nahm den Zettel und runzelte die Stirn. »Wofür ist das?«

»Für den Entzug.«

»Aber wir können sie doch einfach mit nach Hause nehmen.« Es würde etwas voll bei ihnen werden, aber sobald Sloane nüchtern wäre, könnte sie in ihre eigene Wohnung zurückkehren.

»Nein, das könnt ihr nicht.« Ellis klang unbeirrt. »Was macht ihr, wenn sie plötzlich Krampfanfälle bekommt?«

Finley versteifte sich. »Willst du mir mit Absicht Angst machen?«

»Ich erkläre dir nur, was passieren könnte. Bei der Menge, die sie ganz sicher getrunken hat, wird sie körperlich auf die Entgiftung reagieren. Es ist besser, wenn sich dann Profis um sie kümmern. Sie wird zweiundsiebzig Stunden dortbleiben müssen, danach kommt sie wieder alleine klar.«

Finley warf Jericho einen Blick zu, der nur mit den Schultern zuckte. Er hatte noch weniger Erfahrung in diesen Dingen als sie.

»Egal ob Tag oder Nacht«, wiederholte Ellis. »Bring sie dorthin.«

»Was, wenn sie nicht will?«

»Dann schmeiß sie an der nächsten Straßenecke raus und bete, dass du sie wiedersehen wirst.«

»Das klingt herzlos.«

»Ich weiß.«

Finley begriff es einfach nicht. »Aber es muss doch etwas geben, das wir tun können.«

»Klar, sie in eine Reha-Klinik stecken. Wieder mal. Aber wenn sie nicht bereit ist, wird sie ihre Zeit dort absitzen und dann gleich wieder mit dem Trinken anfangen. Sie muss es wollen.«

»Und meinst du, das wird sie?«

»Wenn sie genug Angst hat.«

»Ich brauche mehr Kontrolle als das.«

Er lehnte sich in seine Kissen zurück und schloss die Augen. »Ich weiß.«

»Du bist echt nervtötend.«

Sein Mund verzog sich zu einem Lächeln. »Auch das weiß ich.«

27. Kapitel

Nur noch eine Bar, sagte sich Finley immer wieder. Es war schon nach Mitternacht am Sonntag. Nein, Moment mal. Wenn es nach Mitternacht war, war eigentlich schon Montag.

Sie war vollkommen erschöpft – was genauso auch auf Jericho zutreffen musste. Doch er beschwerte sich nie oder schlug vor, dass sie aufgeben sollten. Stattdessen fuhr er sie von Bar zu Bar, ging mit ihr hinein, sah in den dunklen Ecken nach, während sie mit der Person hinter dem Tresen sprach, überprüfte die Toiletten und gab sich generell bedrohlich, wenn jemand versuchte, sie anzubaggern.

Schon am Samstagabend waren sie bis ein Uhr morgens unterwegs gewesen und hatten am Sonntag um fünf Uhr nachmittags wieder angefangen. Sie wollte Sloane unbedingt finden, wusste jedoch nicht, ob sie noch genügend Kampfgeist in sich hatte. Womöglich hatte Ellis recht, und ihre Schwester war in irgendeine andere Stadt geflüchtet.

»Das ist die letzte«, sagte sie und warf Jericho einen Blick zu, der auf dem Highway 99 in Richtung Norden fuhr und nach einer offenen Bar Ausschau hielt.

»Ich kann auch noch weitersuchen, wenn du willst.«

»Nein.« Sie lehnte sich in ihrem Sitz zurück und schloss die Augen. »Das ist die letzte. Danach liegt es an Sloane. Ich kann mein Leben nicht damit verbringen, nach ihr zu suchen. Es ist, wie Ellis gesagt hat – ich kann sie nicht kontrollieren.«

Sie fühlte, wie der Truck abbog, und setzte sich auf. Da war eine Kellerbar an der Ecke, auf deren Parkplatz ein halbes

Dutzend Autos standen. Die Bar sah heruntergekommen und leicht Angst einflößend aus. Auf keinen Fall würde Sloane dort hineingehen.

»Warte hier.«

»Was? Nein. Ich werde nicht im Wagen warten. Sloane ist meine Schwester.«

»Mir gefällt nicht, wie es hier aussieht.«

»Mir auch nicht, und trotzdem gehe ich mit dir.«

»Du hast einen ganz schönen Dickkopf.«

»Stimmt.«

Seine Mundwinkel zuckten. »Das ist irgendwie sexy.«

Der unerwartete Kommentar brachte sie zum Lachen. »Dann stell dir mal vor, wie sexy ich bin, wenn ich erst mal anfange, richtig rumzunerven.«

»Ich kann es kaum abwarten.«

Sie stiegen aus und gingen hinein. Finley schmiegte sich instinktiv enger an Jericho, dankbar für seine Größe und Stärke. Normalerweise schüchterten sie ungewohnte Situationen nicht so leicht ein, aber hier fühlte es sich anders an.

Etwa ein Dutzend Männer saßen entweder an Tischen oder an der Bar. Alle wandten sich um und starrten sie an, wobei die meisten Jericho taxierten und sie von oben bis unten abcheckten. Einige wandten sich schnell wieder von ihr ab, vermutlich aus mangelndem Interesse. Doch viele ließen den Blick so lange auf ihr ruhen, dass sie sich unwohl fühlte. Der Raum roch nach schalem Bier, Schweiß und anderen Dingen, die sie lieber nicht genauer bestimmen wollte.

»Hier teilen wir uns aber nicht auf«, sagte Jericho leise.

»Nein.«

Sie überlegte, nach seiner Hand zu greifen, befand dann jedoch, dass er sie womöglich besser frei zur Verfügung haben sollte.

Sie ließ den Blick umherschweifen. Sloane wäre hier sicher leicht zu finden. Bis auf eine Kellnerin waren keine weiteren Frauen im Raum und sie ...

»Da«, sagte Jericho und deutete auf das andere Ende der Bar.

Finley schnappte nach Luft, als sie ihre Schwester auf einem Barhocker hängen sah, offenbar kaum noch bei Bewusstsein. Der Typ neben ihr hatte seine Hand zwischen ihren Beinen.

Jericho packte sie am Arm und zog sie mit sich, während er auf Sloane zueilte. Finley entwand sich jedoch seinem Griff und schoss an ihm vorbei.

»Hören Sie auf!«, schrie sie.

Der Mann schnellte zurück und drehte sich zu ihr um. Sie stieß ihn mit voller Wucht gegen die Brust, sodass er vom Hocker taumelte. Sloane hob den Kopf und sah sie blinzelnd an.

»Finley, bist du das?« Sie klang verwirrt und war ganz offensichtlich betrunken.

»Wir holen dich hier raus.« Finley suchte nach ihrer Handtasche. »Hast du eine Tasche dabei?«

Jericho warf dem Barmann einen Blick zu. »Wie bezahlt sie?«

Der Typ hinter der Bar reichte ihm ihre Tasche. »Ich habe sie ihr nicht weggenommen«, sagte er in defensivem Ton. »Sie wollte, dass ich darauf aufpasse.«

Finley sah rasch hinein. Es war ein Portemonnaie mit ungefähr hundert Dollar in bar darin, außerdem Sloanes Führerschein, Kreditkarten, ihr Handy und ihre Schlüssel. Sie hatte keine Ahnung, wo Sloane ihr Auto gelassen hatte, aber das hatte Zeit bis später. Erst mussten sie sie hier rausholen.

Sie nahm ihre Schwester am Arm, Jericho trat an Sloanes andere Seite. Gemeinsam bekamen sie sie auf die Beine. Etwa drei Sekunden lang blieb sie stabil stehen, dann sackte sie in sich zusammen. Jericho fing sie auf und legte ihr einen Arm um die Schultern. Er hielt sie zusätzlich an der Hüfte und geleitete sie so nach draußen, indem er sie halb schob und halb trug.

Die Nachtluft war kalt, der Himmel klar. Finley ging an Sloanes andere Seite und half ihm, sie zum Truck zu führen.

»Sloane, nimm ein paar tiefe Atemzüge. Die helfen dir, einen klareren Kopf zu bekommen.«

Sie hatte keine Ahnung, ob das stimmte, wusste jedoch nicht, was sie sonst tun sollte. Sloanes Zustand war jenseits von allem, was sie sich hatte vorstellen können.

War sie seit Freitag durchgehend betrunken gewesen? Hatte es Momente der Nüchternheit gegeben, oder befand sie sich auf einer beinahe viertägigen Sauftour? Wie konnte jemand so etwas durchhalten? Sie vermutete, ihre Unfähigkeit, sich so ein Leben vorzustellen, war genau das Problem zwischen ihr und Sloane. Sie war über etwas wütend, das sie noch nicht mal definieren konnte, geschweige denn, es verstehen.

Sobald sie den Truck erreichten, entriegelte Jericho die Türen. Gemeinsam hievten sie die fast bewusstlose Sloane auf den Rücksitz. Er blieb bei ihr, während Finley um den Wagen herum zur anderen Seite ging und von dort auf den Rücksitz stieg.

Sie hatten den Truck mit Handtüchern, einem kleinen Eimer und Müllbeuteln ausgestattet – für den Fall, dass ihrer Schwester übel wurde. Es gab auch ein paar Flaschen mit Wasser. Als sie Ellis geschrieben hatte, um ihn zu fragen, was sie noch mitnehmen sollten, hatte er ihr gesagt, dass Nahrung nicht nötig sei. Es sei unwahrscheinlich, dass Sloane essen würde, ehe sie nicht nüchtern war.

Jericho setzte sich hinter das Steuer und ließ den Motor an. Sobald sie losgefahren waren und sich von der Bar entfernten, holte Finley ihr Handy raus und rief die Entzugsstation an.

»Hier ist Finley McGowan. Ich liefere meine Schwester Sloane ein. Wir brauchen ungefähr eine halbe Stunde.«

»Wir werden bereitstehen.«

Finley feuchtete ein Handtuch an und wischte ihrer Schwester Gesicht und Hände ab. Sloanes Kleidung war verschmutzt, und geduscht hatte sie in den letzten Tagen ganz offensichtlich auch nicht. Sie dachte an den Mann in der Bar, der sie berührt hatte, und erschauderte bei dem Gedanken, dass sie keine Ahnung hatte, was noch alles hätte passieren können.

»Ach, Sloane, wo warst du nur?«

Sie hatte keine Antwort erwartet und war daher überrascht, als ihre Schwester die Augen öffnete.

»Finley?« Sloane lächelte. »Ich dachte, ich hätte nur von dir geträumt.«

»Ich bin hier. Wie fühlst du dich? Möchtest du ein bisschen Wasser?«

Sloanes Augen füllten sich mit Tränen. »Es tut mir leid, es tut mir leid. Ich weiß, dass du böse bist, aber ich konnte nicht anders. Bitte, sei mir nicht böse.«

»Ich bin dir nicht böse«, sagte Finley automatisch, stellte jedoch fest, dass sie es tatsächlich nicht war. Da war kein Zorn, keine Feindseligkeit. Nichts mehr von der Rage, die ihr Leben so lange bestimmt hatte. Irgendwie hatte das nachgelassen, ohne dass sie es bemerkt hatte. Sie war traurig für ihre Schwester und enttäuscht, dass diese schreckliche Krankheit ihre Familie für immer definieren würde. Den Ärger darüber schien sie aber losgelassen zu haben.

»Ich bin dir nicht böse«, sagte sie und nahm die Hand ihrer Schwester. »Ich hab dich lieb.«

»Ich hab dich auch lieb.« Sloanes Augenlider flatterten und schlossen sich. »Wohin fahren wir?«

»Dir Hilfe besorgen.«

»Oh, das ist gut. Ich brauche Hilfe. Ich weiß nur nicht, was ich tun soll.« Sie schüttelte den Kopf. »Ich hab von dir geträumt, Finley.«

»Ich bin da.«

Sloane sackte gegen die Tür.

»Ist sie okay?«, fragte Jericho.

»Ich glaube, sie ist ohnmächtig geworden. Ich hoffe, sie übergibt sich nicht. Ich hab ja gesagt, dass wir lieber mein Auto nehmen sollten. Das ist nicht so schick wie dein Truck.«

»Der Truck wird es schon überleben.«

Sie beugte sich so weit nach vorne, wie der Sicherheitsgurt es zuließ, und legte ihm eine Hand auf die Schulter.

»Ich weiß, ich habe das schon tausendmal gesagt, aber danke für alles. Ohne dich hätte ich das nicht geschafft.«

»Ich wollte dir einfach gerne helfen.«

»Trotzdem, das ist kein normaler Sonntagabend. Oder vielmehr kein normaler Montagmorgen.«

»Wir haben Sloane gefunden. Das ist alles, was zählt.«

Sie nickte und rutschte zurück auf ihren Sitz. Erschöpfung drohte sie zu überwältigen, doch sie hielt sie in Schach. Erst mussten sie Sloane zur Entzugsstation bringen, danach konnte sie kollabieren.

Sie hatte bereits arrangiert, am Montag nicht zur Arbeit kommen zu müssen, damit sie ausschlafen konnte. Vorausgesetzt, es würde ihr gelingen zu schlafen. Sie hatte die dumpfe Sorge, dass sie jedes Mal, wenn sie die Augen schloss, wieder diese furchtbare Bar und den Mann vor sich sehen würde, der ihre Schwester begrapschte.

Sie nahm ihr Handy aus der Tasche und schrieb ihrer Mutter und Ellis, dass sie Sloane gefunden hatten. Sie hatten gesagt, dass sie informiert werden wollten, egal wie spät es war. Als sie zum zweiten Mal auf Senden drückte, bog Jericho bereits auf einen Parkplatz ab, hinter dem sich ein langes flaches Gebäude befand. Er hielt vor dem Eingang und wandte sich zu ihr um.

»Wenn ich dich diesmal bitte, hier zu warten, könntest du bitte nicht darüber diskutieren?«

Sie lächelte. »Du bist ganz schön herrisch, aber ja, ich bleibe hier bei ihr.«

Er stieg aus, ging zur Tür des Gebäudes und drückte auf den Knopf der Gegensprechanlage. Es folgte ein kurzes Gespräch, dann gingen Lichter an. Ein Mann und eine Frau, beide in medizinischer Arbeitskleidung, traten heraus. Der Mann schob einen Rollstuhl.

Finley schüttelte ihre Schwester leicht, ehe sie ihren Sicherheitsgurt löste. »Sloane, kannst du bitte aufwachen?«

»Was?«

»Wir müssen dich aus dem Wagen bekommen. Kannst du uns dabei helfen?«

Sloane wirkte orientierungslos, als sie sich umsah. Die Tür des Trucks ging auf, woraufhin Sloane halb ausstieg und halb aus dem Wagen fiel. Der Mann fing sie auf und führte sie zum Rollstuhl.

Finley hielt die Tasche ihrer Schwester hoch. »Soll die auch mit?«

»Ja. Sie wird ihre Sachen brauchen, wenn sie uns wieder verlässt.« Die Frau nahm die Tasche an sich und reichte Finley eine Visitenkarte. »Sie können anrufen, um sich nach ihr zu erkundigen, aber sie selbst wird nicht telefonieren dürfen, solange sie hier ist. Sie werden also nichts von ihr hören, ehe sie nicht wieder draußen ist. Wir behandeln hier ihre Sucht nicht. Unsere Aufgabe ist es, die Leute auf sicherem Weg nüchtern zu bekommen, das ist alles. Es ist ein Zweiundsiebzig-Stunden-Entzug.« Sie warf einen Blick auf ihre Uhr. »In ihrem Fall ein Einundachtzig-Stunden-Entzug. Sie wird um zehn Uhr am Donnerstagmorgen entlassen.«

»Ich verstehe«, sagte Finley automatisch, auch wenn das nicht stimmte. Was war der Unterschied zwischen einem Entzug und einer Behandlung? Und was passierte, wenn Sloane hier wieder rauskam? Sollte sie dann herkommen und sie abholen? Und würde Sloane danach in eine andere Einrichtung kommen?

Sie begannen, Sloane nach drinnen zu rollen. Finley trat einen Schritt auf sie zu.

»Warten Sie!« Sie biss sich auf die Unterlippe. »Ich weiß nicht, was mit ihr passiert ist. Sie könnte vergewaltigt worden sein.«

Die Frau nickte. »Das überprüfen wir automatisch. Wir haben einen Arzt auf Rufbereitschaft, falls sie verletzt sein sollte.«

Sie nahmen Sloane mit hinein, schlossen die Tür hinter sich und schalteten das Licht aus. Finley stand in der Kälte und fragte sich, welch schreckliche Dinge ihre Schwester wohl durchgemacht hatte und ob das Trinken wirklich das Schlimmste davon gewesen war.

Jericho schlang die Arme um sie und drückte sie an sich. Sie hielt sich an ihm fest und presste das Gesicht an seine Schulter. Ihr Körper schmerzte, ihre Augen brannten, und ihr Herz war gebrochen.

»Es war so viel leichter, als ich ihr noch böse war«, flüsterte sie. »Da war sie mir egaler.«

»Sie war dir nie egal. Du hast nur hinter deiner Wut verstecken können, wie wichtig sie dir ist.«

»Ich habe Angst, dass ich nicht schlafen kann.«

»Normalerweise würde ich dir jetzt raten, ein Gläschen zu trinken, damit du dich entspannen kannst, aber unter den gegebenen Umständen erscheint mir das nicht angebracht.«

»Keine Sorge, ich habe das Alkoholiker-Gen nicht.« Sie löste sich von ihm. »Lass uns fahren. Du bist doch auch völlig erschöpft.«

Er legte den Arm um sie, und gemeinsam gingen sie zurück zum Wagen. Nachdem sie eingestiegen waren, sagte sie: »Danke, dass ich bei dir bleiben kann, bis es Ellis besser geht. Gut möglich, dass ich heute Nacht kein Auge zukriege. Aber wenn ich neben dir liegen kann, fühle ich mich schon besser.«

»Jederzeit gerne.« Er zögerte. »Das waren ein paar heftige Tage. Ich glaube, das Letzte, was du jetzt brauchen kannst, ist noch mehr Drama.«

»Ich habe keine Ahnung, wovon du redest.«

»Ich denke, du solltest nicht mit mir zur Hochzeit kommen. Den ganzen Stress kannst du jetzt nicht auch noch gebrauchen.«

Sie starrte ihn verständnislos an. »Natürlich komme ich mit zur Hochzeit! Jemand muss dich doch vor Lauren beschützen. Denk noch nicht mal im Entferntesten daran – ich werde auf jeden Fall dabei sein.«

»Wenn du dir da sicher bist.«

»Klar bin ich mir sicher. Nicht zur Hochzeit gehen ... Du spinnst wohl!«

Jericho hatte angekündigt, dass er am Montag erst am späten Vormittag zur Arbeit kommen würde. Entgegen Finleys Sorge, nicht schlafen zu können, war sie, als er um kurz nach sieben wach wurde, noch völlig weggetreten. Er duschte und zog sich an, dann holte er seinen Laptop aus dem Arbeitszimmer und ging in die Küche, um die Kaffeemaschine anzustellen. Er würde ihr noch ein, zwei Stunden geben. Wenn sie bis dahin nicht wach wäre, würde er zur Baustelle fahren.

Er beantwortete einige E-Mails und las ein paar Berichte. Fünfundvierzig Minuten später kam Finley in die Küche. Sie trug den Bademantel, den sie sich mitgebracht hatte, und sah aus, als würde sie noch halb schlafen.

»Du hättest im Bett bleiben sollen«, sagte er.

»Es ist fast acht. Ich schlafe nie so lange.«

Er machte sich nicht die Mühe, sie darauf hinzuweisen, dass sie bis nach Mitternacht auf gewesen waren, um nach Sloane zu suchen, und sie dann zur Entzugsstation gebracht hatten. Stattdessen klopfte er mit der Hand auf den Hocker neben seinem.

»Setz dich. Ich hole dir einen Kaffee, dann können wir überlegen, was wir zum Frühstück essen wollen.«

Sie schüttelte den Kopf. »Für mich kein Frühstück bitte. Mein Magen ist heute Morgen nicht so gut drauf. Das ist bestimmt der ganze Stress, ich warte lieber noch, bis ich was esse.«

Er goss ihr Kaffee ein und stellte die Tasse vor sie auf die Theke, ehe er sich setzte.

»Wie lange hast du geschlafen?«, fragte er.

»Ich habe zwei Stunden gebraucht, um runterzukommen, aber dann ging es.« Sie nippte an ihrem Kaffee. »Ich musste ständig an Sloane denken und daran, was sie wohl durchgemacht hat. Ich kann so vieles nicht nachvollziehen, was ihre Krankheit betrifft. Irgendwie wusste ich das wohl immer, aber die letzten Tage haben mir das noch deutlicher gemacht.«

Sie sah ihn an. »Ich bin ihr nicht mehr böse. Nicht mehr so wie vorher. Ich bin immer noch verwirrt, und ich entschuldige die schrecklichen Dinge nicht, die sie getan hat. Die hat allein sie zu verantworten.« Sie hielt inne. »Aber ich denke, ich erkenne jetzt, wie wichtig das ist, was Ellis gesagt hat. Nichts von alldem ist meine Schuld. Ich muss Grenzen setzen und mich daran halten. Ich möchte ihr helfen, aber ich kann nicht dafür sorgen, dass es ihr besser geht. Und um selbst gesund zu bleiben, muss ich weiter ihre Schwester sein, aber mit Abstand zu ihrer Sucht.« Sie runzelte die Stirn. »Ergibt das irgendeinen Sinn?«

Er schob den Arm über die Theke und griff nach ihrer freien Hand. »Ja, das tut es. Sie darf dir wichtig sein, ohne dass du dich in ihr Drama verstrickst. Du darfst dich und Aubrey schützen und Sloane dennoch Teil deines Lebens sein lassen.«

»Ja, genau«, stimmte sie zu. »Nachts in der Dunkelheit wach zu liegen, kann einem manchmal Klarheit verschaffen. Und natürlich ist es sehr viel einfacher zu sehen, was bei anderen schiefläuft als bei mir selbst.«

»Keine Sorge«, neckte er sie. »Du bist perfekt, so wie du bist.«

Sie lachte. »Schön wär's.« Sie betrachtete wieder die Küche. »Die ist wirklich mal perfekt.«

»Ich freu mich, dass sie dir gefällt.«

»Wann wirst du also das Haus verkaufen und noch mal neu anfangen?«

Er wusste genau, worauf sie anspielte. Er hatte das Haus nach der Trennung behalten, weil das erst mal einfacher war, als nach einem neuen zu suchen. Aber es würde nie mehr wirklich sein Zuhause sein. Es war das Haus, das er mit Lauren gekauft hatte, und das würde es für immer bleiben.

»Ich habe schon neu angefangen«, sagte er und sah ihr in die Augen. »Und ich habe keinerlei Bedürfnis, die Vergangenheit zurückzuholen. Aber du hast recht, was das Haus betrifft. Es hält mich hier nichts mehr, und die alten Erinnerungen interessieren mich nicht.«

»Zufällig habe ich da von ein paar sehr schönen Häusern in Castwell Park gehört«, sagte sie lächelnd.

»Ich möchte nicht in einem meiner Projekte leben.«

»Dann bau dir doch ein eigenes Haus irgendwo.«

»Das ist mal eine Idee.«

Dagegen hätte er überhaupt nichts, aber er würde dort nicht allein leben wollen. Er wünschte sich ein Haus, das er mit einer Frau teilte. Nein, nicht mit irgendeiner Frau. Mit Finley.

Er mochte sie sehr – vielleicht mehr, als ihm lieb war. Doch er war sich nicht sicher, ob sie schon bereit war, das zu hören. Und ob sie es überhaupt wollte.

»Was ist mit dir?«, fragte er. »Wie lange wirst du noch bei deiner Mutter wohnen?«

Er hatte erwartet, dass sie wieder von ihrem Plan erzählen würde, ein Immobilien-Imperium mit Häusern aufzubauen, die sie kaufte, renovierte und wieder verkaufte. Zu seiner Überraschung nickte sie jedoch langsam.

»Ich bin damals aus vielerlei Gründen bei meiner Mom eingezogen. Zuallererst natürlich wegen Aubrey. Aber auch, weil mein ganzes Leben so ein Chaos war – die finanziellen Probleme wegen Sloane und so weiter.« Sie nippte wieder an ihrem Kaffee. »Und ich weiß, dass meine Mom gerne Menschen um sich hat. Aber seit Lesters Einzug ist es doch etwas eng geworden.«

»Überlegst du, das neue Haus zu behalten?«

Sie sah ihn an. »Ich weiß es nicht. Eigentlich hatte ich das nicht vor.«

»Es ist ein gutes, solides Haus.« Er gab sich Mühe, nicht zu lächeln. »Du könntest Echtholzparkett darin verlegen.«

»Jetzt hör endlich auf mit dem Echtholzparkett«, erwiderte sie. »Du bist so ein Snob.«

»In Bezug auf Parkett? Ja.«

Sie erhob sich und kam um die Kücheninsel herum. Er schob seinen Hocker zurück, sodass sie sich auf seinen Schoß setzen konnte. Sie schlang ihm die Arme um den Nacken und sah ihm in die Augen.

»Nur damit das klar ist, ich gehe mit dir zu dieser Hochzeit. Ich werde an deiner Seite stehen, allzeit bereit, dazwischenzugehen, falls etwas passiert.«

Er wollte sie schon darauf hinweisen, dass er mehr als fähig war, für sich selbst zu sorgen. Nur gefiel ihm der Gedanke, dass sie auch eine beschützerische Seite hatte.

»Du hältst dich wohl für tough.«

»Ich bin tough.«

»Ich weiß. Und auch wenn ich diesen Teil von dir mag, gibt es da ein paar weiche Teile, die ich noch mehr mag.«

Sie zog die Augenbrauen hoch. »Wirklich? Welche denn?«

»Komm mit nach oben, dann zeig ich sie dir.«

Sloane fühlte sich, als hätte man sie in eine dieser altmodischen Waschmaschinen gesteckt. Erst war sie im Kreis gedreht worden, bis sie glaubte, ihr Kopf würde explodieren, dann geschleudert und schließlich zum Trocknen in die Sonne gehängt. Ihr war kalt, sie war müde, sie zitterte, und sie hatte Angst. Und was noch schlimmer war, ihre etwas über zweiundsiebzig Stunden auf der Entzugsstation waren schon um, und sie wurde rausgeschmissen.

»Ich bin noch nicht so weit«, sagte sie weinerlich. »Gebt mir doch noch ein paar Tage.«

Alice, ihre Tagesschwester, wirkte ungerührt. »Es ist Zeit für dich zu gehen. Wir machen hier den Entzug, Süße, und das war's. Du hast keinen Alkohol mehr in deinem Körper, und du atmest noch. Das sind für uns gute Nachrichten. Was als Nächstes passiert, liegt an dir. Geh in eine Klinik. Such dir ein Meeting. Hau ab nach Hollywood und werde ein Star. Komm nur nicht wieder hierher.«

Ihre strengen Züge wurden weicher. »Ich möchte nicht, dass dir etwas Schlimmes passiert, Sloane.«

»Ich weiß. Ich auch nicht.«

Es war nur, dass der Gedanke an die Welt da draußen so beängstigend war. Außerdem hatte sie schrecklich versagt. Sie hatte nicht nur mit ihrem Schamgefühl zu kämpfen, sondern es gab auch einen Haufen Leute, bei denen sie sich entschuldigen musste. Mal ganz abgesehen von der Tatsache, dass sie sich wahrscheinlich einen neuen Job suchen musste.

»Es ist echt beschissen, ich zu sein«, murmelte sie.

»Na ja, immerhin siehst du gut aus.«

Sloane lachte. »Da hast du recht.«

Sie strich die Vorderseite ihres T-Shirts glatt. Jemand hatte die Kleidung gewaschen, die sie getragen hatte, und sie heute Morgen bereitgelegt. Nun reichte ihr Alice ihre Handtasche.

»Das ist auch noch deine. Wir haben dein Handy geladen.«

Sloane nahm die Tasche. Ihr war klar, wie viel Glück sie hatte, sie auf ihrer Sauftour nicht verloren zu haben.

»Danke. Ich weiß das alles sehr zu schätzen.«

Sie warf einen Blick zurück in das kleine Zimmer, das in den vergangenen Tagen ihres gewesen war. Nicht, dass sie viel in dem Bett geschlafen hätte. Die letzten drei Tage hatte sie damit zugebracht, auf und ab zu laufen, sich die Seele aus dem Leib zu zittern und sich zu erbrechen. Nicht ohne Grund war es leichter, betrunken zu bleiben.

»Also, wie funktioniert das jetzt?«, fragte sie. »Ruf ich mir jetzt ein Uber?«

»Normalerweise ja. Aber es ist jemand gekommen, um dich abzuholen.«

Sloanes ohnehin gereizter Magen drehte sich ihr beinahe um. Sie wollte fragen, wer es war, brachte jedoch nicht den Mut auf, denn ehrlich gesagt, gab es keine gute Antwort auf diese Frage. Wer auch immer draußen auf sie wartete – sie hatte ihm oder ihr eindeutig Leid angetan. Noch schlimmer als die Reue war die Scham. Sich hier drin zu verstecken, war allerdings keine Option.

Sie folgte Alice zum Ausgang und trat in den grauen Morgen hinaus, dort entdeckte sie sofort den ihr vertrauten Truck. Ellis lehnte an der Motorhaube.

Sie blieb stehen und betrachtete ihn. Sein linker Arm war von der Schulter bis zum Ellbogen bandagiert, und sie hatte das Gefühl, dass er dünner war, aber ansonsten sah er aus wie immer. Wie üblich hatte sie keine Ahnung, was er gerade dachte. Er wird mich nicht verurteilen, sagte sie sich. Das war nicht sein Stil. Aber womöglich liebte er sie jetzt ein bisschen weniger – falls er sie überhaupt noch liebte.

Ihr letzter Absturz – das Ganze einen Ausrutscher zu nennen, wäre lachhaft – hatte etwas zwischen ihnen verändert. Nicht nur weil sie, wieder einmal, versagt hatte, sondern weil sie wusste, dass er derjenige gewesen war, der sie auf die Entzugsstation geschickt hatte.

Es war der Ort, an den er Freunde brachte, die einen Rückfall gehabt hatten, sei es wegen Drogen oder Alkohol. Manchmal auch wegen beidem. Er war die Art von Mensch, die ihren Anruf entgegennahm, egal wie spät es war und was er gerade tat. Er fuhr überallhin, um sie einzusammeln, oder rief ihnen einen Krankenwagen, wenn es richtig schlimm war. Er kündigte ihre Ankunft auf der Entzugsstation telefonisch an, und wenn sie entlassen wurden, war er da, um sie zu ihrer nächsten Etappe zu begleiten.

Manche wollten in eine richtige Klinik, und andere waren bereit, es allein zu versuchen. Ganz wenige kehrten sofort auf die Straße zurück. Doch selbst wenn sie sich für Letzteres entschieden, war er das nächste Mal wieder bereit, ihren Anruf entgegenzunehmen.

Bis heute waren Ellis und sie sich stets auf Augenhöhe begegnet. Nicht, was ihren Umgang mit der Nüchternheit betraf, aber in ihrer Beziehung. Jetzt fragte sie sich, ob sie in die Kategorie von Leuten abgerutscht war, denen er nur half, weil er ein guter Mensch war. Liebte er sie, oder war sie nur noch eine Frau, die er erbärmlich und rettungsbedürftig fand? Die Frage löste Unbehagen in ihr aus, und sie war sich nicht sicher, ob sie die Antwort darauf hören wollte.

»Es ist nicht meine Aufgabe, dich zu verurteilen«, sagte er ruhig.

Wieder einmal las er ihre Gedanken.

»Du solltest mich aber verurteilen. Das habe ich mehr als verdient.«

»Tut mir leid, dafür fehlt mir gerade die Energie. Aber wir können nächste Woche darüber reden, wenn du willst.«

Ihr Blick fiel auf seinen Verband. Sie hatte nur noch eine vage Erinnerung daran, was passiert war. Immer mal wieder blitzte etwas auf, ein Geräusch, das so viel schlimmer war als ein Schmerzensschrei. Das Entsetzen, als sie ihn und all das Blut erblickte und sicher war, dass er sterben würde. Sie wusste noch, wie sie sich immer wieder gesagt hatte, dass sie sich nur noch eine kleine Weile zusammenreißen musste, dass, wenn sie nur so lange durchhielte, bis Finley käme und die Dinge regelte, alles in Ordnung wäre.

Finley.

Sie schloss die Augen und unterdrückte ein Stöhnen. Diese Bilder waren noch zusammenhangloser als die von Ellis' Unfall. Aber sie war sich ziemlich sicher, dass Finley und Jericho diejenigen gewesen waren, die sie gefunden und auf die Entzugsstation gebracht hatten.

Nicht in eine Klinik. Auf die Entzugsstation.

»Du glaubst, ich bin nicht bereit, abstinent zu sein«, sagte sie.

Ellis' sah sie unbeirrt an. »Ich glaube, du bist nicht bereit zu akzeptieren, dass du eine Krankheit hast.«

»Warum dann die Zeit- und Geldverschwendung hier?«, fragte sie voller Bitterkeit.

»Warum lässt du dir eine Chance entgehen?«, konterte er mit sanfter Stimme. »Jedes Mal, wenn du wieder von vorne anfangen musst, wird es schwerer. Dieses erste Jahr, das war das leichteste. Alles war neu, du hattest Energie, du hattest deinen Weg gefunden. Jetzt weißt du, was es anfangs wieder für eine Schinderei sein wird. Jetzt weißt du, wie langatmig die Meetings sein können, wie nervtötend die Leute, in diesen Räumen, in denen es immer zu heiß oder zu kalt ist. Du weißt, dass normale Menschen nicht verstehen, was du durchmachst und dass es ihnen egal ist. Du weißt, wie es ist, um Vergebung zu bitten, Versprechungen zu machen, den Zweifel in ihrem Blick zu sehen und tief in dir drin zu wissen, dass sie recht daran tun, dir nicht zu vertrauen. All das weißt du. Was bedeutet, dass du nicht nur den physischen Schmerz ertragen musst, den du deinem Körper angetan hast, sondern auch den seelischen Schmerz angesichts der Gewissheit, dass jeden Moment die Gier nach Alkohol einsetzen wird. Sie wird kommen, wenn du es am wenigsten erwartest, und dich wochenlang in deiner Wohnung auf und ab laufen lassen wie einen Tiger in seinem Käfig.«

Seine Züge wurden weicher. »Du hast nicht darum gebeten, in eine richtige Klinik zu kommen, Sloane. Warum sollte ich dich also in eine stecken?«

»Ich war nicht in der Lage, um irgendetwas zu bitten.«

»Möchtest du gerne in eine?«

Sie überlegte, wie das wäre. Achtundzwanzig Tage lang Kurse und Gruppenmeetings, intensive Therapie. Sich selbst verlieren, das alles in sich einsickern lassen, in der Hoffnung, dass es diesmal endgültig wirken würde.

»Ich möchte nach Hause.«

»Dann werde ich dich dorthin bringen.«

Sie machte jedoch keine Anstalten, auf seinen Truck zuzugehen. »Wie geht es dir? Was ist passiert?«

»Ich wurde operiert und war ein paar Tage im Krankenhaus. Danach war ich bei deiner Mom und Lester zu Hause. Heute ist der erste Tag, an dem ich selbst fahre, wenn du also bei mir einsteigst, ist das auf eigene Gefahr.«

Sie versuchte, das alles zu begreifen. »Du hast bei meiner Mom und Lester zu Hause gewohnt?«

»Sie sind gute Menschen, und sie machen sich Sorgen um dich.«

»Ich wünschte, sie würden es nicht.« Sie hielt inne, nicht sicher, wie sie erklären sollte, dass sich deren Liebe und Sorge gerade wie eine Last anfühlten. Sie konnte einfach nicht mit dem Druck umgehen.

»Was du dir wünschst, ändert nichts an ihren Gefühlen.« Er deutete mit einer Kopfbewegung auf den Wagen. »Steig ein. Ich glaube, ich kann nicht mehr lange stehen.«

Sie eilte zur Fahrerkabine und setzte sich neben ihn. »Soll ich fahren?«

»Nein.«

»Das wäre nicht schwer. Ich habe deinen Wagen schon öfter gefahren.«

»Ich schaffe das schon.«

»Ellis, du hast eine stundenlange OP hinter dir, du hast viel Blut verloren, und deine Wunde ist noch nicht verheilt. Und vermutlich musst du ohne Schmerzmittel klarkommen – nur eine weitere der vielen Freuden eines Suchtkranken.«

»Ich kann meinen verdammten Wagen selbst fahren«, knurrte er laut.

Seine unerwartete Gereiztheit gab ihren angespannten Nerven den Rest. »Schrei mich nicht an. Ich versuche nur, dir zu helfen. Das machst du immer so. Immer wenn man für dich da sein will, wirst du aggressiv. Das ist bei dir eine reine Einbahnstraße, ist dir das mal aufgefallen? Du darfst immer der starke, ruhige Typ sein, der für alle da ist, wie so ein verdammter Superheld. Du tust immer das Richtige, du verurteilst niemanden. Und dabei siehst du auch noch so verflucht perfekt aus. Aber ich hab Neuigkeiten für dich – du bist nicht perfekt! Du hast ein Kontrollproblem. Du triffst Entscheidungen für Leute unter dem Deckmantel von Behauptungen wie ...« Sie malte Anführungszeichen in die Luft.

»*Ich habe dich nicht in die Klinik gebracht, weil du nicht darum gebeten hast.*« Sloane atmete schwer durch. »Nicht jeder kann darum bitten, Ellis. Du musst dich nicht immer an die Regeln halten. Sie sollen eine Anleitung sein, sie sollen Struktur bieten und nicht jede Sekunde deines Lebens bestimmen.«

Seine Augen funkelten vor Wut. »Als wüsstest du irgendetwas über die Regeln. Du kannst sie ja noch nicht mal fünf Minuten lang befolgen. Immer hast du irgendeine Ausrede. Du bist zu besonders. Du bist nicht wirklich eine Säuferin wie alle anderen. Du kriegst das schon hin mit dem Alkohol. Nein, du kriegst das nicht hin! Du bist Alkoholikerin. Du warst es gestern, du bist es heute, und du wirst es morgen sein. Und wenn du das nicht begreifst, wenn du diese Wahrheit nicht anerkennst, dann wirst du nie trocken bleiben. Und eines Tages in der sehr nahen Zukunft wirst du sterben. Sie werden dich beerdigen. Und was soll ich dann tun?«

Sie starrte ihn an. »Wovon redest du da? Ich weiß, dass ich Alkoholikerin bin.«

Er packte das Lenkrad mit beiden Händen. »Ich nehme es zurück.«

»Was?«

»Ich hätte das alles nicht sagen sollen. Ich nehme es zurück. Komm, ich fahre dich nach Hause.«

Sie schnellte vor, zog den Schlüssel aus dem Zündschloss, nahm ihn blitzschnell in die rechte Hand und steckte ihn sich in die Jeanstasche.

»Wir fahren nirgendwohin, ehe du mir nicht sagst, wovon du da redest«, sagte sie und gab sich Mühe, ihre Stimme ruhig zu halten.

Er senkte den Kopf. »Das steht mir nicht zu. Du musst selbst dahinterkommen.«

»Ich bin auch müde, Ellis. Ich habe seit fast einer Woche nicht geschlafen. Und das meine ich wortwörtlich. Während ich getrunken habe, habe ich zwischendurch immer mal wieder das

Bewusstsein verloren, aber das ist kein Schlaf. Und wie eine Entgiftung abläuft, weißt du. Ich hatte genügend Anstrengung für die nächsten drei Monate. Jetzt sag es einfach.«

Er sah sie traurig an. »Du glaubst nicht, dass du wie alle anderen bist. Das hast du selbst gesagt. Die Regeln sind nur ein Rahmen, den du nach Belieben ausdehnst.«

»Du urteilst über meine Nüchternheit?«, fragte sie kreischend. »Woher nimmst du das Recht? Das darfst du nicht – das ist doch eine von deinen eigenen Regeln. Du darfst sie also brechen und ich nicht?«

Sie hatte noch mehr zu sagen, mehr Entrüstung in sich, die sie ihm entgegenschleudern wollte. Doch irgendwo tief in ihr drin flüsterte eine leise Stimme, dass er recht hatte. Ellis hatte sie immer klarer gesehen als sie sich selbst.

Er hatte jahrelange Erfahrung mit dem, was sie durchmachte, und er hatte schon Dutzenden von Leuten geholfen. Er hatte die Muster gesehen, er kannte die Anzeichen. Er liebte sie – womöglich nicht mehr auf romantische Art, aber sie bezweifelte nicht, dass sie ihm wichtig war. In vielerlei Hinsicht kannte er sie besser, als je irgendjemand sie gekannt hatte.

Sie öffnete die Wagentür und taumelte hinaus. Ihr Brustkorb war wie zugeschnürt, ihre Beine zitterten vor Erschöpfung. Sie konnte nicht denken, sie konnte nicht atmen. Sie drehte sich um und betrachtete das unscheinbare einstöckige Gebäude, in dem sie die Austreibung des Alkohols aus ihrem Körper durchlitten hatte. Sie sah die Autos, die vorbeirasten, die Werbetafeln, die Straßenschilder.

Die ganz normale Welt, dachte sie. Der Ort, an dem alle anderen lebten. Nur sie nicht. Sie war Sloane McGowan. Schön und talentiert. Sie würde mal ein Star werden. Dort, wo andere für ihre Kunst gelitten hatten, waren ihr Gelegenheiten geboten worden.

Es war alles so leicht gewesen. Sie hatte den Arbeitstransporter ihrer Schwester gestohlen, hatte Finleys Leben ruiniert, und ein netter Richter hatte sie zu weniger als drei Jahren Gefängnis verurteilt. Sie hatte den Entzug und ihren Klinikaufenthalt mit Bravour überstanden, hatte eine schöne Wohnung und einen guten Job gefunden, und sie war wieder mit ihrer Tochter vereint. Es war alles so einfach gewesen, weil sie gesegnet war. Sie war etwas Besonderes. Sie war nicht wie alle anderen. Das war sie nie gewesen.

Die Regeln galten für sie nicht. Eigentlich musste sie sie nicht befolgen, da sie, wie gesagt, etwas Besonderes war.

Nach ihrem Ausrutscher, als sie zugegeben hatte, dass sie sich nicht wirklich für eine Alkoholikerin hielt, war sie der Wahrheit bereits recht nahe gekommen. Doch die Konsequenzen dieser Erkenntnis hatte sie nicht akzeptiert. Der Erkenntnis, dass sie für den Rest ihres Lebens mit ihrer Krankheit umgehen musste. Was auch immer passierte, der Alkoholismus würde sie stets begleiten.

Sollte sie sich mal einer Operation unterziehen, müsste sie sehr vorsichtig mit Schmerzmitteln umgehen. Auch wenn sie ein weiteres Kind bekäme, würde sie während der Geburt vermutlich keine entsprechenden Medikamente bekommen. An jedem einzelnen Tag, für den Rest ihres Lebens, würde sie auf der Hut sein müssen. Genau wie jede andere trockene Alkoholikerin.

Das Gewicht der Last, die sie zu tragen hatte, zwang sie buchstäblich in die Knie. Sie knallte auf den harten Asphalt – der Schmerz des Aufpralls schoss ihr bis in die Oberschenkel. Winzige Kiesel stachen ihr in die Hände, und ihr Magen drohte sich abermals zu entleeren. Schließlich ergriffen heftige Schluchzer Besitz von ihr, und ihre Tränen tropften auf den Boden.

Das ist alles zu viel, dachte sie. Das war nicht das Leben, das sie wollte. Das war nicht fair.

Ellis setzte sich neben sie und streichelte ihr sanft den Rücken. Sie drehte sich zu ihm um, wischte sich über das Gesicht und versuchte, ruhig zu atmen.

»Dürfen Heroinsüchtige trinken?«, fragte sie.

»Ein bisschen. Überlegst du, die Sucht zu wechseln?«

»Dafür ist es wahrscheinlich zu spät.«

Er nahm ihre Hände in seine und rieb den Dreck und Schotter ab. »Das zu begreifen, ist der einzige Weg zur Genesung.«

»Aber eine wirkliche Genesung gibt es nicht, oder?«, fragte sie. »Es wird nicht wieder weggehen, es gibt kein Entkommen, ich kann es nicht abschütteln. Ich werde nie wieder normal sein.« Sie sprach diese Worte voller Trotz und dachte dabei daran, dass Minnie sie nicht gutheißen würde.

»Wie lautet der erste Schritt?«

Sie entriss ihm ihre Hände. »Ich will dir gerade so was von auf deinen kaputten Arm boxen.«

Zu ihrer Überraschung lächelte er. »Damit hat deine Schwester auch schon gedroht.« Er wurde wieder ernst. »Wie lautet der erste Schritt?«

Sie stöhnte. »Wir gaben zu, dass wir dem Alkohol gegenüber machtlos sind und unser Leben nicht mehr meistern konnten.«

»Und der zweite?«

»Wir kamen zu dem Glauben, dass eine Macht, größer als wir selbst, uns unsere geistige Gesundheit wiedergeben kann.« Sie funkelte ihn an. »Ich habe ein gutes Gedächtnis.«

»Und da hast du all deine Antworten. Du hast recht, du wirst nie normal sein, zumindest nicht in dem Sinne, wie du es meinst. Du kannst nicht trinken. Etwas in deiner Körperchemie macht Alkohol zu einem Problem. Andere Leute sind blind, bekommen Krebs, verlieren ein Kind oder sonst was. Der Unterschied zwischen den meisten von ihnen und dir ist, dass sie akzeptieren, was passiert ist, und irgendwie damit umgehen. Du aber willst es nicht akzeptieren, daher ist dein Kampf nicht gegen die Krankheit und deine Energie nicht darauf ausgerichtet, deinen Frieden mit ihr zu machen. Du möchtest dich gegen das System stemmen, aber das System ist nicht die eigentliche Ursache. Und deshalb scheiterst du immer wieder.«

Sie öffnete den Mund, um ihm zu sagen, dass er unrecht hatte. Es konnte nicht stimmen, sie wusste doch, dass sie Alkoholikerin war. Es war nicht so, als würde sie es nicht glauben. Sie hatte Behandlungen durchlaufen, sie besuchte Meetings. Sie wusste es!

Sie stand auf und ging zurück zum Wagen. Dort holte sie ihr Telefon aus der Tasche und öffnete die Uber-App. Sekunden später wurde ihr bestätigt, dass ein Fahrer auf dem Weg zu ihr war.

Ellis kam ihr nach. »Ich kann dich nach Hause bringen.«

Sie schüttelte den Kopf und sah ihn an. »Ich muss allein sein. Ich habe nachzudenken.«

Schmerz verdunkelte seine Augen. »Sloane, ich ...«

»Nein«, sagte sie eilig und reichte ihm seinen Autoschlüssel. »Sag nichts. Ich bin nicht sauer, ich bin nur verwirrt. Ich glaube nicht, dass du recht hast, was mich betrifft, aber ich bin bereit, die Möglichkeit in Betracht zu ziehen.« Sie versuchte sich an einem gekünstelten Lächeln. »Es ist ja nicht gerade so, als hätte meine eigene Weisheit mich weit gebracht. Aber gib mir bitte ein wenig Zeit.«

Er nickte, dann deutete er auf den Truck. »Ich möchte wenigstens bei dir bleiben, bis dein Wagen kommt.«

»Okay.«

Sie stiegen ein und saßen schweigend nebeneinander. Nach ein paar Minuten streckte sie die Hand über die Mittelkonsole und drückte seine. Ihr war klar, dass sie etwas sagen sollte, sie wusste jedoch nicht, was. Als ihr Uber kam, ging sie, ohne sich zu verabschieden.

28. Kapitel

Nachdem Ellis wieder nach Hause gezogen war, gingen Finley langsam die Gründe aus, noch weiter bei Jericho zu bleiben. Obwohl es nur ein paar Nächte gewesen waren, hatte sie es genossen, mit ihm zusammenzuleben. Sie hatten einen guten Rhythmus miteinander gefunden – und das nicht nur sexuell. Sie verbrachte einfach gerne Zeit mit ihm, ob sie nun miteinander redeten, kochten oder auch mal nur schwiegen.

Sie wusste, dass sie Gefühle für ihn hatte, sie war sich nur nicht sicher, was für welche es waren und was sie mit ihnen anfangen sollte. Aber jetzt gab es erst mal ein Leben, in das sie zurückkehren musste. Als sie zur üblichen Zeit nach Hause kam, fand sie Aubrey und Lester in der Küche vor. Aubrey kreischte vor Freude, warf sich in ihre Arme und drückte sie an sie.

»Ich habe dich vermisst«, sagte ihre Nichte und drückte sie noch fester.

Finley grinste und wirbelte sie umher. »Ich bin doch erst gestern Morgen noch vorbeigekommen und habe mit dir gefrühstückt.«

»Ich weiß, aber das ist nicht dasselbe.«

Finley setzte sie wieder auf dem Boden ab. »Jetzt bin ich jedenfalls da, du wirst mich also ganz viel sehen.«

Lester lächelte sie an. »Willkommen zurück. Ich bin schon aus deinem Zimmer ausgezogen.«

Sie sah sich in der gemütlichen Küche um. Wie viele Mahlzeiten hatte sie hier zubereitet? Wie viele Stunden hatte sie hier mit Aubrey, ihrer Mom und in letzter Zeit auch mit Lester verbracht?

Dieser Raum war das Herz des Hauses, aber war es auch ihr Zuhause? Sie hatte nicht aufhören können, über das nachzudenken, was sie und Jericho vor ein paar Tagen besprochen hatten. Dass sie das Haus, das sie renovierte, für sich selbst behalten könnte. Wäre das die richtige Entscheidung?

Aubrey bestand darauf, ihr ihre fertigen Hausaufgaben zu zeigen. Erst danach ging sie ins Wohnzimmer, um zu lesen. Finley blieb bei ihrem Großvater in der Küche.

»War alles in Ordnung?«, fragte sie.

Er lachte leise. »Wir haben es zumindest geschafft, ohne dich zu überleben. Übrigens hat mir Ellis vor ein paar Stunden geschrieben. Sloane hat den Entzug hinter sich und ist auf dem Weg nach Hause.«

»Geht es ihr gut? Hat er noch was gesagt?« Finley presste die Lippen zusammen. »Tut mir leid. Ich weiß ja, wie das läuft. Niemand außer ihr selbst kann wissen, ob es ihr gut geht. Sie braucht Zeit, um sich wieder in der Welt zurechtzufinden. Es ist nicht meine Aufgabe, sie zu reparieren. Ich muss herausfinden, was ich von unserer Beziehung erwarte, und ihr Grenzen setzen.«

Er zog die Augenbrauen hoch. »Da hat sich wohl jemand ein bisschen Wissen angelesen.«

»Und nachgedacht. Während wir nach ihr gesucht haben, hatte ich viel Zeit dazu. Aber gelesen habe ich auch.« Außerdem hatte die Zeit, die sie mit Jericho verbracht hatte, ihr geholfen, klarer zu sehen.

Sie setzte sich ihrem Großvater gegenüber. »Bist du glücklich hier?«

»Ja, das bin ich. Ich lebe gerne mit Molly zusammen, und sie ist sehr geduldig mit mir. Wir lernen uns ganz neu kennen. Ich habe mir außerdem mal das Freizeitzentrum für Senioren angesehen. Die Leute sind ein bisschen alt für mich, aber vielleicht finde ich dort trotzdem ein paar Freunde. Kürzlich bin ich auch dem YMCA beigetreten und nutze morgens fast immer das Fitnesszentrum dort.« Sein Gesichtsausdruck wurde weicher. »Und ich habe meine Mädels. Dich, Sloane und Aubrey. Ich habe ein gutes Leben.«

Er griff über den Tisch und berührte ihre Hand. »Es tut mir leid, was ich dir angetan habe.«

Sie wollte nicht über die Vergangenheit nachdenken. »Ich weiß. Ist schon okay.«

»Ist es nicht. Du hast mich geliebt und mir vertraut, und ich habe alles zerstört, was uns verbunden hat. Dadurch habe ich dich gelehrt, misstrauisch zu sein. Klar, das hat schon damit angefangen, dass deine Mutter immer wieder weggegangen ist, aber den wahren Schaden habe ich angerichtet. Das ist der Grund, weshalb du solche Angst hast, Wurzeln zu schlagen.«

Seine Worte erschreckten sie. »Das stimmt nicht.«

»Doch, das stimmt. Bau dir dein eigenes Zuhause auf, Finley. Es ist an der Zeit.«

»Darüber habe ich auch schon nachgedacht«, gab sie zu. »Aber was ist mit Aubrey? Sie liebt es, ihre ganze Familie um sich zu haben.«

»Weshalb sollte sich daran etwas ändern? Molly und ich werden nicht von der Bildfläche verschwinden. Wir werden einspringen und uns um sie kümmern, wenn du es nicht kannst. Genau wie immer.«

»Du willst mich rausschmeißen?«

»Niemals. Ich will nur sagen, dass du stärker bist, als du denkst, und dass wir dich alle lieben.«

Sie starrte einen Augenblick auf den Tisch, dann hob sie den Blick und sah ihn an. »Ich denke, ich liebe dich auch.«

Er lachte. »Sag mir Bescheid, wenn du dir sicher bist.«

»Ich bin mir sicher.«

»Damit machst du einen alten Mann sehr glücklich.«

Sloane fuhr nach Hause und schlief vierundzwanzig Stunden durch. Als sie am späten Freitagmorgen aufwachte, fühlte sie sich wieder etwas mehr wie ein Mensch. Und zum ersten Mal seit einer Woche war sie hungrig. Sie duschte und fuhr dann zum nächsten McDonald's, um dort zu frühstücken.

Das Restaurant war voll von jungen Familien, von kreischenden und umherrennenden Kindern. Der Trubel war eine willkommene Ablenkung von ihren umherwirbelnden Gedanken. Und als sie ihre Mahlzeit beendet und ihren Kaffee ausgetrunken hatte, wusste sie, dass es an der Zeit war, sich dem Chaos zu stellen, das sie in ihrem Leben angerichtet hatte.

Sie sah in ihrer App nach und fand ein Meeting in der Nähe, das in fünfzehn Minuten beginnen sollte.

Zum ersten Mal seit langer Zeit machte sie kein einziges Mal den Mund auf, mal abgesehen vom Aufsagen der Schritte und dem Gebet am Ende. Sie war weder witzig noch charmant noch teilte sie ihre Gedanken mit, sie hörte einfach nur zu.

Nachdem sie wieder gegangen war, fuhr sie zu *Das Gelbe vom Ei*, wartete jedoch draußen, bis das Restaurant kurz davor war, zu schließen. Die Zeit bis dahin nutzte sie, um ihrer Schwester zu schreiben.

Ich bin wieder draußen und war schon bei einem Meeting.

Sie hielt inne. Es gab noch so viel mehr zu sagen, doch momentan fehlten ihr die Worte. Sie drückte auf Senden.

Wie fühlst du dich?

Eine Frage, die Sloane äußerst ungern beantwortete:

Krank, dumm, verlegen, beschämt.

Das tut mir leid. Ich möchte, dass es dir gut geht. Und ich verurteile dich nicht.

Wirklich? Wenn das stimmte, wäre das mal eine echte Veränderung.

Dir gegenüberzutreten, fällt mir manchmal am schwersten.

Finleys Antwort kam unverzüglich:

Das verstehe ich. Ich wünschte, das wäre nicht so.

Ich auch. Sag Aubrey, dass ich morgen nach der Arbeit vorbeikomme, um ihr Hallo zu sagen, und dass wir uns dann nächstes Wochenende länger sehen.

Mach ich.

Sloane zögerte, dann schrieb sie:

Danke, dass du mich gefunden hast.

Du bist doch meine Schwester. Ich hab dich lieb und sehe das als meine Aufgabe.

Sloane musste ein paar Tränen wegblinzeln. Sie konnte sich nicht daran erinnern, wann ihre Schwester und sie sich das letzte Mal gesagt hatten, dass sie sich liebten. Dass diese Worte ausgerechnet jetzt kamen – nach dem, was ihr gerade passiert war. Sie konnte es nicht glauben.

Ich hab dich auch lieb. Wir sprechen uns bald.

Sie steckte ihr Handy weg und sah zum Restaurant. Es war an der Zeit. Als sie hineinging, ermahnte sie sich, ganz ruhig weiterzuatmen. Einige der anderen Angestellten kamen zu ihr geeilt und fragten sie, wie es ihr ging.

»Mir geht es gut, und es tut mir leid, dass ihr wegen mir unterbesetzt wart«, sagte sie und wandte den Blick zum hinteren Teil des Restaurants, von dem sie wusste, dass sie Bryce dort finden würde. »Ich erzähle euch alles später.«

Ihr Chef saß in seinem kleinen, vollgestopften Büro. Gegen Ende des Arbeitstages kam er immer hierher, um ein wenig Papierkram zu erledigen, ehe alle das Restaurant für die Schließung vorbereiteten.

Als sie eintrat, sah er auf und zog die Augenbrauen hoch, sagte jedoch nichts, bis sie sich gesetzt hatte.

»Deine Schwester ist vorbeigekommen«, sagte er zu ihrem Schrecken. »Ich weiß, was passiert ist.«

Das hatte Finley getan? »Das wusste ich nicht.«

»Ich bin überrascht, dass du vorbeikommst«, sagte er. »Du hättest auch einfach anrufen können.«

»Ich dachte mir, falls du mich anschreien willst, hätte ich es verdient, es mir persönlich anzuhören.« Sie senkte den Kopf, zwang sich dann jedoch, ihn anzusehen. »Es tut mir leid. Ich habe letzten Freitag angefangen zu trinken und nicht mehr aufgehört, bis meine Schwester mich am frühen Montagmorgen gefunden hat. Ich habe danach einen Entzug gemacht, und ich glaube, ich bin ...« Sie hielt inne und rechnete nach. Wenn der Montag nicht mitzählte, dann ... »Das ist jetzt der vierte Tag, an dem ich nicht trinke. Ich habe dich hängen lassen, und ich habe das Team hängen lassen. Dabei arbeite ich wirklich gerne hier, Bryce. Und ich würde meinen Job gern behalten, aber ich verstehe es natürlich, wenn das nicht möglich ist.«

Er lehnte sich auf seinem Stuhl zurück und ließ die Hände auf seinem großen Bauch ruhen. »Wie lange bist du jetzt bei mir? Ein Jahr?«

»So ungefähr.«

»Wie oft hast du dich in der Zeit krankgemeldet?«

Sie runzelte die Stirn. »Nie.«

»Und wie oft warst du zu spät?«

»Ich komme nie zu spät.«

»Richtig. Und nach einem Jahr stehen dir zwei Wochen Urlaub zu, sowie ein paar weitere freie Tage. Ich würde sagen, wir nehmen eine dieser Wochen, um deine Fehltage abzudecken, und schauen einfach, wie es weiterläuft.«

Sie starrte ihn verblüfft an. »Du kannst es mir doch nicht so leicht machen.«

»Möchtest du gerne bestraft werden?«

»Ja, oder zumindest irgendwelche Konsequenzen spüren. Wie soll ich denn jemals etwas lernen, wenn mir immer alles auf dem Silbertablett serviert wird?«

»Du bist eine seltsame Type, weißt du das? Ich serviere dir gar nichts auf dem Silbertablett, Sloane. Du hast dir das verdient. Du arbeitest in jeder Schicht hart. Und immer, wenn ich dich gefragt habe, ob du eine doppelte Schicht übernehmen kannst, warst du sofort bereit dazu, ohne Wenn und Aber. Die Gäste mögen dich, und das Team mag dich auch. Daher möchte ich gerne, dass du bei uns bleibst.«

Er zuckte mit einer Schulter. »Es wäre besser für mich, wenn du aufhören würdest zu trinken, aber das geht mich womöglich nichts an.«

In ihren Augen brannten Tränen, doch sie blinzelte sie weg. »Danke. Ich kann gleich morgen wieder anfangen.«

»Und wie du das wirst. Sei pünktlich.« Sein Lächeln strafte seinen strengen Tonfall Lügen. »Und jetzt raus hier. Ich habe zu arbeiten.«

Sie ging schnell zurück in den Speiseraum, wo einige ihrer Kolleginnen darauf warteten, mit ihr zu sprechen.

»Was ist denn passiert?«

»Wir haben uns solche Sorgen gemacht.«

»Bryce wusste irgendwas, aber er wollte nichts sagen.«

»Mir geht es gut«, sagte Sloane, dann atmete sie tief durch. »Aber ich muss euch was sagen. Ich bin Alkoholikerin, und was passiert ist, ist, dass ich wieder angefangen habe zu trinken.«

Sloane hätte das Gespräch mit Ellis gerne noch weiter vor sich hergeschoben. Sie hatte das Gefühl, dass ihr erster Tag zurück in der Welt schon emotional genug gewesen war, doch ein weiterer Punkt stand noch auf ihrer Liste. Also fuhr sie zu seinem Haus und parkte neben seinem Truck in der Einfahrt. Sie war dankbar, dass das Garagentor verschlossen war, denn sie war sich nicht sicher, dass sie den Anblick heute ertragen hätte. Ehe sie sich diesen Erinnerungen stellen konnte, würde sie sich sehr viel stärker fühlen müssen.

Als sie sich dem Haus näherte, öffnete er ihr die Tür. Ellis ließ sie ein, ohne etwas zu sagen. In gegenseitigem stillen Einvernehmen gingen sie ins Wohnzimmer und setzten sich einander gegenüber in die Sessel.

Er sah ein wenig besser aus als noch am Tag zuvor. Er hatte mehr Farbe im Gesicht, und sie vermutete, dass die Schmerzen nachgelassen hatten.

Ellis musterte sie ebenso aufmerksam wie sie ihn. Ihr war klar, was er sah – sie wirkte, als hätte sie gerade eine schwere Grippe hinter sich. Sie hatte viel Gewicht verloren, und ihre Haut war ungesund blass. Sobald sie hier fertig war, würde sie zum Supermarkt fahren und sich mit gesunden Nahrungsmitteln eindecken. Denn wenn sie das mit dem Nüchternbleiben hinkriegen wollte, musste sie sich um ihren Körper ebenso kümmern wie um ihr Gehirn. Das bedeutete gute Nährstoffe, gesunden Schlaf und viel Sport.

Zunächst musste sie aber mit Ellis reden.

Sie hatte keinen genauen Plan, wusste jedoch, was sie zu tun hatte. In gewisser Hinsicht war dies der schwerste Schritt von allen.

»Ich behaupte nicht, dass ich dir in allem zustimme, was du gesagt hast«, begann sie. »Aber ich ziehe weiterhin die Möglichkeit in Betracht, nicht voll und ganz akzeptiert zu haben, wer und was ich bin.«

Er sah sie wortlos an.

Sie senkte den Blick auf den Teppich, das erschien ihr sicherer. »Ich habe meinen Job noch, und ich war schon bei einem Meeting.« Sie hob den Kopf und lächelte. »Neunzig Tage, neunzig Meetings.«

Er schluckte. »Bitte, sag es einfach.«

Er wusste es also. Das sollte sie eigentlich nicht überraschen.

»Ich kann das mit uns nicht«, flüsterte sie. »Du hattest recht, als du mir gesagt hast, dass du eine Ablenkung für mich bist. Nicht nur du, sondern unsere Beziehung. Ich liebe dich, aber ich kann gerade nicht mit dir zusammen sein.«

Er nickte. In seinen Augen schimmerten Tränen. »Das ist die beste Entscheidung. Du musst dich jetzt auf dich selbst konzentrieren. Du hast deine Arbeit und deine Familie, du hast Aubrey. Du schaffst das.«

Der Schmerz zerriss ihr beinahe das Herz. Das Leben war doch so viel besser mit Ellis. So viel leichter.

»Du bist so stark«, sagte sie und ließ ihren eigenen Tränen freien Lauf. »Du bist genau so, wie ich mal werden will. Aber an dem Punkt bin ich noch nicht, und das bedeutet, dass ich dir in unserer Beziehung nicht ebenbürtig gegenüberstehe.«

»Du musst es nicht erklären«, sagte er, seine Stimme brach. »Ich verstehe es.« Er gab ein hohles Lachen von sich. »Schließlich bin ich derjenige, der dir gesagt hat, dass wir lieber nicht zusammen sein sollten. Ich hätte mir mehr Mühe geben sollen, dir zu widerstehen.«

»Ich auch.« Sie wischte sich die Tränen vom Gesicht. »Ich werde dich nicht bitten, auf mich zu warten. Das wäre nicht fair. Stattdessen sage ich, finde eine Frau, die deiner wert ist, und werde glücklich. Bitte. Wenn du mich jemals geliebt hast, werde glücklich.«

Er erhob sich. Sie tat es ihm gleich und schlang die Arme um ihn. Sie hielten einander so fest, dass sie keine Luft mehr bekam, doch das spielte keine Rolle. Nicht in diesem Moment, in dem ihr Herz in tausend Stücke zerbrochen war.

»Warte nicht auf mich«, wiederholte sie. »Wirklich nicht. Versprich mir, dass du dir eine andere Frau suchst.«

»Das kann ich nicht.«

Sie trat zurück und wischte sich erneut über das Gesicht. »Versprich mir, dass du suchst. Ellis, schwör es mir.«

Er sah sie aus schmerzerfüllten Augen an. »Okay, ich werde es versuchen.«

Wie gerne hätte sie gesagt, falls er in einem Jahr noch interessiert sei, könnten sie sich irgendwo verabreden. Sie wusste jedoch, dass das zu egoistisch wäre, denn er war der Typ Mann, der warten würde.

Er wäre immer noch da, bereit, sie wieder zu lieben. Und sie hatte keine Ahnung, wo sie in zwölf Monaten stehen würde. Ihr Ziel war es, abstinent und gesund zu sein, doch sie konnte nur für den heutigen Tag die Verantwortung übernehmen.

Ohne noch etwas zu sagen, drehte sie sich um und ging. Sobald sie aus seinem Viertel gefahren war, hielt sie am Straßenrand an und weinte los. Verzweiflung und Traurigkeit erfüllten sie so vollkommen, dass für nichts anderes mehr Raum war. Der Schmerz war allgegenwärtig. Sie war unendlich erschöpft und wusste, dass sie in diesem Moment extrem labil war. Also tat sie das einzig Richtige, sie öffnete ihre App und suchte nach einem Meeting. Dann lenkte sie ihren Wagen zurück auf die Straße und fuhr geradewegs dorthin.

Molly schüttelte den Kopf. »Nein, das hier nicht. Es ist hübsch, aber du brauchst mehr Glamour.«

Finley widerstand dem Drang, ihr zu sagen, dass sie nicht der glamouröse Typ war, und entschied sich für einen Kompromiss. »Mom, ich bin Gast bei einer Hochzeit. Niemand wird mich beachten.«

»Jericho wird dich beachten.«

»Der sieht mich jeden Tag in Arbeitskleidung.«

»Ein Grund mehr für dich, auch mal zu schillern.«

Sie befanden sich im Keller von Mollys Haus, in dem Finley einen riesigen Schrank für die beachtliche Garderobe ihrer Mutter eingebaut hatte. Eine Hälfte war voll mit Kostümen, und der Rest enthielt Kleidung, die Molly über die Jahre gesammelt hatte.

»Es ist eine Hochzeitsfeier an einem Samstagabend, daher solltest du dich schon ein wenig schick machen. Andererseits ist es eine kleine Hochzeit, du darfst dich also auch nicht zu sehr auftakeln.«

»Siehst du mein Augenrollen?«, fragte Finley.

Molly wischte die Bemerkung mit einer Handbewegung beiseite. »Das habe ich weder gesehen noch gehört. Ich weiß genau, nach welchem Kleid ich suche. Ich passe selbst nicht mehr rein, aber es ist so klassisch und hübsch, dass ich es einfach nicht weggeben konnte. Wo ist es nur?«

Sie ging Kleid für Kleid durch und hielt zwischendurch immer wieder kurz inne, um eins davon sanft zu streicheln oder ihm einen Gruß zuzumurmeln.

»Ah, hier ist es!«

Sie zog ein dunkelblaues, ärmelloses Kleid hervor. In den Stoff waren Fäden eingewebt, die das Licht einfingen, ohne dass es zu sehr glänzte. Der runde Halsausschnitt schien nicht zu tief zu sein, und Finley vermutete, dass der Saum etwas oberhalb der Knie endete.

»Das ist hübsch«, sagte sie.

Ihre Mutter lächelte. »Seine Schlichtheit täuscht. Probier es mal an.«

Finley hoffte, dass es endlich das richtige war, denn sie hatte bereits vier anprobiert, die sie selbst alle für gut befunden hatte, doch ihre Mutter bestand auf Perfektion. Vielleicht ging es ihr aber auch einfach um den Glamourfaktor.

Sie nahm das Kleid. Es war ein wenig enger als die anderen, was sie dazu zwang, beim Anziehen leicht auf der Stelle zu tänzeln, um es sich über die Hüften ziehen zu können.

»Noch nicht gucken«, sagte ihre Mutter und stellte sich hinter sie, um den Reißverschluss hochzuziehen. »So, jetzt dreh dich um.«

Finley gehorchte.

Ihre Mutter klatschte in die Hände und lächelte. »Ja, das ist es!«

Als Finley zum großen Spiegel hinüberging, musste sie zugeben, dass ihre Mutter recht hatte. Das Kleid war wunderschön. Irgendwie brachte die Farbe ihre Haut zum Strahlen, und der Schnitt war ein Traum. Der Stoff lag an allen richtigen Stellen an und bescherte ihr Kurven, die sie eigentlich gar nicht besaß. Wie sie so ihr Spiegelbild betrachtete, musste sie zugeben, dass sie sich ... hübsch fühlte.

»Das ist sehr schön, Mom. Danke!«

»Gern geschehen. Jericho wird so stolz sein, mit dir Arm in Arm zu gehen. Er trägt einen Smoking, oder? Dann brauchst du auch noch ein hübsches Paar Pumps.«

»Ich hab doch meine schwarzen.« Genau genommen ihre einzigen. Sie waren ganz klassisch, da ihr klar gewesen war, dass sie sie ewig behalten würde, und in exzellentem Zustand, da sie sie nur zweimal getragen hatte. Innerhalb von fünf Jahren.

»Nein, nicht die«, sagte ihre Mutter. »Die sind furchtbar hässlich.«

»Die hast du doch selbst für mich ausgesucht.«

»Stimmt, die sind schon in Ordnung, aber nicht für heute Abend. Lass mal sehen. Meine Füße sind ... wie viel? ... eine halbe Nummer größer als deine? Dann tun wir dir vorne und vielleicht auch hinten ein kleines Polster in den Schuh. Wir brauchen also eher richtige Pumps und keine offenen Schuhe.« Sie warf einen Blick auf Finleys nackte Zehen. »Keine Pediküre, daher gehen Sandalen sowieso nicht.«

Sie betrachtete die Wand aus aufgestapelten Schuhkartons, ehe sie einen herauszog und hineinsah. »Hm, die nicht.« Sie wählte ein anderes Paar und nickte. »Probier mal die an.«

Finley zuckte zusammen, als sie die acht Zentimeter hohen Absätze sah, musste jedoch zugeben, dass die Schuhe wunderschön waren. Sie schlüpfte in die silbernen Pumps und schwankte kurz, ehe sie das Gleichgewicht fand.

Die Schuhe betonten die schimmernden Fäden in ihrem Kleid. Sie waren ein wenig groß, doch wie ihre Mom gesagt hatte, würden die Polster ihre Füße an der richtigen Stelle halten und sie etwas bequemer machen.

»Ich habe eine passende Abendtasche dazu«, sagte ihre Mutter.

Finley lachte. »Na klar hast du das.«

Molly fand die Tasche – ein winziges Ding, das nicht viel mehr als ihre Hausschlüssel und eine Kreditkarte würde beherbergen können – und reichte sie ihr. »Und jetzt zu deinen Haaren.«

»Nein«, sagte Finley entschieden und zog die Schuhe aus. »Wir machen mir auf keinen Fall Locken ins Haar.«

Ihre Mutter runzelte die Stirn. »Was sollen wir denn dann damit machen?«

»Ich dachte, du könntest mir vielleicht helfen, so eine glatte Pferdeschwanzfrisur hinzukriegen.«

Ihre Mutter musterte sie kurz, dann nickte sie langsam. »Ja, die Idee gefällt mir. Na schön, dann mal an die Arbeit.«

Finley zog das Kleid aus und hängte es vorsichtig auf den Bügel, ehe sie wieder ihren Bademantel überzog. Molly trug es nach oben, während Finley Schuhe und Tasche nahm. Im Erdgeschoss tänzelte Aubrey bereits aufgeregt von einem Fuß auf den anderen.

»Habt ihr ein Kleid gefunden? Ist es hübsch? Kann ich es sehen?«

Ihre Großmutter hielt es in die Höhe. »Das hier.«

»Oh ja, die Farbe gefällt mir. Ich kann es kaum abwarten, dass du endlich aussiehst wie eine Prinzessin, Finley.«

Finley war sich weniger sicher, eine Prinzessin verkörpern zu können, doch sie wusste das Vertrauen zu schätzen, das Aubrey in sie setzte. Zu dritt gingen sie hoch ins Badezimmer.

Finley hatte bereits ihr bescheidenes Make-up-Arsenal hervorgeholt. Auch wenn sie das Zeug nicht oft benutzte, wusste sie, wie man es auftrug. Ihre Mutter – eine Frau des Theaters – hatte ihren beiden Töchtern sämtliche Tricks gezeigt, die sie kannte. Nun, da Molly das Schminken beaufsichtigte, trug Finley mehr Augen-Make-up auf, als ihr lieb war, und konturierte leicht ihr Gesicht. Als ihre Mutter anerkennend nickte, holte sie die für den glatten Pferdeschwanz benötigten Haarprodukte hervor. Molly half ihr dabei, ihn zu binden, und verbrauchte dann eine halbe Dose Haarspray, um all die kurzen, kleinen Härchen im Zaum zu halten.

An irgendeinem Punkt ließ Aubrey sie allein weitermachen. Als Finleys Haare fertig gestylt waren und ihr nichts mehr zu tun blieb, als sich anzuziehen, drückte ihre Mutter ihr die Hand.

»Ich weiß nicht, wie ich es sonst sagen soll, daher hau ich es einfach raus.« Mollys Augen füllten sich mit Tränen. »Danke, dass du Sloane gerettet hast!«

Finley umarmte ihre Mutter. »Ich habe sie nicht gerettet, Mom. Das muss sie selbst tun.«

»Aber du hast sie gefunden, du hast nicht aufgegeben. Ich hatte so eine Angst.«

»Ich auch.«

Finley hatte ihre Mutter über die Details dieser Nacht im Vagen gelassen. Sie hatte weder den Mann erwähnt, der ihre Schwester belästigt hatte, noch ihre Angst, was alles hätte passieren können in den Tagen, in denen Sloane verschwunden gewesen war.

»Ich wünschte, ich würde verstehen, weshalb sie trinkt«, sagte ihre Mom. »Dann könnten wir es vielleicht in Ordnung bringen.«

»Wir können das nicht in Ordnung bringen. Der Alkoholismus bleibt für immer. Sie kann lernen, mit ihrer Krankheit umzugehen, aber die ist nicht wie ein Infekt, der irgendwann ausheilt und um den man sich nie wieder Gedanken machen muss.«

»Du klingst so ruhig. Sonst warst du doch immer so wütend.«

»Ich weiß.« Finley atmete tief durch. »Irgendwas ist im Krankenhaus mit mir passiert, bevor sie abgehauen ist. Sie war voll von Blut – nicht ihrem eigenen – und völlig außer sich. Ich konnte ganz klar sehen, was sie tun würde, aber außer sie physisch davon abzuhalten, gab es nichts, was ich machen konnte. Ich konnte ihr nicht gut zureden. Ich konnte sie nicht anflehen, nicht zu trinken. Ich konnte nichts anderes tun, als zuzusehen, wie sie sich selbst zerstört.«

Sie sah ihre Mutter an. »Ich glaube, das war der Moment, als ich es begriffen habe. Dass es dabei nicht um mich geht, es ging nie um mich. Was sie tut, darf ich nicht persönlich nehmen, denn sie tut es nicht, um mir etwas anzutun. Wäre es nicht mein Leben gewesen, das sie zerstört hat, wäre es das Leben eines anderen gewesen. Ich war ein willkommenes Opfer, aber das lag nur daran, dass ich gerade in der Nähe war. Sloane tut, was sie tut, weil sie Alkoholikerin ist. Ellis hatte recht, als er mir sagte, dass ich Grenzen setzen und mich an sie halten muss. Daran arbeite ich jetzt.«

Ihre Mutter legte ihr eine Hand auf den Arm. »Ich bin froh, dass du deinen Frieden mit ihr gefunden hast.«

»Na ja, bis zum Frieden ist es noch ein langer Weg, aber irgendwann werde ich dahin kommen. Ich bin es leid, ihr ständig böse zu sein, das ist total anstrengend. Akzeptanz ist viel besser. Es gibt allerdings einige Verhaltensweisen, die ich nicht tolerieren werde. Und es ist auch nicht so, als würde ich entschuldigen, was sie getan hat, oder ihr alles vergeben. Das wird noch eine Weile brauchen. Aber sie ist meine Schwester, und ich liebe sie.«

Ihre Mutter umarmte sie. »Du machst mich so stolz.«

Finley erwiderte die Umarmung. »Danke, Mom. Sloane macht es einem wirklich nicht leicht.«

»Nein, das stimmt.« Molly ließ sie los. »Eine Weile lang hatte ich Angst, dass du versuchen würdest, das Sorgerecht einzuklagen. Ich bin froh, dass ich damit falschlag.«

Eine Welle von Schuldgefühlen überrollte Finley. Das war tatsächlich ihr Plan gewesen. Gott sei Dank hatte sie ihn nicht durchgezogen.

»Sloane wird immer Aubreys Mutter sein.«

»Das bist du auch, auf gewisse Art«, sagte Molly. »Es gefällt mir, dass sie ein Teil unser aller Leben ist und wir sie zusammen großziehen. So sollte eine Familie sein.«

Noch mehr Schuldgefühle stiegen in ihr auf. »Also, Mom, was das betrifft ... Ich habe überlegt, dass es für mich und Aubrey an der Zeit ist, ein eigenes Zuhause zu haben. Wäre das in Ordnung für dich?«

Ihre Mutter lächelte. »Willst du mir etwa sagen, dass du auszeihst? Das wird ja mal höchste Zeit. Ich fand es wunderschön, euch beide bei mir zu haben, und ein Teil von mir wünscht sich, dass ihr für immer bleibt, aber du brauchst ein eigenes Leben. Und hier zu wohnen, macht es dir zu leicht, so zu tun, als wäre das nicht so. Dein Großvater und ich werden immer da sein, um dir mit Aubrey zu helfen, und ich wünsche mir ganz viel Familienzeit mit meinen Mädels, aber du musst dich weiterentwickeln.«

Finley sah ihre Mutter an, nicht sicher, was sie sagen sollte. »Warum hast du mir das nicht schon früher gesagt? Weil ich so schwierig bin? Das will ich gar nicht sein.«

»Süße, das bist du auch nicht. Ja, du kannst dickköpfig sein. Aber der Grund, weshalb ich es dir nicht gesagt habe, ist, dass es sich nicht richtig angefühlt hat.« Sie lächelte. »Ich war noch nicht bereit, dich gehen zu lassen.«

Sie umarmten sich noch einmal, dann warf Molly einen Blick auf die Uhr und kreischte auf. »Jericho wird in fünf Minuten hier sein! Los, zieh dich an, beeil dich!«

Finley schlüpfte in das Kleid, und Molly zog ihr den Reißverschluss hoch. Dann ging sie mit den Schuhen in der Hand nach unten und verstaute ihr Handy, ihre Schlüssel und ihre Kreditkarte in der winzigen silbernen Tasche.

»Ich werde einen Mantel brauchen«, sagte sie, nicht sicher, was zu dem Kleid passen würde. »Irgendwelche Vorschläge?«

»Deine Lederjacke!«, sagte ihre Mutter entschieden.

»Zu dem Kleid?«

Molly grinste. »Ja. Der Kontrast wird sexy sein.«

Finley hatte ihre Zweifel, durchwühlte jedoch den Garderobenschrank, bis sie sie gefunden hatte. Aubrey und Lester kamen zu ihnen ins Wohnzimmer.

»Lass dich mal ansehen«, sagte ihr Großvater.

Finley schlüpfte in die Pumps, dann vollführte sie eine langsame Drehung.

Aubrey klatschte begeistert in die Hände. »Du bist eine echte Prinzessin! Ich wusste, dass du eine sein würdest.«

»Sehr hübsch«, bestätigte ihr Großvater und küsste sie auf die Wange. »Die Braut wird neidisch sein.«

»Danke.«

Sie bezweifelte, dass die überirdisch schöne Lauren auch nur im Geringsten eingeschüchtert sein würde, doch sie wusste den Zuspruch zu schätzen. Die Türglocke erschallte. Aubrey rannte los, um aufzumachen, und quietschte vor Freude, als sie Jericho sah.

»Du siehst so toll aus. Was hast du denn da an?« Sie strich über den Ärmel seines Smokings. »Ich kann es gar nicht abwarten, endlich groß zu sein und auch zu einer Hochzeit zu gehen!«

Finley musste ihr recht geben, er sah wirklich gut aus. Der dunkle Stoff betonte seine breiten Schultern und seine muskulöse Statur. Zudem hatte er sich rasiert und sich die Haare schneiden lassen. Doch das Beste von allem war seine Reaktion, als er sie sah. Er riss bewundernd die Augen auf und lächelte so strahlend, dass es sie beinahe blendete.

»Du siehst umwerfend aus«, sagte er, trat zu ihr und küsste sie auf die Wange.

»Sie wird die Braut überstrahlen«, bemerkte Lester.

»Das glaube ich auch.«

Finley spürte, wie sie rot wurde, was ihr sonst nie passierte. Dämliches Aufbrezeln, dachte sie.

»Du siehst aber auch gut aus.«

Jericho nahm die kleine Übernachtungstasche, die sie gepackt hatte, und sie winkte ihrer Familie zu. Nach der Hochzeit würden sie und Jericho zu ihm nach Hause fahren.

»Wir sehen uns morgen«, sagte sie.

»Mach bitte Fotos«, trug Aubrey ihr auf. »Ich will alles sehen.«

»Mach ich.«

Als sie in seinem Truck saßen, wandte Jericho sich ihr zu. »Du bist gut darin, dich zurechtzumachen.«

Sie lachte. »Das war Teamarbeit. Ich mache mich nicht gerne schick, aber ich weiß, wie es geht.«

»Allerdings.« Seine Augen wurden noch dunkler. »Zu schade, dass wir den Abend an die Hochzeit verschwenden müssen. Ich würde dich viel lieber ausführen und mit dir angeben.«

Ein Gefühl von Wärme durchflutete sie. »Nächstes Mal«, sagte sie.

Er wandte den Blick nach vorn und legte die Hände aufs Lenkrad. »Na schön, die Trauung und der Empfang danach dauern wie lange? Drei Stunden vielleicht? Und dann ist die Sache erledigt?«

»Wir stehen das gemeinsam durch.«

29. Kapitel

Finley konnte sich nicht wirklich entspannen, ehe Lauren und Gil zu Mann und Frau erklärt worden waren. Sie klatschte mit den anderen Gästen mit, dann suchte sie Jerichos Blick und lächelte ihm zu, als er diskret den Daumen hochstreckte.

Die Zeremonie, die in einem schönen Raum des Woodmark Hotels am Lake Washington stattfand, war kurz. Lauren trug ein elegantes elfenbeinfarbenes Abendkleid in Dreiviertellänge. Falls von der Schwangerschaft schon etwas zu sehen war, verbarg es den Babybauch geschickt. Gil sah beinahe ebenso gut aus wie sein Bruder, doch in Finleys Augen war eindeutig Jericho der Schönste in der Familie.

Antonio, der in seinem Anzug ebenfalls eine sehr gute Figur machte und neben seinem nicht weniger attraktiven Ehemann saß, beugte sich zu ihr rüber.

»Ich habe die ganze Zeit gedacht, dass noch irgendjemand Einspruch erheben würde«, flüsterte er.

»Ich auch. Oder dass Lauren die Flucht ergreift.«

»Ich glaube, die beiden werden glücklich miteinander«, sagte Dennis entschieden.

»Wie kannst du nur so optimistisch sein?«, fragte Antonio lachend. »Du bist doch Anwalt.«

Sie erhoben sich gemeinsam mit den anderen Gästen und warteten, bis Gil und Lauren an ihnen vorübergeschritten waren. Das Abendessen würde in einem Ballsaal auf der anderen Seite des Flurs serviert werden. Janine, Jerichos Mutter, die sie vor der Zeremonie kennengelernt hatte, hatte etwas von einem schönen

Blick aufs Wasser gesagt. Das interessierte Finley jedoch weitaus weniger als die Tatsache, dass Lauren und Gil jetzt verheiratet waren und, mit ein bisschen Glück, glücklich miteinander werden würden.

»Wartest du noch auf Jericho?«, fragte Antonio.

Sie nickte.

Er nahm die Hand seines Ehemanns. »Dann halten wir euch Plätze an unserem Tisch frei. Mom hat gesagt, es gibt freie Platzwahl – eine Katastrophe, wenn du mich fragst. Aber mich fragt ja keiner.«

Die beiden gingen in Richtung Ausgang. Statt sich ihnen anzuschließen, trat Finley zur Seite und wartete auf Jericho, der bereits auf sie zukam. Er lächelte, als er sich ihr näherte.

»Alles, woran ich denken konnte, war, dass sie jetzt nur noch ihr gegenseitiges Problem sind«, sagte er grinsend.

»Außer dass sie immer noch zu deiner Familie gehören und du ihnen nie wirklich entkommen wirst.« Sie hielt inne. »Also nicht, dass meine Familie nicht auch ihre Probleme hätte. Das ist wohl so ein Ding bei Familien.«

Er zog sie an sich, und sie erwiderte die Umarmung. Wegen ihrer hohen Absätze waren sie beinahe gleich groß.

»Es war eine schöne Zeremonie«, sagte sie, als die letzten Gäste den Raum verließen.

»Ja, fand ich auch. Gil war nervös, ehe es losging, aber jetzt fühlt er sich bestimmt besser.« Jericho grinste. »Das blaue Auge ist immer noch zu sehen.«

Finley nickte. Die Prellung war inzwischen zu einem ungesunden Gelbgrün verblasst. »Das wird eine lustige Anekdote, die sie für den Rest ihres Lebens erzählen können. Ah, Antonio hat übrigens gesagt, dass er und Dennis uns Plätze an ihrem Tisch freihalten.«

»Gut. Dann sind wir beim Essen wenigstens unter Freunden.« Er legte ihr die Hand auf den Rücken. »Habe ich schon erwähnt, dass du wunderschön aussiehst?«

Sie lächelte. »Ja, hast du. Und du selbst siehst ebenfalls verdammt gut aus.«

Seine Augen wirkten noch dunkler vor lauter Bewunderung. »Das ist ein guter Moment, dir dafür zu danken, dass du mitgekommen bist.«

Sie schüttelte den Kopf. »Du brauchst dich nicht zu bedanken. Ich hätte dich auf keinen Fall ohne weibliche Begleitung hierherkommen lassen. Nicht bei dem ganzen Wahnsinn, der vorher los war.«

Sie war ihm gerne nahe, ließ sich gerne von ihm berühren. Und es gefiel ihr, dass sie füreinander sorgten. Sie legte ihm die Hände auf die Brust und sah ihm in die Augen, denn sie verspürte das Bedürfnis, ihm etwas zu sagen. Nur wusste sie nicht genau, was. Gefühle wallten in ihr auf – große Gefühle von Glück, die jedoch etwas undefiniert waren. Sollte sie ihm vielleicht sagen, dass sie ihn wirklich mochte und sich wünschte, ihn weiterhin zu sehen? Oder vielleicht ...

Er gab ihr einen sanften Kuss. »Ich bin verrückt nach dir, Finley.« Er zögerte. »Ach, was soll's, ich sag's einfach. Ich bin verliebt in dich, und ich hoffe, dass du dir vorstellen kannst, irgendwann auch für mich so zu empfinden.«

Ihr Mund wurde plötzlich ganz trocken, ihr Herz hämmerte in ihrer Brust. »Ich auch«, sagte sie mit leicht piepsiger Stimme. Sie räusperte sich. »Ich meine, ich habe auch gedacht ...« Sie atmete tief durch. »Wow, ich bin echt schlecht darin. Vermutlich, weil ich nicht viel Übung darin habe, in einer Beziehung zu sein.«

Er schenkte ihr ein liebevolles Lächeln. »Du machst das großartig. Sprich weiter.«

Sie lachte. »Ich liebe dich auch, Jericho. Du bist wundervoll, und ich kann nicht glauben, dass du Single bist und mich ebenfalls liebst. Lauren ist die dümmste Frau auf dem Planeten, und ich bin so unendlich dankbar dafür, denn wegen ihrer Dummheit können wir jetzt zusammen sein.«

»Ja, genau das wünsche ich mir. Du und ich und Aubrey.«

»Da seid ihr zwei ja«, sagte Antonio, der zurück in den Raum kam. »Wir haben auf euch gewartet und schon gedacht, ihr habt euch verlaufen oder so.« Er hielt inne und riss die Augen auf. »Oh mein Gott! Habt ihr gerade einen besonderen Moment?«

Jericho grinste seinen Freund an. »Wir haben uns gerade unsere Liebe gestanden.«

Antonio kam zu ihnen geeilt. »Oh, ich kann's kaum abwarten, es Dennis zu sagen. Er liebt Happy Ends.«

Sie umarmten einander, dann eskortierte Antonio sie zum Speisesaal. »Ich frage mich, ob sie wohl einen einigermaßen annehmbaren Champagner servieren werden. Wir müssen auf euch zwei anstoßen. Und auf die beiden anderen wohl auch.« Er hakte sich bei Finley unter. »Ich freu mich so sehr. Wir haben Pärchentreffen mit Jericho vermisst. Glaub mir, wir werden so viel Spaß haben. Oh, fast hätte ich es vergessen – Dennis und ich haben für diesen Sommer ein Haus in Frankreich gemietet, und ihr zwei müsst unbedingt kommen. Es ist riesig und alt und wunderschön. Bitte sag Ja!«

Finley sah Jericho an, der mit den Schultern zuckte. »Familie«, sagte er. »Da kann man nichts machen.«

Sie lachte. »Sieht ganz so aus, als würde ich mit dir nach Frankreich fahren."

Sloane parkte vor dem einstöckigen Haus. Finleys Subaru und ein großer Truck standen in der Einfahrt. Sie hatte ihre Sonntagsschicht bei *Das Gelbe vom Ei* beendet und war bei einem Meeting gewesen. Nun war sie bereit, einen weiteren Schritt in ihrem Genesungsprozess zu gehen.

Sie war diesem Gespräch nun schon seit drei Wochen ausgewichen. Zwar hatte sie Finley ein paarmal gesehen, wenn sie Aubrey zu ihrem Samstagnachmittagsbesuch abgeholt hatte, doch sie hatten nie über das gesprochen, was passiert war.

Sloane hätte gerne behauptet, dass sie erst ihre Gedanken hatte ordnen müssen, doch die Wahrheit lautete, dass sie sich versteckt hatte. Sie hatte ihrer Schwester nicht gegenübertreten und sich zum wiederholten Mal für ihr Verhalten entschuldigen wollen, daher hatte sie es so lange vor sich hergeschoben, wie sie nur konnte. Doch jetzt war es an der Zeit, Rechenschaft abzulegen.

Sie stieg aus ihrem Wagen und ging zur Eingangstür, klopfte und trat ein. Drinnen hörte sie Gehämmer, dazu lief Musik.

»Hallo«, rief sie. »Ich bin's.«

Die Musik ging aus, und Finley kam aus einem Raum, in dem Sloane die Küche vermutete. Zu ihrer Überraschung lächelte ihre Schwester.

»Hey, ich wusste nicht, dass du vorbeikommen wolltest.«
»Ich weiß, ich hab's dir ja auch nicht gesagt.«

Jericho trat zu Finley. »Hallo, Sloane. Schön, dich zu sehen.«
»Dich auch.«

Er sah zwischen ihnen hin und her. »Ich gehe mal die Farbe kaufen, von der wir eben geredet haben.«

Finley nickte, und er gab ihr einen Kuss. Sloane klopfte er auf die Schulter, und dann ging er.

Finley bedeutete ihr, ihr zu folgen. »Komm«, sagte sie. »Wir haben ein paar Campingstühle hier und einen Kühlschrank voll Limonade. Ich glaube, es sind auch noch ein paar Kekse übrig vom Mittagessen.«

Sloane hatte zwar nicht erwartet, dass ihre Schwester sie anschreien würde, die freundliche Einladung war dennoch eine Überraschung. Sie folgte ihr durch eine halb renovierte Küche mit schönen Schränken, jedoch ohne Arbeitsplatte.

»Die Maße für die Quarzsteinplatte wurden letzte Woche genommen«, sagte Finley. »Wir erwarten sie Ende des Monats.«

Hinter der Küche lag ein Raum, von dem Sloane annahm, dass es das Wohnzimmer war. Dort standen zwei Campingstühle an einem kleinen Klapptisch. Finley holte jeder von ihnen eine Limonade und legte eine Packung Kekse auf den Tisch, dann setzte sie sich. Sloane nahm auf dem Stuhl ihr gegenüber Platz.

»Was macht ihr sonst noch in dem Haus?«, fragte Sloane.

Finley grinste. »Es wäre einfacher, dir zu erzählen, was wir nicht machen. Wir reißen die Bäder komplett raus, streichen, verlegen neue Böden. Nur das Dach ist in einem guten Zustand, was schon mal viel wert ist.« Sie zog am Metallring und öffnete ihre Dose. »Du siehst gut aus. Wie fühlst du dich?«

»Besser. Ich schlafe, und ich esse gut. Und ich gehe jeden Tag zu einem Meeting.« Sloane streckte die Hand nach ihrer Limonade aus, dann schob sie sie weg. »Ich wollte dir dafür danken, dass du mich suchen gekommen bist.«

»Das musste ich tun. Ich hab mir Sorgen gemacht.« Finley blickte zur Seite. »Wurdest du, ähm, auf der Entzugsstation irgendwie untersucht?«

»Ja. Abgesehen vom Alkohol war alles in Ordnung. Wieso?«

»Als Jericho und ich in die Bar kamen, war irgend so ein Typ gerade dabei, dich zu begrapschen. Ich hatte Sorge, dass dir etwas passiert sein könnte.«

Sloane versteifte sich. »Mir geht's gut«, wiederholte sie. »Es ist alles okay.«

Was allerdings reine Glückssache gewesen ist, dachte sie. Genauso gut hätte sie tot am Straßenrand liegen oder, wie Finley offensichtlich befürchtet hatte, vergewaltigt worden sein können. Sie hatte nicht die geringste Erinnerung daran, was zwischen ihrer Flucht aus dem Krankenhaus und dem Entzug passiert war. Noch nicht mal eine vage – all das hatte ihr Gehirn vollständig verlassen.

»Ich bin froh, dass es dir gut geht«, sagte Finley.

Sloane musterte sie. »Irgendwas ist anders an dir.« Sie hielt inne. »Du bist gar nicht wütend.«

»Nein, bin ich nicht. Auch ich habe endlich Erleuchtung gefunden.« Sie schwenkte abwiegelnd ihre Limodose. »Na ja, das ist vielleicht ein bisschen zu viel gesagt, aber ich arbeite daran. Ich werde dir Grenzen setzen und deine Schwester sein, aber der Rest, die Trinkerei, ist nicht meine Sache. Ich kann nicht kontrollieren, was du tust oder nicht tust. Ich werde auf mich selbst und auf Aubrey aufpassen, alles andere ist deine Verantwortung.«

Das klang so toll, dass es irgendeinen Haken geben musste. »Hast du mir vergeben, was ich dir angetan habe?«

Finleys Lächeln wirkte bedauernd. »Daran arbeite ich noch. Das mit der Vergebung braucht noch eine Weile.«

Sloane entspannte sich. Das klang schon mehr nach der Finley, die sie kannte.

»Wann bietest du das Haus zum Verkauf an?«, fragte sie.

Ihre Schwester rutschte plötzlich unruhig auf ihrem Stuhl hin und her. »Ähm, es gab da eine kleine Planänderung. Aubrey und ich werden hier für ein paar Monate einziehen.«

Sloane konnte ihre Überraschung nicht verbergen. »Davon hatte ich keine Ahnung. Weiß Mom es?«

»Ja, und sie hat mir ihren Segen gegeben. Es ist an der Zeit für mich, mein eigenes Leben zu leben.« Finley zögerte, dann griff sie in ihre Jeanstasche und holte einen Diamantring hervor. »Also, ähm, Jericho und ich sind verlobt. Sobald das Haus fertig ist und Aubrey und ich hier eingerichtet sind, werden wir anfangen, ein Haus für uns drei zu entwerfen. Nach der Hochzeit wird er erst mal hier einziehen, und wir werden sein Haus verkaufen, und später ziehen wir dann gemeinsam in das neue Haus.«

Sloane versuchte, all die neuen Informationen aufzunehmen. Auf ihre Überraschung folgte eine gute Portion Verletztheit. »Du bist verlobt und hast es mir nicht erzählt?«

Finley schrumpfte förmlich auf ihrem Stuhl zusammen. »Ich wusste nicht genau, was bei dir gerade so los ist, und wollte dich nicht davon ablenken, nüchtern zu bleiben.«

»Wenn meine Schwester sich verlobt, will ich das doch wissen.«

Sie starrten einander an, dann sprangen sie beide gleichzeitig auf, eilten aufeinander zu und umarmten sich fest.

»Ich hätte es dir sagen sollen«, gestand Finley ein. »Es tut mir leid.«

»Nein. Ich hätte nicht so lange damit warten sollen, mit dir zu reden. Ich hatte Angst, dass du wütend sein würdest.«

Sie setzten sich wieder.

»Steck den Ring an. Ich will ihn sehen.«

Finley schob ihn sich auf den Finger. Der große Diamant schimmerte im Nachmittagslicht.

»Er ist wunderschön«, sagte Sloane. »Herzlichen Glückwunsch.«

»Danke. Wir sind sehr glücklich. Aubrey haben wir es aber noch nicht gesagt, da wir wussten, dass sie kein Geheimnis für sich behalten kann. Ich erzähle es ihr heute Abend.«

»Sie wird begeistert sein.« Sloane atmete tief durch und versuchte, ihre Gefühle zu definieren. Die Verletztheit war noch immer da, auch wenn sie die Beweggründe ihrer Schwester verstehen konnte. Dann war da natürlich Freude. Und eine dicke Portion Neid.

Was ihre Schwester hatte, wünschte sie sich auch für sich selbst – ein gutes Leben mit der Aussicht auf eine glückliche Zukunft. Und jemanden, mit dem sie all das teilen konnte. Ach, Ellis, dachte sie traurig.

»Was ist?«, fragte Finley. »Bist du sauer? Es tut mir wirklich leid, dass ich nicht schon früher was gesagt habe. Das hätte ich wirklich tun sollen. Es wird eine Weile dauern, bis ich die Regeln klar habe.«

»Ich weiß, das ist es nicht. Ich bin froh, dass du und Jericho euch gefunden habt.« Sie zögerte. »Ellis und ich sind nicht mehr zusammen.«

»Was? Oh nein. Wir lieben Ellis doch. Was ist passiert?«

Sloane wusste nicht genau, wie sie es erklären sollte. »Es gibt da so eine Theorie über trockene Alkoholiker, dass sie sich am Anfang voll und ganz darauf konzentrieren müssen, nüchtern zu bleiben. Andere Dinge, wie eine Beziehung, können eine Ablenkung darstellen. Ellis hatte das schon mal angesprochen, und damals habe ich nicht auf ihn gehört, aber ich glaube, dass er recht hat. Jedenfalls was mich betrifft. Ich muss herausfinden, wie ich alleine zurechtkomme und meiner Krankheit ins Auge blicken kann, und was das für meine Zukunft bedeutet.«

»Hat er dich verlassen?«

Sloane gelang ein Lächeln. »Nein, ich habe ihn verlassen.«

»Wirklich? Ist er sehr traurig? Und wie geht's dir? Wenn du es warst, die ihn verlassen hat, kann ich ihn nicht hassen. Ach, Sloane, das ist alles ganz schön viel auf einmal. Bitte rede mit mir.«

Während sie sprach, streckte Finley die Arme nach ihr aus. Sloane tat es ihr gleich, und sie nahmen sich an den Händen. In der Sekunde, in der sie sich berührten, brachen sich ihre Gefühle Bahn, und sie fing an zu weinen.

»Ich vermisse ihn so sehr«, gab sie zu. »Es ist schwer, nicht gleich zu ihm zurückzulaufen. Ich liebe ihn, und er ist so ein guter Mensch, aber ich weiß, dass es richtig so ist.«

Sie ließ Finley los und wischte sich die Tränen vom Gesicht. »Ich habe ihm sehr wehgetan, das weiß ich. Ich hätte ihn so gerne gebeten, auf mich zu warten, aber das wäre grausam. Ich meine, dann sage ich ihm, dass er ein ganzes Jahr warten soll, und was ist dann? Dann trinke ich vielleicht wieder? Ich muss es einfach so machen. Ich muss herausfinden, wie ich es schaffen kann. Ich wünschte nur, ich könnte es mit ihm tun.«

Finley stellte ihren Stuhl um, sodass sie nebeneinandersaßen, und umarmte sie. »Alkoholikerin zu sein ist echt beschissen.«

Der überraschende Kommentar brachte Sloane zum Lachen, und ihre Tränen versiegten. Sie wischte sie sich ab.

»Wird dir das erst jetzt klar? Das weiß ich schon seit Jahren.«

Sie umarmten sich noch einmal.

Sloane öffnete ihre Limonadendose. »Erzähl mir von Jerichos Familie. Er hat einen Bruder, oder?«

»Ja. Der gerade Jerichos Ex-Frau geheiratet hat. Das ist eine komplizierte und zu lange Geschichte, als dass ich sie dir jetzt erzählen könnte. Ich habe noch nie wirklich Zeit mit ihnen verbracht, aber wir hatten ein Abendessen mit seiner Mom, und sie ist eine ganz Liebe. Ich glaube, unsere Mütter werden sich gut verstehen. Und Aubrey findet ihn jetzt schon wundervoll, mit ihr wird es also ein Leichtes.«

»Und wie soll die Hochzeit werden?«

Finley rollte mit den Augen. »Klein und schlicht. Ich weiß es nicht. Wir haben noch nicht wirklich darüber gesprochen. Seine Mom hat uns ihren Garten angeboten, der sehr schön ist, aber das schränkt das Ganze zeitlich etwas ein, da ja unser Wetter hier eher unbeständig ist. Jericho sagt, wir können es gerne so machen, wie ich will, aber du kennst mich. Ich zerbreche mir nicht so gerne den Kopf über solche Sachen. Antonio, Jerichos bester Freund, ist allerdings gut in Planung und Gestaltung. Er hat uns seine Hilfe angeboten.«

»Wie wär's, wenn ich mal mit Mom rede, und wir gemeinsam schauen, was uns so einfällt? Wir könnten auch mit Antonio sprechen. Zu dritt fallen uns sicher zumindest ein paar nette Veranstaltungsorte ein. Wollt ihr es noch in diesem Jahr machen?«

»Wir hoffen, dass wir heiraten können, wenn das Haus hier fertig ist.«

»Dann sollten wir uns besser mal an die Planung machen.«

»Das würdest du wirklich für mich tun?«, fragte Finley.

»Liebend gerne.« Das würde sie nicht nur auf andere Gedanken bringen, sondern ihr auch die Möglichkeit geben, ihrer Schwester gegenüber wenigstens im Kleinen wiedergutzumachen, was sie ihr angetan hatte.

Sie lächelte. »Das wird spaßig.«

Finley wirkte nicht überzeugt. »Aber bitte nicht zu schick. Kein Schnickschnack, nicht zu förmlich und keine farblich aufeinander abgestimmte Kleidung oder Deko. Und keine Enten.«

Sloane zog die Augenbrauen hoch. »Wie kommst du auf Enten?«

»Weiß auch nicht. Ich habe im Supermarkt ein Brautmagazin durchgeblättert, und da war ein Foto von einer Braut an einem Teich mit Enten. Das hat Panik bei mir ausgelöst.«

»Na schön, keine Enten.«

Finley griff nach ihrer Hand. »Aber du wirst dabei sein? Versprochen?«

Sloane kannte die Gefahr von Versprechen. Sie hatte Hunderte, vielleicht Tausende gegeben, die sie nicht gehalten hatte. Ein Muster, von dem sie entschlossen war, es zu durchbrechen.

»Es ist meine feste Absicht, diesen wundervollen Tag mit dir zu erleben«, erklärte sie ihrer Schwester.

Finley lächelte. »Es ist schön, so miteinander zu reden. Wenn ich nicht die ganze Zeit wütend bin, kriegen wir es vielleicht hin, Freundinnen zu sein.«

»Das wäre schön.« Sloane sprach ein kurzes, stilles Gebet des Dankes. »Das wäre sogar sehr schön.«

Ein Jahr und vier Monate später ...

Am ersten Novembertag fuhr Sloane besonders früh zu *Das Gelbe vom Ei*, um die letzten Halloweendekorationen gegen die für Thanksgiving auszutauschen. Bryce hatte die Feiertage stets ignoriert und missmutig erklärt, dass die Leute das entsprechende Datum schließlich selbst kannten und wenn nicht, das nicht sein Problem sei. Doch als sie vor sechs Monaten zur stellvertretenden Managerin des Restaurants ernannt worden war, hatte Sloane ihn davon überzeugt, dass es einen netteren Umgang damit gab.

Auf den Tischen standen nun kleine Vasen mit frischen Blumen, die eine Blumenzüchterin jeden Dienstagmorgen während ihrer wöchentlichen Runde durch Seattle lieferte. Außerdem zierten Flaschenkürbisse und ein paar Keramiktruthähne die Wandregale, die sie mit Finleys Hilfe angebracht hatte.

Die Speisekarte war gleich geblieben – sie würde sich hüten, etwas so Perfektes anzutasten. Aber sie hatte Bryce dazu überredet, eine neue Registrierkasse anzuschaffen, an der die Kunden ihre Rechnung kontaktlos per Karte oder über eine Zahlungsapp begleichen konnten. Zwar hatte er zunächst gegrummelt, dass seine Gäste gar nicht so technikaffin seien, aber damit hatte er falschgelegen, denn die Stammgäste hatten das neue System begrüßt.

Zudem erhielt Bryce nun jeden Tag nach Schließung des Restaurants eine digitale Abrechnung, die er so detailliert gestalten konnte, wie er wollte, und die ihn weniger Zeit in seinem Büro verbringen ließ. Sie arbeitete daran, dass er auch den Warenbestand digital verwaltete, doch der Kampf dauerte noch an.

Um Punkt sechs Uhr öffnete sie die Tür und begrüßte herzlich die ersten Gäste. Und um sieben gab es bereits eine Warteliste, auf der zehn Tischgesellschaften standen. Zum Glück mussten die Leute zumindest nicht im Regen und bei den sechs Grad, die draußen herrschten, Schlange stehen. Das neue Zahlungssystem beinhaltete nämlich auch eine Wartelistenfunktion, die die Kunden per Handynachricht darüber informierte, wenn ihr Tisch frei war. So konnten sie bis dahin gemütlich im Auto sitzen bleiben.

Um neun war der große Ansturm vorüber, und um Punkt zwanzig vor zehn informierte sie Bryce, dass sie sich nun auf den Weg machte.

»Grüß Gott von mir«, sagte er wie immer.

»Der geht lieber zu größeren Meetings«, erwiderte sie grinsend.

Zwei Minuten vor der vollen Stunde saß sie mit einem Kaffee in der Hand auf ihrem Platz und atmete bewusst tief durch, um den Kopf freizubekommen und sich auf die anstehende Lektion konzentrieren zu können. Sie hatte endlich gelernt, zuzuhören.

Den Tag und die Nacht ihrer einjährigen Nüchternheit hatte sie in einem Frauen-Retreat, einem Hotel in den Bergen, verbracht. Um Mitternacht, als das Jahr zu einem Jahr und einem Tag wurde, hatte sie sich im Fitnessraum des Hotels befunden und gerade ihre zehn Kilometer auf dem Laufband beendet.

An den Tagen, an denen sie arbeitete, fuhr sie zwischendurch zu einem Zehn-Uhr-Meeting. Es gab drei davon in der Nähe, und sie rotierte zwischen ihnen.

Nachdem sie sich mit den anderen in den Kreis gestellt und das Vaterunser aufgesagt hatte, blieb sie noch ein paar Minuten, um mit den anderen zu sprechen, dann fuhr sie zurück zur Arbeit.

Als sie vor dem Restaurant parkte, vibrierte ihr Handy.

Ich habe noch mal über den Turducken nachgedacht. Vielleicht ist das doch zu viel.

Sloane rollte mit den Augen und tippte eilig ihre Antwort an Antonio:

Ich glaube, das wäre nett, aber wenn du Zweifel hast, lass uns einen traditionellen Truthahn nehmen. Den müssen wir dann nur schnell besorgen, ehe alle größeren ausverkauft sind.

Sie würden Thanksgiving zu zwölft verbringen. Nun ja, genau gesagt zu vierzehnt, wenn man Brody, Gils und Laurens Sohn, und Charlotte mitzählte. Doch Brody war erst ein Jahr alt und aß noch nicht viel, und Baby Charlotte, Dennis' und Antonios Tochter, wurde noch mit der Flasche gefüttert.

Sie sah durch die Windschutzscheibe nach draußen. *Moment mal, stimmt das auch?* Sie zählte noch einmal an den Fingern ab: Mom, Lester, Lesters Freundin Melonie, Aubrey, Finley und Jericho, Antonio und Dennis, Janine, Gil und Lauren und sie selbst. Zwölf Erwachsene also. Was bedeutete, dass sie einen großen Truthahn brauchten. Also schrieb sie:

Sei ruhig mal ein bisschen wild. Es freuen sich schon alle auf den Turducken. Und wir haben jede Menge Beilagen. Falls es ein Desaster wird, werden trotzdem alle satt.

Antonio redete schon seit Monaten von dem *Turducken*. Er hatte ihn in einem Restaurant in New Orleans bestellt: ein entbeintes Huhn, das in eine entbeinte Ente gestopft wurde, die wiederum in einen entbeinten Truthahn kam. Und dazwischen zwei Sorten Dressing.

> Ich könnte besser denken, wenn ich mal eine Nacht durchschlafen würde. Charlotte zahnt. Mit dem Sabbern komme ich ja klar. Aber der Schlafmangel macht mich echt fertig.

Ja, aber dafür hast du ein Baby, dachte sie voller Sehnsucht.

> Sag Bescheid, wenn ich bei euch übernachten soll. Ich bleibe gerne auf und kümmere mich um sie.

> Führ mich nicht in Versuchung, Sloane. Sonst sage ich noch Ja.

> Das kannst du jederzeit gerne. Ich mein's ernst. Und jetzt triff endlich eine Entscheidung wegen Thanksgiving.

Es folgte eine kurze Pause, dann erschienen drei Punkte auf dem Bildschirm.

> *Turducken.*

Sie antwortete mit einem Smiley und eilte ins Restaurant.

Als sie um zwei Uhr schlossen, war sie froh, ihre Arbeitswoche abzuschließen. Sie hatte sich vergewissert, dass das Küchenteam alle benötigten Waren bestellt hatte; sie hatte versucht, Bryce davon zu überzeugen, Kuchen für Thanksgiving zu besorgen, was er partout nicht wollte, und sie hatte ihrer neusten Kellnerin eine Verwarnung erteilt, weil sie einem Kunden gegenüber pampig gewesen war.

Sie war sich nicht sicher, ob Keita es schaffen würde. Sie war jung und unerfahren, und dies war ihre erste Stelle nach der Entlassung aus dem Gefängnis. Obwohl sie Teil der Gesellschaft sein und neue Lebenswege für sich finden wollte, war sie immer noch sehr aufmüpfig.

Bryce und seine lustige Außenseiterbande, dachte sie voller Zuneigung. Fast alle seine Angestellten hatten eine ganz spezielle Geschichte, inklusive ihrer selbst.

»Ich mache jetzt los, Chef«, informierte sie ihn.

Er sah von seinem Computer auf. »Was willst du mit Keita machen?«

»Ich habe ihr eine Verwarnung erteilt und mit ihr gesprochen. Ich glaube, hier zu arbeiten, ist immer noch sehr fremd für sie, deshalb habe ich sie für dieses Online-Seminar eingeschrieben, zu dem wir schon mal Leute geschickt haben.« Dort lernten die Teilnehmenden die Regeln des Kundenservices und wie man in schwierigen Situationen reagierte. Bisher hatten sie damit gute Ergebnisse erzielt.

»Schauen wir mal, wie es läuft. Ich würde mir ja wünschen, dass sie es schafft. Aber wir können sie nicht alle retten.«

Sie grinste. »Du schwingst harte Reden, aber tief drinnen bist du weich wie ein Marshmallow.«

Er lachte leise. »Ja, aber das weiß niemand außer dir. Wir sehen uns am Montag.«

Sie nickte und ging.

Als sie in ihr Auto stieg, überlegte sie, Finley zu schreiben. Sie wusste jedoch, dass ihre Schwester es sie schon wissen ließe, wenn es Neuigkeiten gäbe. Trotzdem wollte sie endlich erfahren, ob sie Tante eines Jungen oder eines Mädchens werden würde.

Wie viel sich in nur sechzehn Monaten ändern kann, dachte sie, als sie sich in den Verkehr einreihte. Aubrey war jetzt zehn und entwickelte sich prächtig. Die Hälfte der Zeit wohnte sie bei Finley und Jericho, die andere bei ihr.

Molly hatte angefangen, Theaterstücke zu schreiben, und bekam viel positive Resonanz darauf. Lester hatte eine entzückende

Frau im Freizeitzentrum für Senioren kennengelernt, mit der er für das Frühjahr eine Flusskreuzfahrt durch Europa plante.

Antonio und Dennis hatten Charlotte, Finley und Jericho waren schwanger und sie ... Nun ja, sie hatte sich auch weiterentwickelt.

Sie hatte ihren Job und das kleine Reihenhaus, das sie angemietet hatte, sowie eine schwarz-weiße Katze namens Tyler. Sie war körperlich stärker, seelisch ging es ihr auch gut, und die meiste Zeit war sie zufrieden mit ihrem Leben. Sie wusste jedoch, dass sie mit einem einzigen Drink alles verlieren konnte, daher achtete sie streng darauf, nüchtern zu bleiben.

Seltsam, dass es zwar auch noch schwierige Tage gab, die leichten aber immer mehr wurden.

Sie nahm die übliche Route nach Hause, die sie sich angewöhnt hatte, seit sie vor vier Monaten in das Reihenhaus gezogen war. Es war nicht der direkte Weg, bot ihr jedoch die Gelegenheit, durch ein vertrautes Viertel zu fahren und ein kleines Stück entfernt von einem ihr altbekannten Haus haltzumachen.

Sie hatte ihn noch keinmal gesehen. Manchmal stand sein Pick-up-Truck in der Einfahrt, manchmal nicht. Bisher war jedoch nie ein anderer Wagen daneben geparkt gewesen. Sie hatte sich geschworen, nicht mehr bei ihm vorbeizufahren, sobald dies der Fall wäre.

Als sie zu ihrem einjährigen Jubiläum die zehn Kilometer auf dem Laufband absolvierte, hatte sie überlegt, Ellis anzurufen. Um sich einfach mal zu melden. Um sicherzugehen, dass es ihm gut ging. Und vor allem, um seine Stimme zu hören. Es verging kein Tag, an dem sie nicht an ihn dachte, ihn nicht vermisste, ihn nicht liebte.

Ihn zu verlassen, war damals richtig gewesen – sie hatte sich in Ruhe mit ihrer Krankheit auseinandersetzen müssen. Aber es war für sie beide hart gewesen. Sie hatte ihm das Herz gebrochen, aus Gründen, die man durchaus als egoistisch ansehen könnte. Und sie war sich der Tatsache schmerzlich bewusst, dass ihr erster Schritt auf dem Weg zur Genesung darin bestanden hatte, einem geliebten Menschen sehr wehzutun.

Es war und blieb beschissen, eine Säuferin zu sein.

Manchmal überlegte sie, an seine Haustür zu gehen und zu klopfen. Die Möglichkeit in Betracht zu ziehen, dass er sie nicht hasste, nicht verheiratet war, sie nicht vergessen hatte. Sie stellte sich die verschiedensten Gespräche vor, fantasierte darüber, wie er ihr gestand, dass er nie aufgehört habe, sie zu lieben. An schlechten Tagen belegte er sie in diesen Gesprächen jedoch mit Schimpfwörtern und verlangte, dass sie aus seinem Leben verschwand. Ihr Kopf war noch immer ein gefährlicher Ort.

Sie wusste nicht genau, worauf ihre Hemmung, ihn anzurufen, hauptsächlich zurückzuführen war. Wollte sie ihn in Ruhe lassen? Hatte sie Sorge, es könnte sich herausstellen, dass sie fertig miteinander waren? Oder hatte sie schlicht Angst?

Vermutlich war es von allem ein bisschen.

Als sie in seine Straße einbog, sah sie seinen Truck in der Einfahrt stehen. Vor lauter Sehnsucht parkte sie ein wenig näher an seinem Haus als üblich und starrte voller Inbrunst hinüber. Unentschlossen stellte sie den Motor aus, ließ den Schlüssel jedoch im Zündschloss stecken. Sie legte eine Hand auf die Windschutzscheibe, so als könnte sie, indem sie das Glas berührte, auch ihn berühren.

Ein Jahr und vier Monate, dachte sie. Für einen Alkoholiker konnten das fünfzehn Leben sein. Sie hatte keine Ahnung, wie es ihm in der Zeit ergangen war.

Gerade wollte sie die Autotür öffnen, hielt jedoch erneut inne. Würde er sie als Eindringling empfinden oder sich freuen, sie zu sehen? Wenn sie das nur wüsste.

In diesem Moment ging die Haustür auf, und Ellis trat auf die Veranda. Ihr stockte augenblicklich der Atem, und ihr Herz begann wie wild zu schlagen.

Er hatte sich nicht verändert. Er war noch immer groß und drahtig, sein dunkles Haar trug er ein wenig zu lang. Er war zu weit weg, als dass sie erahnen konnte, was er dachte, aber seine Haltung wirkte entspannt. So als hätte er alle Zeit der Welt.

Sie zog den Schlüssel aus dem Zündschloss und öffnete die Tür. Er blieb stehen, als sie die Straße überquerte und auf das Haus zuging, ihm immer näher kam. Sloane stellte fest, dass sie mit jedem Schritt schneller ging, bis sie beinahe rannte. Er eilte die Verandatreppe herunter und trat auf den Bürgersteig, die Arme weit geöffnet, einen Ausdruck vollkommenen Glücks im Gesicht.

Sie umarmte ihn fest, spürte den Druck seiner Arme um sich und atmete seinen vertrauten Geruch ein. So standen sie lange Zeit da, ehe er sich von ihr löste und ihr den Arm um die Schultern legte. Zusammen gingen sie ins Haus.

Das Wohnzimmer war leicht verändert. Es stand ein neues Sofa darin, und den Boden bedeckte ein Teppich. Wortlos begaben sie sich in die Küche, wo Ellis Wasser aufsetzte. Sloane holte Tassen aus dem Schrank und ging seine Auswahl an losem Tee durch, ehe sie sich für ihren Lieblingstee entschied, Earl Grey mit Sahnearoma.

Während sie mit den Tassen hantierte, warf sie immer wieder Blicke auf seine Hände und versuchte, sie genau zu sehen.

»Was ist?«, fragte er mit sanfter Stimme.

»Ich suche nach einem Ehering.«

Er sah sie an. »Dein Ernst?«

»Ich habe dir gesagt, du sollst dir jemanden suchen. Und wenn du auf mich gehört hättest …«

Er lehnte sich an die Küchentheke und wandte sich ihr zu. »Ja, ich habe auf dich gehört«, sagte er unverblümt. »Ich bin mit ein paar Frauen ausgegangen, habe mit einigen geschlafen. Aber bei keiner hat es gefunkt.«

Seine Worte bohrten sich wie Speerspitzen in ihr Herz. Er hatte sich mit anderen Frauen getroffen, teilweise sogar mit ihnen geschlafen? Doch noch während sie gegen den Schmerz ankämpfte, sagte sie sich, dass ihre Gefühle zwar verständlich waren, dies alles jedoch nichts mit ihr zu tun hatte.

Als sie ihn damals verlassen hatte, war sie in keinem guten Zustand gewesen. Ellis hatte nicht wissen können, ob sie in einem Jahr noch leben, geschweige denn nüchtern sein würde. Sie selbst hätte einen anderen kennenlernen können. Genau deshalb hatte sie gewollt, dass er sein Leben weiterlebte, und das hatte er.

»Ich hoffe nur, du hast dich auf sexuell übertragbare Krankheiten testen lassen«, murmelte sie.

Er lächelte schief. »Ich habe ein aktuelles Blutbild, das ich dir zeigen kann. Es ist alles in Ordnung.« Er wurde ernst. »Ich war schon eine ganze Weile mit keiner Frau mehr zusammen.«

»Wie lange?«

Der Kessel pfiff. Ellis schüttete das kochende Wasser in die Teekanne, dann sah er sie an.

»Seit du angefangen hast, an meinem Haus vorbeizufahren.«

Sloane spürte, wie sie rot wurde. »Du wusstest es?«

»Vor ungefähr einem Jahr habe ich mir eine Schließanlage mit Videoüberwachung gekauft. Mich damit zu beschäftigen, hat mir etwas zu tun gegeben. Ab und zu sah ich mir die Aufnahmen an, um mitzubekommen, was in der Nachbarschaft so los ist. Irgendwann dachte ich, ich hätte dein Auto gesehen, also installierte ich eine weitere Kamera an der Hausecke und richtete sie so aus, dass sie die ganze Straße im Blick hat. Du warst es eindeutig.«

Sie zog den Kopf ein. »Und ich dachte, ich wäre so unauffällig gewesen. Jetzt komme ich mir dumm vor.«

»Das musst du nicht. Dich zu sehen, hat mir Hoffnung gegeben. Ich dachte mir, du fährst sicher nicht hier vorbei, um mir zu sagen, dass ich dir egal bin. Von dem Moment an habe ich aufgehört, mich mit anderen Frauen zu treffen. Und seitdem warte ich auf dich.«

»Ich habe vor bald vier Monaten angefangen, an deinem Haus vorbeizufahren.«

»Ich weiß.«

»Das ist eine lange Wartezeit.«

»Manche Dinge sind es wert, auf sie zu warten.« Er sah sie unbeirrt an. »Weshalb bist du hier, Sloane?«

Am liebsten hätte sie erwidert, dass er das doch bereits wisse, doch das wäre nicht fair. Nachdem sie ihn verlassen und ihm so sehr wehgetan hatte, schuldete sie ihm klare Worte.

»Ich bin seit sechzehn Monaten trocken«, begann sie. »Seit ich von der Entzugsstation entlassen wurde, habe ich nichts getrunken. Ich gehe zu meinen Meetings, ich habe einen Sponsor. Ich laufe. Ich habe ein paar Fünf-Kilometer-Rennen mitgemacht. Ich teile mir das Sorgerecht für Aubrey mit Finley und Jericho. Jede zweite Woche ist sie bei mir. Ich bin noch nicht da, wo ich sein will, aber auf einem guten Weg dorthin. Es gibt aber immer noch schwere Tage.«

Es gab noch mehr, was sie ihm hätte erzählen können. Von ihrer Beförderung, von Finley und Jericho, davon, dass Antonio, Dennis und Charlotte jetzt auch Teil ihres Lebens waren. Von ihrer Katze und davon, wie viel Liebe und Unterstützung ihr zuteilwurde. Und dass sie dennoch nachts wach lag und ihn vermisste.

Sie atmete tief durch und rief sich in Erinnerung, dass sie sich stets besser fühlte, nachdem sie mutig gewesen war.

»Ich liebe dich, Ellis. Ich hatte keinen anderen nach dir. Du bist der Erste, den ich jemals geliebt habe, und anscheinend bin ich die Art von Frau, die nur einen Mann lieben kann. Ich wünsche mir eine zweite Chance, wenn du mich noch willst.«

Er wandte den Blick keine Sekunde von ihrem Gesicht ab. »Ich war immer dein, Sloane. Das weißt du. Ich liebe dich, ich werde dich immer lieben. Und ich würde dich noch heute heiraten, wenn du mich haben willst.«

Glück und Erleichterung wallten in ihr auf, verliehen ihr beinahe das Gefühl, fliegen zu können. Sie gab sich jedoch damit zufrieden, zu ihm zu gehen und ihn zu küssen. Bei der ersten Berührung ihrer warmen Lippen spürte sie, wie sie dahinschmolz.

Als sie sich voneinander lösten, um Luft zu holen, sagte sie: »Das mit dem Heiraten klingt interessant. Ich würde sagen, wir geben uns ein halbes Jahr, um unsere Macken noch ein bisschen besser kennenzulernen, und dann sprechen wir noch mal ernsthaft darüber.«

Er sah ihr in die Augen. »Ich bin dabei.«

»Ich auch. Arbeitest du dieses Wochenende?«

»Nein. Du?«

Sie schüttelte den Kopf. »Ich bin inzwischen ein Montag-bis-Freitag-Mensch. Meine Woche mit Aubrey beginnt auch am Montag.«

Er zog eine Augenbraue hoch. »Irgendwelche Pläne für den Rest des Tages?«

»Nicht im Geringsten. Du?«

»Ich bin frei wie ein Vogel.«

Sie lächelte und begann, sein Hemd aus seiner Jeans zu zupfen. »Gut. Dann lass uns damit anfangen, den Rest unseres Lebens zu leben.«

Zimt-Yum-Yum

1 Butterzopf oder ein anderes buttriges, weiches Brot
½ Teelöffel Meersalz
4 ganze Eier + 6 Eigelbe, getrennt voneinander
6 Tassen Milch, getrennt voneinander
7 Zimtstangen, getrennt voneinander
eine ½ Tasse und eine ¼ Tasse Zucker, getrennt voneinander
¼ Tasse + 2 Esslöffel Ahornsirup, getrennt voneinander
1 Esslöffel Butter
Zimtpulver zum Bestäuben

Das Rezept hat zwei Teile, im Prinzip handelt es sich um Brotpudding mit Englischer Creme.

Brotpudding:

Das Brot in gut einen Zentimeter dicke Scheiben schneiden und in eine große Rührschüssel legen. Mit Meersalz bestreuen und vorsichtig verrühren.

Zwei Tassen Milch, eine halbe Tasse Zucker, zwei Esslöffel Ahornsirup und vier Zimtstangen in einem Topf auf ca. 80 Grad erhitzen, sodass die Mischung heiß wird, aber nicht aufkocht. Häufig umrühren. Zur Seite stellen und etwa 15 Minuten abkühlen lassen. Die Zimtstangen herausnehmen.

Eine ca. 30 x 20 cm große Backform mit einem Esslöffel Butter einfetten. Den Ofen auf 160 Grad vorheizen.

In einer separaten Schüssel 4 ganze Eier mit 2 Eigelben verrühren, bis die Mischung blassgelb wird. Weiter konstant rühren und dabei eine halbe Tasse der Milchmischung langsam und gleichmäßig dazugießen. Zwei weitere Tassen Milch in kleinen Portionen dazugeben, dabei weiter beständig rühren. Wenn alles gut vermischt ist, die Mischung über das Brot gießen und alles gut verrühren.

Die Brotmischung in die vorbereitete Backform geben. Mit Zimt bestäuben. Die Backform in eine größere Form geben und Wasser zwischen die zwei Formen gießen, sodass es bis etwa zur halben Höhe der inneren Form reicht. Das Wasserbad soll verhindern, dass der Brotpudding an den Rändern anbrennt. Das Ganze backen, bis die Innentemperatur etwa 80 Grad erreicht, sodass die Masse heiß ist, aber nicht kocht, und das für die Dauer von ca. 40 Minuten.

Die Backform aus der größeren heben und zum Abkühlen auf ein Drahtgitter stellen. Nachdem alles abgekühlt ist, die Form abdecken und in den Kühlschrank stellen.

Englische Creme:

2 Tassen Milch erhitzen, ¼ Tasse Ahornsirup und 3 Zimtstangen in einem Topf auf 80 Grad erhitzen, sodass die Mischung heiß wird, aber nicht aufkocht. Für 15 Minuten beiseitestellen.

Etwa 2,5 Zentimeter Wasser in einem Topf zum Köcheln bringen, der einen etwas kleineren Durchmesser hat als die Schüssel, die Sie im nächsten Schritt verwenden werden.

In einer mittelgroßen Edelstahlschüssel 4 Eigelbe mit einer ¼ Tasse Zucker verrühren, bis die Masse blassgelb wird. Unter beständigem Rühren die Milchmischung langsam zu den

Eigelben geben. Die Schüssel über dem Topf mit köchelndem Wasser balancieren, sodass die Eiermischung vom Dampf erhitzt wird, aber die Schüssel das kochende Wasser nicht berührt. Konstant rühren, bis die Mischung maximal 78 Grad erreicht. Sie darf nicht über 80 Grad kommen, da sie sonst stocken könnte.

Die Schüssel sofort in ein Eisbad geben und ab und zu rühren, bis sie abgekühlt ist. In den Kühlschrank stellen.

Zum Servieren den Brotpudding aufwärmen und die gekühlte Englische Creme darübergeben.